Weihnachten 1996

Liebe Mama,
liebe Oma,

viel Freude und gute Unterhaltung beim Lesen

wünschen Dir herzlich

Ralf, Elke, Sabrina
u. Boppelchen

Ken Follett

Die Brücken der Freiheit

KEN FOLLETT

DIE BRÜCKEN DER FREIHEIT

ROMAN

Aus dem Englischen von
TILL R. LOHMEYER
und CHRISTEL ROST

Mit Buchkunstarbeiten von
ACHIM KIEL

GUSTAV LÜBBE VERLAG

© 1995 by Ken Follett
Titel der Originalausgabe:
A PLACE CALLED FREEDOM
Originalverlag:
Macmillan London, Ltd./
Crown Publishers, Inc., New York
© 1996 für die deutsche Ausgabe
Gustav Lübbe Verlag GmbH, Bergisch Gladbach
Aus dem Englischen von
Till R. Lohmeyer und Christel Rost

Schutzumschlag,
Einbandgestaltung, Vignetten und Illustrationen:
Achim Kiel
AGD/BDG Pencil Corporate Art, Braunschweig
Fotografie des Schutzumschlages:
Lutz Pape, Studio Overlook, Braunschweig
Autorenfoto: Mark Raboy
Schriftsatz:
Kremerdruck GmbH, Lindlar
Schrifttype:
ITC New Baskerville von Linotype-Hell
Druck und Einband:
Franz Spiegel Buch GmbH, Ulm

Alle Rechte,
auch die der fotomechanischen Wiedergabe,
vorbehalten

ISBN 3-7857-0852-1
Printed in Germany

3 5 7 6 4

Gewidmet der Erinnerung an
JOHN SMITH

IN DER ERSTEN ZEIT nach meinem Einzug in High Glen House habe ich viel im Garten gearbeitet, und dabei fand ich den eisernen Halsring.

Das Haus war arg baufällig und der Garten eine Wildnis. Zwanzig Jahre lang hatte hier eine kauzige alte Dame gelebt und der Fassade nicht einen Pinselstrich Farbe gegönnt. Nach ihrem Tod erstand ich Haus und Garten von ihrem Sohn, der in Kirkburn, der nächsten Stadt – ungefähr achtzig Kilometer von hier –, eine Toyota-Niederlassung besitzt.

Sie werden sich fragen, was einen Menschen wie mich dazu veranlaßt, achtzig Kilometer von der Zivilisation entfernt eine solche Bruchbude zu kaufen. Ich liebe ganz einfach dieses Tal. In den Wäldern ringsum gibt es scheues Wild, und oben auf dem Kamm des Berges nisten die Adler. Die Hälfte meiner Arbeitszeit draußen im Garten verging damit, daß ich, auf meinen Spaten gestützt, die blaugrünen Hänge betrachtete.

Ich habe natürlich trotzdem einiges umgegraben. Das Toilettenhäuschen – ein fensterloser Bretterverschlag – war nicht gerade eine Augenweide, weshalb ich es hinter ein paar Sträuchern verbergen wollte. Beim Ausheben des Grabens stieß ich auf eine Kiste.

Sie war nicht sehr groß – ungefähr so groß wie jene Kisten, in denen guter Wein verpackt wird, ein Dutzend Flaschen vielleicht –, und sie war obendrein völlig schmucklos, aus schlichtem Holz, das mit rostigen Nägeln zusammengehalten wurde. Ich brach sie mit meinem Spaten auf.

Die Kiste enthielt zwei Gegenstände.

Der eine war ein großes, altes Buch. Ich fand das sehr aufregend: Vielleicht war es eine Familienbibel mit einer interessanten, handschriftlichen Geschichte auf dem Vorsatzblatt – Geburten, Eheschließungen, Sterbedaten von Menschen, die vor hundert Jahren in meinem Haus gelebt hatten ... Doch zu meiner Enttäuschung mußte ich beim Aufschlagen des Buches feststellen, daß seine Seiten zu einer breiigen Masse zerfallen waren. Kein einziges Wort mehr war lesbar.

Der zweite Gegenstand war ein Beutel aus Wachstuch. Er war ebenfalls verrottet und zerfiel, als ich ihn mit meinen Gartenhandschuhen berührte. Darin befand sich ein Eisenring mit einem Durchmesser von ungefähr fünfzehn Zentimetern. Er war trübe und fleckig, dank der Wachstuchhülle aber nicht verrostet.

Der Ring war ziemlich primitiv gearbeitet, wahrscheinlich das Werk eines Dorfschmieds. Zunächst hielt ich ihn für ein Teil von einem Karren oder einem Pflug. Aber warum hatte man ihn dann sorgfältig in Wachstuch eingewickelt, damit er erhalten blieb? Der Ring hatte einen Sprung und war verbogen. Allmählich dämmerte es mir, und ich erkannte darin einen Halsring, wie man ihn Gefangenen umzulegen pflegte. Der Gefangene war entkommen, und bei seiner Befreiung war der Ring mit schwerem Schmiedewerkzeug gebrochen und verbogen worden.

Ich nahm ihn mit ins Haus und begann ihn zu reinigen. Es war eine mühsame Arbeit, weshalb ich ihn über Nacht in *Rost-Frei* legte und erst am nächsten Vormittag weitermachte. Als ich ihn mit einem alten Lumpen polierte, kam eine Inschrift zum Vorschein.

Es dauerte eine Weile, bis es mir gelang, die altmodische, verschnörkelte Schrift zu entziffern. Der Text lautete:

Dieser Mann ist das Eigentum
von Sir George Jamisson *aus Fife.*
A.D. 1767

Jetzt liegt der Ring hier auf meinem Schreibtisch, gleich neben dem PC. Ich benütze ihn als Briefbeschwerer. Oft nehme ich ihn in die Hand, drehe ihn hin und her und lese die Inschrift nochmals durch. Wenn dieser Eisenring reden könnte, denke ich bei mir – was könnte er wohl erzählen?

1996

Scotland – Lowland Coal Mining

Erster Teil

SCHOTTLAND

Kapitel 1

Schnee krönte die Höhen von High Glen und lag in perlweißen Flecken auf den bewaldeten Hängen wie Geschmeide auf dem Mieder eines grünen Seidenkleids. Auf der Talsohle schlängelte sich ein hurtiger kleiner Fluß zwischen vereisten Felsen hindurch. Mit dem scharfen Wind, der von der Nordsee her über das Land heulte, fegten Graupel- und Hagelschauer heran.

Die Zwillinge Malachi und Esther McAsh gingen an diesem Morgen über einen Zickzackpfad, der am östlichen Abhang der Schlucht entlangführte, zur Kirche. Malachi, den alle Mack nannten, trug einen karierten Umhang und Kniehosen aus Tweed, doch unterhalb der Knie waren seine Beine bloß. Die nackten Füße in den Holzschuhen waren eiskalt, aber Mack war jung und heißblütig und störte sich daran nicht.

Der Weg, den sie eingeschlagen hatten, war nicht der kürzeste zur Kirche, doch High Glen begeisterte ihn immer wieder. Die hohen Berge, die stillen, geheimnisvollen Wälder und das fröhlich plätschernde Wasser bildeten eine Landschaft, die ihm seelenverwandt war. Hier hatte er drei Jahre lang ein Adlerpärchen bei der Aufzucht seiner Brut beobachtet. Wie die Adler hatte er die Lachse des Lairds aus dem fischreichen Wasser gestohlen, und wie die Hirsche hatte er sich still und reglos zwischen den Bäumen verborgen, wenn die Wildhüter kamen.

Der Laird von High Glen war eine Frau, Lady Hallim, eine Witwe mit einer Tochter. Das Land auf der anderen Seite des Berges gehörte Sir George Jamisson und war eine andere Welt. Dort hatten Ingenieure große Löcher in die Flanken des Berges gerissen; von Menschenhand aufgehäufte Schlackehalden entstellten das Tal. Schwere Kohlekarren durchpflügten die schlammige Straße, und der Fluß war schwarz vom allgegenwärtigen Kohlestaub. Dort lag das Dorf namens Heugh, das aus einer langen Reihe geduckter Steinhäuschen bestand, die sich wie eine Treppe den Hügel hinaufzog, und dort lebten die Zwillinge.

Mack und Esther boten die männliche und die weibliche Version ein und desselben Bildes: Beide hatten sie blondes, vom Kohlestaub geschwärztes Haar und auffallend blaßgrüne Augen. Beide waren sie untersetzt, mit breitem Kreuz und starken, muskulösen Armen und Beinen. Beide waren sie eigensinnig und streitsüchtig.

Die Streitsucht war eine Familientradition. Der Vater der Zwillinge war ein unbeirrter Nonkonformist gewesen, stets bereit, sich mit der Regierung, der Kirche und jedweder anderen Autorität anzulegen. Die Mutter hatte vor ihrer Heirat bei Lady Hallim gearbeitet und sich, wie so viele Hausbedienstete, mit der Oberklasse identifiziert. In einem bitterkalten Winter, als die Grube in der Folge einer Explosion einen Monat lang geschlossen blieb, war Vater am schwarzen Auswurf gestorben, jenem Husten, der so viele Bergarbeiter dahinraffte. Mutter bekam eine Lungenentzündung und folgte Vater innerhalb weniger Wochen in den Tod. Doch die Streitereien gingen weiter, gewöhnlich an den Samstagabenden in Mrs. Wheighels Salon, der in dem Dörfchen Heugh einer Schenke noch am nächsten kam.

Die Gutsarbeiter und die kleinen Pächter waren der gleichen Meinung wie Mutter. Sie sagten, der König sei von Gott eingesetzt und deshalb habe ihm das Volk zu gehorchen. Die Grubenarbeiter hatten inzwischen schon neuere Ideen gehört. John Locke und andere Philosophen meinten, die Autorität einer Regierung setze die Zustimmung des Volkes voraus. Diese Theorie gefiel Mack.

Nur wenige Kumpel in Heugh konnten lesen. Macks Mutter

konnte es, und ihr Sohn hatte sie so lange bearbeitet, bis sie's ihm endlich beibrachte. Sie hatte beide Kinder Lesen und Schreiben gelehrt und die Sticheleien ihres Ehemanns, der meinte, sie habe Flausen im Kopf, die über ihrem Stand seien, geflissentlich überhört. Bei Mrs. Wheighel wurde Mack aufgefordert, aus der *Times*, dem *Edinburgh Advertiser* und politischen Journalen wie dem radikalen *North Briton* vorzulesen. Die Zeitungen waren immer schon mehrere Wochen, mitunter sogar Monate alt, doch die Männer und Frauen aus dem Dorf lauschten begierig den langen, im Wortlaut wiedergegebenen Redeprotokollen, satirischen Glossen und Berichten über Streiks, Proteste und Aufstände.

Nach einem Samstagabendstreit bei Mrs. Wheighel hatte Mack den Brief geschrieben.

Sie hatten lange darüber diskutiert, über jedes einzelne Wort, denn keiner der Bergarbeiter hatte je einen Brief geschrieben. Adressat war Caspar Gordonson, ein Anwalt in London, der in seinen Zeitungsartikeln über die Regierung herzog. Dann war der Brief Davey Patch, dem einäugigen Hausierer, zur Postaufgabe anvertraut worden, und Mack hatte sich gefragt, ob er seinen Bestimmungsort wohl jemals erreichen würde.

Gestern nun war die Antwort gekommen, und das war das Aufregendste, was Mack in seinem bisherigen Dasein widerfahren war. Es wird mein ganzes Leben auf den Kopf stellen, dachte er. Vielleicht macht es mich sogar frei …

Solange er zurückdenken konnte, hatte er sich nach Freiheit gesehnt. Als Kind hatte er Davey Patch beneidet, der, Messer, Bindfaden und Balladen feilbietend, von Dorf zu Dorf zog. Was dem kleinen Mack an Daveys Leben so wunderbar erschien, war der Umstand, daß der Hausierer erst bei Sonnenaufgang aufstehen mußte und sich schlafen legen konnte, wenn er müde war. Mack war seit seinem siebten Lebensjahr kurz vor zwei Uhr morgens von seiner Mutter wachgerüttelt worden, hatte dann fünfzehn Stunden lang in der Grube geschuftet und war nach

Feierabend um fünf Uhr nachmittags wieder nach Hause gewankt, wo er dann nicht selten über seinem Porridge einschlief.

Hausierer zu werden wünschte er sich schon lange nicht mehr, doch die Sehnsucht nach einem anderen Leben beherrschte ihn nach wie vor. Er träumte davon, ein eigenes Haus zu bauen, in einem Tal wie High Glen und auf einem Stück Land, das ihm selbst gehörte. Dort wollte er von morgens bis abends arbeiten, die Nachtstunden hindurch jedoch ruhen. Er träumte auch von der Freiheit, an sonnigen Tagen zum Fischen gehen zu können – und zwar an einem Ort, wo die Lachse nicht dem Laird gehörten, sondern demjenigen, der sie fing.

Der Brief in seiner Hand bedeutete, daß seine Träume vielleicht in Erfüllung gehen würden.

»Ich weiß immer noch nicht genau, ob es richtig ist, ihn in der Kirche vorzulesen«, sagte Esther, als sie über den gefrorenen Berg wanderten.

Mack wußte es ebensowenig, doch er gab zurück: »Warum denn nicht?«

»Es wird Scherereien geben. Ratchett wird schäumen vor Wut.« Harry Ratchett war der Obersteiger, der Mann, der die Grube im Auftrag des Besitzers leitete. »Vielleicht erzählt er es sogar Sir George, und was werden sie dann mit dir machen?«

Er wußte, daß seine Schwester recht hatte, und in seinem Herzen war er voller Angst. Doch das hielt ihn nicht davon ab, weiterhin mit ihr zu streiten. »Warum sollte ich den Brief für mich behalten?« fragte er. »Das gibt doch keinen Sinn.«

»Nun, du könntest ihn doch Ratchett unter vier Augen zeigen. Dann läßt er dich vielleicht laufen, ohne großen Wirbel zu machen.«

Mack streifte seine Zwillingsschwester mit einem Blick aus dem Augenwinkel. Diesmal widersprach sie ihm nicht einfach aus Prinzip, da war er sich ganz sicher. Sie wirkte eher besorgt als trotzig. Eine Woge der Zuneigung überkam ihn. Was immer auch geschehen mochte – Esther würde auf seiner Seite stehen.

Und doch schüttelte er eigensinnig den Kopf. »Ich bin nicht der einzige, den dieser Brief betrifft. Da sind mindestens noch fünf andere, die gern von hier fortgehen würden, wenn sie wüßten, daß das geht. Und denk doch einmal an die kommenden Generationen!«

Sie sah ihn prüfend an. »Das mag ja alles stimmen – aber darum geht's dir doch gar nicht. Du willst bloß in der Kirche deinen Auftritt haben und beweisen, daß der Grubenbesitzer im Unrecht ist.«

»Nein, will ich nicht!« protestierte Mack. Dann überlegte er einen Augenblick und fügte grinsend hinzu: »Na ja, da mag schon was dran sein. Wie oft hat man uns strenge Gesetzestreue und Respekt vor den Oberen gepredigt! Und jetzt kommen wir auf einmal darauf, daß sie uns über das Gesetz, das unser Leben bestimmt, von Anfang an belogen haben. Natürlich will ich aufstehen und das laut hinausschreien.«

»Gib ihnen bloß keinen Anlaß, dich zu bestrafen«, erwiderte Esther ängstlich.

Er versuchte, sie zu beruhigen. »Ich werde es mit aller gebotenen Höflichkeit und Demut sagen«, erklärte er. »Du wirst mich kaum wiedererkennen.«

»Du und Demut!« gab seine Schwester skeptisch zurück. »Das möcht' ich sehen!«

»Ich will ja nur erzählen, was das Gesetz besagt – was soll daran falsch sein?«

»Es ist unvorsichtig.«

»*Aye*, das ist es«, gab er zu. »Aber ich mach's trotzdem.«

Sie überquerten eine Bergkuppe und stiegen auf der anderen Seite hinab ins Tal der Gruben. Auf halber Höhe wurde die Luft ein klein wenig milder, und kurz darauf kam auch schon die kleine Steinkirche in Sicht. Sie stand gleich neben einer Brücke, die über den verschmutzten Fluß führte.

Jenseits des Kirchhofs standen dicht gedrängt ein paar Pächterhäuschen. Es waren runde Hütten mit einer offenen Feuerstelle in der Mitte des Fußbodens, der aus gestampftem Lehm bestand. Im Dach darüber war ein Loch, das als Rauchabzug diente. Im Winter mußten sich Mensch und Vieh den einzigen Raum der Hütte teilen. Die Häuschen der Bergarbeiter, etwas höher, nahe den Gruben gelegen, waren besser. Zwar standen auch sie auf nacktem Boden und hatten ebenfalls nur Grasdächer, doch besaß jedes einen Herd und einen ordentlichen Schornstein sowie eine Glasscheibe in dem kleinen Fenster neben der Tür. Außerdem waren die Grubenarbeiter nicht gezwungen, sich ihren Wohnraum mit den Kühen zu teilen. Dessen ungeachtet betrachteten sich die kleinen Pächter als frei und unabhängig und sahen auf die Bergarbeiter herab.

Es waren aber nicht die Bauernhütten, die Macks und Esthers Aufmerksamkeit auf sich zogen und die Geschwister zum Innehalten veranlaßten. Vielmehr stand vor dem Kirchenportal eine geschlossene Kutsche mit einem feinen Paar Grauer im Geschirr. Mehrere Damen in Reifröcken und Pelzen stiegen aus und hielten ihre mit modischer Spitze verzierten Hüte fest. Der Pastor half ihnen heraus.

Esther packte Mack am Arm und deutete auf die Brücke. Auf einem großen braunen Jagdpferd, den Kopf gegen den Wind geneigt, ritt der Besitzer des Bergwerks heran – Sir George Jamisson, der Laird des Tales.

Seit fünf Jahren hatte man Jamisson hier nicht mehr gesehen. Er lebte in London, eine einwöchige Schiffsreise oder eine zweiwöchige Kutschfahrt entfernt. Einst war er ein kleiner Krämer in Edinburgh gewesen, erzählten sich die Leute, der in einem Eckladen Kerzen und Gin verkaufte, ein Pfennigfuchser und um keinen Deut ehrlicher als unbedingt nötig. Dann war ein junger Verwandter von ihm kinderlos gestorben. George hatte das Schloß und die Kohlegruben geerbt und darauf ein geschäftliches Imperium errichtet, das sich bis in so unvorstellbar ferne Gegenden wie Barbados und Virginia erstreckte. Und mit dem Wohlstand war die Würde gekommen: Jamisson war inzwischen Baron, war Friedensrichter und Ratsherr von Wapping und in dieser Eigenschaft verantwortlich für Recht und Ordnung im Londoner Hafenviertel.

Und heute stattete er, offensichtlich in Begleitung seiner Familie und illustrer Gäste, seinen schottischen Gütern einen Besuch ab.

»Nun, das war's dann wohl«, sagte Esther erleichtert.

»Was soll das heißen?« fragte Mack, wiewohl er es sich denken konnte.

»Jetzt kannst du deinen Brief nicht mehr vorlesen.«

»Warum nicht?«

»Malachi McAsh, sei kein solcher Esel!« rief sie aus. »Nicht vor dem Laird höchstpersönlich!«

»Ganz im Gegenteil«, gab Mack halsstarrig zurück. »Das ist sogar noch viel besser.«

Erster Teil
Kapitel 2

Lizzie Hallim weigerte sich, mit der Kutsche zur Kirche zu fahren. Das war doch blödsinnig, fand sie. Die Straße, die von Jamisson Castle aus dorthin führte, war von Fahrrinnen durchfurcht und mit Schlaglöchern übersät, deren schlammige Ränder beinhart gefroren waren. Die Fahrt versprach, ein fürchterliches Gerüttel zu werden; die Kutsche würde allenfalls im Schrittempo fahren können, und die Insassen würden durchgefroren, voller blauer Flecken und obendrein wahrscheinlich zu spät ankommen. Lizzie ließ sich nicht davon abbringen, zur Kirche zu reiten.

Ihre Mutter trieb dergleichen undamenhaftes Benehmen regelmäßig zur Verzweiflung. »Wie willst du jemals einen Mann bekommen, wenn du dich immer so unweiblich benimmst?« pflegte sie zu fragen.

»Ich kriege einen Mann, sobald ich einen will«, antwortete Lizzie dann. Und es stimmte: Die Männer verliebten sich reihenweise in sie. »Hauptsache, ich finde einen, in dessen Gesellschaft ich es länger als eine halbe Stunde aushalte.«

»Hauptsache, es findet sich einer, den du mit deinem Benehmen nicht verschreckst«, murmelte ihre Mutter verhalten.

Lizzie lachte. Sie hatten beide recht. Auf den ersten Blick schienen sich alle Männer in sie zu verlieben. Doch wenn sie Lizzie dann näher kennenlernten, zogen sie sich schleunigst zurück. Ihre ungeschminkten Kommentare sorgten seit Jahren für Skandale in der guten Gesellschaft von Edinburgh. Auf ihrem allerersten Ball hatte sie gegenüber einem Trio alter Witwen die Bemerkung fallen lassen, der Oberste Richter habe einen dicken Hintern – ein Fauxpas, von dem sich ihr Ruf nie wieder erholte. Erst im vergangenen Jahr hatte Mutter sie im Frühling nach London begleitet und in die englische Gesellschaft eingeführt. Es wurde eine Katastrophe. Lizzie hatte zu laut gesprochen, zu viel gelacht und sich zu offenherzig über das gezierte Benehmen und die eng sitzende Bekleidung der dandyhaften jungen Männer amüsiert, die ihr den Hof zu machen versuchten.

»In deiner Jugend hat der Mann im Haus gefehlt«, sagte ihre Mutter gerade. »Deshalb bist du so ein Wildfang geworden.« Sie stieg in die Kutsche, und damit war die Diskussion fürs erste beendet.

Über den gekiesten Vorplatz von Jamisson Castle ging Lizzie zu den Pferdeställen. Ihr Vater war gestorben, als sie drei Jahre alt war, so daß sie sich kaum an ihn erinnern konnte. Auf ihre Frage, woran er gestorben sei, hatte ihr ihre Mutter nur eine unbestimmte Antwort gegeben: »Die Leber, die Leber ...« Er hatte ihnen keinen Penny hinterlassen. Jahrelang hatte sich Mutter irgendwie durchgewurstelt, hatte immer wieder neue Hypotheken auf den Hallimschen Besitz aufgenommen und jahrelang darauf gewartet, daß Lizzie erwachsen würde und einen reichen Mann heiratete, der alle ihre Probleme löste. Lizzie war nun zwanzig Jahre alt, und es wurde Zeit, daß sie ihre Bestimmung erfüllte.

Hierin lag zweifellos der Grund dafür, daß die Jamissons nach all diesen Jahren wieder einmal ihren schottischen Besitz besuchten und Lizzie mit ihrer Mutter, ihre nur zehn Meilen entfernt lebenden Nachbarn, als erste Hausgäste geladen hatten. Äußerer Anlaß für die Einladung war der einundzwanzigste Geburtstag des jüngeren Jamisson-Sohns Jay, doch dahinter steckte die Absicht, Lizzie mit Robert, ihrem Ältesten, zu verheiraten.

Mutter war dafür, weil Robert einst ein großes Vermögen erben würde. Sir George war dafür, weil er den Hallimschen Besitz den Ländereien der Jamissons zuschlagen wollte. Auch Robert schien nichts dagegen zu haben, was Lizzie aus der Aufmerksamkeit schloß, die er ihr seit der Ankunft der Jamissons zuteil werden ließ, wenngleich sie darüber, wie es in seinem Herzen aussah, allenfalls Vermutungen anstellen konnte.

Sie sah ihn im Stallhof stehen, wo er darauf wartete, daß die Pferde gesattelt wurden. Er ähnelte dem Porträt seiner Mutter, das in der Schloßhalle hing; es zeigte eine ernste, unauffällige Frau mit hübschem Haar, hellen Augen und einem entschlossenen Zug um den Mund. Über Robert gab es nichts Nachteiliges zu sagen: Er war weder besonders häßlich noch zu dünn oder zu dick, er hatte keinen unangenehmen Körpergeruch, noch war er ein Trinker oder kleidete sich weibisch. Er ist eine gute Partie, sagte sich Lizzie. Wenn er um meine Hand anhält, werde ich wahrscheinlich ja sagen …

Sie war nicht in ihn verliebt, aber sie kannte ihre Pflicht.

»Es ist wirklich höchst pflichtvergessen, daß Sie in London leben«, sagte sie, in der Absicht, ihn ein wenig zu necken.

»Pflichtvergessen?« Er runzelte die Stirn. »Wieso?«

»Sie lassen uns hier ohne Nachbarn.« Er sah noch immer aus, als begriffe er nicht. Anscheinend besaß er nicht allzuviel Humor. »Wenn Sie nicht da sind«, erklärte Lizzie, »gibt's zwischen hier und Edinburgh keine Menschenseele mehr.«

»Abgesehen von hundert Bergarbeiterfamilien und mehreren Dörfern voller Pächter«, bemerkte eine Stimme hinter ihr.

»Sie wissen genau, was ich meine«, entgegnete Lizzie, während sie sich umdrehte. Der Sprecher war ihr fremd. Mit der ihrer eigenen Direktheit fragte sie: »Wer sind Sie?«

»Jay Jamisson«, antwortete der junge Mann mit einer Verbeugung. »Roberts klügerer Bruder. Wie konnten Sie das vergessen?«

»Ach so!« Sie hatte gehört, daß er gestern am späten Abend angekommen war, doch sie hatte ihn nicht wiedererkannt. Vor fünf Jahren war er noch ein ganzes Stück kleiner gewesen, hatte Pickel auf der Stirn und nur einen dünnen blonden Haarflaum am Kinn gehabt. Besonders gescheit war er ihr damals freilich nicht vorgekommen, und Lizzie hatte ihre Zweifel, daß er sich in dieser Hinsicht geändert hatte. »Ich erinnere mich an Sie«, sagte sie. »Genauso eingebildet wie eh und je!«

Er grinste. »Hätte ich doch nur Ihr leuchtendes Bespiel an Bescheidenheit und Zurückhaltung zum Vorbild gehabt, Miss Hallim.«

Robert sagte: »Hallo, Jay. Willkommen auf Schloß Jamisson.«

Jay setzte eine verdrießliche Miene auf. »Du brauchst noch nicht den Gutsbesitzer hervorzukehren, Robert. Du magst ja der älteste Sohn sein, aber noch hast du den Kasten hier nicht geerbt.«

»Meine Glückwünsche zu Ihrem einundzwanzigsten Geburtstag«, sagte Lizzie

»Danke.«

»Ist heute der große Tag?«

»Ja.«

Robert fragte ungeduldig: »Willst du mit uns zur Kirche reiten?«

Lizzie sah Haß in Jays Augen, aber seine Stimme blieb neutral. »Ja. Ich hab' mir ein Pferd satteln lassen.«

»Dann wird's Zeit, daß wir uns auf den Weg machen.« Robert wandte sich dem Stall zu und rief: »Beeilung da drinnen!«

»Alles bereit, Sir!« rief ein Stallbursche. Im nächsten Augenblick wurden auch schon drei Pferde herausgeführt: ein kräftiges schwarzes Pony, eine braune Stute und ein grauer Wallach.

»Ich nehme an«, sagte Jay in kritischem Ton, »diese Tiere sind Mietpferde von einem Händler in Edinburgh.« Er trat an den Wallach heran, tätschelte ihm den Hals und ließ ihn an seinem blauen Reitrock schnuppern. Lizzie erkannte, daß er Pferde mochte und gut mit ihnen umgehen konnte.

Sie bestieg das schwarze Pony, dem ein Damensattel auflag, und trottete aus dem Hof hinaus. Die beiden Brüder folgten ihr, Jay auf dem Wallach, Robert auf der Stute. Der Wind trieb ihr

Graupel in die Augen. Der frischgefallene Schnee ließ den Untergrund trügerisch sicher erscheinen, deckte er doch die oft fußtiefen Löcher zu, welche die Pferde zum Stolpern brachten. »Reiten wir durch den Wald!« schlug Lizzie vor. »Dort sind wir vor dem Wind geschützt, und der Boden ist nicht so uneben.« Ohne auf Zustimmung zu warten, lenkte sie ihr Pferd von der Straße fort, hinein in den uralten Forst.

Unter den hohen Kiefern gab es kein Gestrüpp. Die kleinen Rinnsale und sumpfigen Senken waren hartgefroren, der Boden weiß überstäubt. Lizzie trieb ihr Pony zu einem leichten Galopp an. Wenige Augenblicke später stob der Graue an ihr vorbei. Als Lizzie aufblickte, gewahrte sie ein herausforderndes Grinsen in Jays Miene: Er wollte mit ihr um die Wette reiten. Das war ganz nach ihrem Geschmack. Sie stieß einen Begeisterungsschrei aus und trat ihrem Pony in die Flanke. Das Tier war sofort bei der Sache.

Sie sprengten durch den Wald, duckten sich unter niedrigen Ästen, sprangen über gestürzte Stämme und platschten wagemutig durch die Bäche. Jays Pferd war größer und hätte einen Galopp im offenen Gelände fraglos gewonnen, doch in dem schwierigen Terrain tat sich das weniger schwerfällige Pony mit seinen kurzen Beinen leichter, so daß Lizzie langsam, aber sicher einen kleinen Vorsprung gewann. Erst als das Hufgetrappel von Jays Wallach nicht mehr zu hören war, hielt sie an.

Jay hatte sie bald eingeholt, doch von Robert war weit und breit nichts zu sehen. Lizzie nahm an, daß er zu vernünftig war, um in einem Wettrennen um nichts und wieder nichts Kopf und Kragen zu riskieren. Sie und Jay ritten im Schritt weiter, Seite an Seite, immer noch atemlos. Die von den Pferdeleibern aufsteigende Hitze hielt die Reiter warm. Schließlich keuchte Jay: »Ich würde zu gerne einmal auf gerader Strecke mit Ihnen um die Wette reiten.«

»Im Herrensattel würde ich Sie schlagen«, gab Lizzie zurück – eine Antwort, die Jay als einigermaßen skandalös empfand. Eine wohlerzogene junge Dame ritt ausschließlich seitwärts, wie es der Damensattel vorschrieb. Frauen im Herrensitz galten als vulgär. Lizzie hielt diese Sitte für albern; wenn sie allein war, ritt sie stets wie ein Mann.

Sie musterte Jay mit einem kritischen Seitenblick. Alicia, seine Mutter und die zweite Frau von George, war eine blonde Kokotte. Jay hatte nicht nur ihre blauen Augen, sondern auch ihr gewinnendes Lächeln geerbt.

»Was treiben Sie denn so in London?« fragte Lizzie.

»Ich gehöre dem Dritten Regiment der Fußgarde an.« Und mit unüberhörbarem Stolz in seiner Stimme fügte er hinzu: »Bin kürzlich erst zum Captain befördert worden.«

»Und was, Captain Jamisson, habt ihr tapferen Soldaten derzeit zu tun?« fragte sie spöttisch. »Herrscht vielleicht Krieg in London? Gibt's irgendwelche Feinde, die getötet werden müssen?«

»Wir haben alle Hände voll zu tun, den Mob in seine Schranken zu weisen.«

Bei dieser Bemerkung fiel Lizzie urplötzlich wieder ein, was für ein gemeiner Kerl der Knabe Jay einst gewesen war, und sie fragte sich unwillkürlich, ob ihm seine Tätigkeit gefiel. »Und wie stellen Sie das an?«

»Ich eskortiere zum Beispiel Verbrecher zum Galgen und sorge dafür, daß ihre Spießgesellen sie nicht befreien, bevor der Henker seine Arbeit getan hat.«

»Sieh an, er befördert Engländer vom Leben zum Tode! Sie haben das Zeug zum schottischen Volkshelden, Jay!«

Ihr Spott schien Jay nicht zu stören. »Eines Tages«, antwortete er gelassen, »würde ich gern meinen Abschied nehmen und nach Übersee gehen.«

»Ach ja? Warum?«

»Weil in diesem Lande hier ein jüngerer Sohn nichts gilt«, sagte er. »Sogar die Dienstboten überlegen sich jedesmal von neuem, ob sie seinen Anweisungen gehorchen sollen.«

»Und Sie glauben, anderswo wäre das nicht so?«

»In den Kolonien ist alles anders. Ich habe Bücher darüber gelesen. Die Menschen dort sind freier und nehmen das Leben leichter. Man wird so genommen, wie man ist.«

»Was wollen Sie dort tun?«

»Meine Familie besitzt eine Zuckerrohrplantage auf Barbados. Ich hoffe, daß mein Vater sie mir zu meinem einundzwanzigsten Geburtstag überschreibt, sozusagen als Erbteil.«

Lizzie empfand bitteren Neid. »Sie Glückspilz!« sagte sie. »Nichts täte ich lieber, als in ein anderes Land zu ziehen. Es muß furchtbar aufregend sein!«

»Das Leben da draußen ist ziemlich rauh«, erwiderte Jay. »Ihnen würden sicher verschiedene Annehmlichkeiten fehlen, an die Sie sich hierzulande gewöhnt haben – Läden, Opernaufführungen, die neueste französische Mode und so weiter.«

»Das kann mir alles gestohlen bleiben!« rief Lizzie voller Verachtung. »Ich hasse diese Kleider!« Sie trug einen gerafften Rock und ein eng geschnürtes Mieder. »Am liebsten würde ich mich anziehen wie ein Mann – Hose, Hemd, Reitstiefel ...«

Jay lachte. »Das ginge vermutlich sogar auf Barbados ein bißchen zu weit.«

Lizzies Gedanken überschlugen sich. Angenommen, Robert würde mich nach Barbados bringen, dachte sie. Ich würde ihn auf der Stelle heiraten!

»Die Arbeit wird Ihnen dort natürlich von Sklaven abgenommen«, ergänzte Jay.

Ein paar Meter oberhalb der Brücke erreichten sie den Waldrand. Am anderen Ufer waren Grubenarbeiter zu erkennen, die im Gänsemarsch zur Kirche gingen.

Lizzie bekam Barbados nicht aus ihrem Kopf. »Sklaven besitzen und mit ihnen machen können, was man will, ganz als wären es Tiere! Das muß ein komisches Gefühl sein. Finden Sie nicht auch?«

»Aber ganz und gar nicht«, erwiderte Jay lächelnd.

Erster Teil
Kapitel 3

Die kleine Kirche war randvoll. Die Familie Jamisson und ihre Gäste – die Frauen in weiten Röcken, die Männer mit Schwertern und dreieckigen Hüten – beanspruchten einen Großteil des verfügbaren Platzes. Die Kumpel und Pächter, die sonst die sonntägliche Kirchengemeinde bildeten, wahrten gebührenden Abstand, als fürchteten sie, die feinen Kleider zu berühren und sie mit Kohlestaub oder Kuhdung zu beschmutzen.

Gegenüber Esther hatte Mack den kleinen Helden hervorgekehrt, doch innerlich war er voller Furcht. Die Grubenbesitzer hatten das Recht, Bergarbeiter auspeitschen zu lassen. Sir George Jamisson war obendrein Richter, was bedeutete, daß er andere Menschen an den Galgen bringen konnte. Niemand würde es wagen, ihm zu widersprechen. Für jemanden wie Mack war es in der Tat äußerst töricht, den Zorn eines so mächtigen Mannes auf sich zu lenken.

Aber Recht war Recht. Mack und die anderen Bergarbeiter wurden ungerecht, ja, illegal behandelt, und jedesmal wenn Mack daran dachte, stieg ihm die Zornesröte ins Gesicht. Am liebsten hätte er es ihnen von allen Hausdächern aus entgegengeschrien. Es widerstrebte ihm, die Neuigkeit heimlich unter die Leute zu bringen, als wäre sie gar nicht wahr. Entweder er faßte sich ein Herz – oder er fing gar nicht erst damit an.

Vorübergehend zog er ernsthaft einen Rückzieher in Betracht. Warum sollte er den Aufrührer spielen? Dann stimmte die Gemeinde das erste Lied an, und der harmonische Gesang der Kumpel erfüllte die Kirche. Mack hörte hinter sich den schwellenden Tenor Jimmy Lees, des besten Sängers im Dorf.

Der Gesang ließ ihn an High Glen denken, an seinen Traum von der Freiheit. Er riß sich zusammen und beschloß, seinen Plan wie vorgesehen auszuführen.

Der Pastor, Reverend John York, war ein sanfter Mann von vierzig Jahren mit schütterem Haar. Er sprach zögernd, sichtlich befangen vom Glanz des hohen Besuchs. In seiner Predigt ging es um die Wahrheit. Wie wird er reagieren, wenn ich den Brief vorlese, dachte Mack. Gefühlsmäßig zieht es ihn gewiß auf die Seite des Grubenbesitzers. Wahrscheinlich hat man ihn zum Mittagessen aufs Schloß geladen ... Andererseits ist er Pfarrer und von daher auch unabhängig von dem, was Sir George vielleicht sagen mag, der Gerechtigkeit verpflichtet – oder?

Das einfache Mauerwerk der Kirche war nackt und kahl. Natürlich brannte nirgendwo ein Feuer. Während sein Atem in der kalten Luft kleine Nebelwolken bildete, beobachtete Mack die Menschen aus dem Schloß.

Die Angehörigen der Familie Jamisson waren ihm zum größten Teil bekannt. Als kleiner Junge hatte er viel Zeit dort verbracht. Der fette, rotgesichtige Sir George war unverkennbar. Seine Gattin trug ein rosafarbenes Rüschenkleid, das an einer jüngeren Frau vielleicht ganz hübsch ausgesehen hätte. Auch Robert, der ältere der beiden Söhne, war da. Sein Blick war hart und humorlos. Obwohl erst sechsundzwanzig, sah er mit seinem Bauchansatz dem Vater bereits ziemlich ähnlich. Neben ihm saß ein hübscher blonder Jüngling, ungefähr in Macks Alter – das mußte Jay sein, der jüngere Sohn. Als Mack sechs Jahre alt war, hatte er den ganzen Sommer über mit Jay in den Wäldern um Schloß Jamisson gespielt. Damals hatten sie beide geglaubt, Freunde fürs Leben zu sein, doch dann, im folgenden Winter, begann für Mack die Arbeit unter Tage, und von da an fehlte ihm die Zeit zum Spielen.

Er kannte auch einige der Gäste der Jamissons. Lady Hallim und ihre Tochter Lizzie waren ihm vertraut. Über Lizzy Hallim gab es immer wieder skandalöse Gerüchte im Tal. Sie stromere in Männerkleidung und mit einem Gewehr über der Schulter durchs Gelände, sagten die Leute. Sie schenkte einem barfüßigen Kind ihre Stiefel – nur um danach dessen Mutter auszuzanken, weil sie es versäumt hatte, ihre Türschwelle zu schrubben. Mack hatte Lizzy schon jahrelang nicht mehr gesehen. Das Gut der Hallims hatte seine eigene Kirche, weshalb die Bewohner nicht Sonntag für Sonntag ins Dorf zu kommen brauchten. Sie kamen nur, wenn die Jamissons im Lande waren. Mack erinnerte sich an seine letzte Begegnung mit Lizzy. Das Mädchen war damals ungefähr fünfzehn Jahre alt gewesen und wie eine feine Dame gekleidet, hatte aber wie ein Junge die Eichhörnchen mit Steinen beworfen.

Macks Mutter war früher einmal Zofe in High Glen House gewesen, dem Wohnsitz der Hallims, und nach ihrer Heirat an Sonntagnachmittagen des öfteren dorthin zurückgekehrt, um ihre alten Freundinnen zu besuchen und stolz ihre Zwillinge vorzuführen. Bei diesen Gelegenheiten hatten Mack und Esther – wahrscheinlich ohne Wissen von Lady Hallim – mit Lizzie gespielt. Das Mädchen war ein richtiges kleines Luder gewesen: dickköpfig, rechthaberisch und verwöhnt. Einmal hatte Mack sie geküßt, worauf sie ihn so heftig an den Haaren zog, daß er zu weinen anfing. Allzusehr schien sie sich nicht verändert zu haben: Sie hatte ein kleines, koboldhaftes Gesicht und einen dunkelbraunen Lockenkopf. Ihr Mund bildete einen rosa Bogen, und in ihren dunklen Augen saß der Schalk.

Mack starrte sie an. *Jetzt würde ich sie gerne küssen,* dachte er, und genau in diesem Moment hob sie den Kopf und blickte ihn an. Er fühlte sich ertappt und sah rasch weg; ihm war, als habe sie seine Gedanken gelesen.

Die Predigt ging zu Ende. Zusätzlich zu dem herkömmlichen presbyterianischen Gottesdienst stand heute eine Taufe an: Macks Kusine Jen hatte ihr viertes Kind geboren. Wullie, der älteste, arbeitete bereits im Pütt. Mack war zu dem Schluß gekommen, daß die Taufe der günstigste Zeitpunkt zur Verkündung seiner Botschaft wäre. Der Augenblick rückte unaufhaltsam näher, und der junge Mann spürte ein Schwächegefühl im Magen.

Sei kein Frosch, schalt er sich. Unten in der Grube setzt du jeden Tag dein Leben aufs Spiel! Was ist schon dabei, einem feisten Kaufmann die Stirn zu bieten?

Jen stand neben dem Taufbecken. Sie sah müde aus. Sie war gerade dreißig, doch nach vier Geburten und dreiundzwanzig Jahren Arbeit unter Tage schon ausgebrannt. Nachdem Reverend York den Kopf des Babys mit Wasser benetzt hatte, wiederholte Jens Mann Saul jene Worte, mit denen die Söhne aller schottischen Bergleute zu Sklaven gemacht wurden: »Ich gelobe, daß dieses Kind in Sir George Jamissons Gruben arbeiten wird – als Knabe und als Mann, bis ihn seine Kräfte verlassen oder bis zu seinem Tode.«

Das war das Stichwort für Mack.

Er stand auf.

An diesem Punkt der Taufzeremonie trat normalerweise Obersteiger Harry Ratchett vor und überreichte dem Vater das »Handgeld«, die traditionelle Bezahlung für das geleistete Versprechen. Die Summe betrug zehn Pfund. Zu Macks Überraschung war es jedoch Sir George, der das Ritual diesmal persönlich durchführen wollte.

Der Laird erhob sich. Die Blicke der beiden Männer trafen sich. Sekundenlang starrten sie einander an.

Dann schritt Sir George auf das Taufbecken zu.

Mack trat in den Mittelgang der kleinen Kirche und sagte mit lauter Stimme: »Das Handgeld hat keine Bedeutung mehr.«

Sir George blieb unvermittelt stehen. Alle Köpfe drehten sich nach Mack um. Es herrschte betroffenes Schweigen. Mack hörte den Schlag seines eigenen Herzens.

»Diese Zeremonie hat keine bindende Kraft«, verkündete er. »Der Junge kann dem Bergwerk nicht versprochen werden. Man darf ein Kind nicht versklaven.«

»Setzen Sie sich hin, Sie junger Narr, und halten Sie Ihren Mund!« sagte Sir George.

Die herablassende Zurechtweisung ärgerte Mack so sehr, daß er alle Bedenken vergaß. »Setzen *Sie* sich hin!« erwiderte er in einem forschen Ton, der die schockierten Gemeindemitglieder die Luft anhalten ließ, und deutete mit dem Zeigefinger auf Pfarrer York. »Sie sprachen in Ihrer Predigt doch über die Wahrheit, Pastor! Werden Sie jetzt auch dafür einstehen?«

Der Gottesmann sah Mack beunruhigt an. »Um was geht es Ihnen denn, McAsh?« fragte er.

»Um Sklaverei!«

»Sie kennen doch gewiß das schottische Recht«, antwortete York, in einem Ton, der erkennen ließ, daß er sich um Verständnis bemühte. »Der Arbeiter in den Kohlegruben ist Eigentum des Bergwerkbesitzers. Nach einem Jahr und einem Tag in der Grube verliert er seine Freiheit.«

»Aye«, bestätigte Mack. »Das ist übel, aber es ist Gesetz. Ich sage jedoch, daß das Gesetz keine Kinder versklavt – und ich kann es auch beweisen!«

»Wir brauchen das Geld, Mack!« protestierte Saul.

»Nimm es ruhig an, Saul«, sagte Mack. »Dein Junge wird bis zu seinem einundzwanzigsten Geburstag für Sir George arbeiten, und das ist die zehn Pfund durchaus wert. Doch danach ...« Er hob die Stimme. »Danach ist er frei!«

»Hüten Sie Ihre Zunge!« sagte Sir George drohend. »Das ist gefährliches Geschwätz!«

»Aber es stimmt«, gab Mack trotzig zurück.

Sir George lief purpurrot an; so hartnäckigen Widerspruch war er nicht gewohnt. »Um Sie kümmere ich mich nach dem Gottesdienst«, sagte er wütend. Er überreichte Saul die Geldbörse und wandte sich dann an den Pfarrer. »Bitte fahren Sie fort, Pastor York!«

Mack war völlig durcheinander. Das durfte doch nicht wahr sein! Wollten sie einfach so tun, als wäre nichts geschehen?

Der Pfarrer sagte: »Lasset uns singen. Das letzte Lied.«

Sir George kehrte auf seinen Platz zurück. Mack blieb stehen; er konnte es immer noch nicht fassen, daß anscheinend alles bereits vorbei war.

»Der Zweite Psalm«, sagte der Pfarrer. »›Warum toben die Heiden und murren die Völker so vergeblich?‹«

Eine Stimme hinter Mack unterbrach ihn: »Nein, nein – noch nicht!«

Mack drehte sich um. Es war Jimmy Lee, der junge Bergmann mit der schönen Singstimme. Er war schon einmal davongelaufen und trug zur Strafe einen Eisenring um den Hals, auf dem die Worte *Dieser Mann ist das Eigentum von Sir George Jamisson aus Fife* eingraviert waren. Ich danke Gott, daß er uns Jimmy gegeben hat, dachte Mack.

»Sie können jetzt nicht einfach aufhören«, sagte Jimmy. »Ich werde nächste Woche einundzwanzig. Ich möchte wissen, ob ich freikommen kann.«

Ma Lee, Jimmys Mutter, ergänzte: »Wir alle wollen das wissen.« Sie hatte keine Zähne mehr im Mund, war aber eine unbeugsame Frau, deren Wort in der Gemeinde etwas galt. Mehrere andere Gläubige, Frauen wie Männer, stimmten ihr zu.

»Davon kann überhaupt keine Rede sein!« fauchte Sir George und erhob sich wieder.

Esther zerrte an Macks Ärmel. »Der Brief!« zischte sie. »Zeig ihnen den Brief!«

»Was ist das für ein Papier, McAsh?« fragte Pastor York.

»Das ist der Brief eines Londoner Rechtsanwalts, bei dem ich mich erkundigt habe.«

Sir George sah aus, als wolle er jeden Augenblick platzen, so wütend war er. Mack war heilfroh, daß mehrere Bankreihen zwischen ihnen lagen; andernfalls wäre ihm der Laird womöglich an die Gurgel gesprungen.

»*Sie* haben sich bei einem *Anwalt* erkundigt?« blubberte Sir George. Nichts schien ihn mehr zu ärgern als das.

»Was steht denn in dem Brief?« fragte York.

»Ich les' ihn vor«, sagte Mack und fing sofort damit an: »›Für die Handgeld-Zeremonie findet sich weder im englischen noch im schottischen Recht eine Grundlage.‹« Dieser Satz löste unter den Gemeindemitgliedern ein überraschtes Murmeln aus: Das stand in krassem Gegensatz zu allem, was man ihnen bisher beigebracht hatte. »›Eltern können nicht verkaufen, was ihnen nicht gehört, schon gar nicht die Freiheit eines erwachsenen Mannes. Sie können ihre Kinder bis zu deren einundzwanzigstem Geburtstag zur Arbeit in den Bergwerken zwingen, doch danach ...‹« Mack hielt inne, um den dramatischen Effekt zu erhöhen, und las die folgenden Worte besonders langsam: »›... doch danach sind die jungen Männer frei und können gehen!‹«

Es entstand Unruhe. Alle wollten etwas sagen, hundert Menschen gleichzeitig. Sie hoben die Stimmen, manche wollten Fragen stellen, andere wiederum sich nur mit einem lauten Ruf Gehör verschaffen. Ungefähr die Hälfte der anwesenden Männer waren schon als Kind der Bergwerksleitung versprochen worden und betrachtete sich folglich als Sklaven. Jetzt erfuhren sie, daß man sie betrogen hatte, und wollten die ganze Wahrheit wissen.

Mack hob die Hand, und prompt verstummten die Leute wieder. Einen Augenblick genoß er seine Macht. »Laßt mich noch eine Zeile vorlesen«, sagte er. »›Sobald ein Mann erwachsen ist, untersteht er wie jeder andere Schotte auch dem Gesetz: Nach einem Jahr und einem Tag Arbeit *als Erwachsener* verliert er seine Freiheit.‹«

Empörung und Enttäuschung machten sich breit. Nein, eine Revolution ist das nicht, erkannten die Männer. Die meisten von ihnen waren nicht freier als zuvor. Aber vielleicht hatten ihre Söhne eine Chance.

»Zeigen Sie mir mal diesen Brief, McAsh«, sagte Pfarrer York. Mack ging vor und reichte ihm das Schreiben.

Sir George, noch immer rot vor Wut, fragte: »Wer ist dieser sogenannte Rechtsanwalt?«

»Er heißt Caspar Gordonson«, sagte Mack.

»Ach ja«, bemerkte der Pfarrer, »von dem habe ich schon gehört.«

»Ich auch!« blökte Sir George verächtlich. »Ein in der Wolle gefärbter Radikaler! Ein Spießgeselle von John Wilkes!« Den Namen Wilkes kannten alle. Der gefeierte Führer der Liberalen lebte im Pariser Exil, drohte jedoch ständig mit seiner Rückkehr und der Destabilisierung der Regierung. »Wenn ich auch nur ein kleines Wörtchen mitzureden habe, kommt Gordonson dafür an den Galgen!« fuhr Sir George fort. »Dieser Brief ist Hochverrat!«

Das Wort ›Galgen‹ erschreckte den Pastor. »Ich glaube kaum, daß hier von Hochverrat ...«

»Kümmern Sie sich um das Himmelreich!« fuhr Sir George ihn an. »Die Entscheidung darüber, was Hochverrat ist und was nicht, überlassen Sie gefälligst Männern *dieser* Welt.« Er riß York den Brief aus der Hand.

Entsetzt über die brutale Zurechtweisung ihres Seelsorgers, verstummten die Gläubigen und warteten gespannt auf dessen Reaktion. York hielt Jamissons Blick stand, und Mack war sicher, der Pastor würde dem Laird die Stirn bieten. Doch da schlug der Gottesmann auch schon die Augen nieder. Jamisson grinste triumphierend und nahm wieder Platz, als wäre alles geklärt.

Pastor Yorks Feigheit empörte Mack. Die Kirche galt als moralische Autorität. Auf einen Pfarrer, der sich vom Grundherrn Befehle erteilen ließ, konnte man verzichten. Er sah den Mann mit unverhohlener Verachtung an und sagte spöttisch: »Sollen wir nun das Gesetz respektieren oder nicht?«

Da erhob sich Robert Jamisson. Auch sein Gesicht war vom Zorn gerötet.

»Sie respektieren das Gesetz, und Ihr Laird wird Ihnen sagen, was Recht und Gesetz ist«, sagte er.

»Das ist genauso gut wie überhaupt kein Gesetz«, erwiderte Mack.

»Was Sie betrifft, mag das sogar stimmen«, sagte Robert. »Sie sind Arbeiter in einer Kohlegrube: Was haben *Sie* mit dem Gesetz zu schaffen? Und was Ihre Korrespondenz mit Anwälten betrifft ...« Er nahm seinem Vater den Brief aus der Hand. »Ich zeige Ihnen jetzt, was ich von Ihrem Rechtsanwalt halte.«

Er riß den Brief mittendurch.

Die Kumpel hielten die Luft an. Auf diesem Papier stand ihre Zukunft – und jetzt wurde es zerrissen.

Robert Jamisson zerfetzte den Brief und warf die Schnipsel in die Luft. Wie Konfetti bei einer Hochzeitsfeier flatterten sie auf Saul und Jen hinab.

Mack empfand tiefe Trauer wie bei einem Todesfall. Der Erhalt dieses Briefes war das bedeutendste Ereignis seines bisherigen Lebens gewesen. Er hatte ihn allen Menschen im Dorf zeigen wollen, ja, er hatte sogar erwogen, ihn auch in anderen Bergbaugemeinden bekanntzumachen. Ganz Schottland sollte Bescheid wissen. Und jetzt hatte Robert ihn im Laufe weniger Sekunden vernichtet. Die Enttäuschung stand ihm ins Gesicht geschrieben. Robert genoß seinen Triumph und machte daraus keinen Hehl. Dies wiederum brachte Mack in Rage. Nein, so schnell wollte er nicht klein beigeben. Der Brief mochte nicht mehr existieren, doch das Gesetz hatte weiterhin Bestand. »Sie müssen große Angst haben, sonst hätten Sie diesen Brief nicht zerrissen«, sagte er zu Robert und war selbst überrascht von der abgrundtiefen Verachtung, die in seiner Stimme lag. »Das Gesetz dieses Landes können Sie nicht so leicht in Stücke reißen.«

Robert Jamisson erschrak und wußte im ersten Moment nicht, wie er auf diese schlagfertige Antwort reagieren sollte. Nach kurzem Zögern sagte er nur ein Wort: »Raus!«

Mack sah Pastor York an. Auch die Blicke der Jamissons richteten sich auf den Pfarrer. Kein Laie besaß das Recht, ein Gemeindemitglied aus der Kirche zu weisen. Würde der Pastor erneut in die Knie gehen und sein Hausrecht an den Sohn des Laird abtreten? »Ist dies ein Haus Gottes, oder gehört es Sir George?« wollte Mack wissen.

Es war ein kritischer Augenblick, und es zeigte sich, daß Pastor York ihm nicht gewachsen war. »Sie gehen jetzt am besten, McAsh«, sagte er.

Mack wußte, daß es töricht war, aber er konnte sich eine Erwiderung nicht verkneifen. »Ich danke Ihnen für Ihre Predigt über die Wahrheit, Pastor«, sagte er. »Ich werde sie niemals vergessen.«

Er wandte sich zum Gehen. Auch Esther stand auf, um ihn zu begleiten. Durch den Mittelgang schritten sie auf den Ausgang zu. Da erhob sich hinter ihnen ein dritter. Es war Jimmy Lee. Ein oder zwei andere standen zögernd auf, dann auch Mrs. Lee. Und plötzlich erhoben sich alle. Stiefel scharrten, Kleider raschelten. Mack hatte den Ausgang noch nicht erreicht, da waren sämtliche Bergarbeiter schon auf den Beinen und trafen Anstalten, mitsamt ihren Angehörigen die Kirche zu verlassen. Als Mack erkannte, daß er nicht mehr allein war, fühlte er sich von der Gemeinschaft getragen und spürte, daß er einen großen Sieg errungen hatte. Tränen stiegen ihm in die Augen.

Draußen auf dem Friedhof sammelten sie sich um ihn. Der Wind hatte sich gelegt, dafür schneite es jetzt. Langsam und behäbig taumelten die großen Flocken durch die Luft und legten sich auf die Grabsteine.

»Den Brief hätte er nicht zerreißen dürfen«, sagte Jimmy empört. »Das war ein Fehler.«

Andere stimmten ihm zu. »Wir schreiben dem Rechtsanwalt noch einmal«, sagte ein Kumpel.

»Es wird diesmal nicht so leicht sein, den Brief aufzugeben«, entgegnete Mack. Er war nicht ganz bei der Sache, fühlte sich erschöpft und keuchte sogar ein wenig, als hätte er gerade die steilen Hänge des Tals erklommen. Andererseits erfüllte ihn große Freude.

»Gesetz ist Gesetz«, sagte ein Kumpel.

»*Aye.* Aber der Laird ist der Laird«, gab ein anderer zu bedenken.

Nachdem er sich einigermaßen beruhigt hatte, begann Mack sich zu fragen, was er mit seinem Auftritt tatsächlich erreicht hatte. Gewiß, er hatte für Unruhe gesorgt, aber dadurch allein änderte sich nichts. Die Jamissons hatten sich brüsk geweigert, das Gesetz anzuerkennen. Angenommen, sie stellten sich stur – was konnten die Bergarbeiter dagegen schon unternehmen? Hatte es je einen Sinn gehabt, für die Gerechtigkeit zu kämpfen? War es nicht besser, dem Laird zu salutieren und insgeheim darauf zu spekulieren, eines Tages Harry Ratchett als Obersteiger nachfolgen zu können?

In diesem Moment schoß wie ein von der Leine gelassener Jagdhund eine kleine Gestalt im schwarzen Pelzmantel durch das Kirchenportal und lief geradewegs auf Mack zu. Es war Lizzie Hallim. Bereitwillig öffneten ihr die Kumpel eine Gasse.

Mack starrte das Mädchen an. Schon in Ruhe und Gelassenheit war dieses Mädchen eine Schönheit – doch jetzt, in höchster Empörung, war sie schlichtweg hinreißend. Ihre schwarzen Augen funkelten.

»Wer bilden Sie sich eigentlich ein, daß Sie sind?« fuhr sie ihn an.

»Ich bin Malachi McAsh …«

»Der Name ist mir bekannt«, erwiderte Lizzie. »Wie können Sie es wagen, in diesem Ton zu dem Laird und seinem Sohn zu sprechen?«

»Wie können die beiden es wagen, uns zu versklaven, obwohl das Gesetz es ihnen ausdrücklich verbietet?«

Unter den Arbeitern erhob sich zustimmendes Gemurmel.

Lizzie sah in die Runde. Schneeflocken hefteten sich auf ihren schwarzen Pelz. Eine Flocke landete auf ihrer Nase und wurde von ihr mit einer ungeduldigen Handbewegung fortgewischt. »Ihr könnt von Glück reden, daß ihr eine bezahlte Arbeit habt«, sagte sie. »Und ihr solltet Sir George dafür dankbar sein, daß er seine Bergwerke weiter ausbaut und euch und euren Familien ein Auskommen gibt.«

»Wenn wir schon so glückliche Menschen sind – wozu braucht man dann Gesetze, um uns hier im Dorf zu halten? Warum verbietet man uns dann, anderswo Arbeit zu suchen?«

»Weil ihr zu dumm seid, euer eigenes Glück zu erkennen!«

Mack merkte, daß er an der Auseinandersetzung Gefallen fand – und nicht nur deshalb, weil sie mit dem Anblick einer schönen Frau aus höheren Kreisen verbunden war. Sie war auch ein gewandterer Widerpart als Sir George oder Robert.

Er senkte die Stimme und fragte in forschendem Ton: »Sind Sie schon einmal in einer Kohlengrube gewesen, Miss Hallim?«

Ma Lee kicherte bei dieser Vorstellung.

»Machen Sie sich doch nicht lächerlich!« erwiderte Lizzie.

»Sollten Sie einmal die Gelegenheit dazu haben, dann garantiere ich Ihnen eines: Sie werden keinen von uns mehr für glücklich halten.«

»Ich habe jetzt genug von Ihren Unverschämtheiten. Man sollte Sie auspeitschen!«

»Wird man wahrscheinlich auch tun«, gab er zurück, doch er glaubte nicht daran: Seitdem er auf der Welt war, hatte man im Dorf keinen Bergarbeiter mehr ausgepeitscht. Sein Vater konnte sich allerdings noch an solche Fälle erinnern.

Ihre Brust hob und senkte sich. Es kostete ihn einige Mühe, nicht auf ihren Busen zu starren. »Sie haben eine Antwort auf alles«, sagte Lizzie. »Aber das war ja schon immer so.«

»*Aye*, nur haben Sie noch nie darauf gehört.«

Er spürte einen schmerzhaften Ellbogenstoß in seiner Seite. Es war Esther, die ihm auf diese Weise zu verstehen gab, daß er aufpassen mußte. Klüger sein zu wollen als die Gentry, der Landadel, hatte sich noch nie ausgezahlt. »Wir werden über das, was Sie uns gesagt haben, nachdenken, Miss Hallim, und danken Ihnen sehr für Ihren guten Rat«, sagte sie.

Lizzie nickte herablassend. »Sie sind doch Esther, nicht wahr?«

»*Aye,* Miss.«

Lizzie wandte sich an Mack. »Sie sollten mehr auf Ihre Schwester hören. Esther hat ein besseres Gespür als Sie.«

»Das ist der erste richtige Satz, den Sie heute zu mir gesagt haben.«

»He, Mack, *halt den Rand!*« zischte Esther.

Lizzie grinste, und plötzlich war ihre Arroganz wie fortgeblasen. Ein Lächeln hellte ihre Miene auf, und sie war wie verwandelt, eine nette, fröhliche junge Frau. »Diesen Ausdruck habe ich schon lange nicht mehr gehört«, sagte sie und lachte – und Mack mußte unwillkürlich mitlachen.

Noch immer kichernd, wandte sie sich zum Gehen.

Mack sah ihr nach. Im Kirchenportal erschienen in diesem Augenblick die Jamissons, und Lizzie gesellte sich zu ihnen.

»Mein Gott«, sagte er. »Was für eine Frau!«

Erster Teil
Kapitel 4

Die Auseinandersetzung in der Kirche empörte Jay. Leute, die sich über ihren Stand erhoben, regten ihn maßlos auf. Daß Malachi McAsh zeitlebens unter Tage Kohle hauen mußte und er, Jay Jamisson, eine höhere Existenz führen durfte, war Gottes Wille und entsprach dem Gesetz des Landes. Jedes Aufbegehren gegen die natürliche Ordnung der Dinge war lästerlich und von Übel. Hinzu kam, daß der Ton, den dieser McAsh am Leibe hatte, ihn zur Weißglut bringen konnte; es klang fast so, als hielte er sich für einen Gleichen unter Gleichen, ganz egal, wie hochgeboren die Leute waren, zu denen er sprach.

In den Kolonien war das anders. Sklave war dort Sklave. Von Arbeitslöhnen war nicht die Rede, und auf einen solchen Unsinn wie »nach einem Jahr und einem Tag Arbeit« kam dort keiner. So sollte es überall sein, dachte Jay. Ohne Zwang arbeiten die Menschen nicht, und der Zwang darf ruhig gnadenlos sein – Hauptsache, er erfüllt seinen Zweck.

Draußen vor der Kirche gratulierten ihm nur ein paar Pächter zu seinem einundzwanzigsten Geburtstag. Die Bergarbeiter hatten sich am Rand des Friedhofs zusammengerottet und waren in ein heftiges, raunendes Streitgespräch verwickelt. Jay ärgerte sich furchtbar darüber, daß sie ihm mit ihrem Auftritt seinen Ehrentag verdarben.

Eilig ging er durch das Schneetreiben zu den Pferden, die ein Stallknecht für sie bereithielt. Robert war bereits dort, doch Lizzie fehlte noch. Jay drehte sich um und hielt nach ihr Ausschau. Er freute sich auf den gemeinsamen Heimritt. »Wo ist Miss Elizabeth?« fragte er den Stallknecht.

»Dort drüben, beim Portal, Mr. Jay.«

Jetzt entdeckte Jay sie. Sie unterhielt sich angeregt mit dem Pastor.

Robert wandte sich zu seinem Bruder und tippte ihm mit dem Zeigefinger auf die Brust. Er war sichtlich aggressiv. »Hör mir mal gut zu, Jay«, sagte er. »Laß die Pfoten von Elizabeth Hallim, verstanden?«

Seine Miene zeigte, daß er es ernst meinte. Wenn er in dieser Laune war, reizte man ihn besser nicht, das konnte gefährlich werden.

Doch aus seiner Wut und Enttäuschung erwuchs Jay ungewohnter Mut.

»Wovon redest du eigentlich, zum Teufel?« fragte er.

»Du wirst sie nicht heiraten, Jay. Sie gehört mir.«

»Ich will sie doch gar nicht haben.«

»Dann poussier nicht mit ihr herum.«

Jay wußte, daß Lizzie ihn anziehend fand, und die harmlose Neckerei mit ihr hatte ihm Spaß gemacht, aber er hatte nie daran gedacht, ihr Herz zu erobern. Als er vierzehn und sie dreizehn gewesen war, hielt er sie für das hübscheste Mädchen der Welt, und es hatte ihm schier das Herz gebrochen, daß sie sich nicht für ihn interessierte (sie wollte allerdings auch von den anderen Jungen nichts wissen). Doch das war lange her. Vater hatte die Absicht, Robert mit Lizzie zu verheiraten, und weder Jay noch sonst jemand in der Familie würde sich den Wünschen Sir Georges widersetzen. Daß sich Robert trotzdem so aufregte, wunderte Jay. Es verriet eine Unsicherheit, wie man sie weder von ihm noch von seinem Vater gewohnt war.

Jay genoß das seltene Vergnügen, seinen Bruder so verwundbar zu sehen. »Wovor hast du denn Angst?« fragte er.

»Du weißt verdammt gut, worum es mir geht. Du hast mir schon immer alles weggenommen, schon als kleiner Junge. Mein Spielzeug, meine Kleider – alles ...«

»Weil du immer alles bekommen hast, was du wolltest, und

ich nie etwas.« Hinter der Antwort steckte jahrelang aufgestauter Groll.

»Quatsch.«

»Was soll ich denn machen?« lenkte Jay ein. »Miss Hallim ist Gast in unserem Hause – ich kann sie doch nicht wie Luft behandeln.«

Ein störrischer Zug lag um Roberts Mund. »Willst du, daß ich mit Vater darüber spreche?«

Das waren die Zauberworte, die viele Streitereien in ihrer Jugend beendet hatten, denn beide Brüder wußten nur zu genau, daß Vater immer nur Robert recht geben würde.

»Schon gut, schon gut«, sagte Jay, während ihm eine nur allzu bekannte Bitterkeit fast den Hals abschnürte. »Ich halt' mich aus deiner Brautwerbung heraus.«

Er schwang sich auf sein Pferd und ritt davon. Sollte Robert doch Lizzie zum Schloß eskortieren!

Schloß Jamisson, eine hohe Festung aus grauem Stein mit Türmen und zinnenbewehrtem Dach, wirkte so streng und abweisend wie viele schottische Herrenhäuser. Es war vor siebzig Jahren errichtet worden, nachdem die erste Kohlegrube im Tal den Hausherrn reich gemacht hatte.

Sir George hatte das Gut von einem Vetter seiner ersten Frau geerbt. Soweit Jay zurückdenken konnte, war sein Vater von der Kohle wie besessen gewesen und hatte all seine Zeit und all sein Geld in die Erschließung neuer Gruben investiert. Am Schloß war dagegen kaum etwas getan worden.

Obwohl er hier aufgewachsen war, fühlte sich Jay nicht wohl im Schloß. Die riesigen, zugigen Räume im Erdgeschoß – Halle, Speisesaal, Salon, Küche und Dienstbotenzimmer – umschlossen einen großen zentralen Innenhof mit einem Brunnen, der von Oktober bis Mai eingefroren war. Das Gebäude war einfach nicht warm zu bekommen. Daß in jedem Schlafzimmer reichlich Kohle aus den Jamissonschen Gruben verheizt wurde, beeindruckte die kalte, klamme Luft in den Gemächern wenig, und auf den Gängen war es meist so frostig, daß man sich einen Mantel anziehen mußte, wenn man von einem Raum in den anderen gehen wollte.

Vor zehn Jahren war die Familie dann nach London gezogen. Im Schloß verblieb nur eine kleine Gruppe von Bediensteten, um das Gebäude in Ordnung zu halten und das Wild zu schützen. Eine Zeitlang kehrte man Jahr für Jahr mit Gästen und Personal zurück. In Edinburgh mietete sich die Familie Pferde und eine Kutsche. Pächterfrauen scheuerten für einen geringen Lohn die Steinfliesen, sorgten dafür, daß die Feuer nicht ausgingen, und leerten die Nachttöpfe. Doch mit der Zeit fiel es Vater immer schwerer, sich von seinen Geschäften loszureißen, und so reisten sie immer seltener nach Schottland. Daß sie ausgerechnet in diesem Jahr die alte Gewohnheit wieder aufgenommen hatten, gefiel Jay überhaupt nicht, doch empfand er bei allem Verdruß die Begegnung mit der herangewachsenen Lizzie Hallim als angenehme Überraschung – und dies nicht nur, weil er durch sie die Chance bekam, den ansonsten stets vom Glück begünstigten älteren Bruder ein wenig zu quälen.

Er ritt zu den Ställen hinter dem Haus, saß ab und tätschelte dem Wallach den Hals. »Für Hindernisrennen taugt er nicht viel, aber er ist ein braves Pferd«, sagte er zu dem Stallknecht, während er ihm die Zügel in die Hand drückte. »Ich wäre froh, wenn ich ihn in meinem Regiment hätte.«

Der Stallknecht freute sich über das Lob. »Danke, Sir.«

Jay betrat die große Halle, einen riesigen, düsteren Raum mit noch dunkleren Ecken und Winkeln, die vom Kerzenlicht kaum erreicht wurden. Auf einem alten Fell vor dem Kohlenfeuer lag ein schläfriger Jagdhund. Jay stieß ihn mit der Stiefelspitze an und scheuchte ihn fort, um sich die Hände zu wärmen.

Über dem Kamin hing das Porträt von Roberts Mutter Olivia, der ersten Frau Sir Georges. Jay haßte das Gemälde. Da hing sie nun, feierlich und fromm, und schaute an ihrer langen Nase vorbei auf die Nachwelt herab. Mit neunundzwanzig Jahren war sie an einem plötzlichen Fieber gestorben. Vater hatte ein zweites Mal geheiratet, seine erste Liebe aber nie vergessen können. Alicia, die Mutter seines zweiten Sohnes, behandelte er wie eine Mätresse; sie war nur ein Spielzeug für ihn, eine Frau ohne Rang und Rechte, und Jay hatte manchmal das Gefühl, er selber sei nichts weiter als ein illegitimer Sohn. Robert war der Erstgeborene, der Erbe, der Liebling. Es gab Momente, da hätte Jay am liebsten gefragt, ob Robert durch unbefleckte Empfängnis und Jungferngeburt das Licht der Welt erblickt hatte.

Er wandte dem Gemälde den Rücken zu. Ein Diener brachte ihm einen Becher Glühwein. Dankbar schlürfte er ein paar Schlucke und hoffte insgeheim, sie könnten ihn von der nervösen Spannung befreien, die sich in seiner Magengrube breitgemacht hatte. Heute war der Tag, an dem Vater die Entscheidung über sein Erbteil bekanntgeben wollte.

Er wußte, daß er nicht die Hälfte des väterlichen Vermögens bekommen würde, ja, nicht einmal ein Zehntel. Das Gut und die ertragreichen Gruben würde Robert erhalten, ebenso die Handelsflotte, für die er schon jetzt verantwortlich war. Jays Mutter hatte ihrem Sohn geraten, deswegen keinen Streit anzuzetteln; sie wußte, daß Vater einschnappen und dann unversöhnlich sein konnte.

Robert war nicht einfach nur der älteste Sohn. Er war ein Duplikat seines Vaters. Jay war das nicht, und deshalb wollte Vater auch nichts von ihm wissen. Robert war, wie Vater, ein cleverer, aber herzloser und geiziger Mann, Jay dagegen umgänglich und verschwenderisch. Vater haßte Menschen, die zu viel Geld ausgaben; vor allem, wenn es sein eigenes war. Mehr als einmal hatte er Jay angebrüllt: »Ich schwitze Blut und Wasser, um das Geld zu verdienen, das du dann zum Fenster hinauswirfst!«

Erst vor wenigen Monaten hatte Jay die Lage durch Spielschulden in Höhe von neunhundert Pfund noch verschlimmert. Er hatte seine Mutter gebeten, Vater um die Begleichung zu bitten. Es war ein kleines Vermögen, das ausgereicht hätte,

Schloß Jamisson zu kaufen, aber Sir George konnte es ohne weiteres verschmerzen. Dennoch hatte er getobt, als wolle man ihm ein Bein abschneiden. Inzwischen waren schon wieder neue Spielschulden aufgelaufen, von denen Vater noch gar nichts wußte.

Mutter riet ihm: »Laß es nicht auf einen Streit mit deinem Vater ankommen, sondern bitte ihn um einen bescheidenen Anteil.« Nachgeborene Söhne gingen oft in die Kolonien, und es bestand durchaus die Chance, daß Vater ihm die Zuckerplantage auf Barbados mit Haus und Negersklaven übereignen würde. Sowohl er als auch seine Mutter hatten Sir George darauf angesprochen, und der hatte zwar nicht ja gesagt, aber auch nicht nein. Jay machte sich nach wie vor große Hoffnungen.

Ein paar Minuten später kehrte sein Vater zurück. Er trat sich den Schnee von den Reitstiefeln und ließ sich von einem Diener aus dem Mantel helfen. »Benachrichtigen Sie sofort Ratchett«, sagte er zu dem Mann. »Ich möchte, daß die Brücke rund um die Uhr von zwei Mann bewacht wird. Wenn McAsh versucht, das Tal zu verlassen, soll er sofort festgenommen werden.«

Es gab nur eine Brücke über den Fluß, doch konnte man das Tal auch noch auf einem anderen Weg verlassen. »Und was ist, wenn McAsh über den Berg geht?« fragte Jay.

»Bei diesem Wetter? Soll er's ruhig versuchen! Sobald wir hören, daß er verschwunden ist, schicken wir auf der Straße eine Patrouille los, um den Berg herum; die wird dafür sorgen, daß der Sheriff und die Soldaten ihn schon erwarten, sobald er drüben auftaucht. Aber ich denke, er wird es gar nicht schaffen.«

Jay war sich da nicht so sicher – diese Bergarbeiter waren zäh wie Hirschleder, und McAsh war ein ganz besonders durchtriebener Bursche –, aber er hütete sich, seinem Vater zu widersprechen.

Lady Hallim traf als nächste ein. Sie hatte dunkles Haar und dunkle Augen wie ihre Tochter, doch nichts von deren Feuer und Temperament. Sie war rundlich und untersetzt, und ihr fleischiges Gesicht war tief gefurcht von Falten, die verrieten, daß sie mit vielem, was sie sah und hörte, nicht einverstanden war.

»Darf ich Ihnen Ihren Mantel abnehmen?« fragte Jay und half ihr aus dem schweren Pelz. »Kommen Sie ans Feuer, Ihre Hände sind ja ganz kalt! Möchten Sie vielleicht einen Becher Glühwein?«

»O ja, gerne, Jay. Sie sind wirklich ein sehr netter junger Mann!«

Nun kamen auch die anderen Kirchgänger nach Hause. Sie rieben sich die Hände warm, und schmelzender Schnee tropfte aus ihren Kleidern auf den Steinfußboden. Robert bemühte sich verbissen, die Konversation mit Lizzie nicht abreißen zu lassen. Er sprang von einem belanglosen Thema zum anderen, als habe er eine Liste abzuhaken. Sir George begann eine geschäftliche Unterhaltung mit Henry Drome, einem Glasgower Kaufmann aus der Verwandtschaft seiner ersten Frau, und Jays Mutter plauderte mit Lady Hallim. Der Pastor und seine Gattin waren nicht erschienen; vielleicht waren sie eingeschnappt wegen der Szene in der Kirche. Gekommen waren indessen noch verschiedene andere Gäste, hauptsächlich Verwandte: Sir Georges Schwester und ihr Mann, Alicias jüngerer Bruder mit Gemahlin und ein oder zwei Nachbarn. Die meisten Gespräche drehten sich um Malachi McAsh und den dummen Brief, den er geschrieben hatte.

Es dauerte nicht lange, als plötzlich Lizzies Stimme deutlich das Stimmengewirr übertönte. Einer nach dem anderen drehten sich die Anwesenden nach ihr um.

»Aber warum denn nicht?« sagte sie. »Ich möchte das mit eigenen Augen kennenlernen!«

»Ein Kohlebergwerk ist nicht der richtige Ort für eine Lady, glauben Sie mir«, sagte Robert in ernstem Ton.

»Verstehe ich das recht?« mischte sich Sir George ein. »Miss Hallim möchte ein Bergwerk von innen sehen?«

»Ja, ich denke, ich sollte wissen, wie es da unten aussieht«, erklärte Lizzie.

»Ganz abgesehen von anderen Erwägungen würde allein die Frauenkleidung erhebliche Probleme mit sich bringen.«

»Dann verkleide ich mich eben als Mann!« konterte Lizzie.

Sir George lachte. »Ich kenne ein paar Mädchen, denen ich das zutrauen würde. Aber Sie, meine Teuerste, sind doch viel zu hübsch dafür. Als Junge gehen Sie nie durch!«

Er blickte in die Runde, felsenfest überzeugt, daß ihm ein besonders gutes Kompliment gelungen war. Die anderen lachten pflichtgemäß.

Jays Mutter stieß ihren Mann an und flüsterte ihm etwas zu. »Ach ja«, sagte Sir George. »Sind alle Becher gefüllt?« Ohne eine Antwort abzuwarten, fuhr er fort: »Laßt uns auf meinen zweiten Sohn James Jamisson trinken, uns allen als Jay bekannt. Er feiert heute seinen einundzwanzigsten Geburtstag. Auf dein Wohl, Jay!«

Man prostete dem jungen Mann zu. Dann zogen sich die Damen zurück, um sich fürs Dinner zurechtzumachen. Die Männer wandten sich wieder geschäftlichen Themen zu.

»Die Nachrichten aus Amerika gefallen mir ganz und gar nicht«, sagte Henry Drome. »Wenn das stimmt, könnten wir am Ende schwer draufzahlen müssen.«

Jay wußte, worüber der Mann sprach. Die englische Regierung hatte – sehr zum Unmut der Siedler – verschiedene Gebrauchsgüter, die in die amerikanischen Kolonien eingeführt wurden, mit Steuern belegt, unter anderem Tee, Papier, Glas, Blei und Malerfarben.

»Da soll unsere Armee sie vor Franzmännern und Rothäuten schützen, aber bezahlen wollen sie dafür nicht«, bemerkte Sir George empört.

»Sie werden's wohl auch nicht«, meinte Drome. »Die Stadtversammlung von Boston hat bereits einen Boykott aller britischen Importe beschlossen. Sie verzichten auf Tee und haben sich sogar darauf geeinigt, bei der Trauerkleidung zu sparen, damit sie nicht mehr soviel schwarzes Tuch benötigen!«

»Wenn die anderen Kolonien dem Beispiel von Massachusetts folgen, gibt es für die Hälfte unserer Flotte keine Ladung mehr«, ergänzte Robert.

»Die Kolonisten sind eine gottverdammte Räuberbande«, polterte Sir George. »Und die allerschlimmsten davon sind die Rum-Brenner in Boston!« Jay wunderte sich, wie sehr sein Vater sich erregte; offenbar kostete ihn das Problem Geld. »Sie sind gesetzlich verpflichtet, für ihre Destillen Melasse von britischen Pflanzungen zu kaufen. Aber was tun sie? Sie schmuggeln französische Melasse ein und treiben so die Preise in den Keller!«

»Noch schlimmer sind die Kerle in Virginia«, sagte Drome. »Diese Tabakpflanzer begleichen niemals ihre Schulden.«

»Wem sagst du das?« erwiderte Sir George. »Ich hatte gerade wieder den Fall eines Pflanzers, der seine Verbindlichkeiten nicht einhalten kann – und da sitze ich nun mit einer bankrotten Pflanzung namens ›Mockjack Hall‹!«

»Gott sei Dank gibt es keine Einfuhrzölle auf Sklaven«, warf Robert ein und erntete damit zustimmendes Gemurmel.

Der profitabelste Zweig der Jamissonschen Reederei bestand im Transport überführter Krimineller nach Amerika. Jahr für Jahr verurteilten die Gerichte mehrere hundert Menschen zur Deportation nach Amerika – das war bei kleineren Vergehen wie Diebstahl eine Alternative zur üblichen Verurteilung zum Tod am Galgen. Die Regierung zahlte dem Reeder, der den Transport übernahm, fünf Pfund pro Kopf. Neun von zehn Deportierten überquerten den Atlantik auf einem Jamisson-Schiff. Doch die Bezahlung seitens der Regierung war nicht die einzige Geldquelle. Drüben angekommen, waren die Sträflinge zu sieben Jahren unbezahlter Arbeit verpflichtet, was zur Folge hatte, daß man sie als »Sieben-Jahre-Sklaven« verkaufen konnte. Für Männer wurden Preise zwischen zehn und fünfzehn Pfund, für Frauen acht bis neun Pfund erzielt. Kinder waren billiger.

Mit einhundertdreißig bis einhundertvierzig auf engstem Raum zusammengepferchten Sträflingen erwirtschaftete Robert auf einer einzigen Fahrt zweitausend Pfund Profit, was ungefähr dem Preis eines neuen Schiffes entsprach. Es war ein äußerst lukratives Gewerbe.

»*Aye*«, sagte sein Vater und leerte seinen Becher. »Aber selbst damit wäre es vorbei, wenn die Kolonisten ihren Willen durchsetzten.«

Die Kolonisten beschwerten sich unentwegt über diese Bestimmung. Obwohl sie nach wie vor Sträflinge kauften – der Bedarf an billigen Arbeitskräften war anderweitig gar nicht zu befriedigen –, warfen sie dem Mutterland vor, es lade seinen Abschaum bei ihnen ab, und machten die Sträflinge für die wachsende Kriminalität verantwortlich.

»Auf die Kohlegruben kann man sich wenigstens noch verlassen«, fuhr Sir George fort. »Sie sind ein sicherer Rückhalt in diesen unsicheren Zeiten. Und deshalb müssen wir diesen McAsh auch zum Schweigen bringen.«

Da alle Anwesenden eine eigene Meinung über McAsh hatten, löste Sir Georges Bemerkung sofort angeregte Diskussionen aus. Der Hausherr indes schien von dem Thema genug zu haben. Er wandte sich Robert zu und sagte in scherzhaftem Ton: »Na, was hältst du von der kleinen Hallim, he? Ein ungeschliffenes Juwel, wenn du mich fragst ...«

»Elizabeth ist sehr lebhaft«, gab Robert zweideutig zurück.

»Das stimmt«, erwiderte sein Vater lachend. »Ich erinnere mich noch, wie wir vor acht oder zehn Jahren den letzten Wolf in diesem Teil von Schottland schossen. Damals bestand sie darauf, die Jungen selbst aufzuziehen. Da lief doch dieses Mädchen mit zwei jungen Wölfen an der Leine durch die Gegend! Nein, so etwas hat man sein Lebtag nicht gesehen! Die Wildhüter waren außer sich. Sie fürchteten, die jungen Bestien würden ausbrechen und den Wald unsicher machen. Glücklicherweise sind sie dann aber gestorben.«

»Sie wäre eine anstrengende Ehefrau«, sagte Robert.

»Nichts geht über eine feurige Stute!« entgegnete Sir George. »Abgesehen davon: Ein Ehemann hat stets das Sagen, in allen Lebenslagen. Es gäbe viel schlimmere …« Er senkte die Stimme. »Lady Hallim verwaltet das Gut treuhänderisch bis zur Hochzeit ihrer Tochter. Da das Eigentum einer Frau in den Besitz ihres Mannes übergeht, gehört das Gut vom Hochzeitstag an dir!«

»Ich weiß«, sagte Robert.

Jay wußte es noch nicht, aber es überraschte ihn wenig: Nur wenige Männer würden gerne einer Frau ein nennenswertes Gut vermachen.

Sir George fuhr fort: »Unter High Glen müssen Millionen Tonnen Kohle lagern – alle Flöze laufen in diese Richtung. Das Mädchen hockt auf einem Vermögen.« Er kicherte.

Robert blieb stur: »Ich weiß nicht, wie sehr sie mich mag.«

»Was sollte ihr an dir mißfallen? Du bist jung, du wirst einmal sehr reich sein, und wenn ich sterbe, bist du ein Baronet. Was könnte sich ein junges Mädchen Schöneres wünschen?«

»Romantik?« erwiderte Robert fragend. Er sprach das Wort mit Ekel aus, als wäre es eine unbekannte, von einem fremden Händler angebotene Münze.

»Romantik kann sich Miss Hallim gar nicht leisten.«

»Ich weiß nicht«, sagte Robert. »Lady Hallim hat Schulden, seitdem ich denken kann. Warum soll das nicht ewig so weitergehen?«

»Ich verrate euch jetzt ein Geheimnis«, sagte Sir George zu seinen Söhnen und sah sich verstohlen nach möglichen Lauschern um. »Du weißt, daß sie das gesamte Gut verpfändet hat?«

»Das weiß doch jeder!«

»Aber ich weiß zufällig, daß ihr Gläubiger nicht bereit ist, die Laufzeit zu verlängern.«

»Es sollte ihr nicht schwerfallen, einen anderen Geldgeber zu finden und den ersten auszuzahlen.«

»Eigentlich nicht«, bestätigte Sir George, »aber das weiß sie nicht. Und ihr finanzieller Berater wird es ihr nicht sagen – dafür habe ich gesorgt.«

Ob er diesen Berater bestochen oder bedroht hat, fragte sich Jay.

Sir George kicherte. »Du siehst also, lieber Robert, daß die junge Dame es sich gar nicht leisten kann, dir einen Korb zu geben.«

Henry Drome verließ eine kleine Gesprächsrunde in der Nähe und kam auf die drei Jamissons zu. »George, bevor wir zum Essen gehen, muß ich dich noch um etwas bitten. Ich darf vor deinen Söhnen offen sprechen kann, nicht wahr?«

»Selbstverständlich.«

»Die Unruhen in Amerika haben mich ziemlich schwer getroffen – Pflanzer, die ihre Schulden nicht begleichen, und so weiter ... Ich fürchte, ich kann meine Verpflichtungen dir gegenüber in diesem Quartal nicht erfüllen.«

Sir George hatte Henry offenbar Geld geliehen. Normalerweise pflegte er mit Schuldnern kurzen Prozeß zu machen: Entweder sie zahlten, oder sie wanderten ins Gefängnis. Diesmal reagierte er jedoch völlig anders.

»Kann ich verstehen, Henry. Die Zeiten sind nicht leicht. Zahl mir das Geld zurück, wenn du kannst.«

Jay stand mit offenem Mund daneben. Doch er brauchte nicht lange, um zu erkennen, was hinter Vaters Milde stand. Drome war ein Verwandter von Olivia, Roberts Mutter, und nur um ihretwillen war Vater so nachsichtig. Jay war so empört darüber, daß er auf dem Fuße kehrtmachte und davonging.

Die Damen kamen zurück. Jays Mutter schien ein Lächeln zu unterdrücken; es war, als habe man sie gerade in ein amüsantes Geheimnis eingeweiht. Bevor ihr Sohn sie fragen konnte, erschien ein weiterer Gast, ein Unbekannter im grauen Rock eines Geistlichen. Alicia unterhielt sich kurz mit ihm und führte ihn dann zu Sir George. »Das ist Mr. Cheshire«, sagte sie. »Er vertritt den Pastor.«

Der neue Gast war ein pockennarbiger, bebrillter junger Mann mit einer altmodischen Lockenperücke. Im Gegensatz zu Sir George und anderen Herren fortgeschrittenen Alters trugen junge Männer nur noch selten Perücken. Jay verzichtete gänzlich darauf.

»Reverend York läßt sich entschuldigen«, sagte Mr. Cheshire.

»Keine Ursache, keine Ursache«, erwiderte Sir George und wandte sich ab. Untergeordnete junge Kleriker interessierten ihn nicht.

Man begab sich zum Dinner. Der Essensduft vermischte sich mit dem feuchten Geruch der schweren alten Vorhänge. Auf dem langen Tisch standen erlesene Speisen: Wildbret- und Rindfleischkeulen, Schinken, ein großer gerösteter Lachs und verschiedene Pasteten. Dennoch brachte Jay kaum einen Bissen herunter.

Ob er mir die Pflanzung auf Barbados überschreiben wird, fragte er sich. Und wenn nicht – was bekomme ich dann?

Es war nicht leicht, still bei Tisch zu sitzen und zu essen, wenn man wußte, daß eine Entscheidung mit weitreichenden Folgen für die eigene Zukunft bevorstand.

In gewisser Weise war ihm sein Vater völlig fremd. Sie wohnten zwar gemeinsam im Stadthaus der Familie am Grosvenor Square, doch hielten sich Sir George und Robert meistens im Speicherhaus auf, während Jay den Tag bei seinem Regiment verbrachte. Manchmal frühstückten sie gemeinsam, und gelegentlich sah man sich auch beim Abendessen. Oft nahm Sir George das Abendessen in seinem Arbeitszimmer ein und studierte dabei die Zeitungen. Jay konnte die Entscheidung seines Vaters beim besten Willen nicht voraussagen. Er stocherte lustlos in seinem Essen herum und wartete.

Mr. Cheshires Betragen war ein wenig peinlich. Zwei- oder dreimal rülpste er vernehmlich und verschüttete seinen Rotwein, und Jay beobachtete, wie er der neben ihm sitzenden Dame ziemlich ungeniert in den Ausschnitt starrte.

Man hatte sich gegen drei Uhr nachmittags zum Essen niedergelassen. Als der Winternachmittag allmählich in den Abend überging, zogen sich die Damen zurück. Kaum hatte die letzte den Raum verlassen, setzte sich Sir George auf seinem Stuhl zurecht und furzte vulkanisch.

»Jetzt geht's mir besser!« sagte er befreit.

Ein Diener brachte eine Portweinflasche, eine Tabaksdose und ein Kästchen mit Tonpfeifen. Der junge Pfarrer stopfte sich eine Pfeife und sagte: »Lady Jamisson ist eine verdammt nette Frau, Sir George, wenn ich mir die Bemerkung erlauben darf. Verdammt nett ...«

Er wirkte betrunken, doch selbst in diesem Zustand hätte man ihm einen solchen Kommentar nicht durchgehen lassen können. Jay verteidigte seine Mutter. »Ich wäre Ihnen dankbar, Sir, wenn Sie sich weiterer Bemerkungen über Lady Jamisson enthalten könnten«, sagte er frostig.

Der Gottesmann zündete sich mit einer Wachskerze die Pfeife an, inhalierte – und begann zu husten. Er hatte offensichtlich noch nie geraucht. Seine Augen tränten, er spuckte, rang nach Luft und hustete neuerlich. So heftig war der Hustenanfall, daß ihm seine Perücke herunterrutschte und die Brille von der Nase fiel. Und da erkannte Jay sofort, daß er gar kein Pfarrer war.

Er lachte. Die anderen sahen ihn fragend an. »So seht doch!« rief er. »Seht ihr nicht, wer das ist?«

Der erste, der es erkannte, war Robert: »Gott im Himmel, das ist ja Miss Hallim. Sie hat sich verkleidet!«

Einen Augenblick lang herrschte verdutztes Schweigen. Dann begann Sir George zu lachen. Als die anderen Männer merkten, daß der Hausherr den Vorfall mit Humor nahm, stimmten sie in sein Gelächter ein.

Lizzie trank einen Schluck Wasser und hüstelte noch. Während sie sich erholte, bewunderte Jay ihr Kostüm. Die Brille hatte ihre funkelnden dunklen Augen verborgen, und die Seitenlocken der Perücke hatten teilweise ihr hübsches Profil verschleiert. Ein weißer Leinenstrumpf ließ ihren Hals dicker erscheinen und verdeckte die glatte, feminine Haut ihres Halses. Die »Pockennarben« auf ihren Wangen hatte sie mit Holzkohle oder etwas Ähnlichem aufgemalt, ebenso wie die spärlichen »Haare« auf ihrem Kinn, die den Bartflaum eines jungen Mannes vortäuschten, der sich noch nicht jeden Tag rasiert. In den düsteren Gemächern des Schlosses hatte niemand erkannt, daß es sich um eine Maske handelte.

»Wohlan, Sie haben bewiesen, daß Sie als Mann durchgehen können«, sagte Sir George, nachdem Lizzie endlich zu husten aufgehört hatte. »In einem Kohlebergwerk haben Sie trotzdem nichts zu suchen. Und jetzt holen Sie bitte die anderen Damen. Wir wollen Jay sein Geburtstagsgeschenk überreichen.«

Jay, der vorübergehend seine Beklommenheit vergessen hatte, spürte auf einmal wieder einen Kloß im Hals.

Man traf sich in der Halle. Jays Mutter und Lizzie platzten schier vor Lachen: Offenbar war Alicia in den Plan eingeweiht gewesen, wodurch sich auch ihr geheimnisvolles Grinsen vor dem Essen erklärte. Lizzies Mutter hatte nichts davon gewußt und blickte nun entsprechend pikiert.

Sir George führte die Gesellschaft durch das Hauptportal hinaus. Die Abenddämmerung hatte bereits begonnen, aber es schneite nicht mehr.

»Hier«, sagte Sir George, an Jay gewandt. »Dein Geburtstagsgeschenk.«

Auf dem Hof stand, von einem Stallknecht gehalten, das schönste Pferd, das Jay je gesehen hatte. Es war ein ungefähr zwei Jahre alter Schimmelhengst mit den schmalen Zügen eines Arabers. Vom plötzlichen Erscheinen der vielen Menschen nervös geworden, wich er ein Stück zurück, was den Stallknecht dazu veranlaßte, die Zügel schärfer anzuziehen. Ein wilder Blick lag in den Augen des Hengstes, und Jay erkannte sofort, daß dieses Pferd wie der Sturmwind galoppieren konnte.

Er war noch ganz hingerissen vor Bewunderung, als plötzlich die Stimme seiner Mutter wie ein Messer durch seine Gedanken schnitt. »Ist das alles?« fragte sie.

»Also, Alicia ...«, sagte Vater. »Ich hoffe doch, du bist nicht undankbar ...«

»Ist das alles?« wiederholte sie, und Jay sah, daß ihr Gesicht nur noch eine wutverzerrte Fratze war.

»Ja«, gestand Sir George.

Jay war noch gar nicht auf die Idee gekommen, daß er den Hengst *anstelle* der Pflanzung auf Barbados erhalten sollte. Entgeistert starrte er seine Eltern an und begriff. Seine Verbitterung war so groß, daß er kein Wort über die Lippen brachte.

Seine Mutter sprach an seiner Statt. Er hatte sie noch nie so wütend gesehen. »Das ist dein Sohn!« rief sie mit schriller Stimme. »Er ist einundzwanzig Jahre alt und hat ein Recht auf seinen Anteil – und du gibst ihm ein *Pferd?*«

Die Gäste beobachteten die Szene ebenso entsetzt wie fasziniert.

Sir George lief rot an. »Mir hat niemand etwas gegeben, als ich einundzwanzig wurde!« sagte er zornig. »Ich habe nicht einmal ein Paar Schuhe geerbt!«

»Ach, um Himmels willen«, erwiderte Alicia voller Verachtung. »Wir kennen diese Geschichte doch längst alle. Dein Vater starb, als du vierzehn warst, und du hast im Hammerwerk gearbeitet, um deine Schwestern zu ernähren ... Das ist alles kein Grund, deinen eigenen Sohn mit Armut zu bestrafen.«

»Armut?« Sir George breitete die Hände aus. Seine Geste umfaßte das Schloß, das Gut und das herrschaftliche Leben, das sie führten. »Was für Armut denn?«

»Er braucht seine Unabhängigkeit! So gib ihm doch in Gottes Namen die Pflanzung auf Barbados.«

»Die gehört mir!« protestierte Robert.

Jay hatte sich soweit gefaßt, daß er wieder sprechen konnte. »Die Plantage ist nie richtig geleitet worden«, sagte er. »Ich hatte vor, sie wie ein Regiment zu führen. Die Nigger sollen härter arbeiten, dann wirft sie auch wieder ordentlich Profit ab.«

»Glaubst du wirklich, daß dir das gelingen könnte?« fragte sein Vater.

Jays Herz machte einen Sprung. Vielleicht änderte Vater seine Meinung ja noch. »Jawohl, das glaube ich!« sagte er im Brustton der Überzeugung.

»Aber ich nicht!« erwiderte Sir George streng.

Jay hatte das Gefühl, man habe ihn in die Magengrube geschlagen.

»Ich glaube, du hast nicht die leiseste Ahnung, wie man eine Plantage oder ein anderes Unternehmen leitet«, knurrte Sir George. »Nach meiner Meinung bis du in der Armee, wo man dir sagt, was du zu tun hast, am besten aufgehoben.«

Noch ein Tiefschlag. Jay betrachtete den wunderschönen Schimmelhengst. »Ich werde dieses Pferd niemals reiten«, sagte er. »Führt es weg.«

»Robert bekommt das Schloß, die Kohlegruben, die Schiffe und alles andere«, sagte Alicia zu ihrem Mann. »Muß er denn unbedingt auch die Plantage haben?«

»Er ist der älteste Sohn.«

»Jay ist jünger, ja, aber er stellt auch etwas dar. Warum muß Robert denn *alles* bekommen?«

»Um seiner Mutter willen«, antwortete Sir George.

Alicia starrte ihren Ehemann an, und Jay erkannte, daß sie ihn haßte. *Und ich hasse ihn auch,* dachte er. *Ich hasse meinen Vater.*

»Schande über dich!« sagte Alicia, und die Gäste hielten entsetzt die Luft an. »Scher dich zum Teufel!«

Sie drehte sich um und verschwand im Haus.

Erster Teil
Kapitel 5

Die McAsh-Zwillinge lebten auf knapp zehn Quadratmetern Fläche in einem Ein-Zimmer-Häuschen. Auf der einen Seite befand sich eine Feuerstelle, auf der anderen standen in zwei mit Vorhängen abgetrennten Nischen die Betten. Die Vordertür führte auf einen schlammigen Pfad hinaus, welcher die Grube mit dem Talgrund verband und dort auf die Straße stieß, die zur Kirche, zum Schloß und in die Außenwelt führte. Ihr Wasser bezogen sie aus einem Bergbach hinter der Häuserzeile.

Den ganzen Rückweg über hatte sich Mack den Kopf über die Ereignisse in der Kirche zerbrochen, aber kein Wort darüber verloren, und Esther hatte taktvoll auf neugierige Fragen verzichtet. Bevor sie am Morgen aufgebrochen waren, hatten sie ein Stück Speck zum Kochen aufgesetzt. Nun, bei ihrer Heimkehr, duftete das ganze Haus danach, ließ Mack das Wasser im Munde zusammenlaufen und hellte ihre düstere Stimmung ein wenig auf. Esther schnippelte einen Kohlkopf in den Topf, und Mack holte bei Mrs. Wheighel gegenüber einen Krug Bier. Die beiden aßen mit dem gewaltigen Appetit von Menschen, die schwere körperliche Arbeit leisten.

Als das Essen verzehrt und das Bier getrunken war, rülpste Esther und sagte: »Also, was hast du vor?«

Mack seufzte. Nun, da ihm die Frage direkt gestellt wurde, wußte er, daß es nur eine einzige Antwort gab. »Ich muß fort von hier. Nach alldem, was heute geschehen ist, kann ich nicht bleiben. Mein Stolz läßt das nicht zu. Bliebe ich hier, wäre ich für alle jungen Leute im Tal ein lebendes Zeichen dafür, daß man gegen die Jamissons nicht aufbegehren kann. Ich muß fort.«

Er versuchte, ruhig zu bleiben, aber seine Stimme zitterte vor Erregung.

»Ich dachte mir schon, daß du das sagen würdest.« Tränen standen in Esthers Augen. »Du stellst dich gegen die mächtigsten Menschen im ganzen Land.«

»Aber ich bin im Recht.«

»*Aye*, aber auf Recht oder Unrecht kommt es in dieser Welt nicht an – erst in der nächsten.«

»Wenn ich jetzt nicht gehe, komme ich nie hier raus – und jammere den Rest meines Lebens darüber, daß ich es nicht getan habe.«

Esther nickte traurig. »Das stimmt schon. Aber was ist, wenn sie dich daran hindern?«

»Wie das?«

»Sie könnten die Brücke bewachen lassen.«

Der einzige andere Weg aus dem Tal hinaus führte über die Berge, war aber zu lang; die Jamissons würden ihn drüben abfangen. »Wenn sie die Brücke sperren, schwimme ich durch den Fluß.«

»Bei der Wasserkälte in dieser Jahreszeit wirst du das kaum überleben.«

»Der Fluß ist fünfundzwanzig bis dreißig Meter breit. Das schaffe ich in ungefähr einer Minute, denke ich.«

»Wenn sie dich erwischen, legen sie dir ein Eisenhalsband um wie Jimmy Lee und bringen dich zurück.«

Mack zuckte zusammen. Wie ein Hund mit einem Halsband herumlaufen zu müssen war eine bei allen Kumpeln gefürchtete Demütigung. »Ich bin cleverer als Jimmy Lee«, sagte er. »Als ihm das Geld ausging, hat er versucht, in einer Grube in Clackmannan Arbeit zu bekommen. Der Grubenbesitzer hat ihn dann verraten.«

»Das ist ja das Problem. Du brauchst doch etwas zu essen. Wie willst du dir deinen Lebensunterhalt verdienen? Du kennst doch nur die Arbeit in der Kohle.«

Mack hatte ein bißchen Geld gespart, das jedoch nicht lange vorhalten würde. Aber er hatte zu diesem Thema seine eigenen Vorstellungen.

»Ich sehe zu, daß ich nach Edinburgh komme«, sagte er. Vielleicht bot sich die Gelegenheit, auf einem der schweren Pferdegespanne mitzufahren, welche die Kohle an der Schachtöffnung in Empfang nahmen und abtransportierten. Aber es war allemal sicherer, zu Fuß zu gehen. »Und dort heuere ich auf einem Schiff an. Ich hab' gehört, daß auf den Kohleschiffen ständig junge, kräftige Männer gebraucht werden. In drei Tagen bin ich außer Landes. Und aus dem Ausland zurückholen können sie mich nicht, weil die schottischen Gesetze anderswo nicht gelten.«

»Auf ein Schiff!« staunte Esther. Keiner der beiden hatte je eines gesehen. Sie kannten Schiffe nur von Abbildungen in Büchern. »Wo kommst du denn dann hin?«

»Nach London, denke ich.« Die meisten Kohleschiffe aus Edinburgh fuhren nach London, doch Mack hatte sich sagen lassen, daß es auch welche gab, die Amsterdam ansteuerten. »Vielleicht aber auch nach Holland oder sogar nach Massachusetts.«

»Das sind bloß Namen«, erwiderte Esther. »Wir kennen keinen Menschen, der schon einmal in Massachusetts war.«

»Die Leute dort werden Brot essen, in Häusern leben und abends zu Bett gehen – so wie anderswo auch.«

»Wahrscheinlich«, gab Esther skeptisch zurück.

»Es ist mir auch egal«, sagte Mack. »Ich gehe überallhin. Hauptsache, ich komme raus aus Schottland. Ich will dorthin, wo ein Mann frei sein kann. Stell dir das doch mal vor: Du lebst, wie es dir gefällt, nicht so, wie man es dir vorschreibt. Du kannst dir deine Arbeit selber wählen und hast jederzeit die Freiheit, dir eine andere, besser bezahlte, sauberere oder sicherere Stelle zu suchen. Du bist dein eigener Herr und niemandes Sklave mehr – wäre das nicht toll?«

Heiße Tränen rollten über Esthers Wangen. »Wann willst du gehen?«

»Ich warte noch ein oder zwei Tage. Die Wachsamkeit der Jamissons läßt dann hoffentlich schon ein wenig nach. Aber am Dienstag werde ich zweiundzwanzig. Wenn ich Mittwoch wieder hinuntergehe, habe ich ein Jahr und einen Tag nach meinem einundzwanzigsten Geburtstag gearbeitet und bin wieder Sklave.«

»In Wirklichkeit bist du immer Sklave, ganz gleich, was in diesem Brief stand.«

»Aber der Gedanke, das Recht auf meiner Seite zu haben, gefällt mir. Was ich davon habe, weiß ich nicht, aber es ist nun einmal so. Die Jamissons werden dadurch zu Rechtsbrechern, ob sie es zugeben oder nicht. Ich werde also am Dienstagabend verschwinden.«

»Und ich?« fragte seine Schwester mit leiser Stimme.

»Du arbeitest am besten für Jimmy Lee. Er ist ein guter Hauer und sucht verzweifelt eine neue Trägerin. Und Annie ...«

Sie unterbrach ihn: »Ich komme mit!«

Das war eine Überraschung. »Das ist ja was ganz Neues! Davon hast du bisher nichts gesagt.«

Esther hob die Stimme. »Was glaubst du eigentlich, warum ich nie geheiratet habe?« fragte sie. »Weil ich dann Kinder kriege und nie aus diesem Elend hier rauskomme!«

Es stimmte, sie war die älteste unverheiratete Frau in Heugh. Bisher war Mack allerdings der Meinung gewesen, von den Männern im Dorf sei ihr keiner gut genug. Darauf, daß sie in all den Jahren heimlich darauf spekuliert hatte, eines Tages fliehen zu können, wäre er nie gekommen.

»Das habe ich nicht gewußt!«

»Ich hatte Angst. Hab' immer noch Angst. Aber wenn du jetzt gehst, komme ich mit.«

Er sah die Verzweiflung in ihren Augen, und es tat ihm weh, ihr eine Absage erteilen zu müssen. Aber er hatte keine andere Wahl. »Frauen können sich nicht auf einem Schiff verdingen«, erklärte er. »Wir haben kein Geld für deine Überfahrt, und abarbeiten kannst du sie nicht. Ich müßte dich in Edinburgh zurücklassen.«

»Wenn du gehst, bleibe ich jedenfalls nicht hier.«

Mack liebte seine Schwester. Sie hatten immer zusammengehalten, schon bei den üblichen Streitereien unter Kindern, später dann aber auch in Auseinandersetzungen mit den Eltern und bei Konflikten mit der Grubenleitung. Auch wenn Esther manchmal an der Klugheit ihres Bruders zweifelte, verteidigte sie ihn, wenn's drauf ankam, wie eine Löwin. Er hätte sie sehr gerne mitgenommen, aber die Flucht zu zweit war wesentlich schwieriger als für einen Mann allein.

»Bleib noch eine Weile hier, Esther«, sagte er. »Wenn ich irgendwo Fuß gefaßt habe, schreibe ich dir. Und sobald ich Arbeit habe, spare ich Geld und lasse dich holen.«

»Wirklich?«

»Aye!«

»Spucke und schwöre!«

»Spucken und schwören soll ich?« Als Kinder hatten sie damit ihre Abkommen besiegelt.

»Ja, ich will es!«

Es war ihr anzusehen, daß sie es ernst meinte. Er spuckte in die Rechte, streckte sie über den Brettertisch und nahm ihre harte Hand in die seine.

»Ich schwöre, daß ich dich holen lasse.«

»Danke«, sagte sie.

Erster Teil
Kapitel 6

Für den folgenden Morgen war eine Hirschjagd geplant, und Jay beschloß, sich daran zu beteiligen. Er wollte töten.

Er frühstückte nicht, stopfte sich aber die Taschen mit *Whisky Butties* – kleinen, in Whisky getränkten Haferbällchen – voll. Dann ging er hinaus und sah nach dem Wetter. Es wurde gerade hell. Zwar zeigte sich der Himmel in trübem Grau, aber die Wolkendecke war hoch, und es regnete nicht. Das Büchsenlicht würde ausreichen.

Er setzte sich auf die Treppen vor dem Schloß und versah den Schießmechanismus seines Gewehrs mit einem neuen keilförmigen Feuerstein, den er mit einem Pfropf aus weichem Leder befestigte. *Wenn ich ein paar Hirsche abknalle, legt sich vielleicht meine Wut,* dachte er.

Jay Jamisson war stolz auf seine Waffe, einen Vorderlader mit Steinschloß, gefertigt vom Büchsenmacher Griffin in der Bond Street. Der spanische Lauf war mit Silbereinlagen geschmückt. Das Gewehr war der einfachen *Brown Bess,* mit denen seine Männer ausgerüstet waren, weit überlegen. Er spannte das Schloß, visierte einen Baum auf der anderen Seite des Rasens an und stellte sich vor, er ziele auf einen stattlichen Hirsch mit ausladendem Geweih. Er nahm eine Stelle auf der Brust, gleich hinter der Schulter, aufs Korn, dort, wo das große Herz des Tiers schlug.

Dann wechselte das Phantasieziel: Auf einmal hatte er Robert im Visier, den sauertöpfischen, sturen Robert, geizig und unermüdlich, wie er war, mit dunklem Haar und wohlgenährtem Gesicht. Jay drückte ab. Der Feuerstein schlug auf den Stahl und rief einen ordentlichen Funkenregen hervor, aber in der Pfanne war kein Pulver und im Lauf keine Kugel.

Jay lud das Gewehr mit ruhiger Hand. Mit Hilfe der Meßeinrichtung im Schnabel seines Pulverhorns füllte er genau zweieinhalb Drachmen Schwarzpulver in den Lauf. Dann nahm er eine Kugel aus der Tasche, wickelte sie in einen Leintuchfetzen und schob sie hinterher. Schließlich löste er den Ladestock aus seiner Arretierung unter dem Lauf und stopfte die Kugel soweit wie möglich in den Lauf hinein. Die Kugel war einen halben Zoll breit. Damit konnte man auf eine Entfernung von fast hundert Metern einen ausgewachsenen Hirsch zur Strecke bringen: Sie würde Roberts Rippen zerschmettern, seine Lunge zerreißen, den Herzmuskel aufschlitzen ... Binnen Sekunden wäre er tot.

»Hallo, Jay!« Das war die Stimme seiner Mutter.

Er stand auf und gab ihr einen Begrüßungskuß. Er hatte sie nicht mehr gesehen, seit sie am vergangenen Abend seinen Vater verflucht hatte und davongestürmt war. Jetzt wirkte sie müde und traurig.

»Du hast schlecht geschlafen, wie?« fragte er mitfühlend.

Sie nickte. »Ja, die Nacht war ziemlich schlimm.«

»Armes Muttchen.«

»Ich hätte deinen Vater nicht so verdammen dürfen.«

Jay zögerte. »Du mußt ihn doch mal geliebt haben – irgendwann ...«

Alicia seufzte. »Ich weiß es nicht. Er sah gut aus, war reich, war ein Baronet. Ja, ich wollte seine Frau sein.«

»Aber jetzt haßt du ihn.«

»Seitdem er anfing, ständig deinen Bruder vorzuziehen.«

Jay wurde wütend. »Man sollte eigentlich meinen, daß Robert sieht, wie unfair diese Behandlung ist.«

»Ja, im Grunde seines Herzens weiß er es gewiß, da bin ich mir ganz sicher. Aber Robert ist ein äußerst habgieriger junger Mann. Er will alles.«

»Das war schon immer so.« Jay erinnerte sich an die gemeinsame Jugend: Am glücklichsten war der kleine Robert immer dann gewesen, wenn es ihm gelungen war, seinem Bruder die Spielzeugsoldaten abzunehmen oder ihm seine Portion Plumpudding wegzufuttern. »Kannst du dich noch an Rob Roy erinnern, Roberts Pony?«

»Ja, wieso?«

»Als er das Pony bekam, war er dreizehn, und ich war acht. Ich sehnte mich nach einem Pony und konnte schon damals besser reiten als er. Aber er hat mich nicht ein einziges Mal auf Rob Roy reiten lassen. Wenn er selbst nicht reiten wollte, ließ er das Pony von einem Stallknecht bewegen. Ich stand dabei und durfte zusehen.«

»Aber du konntest ja die anderen Tiere reiten.«

»Als ich zehn war, hatte ich alle Pferde geritten, die bei uns im Stall standen, sogar Vaters Jagdpferde. Nur Rob Roy nicht.«

»Gehen wir doch ein paar Schritt«, schlug seine Mutter vor. Sie trug eine pelzverbrämte Jacke mit Kapuze, Jay einen karierten Mantel. Gemeinsam schritten sie über den Rasen. Unter ihren Füßen knirschte das bereifte Gras.

»Was hat meinen Vater nur dazu gebracht?« fragte Jay. »Warum haßt er mich?«

Alicia berührte seine Wange. »Er haßt dich nicht«, sagte sie. »Obwohl es entschuldbar ist, daß du dir das einbildest.«

»Und warum behandelt er mich dann so miserabel?«

»Dein Vater, Jay, war ein armer Mann, als er damals Olivia Drome heiratete. Er war nur ein kleiner Krämer in einem Edinburgher Armenviertel. Dieses Herrenhaus hier – ›Schloß Jamison‹, wie es jetzt heißt – gehörte William Drome, einem entfernten Vetter von Olivia. William war ein Junggeselle ohne Anhang, und als er erkrankte, kam Olivia hierher und kümmerte sich um ihn. Aus Dankbarkeit änderte er sein Testament und machte Olivia zur Alleinerbin – und dann starb er trotz der Pflege, die sie ihm angedeihen ließ.«

Jay nickte. »Ich habe diese Geschichte schon mehrmals gehört.«

»Tatsache ist, daß dein Vater das Gefühl hat, dieses Gut gehöre in Wirklichkeit Olivia. Es ist die Grundlage seines Geschäftsimperiums – und vor allem: Der Bergbau ist nach wie vor der profitabelste Zweig seiner Unternehmungen.«

»Ja, er bedeutet ein sicheres Einkommen«, bestätigte Jay, dem das Gespräch vom Vorabend einfiel. »Die Reederei ist unsicher und riskant, aber die Kohle läuft und läuft ...«

»Wie dem auch sei«, fuhr seine Mutter fort, »dein Vater glaubt jedenfalls, daß er alles, was ihm gehört, Olivia verdankt und daß es eine Art Beleidigung ihres Andenkens wäre, wenn er dir davon etwas vermachen würde.«

Jay schüttelte den Kopf. »Da muß mehr dahinterstecken«, sagte er. »Ich habe das Gefühl, wir kennen noch nicht die ganze Geschichte.«

»Möglich. Aber ich habe dir alles erzählt, was ich weiß.«

Sie kehrten um und gingen schweigend zurück. Jay fragte sich, ob seine Eltern noch miteinander schliefen, und kam zu einer wenig erfreulichen Schlußfolgerung: Ja, wahrscheinlich. Ob sie mich liebt oder nicht, würde sein Vater denken, sie ist meine Frau, und sie hat mir daher zur Verfügung zu stehen, wenn mir der Sinn danach ist ... Die Vorstellung war Jay sehr unangenehm.

Als sie die Schloßtore erreichten, sagte seine Mutter: »Ich habe die ganze Nacht hin und her überlegt und nach einer Lösung gesucht, mit der du leben kannst. Bisher ist mir noch keine eingefallen. Aber verzage nicht – es wird sich eine finden!«

Jay hatte sich bisher immer auf das Durchsetzungsvermögen seiner Mutter verlassen können. Sie wußte, wie man mit Sir George umgehen mußte, wenn man was von ihm wollte. Es war ihr ja sogar gelungen, ihn zur Begleichung der Spielschulden zu bewegen. Doch diesmal, fürchtete Jay, wird auch sie mir nicht helfen können ...

»Vater hat beschlossen, daß ich leer ausgehen soll. Er muß doch gewußt haben, was er mir damit antut. Aber die Würfel sind nun einmal gefallen. Mit Bitten und Betteln änderst du daran auch nichts mehr.«

»An Bitten und Betteln habe ich nicht gedacht«, erwiderte Alicia trocken.

»An was dann?«

»Ich weiß es nicht. Aufgegeben habe ich jedenfalls noch nicht. – Guten Morgen, Miss Hallim!«

Lizzie kam die große Treppe vor dem Eingang herunter. In ihrem Jagdgewand mit schwarzer Fellkappe und kleinen Lederstiefeln sah sie aus wie eine hübsche Elfe. Sie lächelte und freute sich offensichtlich, Jay zu sehen.

»Guten Morgen!«

Ihr Anblick munterte Jay auf. »Begleiten Sie uns?« fragte er.

»Ich lasse mir doch keine Jagd entgehen!«

Daß Frauen mit auf die Jagd gingen, war zwar ungewöhnlich, aber durchaus standesgemäß. So wie er Lizzie kennengelernt hatte, überraschte es Jay kaum, daß sie sich entschlossen hatte, die Männer zu begleiten. »Ausgezeichnet!« rief er. »Ihre Anwesenheit wird einer ansonsten eher ruppigen Männerveranstaltung Stil und Schwung verleihen.«

»Verlassen Sie sich nicht darauf.«

»Ich gehe ins Haus«, sagte Alicia. »Viel Glück auf der Jagd, ihr zwei!«

»Es tut mir so leid, daß Ihr Geburtstag so ein Reinfall war«, sagte Lizzie, nachdem sich Jays Mutter entfernt hatte, und drückte ihm mitfühlend den Arm. »Vielleicht können Sie Ihre Probleme heute vormittag ein, zwei Stunden lang vergessen.«

Er konnte nicht umhin, ihr Lächeln zu erwidern. »Ich werde mein Bestes tun«, sagte er.

Lizzie witterte wie eine Füchsin. »Ein kräftiger Südwest! Genau das Richtige!«

Vor fünf Jahren hatte Jay zum letztenmal Rothirsche gejagt,

aber die Regeln beherrschte er noch. Windstille behagte den Jägern nicht – an solchen Tagen genügte eine einzige störrische Brise, um den Geruch der Menschen über die Hänge zu treiben und die Hirsche in die Flucht zu schlagen.

Ein Wildhüter mit zwei Hunden an der Leine kam um die Ecke. Lizzie ging ihm entgegen, um die Tiere zu streicheln, und Jay folgte ihr. Seine Stimmung hatte sich gehoben. Er warf einen Blick zurück auf das Portal und sah dort seine Mutter stehen. Alicia musterte Lizzie mit einem merkwürdigen, spekulativen Blick.

Bei den Hunden handelte es sich um jene hochbeinige, grauhaarige Rasse, die sowohl »Hochland-Jagdhund« als auch »Irischer Wolfshund« genannt wird. Lizzie ging in die Hocke und sprach mit ihnen. »Ist das Bran?« fragte sie den Wildhüter.

»Nein, Miss Elizabeth, sein Sohn. Bran ist vor einem Jahr gestorben. Dieser hier heißt Busker.«

Die Hunde würden ein gutes Stück hinter der Jagdpartie zurückbleiben und erst dann von der Leine gelassen, wenn Schüsse gefallen waren. Ihre Aufgabe bestand darin, Wild aufzuspüren, das die Jäger nur verwundet, aber nicht tödlich getroffen hatten.

Nun erschien auch der Rest der Jagdgesellschaft vor den Toren des Herrenhauses: Robert, Sir George und Henry. Jay starrte seinen Bruder an, aber der wich seinen Blicken aus. Sir George nickte Jay höflich zu; es wirkte fast, als hätte er die Ereignisse vom vergangenen Abend vergessen.

Auf der Ostseite des Schlosses hatten die Wildhüter ein Ziel aufgebaut – eine primitive Hirschfigur aus Holz und Leinwand. Die Jäger würden ein paar Runden drauf feuern, um den richtigen Blick zu bekommen. Jay fragte sich, ob Lizzie überhaupt schießen konnte. Viele Männer behaupteten, Frauen seien dazu nicht imstande. Ihre Arme seien zu schwach, das schwere Gewehr zu halten, hieß es. Andere meinten, es fehle ihnen der richtige Killerinstinkt, oder brachten andere Gründe vor.

Bin gespannt, ob das stimmt, dachte Jay.

Die erste Schußdistanz betrug fünfzig Meter. Lizzie schoß als erste und traf das Ziel genau an der tödlichen Stelle hinter der Schulter. Sir George und Jay taten es ihr nach. Robert und Henry trafen den Hirsch weiter hinten am Körper. Einen echten Hirsch hätten sie damit nur verwundet; er wäre wahrscheinlich entkommen und dann eines qualvollen Todes gestorben.

Beim nächsten Versuch betrug die Distanz fünfundsiebzig Meter. Überraschenderweise gelang Lizzie wiederum ein perfekter Schuß, ebenso Jay. Sir George traf den Kopf und Henry den Rumpf. Roberts Schuß ging daneben; die Kugel schlug Funken aus der Steinmauer des dahinter liegenden Küchengartens.

Zum Schluß versuchten sie ihr Glück aus einer Entfernung von hundert Metern, der maximalen Reichweite ihrer Gewehre. Lizzie versetzte alle Anwesenden in Erstaunen, als sie erneut ins Schwarze traf. Robert, Sir George und Henry verfehlten das Ziel. Jay, der als letzter schoß, ließ sich Zeit. Von einem Mädchen wollte er sich nicht besiegen lassen. Er atmete gleichmäßig und zielte sorgfältig. Dann hielt er den Atem an, drückte vorsichtig ab – und traf ein Hinterbein der Hirschattrappe.

Lizzie hatte ihnen allen das Nachsehen gegeben. Nach dieser Lehrstunde in weiblicher Schießkunst war Jay voller Bewunderung für sie. »Wollen Sie sich etwa um die Aufnahme in mein Regiment bemühen?« scherzte er. »Nur wenige meiner Leute schießen so gut wie Sie.«

Stallknechte führten die Ponys vor. Hochlandponys waren auf unebenem Gelände trittsicherer als größere Pferde. Die Jagdgesellschaft saß auf und verließ den Hof.

Auf dem Weg hinab ins Tal verwickelte Henry Drome Lizzie in ein Gespräch. Jay, der nun nicht mehr abgelenkt wurde, verfiel sogleich wieder in ein dumpfes Brüten über die Zurückweisung, die er von seiten seines Vaters erfahren hatte. Die Demütigung brannte in seinem Magen wie ein Geschwür.

Du hättest das doch voraussehen können, sagte er sich. *Vater hat Robert doch schon immer vorgezogen ...* Aber in dem Bewußtsein, kein illegitimes Kind, sondern der Sohn von Lady Jamisson zu sein, hatte er sich törichtem Wunschdenken hingegeben. Diesmal, hatte er gedacht, wird Vater fair sein ... *Aber er ist niemals fair und wird es niemals sein ...*

Wie gerne wäre er der einzige Sohn von Sir George gewesen! Er wünschte Robert zur Hölle. *Käme er heute bei einem Jagdunfall ums Leben, wäre ich fein heraus ... Aber habe ich überhaupt die Chuzpe, ihn zu töten?*

Er tastete nach dem Lauf des Gewehrs, das an einem Riemen über seiner Schulter hing. *Man kann es so anstellen, daß es wie ein Unfall aussieht,* dachte er. *Wenn alle gleichzeitig schießen, läßt sich nachher kaum noch sagen, aus welcher Richtung der tödliche Schuß gekommen ist. Und selbst, wenn sie sich die Wahrheit denken können, werden sie die Sache vertuschen. Nichts fürchtet diese Familie so sehr wie einen Skandal ...*

In seinen Tagträumereien ermordete er seinen Bruder, und als er sich der Ungeheuerlichkeit dieser Gedanken bewußt wurde, überkam ihn ein wohliger Schauer. *Wenn Vater mich fair behandelt hätte, wäre ich nie auf solche Gedanken gekommen,* dachte er.

Das Jamissonsche Anwesen unterschied sich kaum von anderen kleinen schottischen Landgütern. In den Talgründen gab es ein wenig Ackerland, das von den Pächtern nach dem Prinzip der mittelalterlichen Dreifelderwirtschaft gemeinschaftlich bebaut wurde. Die Pächter bezahlten den Grundherrn in Naturalien. Der größte Teil des Guts bestand aus hügeligem Waldland, das nur zum Jagen und Fischen taugte. Einige Grundbesitzer hatten den Wald gerodet und versuchten nun ihr Glück mit der Schafwirtschaft. Reich wurde niemand so schnell als schottischer Landadeliger – es sei denn, er fand Kohle auf seinem Grund und Boden.

Sie waren ungefähr drei Meilen weit geritten, als die Wildhüter oberhalb der Baumgrenze auf einem nach Süden geneigten

Hang ein Rudel von zwanzig oder dreißig Hirschkühen entdeckten. Die Jagdgesellschaft machte halt, und Jay zog sein Fernglas heraus. Die Tiere waren noch etwa eine halbe Meile entfernt, und der Wind blies aus ihrer Richtung. Wie immer ästen sie mit der Nase im Wind, so daß Jay in seinem Glas die weißen Spiegel aufblitzen sah.

Hirschkühe hatten sehr schmackhaftes Fleisch, doch jagte man der prächtigen Geweihe wegen lieber die großen männlichen Tiere. Jay suchte den Berghang hinter den Hirschkühen ab und entdeckte schon bald, was er suchte. »Seht!« rief er aus und deutete in die entsprechende Richtung. »Zwei Hirsche – nein, drei! Oberhalb des Rudels!«

»Ich sehe sie«, sagte Lizzie, »gleich hinter der ersten Kuppe. Und dahinter steht noch ein vierter, man sieht bloß das Geweih!«

Ihr Gesicht war vor Aufregung gerötet, was sie noch hübscher machte. Sie war hier in ihrem Element – mit Pferden und Hunden draußen im Gelände, voller Energie und jederzeit zu wagemutigen und ein wenig riskanten Streichen bereit. Jay mußte unwillkürlich lächeln und rückte unruhig auf seinem Sattel hin und her. Allein der Anblick dieses Mädchens genügte, um das Blut eines Mannes in Wallung zu bringen.

Er sah sich nach seinem Bruder um. Robert fühlte sich offenbar nicht wohl in seiner Haut. Anstatt in der Kälte hier draußen auf dem Pony säße er jetzt lieber in seinem Kontor und berechnete die vierteljährlichen Zinsen auf neunundachtzig Guineen bei einer Rate von dreieinhalb Prozent *per annum*, dachte Jay. Und einen solchen Mann soll Lizzie heiraten? Was für ein verschwendetes Leben ...

Er versuchte sich die beiden aus dem Kopf zu schlagen und konzentrierte sich wieder auf das Wild. Mit dem Fernrohr suchte er den Hang nach möglichen Pirschwegen ab. Um zu vermeiden, daß die Tiere die menschliche Witterung aufnahmen, durfte man sich ihnen nur im Gegenwind nähern. Am besten war es, wenn man von oben kam. Wie das Übungsschießen gerade erst wieder bestätigt hatte, war es fast unmöglich, einen Hirsch auf eine Distanz von über hundert Metern zu treffen. Fünfzig Meter waren die ideale Entfernung. Das ganze Geheimnis der Hirschjagd lag also darin, daß man sich möglichst nahe an die Beute heranschlich.

Lizzie hatte sich bereits eine Strecke ausgedacht. »Vor ungefähr einer viertel Meile sind wir an einer tief eingeschnittenen Bachschlucht vorbeigekommen«, sagte sie. »Dort können wir unbemerkt aufsteigen und dann über den Kamm weiter.«

Sir George war einverstanden. Er ließ sich nicht oft etwas sagen – doch wenn, dann am ehesten von einem hübschen Mädchen.

Sie machten kehrt, ließen am unteren Ende der Schlucht die Ponies zurück und begannen mit dem Aufstieg. Der Hang war steil und der Boden entweder felsig oder sumpfig, so daß sie, wenn sie nicht stolperten, tief einsanken. Es dauerte nicht lange, und Henry und Robert waren außer Atem, während Lizzie und die Wildhüter, an derlei Strapazen gewöhnt, keinerlei Zeichen von Anstrengung erkennen ließen. Auch Sir George schnaufte heftig, und sein Gesicht war dunkelrot angelaufen, doch erwies er sich als überraschend ausdauernd und behielt sein Anfangstempo bei. Jay, durch das Soldatenleben gestählt, konnte gut mithalten, doch nach einiger Zeit spürte auch er, daß sein Atem schneller ging.

Oben angelangt, arbeiteten sie sich hinter einem Grat, der sie vor den Blicken der Tiere schützte, weiter voran. Es blies ein bitterkalter Wind. Graupelschauer gingen nieder, und frostige Nebelschwaden wirbelten hie und da auf. Ohne einen warmen Pferdeleib unter sich begann auch Jay die Kälte zu spüren. Seine feinen Glacéhandschuhe waren längst durchnäßt, und die Feuchtigkeit kroch nun auch in seine Reitstiefel und durchdrang die Strümpfe aus teurer Shetlandwolle.

Die Wildhüter, die das Gelände kannten, hatten die Führung

übernommen. Als sie sich ungefähr auf einer Höhe mit den Hirschen befanden, machten sie sich langsam und vorsichtig an den Abstieg, fielen plötzlich auf die Knie und krochen auf allen vieren weiter. Die anderen folgten ihrem Beispiel. Jay vergaß Kälte und Feuchtigkeit und spürte eine innere Erregung: Das Jagdfieber und die Hoffnung auf einen gelungenen Blattschuß hatten ihn gepackt.

Noch immer kriechend, scherte er aus und spähte vorsichtig über einen Felsen. Als sich seine Augen an die Entfernung gewöhnt hatten, sah er die Hirsche – vier braune Flecken, gut verteilt über den grünen Hang. Daß man vier von ihnen gleichzeitig zu Gesicht bekam, war ungewöhnlich; das Gras dort unten mußte sehr üppig sein. Durch das Fernglas erkannte er, daß das entfernteste Tier den besten Kopf hatte. Das Geweih konnte er nur undeutlich sehen, aber es war eindeutig groß genug für einen Zwölfender. Über ihnen ertönte der krächzende Schrei eines Raben. Jay blickte hinauf und sah, daß ein Rabenpärchen über den Jägern kreiste; die beiden Vögel schienen zu wissen, daß in Kürze auch für sie etwas abfallen würde.

Weiter oben am Hang schrie jemand auf und fluchte. Es war Robert, der in ein Sumpfloch gefallen war. »Verdammter Narr!« murmelte Jay mit zusammengebissenen Zähnen. Ein Hund knurrte vernehmlich. Einer der Wildhüter hob warnend die Hand, und alle erstarrten und rechneten schon mit dem Getrappel davonstiebender Hufe. Aber die Hirsche rührten sich nicht von der Stelle, so daß die Jagdgesellschaft kurze Zeit später ihren mühevollen Weg fortsetzen konnte.

Bald mußten sie sich noch tiefer auf den Boden ducken und kamen nur noch robbend voran. Ein Wildhüter gab den Hunden den Befehl, sich hinzulegen und bedeckte ihre Augen mit Taschentüchern, um sie ruhig zu halten. Sir George und der Oberwildhüter glitten hinter einen Felsvorsprung und riskierten einen Blick über die Kante. Danach kehrten sie zu den anderen zurück, und Sir George gab seine Anweisungen.

»Wir haben vier Hirsche und fünf Gewehre«, sagte er mit leiser Stimme. »Ich werde daher erst schießen, wenn einer von euch sein Ziel verfehlt hat.« Wenn er wollte, konnte er der perfekte Gastgeber sein. »Henry, du nimmst das Tier hier auf der rechten Seite. Du, Robert, das zweite von rechts: Es ist das nächste und von daher am leichtesten zu treffen. Der dritte Hirsch ist deiner, Jay. Sie, Miss Hallim, nehmen den vierten ins Visier. Er ist zwar am weitesten entfernt, hat aber auch den besten Kopf – und Sie sind ja eine gute Schützin. Alles klar? Also dann, in Stellung! Den ersten Schuß überlassen wir Miss Hallim, einverstanden?«

Die Jäger schwärmten aus und glitten auf der Suche nach einer guten Schußposition den steilen Hang hinunter.

Jay folgte Lizzie. Sie trug eine kurze Reitjacke und einen lockeren Rock ohne Krinoline. Grinsend nahm Jay zur Kenntnis, wie sich ihr hübsches Hinterteil vor ihm hin- und herbewegte. Nicht viele Mädchen würden vor den Augen eines Mannes so herumkrabbeln wie sie – aber Lizzie war eben anders als andere Mädchen.

Er kroch wieder ein Stück bergauf und arbeitete sich bis zu einem verkrüppelten Strauch vor, dessen Silhouette den grauen Himmel zackte. Der Busch bot ihm zusätzliche Deckung. Jay hob den Kopf und überblickte den Hang. Der ihm zugewiesene Hirsch war noch verhältnismäßig jung, sein Geweih noch klein. Die Entfernung betrug ungefähr siebzig Meter. Auch die anderen Hirsche und die Jäger konnte Jay von seiner Warte aus sehen: zu seiner Linken Lizzie, die noch immer in Bewegung war, und ganz rechts außen Henry; Sir George, die Wildhüter mit den Hunden und sein Bruder befanden sich im Gebiet rechts unterhalb von ihm. Robert war vielleicht fünfundzwanzig Meter entfernt und bot ein leichtes Ziel.

Der Gedanke, daß er drauf und dran war, seinen Bruder umzubringen, ließ einmal mehr seinen Herzschlag stocken. Die Geschichte von Kain und Abel kam ihm in den Sinn. *Meine Strafe ist härter, als ich ertragen kann,* hatte Kain gesagt ... Aber mir geht es ja schon lange so, dachte Jay. Ich halte es nicht länger aus, der überflüssige, ständig übersehene zweite Sohn zu sein, ein sinnloses Leben zu führen, ohne Erbteil, als armer Sohn eines steinreichen Mannes – nein, ich ertrage es nicht länger ...

Jay Jamisson versuchte, den bösen Gedanken zu vertreiben. Er nahm sich sein Gewehr vor, schüttete Pulver in die Zündpfanne neben dem Zündloch, schloß den Deckel und spannte den Hahn. Wenn er abdrückte, würde der Deckel im gleichen Augenblick, in dem der Feuerstein Funken schlug, aufspringen. Das Pulver in der Pfanne würde sich entzünden, die Flamme durch das Zündloch schießen und die größere Pulverladung hinter der Kugel zur Explosion bringen.

Er drehte sich um und ließ seinen Blick über den Abhang schweifen. Die Hirsche ästen in friedvoller Unwissenheit. Alle Jäger bis auf Lizzie hatten bereits eine Schußposition gefunden. Jay nahm zunächst das für ihn bestimmte Tier ins Visier – doch dann schwenkte er den Gewehrlauf langsam nach rechts, bis er auf Roberts Rücken gerichtet war.

Ich kann sagen, daß im entscheidenden Moment mein Ellbogen auf einer vereisten Stelle ausgeglitten ist, dachte er. Dadurch habe ich das Gewehr verzogen und durch einen tragischen Zufall meinen Bruder in den Rücken getroffen. Vater wird sich vermutlich denken können, wie es wirklich geschehen ist, aber Gewißheit bekommt er nie. Gut möglich, daß er mit der Zeit seinen Verdacht begräbt und dann mir, seinem einzigen Sohn, all das gibt, was er bis jetzt für Robert reserviert hat ...

Lizzies Schuß sollte das Signal für alle sein. Jay erinnerte sich, daß Hirsche überraschend langsam reagierten. Nach dem ersten Gewehrschuß würden sie alle aufschauen und vier oder fünf Herzschläge wie angefroren stehenbleiben, ehe sich einer von ihnen – und in seinem Gefolge auch die anderen – in Bewegung setzte. Im nächsten Augenblick würden sie alle davonstieben wie ein Vogelschwarm oder eine Fischschule, die zierlichen

Hufe trommelten dann über den harten Boden, die Toten blieben zurück, und die Verwundeten hinkten hinterher ...

Langsam richtete Jay die Flinte wieder auf den Hirsch. Selbstverständlich würde er seinen Bruder *nicht* töten. Es wäre eine unglaublich böse, hinterhältige Tat. Das schlechte Gewissen wird mir mein Lebtag lang keine Ruhe mehr lassen, dachte er.

Und doch ... Werde ich es nicht ewig bereuen, wenn ich diese Chance ungenutzt lasse? Wenn Vater Robert neuerlich vorzieht und mich dadurch wieder demütigt, werde ich dann nicht zähneknirschend an diese Minuten hier zurückdenken, an die einmalige Gelegenheit, den verabscheuten Halbbruder ein für allemal vom Antlitz dieser Erde zu tilgen?

Und wieder richtete sich der Gewehrlauf auf Roberts Rücken.

Vater respektiert Stärke, Entscheidungskraft und Unbarmherzigkeit. Selbst wenn er hinter dem tödlichen Schuß Absicht vermutet, wird er einsehen müssen, daß ich, Jay Jamisson, ein Mann bin, den zu ignorieren oder zu übersehen entsetzliche Folgen nach sich zieht ...

Diese Überlegung stärkte seine Entschlossenheit. Ja, dachte er, im Grunde seines Herzens wird Vater meine Tat sogar gutheißen. Er selbst würde sich nie so schlecht behandeln lassen. Wenn er etwas für Unrecht hält, reagiert er ebenso brutal wie grausam. Als Richter in London hatte er Dutzende von Männern, Frauen und Kindern nach Old Bailey geschickt. Wenn es rechtens war, ein Kind, das ein Brot gestohlen hat, aufzuhängen – wie konnte es da Unrecht sein, Robert zu erschießen, der seinen Bruder um das angestammte Erbe brachte?

Lizzie ließ sich Zeit. Jay bemühte sich, ruhig und gleichmäßig zu atmen, doch sein Herz klopfte wie rasend, und sein Atem ging stoßweise. Was macht sie nur so lange? dachte er und war schon versucht, nach ihr Ausschau zu halten, unterließ es dann aber doch, weil er befürchtete, sie könne just in diesem Augenblick feuern und ihn dadurch um seine Chance bringen. Er behielt die Waffe im Anschlag und Roberts Rücken im Visier. Sein gesamter Körper war gespannt wie eine Harfensaite, und die Muskeln begannen von der Anspannung bereits zu schmerzen, aber Jay wagte es jetzt nicht mehr, sich zu rühren.

Nein, dachte er, das ist doch alles gar nicht wahr, ich werde doch meinen eigenen Bruder nicht umbringen ... Und ob ich's tun werde! Bei Gott, ja, ich werde es tun, ich schwöre es ...

Mach schnell, Lizzie, bitte!

Am Rande seines Blickwinkels nahm er ganz in seiner Nähe eine Bewegung wahr, doch bevor er aufblicken konnte, hörte er den Knall von Lizzies Schuß. Die Hirsche erstarrten. Jay zielte auf Roberts Rückgrat, genau zwischen die Schulterblätter, und krümmte den Finger um den Abzug. Im gleichen Augenblick war eine große, massige Gestalt über ihm, und er hörte seinen Vater schreien. Es knallte zweimal – Henry und Robert hatten geschossen. Und nun schoß auch Jay, doch im selben Moment traf ein schwerer Stiefel den Lauf seines Gewehrs und riß ihn nach oben. Die Kugel ging in die Luft und richtete keinen Schaden an. Furcht und Schuldbewußtsein überkamen Jay. Er sah auf und blickte in das wutverzerrte Gesicht von Sir George.

»Du mieser kleiner Mordbube«, sagte sein Vater.

Erster Teil
Kapitel 7

Der Tag im Freien hatte Lizzie sehr müde gemacht. Kurz nach dem Abendbrot ließ sie die anderen wissen, daß sie zu Bett gehen wolle. Da Robert gerade nicht im Zimmer war, sprang Jay höflich auf, um ihr den Weg nach oben mit einer Kerze zu beleuchten. Kaum hatten sie die steinerne Treppe betreten, sagte er leise: »Wenn Sie wollen, bringe ich Sie in die Kohlegrube.«

Mit einem Schlag war Lizzie wieder hellwach. »Ist das Ihr Ernst?«

»Selbstverständlich. Ich verspreche nichts, was ich nicht halten kann.« Er grinste. »Trauen Sie sich?«

Lizzie war Feuer und Flamme. Das war ein Mann nach ihrem Herzen. »Und ob ich mich traue!« sagte sie. »Wann geht's denn los?«

»Noch heute nacht. Die Hauer beginnen um Mitternacht mit der Arbeit, die Träger ein oder zwei Stunden später.«

»Tatsächlich?« Lizzie konnte das nicht verstehen. »Warum arbeiten sie nachts?«

»Sie arbeiten auch tagsüber. Die Arbeitszeit der Träger endet am Spätnachmittag.«

»Da bleibt ihnen ja kaum Zeit zum Schlafen.«

»Auf diese Weise kommen sie nicht auf dumme Gedanken.«

Lizzie kam sich sehr unwissend vor. »Ich habe den größten Teil meines Lebens im Nachbartal verbracht und hatte bislang keine Ahnung, daß die Kumpel so lange arbeiten müssen.« Sie fragte sich, ob McAsh recht behalten und ein Besuch in der Grube ihre bisherige Meinung über die Bergarbeiter auf den Kopf stellen würde.

»Halten Sie sich um Mitternacht bereit«, sagte Jay. »Sie müssen sich wieder als Mann verkleiden. Haben Sie die Sachen noch griffbereit?«

»Ja.«

»Verlassen Sie das Haus durch die Küchentür, und kommen Sie dann rüber auf den Stallhof. Ich werde dort mit zwei gesattelten Pferden auf Sie warten.«

»Das ist wahnsinnig aufregend!« sagte Lizzie.

Jay überließ ihr die Kerze. »Bis Mitternacht!« flüsterte er.

Lizzie ging in ihr Schlafzimmer. Ihr fiel auf, daß Jay sich wieder gefangen hatte und guten Mutes war. Oben auf dem Berg hatte es erneut eine heftige Auseinandersetzung zwischen ihm und seinem Vater gegeben. Niemand hatte mitbekommen, worum genau es gegangen war – sie hatten sich ja alle auf die Hirschjagd konzentriert. Jay hatte seinen Hirsch verfehlt, und Sir George war auf einmal ganz weiß im Gesicht gewesen vor Wut. In der Aufregung des Augenblicks war man dann aber auch über diesen Streit rasch hinweggegangen. Lizzie hatte ihren Hirsch mit einem sauberen Blattschuß erlegt. Sowohl Robert als auch Henry hatten die ihnen zugedachten Tiere aber nur angeschossen. Roberts Hirsch war noch ein paar Meter gelaufen und dann zusammengebrochen, so daß sein Jäger ihm mühelos den Fangschuß geben konnte. Henrys Hirsch war dagegen geflohen und erst nach einer Weile von den Hunden aufgespürt worden. Jay war nach der Jagd still und verschlossen gewesen und hatte erst jetzt wieder zu seiner alten Lebendigkeit und Liebenswürdigkeit zurückgefunden.

Lizzie schlüpfte aus ihrem Kleid, den Unterröcken und den Schuhen. Dann wickelte sie sich in eine Decke und setzte sich vor das prasselnde Feuer. Jay ist so unterhaltsam, dachte sie. Er ist offenbar genauso abenteuerlustig wie ich. Und er sieht nicht schlecht aus – ist groß, kräftig gebaut, hat volles, blondes, gewelltes Haar und weiß sich zu kleiden ... Sie konnte es kaum noch abwarten bis Mitternacht.

Es klopfte an der Tür, und ihre Mutter kam herein. Ihr schlechtes Gewissen ließ Lizzie zusammenzucken. Ich hoffe, sie wird nicht allzu lange mit mir reden wollen, dachte sie. Aber sie hatte noch Zeit; es war noch nicht einmal elf.

Lady Hallim trug einen Mantel wie alle Bewohner des Schlosses, die durch die kalten Flure von einem Zimmer ins andere gingen. Jetzt legte sie ihn ab. Über ihrem Nachtgewand trug sie noch eine Pelzweste. Sie nahm die Nadeln aus Lizzies Haar und begann es zu bürsten.

Lizzie schloß die Augen. Wenn Mutter sie frisierte, fühlte sie sich immer in ihre Kindheit zurückversetzt.

»Du mußt mir versprechen, dich nie wieder als Mann zu verkleiden«, sagte Lady Hallim.

Lizzie erschrak. Es war, als hätte Mutter ihr Gespräch mit Jay belauscht. Sie mußte vorsichtig sein: Mutter hatte von jeher ein bemerkenswertes Gespür für die Streiche ihrer Tochter.

»Du bist inzwischen viel zu alt für solche Spielchen, Elizabeth.«

»Sir George hat sich königlich darüber amüsiert«, protestierte Lizzie.

»Mag sein. Aber auf diese Weise bekommt man keinen Ehemann.«

»Robert will mich aber anscheinend haben.«

»Ja – aber du mußt ihm auch die Chance geben, um dich zu werben! Auf dem Weg zur Kirche gestern bist du mit Jay vorausgeritten und hast ihn einfach stehenlassen. Und heute abend hast du dich just in dem Augenblick zurückgezogen, als Robert nicht im Zimmer war. Er bekam also keine Gelegenheit, dich hinaufzubegleiten.«

Lizzie betrachtete ihre Mutter im Spiegelbild. Die vertrauten Gesichtszüge verrieten Entschlossenheit. Lizzie liebte ihre Mutter und hätte ihr gern alle Wünsche erfüllt. Nur eines konnte sie nicht: die Tochter sein, die ihre Mutter sich wünschte. Das widersprach schlichtweg ihrer Natur.

»Tut mir leid, Mutter«, sagte sie. »An solche Dinge denke ich einfach nicht.«

»Sag mal, Kind ...« Lady Hallim zögerte. »Magst du Robert?«

»Im Notfall würde ich ihn schon nehmen.«

Lady Hallim legte die Bürste ab und setzte sich Lizzie gegenüber. »Daß wir uns in einer Notlage befinden, ist nicht mehr von der Hand zu weisen, mein Kind.«

»Geld war bei uns schon immer knapp.«

»Das stimmt. Und bisher kamen wir ja auch über die Runden: Ich habe immer jemanden gefunden, von dem ich mir Geld leihen konnte. Auch unser Land habe ich beliehen. Dadurch, daß wir den größten Teil unserer Zeit hier draußen verbringen, unser eigenes Wild essen und unsere Kleider tragen können, bis sie völlig abgerissen und durchlöchert sind, konnte ich die Kosten einigermaßen niedrig halten.«

Lizzie schlug das Gewissen. Wenn Mutter Geld ausgab, dann nur für ihre Tochter, nie für sich selbst. »So laß uns doch so weitermachen. Ich habe nichts dagegen, wenn uns der Koch persönlich das Essen aufträgt. Und wir brauchen auch nur eine Zofe für uns beide. Außerdem lebe ich gerne hier draußen. Hier durch die Wälder zu streifen ist mir sowieso viel lieber als jeder Einkaufsbummel in der Bond Street!«

»Es gibt aber eine Grenze der Verschuldung. Man will uns kein Geld mehr leihen.«

»Dann leben wir eben von unseren Pachteinnahmen! Wir reisen nicht mehr nach London und verzichten sogar auf die Bälle in Edinburgh. Außer dem Pastor wird niemand mehr zum Essen eingeladen. Laß uns leben wie die Klosterschwestern und auf alle gesellschaftlichen Vergnügungen verzichten!«

»Ich fürchte, mein Kind, selbst das ist nicht mehr möglich. Es besteht die Gefahr, daß man uns Hallim House und das Gut wegnimmt.«

Lizzie erschrak. »Das darf man nicht!«

»Doch. Darauf läuft eine Verpfändung letzten Endes hinaus.«

»Wer ist ›man‹?«

Mutters Blick war unbestimmt. »Nun ja, der Mann, der mir immer die Kredite vermittelt, ist der Rechtsanwalt deines Vaters. Wie er es genau angestellt hat, weiß ich gar nicht. Tatsache ist, daß der Gläubiger sein Geld zurückhaben will. Bekommt er's nicht, wird er das Pfand einlösen.«

»Ist das dein Ernst, Mutter? Soll das heißen, daß wir unser Gut verlieren?«

»Nein, mein Kind – nicht, wenn du Robert Jamisson heiratest.«

»Jetzt ist mir alles klar«, erwiderte Lizzie feierlich.

Die Uhr im Stallhof schlug elf. Lady Hallim erhob sich und küßte ihre Tochter. »Gute Nacht, mein Kind. Schlaf gut.«

»Gute Nacht, Mutter.«

Nachdenklich starrte Lizzie ins lodernde Feuer. Sie wußte seit Jahren, daß es ihr Schicksal war, das Gut der Familie durch die Heirat mit einem reichen Mann zu retten. Robert war nicht besser und nicht schlechter als alle anderen. Nur hatte sie bisher nicht ernsthaft darüber nachgedacht. Zukunftsplanungen jedweder Art widerstrebten ihr ohnehin. Sie zog es vor, bis zum letzten Augenblick zu warten und dann in letzter Sekunde ihre Entscheidung zu treffen – eine Gewohnheit, die ihre Mutter manchmal zur Weißglut trieb. Die Aussicht, in Kürze verheiratet zu sein, entsetzte sie; sie empfand eine Art physischen Ekel davor, als ob sie versehentlich etwas Angefaultes verschluckt hätte.

Doch was konnte sie tun? Ich kann doch nicht zulassen, daß Mutters Gläubiger uns aus dem Haus werfen, dachte sie. Wo sollen wir dann hin? Wovon sollen wir leben? Ein kalter Schauer lief ihr über den Rücken: Sie sah sich und ihre Mutter schon in zwei billigen, kalten Zimmern in einem Edinburgher Mietshaus sitzen, sah sich Bettelbriefe an entfernte Verwandte schreiben und für ein paar Pennys Näharbeiten verrichten. Da war es schon besser, den miesepetrigen Robert zu heiraten. Aber ob ich mich dazu wirklich durchringen kann? fragte sie sich. Bisher war es noch immer so gewesen, daß sie es jedesmal irgendwie geschafft hatte, sich vor der Erfüllung unangenehmer, aber notwendiger Pflichten – wie der Erschießung eines kranken alten Jagdhunds oder dem Kauf von Petticoatstoff – zu drücken. Selbst wenn sie es sich fest vorgenommen hatte, war ihr im letzten Moment immer noch ein Ausweg eingefallen.

Lizzie steckte ihr ungebärdiges Haar auf und legte die gleiche Verkleidung an wie am Abend zuvor: Hose, Reitstiefel, Leinenhemd und Überzieher. Auf den Kopf setzte sie sich einen Männerdreispitz, den sie mit einer Hutnadel befestigte. Mit Ruß aus dem Kamin schwärzte sie ihre Haut. Nur auf die Lockenperücke verzichtete sie diesmal. Zum Schutz gegen die Kälte streifte sie sich Fellhandschuhe über, die den zusätzlichen Vorteil hatten, ihre feinen Hände zu verbergen. Außerdem legte sie ein Schottentuch um, das nicht nur wärmte, sondern auch ihre Schulterpartie breiter erscheinen ließ.

Als es Mitternacht schlug, nahm sie eine Kerze zur Hand und schlich die Treppen hinunter.

Ob Jay sein Wort halten wird, fragte sie sich aufgeregt. Vielleicht ist ihm irgend etwas dazwischengekommen. Kann sogar sein, daß er während des Wartens eingeschlafen ist. Das wäre eine Enttäuschung! Doch die Küchentür war, wie versprochen, unverschlossen, und als sie den Stallhof erreichte, wartete Jay bereits auf sie. Er hielt zwei Ponys am Zügel und sprach beruhigend auf die Tiere ein. Lizzie empfand eine merkwürdige Freude, als Jay sie im Mondlicht anlächelte und ihr wortlos die Zügel des kleineren Pferdes übergab. Dann ging er voraus, und sie folgte ihm. Um die von den großen Schlafzimmern überblickbare Vorderfront zu vermeiden, benutzte er einen schmalen Pfad, der auf der Rückseite des Gebäudes aus dem Hof hinausführte.

Als sie die Straße erreichten, nahm Jay die Hülle von einer Laterne, die er mitgenommen hatte, und sie bestiegen ihre Pferde.

»Ich fürchtete schon, Sie würden nicht kommen«, sagte Jay.

»Und ich fürchtete, Sie könnten vielleicht eingeschlafen sein«, erwiderte Lizzie. Beide mußten sie lachen.

Ihr Weg führte sie talaufwärts zu den Kohlegruben. »Hatten Sie heute nachmittag wieder Streit mit Ihrem Vater?« fragte Lizzie ohne Umschweife.

»Ja.«

Er verzichtete auf die Einzelheiten, doch Lizzies Neugier bedurfte keiner weiteren Aufmunterung. »Worum ging es?«

Sie konnte sein Gesicht nicht sehen, spürte aber, daß ihm die Fragerei unangenehm war. Dennoch antwortete er ihr freundlich: »Immer dasselbe – um meinen Bruder Robert.«

»Meiner Meinung nach sind Sie sehr unfair behandelt worden – wenn Ihnen das ein Trost ist.«

»Ja, das tut gut. Ich danke Ihnen.« Er wirkte ein wenig entspannter.

Je näher sie den Gruben kamen, desto aufgeregter und neugieriger wurde Lizzie. Ob es stimmt, fragte sie sich, daß es unter Tage zugeht wie in einem Höllenloch? So ähnlich hatte McAsh das ja ausgedrückt. Ist es eiskalt dort unten oder furchtbar heiß? Wie gehen die Menschen miteinander um? Brüllen sie sich dauernd an, und kämpfen sie miteinander wie eingesperrte Wildkatzen? Ob es da unten stinkt? Herrscht vielleicht eine Mäuseplage? Oder ist es totenstill und unheimlich? Eine gewisse Beklommenheit stieg in ihr auf, doch Lizzie unterdrückte sie. Auf jeden Fall weiß ich bald, wie es da unten aussieht, dachte sie, und McAsh kann mich nicht mehr mit meiner Unwissenheit aufziehen …

Nach ungefähr einer Stunde kamen sie an einer kleinen Halde vorbei. Die dort lagernde Kohle stand zum Verkauf. »Wer da?« bellte eine Stimme, und ein Aufseher mit einem Wachhund an der Leine tauchte im Lichtkreis von Jays Laterne auf. Ursprünglich waren die Aufseher als Wildhüter tätig gewesen, in dem Versuch, die Wilderei in Griff zu bekommen, doch inzwischen kümmerten sich viele von ihnen um die Aufrechterhaltung der Disziplin auf dem Grubengelände und bewachten die Halden gegen Kohlediebe.

Jay hob die Laterne, so daß der Aufseher sein Gesicht sehen konnte.

»Ich bitte um Entschuldigung, Mr. Jamisson, Sir ...«, stotterte der Mann.

Sie ritten weiter. Der Schachteingang war nur daran erkennbar, daß da ein Pferd unermüdlich im Kreis herum trottete und eine Trommel drehte. Beim Näherkommen sah Lizzie, daß die Trommel ein Seil aufspulte, das Wassereimer aus der Grube zog.

»Es steht immer Wasser in der Grube«, erklärte Jay. »Es sickert aus der Erde.« Die alten Holzeimer leckten und verwandelten den Boden um den Schacht in einen tückischen Morast aus Schlamm und Eis.

Sie banden die Pferde an und begaben sich zum Eingang. Der Schacht war ungefähr sechs Quadratfuß breit und von einer steilen, im Zickzack abwärts führenden Holztreppe gesäumt, deren unteres Ende nicht zu sehen war.

Ein Geländer fehlte.

Der Schreck fuhr Lizzie durch Mark und Bein. »Wie tief ist es?« fragte sie mit zitternder Stimme.

»Um die fünfundsechzig Meter, wenn ich mich recht entsinne«, sagte Jay.

Lizzie schluckte heftig. Wenn ich jetzt einen Rückzieher mache und Sir George und Robert erfahren davon, werden sie sich bestätigt fühlen, dachte sie. ›Ein Kohlebergwerk ist nicht der richtige Ort für eine Lady‹, wird es dann wieder heißen ... Die Vorstellung war ihr unerträglich. Da stieg sie schon lieber auf einer geländerlosen Treppe fünfundsechzig Meter in die Tiefe.

Sie biß die Zähne zusammen und fragte: »Worauf warten wir noch?«

Jay mochte ihre Angst gespürt haben, aber er verzichtete auf einen Kommentar. Er ging voran und beleuchtete die Treppe für sie. Lizzie klopfte das Herz bis zum Hals, als sie ihm folgte. Nach wenigen Stufen sagte er: »Legen Sie doch die Hände auf meine Schultern, das gibt Ihnen mehr Sicherheit.« Dankbar nahm sie das Angebot an.

In der Schachtmitte stießen die wassergefüllten Holzeimer, die hinaufgezogen wurden, gegen die leeren, die nach unten sanken, wodurch Lizzy des öfteren einen eiskalten Guß abbekam. Sie sah sich schon auf den glatten Stufen ausrutschen und kopfüber in den Schacht stürzen, sah ihren Körper immer wieder mit den Eimern kollidieren und Dutzende von ihnen umkippen; ja, sie hatte bereits eine sehr drastische Vorstellung von ihrer zerschmetterten Leiche am Grunde des Schachts.

Nachdem sie schon eine ganze Weile unterwegs waren, gönnte Jay ihnen eine Verschnaufpause. Obwohl sich Lizzie viel auf ihre körperliche Leistungsfähigkeit zugute hielt, ging ihr Atem schwer, und die Beine taten ihr weh. Um sich ihre Müdigkeit nicht anmerken zu lassen, begann sie ein Gespräch.

»Sie kennen sich im Bergbau offenbar recht gut aus. Sie wissen, wie tief die Schächte sind, wo das Wasser herkommt und so weiter.«

»Bei uns in der Familie wird ständig über den Kohlebergbau geredet. Er ist ja unsere wichtigste Einnahmequelle. Außerdem habe ich vor sechs Jahren einmal einen ganzen Sommer lang Harry Ratchett begleitet, den Obersteiger. Mutter wollte, daß ich mich auskenne. Sie hoffte, Vater würde mir eines Tages die Leitung der Gruben übertragen. War natürlich eine alberne Fehlspekulation!«

Lizzie bedauerte ihn aufrichtig.

Sie gingen weiter. Einige Minuten später endete die Treppe auf einer kleinen Plattform, von der aus zwei waagerechte Stollen abzweigten. Der Einstiegsschacht unterhalb der Plattform stand unter Wasser. Er wurde zwar von den Eimer kontinuierlich ausgeschöpft, bekam aber durch unterirdische Wasseradern unablässig neuen Zufluß. Mit einer Mischung aus Furcht und Neugier starrte Lizzie in die schwarze Finsternis der beiden Tunnel.

Jay verließ die Plattform, betrat einen der Seitenstollen und nahm Lizzies Hand. Sein Griff war fest und trocken. Als die junge Frau ihm folgte, hob er ihre Hand an seine Lippen und küßte sie. Die kleine Galanterie gefiel Lizzie.

Er gab ihre Hand auch nicht wieder frei, als er sich wieder nach vorne wandte und seine Begleiterin tiefer in den Stollen hineinführte. Lizzie wußte nicht recht, was sie davon halten sollte, hatte jedoch keine Zeit, sich darüber Gedanken zu machen, denn der Weg erforderte ihre volle Aufmerksamkeit. Sie stapfte durch dicke Schichten Kohlestaub, der allgegenwärtig war und auch die Luft erfüllte. Die Stollendecke war niedrig, stellenweise sogar sehr niedrig. Sie mußten daher stets gebückt gehen. Allmählich wurde Elizabeth Hallim klar, daß ihr eine sehr unbequeme Nacht bevorstand.

Sie versuchte, ihr Unbehagen zu ignorieren. Auf beiden Seiten des Stollens flackerte jetzt in Nischen zwischen breiten Säulen Kerzenlicht und erinnerte Lizzie an einen Mitternachtsgottesdienst im Dom.

»Jeder Kumpel bearbeitet einen knapp vier Meter langen Abschnitt, den man als ›Strecke‹ bezeichnet«, erklärte Jay. »Zwischen den Strecken lassen sie jeweils eine ungefähr sechzehn Quadratfuß breite Kohlesäule stehen, welche die Decke stützt.«

Erst jetzt machte Lizzie sich klar, daß sich über ihren Köpfen fünfundsechzig Meter Erde und Felsen türmten, die, falls die Bergleute nicht ordentlich gearbeitet hatten, jederzeit auf sie herabstürzen konnten. Ein Anfall von Panik drohte sie zu überwältigen, doch es gelang ihr, ihn niederzukämpfen. Unwillkürlich drückte sie Jays Hand, und er erwiderte den Druck. Von nun an war ihr durchaus bewußt, daß sie einander an der Hand hielten, und sie gestand sich ein, daß sie überhaupt nichts dagegen hatte.

Die ersten Strecken, an denen sie vorbeikamen, waren leer,

also vermutlich bereits ausgebeutet. Dann jedoch erreichten sie eine Stelle, wo ein Mann Kohle schürfte. Zu Lizzies Überraschung stand der Kumpel nicht auf seinen zwei Beinen, sondern bearbeitete die Kohleader auf der Seite liegend in Fußhöhe. Eine Kerze in einem hölzernen Halter warf ein flackerndes Licht auf seinen Arbeitsplatz, und trotz seiner unbequemen Lage schwang er die Picke kraftvoll. Mit jedem Schlag hieb er die Spitze tiefer in die Kohle hinein und hebelte große Brocken heraus. Als Lizzie näher hinsah, erkannte sie zu ihrem Schrecken, daß der Mann in einem fließenden Rinnsal lag, das aus der Kohle sickerte und sich in den kleinen Abflußgraben im Hauptstollen ergoß. Sie tauchte die Finger ins Wasser. Es war eiskalt. Lizzie schauderte. Doch der Kumpel hatte seinen Mantel abgelegt und arbeitete barfuß und mit freiem Oberkörper. Auf seinen rußschwarzen Schultern waren Schweißperlen zu erkennen.

Der Stollen war nicht eben, sondern paßte sich, wie Lizzie vermutete, dem natürlichen Auf und Ab der kohleführenden Schicht an. Jetzt begann ein ziemlich steiler Anstieg. Jay blieb stehen und deutete nach vorn, wo ein Kumpel mit einer Kerze hantierte, und sagte: »Er überprüft den Stollen auf Grubengas.«

Lizzie ließ seine Hand los und setzte sich auf einen Felsen, um ihren durch die gebückte Haltung strapazierten Rücken ein wenig zu entlasten.

»Wie geht es Ihnen?« fragte Jay.

»Danke, gut. Was ist ›Grubengas‹?«

»Ein leicht entzündbares Gas.«

»Leicht entzündbar?«

»Ja. Es ist die Hauptursache für ›schlagende Wetter‹. Das sind Explosionen in Kohlebergwerken.«

Lizzie kam das komisch vor. »Warum benützt er eine Kerze, wenn das Gas explosiv ist?«

»Anders kann man es nicht entdecken. Es ist unsichtbar und geruchlos.«

Der Kumpel hob die Kerze langsam bis an die Stollendecke und beobachtete konzentriert die Flamme.

»Das Gas ist leichter als Luft, deshalb sammelt es sich unter der Decke«, fuhr Jay fort. »Bei einer geringen Menge bildet sich um die Flamme herum ein blauer Ring.«

»Und wenn es mehr ist?«

»Dann bläst es uns alle ins Jenseits.«

Lizzie hatte das Gefühl, der letzte Strohhalm schwimme ihr davon. Sie war schmutzig, hatte den Mund voller Kohlestaub – und nun mußte sie auch noch erfahren, daß sie jederzeit einer Explosion zum Opfer fallen konnte! Bleib ruhig, sagte sie sich, verlier jetzt bloß nicht die Nerven! Daß die Arbeit im Kohlebergwerk ein gefährliches Gewerbe ist, hast du vorher gewußt. Also reiß dich zusammen. Die Kumpels kommen jede Nacht hierher – dann wirst du diesen einen Besuch wohl auch überstehen ...

Aber ein zweites Mal bringt mich kein Mensch mehr hier herunter ...

Sie sahen dem Mann mit der Kerze zu. Er ging ein paar Schritte weiter und wiederholte den Test an einer anderen Stelle. Lizzie war fest entschlossen, sich ihre Angst nicht anmerken zu lassen, und achtete darauf, daß ihre Stimme so normal wie möglich klang.

»Und wenn er Grubengas feststellt – was dann? Wie wird man es wieder los?«

»Man zündet es an.«

Lizzie schluckte. Das wird ja immer schlimmer, dachte sie.

»Ein Kumpel ist für die Feuerüberwachung zuständig. In dieser Grube ist es, glaube ich, McAsh, der junge Unruhestifter. Die Aufgabe wird meistens vom Vater auf den Sohn vererbt. Der Feuermann ist der Gasfachmann der Grube. Er weiß, was zu tun ist.«

Lizzie hätte am liebsten auf dem Absatz kehrtgemacht, um so schnell wie möglich wieder aus der Grube herauszukommen.

Das einzige, was sie davon abhielt, war die Schmach, die es bedeutet hätte, wenn Jay sie hier unten in Panik davonrennen sähe. Um wenigstens von diesem hanebüchen gefährlichen Gastest fortzukommen, deutete sie in einen Seitenstollen und fragte: »Was ist denn da unten?«

Jay nahm sie wieder bei der Hand. »Sehen wir's uns doch einfach mal an.«

Alle Geräusche in der Grube klangen merkwürdig gedämpft. Es wurde nicht viel gesprochen. Einige Hauer hatten eine jugendliche Hilfskraft bei sich, doch die meisten arbeiteten allein, und die Träger waren noch nicht da. Die Wände und die dicke Staubschicht auf dem Boden erstickten das Geräusch der Spitzhacken und das Gepolter der herausbrechenden Kohlebrocken. Immer wieder mußten sie durch Türen, die hinter ihnen von einem kleinen Jungen geschlossen wurden. Die Türen kontrollierten die Luftzirkulation in den Stollen, erklärte Jay.

Sie waren in einen verlassenen Teil des Bergwerks geraten, und Jay blieb stehen. »Dieser Abschnitt ist offenbar schon ausgeräumt«, sagte er und schwenkte seine Laterne im Bogen. Das schwache Licht wurde am Rande des Kreises in winzigen Rattenaugen reflektiert. Die Tiere ernährten sich zweifellos von den Überresten aus den Henkelmännern der Bergarbeiter.

Lizzie bemerkte, daß Jays Gesicht rußgeschwärzt war und sich nicht mehr von dem eines Kumpels unterschied. Der Kohlestaub durchdrang alles. Er sah so komisch aus, daß sie unwillkürlich lächeln mußte.

»Was ist?« fragte er.

»Ihr Gesicht ist schwarz!«

Er grinste und fuhr ihr mit der Zeigefingerspitze über die Wange. »Und Ihres? Was glauben Sie?«

»O nein!« Sie begriff, daß sie genauso aussehen mußte wie er, und lachte.

»Sie sind immer noch bildhübsch«, sagte Jay und küßte sie.

Lizzie war überrascht, verzog aber keine Miene: Es gefiel ihr. Seine Lippen waren fest und trocken, und sie spürte eine leichte Rauheit über seiner Oberlippe, wo er sich rasiert hatte.

Als Jay sie wieder freigab, fragte sie ihn das erstbeste, was ihr einfiel: »Haben Sie mich *deshalb* hierher gebracht?«

»Sind Sie mir böse?«

Eine Dame zu küssen, die nicht seine Braut war, gehörte sich gewiß nicht für einen jungen Herrn aus besseren Kreisen. Ja, dachte sie, ich sollte ihm eigentlich böse sein ... Aber es hatte ihr gefallen. Lizzie schämte sich plötzlich ein wenig. »Vielleicht sollten wir jetzt lieber zurückgehen«, sagte sie.

»Darf ich wieder Ihre Hand halten?«

»Aber ja.«

Das schien ihm zu genügen. Er führte sie zurück. Ein Weilchen später erkannte sie den Felsen wieder, auf dem sie zuvor gesessen hatte. Sie blieben stehen und sahen einem Hauer bei der Arbeit zu. Lizzie mußte an den Kuß denken, und ein Schauer der Erregung fuhr durch ihre Lenden.

Der Kumpel hatte seine Strecke unterhöhlt und war gerade dabei, Keile in die Flözwand darüber zu schlagen. Wie die meisten seiner Gefährten arbeitete er mit nacktem Oberkörper, so daß man, wenn er den Hammer schwang, das Spiel der kräftigen Muskeln auf seinem Rücken sehen konnte. Die Kohle, der unten jetzt die Auflage fehlte, zerbrach schließlich unter ihrem eigenen Gewicht und stürzte in großen Klumpen zu Boden. Der Hauer trat rasch einen Schritt zurück. Quietschend und bebend stellte sich die neue Abbruchfläche auf die veränderten Druckverhältnisse ein. Es knackte und knirschte, und kleine Splitter flogen in alle Richtungen.

Inzwischen erschienen, mit Kerzen und großen Holzschaufeln bewaffnet, auch die ersten Träger an ihren Arbeitsplätzen unter Tage. Und nun erlebte Lizzie ihren bislang größten Schreck.

Die Träger waren zum allergrößten Teil Trägerinnen.

Nie hatte Elizabeth Hallim sich in ihrem bisherigen Leben gefragt, wie die Frauen und Töchter der Bergarbeiter ihre Zeit verbrachten, und nie wäre sie auf die Idee gekommen, daß auch sie den ganzen Tag und die halbe Nacht in der Grube schufteten.

In den Stollen wurde es merklich lauter, und die Luft erwärmte sich schnell, so daß Lizzie sich nach kurzer Zeit veranlaßt sah, ihre Jacke zu öffnen. Bei der herrschenden Dunkelheit merkten die meisten Frauen gar nicht, daß zwei Besucher unter ihnen weilten, und unterhielten sich völlig ungehemmt. Direkt vor Lizzie und Jay stieß ein älterer Mann mit einer Frau zusammen, die aussah, als wäre sie schwanger.

»Paß doch auf, wo du hinlatschst, verdammtes Weibsbild!« schnauzte der Mann sie an.

»Paß selber auf, du blinder Schwanz!« gab die Frau zurück.

»Ein Schwanz ist nicht blind, sondern einäugig!« rief eine zweite Frau, und alle lachten derb.

Lizzie erschrak. In der Welt, in der sie lebte, sagte keine Frau »verdammt«. Und was ein »blinder Schwanz« war, konnte sie allenfalls ahnen. Es verblüffte sie allemal, daß diese Frauen, die um zwei Uhr morgens einen fünfzehnstündigen Arbeitstag unter Tage antraten, *überhaupt* noch über etwas lachen konnten.

Sie war seltsam angespannt und durcheinander. Alles hier unten war so körperlich und sinnlich: die Dunkelheit, das Händchenhalten mit Jay, die halbnackten Hauer bei der Arbeit, Jays Kuß, der vulgäre Humor der Frauen. Es irritierte sie – und war auf der anderen Seite aufregend, ja erregend. Ihr Puls ging schneller als sonst, ihre Haut war heiß, und ihr Herz raste.

Allmählich verstummte das Stimmengewirr, und die Trägerinnen machten sich an die Arbeit. Sie schaufelten die frisch gebrochene Kohle in große Körbe.

»Warum ist das Frauenarbeit?« fragte Lizzie ungläubig ihren Begleiter.

»Ein Kumpel wird nach dem Gewicht der Kohle bezahlt, die

er am Schachteingang abliefert«, erklärte Jay. »Wenn er einen eigenen Träger bezahlen muß, ist dessen Geld für die Familie des Hauers verloren. Er läßt also seine Frau und seine Kinder als Träger mitarbeiten, damit er die volle Summe behalten kann.«

Es dauerte nicht lange, und die ersten Körbe waren gefüllt. Lizzie beobachtete, wie zwei Frauen mit vereinten Kräften einer dritten den schweren Korb auf den gebeugten Rücken wuchteten. Die Beladene stöhnte unter dem Gewicht. Der Korb wurde mit einem Riemen gesichert, den man ihr um die Stirn schlang, und dann machte sich die Trägerin langsam auf den Weg durch den Stollen. An vielen Stellen mußte sie sich doppelt so tief niederkauern wie jemand ohne Traglast.

Lizzie fragte sich, wie die Frau die steile, fünfundsechzig Meter hohe Treppe hinaufkommen sollte. »Ist der Korb wirklich so schwer, wie er aussieht?« fragte sie.

Einer der Bergarbeiter hatte die Frage gehört. »Ein solcher Korb faßt ungefähr hundertvierzig Pfund Kohle. Wollen Sie mal anheben, junger Herr?«

Jay kam Lizzie mit der Antwort zuvor. »Nein, gewiß nicht«, sagte er vorbeugend.

Doch der Hauer gab sich nicht so schnell geschlagen. »Dann probieren Sie's doch mal mit einem leichteren – so einem, wie ihn diese halbe Portion da trägt.«

Ein Mädchen von vielleicht zehn oder elf Jahren – es trug ein schlichtes Wollkleid und ein Kopftuch – kam auf sie zu. Auf ihrem Rücken schleppte die Kleine einen halbvollen Kohlekorb.

Lizzie sah, daß Jay bereits den Mund öffnete, um das Angebot des Hauers abzulehnen, doch diesmal war sie schneller. »Ja, bitte«, sagte sie. »Lassen Sie mich mal heben!«

Der Kumpel hielt das Mädchen an, und eine seiner Trägerinnen hob ihm den Korb von den Schultern. Das Kind sagte nichts, schien aber über die unerwartete Pause nicht unglücklich zu sein. Sein Atem ging schwer.

»Bücken Sie sich, Mister!« sagte der Bergmann, und Lizzie gehorchte. Die Trägerin schwang den Korb auf ihren Rücken.

Obwohl sie auf einiges gefaßt war, erwies sich der Korb als erheblich schwerer, als Lizzie gedacht hatte. Sie konnte das Gewicht keine Sekunde tragen. Ihre Beine gaben nach, und sie brach zusammen. Der Kumpel hatte offenbar damit gerechnet und fing sie auf, während die Trägerin sie wieder von der schweren Last befreite.

Die anderen Frauen im Umkreis lachten gellend auf. Das Mißgeschick des jungen Herrn bereitete ihnen offenbar großes Vergnügen. Lizzie spürte unterdessen, wie sich eine schwielige Hand, hart wie ein Pferdehuf, über dem Leinenhemd an ihre rechte Brust preßte. Der Hauer, der sie mit seinem starken Unterarm aufgefangen hatte, räusperte sich überrascht. Die Hand faßte noch einmal nach, als wolle sie sich vergewissern, aber da gab es nichts mehr zu verbergen. Lizzies Brüste waren groß – peinlich groß, wie sie manchmal dachte. Im nächsten Moment verschwand die Hand. Der Mann half Lizzie wieder auf die Beine, hielt sie an den Schultern fest und sah sie erstaunt an.

»Miss Hallim!« flüsterte er.

Da erkannte Lizzie, daß der Mann mit dem vom Kohlestaub geschwärzten Gesicht niemand anderes war als Malachi McAsh.

Einen verzauberten Augenblick lang sahen sie einander an, das Gelächter der Frauen in ihren Ohren. Nach allem, was in dieser Nacht bereits vorgefallen war, empfand Lizzie die plötzliche Intimität als überaus erregend und wußte, daß es Mack nicht anders erging als ihr. Obwohl Jay sie geküßt und ihre Hand gehalten hatte, fühlte sie sich diesem Mann sekundenlang viel näher. Doch da übertönte auf einmal eine andere Stimme den allgemeinen Lärm.

»Mack!« rief eine Frau. »Schau dir das an!«

Die Frau mit dem schwarzen Gesicht hielt eine Kerze unter die Stollendecke. McAsh blickte sich nach ihr um. Doch ehe er Lizzie freigab und auf die andere Frau zuging, sah er sie noch einmal an; es schien ihm schwerzufallen, das soeben Begonnene so abrupt beenden zu müssen.

Dann inspizierte er die Kerzenflamme und sagte: »Du hast recht, Esther.« Er drehte sich um und wandte sich, ohne Jay und Lizzie noch Beachtung zu schenken, an die Arbeiter und Arbeiterinnen im Stollen: »Es hat sich etwas Grubengas entwickelt.« Lizzie wollte sofort davonlaufen, doch McAsh war noch immer die Ruhe selbst. »Für einen Alarm reicht es noch nicht aus – jetzt jedenfalls noch nicht. Wir müssen das noch an anderen Stellen überprüfen und sehen, wie weit es geht.«

Lizzie fand seinen Gleichmut unglaublich. Was waren das für Menschen, diese Bergleute? Obwohl sie ein brutal hartes Leben führten, waren ihre Lebensgeister ungebrochen. Ihr eigenes Leben kam ihr dagegen plötzlich verwöhnt und inhaltslos vor.

Jay nahm ihren Arm. »Ich glaube, wir haben genug gesehen«, murmelte er. »Was meinen Sie?«

Sie widersprach ihm nicht. Ihre Neugier war längst befriedigt. Von der ständigen Bückerei tat ihr der Rücken weh. Sie war hundemüde, schmutzig und voller Angst. Sie wollte unbedingt wieder an die Erdoberfläche und sich den Wind um die Nase wehen lassen.

So schnell sie konnten, liefen sie zum Eingangsschacht zurück. In der Grube herrschte nun ein reges Kommen und Gehen, und viele Trägerinnen waren in ihrem Stollen unterwegs. Um sich mehr Bewegungsfreiheit zu verschaffen, hatten die Frauen ihre Röcke bis über die Knie hochgezogen und trugen die Kerzen zwischen den Zähnen. Mit ihren gewaltigen Traglasten kamen sie nur langsam voran. Lizzie sah, wie ein Mann vor den Augen vieler Frauen und Kinder in den Abflußgraben urinierte. Kann er sich dafür denn kein stilleres Örtchen suchen, fragte sie sich, nur um gleich darauf zu erkennen, daß es hier unten im Stollen kaum ein stilles Örtchen gab.

Schließlich erreichten sie den Schacht und machten sich an den Aufstieg. Die Trägerinnen kletterten die Stufen wie kleine

Kinder auf allen vieren empor; so ging es in ihrer gebeugten Haltung am besten. Sie bewegten sich ruhig und gleichmäßig vorwärts. Auf der Treppe schwatzte und scherzte niemand mehr. Die Frauen und Mädchen keuchten und stöhnten unter dem furchtbaren Gewicht ihrer Last. Doch während Lizzie nach einer Weile eine Verschnaufpause einlegen mußte, blieben die Trägerinnen niemals stehen. Sie fühlte sich gedemütigt und voller Schuld, als sie die kleinen Mädchen mit ihren schweren Körben an sich vorbeiziehen sah. Einige von ihnen weinten vor Schmerzen und Erschöpfung. Hin und wieder verlangsamte ein Kind seine Schritte oder hielt sogar für eine Sekunde inne, nur um dann sogleich von seiner Mutter mit einem Schlag oder einem derben Fluch weitergetrieben zu werden. Lizzie wollte die Kinder trösten. All die Gefühle der Nacht vereinten sich in namenloser Wut.

»Ich schwöre«, sagte sie mit Inbrunst, »daß ich, solange ich lebe, niemals zulassen werde, daß auf meinem Grund und Boden Kohle gefördert wird.«

Ehe Jay darauf antworten konnte, läutete eine Glocke.

»Alarm!« sagte er. »Sie haben offenbar noch mehr Grubengas festgestellt.«

Stöhnend rappelte Lizzie sich auf. Ihre Waden brannten, als habe man sie mit glühenden Nadeln gestochen.

Nie wieder, dachte sie.

»Ich trage Sie«, sagte Jay. Ohne weitere Umstände hob er sie auf, legte sie sich über die Schulter und setzte den Aufstieg fort.

Erster Teil
Kapitel 8

as Grubengas verbreitete sich mit rasender Geschwindigkeit.

Anfangs war der Blauschimmer in der Flamme nur sichtbar gewesen, wenn man die Kerze auf Deckenhöhe hielt, doch binnen weniger Minuten hatte sich die Situation drastisch verschlechtert. Schon dreißig Zentimeter unterhalb der Stollendecke ließ sich das Warnzeichen beobachten, und Mack mußte seine Überprüfungen einstellen, weil die Gefahr bestand, daß sich das Gas entzündete, ehe die Stollen geräumt waren.

Er atmete kurz und hastig. Angst schnürte ihm die Kehle zu, doch er bemühte sich, ruhig zu bleiben und einen klaren Kopf zu behalten.

Normalerweise entwich das Gas nur ganz allmählich. Diesmal war es anders. Irgend etwas Ungewöhnliches mußte geschehen sein. Die wahrscheinlichste Erklärung bestand darin, daß sich das Grubengas in einem Abschnitt des Bergwerks entwickelt hatte, der bereits ausgebeutet und danach versiegelt worden war. Die Trennwand mußte eingestürzt oder zumindest undicht geworden sein, so daß das Gas sehr schnell in die Stollen eindringen konnte, in denen zur Zeit gearbeitet wurde.

Und jeder Mann und jede Frau unter Tage trug eine brennende Kerze bei sich.

Eine kleine Menge Grubengas ließ sich ohne Gefahr abfackeln. Eine größere, aber begrenzte Menge würde eine Stichflamme auslösen und jeden, der sich in der Nähe aufhielt, verbrennen oder versengen. Ein große Menge Grubengas würde explodieren, alle Menschen unter Tage töten und die Grube zerstören.

Mack atmete tief durch. Die Evakuierung der Stollen hatte jetzt allerhöchste Priorität. Er läutete heftig die Handglocke und zählte leise bis zwölf. Als er aufhörte, waren alle Bergarbeiter und Bergarbeiterinnen bereits auf dem Weg zur Treppe, rannten, stolperten, drängelten. Mütter trieben ihre Kinder zu größerer Eile an.

Alles war auf der Flucht, nur er selbst und seine beiden Trägerinnen blieben vorerst zurück. Es waren seine Schwester Esther und seine Kusine Annie. Esther handelte ruhig und wußte genau, was zu tun war. Annie war stark und schnell, aber auch ein wenig ungeschickt und unbedacht. Mit ihren Kohleschaufeln hoben die beiden Frauen, so schnell sie konnten, im Stollenboden eine flache Mulde aus, die so lang und so breit war, daß ein ausgewachsener Mann sich hineinlegen konnte. Mack schnappte sich unterdessen ein in Öltuch eingeschnürtes Paket, das an der Decke seiner Strecke hing, und rannte zum Hauptschacht.

Nach dem Tod seiner Eltern hatte es unter den Männern einige Zweifel gegeben, ob Mack bereits alt genug war, das Amt des Feuermanns von seinem Vater zu übernehmen. Abgesehen von der damit verbundenen großen Verantwortung, galt der Feuermann auch in der Gemeinde als eine Art Anführer. Tatsächlich hatte Mack damals sogar die Bedenken seiner Kollegen geteilt. Doch es gab keinen anderen, der diese Aufgabe übernehmen wollte, denn sie war gefährlich und wurde nicht bezahlt.

Nachdem Mack die erste kritische Situation mit Sachkunde und Besonnenheit gemeistert hatte, verstummte das Gerede. Inzwischen war er stolz darauf, daß die älteren Männer ihm vertrauten – doch zwang ihn eben dieser Stolz auch dazu, selbst dann nach außen hin Ruhe und Zuversicht zu zeigen, wenn er innerlich vor Angst zitterte.

Er erreichte den Stolleneingang. Vor ihm rannten die letzten Nachzügler die Treppe hinauf. Macks Aufgabe bestand nun darin, das Gas zu entfernen, und dies war nur möglich, indem man es abfackelte. Er mußte es in Brand setzen.

Daß es ausgerechnet an diesem Tag geschah, war ein böser Zufall. Es war sein Geburtstag, und er wollte fliehen. Er machte sich Vorwürfe. Ich hätte alle Vorsicht in den Wind schlagen und das Tal schon am Sonntagabend verlassen sollen, dachte er. Er wußte, warum er es nicht getan hatte: Die Jamissons sollten sich in falscher Sicherheit wiegen und sich einbilden, er habe sich zum Bleiben entschlossen. Es war eine böse Ironie des Schicksals, daß er ausgerechnet an seinem letzten Tag im Pütt noch einmal sein Leben riskieren mußte, um das Bergwerk zu retten, das er nie wieder betreten wollte.

Wenn es nicht gelang, das Grubengas abzufackeln, mußte das Bergwerk geschlossen werden. Und die Schließung einer Grube bedeutete für die Menschen im Kohlegebiet das gleiche wie eine Mißernte für einen Bauerndorf: Hungersnot. Die letzte Schließung lag vier Jahre zurück. Es war mitten im Winter gewesen. Die schlimmen Wochen danach würde Mack sein Lebtag nicht vergessen. Die jüngsten und die ältesten Dorfbewohner starben, darunter auch seine Eltern. Am Tag nach dem Tod der Mutter hatte Mack ein Nest mit überwinternden Kaninchen ausgegraben und den noch schlaftrunkenen Tieren die Hälse gebrochen. Ihr Fleisch hatte ihn und Esther gerettet.

Er trat auf die Plattform hinaus, riß die wasserdichte Verpackung von dem Bündel, das er bei sich trug, und holte eine große, aus trockenen Zweigen und Lumpen gefertigte Fackel heraus, ein Knäuel aus derber Schnur sowie eine vergrößerte Version der halbkugeligen Kerzenhalter, wie sie von den Bergleuten benutzt wurden. Letzterer war auf einen flachen hölzernen Untersatz montiert, so daß er nicht umfallen konnte. Mack steckte die Fackel in den Halter und befestigte sie, knüpfte die Schnur an den Untersatz und entzündete mit seiner Kerze die Fackel, welche sofort Feuer fing. Hier draußen bedeutete das keine Gefahr, denn das Gas konnte nach oben entweichen. Der nächste Schritt bestand jedoch darin, die brennende Fackel in den Stollen zu bekommen.

Langsam ließ sich Mack in den Abwasserteich auf dem Schachtgrund hinab. Die mit dem eiskalten Wasser durchtränkten Kleider und Haare bedeuteten einen kleinen zusätzlichen Schutz vor möglichen Verbrennungen. Dann lief er wieder in den Schacht und spulte die Schnur ab. Hie und da räumte er größere Steine und andere Dinge aus dem Weg, die sich beim Nachziehen der Fackel als Hindernisse entpuppen konnten.

Als er wieder bei Esther und Annie anlangte, erkannte er im Licht einer auf dem Boden stehenden Kerze, daß alles fertig war. Die Mulde war ausgehoben. Esther tauchte eine Decke in den Entwässerungsgraben und wickelte Mack darin ein. Zitternd vor Kälte legte er sich in die Mulde, das Ende der Schnur noch immer in der Hand. Annie kniete neben ihm nieder und küßte ihn – womit er nicht gerechnet hatte – voll auf die Lippen. Dann deckte sie die Mulde mit einem schweren Brett ab und schloß ihn ein.

Mack hörte es über sich platschen. Auch das Brett über seiner Mulde wurde von den beiden Frauen noch mit Wasser übergossen. Dies alles diente dem Zweck, ihn vor dem Feuer zu schützen, das er in Kürze entzünden würde. Dann hörte er ein dreimaliges Klopfen, das vereinbarte Zeichen dafür, daß sie sich jetzt entfernen würden.

Er zählte bis hundert, um ihnen genug Zeit zum Verlassen des Stollens zu geben.

Das Herz klopfte ihm bis zum Hals, als es soweit war: Er begann die Schnur einzuziehen – und zog damit die brennende Fackel in den Stollen, welcher zur Hälfte mit explosivem Gas gefüllt war.

Jay setzte Lizzie am oberen Ende der Treppe auf den vereisten Matsch vor dem Schachteingang.

»Geht's?« fragte er.

»Ich bin heilfroh, daß ich wieder an der frischen Luft bin«, sagte sie dankbar. »Ich weiß gar nicht, wie ich Ihnen dafür danken kann, daß Sie mich getragen haben. Sie müssen ja vollkommen erschöpft sein.«

»Sie wiegen längst nicht so viel wie ein gefüllter Kohlekorb«, erwiderte er lächelnd.

Obwohl Jay so tat, als habe ihm die Schlepperei nichts ausgemacht, wirkte sein Gang, als er sich vom Schachteinstieg entfernte, ein wenig wacklig. Auf der Treppe hatte er jedoch keinerlei Unsicherheit gezeigt.

Mit der Morgendämmerung war erst in einigen Stunden zu rechnen. Inzwischen hatte es zu schneien begonnen, und was Lizzie da entgegenblies, waren keine sanften Flocken, sondern von heftigem Wind vorangepeitschte Eispartikel. Unter den letzten Bergarbeitern und Trägerinnen, die aus dem Schacht stiegen, erkannte Lizzie Jen, die junge Frau, deren Kind am Sonntag getauft worden war. Obwohl das Baby nicht viel älter sein konnte als eine Woche, schleppte die arme Frau einen vollen Korb. Sie hätte sich nach der Geburt doch unbedingt erholen müssen, dachte Lizzie. Jen schüttete den Inhalt des Korbes auf die Halde und reichte dem Kontrolleur ein Kerbholz. Wahrscheinlich dienen die Kerben am Wochenende zur Berechnung des Lohns, sagte sich Lizzie. Und vielleicht braucht Jen das Geld so dringend, daß sie sich keine Erholungspause leisten kann.

Lizzie konnte sich nicht von Jens Anblick losreißen. Irgend etwas schien sie zu bedrücken. Die Kerze in Kopfhöhe haltend, lief Jen zwischen den vielleicht siebzig oder achtzig Bergleuten hin und her, versuchte, durch das Schneetreiben etwas zu erkennen, und rief immer wieder: »Wullie! Wullie!« Offenbar vermißte sie ein Kind. Endlich entdeckte sie ihren Mann und wechselte ein paar schnelle, angstvolle Worte mit ihm. Dann schrie sie »Nein!«, rannte zur Treppe und kletterte wieder hinunter in den Schacht.

Der Ehemann lief ihr nach, blieb am Schachteingang stehen, blickte sich um. Er war außer sich vor Aufregung und Sorge.

»Was ist passiert?« fragte Lizzy.

»Wir können unseren Jungen nicht finden.« Seine Stimme zitterte. »Jen glaubt, daß er noch unten im Stollen ist.«

»O Gott!« Lizzie spähte über den Rand. Tief unten war etwas zu sehen, das an eine brennende Fackel erinnerte. Doch noch während sie da stand und hinuntersah, bewegte sich das Licht und verschwand im Stollen.

Es war nicht das erste Mal, daß Mack sich dieser Prozedur unterzog, doch diesmal hatte er mehr Angst als je zuvor. Noch nie hatten sie eine so hohe Grubengaskonzentration feststellen können wie diesmal, und während das Gas bei früheren Anlässen mehr oder weniger langsam eingesickert war, hatte es sich diesmal ungemein schnell gebildet. Sein Vater hatte dagegen mehrfach mit größeren Gasaustritten zu tun gehabt – und sein Körper war, wie Mack am Samstagabend, wenn Vater sich vor dem Feuer wusch, sehen konnte, mit den Narben alter Brandwunden übersät gewesen.

In seiner mit eisigem Wasser getränkten Decke war es so kalt, daß Mack am ganzen Leibe schlotterte. Stück für Stück zog er die brennende Fackel näher an sich und das Gas heran. Um sich von seiner Furcht zu befreien, dachte er an Annie. Sie waren gemeinsam aufgewachsen und hatten einander immer gemocht. Annie hatte eine wilde Seele und einen kräftigen Körper. Nie zuvor hatte sie ihn vor anderen Leuten geküßt, unter vier Augen dagegen um so öfter. Sie hatten ihre Körper erkundet und miteinander gelernt, wie man sich gegenseitig Freude bereitete. Sie hatten dies und das probiert, alles eigentlich, nur eben das nicht, was Annie als »Kindermachen« bezeichnete, aber viel gefehlt hatte dazu auch nicht mehr.

Es half nichts. Die furchtbare Angst ließ sich nicht vertreiben. Um sich zu beruhigen, stellte er sich ganz nüchtern die Ausbreitung des Gases im Stollen vor. Die Mulde, in der er lag, befand sich an einer der tiefsten Stellen, weshalb man davon ausgehen konnte, daß die Konzentration hier unten vergleichsweise gering war. Genau wußte man das aber auch erst, wenn sich das Gas entzündete. Er hatte Angst vor Schmerzen und wußte, daß Brandwunden die reinste Folter waren. Vor dem Tod fürchtete er sich eigentlich nicht. Obwohl er nicht viel über Religion nachdachte, war Gott in seiner Vorstellung gnädig und barmherzig. Nur – Malachi McAsh *wollte* noch nicht sterben; er hatte noch nichts geleistet, noch nichts erlebt, noch nichts von der Welt gesehen, war sein gesamtes bisheriges Leben lang nur Sklave gewesen und sonst nichts. Wenn ich diese Nacht überlebe, gelobte er sich, werde ich noch am gleichen Tag das Tal verlassen. Ich werde Annie zum Abschied noch einmal küssen, Esther alles Gute wünschen und den Jamissons furchtlos entgegentreten, so wahr mir Gott helfe!

Aus der Länge der Schnur, die sich zwischen seinen Fingern angesammelt hatte, konnte er schließen, daß die Fackel mittlerweile ungefähr die Hälfte des Weges zu ihm zurückgelegt hatte. Das Grubengas konnte sich jetzt jeden Moment entzünden – aber es war auch möglich, daß sich überhaupt nichts tat. Von seinem Vater wußte er, daß das Gas manchmal einfach verschwand, und niemand vermochte zu sagen, wohin.

Er spürte einen leichten Widerstand und wußte, daß die Fackel jetzt an einer Kurve im Stollen entlangschleifte und von der Stelle, an der sich seine Mulde befand, bereits zu sehen sein mußte.

Gleich knallt's, dachte er.

Und dann hörte er eine Stimme.

Er erschrak so sehr, daß er im ersten Augenblick dachte, es müsse sich um einen Geist, einen Dämon oder eine andere übernatürliche Erscheinung handeln. Doch dann wurde ihm sehr schnell klar, daß davon keine Rede sein konnte: Er hörte die angsterfüllte Stimme eines kleinen Kindes.

»Hallo! Hallo! Wo seid ihr?«

Mack wußte sofort, was geschehen war. Als kleiner Junge war er während der fünfzehnstündigen Arbeitszeit im Stollen nicht selten, von Müdigkeit überwältigt, eingeschlafen. Dem Kind war das gleiche passiert. Es hatte den Alarm verschlafen, war dann aufgewacht und, als es merkte, daß der Pütt verlassen war, in Panik geraten.

Für seine nächste Entscheidung brauchte Mack nur Sekundenbruchteile.

Er schob das Brett beiseite und sprang aus seiner Mulde. Die brennende Fackel erleuchtete die Szenerie, so daß er den aus einem Seitenstollen auftauchenden Jungen sofort erkannte. Der Kleine rieb sich die Augen und weinte. Es war Wullie, der Sohn seiner Kusine Jen.

»Onkel Mack!« rief Wullie, und seine Miene hellte sich auf.

Mack stürzte auf ihn zu und befreite sich im Gehen von der nassen Decke. Der Platz in der schmalen Mulde reichte nicht für sie beide. Sie mußten also den Treppenschacht erreichen, bevor das Gas explodierte. Er wickelte den Jungen in die Decke, hob ihn auf, klemmte ihn sich mit den Worten: »Grubengas, Wullie! Wir müssen hier raus!« unter den Arm und rannte los.

Als er an der brennenden Fackel vorbeikam, hörte er sich brüllen: »Noch nicht! Noch nicht!«, als könne er mit der schieren Kraft seines Willens die Explosion hinauszögern.

Der Junge war nicht schwer, aber es war schwer, gebückt zu rennen. Der unebene Boden tat das Seine: Hier war er schlammig aufgelöst, dort knöcheltief mit Kohlenstaub bedeckt, und überall lauerten Felsvorsprünge und Steine, über die man in der Eile stolpern konnte. Mack achtete kaum auf den Weg, sondern stürmte blindlings vorwärts. Manchmal geriet er ins Stolpern, aber immerhin gelang es ihm, auf den Füßen zu bleiben. Jeden Augenblick rechnete er mit dem großen Knall, der das letzte Geräusch sein mochte, das er in seinem jungen Leben zu hören bekam.

Hinter der Kurve war vom Licht der Fackel nichts mehr zu sehen. Mack rannte weiter, mitten in die Finsternis hinein, nur um Sekunden später heftig an die Wand zu stoßen. Er stürzte zu Boden, ließ Wullie fallen und rappelte sich fluchend wieder auf.

Der Junge fing an zu weinen. Mack tappte dem Geräusch nach, fand ihn und nahm ihn wieder auf den Arm. Er sah ein, daß er in der Dunkelheit langsamer gehen mußte. Mit der freien Hand tastete er sich an der Stollenwand entlang, bis vor ihnen endlich die Kerzenflamme am Ausgang schimmerte.

Mack hörte Jens Stimme. »Wullie!« rief sie. »Wullie!«

»Ich hab' ihn bei mir, Jen!« rief er zurück und rannte wieder los. »Raus mit dir! Die Treppe hoch!«

Aber Jen hörte nicht auf ihn. Sie kam auf ihn zu.

Es waren nur noch ein paar Meter zum Ende des Tunnels, ein paar Meter noch, und sie waren in Sicherheit.

»Zurück!« schrie er, aber Jen kam unbeirrt auf ihn zu.

Dann prallten sie zusammen. Mit dem freien Arm riß er sie von den Beinen, rannte zum Ausgang.

Da explodierte das Gas.

Es begann mit einem schrillen Zischen, dem einen Lidschlag später ein ohrenbetäubendes, erderschütterndes Donnern folgte. Mack spürte einen furchtbaren Schlag in den Rücken wie von einer großen unsichtbaren Faust. Dann verlor er den Boden unter den Füßen, verlor Jen und Wullie, flog durch die Luft. Eine sengende Hitzewelle schwappte über ihn hinweg, und er war überzeugt: Das ist der Tod. Dann stürzte er kopfüber in eiskaltes Wasser und merkte, daß er in den Abflußteich am Schachtgrund gefallen war.

Und er lebte noch.

Er tauchte auf und rieb sich das Wasser aus den Augen.

Die hölzerne Plattform und die Treppe brannten an mehreren Stellen, und die Flammen beleuchteten mit ihrem Flackern den Schauplatz des Geschehens.

Mack entdeckte Jen, die ebenfalls ins Wasser gefallen war.

Sie schlug wild um sich und rang nach Luft. Er packte sie und stemmte sie aus dem Wasser.

Mit erstickender Stimme schrie sie: »Wo ist Wullie?«

Vielleicht hat er das Bewußtsein verloren, dachte Mack. Er schob sich quer durch den kleinen Tümpel, stieß mit Eimern von der nicht mehr arbeitenden Entwässerungsanlage zusammen. Endlich fand er eine im Wasser treibende Gestalt. Es war Wullie. Er fischte den kleinen Körper auf, hievte ihn neben seine Mutter auf die Plattform und kletterte selber hinaus.

Wullie setzte sich auf und spuckte Wasser. »Gott sei Dank«, schluchzte Jen. »Er lebt.«

Mack spähte in den Stollen. Hie und da flackerten noch, Feuergeistern gleich, versprengte Gasschwaden auf. »Los jetzt, die Treppe rauf!« sagte er. »Es kann noch eine Nachexplosion kommen.« Er zog Jen und Wullie hoch und schob sie die ersten Stufen hinauf. Jen nahm ihren Sohn auf und legte ihn sich über die Schulter – ein Federgewicht für eine Frau, die es gewohnt war, zwanzigmal in einer Fünfzehnstundenschicht einen vollen Kohlekorb diese Treppen hinaufzuschleppen.

Mack zögerte und sah sich um. Noch immer züngelten Flammen an verschiedenen Stellen im Treppenschacht. Wenn die Treppe abbrannte, konnte es Wochen dauern, bis die Grube wieder betretbar war. Er löschte die Flammen mit Wasser aus dem Teich, dann folgte er Jen die Treppe hinauf.

Oben angekommen, fühlte er sich ganz zerschlagen. Er war erschöpft, alles tat ihm weh, und ihm war schwindlig.

Sofort war er umgeben von einer Menschentraube. Man schüttelte ihm die Hand, schlug ihm auf den Rücken, gratulierte ihm. Dann bildete sich eine Gasse für Jay Jamisson und seinen Begleiter, von dem nur Mack wußte, daß es Lizzie Hallim in Männerkleidern war.

»Gut gemacht, McAsh,« sagte Jay. »Meine Familie weiß Ihren Mut zu würdigen.«

Eingebildeter Geck, dachte Mack.

»Gibt es kein anderes Mittel gegen das Grubengas?« fragte Lizzie.

»Nein«, sagte Jay.

»Natürlich gibt es eines!« widersprach Mack empört.

»Ach ja?« Lizzie war ganz Ohr. »Welches?«

Mack holte tief Luft. »Man braucht nur Lüftungsschächte anzulegen, durch die das Gas entweichen kann. Dann kommt es gar nicht erst zu solchen gefährlichen Konzentrationen.« Er machte eine Pause und atmete noch einmal tief durch. »Die Jamissons wissen das längst. Man hat es ihnen oft genug gesagt.«

Unter den Bergleuten erhob sich zustimmendes Gemurmel.

»Und warum bauen Sie dann keine?« fragte Lizzie, an Jay gewandt.

»Von geschäftlichen Dingen verstehen Sie nichts, wie?« fragte Jay zurück. »Aber warum sollten Sie auch? Kein Geschäftsmann kann sich teure Förderkosten leisten, wenn es auch billiger geht. Er wird sofort von seinen Konkurrenten unterboten. Man nennt das politische Ökonomie.«

»Nennen Sie's, wie Sie wollen«, keuchte Mack. »Einfache Leute nennen es Geiz.«

»Genau! So ist es!« riefen ein oder zwei Bergleute.

»Hören Sie, McAsh«, mahnte Jay. »Verderben Sie nicht gleich wieder alles durch Ihre Anmaßung! Sie bekommen sonst ernsthafte Schwierigkeiten.«

»Ich habe keine Schwierigkeiten mehr«, erwiderte Mack. »Heute ist mein zweiundzwanzigster Geburtstag.« Er hatte es nicht sagen wollen, doch nun war es heraus, und er konnte sich nicht länger zurückhalten. »Ich habe also noch nicht die volle Zeit von einem Jahr und einem Tag hier gearbeitet, noch nicht ganz. Und ich werde es auch niemals tun.« Die Menge verstummte plötzlich, und Mack überkam ein fast heiteres Gefühl der Freiheit. »Ich kündige, Mr. Jamisson. Leben Sie wohl.« Mit diesen Worten kehrte er Jay den Rücken und ging. Es herrschte tiefes Schweigen.

Erster Teil
Kapitel 9

Als Lizzie und Jay ins Schloss zurückkehrten, waren acht oder neun Bedienstete gerade dabei, Feuer zu machen, und scheuerten bei Kerzenlicht die Steinfliesen. Lizzie, schwarz von Kohlestaub und fast hilflos vor Müdigkeit, flüsterte Jay ein Dankeschön zu und taumelte die Treppe hinauf.

Jay befahl, eine Badewanne und heißes Wasser in sein Zimmer zu schaffen, und als alles gerichtet war, setzte er sich hinein und schrubbte sich mit einem Bimsstein den schwarzen Staub von der Haut.

In den vergangenen achtundvierzig Stunden hatten sich mehrere Ereignisse zugetragen, die für sein künftiges Leben von entscheidender Bedeutung waren: Sein Vater hatte ihn mit einem lächerlichen Präsent abfinden wollen, seine Mutter hatte Vater verflucht, und er, Jay, hatte versucht, seinen Halbbruder Robert umzubringen. Doch nichts von alledem beschäftigte ihn jetzt. Er dachte nur an Lizzie. Ihr koboldhaftes Gesicht erschien ihm im Wasserdampf, der aus dem Bad aufstieg, und sah ihn mit keckem Lächeln an. In den Augenwinkeln zeigten sich Lachfalten. Spott, Versuchung und Herausforderung lagen in diesem Blick.

Er mußte daran denken, wie er sie den Schacht hinaufgetragen hatte: So weich und leicht war sie gewesen, so eng hatte er ihren Körper an seinem gespürt. Jay fragte sich, was sie wohl von ihm hielt. Gewiß hatte sie sich auch ein Bad richten lassen, konnte sie doch so schmutzig, wie sie war, kaum zu Bett gehen. Er stellte sie sich vor dem offenen Kamin in ihrem Zimmer vor, nackt, mit Seifenschaum bedeckt. Er wollte bei ihr sein, ihr den Schwamm aus der Hand nehmen und ihr den Kohlestaub von den vollen Brüsten wischen. Die Vorstellung erregte ihn so sehr, daß er aus der Wanne sprang und sich eilends mit einem rauhen Handtuch trockenrieb.

Er war nicht müde. Er wollte mit irgend jemandem über das nächtliche Abenteuer reden, doch Lizzie würde jetzt wahrscheinlich stundenlang schlafen. Jay dachte an seine Mutter. Ihr konnte er vertrauen. Manchmal trieb sie ihn zu Dingen, die eigentlich nicht seiner Neigung entsprachen, aber sie stand immer auf seiner Seite.

Er rasierte sich, zog sich frische Kleider an und machte sich auf den Weg zu ihr. Wie erwartet, war sie bereits wach. Sie saß an ihrem Schminktisch, nippte an einer Tasse Schokolade und wurde gerade von ihrer Zofe frisiert. Als Jay eintrat, lächelte sie ihm zu. Er gab ihr einen Kuß und ließ sich auf einen Stuhl sinken. Sie war hübsch, selbst in dieser frühen Morgenstunde, doch hinter der schönen Fassade verbarg sich eine stählerne Seele.

»Warum bist du schon so früh auf den Beinen?« fragte sie ihren Sohn, nachdem sie die Zofe entlassen hatte.

»Ich war noch gar nicht im Bett. Ich war in der Grube.«

»Mit Lizzie Hallim, wie?«

Sie ist wirklich klug, dachte Jay liebevoll. Sie weiß immer genau, was ich vorhabe ... Er hatte nichts dagegen, denn sie machte ihm niemals Vorwürfe. »Woher weißt du das?« fragte er.

»Ich konnte es mir denken. Sie wollte ja unbedingt hinunter, und wenn sich ein Mädchen wie sie einmal etwas in den Kopf gesetzt hat, dann läßt es sich durch ein Nein nicht beirren.«

»Es war ein ungünstiger Tag für einen Besuch dort unten. Es kam zu einer Explosion.«

»O Gott! Ist euch etwas passiert?«

»Nein ...«

»Ich werde auf jeden Fall Dr. Stevenson kommen lassen ...«

»Mach dir keine Sorgen, Mutter, es besteht kein Anlaß. Ich war schon draußen, als es knallte. Und Lizzie ebenfalls. Ich bin nur ein wenig schwach in den Knien, weil ich sie die Schachttreppe hinaufgetragen habe.«

Mutter beruhigte sich. »Und wie war Lizzies Eindruck?«

»Sie wird niemals zulassen, daß auf dem Grund und Boden der Hallims Kohle gefördert wird. Das hat sie geschworen.«

Alicia lachte. »Und dein Vater giert geradezu danach. Na, ich bin gespannt, wie diese Schlacht ausgehen wird. Wenn Robert mit ihr verheiratet ist, kann er gegen ihren Willen entscheiden – theoretisch zumindest. Aber sag einmal, Jay, macht die Brautwerbung deiner Meinung nach Fortschritte?«

»Flirten ist, milde gesagt, nicht gerade Roberts Stärke«, antwortete Jay verächtlich.

»Aber deine, nicht wahr?« gab sie nachsichtig zurück.

Jay zuckte mit den Schultern. »Er tut sein Bestes, täppisch wie er ist.«

»Dann wird sie ihn vielleicht gar nicht heiraten.«

»Es wird ihr wohl nichts anderes übrigbleiben.«

Seine Mutter sah ihn kritisch an: »Weißt du etwas, das ich nicht weiß?«

»Lady Hallim hat Probleme mit der Verlängerung ihrer Hypotheken. Vater hat das so arrangiert.«

»Ach ja? Oh, wie verschlagen er ist!«

Jay seufzte. »Miss Hallim ist ein wunderbares Mädchen. Sie hätte etwas Besseres verdient als Robert.«

Mutter legte ihm die Hand aufs Knie. »Jay, mein lieber Junge, *noch* gehört sie Robert nicht.«

»Möglich. Vielleicht heiratet sie einen anderen.«

»Vielleicht heiratet sie dich.«

»Mutter!« Er hatte Lizzie zwar geküßt, aber an Heirat hatte er nicht zu denken gewagt.

»Du bist in sie verliebt, das merke ich doch.«

»Das nennt man also … Liebe?«

»Ja, natürlich. Deine Augen leuchten auf, sobald ihr Name fällt, und wenn sie im Zimmer ist, siehst du nur noch sie.«

Sie hatte präzise beschrieben, wie ihm zumute war. Er konnte ihr nichts verheimlichen.

»Aber heiraten? Wie stellst du dir das vor?«

»Wenn du sie liebst, dann frag sie! Du wärest dann der Laird von High Glen.«

Jay grinste. »Für Robert wäre das ein Schlag ins Gesicht, das ist mal sicher.« Die Vorstellung, Lizzie zur Frau zu haben, brachte sein Blut in Wallung, doch Jay versuchte, sich auf die harten Tatsachen zu konzentrieren. »Ich wäre arm wie eine Kirchenmaus.«

»Das bist du schon jetzt. Aber du würdest das Gut sicher besser leiten als Lady Hallim, die von Geschäften nicht viel versteht. Das Gut ist recht groß – High Glen allein ist an die zehn Meilen lang, und Craigie und Crook Glen gehören ihr auch. Du würdest Wald roden und Weideland gewinnen, könntest mehr Wild verkaufen, eine Wassermühle bauen ... Du würdest die Ländereien profitabel machen, so daß ihr auch ohne Kohleförderung gut davon leben könntet.«

»Und die Hypotheken?«

»Für die Gläubiger wärst du ein wesentlich attraktiverer Partner als Lady Hallim, schließlich bist du jung und kräftig und stammst aus einer wohlhabenden Familie. Es sollte dir keinerlei Schwierigkeiten machen, die Laufzeiten zu verlängern. Und dann, nach einiger Zeit ...«

»Was?«

»Nun, Lizzie ist ein sehr impulsives Mädchen. Heute gelobt sie, daß auf dem Grund und Boden der Hallims niemals Bergbau betrieben werden soll. Vielleicht fällt ihr morgen ein, daß Hirsche Gefühle haben, und sie verbietet die Jagd. Nächste Woche hat sie beide Sprüche vielleicht schon wieder vergessen. Sobald ihr die Kohleförderung gestattet, könnt ihr eure Schulden zurückzahlen.«

Jay verzog das Gesicht zu einer Grimasse. »Die Vorstellung, ich müßte so etwas gegen Lizzies ausdrücklichen Wunsch durchsetzen, behagt mir ganz und gar nicht.« Ich wäre lieber ein Zuckerrohrpflanzer auf Barbados als ein Bergwerksbesitzer in Schottland, dachte er bei sich. Aber er wollte auch Lizzie.

»Was ist da gestern auf der Jagd passiert?« fragte Alicia.

Der Themenwechsel kam so schlagartig, daß Jay völlig verblüfft war. Ihm fiel keine plausible Lüge ein. Er wurde rot, stotterte, setzte von neuem an und sagte schließlich: »Ich habe mich wieder mit Vater gestritten.«

»Das weiß ich. Ich sah es euren Gesichtern an, als ihr nach Hause kamt. Aber es war nicht bloß ein Streit. Du hast etwas getan, was ihn schwer getroffen hat. Was war es?«

Jay hatte seine Mutter noch nie täuschen können. »Ich habe versucht, Robert zu erschießen«, bekannte er kläglich.

»O Jay, das ist schlimm!« sagte Alicia.

Er senkte den Kopf. Daß sein Anschlag mißlungen war, wog nun doppelt schwer. Hätte ich meinen Bruder getötet, plagten mich jetzt furchtbare Gewissensbisse, dachte er, aber da wäre auch ein wildes Triumphgefühl gewesen ... So, wie es gekommen ist, bleiben mir bloß die Gewissensbisse.

Mutter stand neben seinem Stuhl und zog seinen Kopf an ihre Brust. »Mein armer Junge«, sagte sie, »das war doch gar nicht nötig. Wir finden schon einen Weg, glaub mir.« Und sie wiegte ihn hin und her, strich ihm über das Haar und sagte: »Schon gut, schon gut!«

»Wie konntest du dich nur auf so etwas einlassen!« jammerte Lady Hallim und schrubbte Lizzies Rücken.

»Ich mußte es mit eigenen Augen sehen«, entgegnete ihre Tochter. »Aua, nicht so fest!«

»Das geht nicht anders. Ich kriege sonst den Kohlestaub nicht ab.«

»Es hat mich furchtbar geärgert, als Mack McAsh zu mir sagte, ich hätte ja keine Ahnung, wovon ich rede.«

»Was geht dich das auch an? Warum, wenn ich fragen darf,

muß eine junge Dame wie du über den Kohlebergbau Bescheid wissen?«

»Ich hasse es, wenn ich immer wieder zu hören bekomme, daß Frauen nichts von Politik verstehen. Daß sie keine Ahnung haben von der Landwirtschaft, vom Bergbau, vom Handel ... Kein Wunder, daß sie oft den größten Blödsinn von sich geben, wenn kein Mensch sie aufklärt!«

Lady Hallim stöhnte. »Ich hoffe nur, daß Robert sich an deinen unweiblichen Allüren nicht stört.«

»Er wird mich nehmen müssen, wie ich bin, oder eben gar nicht.«

Ihre Mutter räusperte sich verärgert. »Damit kommst du nicht weiter, meine Gute. Du mußt ihm Mut machen. Natürlich soll ein Mädchen nicht *begierig* sein, aber du übertreibst es in der anderen Richtung. Versprich mir, daß du heute nett zu Robert sein wirst.«

»Mutter, was hältst du eigentlich von Jay?«

Lady Hallim lächelte. »Ein charmanter Junge, durchaus ...« Sie unterbrach sich und starrte Lizzie an. »Warum fragst du?«

»Er hat mich unten im Stollen geküßt.«

»Nein!« Lady Hallim richtete sich auf und schleuderte den Bimsstein quer durchs Zimmer. »Nein, Elizabeth, das dulde ich nicht!« Der plötzliche Wutanfall ihrer Mutter erschreckte Lizzie. »Ich habe nicht zwanzig Jahre in Armut gelebt und dich großgezogen, damit du jetzt einen hübschen Habenichts heiratest!«

»Er ist kein Habenichts.«

»Und ob er einer ist! Du hast diese gräßliche Szene mit seinem Vater doch mit angesehen. Er erbt ein Pferd, sonst nichts! Nein, Lizzie, das kannst du mir nicht antun!«

Mutter war wie besessen vor Wut. Lizzie hatte sie noch nie so erlebt und verstand nicht, warum sie sich so echauffierte. »Mutter, bitte, beruhige dich!« bat sie, stand auf und kletterte aus der Wanne. »Kannst du mir bitte ein Handtuch geben?« Doch zu ihrer Verblüffung barg Lady Hallim das Gesicht in den Händen und fing an zu weinen. Lizzie nahm sie in die Arme. »Mutter, liebe Mutter, was hast du denn nur?«

»Bedecke dich, du böses Kind!« lautete die von heftigem Schluchzen unterbrochene Antwort.

Lizzie wickelte sich eine Decke um den Körper. »Komm, Mutter, setz dich!« sagte sie und führte Lady Hallim zu einem Stuhl.

Nach einer Weile begann ihre Mutter zu sprechen. »Dein Vater, mein Kind, war Jay ähnlich, sehr ähnlich«, sagte sie, und ein verbitterter Zug lag um ihren Mund. »Groß, gutaussehend, charmant, in dunklen Winkeln stets aufs Küssen versessen – und dabei schwach, so schwach! Wider mein besseres Wissen ließ ich mich von meinen niederen Instinkten leiten und heiratete ihn – heiratete ihn, obwohl ich wußte, daß er ein Luftikus war. Nach drei Jahren hatte er mein Vermögen durchgebracht, und ein Jahr später stürzte er betrunken vom Pferd und schlug sich seinen schönen Schädel ein.«

»Oh, Mama!« Der Haß in der Stimme ihrer Mutter machte ihr angst. Normalerweise sprach sie von Vater in neutralem Ton, und bisher hatte sie Lizzie eine andere Version erzählt: Seine Geschäfte seien nicht so gelaufen, wie er es sich gewünscht habe, er sei in jungen Jahren bei einem tragischen Unfall ums Leben gekommen, und die Finanzen des Guts seien von unfähigen Anwälten endgültig zerrüttet worden. Lizzie selbst hatte kaum eine Erinnerung an ihren Vater, war sie doch bei seinem Tod erst drei Jahre alt gewesen.

»Er hat es mir immer übel genommen, daß ich ihm keinen Sohn geschenkt habe«, fuhr Lady Hallim fort. »Einen Sohn nach seinem Ebenbild – treulos und schwach, aber ein Herzensbrecher, der jungen Mädchen den Kopf verdreht ... Aber das wußte ich zu vermeiden.«

Ein Schreck folgte dem anderen. Ist das wahr? dachte Lizzie. Kann man es als Frau verhindern, schwanger zu werden? Und war es möglich, daß ihre eigene Mutter so etwas getan hatte, gegen den Willen ihres Ehemanns?

Lady Hallim ergriff ihre Hand. »Versprich mir, daß du ihn nicht heiraten wirst, Lizzie! Versprich es mir!«

Lizzie zog ihre Hand zurück. Sie kam sich undankbar vor, aber sie mußte die Wahrheit sagen.

»Ich kann dir das nicht versprechen. Ich liebe ihn.«

Als Jay das Zimmer seiner Mutter verließ, verflüchtigten sich seine Gewissensbisse bereits wieder. Er war auf einmal sehr hungrig.

Unten, im Speisesaal, saßen sein Vater und Robert am Tisch, aßen dicke Scheiben gerösteten Schinkens mit heißem, süßem Apfelkompott und unterhielten sich mit Harry Ratchett. Ratchett, Obersteiger und Verwalter der Gruben, war gekommen, um über die Grubengasexplosion zu berichten.

»Wie ich höre, warst du letzte Nacht in der Grube von Heugh«, sagte Sir George und sah Jay streng an.

Jay verging der Appetit. »Ja, war ich«, sagte er. »Es hat geknallt. Eine Explosion.« Er nahm den Bierkrug und füllte sich ein Glas.

»Über die Explosion weiß ich bereits bestens Bescheid«, sagte Vater. »Aber wer war dein Begleiter?«

Jay trank einen Schluck Bier. »Lizzie Hallim«, gestand er.

Robert lief rot an. »Du Mistkerl! Du weißt doch genau, daß Vater es nicht erlaubt hat.«

Jay konnte sich eine bissige Antwort nicht verkneifen. »Na schön, Vater«, sagte er, an Sir George gewandt, »wie sieht denn deine Strafe für mich aus? Willst du mich vielleicht enterben? Aber das hast du ja leider schon getan ...«

Sir George drohte ihm mit dem Finger. »Hüte dich, meine Befehle zu mißachten!«

»Kümmere dich lieber um McAsh, und laß mich in Ruhe«, sagte Jay, in dem Versuch, Vaters Zorn auf jemand anders zu lenken. »Er hat überall herumerzählt, daß er noch heute den Dienst quittieren will.«

»Verdammter unbotmäßiger Hundsfott!« knurrte Robert. Ob er McAsh oder Jay damit meinte, war unklar.

Harry Ratchett hüstelte. »Sie sollten McAsh vielleicht besser laufen lassen, Sir George«, sagte er. »Der Mann ist zwar ein guter Arbeiter, aber auch ein Unruhestifter. Wir können froh sein, wenn wir ihn los sind.«

»Nichts da!« erwiderte Sir George. »McAsh hat sich in aller Öffentlichkeit gegen mich gestellt. Wenn er ungeschoren davonkommt, bildet sich hier bald jeder junge Kumpel ein, daß er nach Lust und Laune davonlaufen kann.«

»Und es betrifft ja nicht nur uns«, warf Robert ein. »Der Anwalt, dieser Gordonson, könnte solche Briefe ja an jede Kohlegrube in Schottland schicken. Wenn man jungen, einundzwanzigjährigen Bergleuten erlaubt, ihre Arbeitsstelle zu verlassen, gerät die ganze Industrie in Gefahr.«

»Genau«, stimmte ihm Vater zu. »Und wo bekäme die britische Nation dann ihre Kohle her? Ich sag' euch eines: Sollte dieser Gordonson jemals unter Hochverratsanklage vor mir stehen, dann lasse ich ihn hängen, ehe ihr auch nur das Wort ›verfassungswidrig‹ aussprechen könnt, verlaßt euch drauf!«

»Es ist also unsere patriotische Pflicht, etwas gegen McAsh zu unternehmen«, meinte Robert.

An Jays Vergehen dachte zu dessen Erleichterung niemand mehr, weshalb er das Thema McAsh gerne noch ein wenig vertiefte. »Aber was *können* wir unternehmen?« fragte er.

»Ich kann ihn einsperren lassen«, sagte Sir George.

»Nein, das bringt nichts«, wandte Robert ein. »Wenn er wieder rauskommt, wird er weiterhin behaupten, er sei frei.«

Es herrschte nachdenkliches Schweigen.

»Ich habe das Recht, ihn auspeitschen zu lassen«, sagte Sir George schließlich. »Vielleicht ist das die Lösung.«

Ratchett war mit diesem Vorschlag offenbar nicht sehr glücklich. »Dieses Recht ist schon seit vielen Jahren von keinem Grubenbesitzer mehr ausgeübt worden, Sir George«, gab er zu bedenken. »Und abgesehen davon: *Wer* soll die Peitsche schwingen?«

»Also, wie verfahren wir jetzt mit solchen Unruhestiftern?« fragte Robert ungeduldig.

Sir George lächelte. »Wir stecken sie in den Göpel«, sagte er.

Erster Teil
Kapitel 10

Mack hätte sich am liebsten sofort auf den Weg nach Edinburgh gemacht, wußte aber genau, daß es unvernünftig war. Obwohl er keine volle Schicht gearbeitet hatte, war er wie gerädert und infolge der Explosion immer noch ein wenig benommen. Außerdem brauchte er noch ein wenig Zeit, um darüber nachzudenken, welche Schritte die Jamissons gegen ihn unternehmen würden und wie er sie am besten überlisten könnte.

Er ging nach Hause, zog die nassen Kleider aus, machte Feuer und legte sich ins Bett. Durch das unfreiwillige Bad in dem mit Kohlestaub gesättigten Drainageteich war er dreckiger als gewöhnlich; doch so schwarz, wie die Bettücher ohnehin schon waren, kam es darauf nun auch nicht mehr an. Wie die meisten Kumpel badete er nur einmal in der Woche, nämlich am Samstagabend.

Die anderen Bergleute waren nach der Explosion wieder in den Stollen zurückgekehrt. Esther und Annie waren im Bergwerk geblieben, um die von Mack gehauene Kohle auf die Halde zu schleppen. Sie waren nicht bereit, auf den Lohn für die gemeinsame harte Arbeit zu verzichten.

Vor dem Einschlafen ging ihm die Frage im Kopf herum, warum die Männer schneller ermüdeten als die Frauen. Die Hauer – ausnahmslos Männer – arbeiteten zehn Stunden, von Mitternacht bis zehn Uhr vormittags. Die Träger – überwiegend Frauen – arbeiteten von zwei Uhr morgens bis fünf Uhr nachmittags, also fünfzehn Stunden. Die Arbeit der Frauen, diese ewige Treppensteigerei mit riesigen Kohlekörben auf dem Rücken, war härter – und doch schufteten sie unermüdlich weiter, nachdem ihre Männer längst nach Hause gewankt und ins Bett gefallen waren. Daß Frauen Hauerarbeit verrichteten, kam nur sehr selten vor: Mit Spitzhacke und Hammer konnten sie nicht fest genug zuschlagen und brauchten daher zu lange, um die Kohle aus dem Flöz zu brechen.

Die Männer legten sich nach dem Nachhausekommen immer für ein Stündchen oder etwas länger aufs Ohr. Die meisten bereiteten danach das Essen für Frau und Kind, doch gab es auch einige, die den Nachmittag bei Mrs. Wheighel verbrachten und tranken. Die Frauen dieser Männer waren bemitleidenswert, denn es war alles andere als ein Vergnügen, nach fünfzehn Stunden Kohleschleppen in ein kaltes Haus heimzukehren und dort einen betrunkenen Mann und nichts zu essen vorzufinden. Das Leben der Kumpel war hart, das ihrer Frauen aber noch härter.

Als Mack aufwachte, wußte er, daß ein entscheidender Tag angebrochen war, konnte aber im ersten Moment nicht mehr sagen warum. Dann fiel es ihm wieder ein: Heute verlasse ich das Tal, dachte er.

Wenn er auf den ersten Blick als entflohener Kumpel erkennbar war, würde er freilich nicht weit kommen. Er mußte sich zunächst einmal gründlich waschen. Mack heizte kräftig ein und füllte mehrfach draußen am Bach das Wasserfaß. Während das Wasser über dem Feuer warm wurde, holte er die Zinnwanne herein, die draußen vor der Hintertür an einem großen Nagel hing. In dem kleinen Raum wurde es allmählich dunstig. Mack schüttete das heiße Wasser in die Wanne, zog sich aus, setzte sich hinein und begann sich einzuseifen und mit einer harten Bürste abzuschrubben.

Mit der Zeit erwachten seine Lebensgeister wieder und seine Stimmung besserte sich. Nie wieder würde er sich Kohlestaub von der Haut schrubben, nie wieder in einen Stollen kriechen müssen. Das Sklavendasein lag hinter ihm, vor ihm dagegen lagen Edinburgh, London, die ganze Welt. Er würde Menschen begegnen, die noch nie etwas von dem Dörfchen Heugh und seinem Kohlebergwerk gehört hatten. Sein Schicksal war ein leerer Bogen Papier, den er nun nach seinem Belieben beschreiben konnte.

Er saß noch in der Wanne, als plötzlich Annie hereinkam.

An der Tür hielt sie kurz inne. Sie wirkte unsicher und beunruhigt.

Mack lächelte und hielt ihr die Bürste hin. »Würdest du mir den Rücken waschen?«

Sie kam zu ihm, nahm die Bürste, verharrte dann aber neben der Wanne und sah ihn mit bekümmertem Blick an.

»Na, los!« sagte Mack.

Annie begann seinen Rücken zu schrubben. »Ein Kumpel soll seinen Rücken nicht waschen, heißt es. Angeblich schwächt ihn das.«

»Ich bin kein Kumpel mehr.«

Sie hielt inne. »Geh nicht weg, Mack!« bat sie. »Laß mich nicht allein.«

Er hatte so etwas schon befürchtet; der Kuß auf die Lippen war eine Vorwarnung gewesen. Er fühlte sich schuldig. Er mochte seine Kusine und hatte an warmen Sonntagnachmittagen im letzten Sommer den Spaß, die Tollerei und das Turteln mit ihr draußen auf der Heide sehr genossen. Aber er wollte nicht sein ganzes Leben mit Annie verbringen, vor allem nicht, wenn es bedeutete, in Heugh bleiben zu müssen. Aber wie konnte er ihr das erklären, ohne ihr weh zu tun? Er sah, daß sie Tränen in den Augen hatte, und spürte, wie sehr sie sich danach sehnte, daß er seine Entscheidung zurücknahm und sagte: ›Ich bleibe.‹ Aber sein Entschluß war unumstößlich. Er hatte keinen sehnlicheren Wunsch als den, so bald wie möglich aus Heugh fortzukommen.

»Ich muß gehen«, sagte er. »Du wirst mir fehlen, Annie, aber ich muß fort.«

»Du hältst dich wohl für was Besseres, he?« sagte sie vorwurfsvoll. »Schon deine Mutter hatte solche Flausen im Kopf und war nie zufrieden mit ihrem Stand. Du bist genauso wie sie. Ich bin dir nicht gut genug, stimmt's? Wahrscheinlich willst du nur nach London, um dort eine feine Dame zu heiraten ...«

Seine Mutter, soviel war richtig, hatte immer über ihren eigenen Stand hinausgedacht, aber daß es ihn nach London zog, weil er dort eine feine Dame heiraten wollte, wäre ihm nie in den Sinn gekommen. Hielt er sich für was Besseres, und war ihm Annie nicht gut genug? Steckte in diesen Vorwürfen vielleicht doch ein Körnchen peinliche Wahrheit?

»Wir sind alle zu gut für die Sklaverei«, sagte er.

Annie ging neben der Wanne in die Hocke und legte ihm die Hand auf sein aus dem Wasser ragendes Knie. »Liebst du mich, Mack?«

Er merkte, daß ihn die Berührung erregte und schämte sich dessen. Am liebsten hätte er Annie jetzt in die Arme genommen und getröstet, aber er wappnete sein Herz. »Ich mag dich, Annie, aber von Liebe habe ich nie zu dir gesprochen.«

Ihre Hand glitt ins Wasser und zwischen seine Beine. Annie lächelte, als sie spürte, wie erregt er war.

»Wo ist Esther?« fragte er.

»Sie spielt mit Jens Baby. Sie kommt nicht so bald heim.«

Sicher hat Annie sie darum gebeten, dachte Mack. Esther wäre normalerweise auf dem schnellsten Wege nach Hause gekommen, um mit mir über meine Pläne zu reden.

»Bleib hier und laß uns heiraten«, bat Annie und streichelte ihn. Ihre Liebkosungen waren wunderbar. Im vergangenen Sommer hatte er ihr gezeigt, wie es ging, und sich dann von ihr zeigen lassen, wie sie sich selbst Lust bereitete. Die Erinnerung daran steigerte seine Erregung. »Wir könnten alles miteinander tun, was uns gefällt, immer«, lockte sie.

»Wenn ich heirate, sitze ich bis an mein Lebensende hier fest«, wandte Mack ein, aber sein Widerstand wurde schon schwächer.

Annie stand auf und zog ihr Kleid aus. Darunter war sie nackt – die Unterwäsche war für Sonntage reserviert. Ihr Körper war mager und hart, mit kleinen, flachen Brüsten und üppigem schwarzem Haar über ihrem Geschlecht. Ihre Haut war, genau wie Macks, grau vom Kohlestaub. Zu seiner Verwunderung stieg sie zu ihm in die Wanne und kniete sich breitbeinig über seine Schenkel.

»Du bist dran!« sagte sie. »Wasch mich!«

Er nahm die Seife und drehte sie langsam in seinen Händen, bis sich Schaum entwickelte. Dann legte er die Hände auf ihre Brüste. Die Brustwarzen waren klein und hart. Annie stöhnte. Sie nahm seine Hände bei den Gelenken und schob sie über ihren harten, flachen Bauch hinunter zwischen ihre Schenkel. Seine seifigen Finger spürten das rauhe, lockige Haar ihrer Scham und das weiche Fleisch darunter.

»Sag, daß du bleibst«, flehte sie ihn an. »Und jetzt komm, ich will dich in mir spüren.«

Wenn ich jetzt nachgebe, ist mein Schicksal besiegelt, dachte Mack. Die ganze Szene hatte etwas Traumhaftes, Unwirkliches an sich. »Nein«, sagte er, aber seine Stimme war kaum mehr als ein Flüstern.

Sie kam näher, zog sein Gesicht an ihre Brüste und senkte den Körper auf ihn hinab. Ihre Schamlippen berührten die Spitze seines Gliedes, die aus dem Wasser ragte. »Sag ja!« sagte sie. »Bitte! Und schnell!«

In diesem Augenblick flog mit einem Krachen die Tür auf.

Annie stieß einen Schrei aus.

Vier Männer stürmten in den kleinen Raum: Robert Jamisson, Harry Ratchett und zwei Aufseher der Jamissons. Robert war mit einem Schwert und zwei Pistolen bewaffnet, einer der Aufseher trug eine Muskete.

Annie ließ von Mack ab und sprang aus der Wanne. Auch Mack erhob sich schwankend. Ihm schwindelte, und er hatte Angst.

Der Aufseher mit der Muskete gaffte Annie an: »Kuscheliges Kusinchen«, sagte er mit einem geilen Grinsen im Gesicht. Mack kannte den Mann. Er hieß McAlistair. Auch der andere, ein bulliger Schläger namens Tanner, war ihm bekannt.

Robert lachte rauh. »Seine Kusine? Interessant! Inzest ist bei den Herren Bergarbeitern wohl ein Kavaliersdelikt, wie?«

Macks Angst und seine Verblüffung verflogen und wichen der Wut über die Eindringlinge, die ihn in seinen eigenen vier Wänden überfallen hatten. Dennoch bezwang er seinen Zorn und versuchte, ruhig und besonnen zu handeln. Er befand sich in ernster Gefahr, und es bestand durchaus die Möglichkeit, daß auch Annie in Mitleidenschaft gezogen wurde. Er mußte daher unbedingt einen kühlen Kopf bewahren.

»Ich bin ein freier Mann und habe kein Gesetz gebrochen«, sagte er, an Robert gewandt. »Was tun Sie hier in meinem Haus?«

McAlistair glotzte nach wie vor die nackte, nasse und dampfende Annie an. »Was für ein schöner Anblick!« sagte er mit belegter Stimme.

Mack drehte sich zu ihm um und erwiderte leise: »Wenn du sie anfaßt, dann reiße ich dir eigenhändig den Kopf ab.«

McAlistair warf einen Blick auf Macks bloße Schultern und sah ein, daß die Drohung ernstgemeint war. Er erbleichte und trat, obwohl er bewaffnet war, einen Schritt zurück.

Tanner war größer und draufgängerischer. Er streckte die Hand aus und grabschte Annie an den Busen.

Mack handelte ohne Vorbedacht. In Sekundenschnelle sprang er aus der Badewanne, packte Tanner am Unterarm und stieß dessen Hand, ehe die anderen reagieren konnten, ins Kohlefeuer.

Tanner brüllte auf und wand sich wie ein Aal, konnte sich aber Macks eisenhartem Griff nicht entziehen. »Laß mich frei!« kreischte er. »Bitte!«

Mack schrie: »Lauf weg, Annie, lauf!«

Annie schnappte sich ihr Kleid und verschwand durch die Hintertür.

Im gleichen Augenblick traf Mack der Kolben einer Muskete am Hinterkopf.

Der Schlag brachte Mack in Rage. Nun, da Annie nicht mehr unmittelbar gefährdet war, wurde er unvorsichtig. Er gab Tanner frei, packte McAlistair am Revers seines Mantels und zerschlug ihm mit einem Fausthieb die Nase. Sofort sprudelte Blut aus der Wunde, und McAlistair brüllte vor Schmerzen. Mack wirbelte herum und trat Harry mit seinem harten nackten Fuß zwischen die Beine. Der Obersteiger stöhnte auf und krümmte sich.

Alle Schlägereien, in die Mack in seinem bisherigen Leben verwickelt gewesen war, hatten sich im Stollen zugetragen. Er wußte also, wie man auf eng begrenztem Raum kämpfte, aber vier Gegner waren einfach zu viel. McAlistair traf ihn ein zweites Mal mit dem Musketenkolben am Kopf. Der Schlag war so heftig, daß Mack einen Augenblick benommen war und das Gleichgewicht zu verlieren drohte. Harry Ratchett nutzte die Gelegenheit, umklammerte Mack von hinten und hielt seine Arme fest. Ehe Mack sich befreien konnte, war die Spitze von Robert Jamissons Schwert an seiner Kehle.

Nach einer kurzen Pause sagte Robert: »Fesselt ihn!«

Sie warfen ihn quer über den Rücken eines Pferdes und bedeckten seine Blöße mit einer Decke. Dann brachten sie ihn nach Schloß Jamisson und sperrten ihn, noch immer nackt und an Händen und Füßen gefesselt, in die Vorratskammer. Dort lag er dann, umgeben von tropfenden Hirsch-, Rinder- und Schweinekadavern, auf den Steinfliesen und zitterte vor Kälte. Er versuchte, sich durch Bewegung ein wenig zu wärmen, was ihm mit den Fesseln allerdings nicht gut gelang. Schließlich schaffte er es, sich aufzusetzen und mit dem Rücken an das Fell eines toten Hirschs zu lehnen. Eine Zeitlang sang er, um bei Laune zu bleiben – zuerst die Balladen, die sie samstagabends immer in Mrs. Wheighels Salon trällerten, dann ein paar fromme Weisen und zu guter Letzt revolutionäre Lieder aus der Zeit der Jakobiten. Als sein Repertoire schließlich erschöpft war, fühlte er sich schlechter denn je.

Sein Kopf schmerzte von den Musketenhieben, doch was ihm am meisten zu schaffen machte, war die Erkenntnis, daß die Jamissons ihn so leicht erwischt und überwältigt hatten. Es war schiere Dummheit, daß er sich nicht sofort aus dem Staub gemacht und seinen Gegnern somit die Initiative überlassen hatte. Während ich an den Brüsten meiner Kusine herumgefummelt habe, dachte er, haben sie sich überlegt, wie sie mich fertigmachen können.

Es war müßig, darüber zu spekulieren, was sie mit ihm vorhatten. Wenn ich nicht schon hier in der Voratskammer erfriere, werden sie mich wahrscheinlich nach Edinburgh bringen und mir dort wegen der Attacke auf die Aufseher den Prozeß machen, dachte er und wußte genau, daß man für ein solches Delikt – wie für die meisten anderen Vergehen auch – gehängt werden konnte.

Das Licht, das durch die Türritzen fiel, wurde allmählich schwächer. Der Tag neigte sich dem Abend zu, der Abend wurde zur Nacht. Als sie ihn holten, hatte die Uhr im Stallhof gerade elf geschlagen. Diesmal waren sie zu sechst, und Mack versuchte erst gar nicht, sich mit ihnen zu schlagen.

Davy Taggart, der Schmied, der die Werkzeuge der Grubenarbeiter herstellte, legte Mack einen Eisenkragen um den Hals, wie auch Jimmy Lee einen trug. Dies war die schlimmste Erniedrigung: ein für alle Welt sichtbares Zeichen, daß der Träger das persönliche Eigentum eines anderen Mannes war. Er galt weniger als ein Mensch, war Vieh.

Sie nahmen ihm die Fesseln ab und warfen ihm ein paar Klamotten zu: eine Hose, ein fadenscheiniges Flanellhemd und ein geripptes Wams. Mack zog sich rasch an, ohne daß ihm davon wärmer geworden wäre. Die Aufseher fesselten ihm neuerlich die Hände und setzten ihn auf ein Pony.

Dann ritten sie zur Grube.

Kurz vor Mitternacht, ein paar Minuten vor Beginn der Mittwochschicht, erreichten sie den Schacht. Der Pferdeknecht war gerade dabei, ein frisches Pferd für die Eimerkette einzuspannen. Mack erkannte jetzt, was sie mit ihm vorhatten: Er mußte in den Göpel, »in die Tretmühle«, wie die Kumpel sagten.

Er stöhnte laut auf. Eine gräßliche, erniedrigende Tortur stand ihm bevor. Er hätte sein Leben für eine Schüssel warmen Porridge und ein paar Minuten vor einem prasselnden Feuer gegeben. Statt dessen stand ihm eine Nacht im Freien bevor.

Er wollte auf die Knie fallen und die Jamissons um Gnade anflehen, doch der Gedanke an deren Triumph hielt ihn davon ab.

»Ihr habt kein Recht dazu!« brüllte er. »Kein Recht!« Die Aufseher lachten ihn aus.

Sie stellten ihn in die morastige Bahn, auf der Tag und Nacht die Grubenpferde ihre Kreise zogen. Obwohl ihm zum Heulen zumute war, warf er sich in die Brust und trat hocherhobenen Hauptes in den Ring. Sie schirrten ihn entgegen der Laufrichtung an, so daß er dem Pferd Auge in Auge gegenüberstand. Dann gab der Pferdeknecht dem Tier die Peitsche, so daß es loszutrotten begann.

Und Mack lief rückwärts.

Schon nach wenigen Schritten wäre er beinahe gestolpert, und das Pferd kam ihm bedrohlich nahe. Die Peitsche knallte. Mack kam gerade noch rechtzeitig auf die Füße. Jetzt fiel ihm das Rückwärtslaufen schon etwas leichter, doch mit der Übung kam der Übermut: Er glitt auf dem teilweise vereisten Schlamm aus, und sofort war das Pferd über ihm. Mack drehte sich zur Seite und versuchte verzweifelt, den Hufen zu entgehen. Ein oder zwei Sekunden wurde er neben dem Pferd hergeschleift, dann verlor er endgültig die Kontrolle über seinen Körper und geriet unter die Hufe. Die Mähre trat ihn in den Bauch, traf seinen Oberschenkel und blieb stehen.

Sie zerrten Mack hoch und trieben das Pferd wieder an. Der Tritt in den Bauch hatte ihm die Luft genommen, und sein linkes Bein war geschwächt. Aber er hatte keine Wahl. Humpelnd setzte er seinen Rückwärtslauf fort.

Mack biß die Zähne zusammen und versuchte, einen Rhythmus zu finden. Er hatte früher schon andere diese Strafe erleiden sehen, Jimmy Lee zum Beispiel. Sie hatten überlebt, aber alle waren sie gezeichnet: Die Narbe über Jimmys linkem Auge war die Folge eines Pferdetritts. Vor allem aber brannte der Gedanke an die erlittene Demütigung wie Feuer in seiner Seele. Auch er, Mack, würde die Folter überstehen. Kälte und Schmerzen ließen seine Sinne allmählich abstumpfen. Er hatte nichts anderes mehr im Kopf, als auf den Beinen zu bleiben und den tödlichen Hufen zu entgehen.

Mit der Zeit empfand er eine gewisse Schicksalsgemeinschaft mit dem Pferd: Beide waren sie angeschirrt, beide gezwungen, ständig im Kreis zu laufen. Jedesmal wenn der Knecht die Peitsche knallen ließ, rannte Mack ein wenig schneller, und wenn Mack stolperte, schien das Pferd von sich aus ein wenig langsamer zu gehen, um ihm die Chance zu geben, sich wieder aufzurappeln.

Gegen Mitternacht erlebte Mack die Ankunft der Hauer. Auf dem Weg hinauf zum Schacht unterhielten sie sich angeregt, manche scherzten laut und riefen sich etwas zu oder stießen einander in die Rippen. Doch als sie vor dem Grubeneingang Mack erblickten, verstummten sie. Sobald ein Kumpel seine Schritte verlangsamte und Anstalten machte stehenzubleiben, brachten die Aufseher drohend ihre Musketen in Anschlag. Mack hörte Jimmys empörte Stimme und nahm am Rande seines Blickfelds wahr, wie drei oder vier Kumpel Lee umringten, bei den Armen nahmen und ihn zum Schachteingang drängten, um ihm neuerlichen Ärger zu ersparen.

Mack verlor allmählich jegliches Zeitgefühl. Die Trägerinnen und Träger kamen, Frauen und Kinder, die sich auf dem Weg hinauf zum Schacht lebhaft unterhielten und dann, als sie Macks ansichtig wurden, genauso verstummten wie zuvor die Männer. Nur Annie schrie: »O Gott, sie haben Mack in die Tretmühle gesteckt!« Die Aufseher der Jamissons hinderten sie daran, zu ihm zu kommen, aber sie rief: »Esther sucht dich, Mack! Ich hole sie!«

Wenig später erschien seine Schwester tatsächlich. Ehe die Aufseher einschreiten konnten, brachte sie das Pferd zum Stehen und hielt Mack eine Flasche mit heißer, gesüßter Milch an die Lippen. Es schmeckte wie das Lebenselixier schlechthin, und er stürzte so schnell so viel in sich hinein, daß er beinahe daran erstickt wäre. Noch bevor Esther von den Aufsehern weggezerrt wurde, gelang es ihm, die Flasche auszutrinken.

Die Nacht schleppte sich dahin, als dauere sie ein ganzes Jahr. Die Aufseher legten ihre Musketen ab und setzten sich an die Feuerstelle des Pferdeknechts. Die Trägerinnen stiegen aus dem Schacht empor, entleerten an der Halde ihre Körbe und stiegen wieder in die Grube, ein endloses Kommen und Gehen. Als der Knecht das Pferd wechselte, hatte Mack ein paar Minuten Ruhe, doch das frische Pferd ging entsprechend schneller.

Irgendwann merkte er dann, daß es wieder hell war. Jetzt konnten es nur noch ein oder zwei Stunden sein, bis die Hauer ihre Arbeit beendeten, aber eine Stunde dehnte sich wie die Ewigkeit.

Ein Pony kam die Anhöhe herauf. Aus dem Augenwinkel sah Mack, daß der Reiter absaß und ihn anstarrte. Er riskierte einen kurzen Blick in seine Richtung – und erkannte Lizzie Hallim. Sie trug denselben schwarzen Pelzmantel wie in der Kirche. Will sie sich über mich lustig machen, fragte er sich. Er fühlte sich gedemütigt und wünschte, sie würde wieder gehen. Doch als er einen zweiten Blick auf ihr Koboldgesicht erhaschte, war da von Hohn und Spott keine Spur zu erkennen, sondern nur Mitleid,

Wut und noch etwas anderes, auf das er sich keinen Reim machen konnte.

Ein zweites Pferd kam den Weg herauf. Robert saß ab. Mack konnte nicht verstehen, was er zu Lizzie sagte, hörte aber den gereizten Ton. Lizzies Antwort war dagegen klar veständlich: »Das ist doch barbarisch!« Mack in seiner Not empfand ihr gegenüber eine tiefe Dankbarkeit. Ihre Empörung war ihm ein kleiner Trost. Da gab es unter den Adligen und ihrem Anhang immerhin eine Person, eine einzige, die auf dem Standpunkt stand, daß es nicht recht ist, Menschen unmenschlich zu behandeln.

Roberts Antwort klang ungehalten, obwohl Mack auch diesmal den Wortlaut nicht verstand. Während die beiden noch miteinander stritten, tauchten aus dem Treppenschacht die ersten Kumpel auf. Doch anders als sonst traten sie nicht sofort den Heimweg an, sondern versammelten sich um das Göpelwerk und sahen dem grausamen Schauspiel schweigend zu. Dann kamen auch die Frauen dazu: Nach dem Ausleeren ihrer Körbe verschwanden sie nicht wieder im Schacht, sondern schlossen sich der schweigenden Menge an.

Robert befahl dem Stallknecht, das Pferd anzuhalten.

Nun konnte auch Mack endlich stehenbleiben. Wenigstens das. Er wollte sich stolz und ungebeugt zeigen, aber die Beine versagten ihm den Dienst. Er fiel auf die Knie. Der Knecht ging zu ihm, um ihm das Geschirr abzunehmen.

Da trat Robert Jamisson vor, gebot dem Mann mit erhobener Hand Einhalt und sagte so laut, daß alle Umstehenden es hören konnten: »Nun, McAsh, Sie sagten doch gestern, daß Ihnen noch ein Tag Arbeit bis zur Versklavung fehlt, nicht wahr? Diesen Tag haben Sie jetzt hinter sich. Selbst nach Ihren eigenen unsinnigen Regeln sind Sie jetzt persönliches Eigentum meines Vaters.« Er drehte sich um und setzte zu einer Rede an die versammelte Menge an.

Doch Robert Jamisson kam nicht mehr zu Wort, denn in diesem Augenblick begann Jimmy Lee zu singen.

Jimmy stimmte ein berühmtes Kirchenlied an, das allen wohlvertraut war. Sein reiner Tenor klang weit hinaus über das Tal:

Behold, a man in anguish bending
Marked by pain and loss
Yonder stony hill ascending
Carrying a cross.

Robert lief rot an. »Halt's Maul!« schrie er.

Jimmy ignorierte ihn und sang die zweite Strophe, und die anderen stimmten ein. Bald schwoll der Gesang zu einem hundertstimmigen Chor an.

He is now transfixed with sorrow
In the eyes of men
When we see the bright tomorrow
He will rise again.

Robert wandte sich ab. Er war hilflos. Wütend stapfte er durch den Matsch zu seinem Pferd und ließ Lizzie, klein und unbeugsam in ihrem Widerspruch, allein zurück. Er saß auf und ritt voller Ingrimm den Berg hinunter, während hinter ihm der Chor der Bergarbeiter wie ein brausender Gewittersturm die Luft erfüllte:

Look no more with eyes of pity
See our victory
When we build that heavenly city
All men shall be free!

Erster Teil
Kapitel 11

ls Jay am Morgen erwachte, wußte er, daß er um Lizzies Hand anhalten wollte.

Erst tags zuvor hatte ihm seine Mutter diese Idee in den Kopf gesetzt, doch er war längst von ihrer Richtigkeit überzeugt. Es kam ihm alles ganz natürlich, ja unvermeidlich vor.

Doch nun zerbrach er sich den Kopf darüber, ob Lizzie ihn überhaupt haben wollte.

Er gefiel ihr, soviel war ihm klar, aber das war nichts Besonderes. Die meisten Mädchen mochten ihn. Aber Lizzie brauchte Geld, und er hatte keines. Seine Mutter meinte zwar, dieses Problem ließe sich lösen, doch war es durchaus denkbar, daß Lizzie die finanzielle Sicherheit vorzog, die Robert ihr bieten konnte. Die Vorstellung, sie könne Robert heiraten, war ihm inzwischen so zuwider, daß ihm dabei schier übel wurde.

Zu seinem Verdruß mußte Jay feststellen, daß Lizzie schon früh am Morgen ausgeritten war. Er brannte darauf, sie zu sehen, und hielt das tatenlose Warten auf dem Schloßhof nicht aus. Er ging zu den Ställen und sah sich den weißen Hengst näher an, den sein Vater ihm zum Geburtstag geschenkt hatte. Das Tier hieß *Blizzard* – Schneesturm. Jay hatte zwar gelobt, sich niemals auf dieses Pferd zu setzen, doch die Versuchung war einfach zu groß.

Er ritt nach High Glen und galoppierte über die weiche, federnde Wiese neben dem Fluß. Er kam sich vor wie auf dem Rücken eines Adlers, der mit ihm, vom Aufwind emporgetragen, durch die Lüfte segelte.

Der Galopp war Blizzards Stärke. Im Schritt und im Trab war er nervös, nicht trittsicher, unzufrieden und störrisch. Aber einem Pferd, das im Galopp dahinflog wie eine Kanonenkugel, verzieh man Schwächen im Trab gerne.

Auf dem Heimweg schwelgte er in Gedanken an Lizzie. Sie war immer ein außergewöhnliches Mädchen gewesen, schon als Kind: hübsch, rebellisch, bezaubernd. Inzwischen war sie unvergleichlich. Jay kannte niemanden, der besser schoß als sie, und sie hatte ihn beim Wettreiten um Längen geschlagen. Lizzie scheute sich nicht, in einen Bergwerkstollen hinabzusteigen, und machte sich einen Spaß daraus, die feine Tischgesellschaft mit einer Maskerade zum Narren zu halten. Eine solche Frau war ihm noch nie begegnet.

Einfach war der Umgang mit ihr natürlich nicht. Lizzie war eigenwillig, selbständig und von sich überzeugt. Kaum eine Frau stellte so oft und so gerne die Meinung der Männer in Frage – und doch vergab ihr jeder, weil sie ihren Protest so charmant vorzubringen verstand: das hübsche Gesichtchen mal nach links, mal nach rechts geneigt, die Stirn gerunzelt und dabei doch lächelnd ... So widersprach sie und ließ kein gutes Haar an dem, was man zuvor gesagt hatte.

Im Stallhof traf Jay mit Robert zusammen, der zur gleichen Zeit nach Hause kam. Sein Bruder war in schlechter Stimmung. Wenn er sich ärgerte, ähnelte er mit seinem geröteten, eingebildeten Gesicht dem Vater noch mehr als sonst.

»Was ist denn mit dir los?« fragte Jay, doch Robert beachtete ihn gar nicht. Wütend warf er einem Pferdeknecht die Zügel zu und stampfte ins Haus.

Jay führte gerade Blizzard in den Stall, als Lizzie zurückkehrte. Auch sie war wütend, doch machte sie der Hauch Zornesröte auf ihren Wangen und das Funkeln in ihren Augen nur noch hübscher. Jay starrte sie an; er war wie verzaubert. Ich will dieses Mädchen besitzen, dachte er. Sie soll mir gehören, mir allein ...

Er war drauf und dran, ihr an Ort und Stelle einen Heiratsantrag zu machen, doch bevor er den Mund aufmachen konnte, sprang Lizzie vom Pferd und sagte: »Ich weiß, daß Menschen, die sich schlecht benommen haben, bestraft werden müssen, aber von Folter halte ich überhaupt nichts. Wie denken Sie darüber?«

Jay sah nichts Unrechtes darin, daß man Verbrecher folterte, aber angesichts der Stimmung, in der sich Lizzie befand, wußte er seine Meinung für sich zu behalten. »Sie haben völlig recht«, sagte er. »Waren Sie oben am Schacht?«

»Es war furchtbar! Ich habe Robert gebeten, den Mann freizulassen, aber er weigerte sich.«

Also hatten die beiden sich gestritten. Jay ließ sich seine Freude nicht anmerken. »Sie kennen die Tretmühle noch nicht? Kommt immer wieder mal vor.«

»Nein, ich wußte nichts davon. Es ist mir schleierhaft, wie es passieren konnte, daß ich vom Leben der Bergleute bisher nicht die geringste Ahnung hatte! Wahrscheinlich hat man mir die Wahrheit vorenthalten, um mich zu schützen. Weil ich ein Mädchen bin.«

»Robert sah ziemlich wütend aus, als er kam.« Es war ein Test.

»Die Bergleute haben ein Kirchenlied gesungen und hörten auch nicht auf, als er es ihnen befahl.«

Schön, dachte Jay mit wachsender Begeisterung. Da hat sie offenbar gesehen, wie Robert den Schweinehund herauskehrt. Meine Chancen steigen von Minute zu Minute …

Ein Knecht übernahm Lizzies Pferd. Gemeinsam schritten sie über den Hof aufs Hauptgebäude zu. In der Halle unterhielten sich Robert und Sir George. »Es war ein Akt dreister Befehlsverweigerung«, sagte Robert. »Wir dürfen auf keinen Fall zulassen, daß McAsh davon profitiert.«

Lizzie räusperte sich verärgert, und Jay sah eine Gelegenheit, Punkte bei ihr zu sammeln. »Ich meine, wir sollten uns überlegen, ob wir McAsh jetzt nicht laufen lassen können«, sagte er zu seinem Vater.«

»Mach dich nicht lächerlich!« fauchte Robert.

Jay erinnerte sich an das Argument, das Harry Ratchett vorgebracht hatte. »Der Mann ist ein Unruhestifter. Wir sollten froh sein, wenn wir ihn los sind.«

»Er hat sich offen gegen uns gestellt!« protestierte Robert. »Das können wir einfach nicht durchgehen lassen.«

»Er hat ja längst dafür gebüßt«, warf Lizzie ein. »Er ist auf barbarische Weise bestraft worden.«

»Nein, Elizabeth, barbarisch war das nicht«, entgegnete Sir George. »Sie müssen wissen, diese Leute empfinden Schmerzen nicht so wie wir.« Ehe Lizzie nachhaken konnte, wandte er sich an Robert: »Aber es stimmt schon, er ist nicht ungeschoren davongekommen. Die Bergleute wissen jetzt, daß sie an ihrem einundzwanzigsten Geburtstag nicht einfach gehen können. Wir haben ihnen das sehr deutlich zu verstehen gegeben. Ich frage mich, ob wir ihn jetzt nicht still und leise verschwinden lassen sollten.«

Robert war damit nicht zufrieden. »Jimmy Lee ist auch ein Unruhestifter, aber wir haben ihn wieder eingefangen.«

»Der Fall liegt anders«, meinte Sir George. »Lee hat ein heißes Herz, aber kein Hirn. Taugt nicht zum Anführer und wird auch nie einer. Von dem haben wir nichts zu befürchten. McAsh ist ein ganz anderes Kaliber.«

»Ich hab' vor dem keine Angst«, sagte Robert.

»Der Bursche könnte uns gefährlich werden. Er kann lesen und schreiben. Er ist Feuermann, das heißt, die Kumpels respektieren ihn. Und nach alldem, was du mir gerade von der Szene da oben am Schacht erzählt hast, ist er schon jetzt drauf und dran, zum Helden zu werden. Wenn wir ihn zwingen hierzubleiben, macht er uns sein ganzes Leben lang Schwierigkeiten.«

Robert nickte zögernd. »Sieht trotzdem nicht gut aus.«

»Dann sorg doch selber dafür, daß es besser aussieht«, erwiderte sein Vater. »Die Wache bleibt auf der Brücke. McAsh wird dann wahrscheinlich über die Berge fliehen – wir verzichten lediglich auf eine Verfolgung. Ich hab' nichts dagegen, wenn die Leute glauben, er sei entkommen – Hauptsache, sie bilden sich nicht ein, er sei im Recht gewesen.«

»Na gut«, sagte Robert.

Lizzie warf Jay einen triumphierenden Blick zu und formte hinter Roberts Rücken mit den Lippen die Worte: »Gut gemacht!«

»Ich muß mir vor dem Essen noch die Hände waschen«, sagte Robert und verschwand im hinteren Teil des Hauses. Seine Laune schien sich nicht sonderlich gebessert zu haben.

Sir George verschwand in seinem Arbeitszimmer. Lizzie fiel Jay um den Hals. »Sie haben es geschafft!« jubelte sie. »Sie haben ihn befreit!« Vor lauter Begeisterung gab sie ihm einen Kuß.

Es war eine geradezu skandalöse Unverfrorenheit. Jay war im ersten Moment schockiert, fand aber rasch wieder zu sich. Er legte Lizzie die Arme um die Taille und zog sie an sich. Dann beugte er sich zu ihr, und sie küßten einander erneut, doch diesmal war es ein anderer Kuß, ein langsamer, sinnlicher, forschender. Jay schloß die Augen, um sich auf seine Empfindungen zu konzentrieren. Er vergaß, daß sie in dem meistfrequentierten Raum des Schlosses standen. Familienmitglieder, Gäste, Nachbarn, Dienstboten – sie alle mußten immer wieder durch die Halle, so daß die beiden von Glück reden konnten, wenn sie nicht gestört wurden. Als sie sich nach einer Weile, um Atem ringend, voneinander lösten, waren sie immer noch allein.

Jay erkannte, nicht ohne Beklommenheit, daß jetzt der richtige Zeitpunkt für den Heiratsantrag gekommen war.

»Lizzie ...« Er schaffte es einfach nicht, das Thema anzusprechen.

»Was?«

»Was ich sagen wollte ... Du kannst Robert jetzt nicht heiraten.«

»Ich kann alles tun, was ich will«, kam es, wie aus der Pistole geschossen, zurück.

Er sah sofort ein, daß er es verkehrt angepackt hatte. Lizzie durfte man niemals vorschreiben, was sie zu tun oder zu lassen hatte. »Nein, ich wollte doch nicht ...«

»Robert küßt ja vielleicht noch besser als du!« sagte sie und grinste schelmisch.

Jay lachte.

Lizzie legte den Kopf auf seine Brust. »Nein, natürlich kann ich ihn jetzt nicht heiraten.«

»Weil ...«

Sie sah ihn an. »Weil ich *dich* heirate, deshalb. Oder irre ich mich?«

Jay wollte seinen Ohren kaum trauen. »Wie? Nein, nein du irrst dich bestimmt nicht.«

»War das die Frage, die du mir stellen wolltest?«

»Um ehrlich zu sein, ja.«

»Nun, dann kennst du jetzt die Antwort. Und nun darfst du mich wieder küssen.«

Etwas benommen neigte er den Kopf. Kaum hatten ihre Lippen einander berührt, öffnete Lizzie den Mund. Schockiert und entzückt zugleich, spürte Jay, wie ihre Zungenspitze sich vorwärtstastete. Er überlegte, wie viele junge Männer sie schon so geküßt hatte, wußte aber auch, daß jetzt nicht die Zeit war, sie danach zu fragen, sondern ging mit seiner Zunge auf das Spiel ein. Er spürte, daß er eine Erektion bekam, und fürchtete, Lizzie könnte es merken. So, wie sie sich an ihn schmiegte, konnte es ihr eigentlich nicht entgehen. Lizzie erstarrte einen Augenblick, als wisse sie nicht, wie sie darauf reagieren sollte – und verblüffte ihn kurz darauf von neuem, indem sie sich heftig an ihn drückte, als sei sie geradezu begierig darauf. Jay war in den Tavernen und Kaffeehäusern von London schon mehrmals Mädchen begegnet, die sich auskannten, die küßten und sich an den Männern rieben, als sei es das Selbstverständlichste von der Welt. Aber bei Lizzie war es irgendwie anders; nach seinem Gefühl tat sie es zum erstenmal.

Jay hörte nicht, wie die Tür aufging. Plötzlich brüllte Robert ihm ins Ohr: »Was, zur Hölle, geht denn hier vor?«

Die Verliebten lösten sich voneinander. »Reg dich nicht auf, Robert!« sagte Jay.

Robert tobte. »Was macht ihr da, verdammt?« blubberte er.

»Schon gut, schon gut, Bruder«, sagte Jay. »Du mußt wissen, daß Lizzie sich für mich entschieden hat. Wir wollen heiraten.«

»Du Schwein!« brüllte Robert und schlug mit der Faust nach ihm.

Der Schlag war wuchtig und unbeholfen, und Jay hatte keine Mühe, ihm auszuweichen. Dann aber kam Robert mit fliegenden Fäusten auf ihn zu. Seit ihrer Kinderzeit hatten sie sich nicht mehr geprügelt, doch Jay erinnerte sich, daß Robert zwar nicht schnell, aber ziemlich stark war. Er wich einem Hagel von Schlägen aus, ging dann auf Robert los und rang mit ihm. Und dann sprang auf einmal Lizzie seinem Bruder auf den Rücken, trommelte mit den Fäusten auf dessen Kopf und schrie: »Laß ihn in Frieden! Laß ihn in Frieden!«

Der Anblick war so komisch, daß Jay lachen mußte und sich nicht mehr schlagen konnte. Ein Schwinger Roberts traf ihn am linken Auge. Jay taumelte rückwärts und stürzte zu Boden. Mit dem unverletzten Auge sah er, wie Robert versuchte, Lizzie abzuschütteln. Trotz der Schmerzen in seinem Gesicht prustete Jay vor Lachen.

Dann erschien plötzlich Lizzies Mutter in der Halle. Alicia und Sir George folgten ihr auf dem Fuße. Nachdem sie ihren ersten Schreck überwunden hatte, sagte Lady Hallim: »Elizabeth Hallim, komm sofort von diesem Mann herunter!«

Jay rappelte sich auf, und Lizzie befreite sich von Robert. Lady Hallim, Alicia und Sir George waren so durcheinander, daß sie kein Wort hervorbrachten. Die linke Hand schützend auf das verletzte Auge gelegt, verneigte sich Jay Jamisson vor Lizzies Mutter und sagte: »Lady Hallim, gestatten Sie mir die Ehre, um die Hand Ihrer Tochter anzuhalten.«

»Du hirnverbrannter Narr!« schimpfte Sir George ein paar Minuten später. »Wovon willst du leben? Du hast doch nichts!«

Die Familien hatten sich getrennt, um die unerhörte Neuigkeit zunächst einmal im privaten Kreis zu erörtern. Lady Hallim und Lizzie waren hinaufgegangen, Sir George, Jay und Alicia hatten sich im Arbeitszimmer des Hausherrn versammelt. Robert war wutentbrannt davongestürmt.

Jay war nicht bereit, das auf sich sitzen zu lassen. Er dachte an den Vorschlag seiner Mutter und sagte: »Ich bin überzeugt, daß ich High Glen besser führen kann als Lady Hallim. Das Gut ist mindestens tausend Morgen groß – es sollte wahrlich genug abwerfen, um uns ein anständiges Auskommen zu bescheren!«

»Dummer Junge! Du bekommst High Glen nicht. Das Gut ist längst verpfändet.«

Die verächtliche Absage, die sein Vater ihm erteilte, verletzte Jay tief. Das Blut stieg ihm in die Wangen.

»Jay kann neue Hypotheken aufnehmen«, warf seine Mutter ein.

Sir George sah sie verblüfft an: »Du stehst wohl auf seiner Seite, wie?«

»Du hast ihm alles abgeschlagen. Er soll sich alles selbst erkämpfen und aufbauen, genauso wie du einst. Nun gut – jetzt kämpft er eben, und sein erster Sieg besteht darin, daß er Lizzie Hallim gewonnen hat. Das kannst du ihm kaum übelnehmen.«

»Hat *er* sie gewonnen – oder hast *du* sie ihm besorgt?« erwiderte Sir George boshaft.

»Ich habe sie nicht in die Grube geführt«, gab Alicia zurück.

»Ja, ja, und du hast sie auch nicht in der Halle geküßt ...« Sir Georges Ton wirkte plötzlich resigniert. »Schon gut. Er ist jetzt einundzwanzig, und ich fürchte, die beiden lassen sich nicht mehr von ihrem Entschluß abbringen.« Ein verschlagener Zug lag auf seinem Gesicht. »Auf jeden Fall wird die Kohle von High Glen bald im Familienbesitz sein.«

»O nein, das wird sie nicht«, sagte Alicia.

Jay und Sir George starrten sie an. »Was, zum Teufel, soll denn das nun schon wieder heißen?«

»Du wirst doch keine Gruben auf Jays Land errichten, oder? Warum solltest du?«

»Sei doch nicht blöde, Alicia! Unter High Glen liegt ein Vermögen. Das wäre ja geradezu eine Sünde, die Kohle dort liegen zu lassen.«

»Vielleicht zieht Jay es vor, die Schürfrechte anderweitig zu vergeben. Es gibt verschiedene Aktiengesellschaften, die auf jede Gelegenheit zur Errichtung neuer Kohlebergwerke warten. Das hast du selbst gesagt.«

»Ihr werdet euch doch nicht auf Geschäfte mit meinen Konkurrenten einlassen!« rief Sir George aus.

Wie stark Mutter doch war ... Jays Bewunderung war grenzenlos. Lizzies Vorbehalte gegen den Bergbau schien sie allerdings vergessen zu haben. »Mutter, denk doch daran, was Lizzie ...«

Ein warnender Blick Alicias ließ ihn mitten im Satz verstummen. »Ich kann mir durchaus vorstellen«, sagte sie zu seinem Vater, »daß er sich auf Geschäfte mit deinen Konkurrenten einläßt. Nach den Beleidigungen, die er sich zu seinem einundzwanzigsten Geburtstag von dir hat anhören müssen, ist er dir nichts mehr schuldig – oder?«

»Ich bin sein Vater, verdammt noch mal!«

»Dann benimm dich endlich entsprechend! Gratuliere ihm zu seiner Verlobung. Heiße seine Braut willkommen wie eine Tochter. Richte ihnen eine schöne, große Hochzeit aus!«

Sir George starrte seine Frau an. »Ist das alles, was du von mir willst?«

»Nein, noch nicht ganz.«

»Das hätte ich mir denken können. Was noch?«

»Sein Hochzeitsgeschenk.«

»Sprich dich aus, Alicia.«

»Barbados.«

Jay wäre vor Freude fast vom Stuhl gefallen. Damit hatte er nicht gerechnet. Wie raffiniert Mutter doch war …

»Kommt überhaupt nicht in Frage!« röhrte Vater.

Mutter erhob sich. »Denk mal darüber nach«, sagte sie, und es klang fast so, als sei ihr seine Entscheidung im Grunde gleichgültig. »Du hast ja immer gesagt, daß der Zucker ein Problem ist – es gibt zwar hohe Profite, aber immer wieder unerwartete Schwierigkeiten: Mal bleibt der Regen aus, mal rafft eine Seuche die Sklaven dahin, dann unterbieten die Franzosen deine Preise, oder ein Schiff aus deiner Flotte geht unter. Kohle ist dagegen ein Kinderspiel. Du gräbst sie aus und verkaufst sie. Das ist so wie ein Sack Geld im eigenen Hinterhof, hast du mir mal erklärt.«

Jay triumphierte innerlich. Es sah ganz so aus, als sollte er doch noch bekommen, was er haben wollte. Doch was war mit Lizzie?

»Barbados ist Robert längst versprochen«, sagte sein Vater.

»Und wenn schon«, erwiderte Alicia. »Er wird die Enttäuschung verwinden. Du hast, weiß Gott, auch Jay oft genug enttäuscht.«

»Die Zuckerpflanzung ist Roberts Erbe!«

Mutter ging zur Tür, und Jay folgte ihr. »Wir haben das alles ja bereits einmal durchexerziert, George«, sagte sie. »Ich kenne deine Antworten, alle. Nur hat sich die Lage inzwischen geändert. Wenn du Jays Kohle willst, mußt du ihm etwas dafür geben. Und er will die Pflanzung. Gibst du sie ihm nicht, bekommst du auch keine Kohle, das ist doch ganz einfach. Und dir bleibt noch genug Zeit, darüber nachzudenken.« Sie verließ das Zimmer.

Jay begleitete sie. In der Halle flüsterte er ihr zu: »Du warst großartig! Aber Lizzie wird nicht zulassen, daß auf High Glen geschürft wird.«

»Ich weiß, ich weiß«, erwiderte seine Mutter ungeduldig. »Das sagt sie heute. Vielleicht ändert sie ihre Meinung noch.«

»Und wenn nicht?«

»Darum kümmern wir uns, wenn es soweit ist.«

Erster Teil
Kapitel 12

Als Lizzie die Treppe herunterkam, trug sie einen Pelzumhang, der so groß war, daß sie ihn zweimal um sich wickeln konnte. Der untere Saum schleifte über den Boden. Sie brauchte ein wenig frische Luft.

Die Atmosphäre im Schloß war zum Zerreißen gespannt: Robert und Jay haßten einander. Lady Hallim, ihre Mutter, zürnte ihr. Sir George sah rot, sobald Jay ihm unter die Augen kam, und zwischen Alicia und Sir George herrschte ebenfalls Mißstimmung. Das Abendessen war eine grauenhaft verkrampfte Angelegenheit gewesen.

Als sie die Halle durchquerte, trat Robert aus den Schatten. Lizzie blieb stehen und sah ihn an.

»Du Luder«, sagte er.

Das war eine grobe Beleidigung für eine Dame, doch mit Worten war Lizzie nicht so ohne weiteres zu treffen. Außerdem hatte sie Verständnis für seinen Zorn.

»Du solltest nun wie ein Bruder zu mir sein«, sagte sie in versöhnlichem Ton.

Er packte ihren Arm und drückte ihn fest. »Wie kannst du es wagen, diesen windigen Kerl mir vorzuziehen?«

»Ich habe mich in ihn verliebt«, sagte sie. »Und laß jetzt bitte meinen Arm los.«

Robert drückte noch fester zu. Sein Gesicht war dunkelrot vor Wut. »Ich sage dir eines: High Glen bekomme ich auf jeden Fall – selbst wenn ich *dich* nicht bekomme!«

»Keine Chance«, gab Lizzie zurück. »Wenn ich heirate, fällt High Glen an meinen Ehemann.«

»Wart's nur ab!«

Er tat ihr weh. »Wenn du meinen Arm jetzt nicht losläßt, schreie ich«, sagte sie in drohendem Ton.

Robert gab sie frei. »Du wirst das dein Lebtag lang bereuen«, sagte er und ging.

Lizzie trat vor das Schloßtor und zog ihren Umhang fester. Die Wolkendecke hatte sich aufgelockert, und der Mond schien. Lizzie hatte keine Mühe, den Weg zu finden. Sie überquerte die Zufahrt zum Schloß und schritt über den sanft abfallenden Rasen zum Fluß hinab.

Sie empfand keine Reue über die Absage an Robert. Er hat mich nie geliebt, dachte sie. Hätte er's, so wäre er jetzt traurig, aber das ist er nicht. Von Verzweiflung über die verlorene Liebe keine Spur. Er regt sich bloß maßlos darüber auf, daß ihm sein Bruder ein Schnippchen geschlagen hat.

Dennoch hatte die Begegnung mit Robert sie erschüttert. Was er sich in den Kopf gesetzt hatte, verfolgte er mit der gleichen rücksichtslosen Entschlossenheit wie sein Vater. Natürlich konnte er ihr High Glen nicht wegnehmen. Aber wozu war er sonst noch imstande?

Sie verdrängte die Gedanken an Robert. Ich bin am Ziel, dachte sie. Ich habe nicht Robert bekommen, sondern Jay ... Sie wollte nun bald mit den Hochzeitsvorbereitungen beginnen und einen eigenen Haushalt gründen. Sie konnte es kaum erwarten, mit Jay unter einem Dach zu leben, mit ihm im gleichen Bett zu schlafen und jeden Morgen beim Aufwachen seinen Kopf auf dem Kissen neben ihr zu sehen.

Sie war erregt – und fürchtete sich. Zwar kannte sie Jay schon seit ihrer frühesten Jugend, doch seit er ein Mann war, hatte sie nur wenige Tage in seiner Nähe verbracht. Es war ein Sprung ins Blaue – aber irgendwie war das wohl bei jeder Ehe so: Richtig kennen lernte man einen Menschen doch sowieso nur, wenn man eine Weile mit ihm zusammenlebte.

Ihre Mutter war empört über ihre Entscheidung. Sie will mich an einen reichen Mann verheiraten, um damit einen

Schlußstrich unter die jahrelange Armut zu ziehen, dachte Lizzie, das ist ihr großer Traum. Aber sie muß einfach einsehen, daß ich meine eigenen Träume habe.

Über das Geld zerbrach sich Lizzie nicht den Kopf. Irgendwas wird Sir George Jay schon noch geben, und wenn nicht, können wir allemal noch in High Glen House leben. Einige schottische Großgrundbesitzer rodeten ihre wildreichen Wälder, um die Ländereien als Schafweiden zu verpachten. Vielleicht können Jay und ich das auch tun, dachte Lizzy, dann kommt auch mehr Geld herein.

Ihr war alles recht: Auf jeden Fall versprach die Zukunft sehr spannend zu werden. Was ihr an Jay am besten gefiel, war sein Abenteuergeist. Er galoppierte mit ihr durch die Wälder, zeigte ihr bereitwillig das Bergwerk und träumte davon, in die Kolonien zu gehen. Ob es dazu jemals kommen würde? Noch hoffte er ja, die Pflanzung auf Barbados zu bekommen … Die Vorstellung, ins Ausland reisen zu können, erregte Lizzie fast ebenso wie die Aussicht auf die bevorstehende Ehe. Das Leben in Übersee war, wie man immer wieder hörte, freier und leichter und unbehindert von den steifen Formalitäten, die sie an der britischen Gesellschaft so störten. Sie stellte sich vor, wie es wäre, ein für allemal die Petticoats und Reifröcke ablegen, kurze Haare tragen und den ganzen Tag, eine Muskete über dem Arm, auf dem Pferderücken verbringen zu können.

Hatte Jay auch Fehler? Ihre Mutter hielt ihn für eitel und eigensüchtig – aber andere Männer waren Lizzie bisher noch nicht begegnet. Anfangs hatte sie ihn für einen Schwächling gehalten, weil er sich nicht stärker gegen seinen Bruder und seinen Vater zur Wehr gesetzt hatte, doch inzwischen war sie bereit, ihre Meinung darüber zu ändern. Der Heiratsantrag war eine Ohrfeige für die beiden, dachte sie.

Sie kam zum Flußufer. Kein harmloser Bergbach durchzog das Tal, sondern ein tiefes, reißendes, fast dreißig Meter breites Gewässer. Das Mondlicht schimmerte in silbrigen Flecken auf der unruhigen Oberfläche, die aussah wie ein zerschlagenes Mosaik.

Die Luft war so kalt, daß das Atmen weh tat, doch der Umhang hielt Lizzie warm. Sie lehnte sich an den breiten Stamm einer alten Föhre und starrte ins rastlose Wasser. Auf einmal bemerkte sie am anderen Ufer eine Bewegung.

Es war nicht direkt gegenüber, sondern noch ein gutes Stück flußaufwärts. Im ersten Moment dachte sie, es wäre ein Hirsch. Die Tiere waren oft des Nachts unterwegs. Für einen Menschen war der Kopf zu groß. Sekunden später begriff sie: Es war ein Mensch mit einem Bündel auf dem Kopf. Er ging zum Ufer. Unter seinen Füßen knirschte Eis. Dann glitt er ins Wasser.

In dem Bündel mußten seine Kleider sein. Doch wer schwamm mitten im Winter um diese nachtschlafene Zeit durch den Fluß? War es vielleicht McAsh, der die Wachen auf der Brücke vermeiden wollte? Ihr Körper schauderte unwillkürlich unter dem dicken Pelz. Das Wasser mußte bitterkalt sein. Unvorstellbar, wie man darin schwimmen konnte, ohne sein Leben aufs Spiel zu setzen.

Lizzie wußte, daß sie sich eigentlich zurückziehen sollte. Blieb sie hier und sah zu, wie dieser nackte Mann den Fluß überquerte, würde es Ärger geben, soviel stand fest. Doch ihre Neugier war stärker als alle Bedenken, und so blieb sie reglos stehen und verfolgte den Kopf des Schwimmers auf seinem Weg durch den Fluß. Die starke Strömung zwang ihn in eine Diagonale, doch seine Geschwindigkeit blieb gleichmäßig; er war offenbar sehr kräftig. Es war abzusehen, daß er ungefähr zwanzig oder dreißig Meter flußaufwärts von Lizzies Standort ans Ufer kommen würde.

Er hatte ungefähr die Mitte des Flusses erreicht, als das Unglück geschah. Lizzie sah einen großen, dunklen Gegenstand im Wasser, der von hinten her auf den Schwimmer zuschoß, und erkannte Sekunden später, daß es sich um einen treibenden Baumstamm handelte. Der Schwimmer bemerkte ihn offenbar erst, als er bereits über ihm war. Ein dicker Ast traf ihn am Kopf, und seine Arme verhedderten sich im Gewirr der Zweige. Plötzlich verschwand der Kopf unter Wasser. Lizzie hielt den Atem an. Wie gebannt suchte sie im Astwerk nach einem Lebenszeichen des Mannes, von dem sie noch immer nicht genau wußte, ob es McAsh war oder nicht. Der Baum kam näher, doch von dem Schwimmer war nichts zu sehen. »Du darfst nicht ertrinken, bitte!« flüsterte sie. Der Baum zog an ihr vorbei, und nach wie vor war der Schwimmer spurlos verschwunden. Lizzie überlegte, ob sie Hilfe holen sollte, aber das Schloß lag eine Viertelmeile entfernt. Bis sie zurückkam, würde der Mann im Wasser, ob tot oder lebendig, weit abgetrieben sein. Aber was sonst konnte sie tun? Sie war noch immer wie gelähmt von ihrer Unentschlossenheit, als der Schwimmer ein paar Meter hinter dem treibenden Baumstamm wieder auftauchte.

Es kam Lizzie wie ein Wunder vor, daß er nach wie vor sein Bündel auf dem Kopf trug. Doch von den gleichmäßigen Schwimmzügen, die den Mann zuvor ausgezeichnet hatten, konnte jetzt keine Rede mehr sein: Er schlug mit Armen und Beinen um sich, schnappte hektisch nach Luft, spuckte und hustete. Lizzie ging ans Ufer. Eiskaltes Wasser sickerte durch ihre Seidenschuhe und ließ ihre Füße erstarren. »Hierher!« rief sie. »Ich zieh' Sie raus!« Er schien sie nicht zu hören, sondern schlug nach wie vor um sich, als könne er, dem Tod durch Ertrinken knapp entronnen, nur noch ans Luftschnappen denken und an nichts sonst. Doch dann schien er sich zu beruhigen, bemühte sich jedenfalls darum, sah sich um, versuchte sich zu orientieren. Und wieder rief Lizzie ihm zu: »Hierher! Ich helfe Ihnen!« Der Kopf verschwand im Wasser, tauchte auf, der Schwimmer rang nach Luft, hustete, keuchte – aber er hatte Lizzie jetzt wahrgenommen und hielt auf sie zu.

Lizzie Hallim kniete auf dem vereisten Uferschlamm und achtete nicht auf ihr Seidenkleid und den teuren Pelz. Das Herz klopfte ihr bis zum Hals. Als der Schwimmer in Reichweite kam, streckte sie die Hand aus, doch seine Hände fuchtelten nur ziellos durch die Luft. Zuerst bekam sie ihn am Handgelenk zu fassen, dann packte sie mit beiden Händen den Arm und zog und zog. Halb auf der Uferböschung, halb noch im Wasser kippte der nackte Mann auf die Seite und brach zusammen. Lizzie faßte ihn jetzt unter den Armen, stemmte ihre Füße mit den feinen Schuhen tief in den Schlamm und wuchtete ihn hoch. Der Mann half mit Händen und Füßen ein wenig nach, und endlich, endlich glitt er heraus aus dem Wasser und kam auf die Böschung zu liegen.

Lizzie starrte ihn an. Halbtot, nackt und pudelnaß lag er vor ihr wie ein Meeresungeheuer, das von einem fischenden Riesen an Land gezogen wurde. Und jetzt bestätigte sich auch ihre Vermutung: Der Mann, dem sie das Leben gerettet hatte, war Malachi McAsh.

Sie schüttelte staunend den Kopf. Was war das für ein Mann? In den vergangenen zwei Tagen hatte er eine Gasexplosion und eine grausame Folter überstanden – und besaß noch immer den Mut und die Kraft, sich in den eiskalten Fluß zu stürzen, um seinen Widersachern zu entrinnen. Er gab einfach nicht auf.

Jetzt lag er vor ihr auf dem Rücken und schlotterte unkontrollierbar am ganzen Leibe. Der Eisenring, den er um den Hals getragen hatte, war fort, und Lizzie fragte sich, wie er ihn losgeworden war. Die nasse Haut schimmerte im Mondschein. Zum erstenmal sah sie einen nackten Mann. Trotz der Sorge um sein Leben empfand sie beim Anblick seines Geschlechts eine merkwürdige Faszination. Wo sich die muskulösen Oberschenkel trafen, saß ein verschrumpeltes Anhängsel in einem buschigen Nest aus dunklem, gelocktem Haar.

Wenn er noch lange so daliegt, erfriert er vielleicht doch noch, dachte sie, kniete neben ihm nieder und öffnete das durchnäßte Kleiderbündel auf seinem Kopf. Dann legte sie ihm die Hand auf die Schulter. Er war kalt wie ein Grab. »Stehen Sie auf!« sagte sie mit Nachdruck, doch Mack rührte sich nicht. Lizzie schüttelte ihn und fühlte die harten Muskeln unter seiner Haut: »Stehen Sie auf, sonst erfrieren Sie!« Sie packte ihn mit beiden Händen, doch gegen seinen Willen konnte sie ihn nicht aufrichten. Sie hatte das Gefühl, sein Körper wäre aus Stein gehauen. »Mack, ich flehe Sie an! Sie dürfen jetzt nicht sterben!« Ein Schluchzen mischte sich in ihre Stimme.

Endlich rührte er sich. Langsam erhob er sich auf alle viere, dann ergriff er ihre Hand. Mit Lizzies Hilfe kam er auf die Füße. »Gott sei Dank!« murmelte sie. Er stützte sich schwer auf sie, und unter Aufbietung aller Kräfte schaffte sie es, ihn aufrecht zu halten, ohne selbst zusammenzubrechen.

Sie mußte ihn irgendwie wärmen. Lizzie öffnete ihren Umhang und drückte ihren Körper gegen den seinen. Durch den Seidenstoff ihres Kleides spürte sie die grauenhafte Kälte seines Fleischs an ihren Brüsten. Er klammerte sich an sie. Sein breiter, harter Körper saugte ihr die Wärme aus dem Leib. Es war die zweite Umarmung zwischen ihnen, und wieder überkam Lizzie jenes starke Gefühl der Intimität, als wäre sie seine Geliebte.

Solange er naß war, konnte er nicht richtig warm werden. Sie mußte ihn irgendwie abtrocknen, doch dazu benötigte sie einen Lumpen oder irgend etwas anderes, das sie als Handtuch benutzen konnte. Sie trug mehrere Unterröcke aus Leinen unter ihrem Kleid: Auf einen davon konnte sie verzichten. »Können Sie jetzt allein stehen?« fragte sie. Er hustete heftig und nickte dabei. Sie ließ ihn los, hob ihr Kleid und zog sich mit ein paar raschen Bewegungen einen Unterrock aus. Trotz seines erbärmlichen Zustands ließ Mack sie nicht aus den Augen. Dann begann Lizzie, seinen Körper abzurubbeln.

Sie trocknete ihm das Gesicht und die Haare ab, dann seinen breiten Rücken und die festen, derben Hinterbacken. Sie kniete nieder und trocknete seine Beine. Sie stand auf, drehte ihn um und wollte seine Brust abtrocknen, als ihr Blick auf sein Glied fiel. Es hatte sich aufgerichtet und ragte ihr entgegen.

Sie hätte eigentlich entsetzt und angewidert sein müssen,

aber dem war nicht so. Vielmehr erfüllten sie Faszination, Neugier und ein törichter Stolz darüber, daß sie imstande war, solche Reaktionen bei einem Mann hervorzurufen. Und da war noch etwas anderes, eine Art schmerzhaftes Sehnen, das sie schlucken ließ. Es hatte nichts mit jener glücklichen Erregung zu tun, die sie empfunden hatte, als Jay sie küßte, nichts mit neckischer Schmuserei. Sie fürchtete auf einmal, McAsh könne sie zu Boden werfen, ihr die Kleider vom Leibe reißen und sich über sie hermachen. Doch das unheimlichste, das schrecklichste von allem war, daß ein winziger Teil von ihr wünschte, eben dies möge geschehen.

Ihre Befürchtungen waren grundlos. »Entschuldigung«, murmelte Mack, wandte sich ab, bückte sich, zog eine klitschnasse Tweedhose aus seinem Kleiderbündel, wrang sie aus und streifte sie sich über. Lizzie Herzschlag begann sich allmählich zu beruhigen.

Sie sah ihm zu, wie er als nächstes ein Hemd auswrang, und es war ihr auf einmal klar, daß er, wenn er jetzt die feuchten Kleider anzog, wahrscheinlich schon bei Tagesanbruch mit tödlicher Lungenentzündung darniederliegen würde. Aber nackt konnte er auch nicht herumlaufen.

»Ich hole Ihnen ein paar trockene Kleider aus dem Schloß«, sagte sie.

»Nein«, erwiderte Mack. »Man wird Ihnen sofort neugierige Fragen stellen.«

»Ich komme auf Schleichwegen hinein und hinaus und nehme die Männerkleidung, die ich im Bergwerk getragen habe.«

Er schüttelte den Kopf. »So lange kann ich nicht warten. Ich muß gehen. Sobald ich mich bewege, wird mir wärmer.« Er fing an, eine Decke aus Schottentuch auszuwringen.

Einer Eingebung folgend, schlüpfte Lizzie aus ihrem Umhang. Groß wie er war, würde er Mack passen. Es war ein teures Stück, und es war keineswegs sicher, daß sie jemals wieder etwas Vergleichbares bekommen würde. Aber er würde Mack das Leben retten. Lizzie weigerte sich, darüber nachzudenken, wie sie ihrer Mutter den Verlust erklären sollte. »Ziehen Sie den Umhang an, und nehmen Sie die Decke so mit. Sie muß erst richtig trocknen.« Ohne auf seine Zustimmung zu warten, legte sie ihm den Pelzumhang um die Schultern. Er war so groß, daß er Macks gesamten Körper umhüllte.

Lizzie hob sein Bündel auf und zog die Stiefel heraus. Mack gab ihr die feuchte Decke, und sie stopfte sie in den Sack. Dabei stieß sie mit der Hand an etwas Hartes. Sie zog es heraus. Es war der eiserne Halsring. Er war durchtrennt und einseitig aufgebogen worden.

»Wie haben Sie denn das fertiggebracht?« fragte sie.

Mack war dabei, sich die Stiefel anzuziehen. »Ich bin in die Bergwerksschmiede eingebrochen und habe Taggarts Werkzeug benutzt.«

Allein kann er das nicht geschafft haben, dachte Lizzie. Bestimmt hat seine Schwester ihm geholfen. »Warum nehmen Sie ihn mit?«

Mack hatte aufgehört zu schlottern. In seinem Blick funkelte die heiße Wut. »Damit ich ihn nie vergesse«, sagte er bitter. »Niemals.«

Lizzie Hallim steckte den Ring wieder in den Sack. Ganz unten ertastete sie ein großes Buch. »Was ist das?« fragte sie.

»Robinson Crusoe.«

»Mein Lieblingsbuch!«

Mack nahm ihr den Sack aus der Hand. Er wollte gehen.

Lizzie erinnerte sich, daß Jay Sir George dazu überredet hatte, McAsh laufen zu lassen. »Die Aufseher werden Sie nicht verfolgen«, sagte sie.

Er musterte sie kritisch. Hoffnung und Skepsis lagen in seinem Blick. »Woher wissen Sie das?«

»Sir George meint, er wäre froh und glücklich, wenn er mit einem Unruhestifter wie Ihnen nichts mehr zu tun hätte. Die Bergleute sollen aber nicht wissen, daß er Sie ziehen läßt – deshalb wird die Brücke nach wie vor bewacht. Er rechnet jedoch damit, daß Sie sich irgendwie davonstehlen werden, und wird nichts unternehmen, Sie wieder einzufangen.«

Erleichterung zeichnete sich auf seinem müden Antlitz ab. »Dann habe ich den Sheriff und seine Leute also nicht zu fürchten«, sagte er. »Gott sei Dank!«

Ohne ihren Umhang zitterte Lizzie vor Kälte, doch innerlich war ihr warm. »Gehen Sie schnell, und rasten Sie nicht!« sagte sie. »Wenn Sie vor Tagesanbruch stehenbleiben und sich ausruhen, holen Sie sich doch noch den Tod.« Nur allzugern hätte sie sein Ziel gekannt und gewußt, was er aus seinem Leben machen würde.

Er nickte und reichte ihr die Hand. Sie schlug ein, doch zu Lizzies Erstaunen hob er ihre Hand an seine weißen Lippen und küßte sie. Dann ging er fort.

»Viel Glück«, sagte sie leise.

Unter seinen Stiefeln knirschten die vereisten Pfützen. Im Mondlicht schritt Malachi McAsh die Straße entlang, die das Tal hinunterführte. Unter Lizzie Hallims Pelzumhang war ihm rasch warm geworden. Außer seinen Schritten war nur noch das Rauschen des neben der Straße fließenden Flusses zu hören. Im Geiste jedoch jubilierte er und sang das Lied der Freiheit.

Je weiter er das Schloß hinter sich ließ, desto deutlicher begann er die Merkwürdigkeit, ja Komik seiner Begegnung mit Miss Hallim zu erkennen. Da stand sie am Flußufer, in einem fein bestickten Kleid und Seidenschuhen und mit einer Frisur, für die zwei Zofen gut und gerne eine halbe Stunde gebraucht haben mochten – und ich kam über den Fluß geschwommen, nackt, wie mich der Herr geschaffen hat. Sie muß ganz schön erschrocken sein!

Noch am vergangenen Sonntag in der Kirche hat sie sich so blöde und selbstzufrieden aufgeführt wie eine typische arrogante schottische Aristokratin, dachte er. Doch dann ist alles anders gekommen: Mutig hat sie meine Herausforderung angenommen und sich den Pütt von innen angesehen. Und heute nacht hat sie mir gleich zweimal das Leben gerettet – hat mich erstens aus dem Wasser gezogen und mir zweitens ihren warmen Umhang geschenkt. Eine bemerkenswerte Frau. Sie hat mich an sich gedrückt, um mich zu wärmen, und mich mit ihrem Unterrock abgetrocknet. Ob es in ganz Schottland noch eine zweite Frau ihres Standes gibt, die so etwas für einen Kohlekumpel tun würde?

Er mußte daran denken, wie sie ihm im Stollen in die Arme gefallen war und wie sich ihr Busen angefühlt hatte, so schwer und weich in seiner Hand. Er bedauerte sehr, daß er sie wahrscheinlich nie wiedersehen würde. Vielleicht – hoffentlich – bekam auch sie eines Tages die Chance, dieses kleine, abgeschiedene Tal zu verlassen. Ihr Abenteuergeist verdiente weitere Horizonte.

Ein Rudel Rehe graste im Schutz der Dunkelheit neben der Straße. Als er näher kam, sprangen die Tiere behende wie eine Schar flinker Gespenster davon, und Mack war wieder allein. Er war sehr müde. Die »Tretmühle« hatte ihn stärker erschöpft, als er es sich hätte träumen lassen. Der menschliche Körper brauchte offenbar mehr als zwei Tage, um sich von einer solchen Tortur zu erholen. Die Überquerung des Flusses hätte ihm eigentlich keine Probleme bereiten dürfen, doch der Zusammenstoß mit dem treibenden Baumstamm hatte ihm alle Kraft abverlangt. Die Stelle an seinem Kopf, wo ihn der Ast getroffen hatte, tat ihm immer noch weh.

Glücklicherweise brauchte er in dieser Nacht nicht sehr weit zu gehen. Sein Ziel war das Haus des Bruders seiner Mutter, Onkel Eb, in Craigie, einem Bergarbeiterdorf sechs Meilen weiter flußabwärts. Dort wollte er Unterschlupf suchen, ausschlafen und frische Kräfte sammeln. Daß die Jamissons ihn nicht verfolgen wollten, war beruhigend und kam seinem Schlaf sicher zugute.

Am Vormittag würde er sich erst einmal mit Porridge und Schinken den Bauch vollschlagen, sich danach auf den Weg nach Edinburgh machen und dort mit dem erstbesten Schiff, auf dem man ihn anheuerte, abreisen. Ob es nach Newcastle fuhr oder nach Peking, war ihm egal. Ihm war jedes Ziel recht.

Er lächelte über seine eigene Kühnheit. In seinem bisherigen Leben war er noch nicht über den Marktflecken Coats hinausgekommen, und der lag gerade mal zwanzig Meilen von seinem Heimatdorf entfernt. Nicht einmal in Edinburgh war er gewesen – und doch redete er sich ein, er sei zu exotischen Zielen unterwegs und kenne sich dort bereits gut aus.

Die Straße unter seinen Füßen war nicht mehr als ein Feldweg, voller Matsch und vereistem Schlamm und von tiefen Wagenfurchen durchzogen. Und doch überkam Mack so etwas wie ein feierlicher Ernst angesichts seines Aufbruchs. Nicht nur, daß er das einzige Zuhause verließ, das er je gekannt hatte, seinen Geburtsort und den Sterbeort der Eltern. Er verließ Esther, seine Freundin und Mitstreiterin, obwohl er hoffte, sie in nicht allzu langer Zeit nachholen zu können. Und er verließ Annie, seine Kusine, die ihm das Küssen beigebracht und ihn gelehrt hatte, auf ihrem Körper zu spielen wie auf einem Musikinstrument.

Und dennoch hatte er schon immer gewußt, daß es eines Tages geschehen würde. Seit er denken konnte, hatte er von Flucht geträumt. Er hatte den Hausierer Davey Patch um dessen Form von Freiheit beneidet. Jetzt war es soweit.

Jetzt war er frei. Es war ein erhebendes Gefühl: Ich habe es geschafft. Ich bin frei!

Er wußte nicht, was der nächste Morgen bringen würde. Armut, Leiden, Gefahr – alles war möglich. Sicher war nur, daß er morgen nicht in die Grube gehen würde, daß die Sklaverei ein Ende hatte, daß er nicht länger persönliches Eigentum von Sir George Jamisson war. Morgen war er sein eigener Herr.

Die Straße machte eine Kurve. Malachi McAsh drehte sich

um und warf einen letzten Blick über das Tal. Schloß Jamisson war gerade noch zu sehen; das zinnenbewehrte Dach schimmerte im Mondlicht. Ich werde das Tal nie wiedersehen, dachte er, und diese Aussicht stimmte ihn so glücklich, daß er mitten im Straßenschlamm einen Reel zu tanzen begann. Er pfiff sich die Melodie und hüpfte dazu im Kreis.

Dann hielt er plötzlich inne, lachte leise über sich selbst und setzte seinen Weg fort.

1996

London · *River Thames and the Tower*

Zweiter Teil
LONDON
Kapitel 1

Shylock trug weite Hosen, einen langen schwarzen Mantel und einen roten Dreispitz. Der Darsteller war abgrundtief häßlich: Er hatte eine große Nase, ein langes Doppelkinn und einen schiefen, zur permanenten Fratze verzogenen Mund. Er kam mit langsamen, sorgfältig abgemessenen Schritten auf die Bühne – eine Verkörperung der Ausgeburt des Bösen. »Dreitausend Dukaten«, brummte er lüstern. Das Publikum schauderte vor Entsetzen.

Mack war wie gebannt. Selbst im Parterre, wo er zusammen mit Dermot Riley stand, waren die Zuschauer mucksmäuschenstill. Jeder Ton, der aus Shylocks Mund kam, klang wie eine Mischung aus Grunzen und Bellen. Die Augen unter den buschigen Brauen hatten einen stechend klaren Blick. »Dreitausend Dukaten auf drei Monate, und Antonio Bürge ...«

»Das ist Charles Macklin«, flüsterte Dermot Mack ins Ohr, »ein Ire. Stand wegen Mordes vor Gericht, behauptete aber, vom Opfer provoziert worden zu sein, und wurde freigelassen.«

Mack hörte ihm kaum zu. Er hatte natürlich gewußt, daß es solche Dinge wie Bühnen und Theateraufführungen gab, aber das, was er hier sah, übertraf seine Vorstellungen bei weitem: die Hitze, die qualmenden Öllampen, die phantastischen Kostüme, die geschminkten Gesichter. Vor allem aber erstaunte ihn die Lebendigkeit, mit der hier menschliche Gefühle dargestellt wurden – Wut, Leidenschaft, Liebe, Neid und Haß. Es war fast wie im wirklichen Leben, und entsprechend aufgeregt schlug sein Herz.

Als Shylock herausgefunden hatte, daß seine Tochter fortgelaufen war, stürzte er barhäuptig und mit fliegenden Locken auf die Bühne, rang in ohnmächtiger, wütender Trauer die Hände und schrie gequält wie ein Mensch im Fegefeuer: »Du wußtest es!« Und als er sagte: »Bin ich ein Hund, so meide meine Zähne!«, schoß er vor, als wolle er sich über die Bühnenlichter ins Publikum stürzen, und alle Zuschauer zuckten vor Schreck zurück.

Beim Verlassen des Theaters fragte Mack Dermot: »Sind alle Juden so?« Er war, soweit er sich erinnern konnte, noch nie einem Juden begegnet, doch kannte er die Juden aus der Bibel, und von denen hatte er ein anderes Bild.

»Ich kenne einige Juden«, sagte Dermot, »aber so einer wie Shylock ist mir, Gott sei Dank, noch nie untergekommen. Geldverleiher sind allerdings überall verhaßt. Wenn du mal knapp bei Kasse bist – gut, da brauchst du sie. Die Schwierigkeiten fangen an, wenn's an die Rückzahlung geht.«

In London lebten nur wenige Juden, aber viele Ausländer. Da gab es die Laskaren, dunkelhäutige Seeleute aus Asien, es gab französische Hugenotten, Tausende von Afrikanern mit sattbrauner Haut und dicht gekräuseltem Haar – und natürlich zahllose Iren wie Dermot. Für Mack waren sie alle Teil jener prickelnden, lebendigen Atmosphäre, die in der Stadt herrschte. In Schottland sahen alle Leute gleich aus.

Er liebte die Stadt. Jeden Morgen, wenn er erwachte und sich klarmachte, wo er sich befand, verspürte er eine innere Erregung. London war voller Sehenswürdigkeiten und Überraschungen. Immer wieder traf man interessante Menschen und erlebte Neues. Er mochte den lockenden Duft aus den vielen Kaffeehäusern in der Stadt, obwohl er es sich gar nicht leisten konnte, Kaffee zu trinken. Er staunte über die bunten Farben der Kleider – Männer und Frauen trugen leuchtendes Gelb, Violett, Smaragdgrün, Scharlachrot, Himmelblau ... Er hörte das entsetzte Gemuhe und Geblöke der Rinder und Schafe, die herdenweise durch die engen Straßen zu den städtischen Schlachthäusern getrieben wurden. Er versuchte, den Horden von halbnackten Kindern auszuweichen, die bettelnd und stehlend durch die Straßen vagabundierten. Mack sah Huren und Bischöfe, besuchte Stierkämpfe und Versteigerungen, kostete Bananen, Ingwer und Rotwein. Alles war aufregend, doch das beste war, daß er frei darüber entscheiden konnte, wo er hinging und was er tat.

Natürlich mußte er sich seinen Lebensunterhalt verdienen, und das war alles andere als leicht. In London wimmelte es von hungernden Familien aus ländlichen Gebieten, wo sie sich nach zwei aufeinanderfolgenden Mißernten nicht mehr ernähren konnten. Es gab Tausende von Seidenwebern mit Handwebstühlen, die, wie Mack von Dermot wußte, durch die Errichtung neuer Fabriken im Norden des Landes ihre Arbeit verloren hatten. Auf jede freie Stelle kamen fünf verzweifelte Bewerber. Wer Pech hatte und keine Arbeit fand, mußte betteln, stehlen, auf den Strich gehen oder verhungern.

Dermot war selber Weber. Er lebte mit seiner Frau und fünf Kindern in zwei kleinen Zimmern in Spitalfields. Um über die Runden zu kommen, mußten sie Dermots Arbeitszimmer untervermieten – an Mack. Er schlief dort auf dem Boden neben dem großen stillstehenden Webstuhl, der ihm wie ein Denkmal für die Risiken des Großstadtlebens vorkam.

Mack und Dermot gingen gemeinsam auf Arbeitssuche. Manchmal stellte man sie als Kellner in Kaffeehäusern an, aber das dauerte meist nicht viel länger als einen Tag: Mack war zu groß und zu ungeschickt zum Tragen von Tabletts und zum Einschenken in kleine Becher und Dermot zu stolz und zu empfindlich. Früher oder später beschimpfte er einen Gast – und schon war er die Stelle wieder los. Einmal hatte Mack eine Anstellung als Diener in einem großen Haus in Clerkenwell bekommen, die er jedoch gleich am nächsten Morgen wieder kündigte, nachdem der Hausherr und seine Gemahlin ihn aufgefordert hatten, das Bett mit ihnen zu teilen.

An diesem Tag hatte er als Träger gearbeitet und auf dem

Markt am Kai von Billingsgate riesige Fischkörbe geschleppt. Zunächst hatte er gezögert, sein schwerverdientes Geld am Abend für eine Theaterkarte auszugeben, doch Dermot hatte ihn beschworen, mitzukommen; er werde es bestimmt nicht bereuen. Und Dermot hatte recht behalten: Das wunderbare Bühnenspektakel wäre auch den doppelten Preis wert gewesen. Dennoch bedrückte es Mack, daß es wahrscheinlich sehr lange dauern würde, bis er genug Geld verdient hatte, um Esther nachkommen zu lassen.

Auf dem Heimweg gen Osten, Richtung Spitalfields, kamen sie durch Covent Garden, wo in den Hauseingängen Huren standen und ihnen zuwinkten. Mack lebte schon fast einen Monat in London und gewöhnte sich allmählich daran, daß an allen Ecken und Enden sexuelle Vergnügungen angeboten wurden. Die unterschiedlichsten Frauen boten sich an – junge und alte, häßliche und hübsche. Manche waren aufgetakelt wie feine Damen, andere liefen in Lumpen herum. Mack fühlte sich von keiner von ihnen angezogen, doch in den Nächten dachte er oft sehnsuchtsvoll an seine lebenslustige Kusine Annie.

Am Strand lag *Der Bär*, eine geräumige Schenke mit weiß gekalkten Wänden, einem Kaffeezimmer und mehreren Schanktischen, die um einen Innenhof herum gruppiert waren. Die Hitze im Theater hatte sie durstig gemacht. Sie gingen hinein, um etwas zu trinken. Die Luft war warm und rauchgeschwängert. Sie kauften sich jeder ein Glas Ale.

»Sehen wir doch mal hinten raus«, schlug Dermot vor.

Der Bär war ein Vergnügungslokal. Mack war nicht zum erstenmal hier und wußte, daß im Hinterhof Bärenhatzen und Hundekämpfe, Schwertkämpfe zwischen Frauen und Gladiatoren und allerlei andere Unterhaltungen stattfanden. Wenn keine organisierten Veranstaltungen auf dem Programm standen, kam es auch schon einmal vor, daß der Wirt eine Katze in den Ententeich warf und vier Hunde auf sie hetzte – ein Spiel, das die Säufer in kolossales Gelächter ausbrechen ließ.

An diesem Abend war ein von zahlreichen Öllampen erhellter Boxring aufgestellt worden. Ein Zwerg in einem seidenen Anzug und mit Schnallenschuhen an den Füßen wandte sich großsprecherisch an die versammelten Trinker: »He, Männer, ein Pfund für jeden, der den Bullen von Bermondsey k.o. schlägt! Kommt, Freunde, wer von euch traut sich?« Er schlug drei Purzelbäume.

»Du würdest mit dem garantiert fertig«, sagte Dermot zu Mack.

Der Bulle von Bermondsey war ein mit Narben übersäter Mann, der außer Hosen und schweren Stiefeln nichts am Leibe trug. Sein Kopf war kahlgeschoren und trug, wie auch das Gesicht, die Spuren vieler Kämpfe. Er war groß und schwer, wirkte aber auch ziemlich tumb und langsam.

»Kann schon sein«, sagte Mack.

Dermot war begeistert. Er packte den Zwerg am Arm und sagte: »He, Kurzschwanz, hier ist ein Kunde für dich!«

»Ein Kämpfer!« brüllte der Zwerg, und die Zuschauer grölten und applaudierten.

Ein Pfund war eine Menge Geld. Viele Menschen verdienten in einer ganzen Woche nicht mehr. Mack konnte der Versuchung nicht widerstehen. »Einverstanden«, sagte er.

Wieder jubelte das Publikum.

»Paß auf seine Füße auf«, sagte Dermot. »Die Stiefel sind über den Zehen bestimmt mit Stahl verstärkt.«

Mack nickte und legte seinen Umhang ab.

»Du mußt damit rechnen, daß er auf dich losgeht, sobald du den Ring betreten hast«, fügte Dermot hinzu. »Es gibt keinen Gong oder so was. Es geht gleich los.«

Mack kannte diesen Trick von den Schlägereien unter Tage: Am schnellsten gewann man, wenn man den Gegner überrumpelte, bevor er kampfbereit war. Man sagte zum Beispiel »Komm mit in den Stollen, da ist mehr Platz!« – und schlug seinen Widersacher nieder, sobald er über den Drainagegraben stieg.

Der Ring bestand aus alten hölzernen Faßdauben, die man annähernd kreisförmig in die matschige Erde geschlagen und in Hüfthöhe mit einem Seil verbunden hatte. Mack dachte an Dermots Warnung, als er auf den Kampfplatz zuging. Kaum hatte er das Bein gehoben, um über das Seil zu steigen, stürmte der Bulle von Bermondsey auch schon auf ihn los.

Mack war darauf vorbereitet und trat einen Schritt zurück. Der wuchtige Fausthieb des Bullen streifte seine Stirn. Das Publikum hielt den Atem an.

Mack reagierte wie eine Maschine, ohne nachzudenken. Er stieg rasch an den Ring heran und trat seinen Gegner unter dem Absperrseil hindurch gegen das Schienbein. Der Bulle geriet ins Stolpern. Die Zuschauer jubelten, und Mack hörte, wie Dermot schrie: »Gib's ihm, Mack! Zeig's ihm!«

Noch ehe der Bulle sein Gleichgewicht wiederfinden konnte, versetzte ihm Mack zwei Schläge gegen den Kopf, einen links und einen rechts, und ließ unmittelbar darauf einen harten Uppercut gegen das Kinn folgen. Die Beine des Bullen gaben nach, die Augäpfel verdrehten sich. Er torkelte noch zwei Schritte zurück und fiel dann flach auf den Rücken.

Die Menge tobte vor Begeisterung.

Der Kampf war zu Ende.

Mack blickte auf den unförmigen Körper, der vor ihm im Dreck lag. Der Mann war erledigt. Mack empfand keine Freude über seinen Sieg und bereute bereits, daß er sich auf diesen Kampf eingelassen hatte. Ernüchtert wandte er sich ab.

Dermot hatte dem Zwerg den Arm auf den Rücken gedreht. »Der kleine Teufel wollte davonlaufen«, erklärte er. »Er wollte dich um dein Preisgeld betrügen! Los jetzt, du kurzer Langfinger, zur Kasse! Ein Pfund bitte!«

Mit der freien Hand fummelte der Zwerg einen Goldsovereign aus einer Innentasche seines Hemdes und reichte ihn mit Leichenbittermiene Mack.

Mack nahm das Goldstück. Er kam sich vor wie ein Dieb.

Dermot ließ den Zwerg los.

Neben Mack tauchte plötzlich ein anderer Mann auf. Er hatte ein grob geschnittenes Gesicht und trug auffallend teure Kleider. »Das war nicht schlecht«, sagte er. »Haben Sie schon öfter gekämpft?«

»Dann und wann im Pütt, ja.«

»Dachte mir schon, daß Sie ein Kumpel sind. Hören Sie zu: Am kommenden Samstag organisiere ich einen Preiskampf im *Pelikan* in Shadwell. Sie können innerhalb von ein paar Minuten zwanzig Pfund gewinnen. Ist das ein Angebot? Ich möchte Sie gegen Rees Preece, den ›walisischen Berg‹, aufstellen.«

»Zwanzig Pfund!« wiederholte Dermot.

»So schnell, wie Sie diesen Holzklotz hier umgehauen haben, werden Sie mit dem allerdings nicht fertig, das sage ich Ihnen gleich. Aber eine Chance haben Sie.«

Macks Blick fiel auf den hilflosen Fleischberg im Ring. »Nein«, sagte er.

»Teufel auch! Warum nicht?« fragte Dermot.

Der Kampforganisator zuckte mit den Schultern. »Wenn Sie auf das Geld verzichten können ...«

Mack mußte an seine Zwillingsschwester Esther denken, die noch immer fünfzehn Stunden am Tag Kohlekörbe aus der Grube von Heugh ans Tageslicht beförderte. Esther wartete auf seinen Brief, der sie aus lebenslanger Sklaverei erlösen sollte. Für zwanzig Pfund konnte sie nach London reisen – und am Samstag abend konnte er, Mack, das Geld schon in den Händen halten.«

»Gut, ich mach's«, sagte er.

Dermot klopfte ihm auf die Schulter. »Bravo, mein Junge!« sagte er.

Zweiter Teil
Kapitel 2

In einer Mietkutsche ratterten Lizzie Hallim und ihre Mutter nordwärts durch die Londoner Innenstadt. Lizzie war aufgeregt und glücklich: Sie wollten sich ein Haus ansehen und würden Jay dort treffen.

»Sir George muß seine Meinung geändert haben«, sagte Lady Hallim. »Er holt uns nach London, plant eine große Hochzeit und erklärt sich bereit, die Miete für euer gemeinsames Heim zu übernehmen.«

»Ich glaube, daß es Lady Jamisson war, die ihn dazu überredet hat«, sagte Lizzie. »Und in den entscheidenden Fragen bleibt er stur. Die Pflanzung auf Barbados gibt er Jay nicht.«

»Alicia ist eine kluge Frau«, bemerkte Lady Hallim nachdenklich. »Dennoch überrascht es mich, daß sie nach diesem furchtbaren Streit an Jays Geburtstag noch immer einen so großen Einfluß auf ihren Mann hat.«

»Vielleicht ist Sir George nicht nachtragend.«

»Das wäre mir neu – es sei denn, er verspricht sich etwas davon. Ich frage mich wirklich, was ihn zu dieser Kehrtwendung veranlaßt. Hat er vielleicht *dir* gegenüber irgendwelche Wünsche angemeldet?«

Lizzie lachte. »Was könnte ich ihm schon geben? Vielleicht will er von mir nichts weiter, als daß ich seinen Sohn glücklich mache.«

»Woran nicht der geringste Zweifel bestehen dürfte. So, da sind wir.«

Die Kutsche hielt an. Die Chapel Street in Holborn war eine ruhige, elegante Wohngegend – nicht so schick wie Mayfair oder Westminster, dafür aber auch nicht so teuer. Lizzie stieg aus und betrachtete das Haus Nr. 12. Es gefiel ihr auf Anhieb. Es verfügte über vier Stockwerke und ein Kellergeschoß und hatte hohe, geschmackvolle Fenster. Allerdings waren zwei Fensterscheiben zerbrochen, und auf die schimmernde, schwarz gestrichene Eingangstür hatte jemand die Zahl 45 geschmiert. Ehe Lizzie sich dazu äußern konnte, fuhr eine zweite Kutsche vor, und Jay sprang heraus.

Er trug einen hellblauen Anzug mit Goldknöpfen und eine blaue Schleife in seinem Blondhaar – richtig zum Anbeißen, dachte Lizzie. Er küßte sie auf den Mund. Es war ein eher zurückhaltender Kuß, schließlich befand man sich mitten auf der Straße, doch Lizzie genoß ihn und hoffte auf eine baldige Zugabe. Jay half seiner Mutter aus der Kutsche, dann ging er auf das Haus zu und klopfte an die Tür. »Es gehört einem Branntwein-Importeur, der für ein Jahr nach Frankreich gezogen ist«, sagte er.

Kurz darauf öffnete ein älterer Mann die Tür, der Hausmeister. »Wer hat die Fenster eingeschlagen?« fragte ihn Jay sofort.

»Die Hutmacher«, sagte der Mann, als sie eintraten. Lizzie hatte in der Zeitung gelesen, daß die Hutmacher streikten, ebenso wie die Schneider und die Messerschleifer.

»Ich weiß nicht, was diese Idioten damit erreichen wollen, daß sie die Fensterscheiben ehrbarer Leute einschlagen«, sagte Jay.

»Warum streiken sie?« fragte Lizzie.

»Um bessere Löhne, Miss«, antwortete der Hausmeister. »Und wer kann es ihnen verdenken? Der Preis für einen Laib Brot ist von vier Penny auf acht und einen Farthing gestiegen. Wie soll man da seine Familie ernähren?«

»Jedenfalls nicht, indem man an alle Londoner Haustüren ›45‹ schmiert«, gab Jay mißmutig zurück. »Und jetzt zeigen Sie uns das Haus, Mann!«

Lizzie hätte gerne gewußt, was die Zahl 45 bedeutete, aber fürs erste gewann ihr Interesse am Haus die Oberhand. Aufgeregt lief sie durchs ganze Gebäude, zog die Vorhänge auf und öffnete die Fenster. Das Mobiliar war neu und teuer, der Salon ein großer, heller Raum mit jeweils drei großen Fenstern nach vorn und hinten. Ein muffiger Geruch, wie er unbewohnten Häusern eigen ist, hing im Raum. Doch sobald erst einmal gründlich saubergemacht war, die Wände ein wenig Farbe und die Tische frische Decken bekommen hatten, versprach das Haus ein sehr bequemes und angenehmes Domizil zu werden.

Jay und Lizzie liefen voraus, die beiden Mütter und der alte Hausmeister ließen sich mehr Zeit. Im Dachgeschoß waren sie allein. Kaum hatten sie eine der kleinen Schlafkammern für das Personal betreten, umarmte Lizzie Jay und küßte ihn gierig. Es blieb ihnen nicht viel mehr als eine Minute. Sie nahm seine Hände und legte sie auf ihre Brüste. Jay streichelte sie sanft. »Fester!« flüsterte Lizzie zwischen zwei Küssen. Sie wollte die Berührung auch nach der Umarmung noch spüren. Ihre Brustwarzen wurden hart, und er spürte sie durch den Kleiderstoff hindurch unter seinen Fingerspitzen. »Kneif zu!« sagte Lizzie, und als er es tat, raubte ihr das erregendes Gefühl aus Lust und Schmerz fast den Atem.

Sie hörten Schritte auf der Treppe und rissen sich schwer atmend voneinander los.

Lizzie wandte sich ab und blickte aus einem der kleinen Kammerfenster hinaus in einen langen, schmalen Garten hinter dem Haus. Der Hausmeister zeigte den beiden Müttern alle Schlafkammern.

»Was hat die Zahl ›45‹ zu bedeuten?« fragte sie Jay.

»Das hängt alles mit dem Renegaten John Wilkes zusammen«, erklärte er. »Er war Herausgeber einer Zeitschrift mit dem Titel *North Briton.* In Nummer 45 hieß er den König praktisch einen Lügner, worauf ihn die Regierung der Aufwieglerei bezichtigte. Er floh nach Paris, doch inzwischen ist er wieder hier und stiftet neuerlich Unruhe unter den einfachen Leuten, die von Politik keine Ahnung haben.«

»Stimmt es, daß die Armen sich kein Brot mehr leisten können?«

»In ganz Europa ist das Getreide zur Zeit knapp. Da läßt es sich gar nicht vermeiden, daß die Preise steigen. Und die Arbeitslosigkeit ist eine Folge der Blockade englischer Waren durch die Amerikaner.«

Lizzie drehte sich um und sah ihn an. »Für die Hutmacher und Schneider dürfte das ein schwacher Trost sein.«

Jay runzelte die Stirn. Daß sie sich auf die Seite der Unzufriedenen schlug, schien ihm nicht zu behagen. »Ich weiß nicht, ob du dir darüber im klaren bist, wie gefährlich dieses Freiheitsgerede ist«, sagte er.

»Das kann ich nicht beurteilen.«

»Ein Beispiel: Die Bostoner Rumbrenner möchten ihren Zuckersirup dort kaufen, wo er am billigsten ist. Das Gesetz schreibt ihnen jedoch vor, ihn bei britischen Pflanzern einzukaufen, also zum Beispiel bei unserer Plantage. Wenn man ihnen die Freiheit gewährt, sich bei den billigeren französischen Pflanzern zu versorgen, könnten wir beide uns ein Haus wie dieses nicht mehr leisten.«

»Ich verstehe«, sagte Lizzie und dachte bei sich: Gerecht wird es dadurch auch nicht. Aber sie hielt es für besser, auf einen Kommentar zu verzichten.

»Das letzte Gesocks schreit nach Freiheit – von den Bergarbeitern in Schottland bis zu den Negern auf Barbados! Aber Gott hat nun einmal Menschen wie mich zu Herren über sie berufen.«

Das war natürlich richtig. »Aber hast du dich jemals gefragt, warum?«

»Wie meinst du das?«

»*Warum* Gott dich dazu berufen hat, daß du Bergarbeitern und Negern sagen kannst, was sie zu tun haben?«

Aufgebracht schüttelte Jay den Kopf, und Lizzie merkte sofort, daß sie einmal mehr über das Ziel hinausgeschossen war.

»Ich glaube nicht, daß Frauen solche Dinge begreifen können«, sagte er.

Lizzie ergriff seinen Arm. »Ach, Jay«, sagte sie, in der Hoffnung, ihn zu besänftigen, »ich liebe dieses Haus!« Sie spürte immer noch ihre Brustwarzen und senkte ihre Stimme. »Ich kann es gar nicht abwarten, mit dir hier zu leben und jeden Tag mit dir im gleichen Bett zu schlafen.«

Er lächelte. »Ich auch nicht.«

Lady Hallim und Lady Jamisson betraten das Zimmer. Sofort fiel Mutters Blick auf Lizzies Busen. Erst jetzt dachte Lizzie daran, daß sich ihre Brustwarzen unter dem Kleid deutlich abzeichneten. Mutters mißbilligendes Stirnrunzeln zeigte, daß sie die Wahrheit ahnte. Und wenn schon, dachte Lizzie. Wir sind doch ohnehin bald Mann und Frau.

»Nun, Lizzie, gefällt Ihnen das Haus?« fragte Alicia.

»O ja, großartig!«

»Dann sollt ihr es haben.«

Lizzie strahlte, und Jay drückte ihren Arm.

»Sir George ist überaus gütig«, sagte Lizzies Mutter. »Ich weiß gar nicht, wie ich ihm dafür danken kann.«

»Bedanken Sie sich bei meiner Mutter«, sagte Jay. »Sie hat dafür gesorgt, daß er sich endlich so benimmt, wie es sich gehört.«

Alicia bedachte ihn mit einem tadelnden Blick, aber Lizzie spürte, daß sie im Grunde nichts dagegen hatte. Mutter und Sohn hatten einander sehr gern, daran gab es keinen Zweifel. Sie verspürte einen kleinen Stich Eifersucht und schalt sich eine Närrin: Alle mochten Jay.

Sie verließen das Zimmer. Der Hausmeister lungerte im Gang herum. »Ich werde morgen mit dem Anwalt des Besitzers sprechen und den Mietvertrag aufsetzen lassen.«

»Sehr wohl, Sir.«

Auf der Treppe fiel Lizzie ein, daß sie Jay etwas zeigen wollte. Sie zog ein Flugblatt aus der Tasche, das sie auf der Straße gefunden und eigens für ihn mitgenommen hatte: »Hier, lies das mal!« sagte sie.

AN ALLE GENTLEMEN UND ALLE WETTER UND SPIELER!
TAG DER ATTRAKTIONEN IM *PELIKAN* ZU SHADWELL!

EIN WILDER STIER MIT FEUERWERK WIRD LOSGELASSEN
UND HUNDE AUF IHN GEHETZT!

ZWEI HÄHNE AUS WESTMINSTER KÄMPFEN GEGEN ZWEI AUS
EAST CHEAP! DEM SIEGER WINKEN FÜNF PFUND!

SIEBEN FRAUEN PRÜGELN SICH MIT KNÜPPELN!

UND

EIN FAUSTKAMPF – UM ZWANZIG PFUND!! –
ZWISCHEN REES PREECE, DEM WALISISCHEN BERG,
UND
MACK McASH, DEM KILLERKUMPEL AUS SCHOTTLAND!

DIES ALLES AM NÄCHSTEN SAMSTAG.
BEGINN: DREI UHR NACHMITTAGS.

»Na, was hältst du davon?« fragte Lizzie ungeduldig. »Das muß doch Malachi McAsh aus Heugh sein, oder?«

»Das also ist aus ihm geworden«, sagte Jay. »Ein Preisboxer! Da ging's ihm besser, wenn er im Bergwerk geblieben wäre.«

»Ich habe noch nie einen Preiskampf gesehen«, erwiderte Lizzie nachdenklich.

Jay lachte. »Na hoffentlich! Da hat eine Lady auch nichts zu suchen!«

»In einem Kohlebergwerk auch nicht. Trotzdem hast du mich mitgenommen.«

»Das habe ich, ja – und um ein Haar wärst du bei einer Grubengasexplosion ums Leben gekommen.«

»Ich dachte, du würdest die Gelegenheit beim Schopf packen. Ein neues Abenteuer für uns zwei!«

»Sei doch nicht lächerlich!« bemerkte ihre Mutter.

Lizzie war enttäuscht. Vorübergehend schien Jay sein Wagemut verlassen zu haben. Aber das soll mich nicht hindern, dachte sie. Wenn er mich nicht mitnimmt, gehe ich eben allein.

Lizzie rückte ihre Perücke zurecht und betrachtete sich im Spiegel. Ein junger Mann blickte sie an. Das Geheimnis bestand in einer hauchdünnen Schicht Kaminruß, der Wangen, Hals, Kinn und Oberlippe leicht verdunkelte und so ein rasiertes Männergesicht vortäuschte.

Der Körper ließ sich leicht verhüllen. Ein schweres Wams drückte ihre Brüste flach; die Rockschöße des Jacketts verbargen die weiblichen Rundungen von Hüften und Gesäß; die Waden steckten in kniehohen Stiefeln; Hut und Männerperücke vervollständigten die Illusion.

Lizzie öffnete die Tür ihres Schlafzimmers. Sie logierte mit ihrer Mutter in einem kleinen Gästehaus auf dem Anwesen von Sir George am Grosvenor Square. Mutter hielt gerade ein Nachmittagsschläfchen. Lizzie horchte auf Schritte; vielleicht war einer von Sir Georges Dienern im Haus. Nichts rührte sich. Leichtfüßig lief sie die Treppe hinunter, schlüpfte zur Hintertür hinaus und gelangte auf den kleinen Weg, der am hinteren Ende des Grundstücks entlangführte.

Es war ein kalter, sonniger Vorfrühlingstag. Als sie die Straße erreichte, erinnerte sie sich daran, daß sie nun auch wie ein Mann gehen müsse – breit und behäbig, als gehöre ihr das ganze Trottoir und als sei sie jederzeit bereit, alle, die ihr diesen Anspruch streitig machen wollten, das Fürchten zu lehren. Bis nach Shadwell, das ganz im Osten lag, auf der anderen Seite der Stadt, konnte sie natürlich nicht so stolzieren, und so hielt sie eine Sänfte an – wohlgemerkt nach Männerart mit gebieterisch erhobenem Arm anstatt mit dem bittenden Winken einer Frau. Als die Träger die Sänfte absetzten, räusperte sie sich vernehmlich, spuckte in den Rinnstein und sagte mit tiefer, krächzender Stimme: »Zum *Pelikan*, und zwar ein bißchen dalli!«

So weit im Osten Londons war Lizzie noch nie gewesen. Die Häuser wurden immer kleiner und ärmlicher, die Luft in den kleinen Gassen stickiger. Sie kamen an verschlammten Stränden vorbei, an wackeligen Kais, verfallenen Bootshäusern, von hohen Zäunen umgebenen Holzlagerplätzen und baufälligen Speicherschuppen, deren Türen mit Ketten gesichert waren. Vor einem großen Gasthaus unmittelbar am Themseufer, auf dessen hölzernem Zunftschild ein grob gemalter Pelikan prangte, hielten die Sänftenträger an und ließen Lizzie aussteigen. Im Hof der Taverne wimmelte es von lärmenden, aufgeregten Menschen: Arbeitern mit Halstuch und Stiefeln, besseren Herren in Westen, Arbeiterinnen mit Schals um den Hals und Holzschuhen an den Füßen. Einige Frauen – Lizzie hielt sie für Prostituierte – liefen mit entblößten Brüsten und grell geschminkten Gesichtern herum. Frauen, denen Lizzies Mutter »Qualität« zugebilligt hätte, waren nicht darunter.

Sie zahlte den Eintrittspreis und drängelte sich mit den Ellbogen durch die grölende Menge. Ein stechender Geruch nach verschwitzten, ungewaschenen Menschen hing in der Luft und erhöhte Lizzies Spannung. Sie kam sich richtig lasterhaft vor. Der Kampf der Gladiatorinnen war in Gang. Drei Frauen waren bereits aus dem Tumult ausgeschieden: Eine saß auf einer Bank und hielt sich den Kopf; eine zweite versuchte, das Blut zu stillen, das ihr aus einer Beinwunde quoll; eine dritte lag ohnmächtig auf dem Rücken, obwohl sich mehrere Menschen darum bemühten, sie wieder zu Bewußtsein zu bringen. Die restlichen vier waren noch im Ring und schlugen mit groben Holzknüppeln aufeinander ein. Sie waren alle barfuß und bis zur Taille nackt und trugen zerschlissene Röcke. Ihre Körper und Gesichter waren mit Wunden und Narben bedeckt. Die gut hundert Zuschauer feuerten ihre jeweiligen Favoritinnen an; einige Männer wetteten auf den Ausgang des Kampfes. Die Frauen kannten keinerlei Zurückhaltung. Sie schwangen ihre Knüppel mit knochenbrechender Brutalität, und die Männer quittierten jeden Volltreffer mit zustimmendem Gebrüll. Ebenso angewidert wie fasziniert beobachtete Lizzie das Geschehen. Es dauerte nicht lange, bis eine der Frauen einen wuchtigen Schlag auf den Kopf erhielt und bewußtlos zusammensackte. Beim Anblick des halbnackten, im Dreck liegenden Körpers wurde Lizzie übel.

Sie wandte sich ab und betrat die Taverne. An der Bar schlug sie mit der Faust auf den Schanktisch und rief: »Einen Krug starkes Ale, Jack!« Lizzie genoß den herrischen Ton. In Frauenkleidung würde mich jeder Mann zurechtweisen, wenn ich so mit ihm reden würde, selbst Schankwirte und Sänftenträger, dachte sie. Kaum trage ich Hosen, lassen sie sich bereitwillig herumkommandieren …

In der Gaststube roch es nach Tabakasche und verschüttetem Bier. Lizzie setzte sich in eine Ecke, nippte an ihrem Ale und fragte sich, warum sie eigentlich hierhergekommen war. Hier herrschten Gewalt und Grausamkeit, und sie wußte, daß sie sich auf ein gefährliches Spiel eingelassen hatte. Was würden diese ruppigen Kerle mit ihr anstellen, wenn sie dahinterkämen, daß sich eine Dame aus der Oberschicht in Männerkleidung unter ihnen befand?

Sie war vor allem gekommen, weil die Neugier eine Leidenschaft war, der sie einfach nicht widerstehen konnte. Schon als Kind hatte sie alles Verbotene gereizt. Auf den Satz »Da hat eine Lady nichts zu suchen!« reagierte sie wie der Stier aufs rote Tuch, und trug eine Tür die Aufschrift »Kein Zutritt«, so mußte sie sie öffnen – sie konnte einfach nicht anders. Ihre Neugier war so stark wie ihre Sinnlichkeit. Sie zu unterdrücken fiel ihr so schwer, wie Jay nicht mehr zu küssen.

Doch der Hauptgrund für ihr Kommen war McAsh. Er hatte sie schon immer interessiert. Schon der kleine Junge war anders gewesen als seine Altersgenossen: ein unabhängiger, ungehorsamer, störrischer Kopf, der alles in Frage stellte, was man ihm sagte. Der erwachsene Mack erfüllte die Erwartungen. Er hatte den Jamissons die Stirn geboten. Inzwischen war es ihm gelungen, aus Schottland zu fliehen – was nur wenigen Bergarbeitern gelang –, und er hatte in London Fuß gefaßt. Jetzt war er hier als Preisboxer beschäftigt. Was hatte er wohl als nächstes im Sinn?

Sir Georges Entscheidung, ihn laufen zu lassen, war sehr vernünftig, dachte sie. Daß es unter den Menschen Herren und Knechte gab, entsprach, wie Jay schon gesagt hatte, der Absicht Gottes, nur würde ein McAsh das niemals akzeptieren. Daheim wäre er auf Jahre hinaus ein ständiger Unruheherd gewesen. McAsh hatte eine magnetische Ausstrahlung, die andere Leute dazu bewegte, sich bereitwillig seiner Führung unterzuordnen. Da waren die stolze Haltung seines kraftvollen Körpers, die zuversichtliche Neigung seines Kopfes, der scharfe Blick seiner auffallend grünen Augen. Lizzie selbst war dieser Ausstrahlung erlegen: Sie hatte sie in den *Pelikan* gezogen.

Eine der geschminkten Damen setzte sich neben sie und lächelte ihr anzüglich zu. Trotz des Rouges auf ihrem Gesicht wirkte sie alt und müde. Wäre ein tolles Kompliment für meine Verkleidung, wenn eine Hure mir einen Antrag machen würde, dachte Lizzie.

Doch die Frau ließ sich nicht täuschen. »Ich weiß, was du bist«, sagte sie.

Frauen haben schärfere Augen als Männer, dachte Lizzie ernüchtert. »Verrat's nicht!« bat sie.

»Du kannst bei mir den Mann spielen«, sagte die Hure. »Kostet einen Shilling.«

Lizzie verstand das nicht.

»Ich hab' das schon öfter mit deinesgleichen gemacht«, fuhr die Frau fort. »Reiche Mädchen, die gerne mal den Mann spielen wollen. Hab' ne dicke Kerze zu Hause, genau richtig dafür. Du weißt doch, was ich meine, oder?«

Langsam dämmerte es Lizzie, worauf die Frau hinauswollte. »Nein, danke«, sagte sie lächelnd. »Deswegen bin ich nicht hier.« Sie fingerte eine Münze aus ihrer Tasche. »Hier, ein Shilling dafür, daß du mein Geheimnis bewahrst.«

»Gott segne das gnädige Fräulein«, sagte die Hure und trollte sich.

In Verkleidung kann man eine ganze Menge lernen, dachte Lizzie bei sich. Von allein wäre ich nie daruf gekommen, daß Prostituierte besondere Kerzen besitzen für Frauen, die gerne den Mann spielen ... Von solchen Dingen erfuhr eine Lady ihr Lebtag lang nichts – es sei denn, sie brach aus der feinen Gesellschaft aus und erforschte auf eigene Faust die Welt jenseits ihres goldenen Käfigs.

Draußen im Hof ertönte Jubelgeschrei. Offenbar stand die Siegerin im Frauenkampf fest – die letzte Frau, die sich noch auf den Füßen hielt. Lizzie ging hinaus und nahm ihren Bierkrug mit. Sie trug ihn wie ein Mann in der herabhängenden Hand, den Daumen über den Rand geklemmt.

Die Gladiatorinnen taumelten von dannen oder wurden weggetragen. Die Veranstaltung strebte ihrem Höhepunkt entgegen. Lizzie erkannte McAsh sofort. Die grünen Augen waren unverwechselbar. Seine Haut war nicht mehr von Kohlestaub geschwärzt, und die blonde Farbe seines Haars war eine regelrechte Überraschung für Lizzie. McAsh stand am Ring und unterhielt sich mit einem anderen Mann. Ab und zu fiel sein Blick auf Lizzie, ohne aber ihre Verkleidung zu durchschauen. Er machte einen finster entschlossenen Eindruck.

Sein Gegner, Rees Preece, verdiente seinen Spitznamen »der walisische Berg«: Er war der größte Mann, den Lizzie je gesehen hatte, gut dreißig Zentimeter größer als Mack, dazu schwer und rotgesichtig. Der krummen Nase war anzusehen, daß sie schon mehr als einmal gebrochen war, und das Gesicht verriet Boshaftigkeit und Verschlagenheit. Lizzie bewunderte den Mut – oder die Dummheit – eines jeden, der freiwillig mit einem solchen Unhold in den Ring stieg. Und sie hatte Angst um McAsh. Ein Schauer des Entsetzens durchfuhr sie, als ihr der Gedanke durch den Kopf schoß, Mack könne verstümmelt oder sogar umgebracht werden – nein, das wollte sie nicht mit ansehen. Am liebsten wäre sie sofort gegangen, aber sie schaffte es einfach nicht, sich loszureißen.

Der Kampf sollte gerade beginnen, als Macks Freund in einen wütenden Streit mit dem Sekundanten von Preece geriet. Die Stimmen wurden lauter, und Lizzie bekam mit, daß die Schuhe des walisischen Bergs der Stein des Anstoßes waren. Macks Sekundant – er hatte einen deutlichen irischen Akzent – bestand darauf, daß beide Kämpfer barfuß anzutreten hätten. Die Zuschauer begannen, langsam und rhythmisch in die Hände zu klatschen, und zeigten damit, daß sie allmählich ungeduldig wurden. Lizzie hoffte schon, der Kampf würde abgesagt, doch dann sah sie, wie Preece sich am Ende der heftigen Auseinandersetzung doch die Stiefel auszog.

Und dann ging es, völlig unvermittelt, los. Lizzie hatte keinen Gong und kein anderes Signal gehört. Die beiden Männer attackierten einander wie rivalisierende Kater; sie boxten, traten und schlugen so wild aufeinander ein, daß Lizzie die einzelnen Bewegungen kaum noch unterscheiden konnte. Die Menge brüllte, und Lizzie merkte plötzlich, daß sie selber schrie, und nahm eine Hand vor den Mund.

Schon nach wenigen Sekunden legte sich die anfängliche Wildheit; sie war einfach zu kräfteverschleißend. Die Männer gingen auf Distanz und begannen einander zu umkreisen, die Fäuste vor dem Gesicht, den Oberkörper jeweils mit den Armen schützend. Macks Lippen waren geschwollen, und Preece blutete aus der Nase. Vor lauter Angst biß Lizzie sich auf die Finger.

Preece ging wieder auf Mack los. Mack sprang zurück, wich dem Schlag aus und ging im nächsten Augenblick zum Gegenangriff über. Ein furchtbarer Fausthieb traf Preece am Kopf. Das Geräusch, das dabei entstand, ließ Lizzie zusammenzucken. Es klang wie ein auf hartes Gestein prallender Vorschlaghammer. Die Zuschauer schrien und johlten. Preece schien zu zögern, als habe ihn der Schlag überrascht, und Lizzie dachte, daß er Macks Körperkräfte bisher möglicherweise unterschätzt hatte. Hoffnung keimte in ihr auf: Vielleicht konnte Mack diesen Riesen doch bezwingen.

Mack tänzelte rückwärts, bis er außer Reichweite war. Preece schüttelte sich wie ein Hund. Dann stürmte er mit gesenktem Kopf auf Mack los und deckte ihn mit einem Hagel von Schlägen ein. Mack duckte sich, tauchte seitwärts ab, traf Preeces Beine mit knallharten Tritten seiner nackten Füße, doch irgendwie schaffte es sein Gegner doch, ihn in die Enge zu treiben und mehrere schwere Treffer zu landen. Mack reagierte mit einem weiteren wuchtigen Schlag gegen Preeces Kopf, was zur Folge hatte, daß der Riese erneut innehielt.

Der Tanz wiederholte sich, und Lizzie hörte den Iren brüllen: »Los, Mack, gib ihm den Rest! Gib dem Kerl keine Verschnaufpause!« Auf einmal wurde ihr klar, daß sich Mack immer dann, wenn er seinen Gegner getroffen und vorübergehend in die Schranken verwiesen hatte, zurückhielt und Preece damit die Chance gab, sich zu erholen. Der Riese dagegen ließ immer einen Schlag auf den anderen folgen, bis es Mack gelang, ihn abzuwehren.

Nach zehn grauenhaften Minuten läutete irgendwo eine Glocke, und die Kontrahenten gönnten sich eine Pause. Lizzie war für die Unterbrechung so dankbar, als hätte sie selbst im Ring gestanden. Den beiden Boxern, die jeweils am Rand des Rings auf einfachen Hockern einander gegenüber saßen, wurde Bier gereicht. Ein Sekundant nahm einen Faden und eine normale Nadel für den Hausgebrauch und machte sich daran, einen Riß am Ohr des Riesen zusammenzunähen. Lizzie schauderte unwillkürlich und wandte den Blick ab.

Sie versuchte die Wunden zu vergessen, die Macks prächtigem Körper zugefügt worden waren, und stellte sich den Kampf als reinen Wettstreit vor. Mack war gewandter und schlug härter zu als sein Widersacher, besaß aber nicht dessen geistlose Brutalität, jenen ausgeprägten Killerinstinkt, der nach völliger Vernichtung des Gegners gierte. Er mußte erst noch in Rage geraten.

Als die zweite Runde begann, waren die Bewegungen der beiden sichtlich langsamer geworden. Dennoch folgte der Kampf dem gleichen Schema wie zuvor: Preece jagte den tänzelnden Mack, versuchte, ihn in die Enge zu treiben, suchte den Nahkampf, landete zwei oder drei satte Schläge – und wurde durch Macks furchtbare Rechte gestoppt.

Bald war ein Auge von Preece zugeschwollen, und er hinkte, weil auch Macks Tritte inzwischen Wirkung zeigten. Mack seinerseits blutete aus dem Mund und einer Wunde über dem linken Auge. Mit zunehmender Dauer wurde der Kampf immer langsamer, aber auch immer brutaler. Die Männer schienen nicht mehr die Kraft zu haben, den Schlägen des Gegners auszuweichen, und nahmen sie daher mit stummer Leidensmiene hin. Wie lange konnten sie das gnadenlose Getrommel auf ihre nahezu gefühllosen Leiber noch aushalten? Lizzie fragte sich, warum sie sich solche Sorgen um McAshs Aussehen machte, und redete sich ein, daß es sich wohl um ganz gewöhnliches Mitgefühl mit einem geschundenen Körper handeln mußte.

Eine zweite Pause unterbrach den Kampf. Der Ire kniete neben Macks Hocker. Er redete heftig auf ihn ein und unterstrich seine Instruktionen durch lebhafte Gesten mit der Faust. Lizzie konnte sich denken, daß er Mack noch einmal zum entschlossenen tödlichen Nachsetzen aufforderte. Selbst ihr war klar, daß Preece in einem reinen Kampf um Kraft und Ausdauer die Oberhand behalten würde – einfach weil er größer war und besser einstecken konnte. Warum erkannte Mack das nicht?

Die dritte Runde begann. Während die beiden Kämpfer aufeinander einschlugen, erinnerte sich Lizzie an einen Vorfall aus der Zeit, in dem Malachi McAsh sechs Jahre alt gewesen war. Sie spielten auf dem Rasen vor High Glen House, und sie, Lizzie, hatte ihn bei einer Keilerei so heftig an den Haaren gezogen, daß er zu weinen begonnen hatte. Die Erinnerung an diese Szene ließ ihr die Tränen in die Augen steigen.

Im Ring ging es plötzlich wieder hoch her. Preece mußte ein, zwei, drei schwere Schläge einstecken. Dann traf ihn ein Tritt an den Oberschenkel und ließ ihn ins Taumeln geraten. Lizzie sah ihn schon zusammenbrechen, doch die Hoffnung trog. Im entscheidenden Augenblick hielt sich Mack zurück und wartete darauf, daß der Riese in die Knie ging. Auf die blutrünstigen Schreie der Zuschauer und die Ratschläge seiner Sekundanten, die ihn lauthals aufforderten, seinem Gegner den Rest zu geben, ging er nicht ein.

Und so gelang es Preece zu Lizzies Entsetzen auch diesmal wieder, neue Kräfte zu sammeln. Urplötzlich schlug er Mack in die Magengrube. Der beugte sich unwillkürlich vor und rang nach Luft, worauf Preece ihm mit aller Kraft, die seine breiten Rückenmuskeln hergaben, einen Kopfstoß versetzte. Es gab ein grauenvolles knirschendes Geräusch, als die beiden Schädel aufeinanderprallten. Die Zuschauer hielten den Atem an.

Mack taumelte und fiel. Preece trat ihm mit dem Fuß seitwärts gegen den Schädel. Macks Beine versagten den Dienst, er brach zusammen. Er lag bereits flach auf dem Boden, als Preece ihm noch einmal gegen den Kopf trat. Mack rührte sich nicht mehr. Lizzie hörte sich schreien: »Laß ihn, laß ihn!«

Erst nach einem weiteren Tritt sprangen die Sekundanten beider Kämpfer in den Ring und zerrten Preece von seinem Opfer fort.

Der Riese stand da wie belämmert, als könne er einfach nicht begreifen, warum ihn dieselben Leute, die ihn eben noch mit blutrünstigen Parolen angefeuert hatten, nun daran hinderten, sein Werk zu vollenden. Doch dann kam er wieder zu Sinnen, hob in einer Geste des Triumphs die Arme und strahlte dabei wie ein Hund, der seinem Herrn eine Freude gemacht hat.

Lizzie fürchtete, daß Mack die Tortur nicht überlebt hatte. Sie drängte sich durch die Menge und trat in den Ring. Neben dem am Boden Liegenden kniete der irische Sekundant. Das Herz klopfte Lizzie bis zum Hals, als sie sich über Mack beugte. Seine Augen waren geschlossen, doch er atmete. »Gott sei Dank!« rief sie. »Er lebt!«

Der Ire sah kurz zu ihr auf, sagte aber nichts. Lizzie betete zum Himmel, daß Mack keine dauerhaften Schäden davongetragen hatte. So viele Schläge gegen den Kopf, wie er sie in der vergangenen halben Stunde hatte einstecken müssen, erlitten die meisten Menschen in ihrem ganzen Leben nicht. Lizzie hatte entsetzliche Angst, er könne fortan als sabbernder Idiot dahinvegetieren.

Da öffnete Mack die Augen.

»Wie fühlen Sie sich?« fragte Lizzie.

Anstatt zu antworten, schloß er die Augen wieder.

Der Ire starrte sie an und sagte: »Wer sind Sie eigentlich, Sie männlicher Sopran?« Sie hatte vergessen, ihre Stimme zu verstellen.

»Ein Freund«, sagte sie. »Kommen Sie, tragen wir ihn ins Haus. Er darf nicht hier im Dreck liegen bleiben.«

Nach kurzem Zögern willigte der Mann ein und faßte Mack unter die Arme. Zwei Zuschauer ergriffen die Beine.

Sie hoben Mack hoch und schleppten ihn unter Lizzies Führung ins Gasthaus. Mit ihrer arrogantesten Männerstimme, rief Lizzie: »He, Wirt, zeigen Sie mir Ihr bestes Zimmer, schnell!«

Eine Frau trat hinter dem Schanktisch hervor. »Wer zahlt?« fragte sie mißtrauisch.

Lizzie gab ihr einen Sovereign.

Die Frau ging voran die Treppe hinauf und führte sie in ein Schlafzimmer, das auf den Hof hinaussah. Der Raum war sauber, das Himmelbett ordentlich bezogen und mit einer einfachen rauhen Decke versehen. Die Männer legten Mack aufs Bett.

»Machen Sie Feuer, und bringen Sie uns einen Krug mit französischem Weinbrand«, sagte Lizzie zu der Frau. »Und kennen Sie hier in der Gegend einen Arzt, der Macks Wunden versorgen kann?«

»Ich lasse Dr. Samuels holen.«

Lizzie setzte sich auf die Bettkante. Macks Gesicht war blutverschmiert und verquollen. Sie knöpfte ihm das Hemd auf und sah, daß seine Brust mit Wunden und Prellungen übersät war.

Die beiden Helfer empfahlen sich. »Ich bin Dermot Riley«, sagte der Ire. »Mack wohnt bei mir.«

»Mein Name ist Elizabeth Hallim«, erwiderte Lizzie. »Mack und ich kannten uns schon als Kinder.« Sie verzichtete darauf, ihre männliche Garderobe zu begründen. Sollte Riley denken, was er wollte.

»Ich glaube nicht, daß er schwer verletzt ist«, sagte Riley.

»Wir sollten seine Wunden reinigen. Seien Sie so gut und besorgen uns eine Schüssel mit heißem Wasser.«

»All right.« Riley ging und ließ Lizzie mit dem ohnmächtigen Mann allein.

Sie starrte auf den reglosen Männerkörper vor ihr. Er atmete nur sehr schwach. Zögernd legte sie ihm die Hand auf die Brust. Die Haut war warm, das Fleisch darunter hart. Sie verstärkte den Druck und spürte das Herz. Es schlug kräftig und regelmäßig.

Es gefiel ihr, ihn zu berühren. Sie legte die andere Hand auf ihren Busen und ertastete den Unterschied zwischen ihren weichen Brüsten und den harten Muskeln Macks. Seine Brustwarzen waren klein und weich, die ihren groß und vorstehend.

Mack öffnete die Augen.

Lizzie fühlte sich ertappt. Ihre Hände zuckten zurück. Was, um Gottes willen, tust du da, schalt sie sich.

Er sah sie ausdruckslos an. »Wo bin ich? Wer sind Sie?«

»Sie haben an einem Preiskampf teilgenommen und verloren«, sagte Lizzie.

Er starrte sie sekundenlang wortlos an. Dann verzog er seinen Mund zu einem Grinsen und sagte mit normaler Stimme. »Lizzie Hallim! Mal wieder als Mann verkleidet …«

»Es geht Ihnen besser! Gott sei Dank!«

»Es ist sehr freundlich von Ihnen, daß Sie sich um mich kümmern.« Sein Blick war kaum zu deuten.

»Ich … ich weiß auch nicht, warum«, erwiderte sie verlegen, und ihre Stimme klang brüchig. »Sie sind ein einfacher Bergarbeiter, der nicht weiß, wo er hingehört.« Zu ihrem Entsetzen spürte sie, daß ihr Tränen über die Wangen liefen. »Es ist kein Vergnügen, mit ansehen zu müssen, wie ein Freund zu Brei geschlagen wird«, sagte sie stockend, wiederholt unterbrochen von Schluchzern, die sie nicht unterdrücken konnte.

Mack sah sie an. »Lizzie Hallim«, sagte er voller Staunen. »Ob ich jemals klug aus Ihnen werde?«

Zweiter Teil
Kapitel 3

Der Weinbrand linderte den Schmerz an diesem Abend, doch als Mack am nächsten Morgen aufwachte, brannte sein ganzer gepeinigter Körper wie Feuer. Alles tat ihm weh – von den Zehen, die durch die Tritte gegen Preece malträtiert waren, bis hinauf in den brummenden Schädel. Das Gesicht in der Spiegelscherbe, die er zum Rasieren benutzte, war mit Wunden und blauen Flecken übersät und so empfindlich, daß man es kaum berühren – geschweige denn rasieren – konnte.

Trotz allem war er guter Stimmung, und das lag vor allem an Lizzie Hallim. Ihre unbezähmbare Courage ließ auch das Unmögliche möglich erscheinen. Was würde sie als nächstes tun? Als er erkannt hatte, wer es war, der da neben ihm auf der Bettkante saß, war er von dem kaum zu bändigenden Wunsch überfallen worden, sie zu umarmen, und nur der Gedanke, daß er damit die besondere Eigenart ihrer Freundschaft zerstören würde, hatte ihm die Kraft gegeben, der Versuchung zu widerstehen. Wenn sie sich über die Verhaltensregeln ihres Standes hinwegsetzte, so war das ihre Sache: Sie war eine Lady. Wenn es ihr behagte, konnte sie mit einem jungen Hund wilde Spielchen treiben. Wenn das Tierchen jedoch zuschnappte, mußte es damit rechnen, von ihr sofort an die Luft gesetzt zu werden.

Sie hatte ihm gesagt, daß sie Jay Jamisson heiraten wolle, und er hatte sich auf die Zunge gebissen, um ihr nicht ins Gesicht zu schreien, was für eine Idiotin sie sei. Es ging ihn nichts an, und er wollte sie nicht beleidigen.

Bridget, Dermots Frau, bereitete zum Frühstück gesalzenen Porridge, und Mack aß zusammen mit den Kindern. Bridget, eine ehemals bildhübsche Frau, war jetzt an die Dreißig und sah nur noch müde und verbraucht aus. Als es nichts mehr zu essen gab, machten sich Mack und Dermot auf Arbeitssuche. »Bringt ein bißchen Geld mit!« rief Bridget ihnen nach.

Es war kein guter Tag. Sie liefen von einem Londoner Lebensmittelmarkt zum anderen und boten ihre Arbeitskraft als Träger für Fischkörbe, Weinfässer und blutige Rinderseiten an. Die hungrige Stadt wollte ernährt werden. Dennoch gab es für die vielen Arbeitssuchenden nicht genug zu tun. Gegen Mittag gaben Dermot und Mack auf und gingen ins West End, um dort in den Kaffeehäusern ihr Glück zu versuchen. Am Spätnachmittag waren sie so müde, als hätten sie den ganzen Tag gearbeitet, und standen doch mit leeren Händen da.

Sie bogen gerade auf den Strand ein, als wie ein aufgescheuchtes Kaninchen eine kleine Gestalt aus einer Seitengasse hervorschoß und mit Dermot zusammenstieß. Es war ein ungefähr dreizehn Jahre altes Mädchen, spindeldürr, in Lumpen gekleidet und völlig verängstigt. Dermot machte ein Geräusch wie eine angestochene Blase. Das Mädchen schrie vor Angst, stolperte und fing sich wieder.

Hinter der Kleinen her jagte ein stämmiger junger Mann in teurer, aber unordentlicher Kleidung. Als sie nach dem Zusammenstoß mit Dermot zurückprallte, hätte er sie um ein Haar erwischt, doch gelang es ihr noch einmal, ihm auszuweichen und ihre Flucht fortzusetzen. Dann rutschte sie aus, fiel zu Boden, und ihr Verfolger war über ihr.

Das Mädchen kreischte vor Entsetzen. Der Mann tobte vor Wut. Er riß den kleinen Körper hoch und schlug das Kind zweimal brutal gegen den Kopf, erst rechts, dann links. Dann trat er ihm mit dem Stiefel gegen die schmale Brust.

Mack war, was die allgegenwärtige Gewalt auf Londons Straßen betraf, bereits einiges gewöhnt und entsprechend abgebrüht. Dauernd gab es handfeste Auseinandersetzungen zwischen Männern, Frauen und Kindern, und meist war es der billige Gin, den man an jeder Straßenecke kaufen konnte, der die Gemüter erhitzte. Aber noch nie hatte er erlebt, daß ein kräftiger Mann so gnadenlos auf ein kleines Kind eindrosch. Er war ja drauf und dran, das Mädchen umzubringen!

Mack hatte nach seinem Kampf mit dem walisischen Berg noch immer ziemliche Schmerzen. Eine weitere Schlägerei war das letzte, was er sich jetzt wünschte. Aber er konnte einfach nicht tatenlos danebenstehen und zuschauen. Als der Mann zu einem neuerlichen Tritt ausholte, packte ihn Mack und riß ihn zurück.

Der Mann war einige Zentimeter größer als Mack. Er drehte sich um, legte ihm die flache Hand auf die Brust und gab ihm einen heftigen Schubs. Mack taumelte zurück, und der Kerl ging wieder auf das Kind los. Das Mädchen war gerade wieder auf die Beine gekommen, erhielt jedoch im nächsten Augenblick einen furchtbaren Schlag ins Gesicht, so daß es wieder zu Boden stürzte.

Jetzt sah Mack rot. Er packte den Schläger an Kragen und Hosenboden und hob ihn hoch. Der Mann brüllte auf vor Wut und Verwunderung und begann, wie wild hin und her zu zappeln, doch Mack ließ nicht locker und stemmte ihn über seinem Kopf in die Höhe.

Dermot stand staunend daneben. Der Kraftakt schien Mack nicht sonderlich anzustrengen. »Bist ein hübsch starker Bursche, Mack, muß ich schon sagen«, stammelte er.

»Nehmen Sie Ihre dreckigen Pfoten weg!« schrie der Mann.

Mack setzte ihn wieder auf den Boden, hielt ihn aber am Handgelenk fest. »Lassen Sie das Kind in Ruhe!« sagte er.

Dermot half dem Mädchen auf, hielt es aber mit sanfter Gewalt fest.

»Das ist eine vermaledeite Diebin!« erwiderte der Mann aggressiv. Dann bemerkte er Macks zerschundenes Gesicht und erkannte, daß es nicht ratsam war, sich auf einen Kampf einzulassen.

»Sonst nichts?« fragte Mack. »Ich dachte, die Kleine hätte den König ermordet, so wie Sie mit ihr umgehen.«

»Was geht denn *Sie* das an?« Der Mann beruhigte sich allmählich und kam wieder zu Atem.

Mack ließ ihn los. »Ist ja auch egal, was sie getan hat. Sie haben sie jetzt genug bestraft.«

Der Mann sah ihn an. »Sie sind wohl neu hier, was? Kraft haben Sie ja, aber eines sage ich Ihnen: Lange überleben Sie hier in London nicht, wenn Sie solchen Rotznasen wie der hier Ihr Vertrauen schenken.« Mit diesen Worten wandte er sich ab und ging.

»Danke, Schotte«, sagte das Mädchen. »Du hast mir das Leben gerettet.«

Daß Mack Schotte war, erkannten die Londoner, sobald er den Mund aufmachte. Ihm selbst war es erst hier in der Stadt zu Bewußtsein gekommen, daß er Dialekt sprach. In Heugh redeten alle Menschen so wie er; selbst die Jamissons sprachen ein gemäßigtes Schottisch. In London war der Dialekt wie eine Erkennungsmarke.

Er musterte das Mädchen. Es hatte dunkle, gestutzte Haare. Das hübsche Gesicht begann nach den erlittenen Schlägen bereits an mehreren Stellen anzuschwellen. Der Körper war noch der eines Kindes, doch in den Augen lag der wissende Blick eines Erwachsenen. Das Kind sah ihn wachsam an und fragte sich offensichtlich, was Mack von ihm wollte.

»Tut dir was weh?« fragte er.

»Ja, natürlich!« Sie hielt sich die Seite. »Du hättest dieses Arschloch abmurksen sollen!«

»Was hast du ihm getan?«

»Hab' versucht, ihn zu beklau'n, als er Cora vögeln wollte.«

Mack nickte. Daß Prostituierte manchmal Komplizen hatten, die ihre Freier beraubten, hatte er schon gehört.

»Möchtest du etwas zu trinken?« fragte er.

»Au ja! Für'n Gin küss' ich 'm Papst sein' Arsch!«

Eine derartige Redeweise war Mack bisher nicht untergekommen, schon gar nicht aus dem Munde eines kleinen Mädchens. Er wußte nicht, ob er lachen oder schockiert sein sollte.

Auf der anderen Seite der Straße lag der *Bär*, jenes Gasthaus, in dem Mack den Bullen von Bermondsey bezwungen und damit dem Zwerg ein Pfund abgeknöpft hatte. Sie gingen hinüber. Mack besorgte drei Krüge Bier, und sie suchten sich eine stille Ecke zum Trinken.

Am schnellsten trank das Mädchen. Nach ein paar Zügen war der Krug fast leer. »Bist ein guter Kerl, Schotte«, sagte es.

»Ich heiße Mack«, erwiderte er. »Und das hier ist Dermot.«

»Ich bin Peggy. Die Leute nennen mich ›die schnelle Peg‹.«

»Weil du so schnell trinkst, was?«

Peg grinste. »Wer nicht schnell säuft in dieser Stadt, dem wird sein Drink geklaut. Wo komms'n du her, Schotte?«

»Aus einem Dorf namens Heugh, ungefähr fünfzig Meilen von Edinburgh entfernt.«

»Und wo is' Edinburgh?«

»In Schottland.«

»Und wie weit is' Schottland von hier?«

»Eine Woche mit dem Schiff, die Küste entlang.« Es war eine lange Woche gewesen. Mack konnte mit dem Meer nicht viel anfangen. Nach fünfzehn Jahren Plackerei unter Tage wurde ihm beim Anblick des endlosen Ozeans schwindlig. Trotzdem hatte er bei jeder Wetterlage hoch hinauf in die Takelage klettern müssen, um Seile zu knüpfen. Nein, die Seefahrt war seine Sache nicht. »Mit der Postkutsche dauert es, soviel ich weiß, dreizehn Tage«, setzte er hinzu.

»Warum bist du nach London gekommen?«

»Um frei zu sein. Ich bin fortgelaufen. Die Arbeiter in den schottischen Kohlebergwerken sind Sklaven.«

»Wie die Schwarzen in Jamaika, was?«

»Du weißt offenbar über Jamaika besser Bescheid als über Schottland.«

»Warum auch nicht?« Der versteckte Tadel ärgerte sie.

»Schottland ist näher, sonst nichts.«

»Das weiß ich doch längst!« Mack erkannte sofort, daß sie log. Peg war trotz ihrer großen Sprüche nur ein kleines Mädchen. Sie rührte sein Herz.

»Peg! Da bist du ja! Alles in Ordnung?« sagte eine atemlose Frauenstimme.

Mack sah auf und erblickte eine junge Frau, deren Kleid die Farbe einer Apfelsine hatte.

»Hallo, Cora!« sagte Peg. »Ein schöner Prinz aus Schottland hat mir das Leben gerettet. Darf ich vorstellen? Das ist Jock McKnock.«

Lächelnd wandte sich Cora an Mack: »Vielen Dank, daß du ihr geholfen hast. Hoffentlich hast du dir nicht dabei diese blauen Flecken im Gesicht geholt.«

Mack schüttelte den Kopf. »Nein, das war eine andere Schlägerei.«

»Wie wär's mit einem Gin, meine Herren? Auf meine Rechnung.«

Mack wollte dankend ablehnen – er stand mehr auf Bier –, aber Dermot kam ihm zuvor: »Ja, gerne. Sehr freundlich von Ihnen.«

Mack sah ihr nach, als sie zum Schanktisch ging. Sie war ungefähr zwanzig Jahre alt, hatte ein engelhaftes Gesicht und einen Schopf feuerroter Haare. So jung, so hübsch – und schon Hure, dachte Mack. Ein Jammer.

»Dann hat sie's also mit dem Kerl getrieben, der hinter dir her war, oder?« fragte er Peg.

»Meis'ns kann se sich das sparen, da komm's gar nich so weit«, erwiderte Peg altklug. »Da läßt'se 'n Freier inne Gasse stehen, Höschen inne Kniekehlen, Schwänzchen inne Höh ...«

»Während du dich mit seiner Geldkatze davonmachst, was?«

»*Ich?* Wie komms'n darauf? Ich bin doch Kammerzofe bei Königin Charlotte.«

Cora kam zurück und setzte sich neben Mack. Sie hatte ein schweres, aromatisches Parfüm aufgelegt. Es duftete nach Sandelholz und Zimt. »Was führt dich nach London, Schotte?«

Er starrte sie an. Sie war sehr attraktiv. »Ich suche Arbeit.«

»Schon was gefunden?«

»Nicht viel.«

Cora schüttelte den Kopf. »Ein beschissener Winter, kalt wie in der Gruft, und der Brotpreis wahnsinnig hoch ... Es gibt zu viele Männer wie euch zwei.«

»Deshalb fing mein Papa vor zwei Jahren mi'm Klauen an«, warf Peg ein. »Hat sich bloß zu dumm angestellt dabei.«

Widerstrebend wandte Mack den Blick von Cora ab und drehte sich zu dem Mädchen um. »Was ist denn mit ihm passiert?«

»Hat mi'm Sheriff sein' Kragen getanzt.«

»Was?«

»Er wurde gehängt, meint sie«, erklärte Dermot.

»O Gott, das tut mir leid«, sagte Mack.

»Spar dir dein Mitleid, Schottenfurz, da wird mir kotzübel von.«

Peg war eine harte Nuß. »Schon gut, schon gut, ich lasse es bleiben«, sagte Mack beschwichtigend.

»Ich kenne wen, der draußen in den Docks Kohlelöscher sucht«, sagte Cora. »Sie müssen die Schiffe entladen. Die Arbeit ist so schwer, daß nur junge Männer genommen werden. Fremde werden aber bevorzugt, weil sie sich nicht so schnell beschweren wie die Städter.«

»Ich nehme jede Arbeit an«, meinte Mack und dachte an Esther.

»Die Kohlelöschertrupps werden allesamt von Gastwirten unten in Wapping angeführt. Einen von denen kenne ich, Sidney Lennox von der *Sonne.*«

»Ordentlicher Mann?«

Cora und Peg lachten, und Cora sagte: »Ein verlogenes, übellauniges, betrügerisches, stinkendes und stets besoffenes Schwein. Aber die anderen sind genauso. Ihr habt keine Wahl.«

»Bringst du uns zur *Sonne*?«

»Auf deine Verantwortung«, sagte Cora.

Ein warmer Nebel aus Schweißdunst und Kohlestaub erfüllte den stickigen Stauraum im Holzbauch des Schiffes. Mack stand auf einem Kohleberg und schaufelte dicke Kohlebrocken in einen Sack. Er arbeitete in gleichbleibendem Rhythmus. Es war eine brutale Schufterei. Er war schweißbedeckt, und seine Arme schmerzten. Dennoch war er guten Mutes. Er war jung und stark, verdiente gutes Geld – und war kein Sklave mehr.

Macks Trupp zählte insgesamt sechzehn Mann. Sie beugten sich über ihre Schaufeln, grunzten, schwitzten, fluchten und ulkten herum. Bei den anderen handelte es sich überwiegend um junge, kräftige Bauernburschen aus Irland – für schwachbrüstige Städter war der Job zu hart. Dermot war mit seinen dreißig Jahren der älteste im Trupp.

Die Kohle, so schien es, ließ Mack nicht los. Doch ohne Kohle lief nichts mehr in der Welt. Mack überlegte, wo die Kohle, die er hier schaufelte, letztlich hinkam: Alle Londoner Salons wollten beheizt werden, Tausende von Küchenherden, die Backöfen der Bäckereien, die Brauereien ... Sie alle brauchten Brennstoff und Energie. Der Kohlehunger dieser Stadt war unersättlich.

Es war Samstagnachmittag, und das Schiff, die *Black Swan* aus Newcastle, war schon fast leer. Voller Vorfreude überschlug Mack seinen Verdienst, den er am Abend ausbezahlt bekommen würde. Die *Black Swan* war das zweite Schiff, das sie in dieser Woche löschten. Sie bekamen sechzehn Pence, also einen Penny pro Mann, für jeweils zwanzig Sack Kohle. Ein starker Mann mit einer großen Schaufel füllte einen Sack in zwei Minuten. Nach seiner Kalkulation konnte heute abend jeder mit ungefähr sechs Pfund rechnen.

Es gab allerdings Abzüge. Sidney Lennox, der Vermittler

oder »Unternehmer«, stellte den Arbeitern an Bord immer große Mengen an Bier und Gin zur Verfügung. Um den Flüssigkeitsverlust durch das ständige Schwitzen auszugleichen, waren sie gezwungen, viel zu trinken, doch Lennox gab ihnen mehr als nötig, und die meisten Männer tranken dementsprechend über den Durst, auch Gin. Als Folge davon passierte dann bis zum Ende des Tages auch jeweils mindestens ein Unfall. Und umsonst gab es den Alkohol natürlich auch nicht. Mack konnte also nicht genau sagen, wieviel Geld unter dem Strich übrigbleiben würde, wenn er am Abend in der *Sonne* ausbezahlt wurde. Doch selbst, wenn Lennox die Hälfte des Lohns einbehielt – eine Schätzung, die mit Sicherheit übertrieben war –, wäre der Rest noch immer doppelt so hoch wie der Wochenverdienst eines Kohlekumpels.

Wenn es so weitergeht, kann ich Esther in ein paar Wochen nachkommen lassen, dachte Mack. Die Aussicht, in naher Zukunft auch seine Zwillingsschwester aus der Sklaverei befreien zu können, versetzte ihn in Hochstimmung.

Er hatte Esther, gleich nachdem er bei Dermot eine Bleibe gefunden hatte, geschrieben und inzwischen auch schon Antwort von ihr erhalten. Seine Flucht sei *das* Gesprächsthema im Tal, hieß es in ihrem Brief. Unter den jüngeren Hauern gebe es einige, die mit einer Petition an das englische Parlament gegen die Sklaverei in den Bergwerken protestieren wollten. Und außerdem habe Annie Jimmy Lee geheiratet ... Die letzte Nachricht gab ihm einen kleinen Stich. Mit Annie ist es also aus und vorbei, dachte er. Nie wieder werde ich mit ihr durchs Heidekraut tollen ... Doch sei's drum: Jimmy Lee ist ein guter Mann. Vielleicht bringt diese Petition ja die Wende zum Besseren. Vielleicht sind die Kinder von Annie und Jimmy eines Tages frei ...

Die letzten Kohlebrocken wurden in Säcken verstaut und die Säcke auf einen Frachtkahn verladen, der sie an Land bringen würde. Mack reckte und streckte seinen schmerzenden Rücken und schulterte die Schaufel. Die kalte Luft an Deck traf ihn wie ein Schlag. Er zog sein Hemd an und legte sich den Pelzumhang um, den Lizzie Hallim ihm geschenkt hatte. Auf dem Kahn mit den letzten vollen Säcken erreichte auch der Löschtrupp das Ufer. Dort angekommen, machten sich die Männer sogleich auf den Weg zur *Sonne*, wo ihnen ihr Lohn ausbezahlt werden sollte.

Die *Sonne* war eine wilde Kneipe für See- und Schauerleute. Der Boden bestand aus gestampftem Lehm, Bänke und Tische waren fleckig und ramponiert. Das qualmende Feuer gab nur wenig Wärme. Der Wirt, Sidney Lennox, war ein Spieler, und so war sein Etablissement auch eine Spielhölle: Man würfelte, spielte Karten oder schob nach einem komplizierten Plan Spielmarken über ein Brett. Der einzige Lichtblick an diesem finsteren Ort war die »schwarze Mary«, die afrikanische Köchin, die aus Schellfisch und billigem Fleisch herzhafte Eintopfgerichte kochte, die bei den Gästen sehr beliebt waren.

Mack und Dermot trafen als erste ein. Peg saß mit gekreuzten Beinen in der Bar und rauchte eine Tonpfeife mit Virginia-Tabak. Die *Sonne* war ihr Zuhause. Sie schlief in einer Ecke der Schankstube auf dem Fußboden. Lennox war nicht nur Unternehmer, sondern auch Hehler, und Peg verkaufte ihm ihr Diebesgut.

Als sie Mack erblickte, spuckte sie ins Feuer und sagte fröhlich: »Hallo, Schotte! Wieder 'n paar Jungfrauen gerettet, he?«

»Nein, heute nicht.« Er grinste.

Das strahlende Gesicht der schwarzen Mary lugte um die Küchentür. »Ochsenschwanzsuppe, Boys?« Sie sprach mit niederländischem Akzent. Es hieß, sie sei früher Sklavin eines holländischen Schiffskapitäns gewesen.

»Für mich zwei Faßvoll, bitte«, rief Mack zurück. »Das genügt!«

Mary lächelte. »Hungrig, was? Schwer gearbeitet?«

»Nur 'n paar Turnübungen, um den Appetit anzuregen«, sagte Dermot.

Mack hatte kein Geld für das Abendessen, doch Lennox gab

den Kohlelöschern Kredit und verrechnete diesen mit dem Lohn. Das ist das letzte Mal, dachte Mack. Von jetzt an zahle ich immer bar. Ich will mich nicht verschulden.

Er setzte sich neben Peg. »Na, wie gehen die Geschäfte?« fragte er spöttisch.

Das Mädchen nahm die Frage ernst. »Cora und ich ha'm heut' nachmittag 'n reichen alten Knacker aufgetan, deswegen können wir heut' abend blaumachen.«

Irgendwie seltsam, mit einer Diebin befreundet zu sein, dachte Mack ... Aber er wußte, was Peg zur Diebin machte: Ihre Alternative hieß Klauen oder Verhungern. Und doch gab es irgend etwas in ihm, einen Überrest der Einstellung seiner Mutter, der Pegs Lebenswandel nicht billigte.

Peg war klein und schwächlich und knochendürr und hatte hübsche blaue Augen. Aber nach außen hin gab sie sich wie eine hartgesottene Kriminelle, und entsprechend wurde sie von den anderen behandelt. Mack vermutete, daß die Fassade nichts weiter war als eine Art Schutzschild, hinter dem sich ein verschüchtertes kleines Mädchen verbarg, um das sich niemand kümmerte.

Die schwarze Mary brachte ihm seine Suppe, in der auch ein paar Austern schwammen, dazu eine Scheibe Brot und einen Krug Dunkelbier. Wie ein Wolf fiel Mack darüber her.

Allmählich trudelten auch die anderen Kohlelöscher ein. Lennox war nirgends zu sehen, und das war recht ungewöhnlich, denn normalerweise saß er irgendwo an einem Tisch und würfelte mit seinen Kunden oder spielte mit ihnen Karten. Mack hoffte, er würde sich nicht allzu lange Zeit lassen. Er wollte unbedingt wissen, wieviel Geld er in der vergangenen Woche verdient hatte. Wahrscheinlich läßt Lennox uns nur warten, damit wir noch möglichst viel Geld vertrinken und verfressen, dachte er.

Ungefähr eine Stunde später erschien Cora in der Schankstube. Sie trug ein senffarbenes Kostüm mit schwarzen Säumen und sah wieder glänzend aus. Alle Männer grüßten sie, doch zu Macks Überraschung setzte sie sich ausgerechnet neben ihn.

»Wie ich höre, hattet ihr einen recht profitablen Nachmittag«, sagte er.

»Leichtverdientes Geld, ja. Ein alter Mann, der's eigentlich besser wissen sollte.«

»Am besten verrätst du mir eure Tricks, damit ich nicht auch einmal auf jemanden wie dich reinfalle.«

Cora bedachte ihn mit einem koketten Blick. »*Du* wirst es niemals nötig haben, ein Mädchen zu kaufen, Mack. Das kann ich dir versprechen.«

»Sag's mir trotzdem – ich bin einfach neugierig.«

»Am leichtesten geht's so: Man sucht sich einen betrunkenen Reichen, macht ihn heiß, lockt ihn in eine dunkle Gasse, zieht ihm das Geld aus der Tasche und verduftet.«

»Und so habt ihr das heute nachmittag auch angestellt?«

»Nein, das war noch besser. Wir fanden ein leerstehendes Haus und bestachen den Hausmeister. Ich schlüpfte in die Rolle der gelangweilten Hausfrau, und Peg war mein Mädchen. Wir lockten den Alten ins Haus und taten so, als lebten wir dort. Ich zog ihn aus und nahm ihn mit aufs Bett – und dann kam Peg gelaufen und rief, mein Mann komme unerwartet zurück.«

Peg lachte. »Armer alter Freier! Sein Gesicht hätt'ste seh'n sollen. Hatte furchtbar Schiß und sich gleich im Schrank verkrochen!«

»Wir haben seine Geldkatze, seine Uhr und seine Klamotten gepackt und sind abgehauen«, ergänzte Cora.

»Wahrscheinlich hockt er immer noch im Schrank!« sagte Peg, und die beiden schüttelten sich vor Lachen.

Die Frauen der Kohlelöscher erschienen. Viele von ihnen hielten ein Baby im Arm, und Kleinkinder hingen an ihren Rockzipfeln. Ein paar von ihnen umgab noch der Glanz und die Schönheit der Jugend, andere aber sahen müde und unterernährt aus. Es waren die Frauen gewalttätiger, trunksüchtiger

Männer, und Mack nahm an, daß sie kamen, um wenigstens noch ein paar Pennys zu ergattern, bevor der ganze Wochenlohn vertrunken, verspielt oder verhurt war. Auch Bridget Riley mit ihren fünf Kindern tauchte auf und setzte sich zu Dermot und Mack an den Tisch.

Erst gegen Mitternacht erschien auch Lennox.

Er hatte einen Ledersack mit Münzen und zwei Pistolen bei sich, die letzteren offensichtlich zum Schutz gegen Räuber. Die Kohlelöscher, von denen die meisten inzwischen betrunken waren, begrüßten ihn wie einen Helden im Triumphzug. Mack verachtete seine Arbeitskollegen in diesem Augenblick: Warum diese übertriebene Dankbarkeit für etwas, das sie sich redlich verdient hatten?

Lennox war ein griesgrämiger Mann von ungefähr dreißig Jahren. Er trug Kniehosen und ein Flanellwams, aber kein Hemd. Vom Tragen schwerer Bier- und Schnapsfässer war sein Körper muskulös und durchtrainiert. Um seinen Mund lag ein grausamer Zug, und es ging ein eigenartig süßlicher, ein wenig an faulendes Obst erinnernder Geruch von ihm aus. Mack beobachtete, daß Peg unwillkürlich zusammenzuckte, als Lennox an ihr vorüberschritt; sie hatte Angst vor diesem Mann.

Lennox zog sich in einer Ecke einen Tisch zurecht, stellte den Sack darauf ab und legte die Pistolen daneben. Die Männer und Frauen gingen vor und bildeten eine dichtgedrängte Menschentraube um ihn. Es ging ziemlich ruppig zu: Jeder versuchte, sich möglichst weit vorzudrängeln, als fürchtete er, Lennox könne vor Auszahlung aller Löhne das Geld ausgehen. Mack hielt sich zurück. Es war unter seiner Würde, sich so gierig um seinen wohlverdienten Lohn zu reißen.

Die rauhe Stimme von Lennox übertönte die allgemeine Unruhe. »Jeder Mann hat diese Woche ein Pfund und elf Pence verdient, abzüglich die Zeche hier im Hause.«

Mack traute seinen Ohren nicht. Sie hatten zwei Schiffe entladen und an die dreißigtausend Säcke gefüllt. Das bedeutete ein Bruttoeinkommen von ungefähr sechs Pfund pro Mann. Woher kamen all diese Abzüge?

Die Männer und Frauen stöhnten enttäuscht auf, doch niemand stellte die Summe in Frage. Als Lennox begann, die einzelnen Löhne auszuzahlen, meldete Mack sich zu Wort: »Augenblick! Wie haben Sie das berechnet?«

Lennox blickte erbost auf. »Ihr habt dreißigtausend Säcke gefüllt, das sind pro Mann sechs Pfund und fünf Pence brutto. Davon werden fünfzehn Shilling pro Tag für Getränke abgezogen ...«

»Was?« unterbrach ihn Mack. »Fünfzehn Shilling pro Tag?« Das waren Dreiviertel ihrer Gesamteinkünfte!

Dermot Riley pflichtete ihm bei. »Das ist doch reiner Diebstahl, verdammt noch mal!« Er sagte es nicht sehr laut, aber einige der Umstehenden hörten es und stimmten ihm zu.

»Meine Kommission beläuft sich auf sechzehn Pence pro Mann und Schiff«, fuhr Lennox fort. »Weitere sechzehn Pence kostet das Trinkgeld für den Kapitän, die Miete für die Schaufel kommt auf sechs Pence pro Tag ...«

Mack explodierte. »Miete für die Schaufel?«

»Sie sind neu hier und kennen die Spielregeln noch nicht, McAsh«, knurrte Lennox. »Und jetzt halten Sie bitte Ihre verdammte Klappe und lassen mich weitermachen, sonst bekommt überhaupt keiner was.«

Mack war außer sich, aber seine Vernunft sagte ihm, daß Lennox dieses System nicht erst an diesem Tag erfunden hatte. Es bestand mit Sicherheit schon länger, und die Männer hatten es offenbar akzeptiert. Peg zupfte ihn am Ärmel und flüsterte: »Mach kein' Aufstand, Jock. Lennox rächt sich, da kannste Gift drauf nehm'!«

Mack zuckte mit den Schultern und schwieg. Sein Protest war jedoch auf fruchtbaren Boden gefallen. Dermot Riley war es, der als nächster die Stimme erhob. »Ich habe keine fünfzehn Shilling am Tag versoffen«, sagte er.

»Nein, bestimmt nicht«, bestätigte seine Frau.

»Ich auch nicht!« warf ein anderer Mann ein. »Und wer könnte das schon? Bei soviel Bier platzt man ja!«

»Es entspricht der Menge, die ich euch an Bord geschickt habe«, erwiderte Lennox wütend. »Meint ihr vielleicht, daß ich genau darüber Buch führe, wieviel jeder einzelne von euch am Tag säuft?«

»Sie wären der einzige Wirt in London, der dazu nicht imstande ist!« Die Leute lachten.

Macks Spott und das Gelächter trieben Lennox zur Weißglut. »Ob ihr's nun sauft oder nicht: Ihr zahlt fünfzehn Shilling für die Getränke. So ist's die Regel.«

Mack ging auf den Tisch zu. »Nun ja, ich habe da auch eine Regel«, sagte er. »Ich bezahle nämlich keine Getränke, die ich weder bestellt noch getrunken habe. Sie haben vielleicht die Übersicht verloren, Mr. Lennox, aber ich nicht. Ich kann Ihnen genau sagen, was ich Ihnen schuldig bin.«

»Ich auch«, sagte ein anderer. Es war Charlie Smith, ein in England geborener Neger, dessen Tonfall verriet, daß er in Newcastle aufgewachsen war. »Ich habe dreiundachtzig Krüge Leichtbier getrunken, das Sie hier für vier Pence das Glas verkaufen. Unter dem Strich sind das siebenundzwanzig Shilling und acht Pence in der Woche – und nicht fünfzehn Shilling am Tag.«

»Du kannst von Glück reden, daß du überhaupt Geld kriegst, du Nigger. Eigentlich bist du Sklave und gehörst in Ketten!«

Charlies Blick verdüsterte sich. »Ich bin Engländer und zudem Christ«, sagte er mit mühsam beherrschtem Zorn. »Und weil ich ein ehrlicher Kerl bin, bin ich auch ein besserer Mensch als Sie.«

»Ich kann Ihnen auch genau sagen, wieviel ich getrunken habe«, bemerkte Dermot Riley.

Lennox' Zorn wuchs. »Wenn ihr euch jetzt nicht zurückhaltet, bekommt ihr heute gar nichts.«

Mack spürte, daß es an der Zeit war, die erregten Gemüter ein wenig abzukühlen, und überlegte sich schon einen versöhnlichen Satz. Doch dann fiel sein Blick auf Bridget Riley und ihre hungrigen Kinder, und seine Empörung gewann wieder die Oberhand. »Sie werden diesen Tisch nicht verlassen, ohne *Ihre* Schulden *bei uns* beglichen zu haben«, sagte er zu Lennox.

Lennox schielte nach seinen Pistolen.

Mit einer schnellen Bewegung wischte Mack die beiden Waffen vom Tisch.

»Mich abknallen und dann abhauen kommt auch nicht in Frage, Sie verdammter Dieb!« fauchte er den Wirt an.

Lennox sah aus wie eine in die Enge getriebene Bulldogge, und Mack fragte sich, ob er den Bogen überspannt hatte. Vielleicht hätte ich einfach gehen sollen, das wäre ein Kompromiß gewesen, bei dem wir beide unser Gesicht gewahrt hätten ... Aber dafür war es inzwischen zu spät. Lennox mußte einfach nachgeben. Er hatte die meisten Kohlelöscher betrunken gemacht, und wenn er sie jetzt nicht bezahlte, würden sie ihn umbringen.«

Er lehnte sich zurück und kniff die Augen zusammen. Ein haßerfüllter Blick traf Mack. »Das werden Sie mir büßen, McAsh, das schwöre ich Ihnen, bei Gott!«

»Kommen Sie, Lennox, die Männer wollen lediglich ihren gerechten Lohn«, sagte er sanft.

Lennox ließ sich nicht besänftigen, aber er gab nach. Mit finsterer Miene begann er, das Geld auszuzahlen. Der erste, der seinen Lohn erhielt, war Charlie Smith, dann kamen Dermot Riley und Mack. Hinsichtlich der Getränke hielt sich Lennox an die von den drei Männern angegebenen Mengen.

Hoch erfreut kehrte Mack dem Zahltisch den Rücken. Er hatte drei Pfund und neun Shilling bekommen. Selbst wenn er die Hälfte für Esther zurücklegte, blieb ihm noch ein hübsches Sümmchen übrig.

Die anderen Kohlelöscher schätzten ihren Verbrauch an Getränken, und Lennox akzeptierte ihre Angaben. Nur als Sam Potter, ein riesenhafter, feister Bursche aus Cork in Irland, von sich behauptete, nur dreißig Viertel getrunken zu haben, und damit bei den anderen unflätiges Gelächter auslöste, protestierte er. Man einigte sich schließlich auf die dreifache Menge.

Als die Männer und Frauen ihr Geld einsteckten, herrschte allgemeine Jubelstimmung. Einige kamen zu Mack und schlugen ihm anerkennend auf die Schulter, und Bridget Riley küßte ihn sogar. Erst jetzt wurde ihm klar, daß er etwas Außergewöhnliches erreicht hatte, aber er fürchtete auch, daß das Drama noch nicht beendet war. Lennox hatte allzu schnell nachgegeben.

Während der letzte Mann bezahlt wurde, hob Mack Lennox' Pistolen vom Boden auf, blies das Schießpulver aus den Schlössern, so daß sie unbrauchbar waren, und legte sie auf den Tisch.

Lennox nahm die entladenen Pistolen an sich, packte den fast leeren Geldsack und stand auf. Die Gespräche im Raum erstarben. Lennox begab sich in den hinteren Teil des Gebäudes, in dem sich seine Privatwohnung befand. Niemand ließ ihn aus den Augen, als fürchte jeder, er könne sie mit Hilfe eines Tricks doch noch um ihren Lohn bringen. An der Tür drehte sich Lennox noch einmal um: »Geht jetzt nach Hause, alle!« rief er den Kohlelöschern und ihren Familien gehässig zu. »Und untersteht euch, am Montag wieder hier aufzukreuzen. Ich habe keine Arbeit mehr für euch. Ihr seid entlassen.«

In der Nacht konnte Mack vor Sorgen kaum schlafen. Einige Kohlelöscher hatten zwar gemeint, Lennox habe seine Ankündigung am Montag morgen längst vergessen, doch Mack bezweifelte es. Lennox sah nicht aus wie ein Mann, der eine Niederlage widerspruchslos hinnahm, und außerdem würde es ihm nicht schwerfallen, sechzehn andere Arbeiter zu finden.

Es ist meine Schuld, warf er sich vor. Diese Kohlelöscher sind wie die Ochsen – stark, dumm und leicht zu führen. Wenn ich sie nicht dazu ermuntert hätte, hätten sie nie gegen Lennox aufbegehrt. Jetzt liegt es an mir, die Sache wieder in Ordnung zu bringen …

Am frühen Sonntagmorgen stand er auf, ging ins Zimmer nebenan und rüttelte Dermot wach, der neben seiner Frau auf einer Matratze lag. Auf der anderen Zimmerseite schliefen die fünf Kinder.

»Wir müssen bis morgen früh für unseren Trupp Arbeit finden«, sagte Mack.

Dermot stand auf. Bridget blieb liegen und murmelte: »Zieht euch aber was Anständiges an, wenn ihr bei einem Unternehmer Eindruck machen wollt!« Dermot zog eine alte rote Weste an und lieh Mack das blaue Seidenhalstuch, das er sich einst zur Hochzeit gekauft hatte. Zunächst schauten sie bei Charlie Smith vorbei. Charlie arbeitete schon seit fünf Jahren als Kohlelöscher und kannte Gott und die Welt. Er zog sich seinen besten Blaurock über und schloß sich ihnen an. Gemeinsam gingen sie nach Wapping.

Die unbefestigen, verschlammten Straßen im Hafenviertel waren fast menschenleer. In Hunderten von Londoner Kirchen läuteten die Glocken und riefen die Gläubigen zum Gebet, doch die See- und Schauerleute, die Stauer und Speicherarbeiter blieben größtenteils zu Hause und genossen ihren freien Tag. Das braune Wasser der Themse schwappte träge gegen die verlassenen Kais, und am Ufer tummelten sich unverfroren die Ratten.

Alle Kohlelöschtrupps wurden von Gastwirten organisiert. Zunächst versuchten die drei Männer ihr Glück in der *Bratpfanne,* nur ein paar Meter von der *Sonne* entfernt. Der Wirt stand im Hof und kochte einen Schinken. Der Geruch ließ Mack das Wasser im Mund zusammenlaufen.

Fröhlich begrüßte Charlie den Wirt: »Hallo, Harry, wie geht's?«

Der Mann sah sie mißmutig an. »Was wollt ihr von mir, Jungs, wenn's nicht gerade Bier ist?«

»Arbeit«, antwortete Charlie. »Haben Sie morgen ein Kohleschiff zu entladen?«

»Hab' ich. Und ich hab' auch 'n Trupp, der das macht, vielen Dank.«

Sie gingen. »Was war denn mit dem los?« fragte Dermot. »Hat uns angesehen, als wären wir Aussätzige.«

»Hatte wohl zuviel Gin gestern abend«, mutmaßte Charlie.

Mack befürchtete Schlimmeres, behielt aber vorerst seine Gedanken für sich. »Probieren wir's in der *Krone*«, sagte er.

Am Schanktisch saßen ein paar Kohlelöscher beim Bier. Sie kannten Charlie und grüßten ihn. »Habt ihr was zu tun, Jungs?« fragte Charlie. »Wir suchen ein Schiff.«

Der Wirt hatte zugehört. »Seid ihr die Männer, die für Sidney Lennox in der *Sonne* arbeiten?«

»Ja«, bestätigte Charlie, »aber er braucht uns nächste Woche nicht.«

»Ich auch nicht«, entgegnete der Wirt.

Beim Verlassen der Kneipe sagte Charlie: »Gehen wir zu Buck Delaney im *Schwan*. Der hat meistens zwei oder drei Trupps gleichzeitig für sich arbeiten.«

Der *Schwan* war ein vielbesuchtes Gasthaus mit Ställen, einem Kaffeezimmer, einem Kohlelager und mehreren Schanktischen. Sie fanden den irischen Wirt in seinem Privatzimmer, von dem aus man den Hof überblicken konnte. Delaney war in seiner Jugend selber Kohlelöscher gewesen, doch inzwischen trug er zum Frühstück mit Kaffee und kaltem Fleisch Perücke und Spitzenhalstuch. »Ich geb' euch mal 'nen Tip, Jungs«, sagte er. »Alle Unternehmer in der Stadt wissen, was gestern abend in der *Sonne* passiert ist. Nicht einer von ihnen wird euch anstellen, dafür hat Sidney Lennox gesorgt.«

Macks Zuversicht schwand. So etwas Ähnliches hatte er befürchtet.

»Ich an eurer Stelle würde auf dem nächstbesten Schiff anheuern«, fuhr Delaney fort, »und mich erst einmal ein, zwei

Jahre in dieser Stadt nicht blicken lassen. Wenn ihr dann zurückkommt, ist Gras über die Sache gewachsen.«

»Soll das heißen, daß ihr Unternehmer auf ewige Zeiten die Kohlelöscher beklauen wollt?« fragte Dermot wütend.

Delaney ließ sich nicht anmerken, ob er das als Beleidigung auffaßte. »Sehen Sie sich doch mal um, mein Junge«, sagte er sanft zu Dermot und umfaßte mit einer schwungvollen Handbewegung das silberne Kaffeegeschirr, das mit Teppichen ausgelegte Zimmer und seinen gesamten geschäftigen Betrieb, der den Luxus bezahlte. »Ich hab' mir das alles hier nicht erworben, weil ich die Leute fair behandelt habe.«

»Was kann uns daran hindern, selbst mit den Kapitänen über Löschaufträge zu verhandeln?« fragte Mack.

»Alles«, erwiderte Delaney. »Alle Nase lang taucht so ein Kohlelöscher auf wie Sie, McAsh. Einer, der ein bißchen mehr Grütze im Kopf hat als der Rest und sich einbildet, er könne seinen eigenen Trupp aufmachen, die Unternehmer umgehen, das Geld für Getränke sparen und so weiter. Aber es gibt einfach zu viele Leute, die mit dem gegenwärtigen System viel Geld verdienen – sehr viel sogar.« Er schüttelte den Kopf. »Sie sind nicht der erste, der dagegen protestiert, McAsh – und sicher auch nicht der letzte.«

Delaneys Zynismus widerte Mack an, aber er spürte, daß der Wirt die Wahrheit sagte. Ihm fiel nichts mehr dazu ein. Resigniert wandte er sich zum Gehen. Dermot und Charlie folgten ihm.

»Ich geb' Ihnen einen Rat, McAsh«, rief Delaney ihm nach. »Machen Sie's so wie ich. Suchen Sie sich irgendwo 'ne kleine Kneipe und verkaufen Sie scharfe Getränke an Kohlelöscher. Kümmern Sie sich um sich selbst – und nicht mehr bloß um andere. Sie könnten's schaffen. In Ihnen steckt das gewisse Etwas, das seh' ich ganz deutlich!«

»Ich soll so einer werden wie Sie?« fragte Mack. »Sie haben Ihresgleichen übers Ohr gehauen und sind dadurch reich geworden. Nein, so einer wie Sie will ich bei Gott nicht werden! Und wenn man mir ein Königreich dafür verspräche.«

Jetzt endlich verdüsterte sich Delaneys Miene vor Zorn. Für Mack war es ein kleiner Trost.

Doch die Befriedigung währte nicht lange. Kaum hatte er die Tür hinter sich geschlossen, sah Mack ein, daß er vor einem Scherbenhaufen stand: Er hatte eine Auseinandersetzung gewonnen und alles andere verloren. Hätte ich meinen Stolz im Zaum gehalten und mich angepaßt, dachte er, gäb's morgen wenigstens Arbeit für mich. Jetzt stehe ich mit leeren Händen da – und mit mir fünfzehn andere Männer und ihre Familien. Unsere Lage ist hoffnungslos, und ich bin daran schuld ... Und wann ich Esther nach London holen kann, steht wieder in den Sternen. Ich bin ein Idiot. Ich habe alles falsch gemacht, was ich falsch machen konnte ...

Die drei setzten sich an einen der Schanktische und bestellten sich Bier und Brot zum Frühstück. Mack sah ein, daß es anmaßend gewesen war, auf die tumbe Schicksalsergebenheit der Kohlelöscher herabzusehen. »Ochsen« hatte er sie in Gedanken geschimpft – jetzt war er selbst der dumme Ochse.

Caspar Gordonson fiel ihm ein, der radikale Anwalt, mit dessen Brief über die gesetzlichen Rechte der Grubenarbeiter alles begonnen hatte. Wenn ich an diesen Gordonson rankäme, würde ich ihm sagen, was solche »gesetzlichen Rechte« wert sind, dachte er.

Das Gesetz nützte offensichtlich nur jenen, die auch über die Macht verfügten, ihm Geltung zu verschaffen. Grubenarbeiter und Kohlelöscher hatten niemanden, der ihnen vor Gericht beistand. Also war es idiotisch von ihnen, auf ihre Rechte zu pochen. Wer gescheit war, pfiff auf Recht und Unrecht und sah zu, wie er seinen Schnitt machte – man brauchte sich Cora, Peg und Buck Delaney ja nur anzusehen.

Er griff nach seinem Bierkrug – und erstarrte mitten in der Bewegung, die den Krug zum Mund führte. Caspar Gordonson lebt doch in London, dachte er. *Ich komme an ihn ran, wenn ich will.* Er soll mir sagen, was meine gesetzlichen Rechte wert sind ... Aber vielleicht springt sogar noch mehr dabei heraus. Vielleicht wird Gordonson unser Anwalt, der Anwalt der Kohlelöscher. Immerhin ist er Advokat und schreibt dauernd über die englische Freiheit: Eigentlich müßte er uns helfen.

Es war auf jeden Fall einen Versuch wert.

Der schicksalhafte Brief, den Mack von Caspar Gordonson erhalten hatte, stammte von einer Adresse in der Fleet Street. Der Fleet war ein schmutziger Bach, der am Fuße des Hügels, auf dem die St.-Pauls-Kathedrale stand, in die Themse mündete. Gordonson lebte in einem dreistöckigen Backsteingebäude neben einem großen Gasthaus.

»Der muß Junggeselle sein«, sagte Dermot.

»Wie kommst du denn darauf?« fragte Charlie Smith.

»Dreckige Fenster, die Stufen vor dem Eingang nicht gefegt: ein Haushalt ohne Frau.«

Ein Diener ließ sie herein. Ihre Frage nach Mr. Gordonson hatte ihn nicht überrascht. Als sie eintraten, verließen zwei gutgekleidete Männer das Haus. Sie waren in eine hitzige Diskussion über William Pitt, den Lordsiegelbewahrer, und einen Minister mit Namen Viscount Weymouth vertieft. Ohne ihr Streitgespräch zu unterbrechen, nickte einer von ihnen Mack in geistesabwesender Höflichkeit zu, was diesen sehr verwunderte, denn normalerweise pflegten Gentlemen Angehörige der Unterschicht geflissentlich zu übersehen.

Mack hatte sich das Haus eines Rechtsanwalts als einen Ort voller staubiger Dokumente vorgestellt, wo nur im Flüsterton über streng geheime Dinge geredet wurde und wo das lauteste Geräusch das langsame Kratzen der Federkiele war. Gordonsons Domizil erinnerte dagegen eher an eine Druckerei. Im Flur stapelten sich verschnürte Bündel mit Flugblättern und Zeitschriften. Es roch nach geschnittenem Papier und Druckerschwärze. Der mechanische Lärm aus dem Kellergeschoß ließ vermuten, daß unten eine Druckmaschine lief.

Der Diener ging in ein Zimmer und ließ die drei Männer im Flur davor warten. Mack fragte sich, ob das nicht doch alles wieder nur Zeitverschwendung war. Wer kluge Zeitungsartikel schrieb, machte sich wahrscheinlich nicht die Hände schmutzig, indem er sich mit einfachen Arbeitern einließ. Vielleicht war Gordonsons Interesse für die Freiheit rein theoretischer Natur. Aber Mack wollte nichts unversucht lassen. Er hatte seinen Kohlelöschertrupp zum Aufstand geführt – und nun waren sie alle arbeitslos.

Innen ertönte eine laute, schrille Stimme: »McAsh? Nie gehört! Wer ist das? Sie wissen es nicht? Dann fragen Sie ihn doch! Aber egal ...«

Sekunden später erschien ein Mann im Türrahmen. Er trug keine Perücke, so daß man seine Halbglatze sah, und beäugte die drei Kohlelöscher durch dicke Brillengläser. »Ich entsinne mich nicht, Sie jemals gesehen zu haben«, sagte er. »Was wollen Sie von mir?«

Der erste Eindruck war alles andere als ermutigend, aber Mack setzte sich darüber hinweg und sagte vorwitzig: »Sie haben mir kürzlich einen sehr schlechten Rat gegeben. Trotzdem bin ich gekommen, um Sie um einen weiteren zu bitten.«

Es entstand eine Pause, und Mack glaubte schon, Gordonson habe ihm seine Bemerkung übelgenommen. Doch dann lachte der Anwalt laut auf und sagte mit freundlicher Stimme: »Wer sind Sie denn?«

»Malachi McAsh, bekannt als Mack. Ich war Kumpel im Kohlebergwerk von Heugh in der Nähe von Edinburgh, bis ich einen Brief von Ihnen erhielt, in dem Sie mir schrieben, ich sei ein freier Mann.«

Gordonsons Miene hellte sich auf; er wußte Bescheid. »Ja, der freiheitsliebende Bergmann ... Also, Sie sind das! Lassen Sie sich die Hand drücken, Mann ...«

Mack stellte ihm Dermot und Charlie vor.

»Kommen Sie herein, meine Herren. Wie wär's mit einem Glas Wein?«

Sie folgten ihm in ein unordentliches Büro, dessen Wände ringsum mit Bücherregalen vollgestellt waren. Weitere Publikationen türmten sich auf dem Fußboden, und der Schreibtisch war mit Druckfahnen bedeckt. Auf einem fleckigen Teppich vor dem Kamin lag ein dicker, alter Hund. Ein modriger Geruch lag im Zimmer; er mußte entweder von dem Teppich, von dem Hund oder von beiden ausgehen. Mack nahm ein aufgeschlagenes juristisches Werk von einem Stuhl und setzte sich. »Nein, danke, keinen Wein«, sagte er. Er wollte unbedingt einen klaren Kopf behalten.

»Vielleicht eine Tasse Kaffee? Wein schläfert ein, Kaffee weckt auf.« Ohne eine Antwort abzuwarten, sagte Gordonson zu seinem Diener: »Kaffee für alle!« Dann wandte er sich wieder an Mack: »Was war denn nun so falsch an meinem Rat, McAsh?«

Mack erzählte ihm, was sich in Heugh zugetragen hatte und wie er nach London gekommen war.

Dermot und Charlie, die die Geschichte auch noch nicht kannten, hörten aufmerksam zu. Gordonson zündete sich eine Pfeife an und umnebelte sich alsbald mit Tabakqualm. Ab und zu schüttelte er empört den Kopf. Als Mack fertig war, kam der Kaffee.

»Die Jamissons kenne ich schon lange – das ist ein geiziges, herzloses und brutales Pack«, sagte Gordonson emphatisch. »Was haben Sie dann in London getan?«

»Ich wurde Kohlelöscher.« Mack erzählte von den Begebenheiten in der *Sonne* am vergangenen Abend.

»Die Bezahlung der Kohlelöscher mit alkoholischen Getränken ist ein uralter Skandal«, sagte Gordonson.

Mack nickte. »Ich habe schon gehört, daß ich nicht der erste bin, der dagegen protestiert.«

»Das ist richtig. Tatsache ist, daß das Parlament schon vor

zehn Jahren ein Gesetz verabschiedet hat, das derartige Praktiken untersagt.«

»Und warum hält sich keiner daran?« fragte Mack verblüfft.

»Das Gesetz wurde nie durchgesetzt.«

»Warum nicht?«

»Die Regierung hat Angst vor einer Unterbrechung der Kohleversorgung. Ohne Kohle läuft in London gar nichts: Kein Brot würde gebacken, kein Bier gebraut, kein Glas geblasen, kein Eisen geschmolzen, kein Pferd beschlagen, kein Nagel hergestellt ...«

»Ich verstehe«, unterbrach ihn Mack ungeduldig. »Sollte mich auch wundern, wenn das Gesetz Leuten wie mir helfen würde.«

»Nein, nein, da irren Sie sich«, widersprach Gordonson in pedantischem Tonfall. »Das Gesetz trifft keine Entscheidungen. Es hat keinen eigenen Willen. Es ist wie eine Waffe – oder wie ein Werkzeug: Es arbeitet für all jene, die sich seiner bedienen.«

»Für die Reichen also.«

»Gewöhnlich ja«, gab Gordonson zu. »Aber es könnte auch für Sie arbeiten.«

»Wie?« fragte Mack begierig.

»Angenommen, es gelingt Ihnen, ein neues Entladesystem für die Kohleschiffe zu entwickeln.«

Auf diese Antwort hatte Mack gehofft. »Das wäre gar nicht so schwierig«, sagte er. »Die Männer könnten einen der Ihren zum Truppführer wählen und direkt mit den Kapitänen verhandeln lassen. Das Geld würde gleich nach Erhalt geteilt.«

»Ich denke doch, daß die Kohlelöscher lieber unter dem neuen System arbeiten würden als unter dem alten, zumal sie mit ihrem Lohn dann tun und lassen könnten, was sie wollten.«

»Ja«, sagte Mack und versuchte seine wachsende Erregung zu verbergen. »Sie würden jedes Bier bezahlen, sobald sie es trinken, so wie das ja sonst auch jeder tut.« Die Frage war nur, ob Gordonson sich auch persönlich für die Rechte der Kohlelöscher einsetzen würde ... Wenn ja, dann konnte sich alles zum Besseren wenden.

»Das ist alles schon einmal versucht worden«, warf Charlie Smith mit trauriger Stimme ein. »Aber es hat nie geklappt.«

Charlie arbeitete seit vielen Jahren als Kohlelöscher und kannte sich aus. »Warum klappt es nicht?« fragte Mack.

»Weil die alten Unternehmer verhindern, daß die neuen Trupps Arbeit bekommen. Sie bestechen die Kapitäne. Außerdem kommt es dauernd zu Schlägereien zwischen den alten und den neuen Gangs, und vor Gericht ziehen die neuen immer den kürzeren, weil die Richter entweder mit Unternehmern befreundet oder selbst als Unternehmer tätig sind. Am Ende kehren die Kohlelöscher reumütig zu den alten Verhältnissen zurück.«

»Blödmänner«, sagte Mack.

Charlie wirkte beleidigt. »Wären sie gescheit, würden sie nicht als Kohlelöscher arbeiten ... Das willst du doch damit sagen, oder?«

Mack sah ein, daß sein Hochmut wieder mit ihm durchgegangen war. Aber es ärgerte ihn immer wieder von neuem, wenn er sah, daß manche Männer ihre eigenen schlimmsten Feinde waren. »Sie brauchen nur ein bißchen Entschlossenheit und Solidarität«, sagte er.

»Da gehört schon noch etwas mehr dazu«, warf Gordonson ein. »Es ist eine politische Frage. Ich erinnere mich noch gut an den letzten Streit um die Kohlelöscher. Sie unterlagen am Ende, weil sie niemanden hatten, der für sie eintrat. Die Unternehmer waren gegen sie – und niemand war für sie.«

»Und warum soll das diesmal anders sein?« fragte Mack.

»Weil es jetzt einen John Wilkes gibt.«

Wilkes war der Verteidiger der Freiheit, aber er lebte im Exil. »In Paris kann er uns kaum helfen.«

»Er ist nicht mehr in Paris. Er ist zurückgekommen.«

Das war eine Überraschung. »Was hat er vor?«

»Er bewirbt sich um einen Sitz im Parlament.«

Das wird in politischen Kreisen für einige Unruhe sorgen, dachte Mack. »Was uns das helfen soll, weiß ich immer noch nicht«, sagte er.

»Wilkes wird sich auf die Seite der Kohlelöscher schlagen, und die Regierung wird die Unternehmer unterstützen. Eine solche Auseinandersetzung, bei der die Arbeiter eindeutig im Recht sind, kann Wilkes nur nützen.«

»Woher wissen Sie denn, wie Wilkes sich verhalten wird?«

Gordonson lächelte. »Ich bin sein Wahlmanager.«

Eine so einflußreiche Stellung hätte ich ihm gar nicht zugetraut, dachte Mack. Da haben wir Glück gehabt ...

Charlie Smith war noch immer skeptisch: »Dann haben Sie also vor, uns Kohlelöscher vor Ihren politischen Karren zu spannen?«

»Die Frage ist berechtigt«, sagte Gordonson sanft und legte die Pfeife auf den Tisch. »Doch zunächst einmal werden Sie wissen wollen, warum ich Wilkes überhaupt unterstütze. Ich werde es Ihnen erklären: Sie haben mich heute aufgesucht, um sich über erlittenes Unrecht zu beschweren. Das kommt leider allzu oft vor: einfache Männer und Frauen werden von geldgierigen Rüpeln vom Schlage eines George Jamisson oder eines Sidney Lennox schamlos ausgenutzt. Das schadet unserer Wirtschaft, denn die schlechten Unternehmen ruinieren die guten. Doch auch dann, wenn die Wirtschaft davon profitieren würde, wäre ein solches Verhalten unmoralisch. Ich liebe mein Vaterland und hasse diese Kerle, die meine Mitbürger zugrunde richten und das Land ruinieren. Deshalb habe ich mein Leben dem Kampf gegen die Ungerechtigkeit verschrieben.« Gordonson lächelte und nahm die Pfeife wieder in den Mund. »Ich hoffe, das klingt Ihnen nicht zu schwülstig.«

»Ganz und gar nicht«, sagte Mack. »Ich bin froh, daß Sie auf unserer Seite stehen.«

Zweiter Teil
Kapitel 4

Jay Jamissons Hochzeitstag war kalt und feucht. Von seinem Schlafzimmer am Grosvenor Square konnte er den Hyde Park sehen, wo sein Regiment biwakierte. Im niedrigen Bodennebel, der über dem Gelände lag, erinnerten die Soldatenzelte an Schiffssegel auf bewegter See. Hier und da glommen rauchige Feuer und trugen ihr Teil zur herrschenden Stickluft bei. Die Männer waren sicher arm dran – aber das war bei Soldaten ja immer so.

Er wandte sich vom Fenster ab. Chip Marlborough, sein Brautmann, hielt ihm den neuen Überrock hin, und Jay schlüpfte mit einem brummigen »Danke!« hinein. Chip war, wie er, Hauptmann in der Dritten Fußgarde. Sein Vater war Lord Arebury, der mit Jays Vater geschäftliche Verbindungen unterhielt. Es schmeichelte Jay nicht wenig, daß sich ein Adelssproß wie Chip bereit erklärt hatte, ihm an seinem Hochzeitstag zur Seite zu stehen.

»Hast du dich auch um die Pferde gekümmert?« fragte er besorgt.

»Selbstverständlich«, sagte Chip.

Die dritte Fußgarde war zwar ein Infanterieregiment, doch traten ihre Offiziere immer beritten auf. Zu Jays Verantwortung zählte die Oberaufsicht über die Männer, denen die Pferde anvertraut waren. Jay konnte gut mit Pferden umgehen. Er hatte einfach ein Gespür für sie. Für seine Hochzeit hatte er zwei Tage Sonderurlaub bekommen, und schon machte er sich Sorgen, daß die Tiere unterdessen nicht ordnungsgemäß behandelt werden könnten.

Sein Hochzeitsurlaub war so kurz, weil sich das Regiment im

aktiven Einsatz befand. Dabei konnte von einem Krieg keine Rede sein. Der letzte Krieg mit Beteiligung der britischen Armee war der Siebenjährige Krieg gegen die Franzosen in Amerika gewesen, und der war zu Ende gegangen, als Jay und Chip noch die Schulbank drückten. Doch die Bevölkerung von London war so rastlos und unberechenbar, daß zur Niederschlagung möglicher Unruhen ständig Truppen in Bereitschaft gehalten wurden. Alle paar Tage machten irgendwelche Berufsgruppen ihrem Unwillen Luft, indem sie streikten, zum Parlament marschierten oder randalierend durch die Straßen zogen und Fensterscheiben einschlugen. Erst in der vergangenen Woche hatten über Lohnsenkungen empörte Seidenweber in Spitalfields drei neue mechanische Webstühle zerschlagen.

»Ich hoffe, das Regiment muß während meiner Abwesenheit nicht ausrücken«, sagte Jay. »Wäre mein übliches Pech, wenn ich den Einsatz versäumen würde.«

»Hör auf zu jammern!« Chip goß aus einer Karaffe Brandy in zwei bereitstehende Gläser; er war ein großer Brandyfreund. »Auf die Liebe!« sagte er.

»Auf die Liebe!« wiederholte Jay.

Eigentlich weiß ich nicht sehr viel über die Liebe, dachte er bei sich ... Er hatte seine Unschuld vor fünf Jahren bei Arabella verloren, einem Hausmädchen seines Vaters. Damals hatte er sich eingebildet, er habe sie verführt, doch im nachhinein mußte er einsehen, daß es wohl eher andersherum gelaufen war. Nachdem er dreimal mit ihr geschlafen hatte, war sie zu ihm gekommen und hatte behauptet, schwanger zu sein. Er hatte sich bei einem Geldverleiher dreißig Pfund geborgt und sie Arabella gegeben – mit der Auflage, auf Nimmerwiedersehen zu verschwinden. Inzwischen nahm er an, daß sie niemals schwanger und die ganze Affäre ein von langer Hand geplanter Schwindel gewesen war.

Seither hatte er mit Dutzenden von Mädchen geflirtet, viele geküßt und einige mit in sein Bett genommen. Es fiel ihm leicht, den Mädchen schöne Augen zu machen. Meistens genügte es schon, Interesse an dem zu heucheln, was sie einem erzählten. Sein gutes Aussehen und seine geschliffenen Manieren waren natürlich auch hilfreich. Es kostete ihn wenig Mühe, sie um den Finger zu wickeln – doch nun erging es ihm zum erstenmal in seinem Leben selber so wie den Mädchen, die sich ihn verliebten: In Lizzies Gegenwart befiel ihn jedesmal eine gewisse Kurzatmigkeit. Er wußte, daß er sie immer anstarrte, als wäre sie die einzige Person im Zimmer. Genauso glotzen die Mädchen *mich* an, wenn sie einen Narren an mir gefressen haben, dachte er. Ob das Liebe ist? Wahrscheinlich schon.

Die Aussicht auf Lizzies Kohle hatte Vaters anfänglichen Zorn besänftigt. Er ließ Lizzie und ihre Mutter im Gästehaus wohnen und bezahlte die Miete für das künftige Domizil des jungen Ehepaars in der Chapel Street. Sie hatten sich Sir George gegenüber auf keine festen Versprechungen eingelassen, ihm aber auch nichts von Lizzies schroffer Ablehnung jeglicher Kohleförderung auf dem Gelände von High Glen erzählt. Jay hoffte schlicht und einfach, daß es am Ende schon irgendeine Lösung geben werde.

Die Tür ging auf, und ein Bediensteter sagte: »Ein Mr. Lennox. Darf ich ihn vorlassen?«

Jay erschrak. Er schuldete Sidney Lennox Geld – Spielschulden. Unter normalen Umständen hätte er den Mann fortschicken lassen – er war nichts weiter als ein Gastwirt –, aber das war zu riskant. Lennox konnte ihm Schwierigkeiten machen. »Ja, lassen Sie ihn herein«, sagte er und fügte, an Chip gewandt, hinzu: »Tut mir leid.«

»Ich kenne Lennox«, erwiderte sein Freund. »Ich habe auch mit ihm gespielt und Geld verloren.«

Lennox betrat das Zimmer, und Jay bemerkte sogleich den typischen säuerlich-süßen, an Vergorenes erinnernden Geruch, der diesem Mann anhaftete. Chip begrüßte ihn. »Wie geht's, alter Schwerenöter?«

Lennox streifte ihn mit einem kühlen Blick. »Wenn Sie gewinnen, betiteln Sie mich anders.«

Jay musterte ihn nervös. Lennox trug einen gelben Anzug, Seidenstrümpfe und Schnallenschuhe, wirkte aber eher wie ein Schakal in Menschenkleidung. Die schicken Kleider konnten nicht verbergen, daß dieser Mann durch und durch gefährlich wirkte. Dennoch schaffte es Jay nicht, mit ihm zu brechen. Lennox war ein sehr nützlicher Bekannter. Wenn irgendwo ein Hahnenkampf stattfand oder ein Pferderennen oder wenn Gladiatoren aufeinander losgelassen wurden: Lennox wußte Bescheid. Und wenn nichts mehr ging, holte er die Karten oder die Würfel hervor und sorgte selbst für Zerstreuung.

Lennox war auch immer gerne bereit, jungen Offizieren, die weiterspielen wollten, wenn ihnen das Geld ausging, Kredite einzuräumen – und darin lag das Problem. Jay schuldete Lennox inzwischen einhundertfünfzig Pfund. Es wäre sehr peinlich, wenn Lennox ausgerechnet jetzt auf der Rückgabe des Geldes bestehen würde.

»Sie wissen, daß ich heute heirate, Lennox?« sagte er.

»Ja, ich weiß Bescheid«, erwiderte der Wirt. »Ich wollte auf Ihr Wohlergehen anstoßen.«

»Aber gewiß doch, aber ja! Chip, ein Gläschen für unseren Freund.«

Chip goß ihnen ein – und nicht zu knapp.

»Auf Sie und Ihre Braut!« sagte Lennox.

»Danke«, sagte Jay, und die drei Männer tranken.

Lennox wandte sich an Chip. »Morgen abend findet in Lord Archers Kaffeehaus ein großes Pharao-Spiel statt, Hauptmann Marlborough.«

»Klingt gut«, sagte Chip.

»Ich hoffe, Sie dort zu sehen. Sie, Hauptmann Jamisson, werden gewiß anderweitig beschäftigt sein.«

»Ich denke, ja«, antwortete Jay und dachte bei sich: Ich kann's mir ja ohnehin nicht leisten.

Lennox stellte sein Glas ab. »Ich wünsche Ihnen einen guten Tag und hoffe, daß der Nebel sich noch verzieht.« Mit diesen Worten verließ er das Zimmer.

Jay ließ sich seine Erleichterung nicht anmerken. Lennox hatte das Geld mit keinem Wort erwähnt. Er wußte, daß Sir George die letzten Spielschulden beglichen hatte, und er vertraute wahrscheinlich darauf, daß er es auch diesmal wieder tun würde. Dennoch gab sein unerwartetes Erscheinen Jay zu denken. Der ist doch bestimmt nicht bloß gekommen, um ein Glas Brandy zu schnorren, dachte er. Er hatte das unangenehme Gefühl, daß der Besuch eine bestimmte Bedeutung hatte. Eine unausgesprochene Drohung hing in der Luft. Andererseits: Was konnte ein einfacher Gastwirt dem Sohn eines reichen Kaufmanns letztlich schon anhaben?

Von der Straße her war zu hören, daß Kutschen vor dem Haus vorfuhren. Jay schlug sich Lennox aus dem Kopf. »Gehen wir hinunter«, sagte er.

Der Salon war ein großes, geräumiges Zimmer, dessen Mobiliar von Thomas Chippendale stammte. Es roch nach Wachspolitur. Jays Eltern und sein Bruder waren eingetroffen und alle für den bevorstehenden Kirchgang gekleidet. Alicia küßte Jay. Sir George und Robert grüßten ihn unbeholfen: Besonders herzlich war man in der Familie Jamisson niemals miteinander umgegangen, und die Erinnerung an den Streit über das Geschenk zu Jays einundzwanzigstem Geburtstag war noch allzu frisch.

Ein Diener schenkte Kaffee ein. Jay und Chip nahmen sich jeder eine Tasse. Doch ehe sie sie zum Munde führen konnten, flog die Tür auf, und wie ein Wirbelwind stürmte Lizzie herein. »Wie könnt ihr es wagen?« rief sie. »Wie könnt ihr es bloß wagen?«

Jays Herzschlag stockte. Was war denn nun schon wieder los? Lizzies Antlitz war vor Empörung gerötet, ihre Augen funkelten, ihr Busen bebte. Sie trug ein einfaches weißes Hochzeitskleid, und auf ihrem Kopf saß ein weißes Hütchen. Sie sah geradezu hinreißend aus.

»Was habe ich denn getan?« fragte Jay kläglich.

»Die Hochzeit ist abgesagt!« erwiderte Lizzie.

»Nein!« schrie Jay. Sie wird mir doch nicht so kurz vor dem Ziel noch weggeschnappt? dachte er. Das halte ich nicht aus!

Hinter ihr rauschte nun, sichtlich mitgenommen, Lady Hallim in den Salon. »Lizzie, hör auf!« sagte sie. »Ich bitte dich!«

Nun griff Jays Mutter ein. »Lizzie, liebe Lizzie, was in aller Welt ist denn geschehen? Bitte sagen Sie uns doch, was Sie so zornig macht!«

»Das da!« Sie wedelte mit mehreren Briefbögen, die sie in der Hand hielt.

Lady Hallim rang die Hände. »Das ist ein Brief meines Gutsverwalters«, sagte sie.

»Und darin steht, daß Prospektoren im Auftrag der Jamissons auf dem Gut der Hallims Probebohrungen unternehmen«, ergänzte Lizzie.

»Probebohrungen?« wiederholte Jay verwundert. Er sah seinen Bruder an. Ein leises Grinsen lag auf Roberts Gesicht.

»Die suchen natürlich Kohle«, sagte Lizzie ungeduldig.

»O nein!« protestierte Jay. Jetzt wußte er, was geschehen war. Sein rastloser Vater war wieder einmal über das Ziel hinausgeschossen. So versessen war er auf Lizzies Kohle, daß er nicht einmal bis zum Hochzeitstag hatte warten können.

Nun konnte Vaters Hast ihn um seine Braut bringen. Diese Erkenntnis brachte Jay derart in Harnisch, daß er Sir George anbrüllte: »Du verdammter Idiot! Da siehst du, was du angerichtet hast!«

Das war schon recht starker Tobak aus dem Munde eines Sohnes, und Sir George war ohnehin keinen Widerspruch gewohnt. Er lief rot an, und seine Augen traten aus den Höhlen. »Dann sagt eben diese verfluchte Hochzeit ab!« brüllte er. »Was schert es mich?«

Alicia meldete sich zu Wort: »Jay, Lizzie! So beruhigt euch doch!« Ihr Appell richtete sich auch an Sir George, wenngleich sie taktvoll genug war, ihn nicht direkt anzusprechen. »Es handelt sich gewiß um ein Versehen. Sicher haben Sir Georges Prospektoren ihren Auftrag nicht richtig verstanden. Lady Hallim, bitte bringen Sie Lizzie zurück ins Gästehaus. Wir werden uns unterdessen um eine Lösung des Problems bemühen. Ich bin sicher, daß sich ein so drastischer Entschluß wie die Absage der Hochzeit erübrigen wird.«

Chip Marlborough hüstelte. Jay hatte ihn völlig vergessen. »Wenn Sie mich bitte entschuldigen würden ...«, sagte Chip und ging zur Tür.

»Bitte, verlaß das Haus nicht!« bat Jay. »Warte oben auf mich!«

»Gewiß doch«, erwiderte Chip, obwohl man seiner Miene entnehmen konnte, daß er im Augenblick jeden anderen Ort auf der Welt vorgezogen hätte.

Mit sanftem Nachdruck führte Alicia Lizzie und Lady Hallim zur Tür. »Bitte geben Sie mir ein paar Minuten Zeit! Ich komme dann zu Ihnen und sage Ihnen Bescheid. Es wird alles wieder gut.«

Lizzie wirkte beim Verlassen des Salons eher unsicher als zornig. Hoffentlich kommt sie nicht auf den Gedanken, daß ich von den Probebohrungen gewußt haben könnte, dachte Jay. Seine Mutter schloß die Tür und drehte sich um. Ich bete zum Himmel, daß ihr irgendeine Lösung einfällt und die Hochzeit gerettet wird. Ob sie schon einen Plan hat? Mutter ist so klug! Sie ist meine einzige Hoffnung ...

Alicia machte seinem Vater keine Vorwürfe, sondern beschränkte sich auf den Satz: »Ohne die Hochzeit bekommst du keine Kohle.«

»High Glen ist bankrott!« erwiderte Sir George.

»Aber Lady Hallim kann die Hypotheken mit einem neuen Geldgeber verlängern.«

»Das weiß sie aber nicht.«

»Irgend jemand wird es ihr schon sagen.«

Es dauerte eine Weile, bis die Drohung Wirkung zeigte. Jay fürchtete einen Wutausbruch seines Vaters. Aber Mutter wußte ziemlich gut, wie weit sie gehen konnte. Nach einer Weile fügte er sich und sagte resigniert: »Was willst du, Alicia?«

Jay atmete erleichtert auf.

»Zuerst muß Jay mit Lizzie sprechen und sie davon überzeugen, daß er von den Prospektoren und ihrem Treiben keine Ahnung hatte.«

»Stimmt ja auch!« rief Jay dazwischen.

»Halt's Maul und hör zu!« wies ihn sein Vater barsch zurecht.

»Wenn ihm das gelingt«, fuhr Alicia fort, »kann die Hochzeit wie geplant stattfinden.«

»Und dann?«

»Danach hältst du dich zurück. Mit der Zeit wird es Jay gelingen, Lizzie umzustimmen. Sie will momentan nichts von der Kohleförderung auf High Glen wissen, doch sie wird ihre Meinung ändern oder zumindest nicht mehr so radikal dagegen sein – vor allem nicht, wenn sie erst einmal ein Kind hat und ein eigenes Heim. Dann wird sie auch den Wert des Geldes schätzenlernen.«

Sir George schüttelte den Kopf. »Das reicht mir nicht, Alicia«, sagte er. »Ich kann nicht so lange warten.«

»Warum denn nicht?«

Sir George antwortete nicht sofort und sah Robert an. Der zuckte mit den Schultern. »Warum soll ich es dir vorenthalten?« sagte er schließlich. »Ich habe selber Schulden. Du weißt ja, daß wir immer mit geborgtem Geld gearbeitet haben. Unser Hauptgläubiger ist Lord Arebury. In der Vergangenheit haben wir damit gutes Geld verdient, wovon natürlich auch er profitiert hat. Aber seit Beginn der Unruhen in den Kolonien haben wir empfindliche Einbußen im Amerikahandel hinnehmen müssen. Und da, wo wir noch im Geschäft sind, ist es fast unmöglich, die Rechnungen einzutreiben. Unser größter Schuldner ist bankrott und hat uns eine unverkäufliche Tabakpflanzung in Virginia hinterlassen.«

Für Jay war dieses Eingeständnis unerhört. Daß die väterlichen Unternehmungen mit großen Risiken behaftet waren und sich die Zeit des unbegrenzten Wohlstands möglicherweise dem Ende zuneigte, hatte er nie geahnt. Allmählich dämmerte ihm, warum sein Vater sich wegen der Spielschulden so aufgeregt hatte.

»Das, was unser Geschäft über Wasser hält, ist die Kohle«, fuhr Sir George fort. »Aber wir haben nicht genug davon. Lord Arebury will sein Geld zurück. Wenn ich das Gut der Hallims nicht bekomme, steht meine gesamte berufliche Existenz auf dem Spiel.«

Nach dieser Eröffnung herrschte bestürztes Schweigen. Jay und seine Mutter waren so entsetzt, daß sie kein Wort über die Lippen brachten.

Erst nach einer längeren Pause fand Alicia ihre Sprache wieder. »Dann gibt es in der Tat nur eine Lösung«, sagte sie. »Auf High Glen muß Kohle geschürft werden, ohne daß Lizzie davon erfährt.«

Jay runzelte die Stirn. Doch obwohl ihm dieser Vorschlag angst machte, erhob er zunächst keinen Einwand.

»Und wie sollen wir das anstellen?« fragte Sir George.

»Schick sie und Jay fort. In ein anderes Land.«

Was für eine raffinierte Idee, dachte Jay, doch er hatte Bedenken: »Lady Hallim können wir nichts vormachen. Und sie wird es Lizzie sagen.«

Alicia schüttelte den Kopf. »Nein, das wird sie nicht. Sie ist zu allem bereit, um diese Ehe durchzusetzen. Wenn wir ihr sagen, sie soll den Mund halten, dann wird sie es auch tun.«

»Und wo sollen wir hin?« fragte Jay. »In welches Land?«

»Barbados«, sagte seine Mutter.

»Nein!« protestierte Robert. »Die Zuckerrohrplantage bekommt Jay nicht!«

»Ich denke doch, daß sich dein Vater von ihr trennen wird, wenn das Schicksal des Familienunternehmens davon abhängt«, erwiderte Alicia ruhig.

Auf Roberts Miene lag ein triumphierender Zug. »Das kann er nicht mehr, selbst wenn er's gerne möchte. Die Pflanzung gehört bereits mir.«

Alicia sah Sir George fragend an. »Stimmt das? Gehört sie ihm?«

Sir George nickte. »Ich habe Sie ihm überschreiben lassen.«

»Wann?«

»Vor drei Jahren.«

Die nächste böse Überraschung. Jay hatte von alldem nichts gewußt. Er war verletzt. »Deshalb habe ich sie nicht zum Geburtstag bekommen«, sagte er traurig. »Du hattest sie längst Robert geschenkt.«

»Aber du würdest die Plantage doch gewiß zurückgeben, Robert, wenn du damit die Firma retten würdest, nicht wahr?« fragte Alicia.

»Nein!« sagte Robert erhitzt. »Das ist ja erst der Anfang. Erst willst du mir die Pflanzung nehmen, danach kommt alles andere. Ich kenne dich! Du hast es schon immer drauf angelegt, mir Geschäftsanteile wegzunehmen, um sie diesem kleinen Bastard zuzuschanzen.«

»Alles, was ich will, ist ein fairer Anteil für Jay.«

»Wenn du nicht zustimmst, Robert, kann die ganze Familie bankrott gehen«, mahnte Sir George.

»Ich nicht!« tönte sein Ältester siegesgewiß. »Mir bleibt ja immer noch eine Pflanzung ...«

»Aber du könntest sehr viel mehr bekommen.«

Robert sah ihn verschlagen an. »*All right.* Ich bin einverstanden. Unter einer Bedingung: Du überschreibst mir die gesamte Firma, also alles. Und du ziehst dich aufs Altenteil zurück.«

»Kommt nicht in Frage!« rief Sir George. »Altenteil! Ich bin noch keine fünfzig Jahre alt!«

Aug' in Aug' standen sie sich gegenüber und funkelten einander an. Wie ähnlich sie sich doch sind, dachte Jay. Und eines steht fest: Nachgeben wird keiner von beiden ... Seine Hoffnungen schwanden dahin.

Sie steckten in einer Sackgasse. Die beiden Sturköpfe beharrten auf ihren unvereinbaren Standpunkten und ruinierten damit alles – die Hochzeit, die Firma und die Zukunft der Familie.

Nur eine war noch nicht bereit, die Flinte ins Korn zu werfen, und das war Alicia. »Was ist das da für eine Liegenschaft in Virginia, George?« fragte sie.

»Sie heißt Mockjack Hall. Eine Tabakpflanzung, ungefähr tausend Morgen groß, mit fünfzig Sklaven. Warum fragst du?«

»Du könntest sie Jay geben.«

Jays Herz schlug höher. Virginia! Das wäre der Neubeginn, der mir schon so lange vorschwebt. Endlich fort von diesem Vater und diesem Bruder. Endlich ein eigenes Fleckchen Land, das ich auf eigene Verantwortung bestellen kann! Und Lizzie wird jubeln, wenn sie davon erfährt ...

Sir Georges Augen verengten sich. »Aber ich kann ihm kein Geld geben«, sagte er. »Wenn er die Plantage wieder flott machen will, wird er sich das dazu erforderliche Kapital leihen müssen.«

»Das ist mir egal«, warf Jay ein.

»Aber du wirst Lady Hallims Hypothekenzinsen übernehmen müssen, George«, sagte Alicia. »Sonst besteht die Gefahr, daß man ihr High Glen wegnimmt.«

»Das läßt sich machen, wenn erst einmal das Geld für die Kohle fließt.« Vater ging schon in die Einzelheiten. »Die beiden müßten sofort nach Virginia abreisen, innerhalb von ein paar Wochen.«

»Nein, das geht nicht«, wandte Alicia ein. »Sie müssen sich vorbereiten können. Gib ihnen wenigstens drei Monate.«

Sir George schüttelte den Kopf. »Ich muß schon früher an die Kohle ran.«

»Na gut. Lizzie wird wohl auch gar nicht mehr nach Schottland zurück wollen. Die Vorbereitungen auf ihr neues Leben werden sie auf Trab halten.«

Daß hinter all dem Gerede ein Täuschungsmanöver gegenüber Lizzie steckte, erfüllte Jay mit Unbehagen. Wenn sie dahinterkommt, muß ich es ausbaden, dachte er. »Und wenn ihr jemand schreibt?« wandte er ein.

Alicia dachte nach.

»Wir müssen wissen, welcher der Bediensteten in High Glen dazu imstande wäre«, sagte sie. »Das könntest eigentlich du herausfinden, Jay.«

»Und wie willst du die Betreffenden daran hindern?«

»Wir schicken jemanden rauf, der sie entläßt.«

»Das könnte klappen«, sagte Sir George. »Gut, so machen wir's.«

Mit einem triumphierenden Lächeln wandte sich Alicia an ihren Sohn. Nun hatte sie ihm nach langem Hin und Her doch ein angemessenes Erbe verschafft. Sie umarmte und küßte ihn. »Gott segne dich, mein lieber Junge«, sagte sie. »Jetzt geh du zu Lizzie, und sage ihr, daß dir und deiner Familie diese Panne sehr leid tut und daß dein Vater dir zur Hochzeit Mockjack Hall schenkt.«

Jay drückte sie an sich und flüsterte ihr ins Ohr: »Das hast du großartig gemacht, Mutter. Danke!«

Er ging. Draußen, auf dem Weg durch den Garten, schwankte er zwischen Hochstimmung und Beklommenheit. Er hatte bekommen, was er sich immer erträumt hatte. Es wäre ihm lieber gewesen, ans Ziel zu gelangen, ohne seine Braut täuschen zu müssen, aber es ging nun einmal nicht anders. Hätte ich mich geweigert, so stünde ich jetzt ohne eigenen Besitz da – und würde wahrscheinlich auch Lizzie verlieren.

Er betrat das kleine Gästehaus neben den Ställen. Lady Hallim und ihre Tochter saßen in dem bescheidenen Salon vor dem Kamin. Beide hatten sie geweint.

Plötzlich überkam Jay eine gefährliche Versuchung. Es drängte ihn, Lizzie die Wahrheit zu sagen. Wenn ich ihr die Intrige meiner Eltern beichte und sie dann bitte, mich zu heiraten und ein Leben in Armut zu führen ... Es wäre denkbar, daß sie ja sagt.

Aber die Angst vor dem Risiko hielt ihn zurück. Außerdem wäre es dann vorbei mit dem gemeinsamen Traum von einer neuen Existenz in Übersee. Manchmal ist eine Lüge freundlicher als die Wahrheit, sagte er sich.

Ob sie mir überhaupt Glauben schenken wird?

Er kniete vor ihr nieder. Ihr Hochzeitskleid duftete nach Lavendel.

»Es tut meinem Vater sehr leid«, sagte er. »Er hat die Prospektoren geschickt, weil er mich überraschen wollte. Er dachte, es würde uns freuen, zu erfahren, wieviel Kohle auf eurem Land liegt. Er wußte nichts von deiner Abneigung gegen den Abbau.«

Lizzie blickte ihn skeptisch an. »Warum hast du ihm nichts davon erzählt?« fragte sie.

In einer Geste der Hilflosigkeit breitete er seine Hände aus. »Er hat mich nie danach gefragt.«

Lizzie war noch immer nicht ganz überzeugt. Aber Jay hatte noch einen weiteren Trumpf im Ärmel. »Da ist noch etwas anderes«, sagte er. »Unser Hochzeitsgeschenk.«

Lizzie runzelte die Stirn. »Und das wäre?«

»Mockjack Hall – eine Tabakplantage in Virginia. Wir können dorthin fahren, sobald wir wollen.«

Sie starrte ihn überrascht an.

»Das wolltest du doch immer, nicht wahr? Ein neuer Start in einem neuen Land. Ein Abenteuer!«

Langsam zeichnete sich ein Lächeln auf Lizzies Miene ab. »Tatsächlich? Virginia? Ist denn das die Möglichkeit?«

Er konnte es kaum fassen. Sie war bereit. »Du bist also – einverstanden?« fragte er.

Lizzie strahlte. Tränen traten ihr in die Augen. Sie nickte stumm.

Jetzt wußte Jay, daß er gewonnen hatte. Alle seine Wünsche gingen in Erfüllung. Es war ein Gefühl wie beim Kartenspiel: Er hatte alle Trümpfe in der Hand. Nun brauchte er nur noch die Gewinne einzustreichen.

Er erhob sich, zog Lizzie aus ihrem Sessel und bot ihr den Arm. »Dann komm mit!« sagte er. »Laß uns heiraten!«

Zweiter Teil
Kapitel 5

Punkt zwölf Uhr mittags am dritten Tag war der Laderaum der *Durham Primrose* leer. Mack blickte in die Runde. Er konnte es kaum fassen. Sie hatten alles allein geschafft. Ohne Unternehmer.

Sie hatten am Flußufer gewartet und sich ein Kohleschiff ausgesucht, das um die Tagesmitte herum einlief, als die anderen Löschergangs bereits beschäftigt waren. Mack und Charlie waren auf den Fluß hinausgerudert und hatten dem Kapitän ihre Dienste angeboten. Sie seien sofort einsatzbereit. Der Kapitän, der wußte, daß ein regulärer Löschtrupp frühestens am nächsten Morgen verfügbar sein würde, hatte sofort eingewilligt.

In Erwartung des vollen Lohns arbeiteten die Männer, wie es schien, noch schneller als sonst. Sie tranken nach wie vor viel Bier, doch da sie jeden Krug einzeln bezahlten, verbrauchten sie nur soviel wie unbedingt nötig. Nach achtundvierzig Stunden war das Schiff entladen.

Mack schulterte seine Schaufel und ging an Deck. Es war kalt und nebelig, doch die Hitze im Laderaum hatte ihn innerlich aufgewärmt. Als der letzte Sack Kohle ins Boot flog, jubelten die Kohlelöscher lauthals auf.

Mack verhandelte mit dem Ersten Maat. Das Boot hatte eine Kapazität von fünfhundert Säcken. Beide hatten sie gezählt, wie oft es ans Ufer gefahren und wieder zurückgekehrt war. Ihre Zahlen deckten sich. Dann gingen sie gemeinsam zur Kajüte des Kapitäns.

Mack hoffte, daß man ihm nicht noch in letzter Minute irgendwelche Fußangeln legte. Sie hatten ihre Arbeit getan und mußten jetzt bezahlt werden – oder?

Der Kapitän war ein magerer Mann mittleren Alters mit einer großen roten Nase und roch nach Rum. »Schon fertig?« sagte er und bat sie herein. »Ihr seid schneller als die normalen Trupps. Wieviel Kohle war's?«

»Elftausendneunhundertundsieben Sack«, sagte der Erste Maat, und Mack nickte. Jeder Mann bekam einen Penny pro zwanzig Sack. Der Kapitän berechnete die Endsumme mit einer Rechenmaschine. Mack, der gewohnt war, für das Gewicht der von ihm geförderten Kohle bezahlt zu werden, konnte der Berechnung im Kopf folgen, obwohl sie ziemlich kompliziert war. Es ging schließlich um seinen Lohn.

An einer Kette, die an seinem Gürtel befestigt war, trug der Kapitän einen Schlüssel, mit dem er nun eine Truhe öffnete, die in der Zimmerecke stand. Neugierig sah Mack, wie er der Truhe eine kleinere Kassette entnahm, sie auf den Tisch stellte und öffnete. »Ich schulde Ihnen genau neununddreißig Pfund und vierzehn Schilling«, sagte er. »Die restlichen sieben Sack habe ich auf zehn aufgerundet.« Er zahlte das Geld aus.

Der Kapitän gab Mack einen Leinenbeutel zum Transport des Arbeitslohns. Er enthielt viele Pennys, damit Mack seine Leute auch auf Heller und Pfennig genau bezahlen konnte. Mack empfand ein tiefes Gefühl der Befriedigung, als er das Geld in der Hand hielt. Jeder Kohlelöscher seines Trupps hatte fast zwei Pfund und zehn Shilling verdient – das war in zwei Tagen mehr Geld, als sie bei Lennox in der ganzen Woche verdienten. Noch wichtiger war jedoch, daß sie damit bewiesen hatten, daß sie für ihre Rechte einstehen und der Gerechtigkeit Geltung verschaffen konnten.

Mit gekreuzten Beinen saß er auf dem Schiffsdeck und zahlte seine Leute aus.

Der erste, der an der Reihe war, Amos Tipe, sagte zu ihm: »Ich danke dir, Mack. Gott segne dich, mein Junge.«

»Spar dir deine Dankesrede«, widersprach Mack. »Du hast dir das Geld verdient.«

Trotz seines Protests dankten ihm auch die nächsten, als wäre er ein Fürst, der Almosen verteilte.

»Es ist ja nicht nur das Geld«, sagte Mack zu Slash Hardy, dem dritten Mann, der vortrat. »Wir haben auch unsere Würde zurückgewonnen.«

»Die Würde kannst du behalten, Mack«, erwiderte Slash. »Gib mir bloß das Geld.« Die anderen lachten.

Mack fuhr fort, die Münzen auszuzahlen, aber insgeheim ärgerte er sich ein wenig über seine Mitarbeiter. Warum erkennen sie nicht, daß es um mehr geht als nur um die heutigen Löhne, dachte er. Sollen sie sich doch von den Unternehmern ausnehmen lassen, wenn sie zu dumm sind, sich um ihre eigenen Interessen zu kümmern. Sie verdienen es ja gar nicht anders ...

Die Freude über seinen Erfolg konnten solche Bedenken indes nicht trüben. Auf der Fahrt ans Ufer waren die Männer so ausgelassen, daß sie zu singen begannen. Es war ein sehr frivoles Lied mit dem Titel *Der Bürgermeister von Bayswater*, und Mack sang mit, so laut er konnte.

Der Morgennebel hob sich, als Mack, beschwingten Schrittes und eine muntere Melodie auf den Lippen, in Dermots Begleitung nach Spitalfields zurückkehrte. Als er sein Zimmer betrat, erwartete ihn eine angenehme Überraschung. Auf dem dreibeinigen Schemel saß in einem nußbraunen Mantel Cora, Pegs rothaarige Freundin. Sie duftete nach Sandelholz, schwenkte ein wohlgeformtes Bein und trug ein flottes Hütchen auf dem Kopf.

Sie hatte seinen Umhang, der normalerweise auf der Strohmatratze lag, vom Bett aufgenommen und streichelte den Pelz. »Wo hast du den denn her?« fragte sie.

»Den hat mir eine feine Dame geschenkt«, antwortete Mack grinsend. »Was treibst denn du hier?«

»Ich wollte dich besuchen«, sagte Cora. »Wenn du dir das Gesicht wäschst, darfst du mit mir ausgehen – vorausgesetzt natürlich, du bist nicht schon mit irgendwelchen feinen Damen zum Tee verabredet.«

Ihr Vorschlag schien ihm nicht ganz geheuer zu sein, denn Cora fügte hinzu: »Guck mich nicht so erschrocken an! Wahrscheinlich hältst du mich für eine Hure, aber das bin ich gar nicht. Nur manchmal, aus Verzweiflung.«

Mack nahm sein Stück Seife und ging hinunter in den Hof. Cora begleitete ihn und sah ihm dabei zu, wie er den Oberkörper entblößte und sich den Kohlestaub aus den Haaren wusch und von der Haut schrubbte. Dann lieh er sich von Dermot ein frisches Hemd, schlüpfte in den Umhang, setzte seinen Hut auf und nahm Coras Arm.

Sie wandten sich nach Westen und gingen mitten durch die City. In London, soviel wußte Mack inzwischen, suchten die Menschen bei Spaziergängen durch die Straßen Erholung, so wie sie in Schottland durch die Hügel wanderten. Er genoß es, Cora an seinem Arm zu haben. Die Art, wie sie die Hüften schwang und ihn dabei immer wieder berührte, gefiel ihm. Wegen ihrer auffallenden Haarfarbe und der eleganten Garderobe erregte sie große Aufmerksamkeit. Mack spürte, daß ihn die neidischen Blicke anderer Männer verfolgten.

Sie gingen in eine Gaststätte und bestellten sich Austern, Brot und ein starkes Bier namens *Porter.* Cora aß mit gutem Appetit. Sie schluckte die Austern im Stück und spülte sie mit dunklem Ale herunter.

Als sie das Lokal wieder verließen, hatte sich das Wetter geändert. Zwar war es noch immer recht kühl, doch hatte sich die Sonne inzwischen hervorgewagt. Die beiden schlenderten nach Mayfair, einem reichen Wohnviertel.

In den ersten zweiundzwanzig Jahren seines Lebens hatte Mack nur zwei herrschaftliche Villen gesehen – Schloß Jamisson und High Glen House. In Mayfair fanden sich in jeder Straße zwei vergleichbare Herrenhäuser und mindestens fünfzig andere, die kaum weniger grandios waren. Londons Reichtum ließ ihn immer wieder von neuem staunen.

Vor einem der größten Häuser von allen fuhren unentwegt

Kutschen vor und lieferten Gäste ab. Offenbar feierte man dort ein Fest. Beiderseits des Eingangs hatte sich eine kleine Gruppe von Passanten, Zuschauern und Dienstboten benachbarter Anwesen versammelt, und auch in den Türen und Fenstern der Nachbarhäuser waren Menschen zu sehen. Die Villa war strahlend hell erleuchtet, obwohl es noch früh am Nachmittag war, und das Portal war mit Blumen geschmückt. »Muß eine Hochzeit sein«, sagte Cora.

Sie blieben stehen und sahen eine weitere Kutsche vorfahren. Mack fuhr zusammen, als er den Neuankömmling erkannte: Es war Jay Jamisson. Er half seiner Braut aus der Kutsche, und die Umstehenden jubelten dem jungen Paar zu und klatschten in die Hände.

»Sie ist hübsch«, bemerkte Cora.

Lizzie lächelte. Sie sah sich um und nickten den Applaudierenden dankbar zu. Dann erkannte sie Mack. Ihre Blicke begegneten sich, und einen Moment lang verharrte Lizzie wie vom Blitz getroffen. Er lächelte und winkte ihr zu. Da wandte die Braut rasch die Augen von ihm ab und eilte hastig ins Haus.

Es hatte nur Bruchteile von Sekunden gedauert, doch der scharfäugigen Cora war nichts entgangen. »Kennst du sie?«

»Von ihr habe ich den Pelz«, sagte Mack.

»Hoffentlich weiß ihr Ehemann nicht, daß sie Kohlelöscher so reich beschenkt.«

»Sie verschenkt sich an Jay Jamisson, diesen eitlen Schwächling.«

»Du bildest dir wohl ein, als deine Frau hätte sie's besser«, erwiderte Cora sarkastisch.

»Hätte sie auch«, sagte Mack ernsthaft. »Wollen wir ins Theater gehen?«

Umgeben von kichernden Verwandten und Freunden, die alle mehr oder weniger stark betrunken waren, saßen Lizzie und Jay spätabends in ihrem Ehebett. Sie trugen bereits ihre Nachtgewänder. Die ältere Generation hatte sich längst verabschiedet, doch der Brauch wollte es, daß Hochzeitsgäste noch lange Zeit bei den Jungvermählten verweilten und sie auf die Folter spannten. Natürlich nahm man an, daß sie nun nichts anderes im Sinn hatten, als so schnell wie möglich die Ehe zu vollziehen.

Der Tag war wie im Flug vergangen. Lizzie hatte über Jays Verrat, seine Entschuldigung, ihr Einlenken und die gemeinsame Zukunft in Virginia kaum nachdenken können. Es war ihr einfach keine Zeit geblieben, ihr Gewissen zu erforschen, ob die Entscheidung, die sie getroffen hatte, auch die richtige war.

Chip Marlborough kam herein und brachte einen Krug *Posset.* An seinem Hut steckte eines von Lizzies Strumpfbändern. Er füllte alle Gläser und rief: »Ein Toast!«

»Ein *letzter* Toast!« verbesserte ihn Jay, erntete aber nur Gejohle und Gelächter.

Lizzie nippte an ihrem Glas, das eine mit Zimt und Zucker gewürzte Mischung aus Wein, Milch und Eigelb enthielt. Sie war fix und fertig. Es war ein sehr langer Tag gewesen, mit einem furchtbaren Streit am Morgen – und einem überraschend glücklichen Tagesausklang. Die kirchliche Trauung, das Hochzeitsmahl, Musik, Tanz und das komische Abschlußritual kamen hinzu.

Katie Drome, eine junge Frau aus der Verwandtschaft der Jamissons, saß am Fußende des Bettes. Sie hielt einen weißen Seidenstrumpf von Jay in der Hand und warf ihn unvermittelt über ihren Kopf nach hinten. Wenn er Jay traf, so wollte es der Aberglaube, würde sie, die Werferin, bald heiraten. Katie hatte schlecht gezielt, aber Jay angelte sich den Strumpf aus der Luft und legte ihn sich über seinen Kopf, so daß es so aussah, als sei er dort gelandet. Alle klatschten Beifall.

Ein Betrunkener namens Peter McKay setzte sich neben Lizzie auf die Bettkante. »Virginia!« sagte er. »Hamish Drome ging damals auch nach Virginia, nachdem Roberts Mutter ihn um sein Erbe betrogen hatte.«

Lizzie war bestürzt. Nach der Familienlegende hatte Roberts

Mutter Olivia ihren unverheirateten Vetter bis zu seinem Tode gepflegt. Aus Dankbarkeit, so hieß es, habe er sein Testament zu ihren Gunsten geändert.

Jay hatte die Bemerkung ebenfalls gehört. »Betrogen?« fragte er nach.

»Olivia hat das Testament natürlich gefälscht«, sagte McKay. »Aber Hamish konnte es nie beweisen, weshalb ihm nichts anderes übrig blieb, als sich damit abzufinden. Er wanderte nach Virginia aus, und kein Mensch hat jemals wieder etwas von ihm gehört.«

Jay lachte. »Ha! Die heilige Olivia – eine Fälscherin!«

»Pssst!« sagte McKay. »Sir George bringt uns alle um, wenn er das hört.«

Lizzies Neugier war geweckt, aber sie hatte genug von Jays Verwandten an diesem Tag. »Wirf diese Leute jetzt raus!« zischte sie Jay zu.

Was der Brauch verlangte, war erfüllt – nur eines fehlte noch. »Na gut«, sagte Jay. »Wenn ihr nicht freiwillig verschwindet, dann ...« Er schlug die Decken zurück, sprang aus dem Bett und ging auf die lästigen Gäste los, wobei er sein Nachthemd bis über die Knie hochzog. Die Mädchen kreischten auf, als wäre ihnen der Leibhaftige höchstpersönlich erschienen. Der Anblick eines Mannes im Nachthemd – so wollte es ihre Rolle – war mehr, als eine Jungfrau ertragen konnte. Folglich rauschten sie im Pulk aus dem Schlafzimmer, und die Männer jagten hinter ihnen her.

Jay schloß die Tür und verriegelte sie. Dann schob er eine schwere Schubladenkommode davor, um zu gewährleisten, daß niemand sie mehr störte.

Plötzlich war Lizzies Mund trocken. Das war der Moment, den sie seit jenem Tag, an dem Jay sie in der Halle von Schloß Jamisson geküßt und um ihre Hand angehalten hatte, herbeisehnte. Seither hatten sie jeden Augenblick, in dem sie allein waren, zu immer leidenschaftlicheren Küssen, Umarmungen und Zärtlichkeiten genutzt. Sie hatten sich alles erlaubt, was in einem unverschlossenen Zimmer möglich war, in dem man ständig mit dem unangemeldeten Erscheinen einer Mutter oder gar zweier Mütter rechnen mußte. Jetzt, endlich, durften sie die Tür absperren.

Jay ging im Zimmer umher und löschte die Kerzen. Bevor er die letzte erreichte, sagte Lizzie: »Laß eine brennen!«

Er sah sie überrascht an. »Warum?«

»Ich möchte dich sehen.« Er wirkte unschlüssig, weshalb sie hinzufügte: »Hast du etwas dagegen?«

»Nein, nein, das geht schon in Ordnung«, erwiderte er und kletterte zu ihr ins Bett.

Er begann, sie zu küssen und zu streicheln. Lizzie wäre es lieber gewesen, sie hätten sich vorher ausgezogen, aber sie sagte nichts. Sie wollte ihm seinen Willen lassen – diesmal.

Seine Hände erforschten ihren ganzen Körper und lösten jene prickelnde Erregung aus, die ihr schon so vertraut war. Dann schob er unvermittelt ihre Beine auseinander und legte sich auf sie. Als er in sie eindrang, hob Lizzie ihr Gesicht, um ihn zu küssen, doch Jay war dermaßen konzentriert, daß er es gar nicht wahrnahm. Ein stechender Schmerz durchfuhr sie und hätte sie fast aufschreien lassen, war jedoch so schnell vorüber, wie er gekommen war.

Jay bewegte sich in ihr, und Lizzie paßte sich seinen Bewegungen an. Sie wußte nicht, ob sich das gehörte, aber es war angenehm. Gerade als es anfing, richtig Spaß zu machen, hielt Jay inne, stöhnte auf, stieß noch einmal zu und ließ sich dann keuchend auf sie fallen.

Lizzie runzelte die Stirn. »Alles in Ordnung?« fragte sie.

»Ja«, knurrte er.

War das alles, dachte Lizzie, sprach es aber nicht aus.

Er rollte von ihr herunter und sah sie an. »Hat es dir gefallen?«

»Ging ein bißchen schnell«, sagte sie. »Können wir's morgen früh noch einmal versuchen?«

Mit nichts am Leibe als ihrem dünnen Hemd legte sich Cora auf den Fellumhang zurück und zog Mack zu sich aufs Lager. Sie schmeckte nach Gin, als er ihr die Zunge in den Mund steckte. Dann schob er das Hemd hoch. Das feine rotblonde Haar verbarg nicht die Spalte ihres Geschlechts. Er streichelte sie, wie er es schon bei Annie getan hatte. Cora stöhnte verhalten und sagte: »Wer hat dir das denn beigebracht, mein unschuldiger Junge?«

Mack zog sich die Hose aus. Cora griff nach ihrer Handtasche und zog eine kleine Schachtel heraus. Sie öffnete sie und entnahm ihr eine Art Röhrchen, das aus Pergament zu bestehen schien. Das offene Ende war mit einem rosa Bändchen versehen.

»Was ist denn das?« fragte Mack

»Ein sogenanntes Kondom«, sagte Cora.

»Und wozu soll das gut sein?«

Anstelle einer Antwort stülpte sie es über sein steifes Glied und schnürte es zu.

»Daß mein Schwanz keine Schönheit ist, weiß ich ja«, sagte Mack nachdenklich, »aber darauf, daß ein Mädchen ihn einpacken könnte, wäre ich nie gekommen.«

Cora lachte. »Bauer, dämlicher! Das ist doch keine Verzierung! Das Kondom soll verhindern, daß du mich schwängerst!«

Er legte sich über sie und kam zu ihr. Jetzt hörte sie auf zu lachen. Seit seinem vierzehnten Lebensjahr hatte er wissen wollen, wie es war – und jetzt hätte er es immer noch nicht sagen können, denn so, wie sie es anstellten, war es weder das eine noch das andere. Er hielt inne und blickte in Coras Engelsgesicht. Sie öffnete die Augen. »Hör nicht auf!« sagte sie.

»Bin ich danach immer noch unschuldig?« fragte er.

»Wenn ja, dann bin ich eine Nonne«, erwiderte sie. »Aber jetzt sei still. Du brauchst deine Puste noch.«

Womit sie recht behalten sollte.

Zweiter Teil

Kapitel 6

Am Tag nach der Hochzeit bezogen Jay und Lizzie das Haus in der Chapel Street. Zum erstenmal saßen sie allein am Abendbrottisch. Außer ihnen waren nur noch die Hausangestellten anwesend. Zum erstenmal gingen sie Hand in Hand hinauf, zogen sich gemeinsam aus und gingen in ihr eigenes Bett. Zum erstenmal wachten sie gemeinsam im eigenen Haus auf.

Sie waren nackt: Lizzie hatte Jay am vergangenen Abend überredet, sein Nachthemd auszuziehen. Jetzt schmiegte sie sich an ihn und streichelte seinen Körper. Als sie merkte, daß er erregt war, legte sie sich auf ihn.

Sie spürte seine Verblüffung. »Hast du etwas dagegen?« fragte sie.

Er antwortete nicht, sondern begann sich in ihr zu bewegen.

Nachher sagte Lizzie: »Ich habe dich erschreckt, oder?«

Er zögerte. Dann sagte er: »Offen gestanden, ja.«

»Warum?«

»Es ist nicht ... normal, daß die Frau oben ist.«

»Ich habe keine Ahnung, was die Leute für ›normal‹ halten und was nicht. Ich war ja noch nie mit einem Mann im Bett.«

»Das hoffe ich doch sehr!«

»Aber woher weißt *du* denn, was ›normal‹ ist?«

»Das laß mal meine Sorge sein.«

Wahrscheinlich hat er ein paar Näherinnen und Ladenmädchen verführt, die vor Angst und Ehrfurcht nicht mehr ein und aus wußten und ihm die Initiative überließen, dachte sie. Lizzie hatte keine Erfahrungen, aber sie wußte, was sie wollte, und glaubte daran, es sich nehmen zu dürfen. Sie war nicht bereit, ihre Einstellung zu ändern – dazu hatte sie viel zuviel Spaß an der Liebe. Und das galt auch für Jay – trotz des Schrecks, den er ihr eingejagt hatte. Seine leidenschaftlichen Bewegungen und sein zufriedener Gesichtsausdruck, als es vorüber war, verrieten es ihr.

Sie stand auf und ging nackt zum Fenster. Es war kalt, aber die Sonne schien. Gedämpftes Glockenläuten war zu hören: Es war ein Tag des peinlichen Gerichts. Einer oder mehrere Verbrecher sollten an diesem Vormittag gehenkt werden. Viele arbeitende Menschen in der Stadt würden sich einen freien Tag gönnen und zusammen mit anderen Neugierigen nach Tyburn strömen. Dort, an der großen Straßenkreuzung im äußersten Nordwesten Londons, standen die Galgen. Bei solchen Anlässen konnte es zu Unruhen kommen, weshalb Jays Regiment den ganzen Tag über in Alarmbereitschaft stand. Jay selber hatte allerdings noch einen Tag Urlaub.

Sie drehte sich um und sah ihn an: »Bring mich zu dieser Hinrichtung.«

Sein Blick verriet, wie wenig er von diesem Vorschlag hielt. »Eine schaurige Bitte.«

»Jetzt sag bloß nicht, daß eine Dame da nichts zu suchen hat.«

Jay lächelte. »Nein, das würde ich mich gar nicht trauen.«

»Ich weiß, daß Arme und Reiche, Männlein und Weiblein hingehen und sich das ansehen.«

»Aber warum willst *du* dahin?«

Das war eine gute Frage. Lizzies Gefühle waren gemischt. Es war nicht die feine Art, aus dem Tod einen Zeitvertreib zu machen, und sie wußte ganz genau, daß sie sich danach vor sich selbst ekeln würde. Doch ihre Neugier war stärker als alles andere. »Ich möchte wissen, wie so etwas vonstatten geht«, sagte sie. »Wie sich die Verurteilten benehmen. Weinen sie? Beten sie? Oder schlottern sie vor Angst? Und wie verhalten sich die Zuschauer? Wie ist das, wenn man mit ansieht, wie ein menschliches Leben beendet wird?«

Sie war immer so gewesen. Als sie zum erstenmal gesehen hatte, wie ein Hirsch erlegt wurde – sie war damals gerade neun oder zehn Jahre alt –, hatte sie wie gebannt zugeschaut, wie der Wildhüter den Kadaver aufbrach und ausnahm. Die verschiedenen Mägen hatten sie fasziniert, und sie hatte darauf bestanden, das Fleisch zu berühren, weil sie wissen wollte, wie es sich anfühlte. Es war warm und schleimig. Das Tier war im zweiten oder dritten Monat trächtig gewesen, und der Wildhüter hatte sie auf den winzigen Fötus in der durchsichtigen Gebärmutter aufmerksam gemacht. Nichts von alledem hatte Lizzie geekelt – es war einfach viel zu interessant gewesen.

Ihr war vollkommen klar, warum bei den Hinrichtungen so viele Menschen zusammenströmten, und sie verstand auch, daß es andere gab, denen allein bei der Vorstellung, einem solchen Spektakel beizuwohnen, übel wurde. Was sie selbst betraf, so zählte sie eben zu den Neugierigen.

»Wir könnten vielleicht ein Zimmer mieten, von dem aus man den Richtplatz überblicken kann. Das tun viele.«

Aber Lizzie fürchtete, die Sache nicht richtig mitzubekommen. »O nein!« protestierte sie. »Ich will mitten unter den Zuschauern sein.«

»Frauen unseres Standes mischen sich nicht unters Volk!«

»Dann verkleide ich mich eben als Mann.«

Er sah sie skeptisch an.

»Jay, zieh nicht so ein Gesicht! Du hast mich doch auch mit ins Bergwerk genommen!«

»Bei einer verheirateten Frau ist das ein bißchen anders.«

»Wenn das heißen soll, daß es jetzt, bloß weil wir verheiratet sind, keine Abenteuer mehr gibt, haue ich ab nach Übersee!«

»Das ist doch lächerlich!«

Lizzie grinste ihn an und sprang aufs Bett: »Sei doch nicht so ein Frosch!« Sie hüpfte auf der Matratze auf und ab. »Los, komm schon! Auf zum Galgen!«

Jay mußte unfreiwillig lachen. »Na gut!« sagte er.

»Bravo!«

Die häuslichen Pflichten waren rasch erledigt: Lizzie trug der Köchin auf, was sie zum Abendessen einkaufen sollte; bestimmte die Zimmer, die die Hausmädchen zu reinigen hatten; ließ den Pferdeknecht wissen, daß sie an diesem Tag nicht ausreiten wolle; akzeptierte dankend eine Dinner-Einladung für sich und ihren Mann am kommenden Mittwochabend bei den Marlboroughs; verschob einen Termin bei der Putzmacherin und nahm zwölf messingbeschlagene Reisekoffer für die Überfahrt nach Virginia in Empfang.

Und dann verkleidete sie sich.

In der Tyburn Street – auch als Oxford Street bekannt – wimmelte es von Menschen. Der Galgen stand am Ende der Straße, am Rande des Hyde-Parks. An den Fenstern und auf den Balkons der Häuser, von denen aus man das Schafott sehen konnte, drängten sich wohlhabende Zuschauer, die eigens für diesen Tag dort Zimmer gemietet hatten. Auf der Parkmauer standen die Menschen Schulter an Schulter. Fliegende Händler verkauften heiße Würstchen und Gin und boten Schriften feil, in denen, wie sie behaupteten, die letzten Worte der Verurteilten abgedruckt waren.

Mit Cora an der Hand schob sich Mack durch die Menge. Er hatte kein Interesse daran, Menschen sterben zu sehen, aber Cora legte großen Wert darauf. Mack wollte jede freie Minute mit ihr zusammensein, wollte ihre Hand halten, ihre Lippen küssen und ihren Körper spüren, wann immer ihm danach war. Allein sie anzusehen war eine Freude. Ihr verwegenes Temperament, ihre derbe Sprache und das lasterhafte Funkeln in ihren Augen gefielen ihm, und so hatte er sich entschlossen, sie zu der öffentlichen Hinrichtung zu begleiten.

Eine Freundin von ihr zählte zu den Delinquenten. Sie hieß Dolly Macaroni und war Bordellbesitzerin. Verurteilt war sie jedoch wegen Urkundenfälschung.

»Was hat sie denn gefälscht?« fragte Mack.

»Einen Wechsel. Er war auf acht Pfund ausgestellt, und sie hat achtzig daraus gemacht.«

»Von wem hat sie denn den Wechsel bekommen?«

»Von Lord Massey. Sie behauptet, er habe ihr weit mehr geschuldet.«

»Es hätte gereicht, sie zu deportieren. Hängen ist zu hart.«

»Fälscher werden fast immer gehängt.«

Sie hatten die Absperrung fast erreicht und waren nur noch etwa zwanzig Meter vom Schafott entfernt. Der Galgen war eine einfache Holzkonstruktion und bestand lediglich aus drei Pfosten mit Querbalken, an denen bereits fünf mit Schlingen versehene Stricke hingen.

Neben dem Galgen standen ein Kaplan und eine Handvoll Männer, bei denen es sich offenbar um offizielle Vertreter des Gerichts handelte. Mit Musketen bewaffnete Soldaten hielten die Menge auf Distanz.

Weiter unten in der Tyburn Street war ein Getöse zu vernehmen, das allmählich näher kam. »Was ist das für ein Lärm?« fragte Mack.

»Sie kommen«, antwortete Cora.

Der Zug mit den Delinquenten wurde von einer Abteilung berittener Wachen angeführt, an deren Spitze anscheinend der Marschall der städtischen Polizei stand. Ein Trupp mit Schlagstöcken bewehrter Konstabler folgte und danach ein hoher, von Ackergäulen gezogener vierrädriger Karren mit den Verurteilten. Die Nachhut bildete eine Abteilung Spießträger, deren spitze Waffen senkrecht nach oben gerichtet waren.

An Armen und Händen gefesselt, hockten auf Kisten, bei denen es sich wahrscheinlich um Särge handelte, fünf Menschen: drei Männer, ein ungefähr fünfzehnjähriger Junge und eine Frau.

»Das ist Dolly«, sagte Cora und fing an zu weinen.

Mit der Faszination des Grauens starrte Mack die fünf Delinquenten an. Einer der Männer war betrunken, die anderen beiden wirkten renitent. Dolly betete laut, und der Junge weinte.

Unter dem Schafott hielt der Karren an. Der Betrunkene winkte einigen verwegen aussehenden Gestalten zu, die ganz vorne in der Zuschauermenge standen. Sie scherzten und riefen ihrem Kumpan makabere Bemerkungen zu: »Nette Einladung vom Sheriff, was?« – »Hoffentlich kannst du tanzen!« – »Probier mal, ob dir das Halsband überhaupt paßt!« Dolly bat mit lauter, klarer Stimme den Herrn um Vergebung. Der Junge heulte erbärmlich. »Mama!« rief er unter Schluchzern. »Hilf mir, Mama!«

Die beiden nüchternen Männer wurden von einer anderen Gruppe begrüßt, die ebenfalls in der ersten Reihe stand. An ihrem Dialekt erkannte Mack, daß es sich um Iren handelte. Einer der Verurteilten rief: »Sorgt dafür, daß meine Leiche nicht den Chirurgen in die Hände fällt!« Seine Freunde stimmten ihm lauthals zu.

»Was meinen sie damit?« fragte Mack Cora.

»Er muß ein Mörder sein. Mörderleichen gehören den Chirurgen. Sie schneiden sie auf und schauen nach, was drin ist.«

Mack schauderte.

Der Henker kletterte auf den Karren. Nacheinander legte er jedem der Verurteilten eine Schlinge um den Hals und zog sie fest. Keiner der Betroffenen wehrte sich, protestierte oder versuchte zu fliehen; es wäre angesichts der strengen Bewachung auch sinnlos gewesen.

Ich hätte es trotzdem probiert, dachte Mack.

Der Priester, ein kahlköpfiger Mann in fleckiger Soutane, kletterte nun ebenfalls auf den Karren und sprach mit den Delinquenten. Mit dem Betrunkenen wechselte er nur wenige Worte. Vier oder fünf Minuten widmete er sich den beiden anderen Männern; etwas länger verweilte er bei Dolly und dem Jungen.

Mack hatte schon gehört, daß es bei Hinrichtungen gelegentlich zu Pannen kam, und er begann zu hoffen, daß es auch diesmal der Fall sein würde. Der Henkerstrick konnte reißen. Manchmal rotteten sich entschlossene Zuschauer zusammen, stürmten das Schafott und befreiten die Gefangenen. Es kam auch vor, daß die Delinquenten noch nicht gestorben waren, wenn der Henker sie vom Galgen schnitt. Die Vorstellung, daß diese fünf lebendigen Menschen in ein paar Minuten tot sein sollten, war einfach zu furchtbar.

Der Priester hatte seine Arbeit getan. Der Henker verband den fünf Verurteilten die Augen mit Tuchstreifen und kletterte vom Karren, auf dem sich jetzt nur noch die Delinquenten befanden. Der Betrunkene konnte sich nicht mehr auf den Beinen halten, stolperte und fiel. Die Schlinge um seinen Hals begann ihn zu erwürgen. Dolly betete und betete.

Der Henker gab den Pferden die Peitsche.

Lizzie schrie unwillkürlich auf. »Nein!«

Mit einem Ruck setzte sich der Karren in Bewegung.

Nochmals schlug der Henker auf die Pferde ein, worauf diese in einen leichten Trab verfielen. Der Karren wurde unter den Verurteilten fortgezogen, so daß sie, einer nach dem anderen ins Bodenlose stürzten: zuerst der ohnehin schon halbtote Betrunkene, dann die beiden Iren, der weinende Junge und zuletzt die Frau, deren Gebet mitten im Satz abbrach.

Beim Anblick der fünf Körper, die vor ihr an den Henkerstricken baumelten, empfand Lizzie eine abgrundtiefe Verachtung für sich selbst und die gaffende Menge um sich herum.

Sie waren noch nicht alle tot. Dem Jungen blieb Gott sei Dank ein längeres Leiden erspart; sein Hals war beim Fall offenbar sofort gebrochen. Auch die beiden Iren rührten sich nicht mehr. Der Betrunkene aber zappelte noch, ebenso wie die Frau, der obendrein die Augenbinde heruntergerutscht war. Während sie langsam erstickte, starrten ihre vor Entsetzen weit aufgerissenen Augen in die Menge.

Lizzie barg ihr Gesicht an Jays Schulter.

Am liebsten wäre sie davongelaufen, doch sie zwang sich zum Bleiben. Du hast es ja unbedingt sehen wollen, schalt sie sich, also halte auch bis zum Ende durch!

Sie schlug die Augen wieder auf.

Der Betrunkene war tot. Das Gesicht der Frau war jedoch von grausamem Schmerz gezeichnet und verzerrt. Den Zuschauern, auch den abgebrühtesten, war das Grölen vergangen; der entsetzliche Todeskampf vor ihren Augen hatte sie zum Schweigen gebracht. Einige Minuten vergingen.

Endlich schlossen sich die Augen der Gehenkten.

Der Sheriff wollte die Toten gerade herunterschneiden, als ein Tumult ausbrach.

Die irischen Zuschauer sprangen vor und versuchten, an den Wachen vorbei, das Schafott zu stürmen. Die Konstabler versuchten, sie daran zu hindern, und wurden dabei von den Spießträgern unterstützt, die mit ihren Piken auf die Iren einstachen. Schon floß das erste Blut.

»Das habe ich befürchtet«, sagte Jay. »Sie wollen verhindern, daß die Leichen ihrer Freunde in die Hände der Chirurgen fallen. Sehen wir zu, daß wir schleunigst hier fortkommen!«

Viele Umstehende hatten die gleiche Idee, während die Menge hinter ihnen neugierig vorwärtsdrängte. In dem entstehenden Durcheinander kam es rasch zu tätlichen Auseinandersetzungen. Jay versuchte, sich mit Gewalt aus dem Gedränge zu befreien, und Lizzie hielt sich dicht hinter ihm. Doch in der Menschenmasse, die ihnen, einer Woge gleich, entgegenkam, gab es keine Lücke. Alles rief und schrie durcheinander. Lizzie und Jay wurden wieder in Richtung Galgen zurückgedrängt. Die Iren hatten das Schafott inzwischen gestürmt. Einige von ihnen wehrten die Konstabler ab, andere duckten sich vor den Piken, wieder andere versuchten, die Leichen ihrer hingerichteten Freunde vom Galgen zu schneiden.

Dann ließ das heftige Gedränge um Lizzie und Jay ohne ersichtlichen Grund plötzlich nach. Lizzie drehte sich um und erblickte zwischen zwei großen, derben Mannsbildern eine Lücke. »Jay, komm, hier entlang!« rief sie, drehte sich noch einmal nach ihm um, um sicher zu sein, daß er ihr auch folgte, und rannte los. Doch kaum war sie hindurchgeschlüpft, schloß sich die Lücke wieder, und als Jay sich durchzwängen wollte, hob einer der Männer drohend die Hand. Jay zuckte erschrocken zusammen und trat einen Schritt zurück. Sein Zögern erwies sich als fatal: Sie waren jetzt voneinander getrennt. Lizzie sah seinen blonden Schopf aus der Menge herausragen und versuchte, wieder zu ihm zurückzugelangen, doch eine Menschenmauer versperrte ihr den Weg. »Jay!« schrie sie. »Jay!« Er rief ihr etwas zu, aber die Menge zwang sie immer weiter auseinander. Jay wurde zur Tyburn Street hin abgedrängt, Lizzie genau entgegengesetzt zum Park hin. Sekunden später konnte sie ihn schon nicht mehr sehen.

Jetzt war sie völlig auf sich allein gestellt. Sie biß die Zähne zusammen, kehrte dem Schafott den Rücken zu und suchte nach einem Ausweg, aber die Menge war so dicht gedrängt, daß es nirgends ein Durchkommen gab. Sie versuchte, sich zwischen einem kleinen Mann und einer vollbusigen Matrone hindurchzuquetschen. »Pfoten weg, junger Mann!« rief die dicke Frau, doch Lizzie ließ nicht locker, schaffte es und probierte es gleich noch einmal. Diesmal stand ihr ein Mann mit griesgrämiger Miene im Weg. Sie trat ihm auf die Zehen und erhielt einen Fausthieb in die Rippen. Der Schmerz nahm ihr fast die Luft, aber sie gab nicht auf.

Dann sah sie plötzlich ein bekanntes Gesicht und erkannte McAsh. Auch er versuchte, sich aus dem Gedränge zu befreien. »Hallo, Mack!« rief sie freudig. In seiner Begleitung befand sich die Rothaarige, die schon am Grosvenor Square an seiner Seite gestanden hatte. »Hier bin ich!« schrie sie. »Bitte hilf mir!« Mack erkannte sie. In diesem Moment traf Lizzie ein harter Ellenbogen ins Auge, so daß sie sekundenlang nichts sehen konnte. Als ihre Sehkraft zurückkehrte, waren Mack und seine Begleiterin verschwunden.

Es blieb ihr nichts anderes übrig, als mit eigenen Kräften weiterzukämpfen. Es gelang ihr, sich Zentimeter um Zentimeter aus der heißesten Kampfzone in der Umgebung des Schafotts abzusetzen. Schritt um Schritt wuchs ihre Bewegungsfreiheit. Nach fünf Minuten brauchte sie sich nicht mehr zwischen dicht an dicht stehenden Menschen hindurchzuzwängen, sondern fand kleinere Zwischenräume, die ihr die Flucht erleichterten. Schließlich erreichte sie eine Hauswand, arbeitete sich bis zur nächsten Ecke vor und schlüpfte in eine kaum meterbreite Gasse zwischen zwei Gebäuden.

Sie lehnte sich an die Hausmauer und rang nach Luft. Die Gasse war schmutzig und stank nach menschlichen Exkrementen. Lizzies Rippen schmerzten von dem Faustschlag. Vorsichtig tastete sich sie ihr Gesicht ab und stellte fest, daß ihr Auge angeschwollen war.

Hoffentlich ist Jay nichts passiert, dachte sie. Sie spähte um die Ecke, um nach ihm Ausschau zu halten, konnte ihn jedoch nirgends sehen. Statt dessen fielen ihr zwei Männer auf, die sie unverwandt anstarrten.

Der eine war mittleren Alters, fett und unrasiert, der andere ein Jugendlicher von vielleicht achtzehn Jahren. Irgend etwas in ihrem Blick machte Lizzie angst. Sie wollte fortlaufen, kam aber nicht mehr dazu. Die beiden stürzten auf sie zu, schoben sie tief in die dunkle Gasse hinein, packten sie dann an den Armen und warfen sie zu Boden. Sie rissen ihr den Hut und die Männerperücke vom Kopf und streiften ihr die Schuhe mit den Silberschnallen von den Füßen. Dann durchsuchten sie mit erstaunlicher Geschwindigkeit ihre Taschen und nahmen ihr die Geldkatze, die Taschenuhr und ein Schneuztuch weg.

Der ältere Mann steckte das Diebesgut in einen Sack, musterte Lizzie kritisch und sagte: »Der Mantel ist auch nicht schlecht. Fast neu.«

Wieder waren sie über ihr und zerrten ihr den Mantel und die dazu passende Weste vom Leibe. Lizzie wehrte sich, doch das einzige, was sie damit erreichte, war, daß ihr Hemd zerriß. Die Diebe stopften die erbeuteten Kleider in ihren Sack. Lizzie merkte, daß ihre Brüste entblößt waren. Hastig bedeckte sie sie mit den Hemdfetzen, aber es war bereits zu spät. »He, das is' ja 'ne Sie!« schrie der Jüngere.

Lizzie war wieder auf die Füße gekommen, doch der Bursche hielt sie fest.

Der Dicke glotzte sie an. »Bei Gott – und was für eine!« stammelte er und leckte sich die Lippen. »Die muß ich vögeln!«

Entsetzt versuchte Lizzie, sich aus dem Griff des Jüngeren zu befreien, konnte ihn aber nicht abschütteln.

Der junge Bursche drehte sich um und sah zur Straße. »Was? Hier?« fragte er ungläubig.

»Hier sieht uns keiner, du junger Dämlack!« sagte der Dicke und rieb sich zwischen den Beinen. »Sehen wir uns die Dame mal genauer an. Zieh ihr die Hose aus!«

Der Bursche warf Lizzie wieder zu Boden und begann, ihr die Hose herunterzustreifen. Der Dicke stand daneben und glotzte. Lizzie schrie vor Angst, so laut sie konnte, hatte jedoch große Zweifel, ob man sie bei dem Lärm, der draußen auf der Straße herrschte, überhaupt hören konnte.

Dann war auf einmal McAsh da.

Lizzie erkannte sein Gesicht und sah eine erhobene Faust, Der Schlag traf den Dicken seitlich am Kopf. Der Mann geriet ins Taumeln. Nach dem zweiten Faustschlag verdrehte er die Augen, nach dem dritten sackte er zusammen und gab keinen Mucks mehr von sich.

Der junge Kerl hatte von Lizzie abgelassen, rappelte sich auf und wollte das Weite suchen, doch Lizzie umklammerte seinen Fußknöchel und brachte ihn dadurch zum Stolpern. Er schlug der Länge nach hin. Mack riß ihn hoch, klatschte ihn an die Hauswand und versetzte ihm mit geballter Kraft von unten her einen Kinnhaken. Bewußtlos brach der Bursche über seinem Komplizen zusammen.

Lizzie stand auf. »Gott sei Dank!« sagte sie, und Tränen der Erleichterung standen ihr in den Augen. Sie fiel Mack um den Hals und schluchzte: »Du hast mich gerettet. Ich danke dir, Mack, ich bin dir unendlich dankbar ...«

Er drückte sie an sich. »Auch du hast mich einmal gerettet, weißt du noch? Damals, als du mich aus dem Fluß gezogen hast ...«

Sie schmiegte sich an ihn und versuchte, das unbeherrschte Zittern zu unterdrücken, das ihren ganzen Körper ergriffen hatte. Beruhigend strich er ihr übers Haar. Nur in Hemd und Hose, ohne das Polster weiter Unterröcke, spürte sie seinen Körper in voller Länge. Er fühlte sich ganz anders an als der ihres Ehemanns. Jay war groß und geschmeidig, Mack klein, kompakt und fest.

Er sah sie an. Seine grünen Augen wirkten wie hypnotisch auf sie. Der Rest seines Gesicht schien seine Konturen zu verlieren.

»Du hast mich gerettet, und ich habe dich gerettet«, sagte er und lächelte dabei ein wenig schief. »Ich bin dein Schutzengel und du der meine.«

Allmählich beruhigte sich Lizzie. Sie mußte wieder an ihr zerrissenes Hemd und ihre bloßen Brüste denken. »Wenn ich ein Engel wäre, läge ich jetzt bestimmt nicht in deinen Armen«, sagte sie und versuchte, sich aus seiner Umarmung zu befreien.

Noch einmal blickte Mack ihr in die Augen, noch einmal lächelte er sie so merkwürdig an. Dann nickte er, als stimme er ihr zu, gab sie frei, bückte sich, nahm dem dicken Dieb den Sack mit der Beute aus der schlaffen Hand, zog Lizzies Weste heraus und reichte sie ihr. Sie zog sie an und knöpfte sie hastig zu, um ihre Nacktheit zu bedecken. Kaum fühlte sie sich wieder sicher, dachte sie sorgenvoll an Jay. »Ich muß meinen Mann finden«, sagte sie zu Mack, als der ihr in den Mantel half. »Hilfst du mir suchen?«

»Natürlich.« Er reichte ihr Perücke und Hut, Geldkatze, Uhr und Taschentuch.

»Wo ist deine rothaarige Freundin?« fragte Lizzie.

»Ich habe sie in Sicherheit gebracht, bevor ich mich um dich kümmerte.«

»Ach ja?« Eine unsinnige Empörung ergriff von Lizzie Besitz. »Schlaft ihr beiden miteinander?« fragte sie unverfroren.

Mack lächelte. »Ja«, sagte er, »seit vorgestern.«

»Seit meinem Hochzeitstag.«

»Ich genieße es in vollen Zügen. Und du?«

Eine bissige Bemerkung lag ihr auf den Lippen, doch dann mußte sie unwillkürlich lachen. »Nochmals vielen Dank dafür, daß du mich gerettet hast«, sagte sie, beugte sich vor und drückte ihm einen Kuß auf die Lippen.«

»Für so einen Kuß würde ich es sofort noch einmal tun.«

Lizzie verzog das Gesicht, grinste etwas verlegen und ging auf die Straße zurück.

Jay stand am Eingang der Gasse und beobachtete sie.

Lizzie hatte ein furchtbar schlechtes Gewissen. Ob er gesehen hat, daß ich Mack geküßt habe? dachte sie und beantwortete die Frage gleich selbst: Natürlich, er sieht ja aus wie vom Donner gerührt ... »Oh, Jay!« rief sie. »Gott sei Dank ist dir nichts passiert!«

»Was ging hier vor?« fragte er.

»Die beiden Kerle da auf dem Boden haben mich überfallen und beraubt.«

»Es war von Anfang an idiotisch, überhaupt hierher zu kommen. Ich hab's doch gewußt.« Er nahm sie am Arm und führte sie auf die Straße zurück.

»McAsh hat sie niedergeschlagen und mich gerettet«, sagte Lizzie.

»Das ist noch lange kein Grund dafür, ihn zu küssen«, erwiderte ihr Mann.

Zweiter Teil
Kapitel 7

m Tag der Gerichtsverhandlung gegen John Wilkes tat Jays Regiment Dienst im Palasthof.

Der Held der Reformpartei war vor Jahren wegen Verleumdung verurteilt worden und hatte sich nach Frankreich abgesetzt. Nach seiner Rückkehr im Februar 1778 warf man ihm sogleich wieder vor, ein Gesetzesbrecher zu sein. Doch während sich das juristische Verfahren gegen ihn hinzog, kandidierte er bei einer Nachwahl im Wahlkreis Middlesex und gewann mit klarer Mehrheit. Seinen Sitz im Parlament hatte er allerdings noch nicht eingenommen, und die Regierung hoffte, ihn durch eine rechtzeitige gerichtliche Verurteilung noch daran hindern zu können.

Jay zügelte sein Pferd und ließ seinen Blick über die Menge schweifen. Er war nervös. Mehrere Hundert »Wilkiten« hatten sich vor Westminster Hall, dem Ort der Gerichtsverhandlung, zusammengerottet. Viele von ihnen trugen zum Zeichen ihrer Verbundenheit mit dem Angeklagten die blaue Kokarde am Hut. Tories wie Jays Vater hätten Wilkes am liebsten ein für allemal zum Schweigen gebracht, aber alle hatten Angst vor den Reaktionen seiner Anhänger.

Jays Regiment sollte im Falle von Unruhen für Ordnung sorgen. Ein kleines Wachbataillon von vierzig Offizieren unter der Führung von Oberst Cranbrough bildete einen dünnen rotweißen Kordon zwischen dem Gerichtsgebäude und dem Mob. Verdammt wenig Leute, dachte Jay. Wir bräuchten viel mehr.

Cranbrough unterstand den Richtern von Westminster, die von Sir John Fielding repräsentiert wurden. Fielding war blind, was ihn bei seiner Arbeit aber nicht zu behindern schien. Er war ein berühmter Reformrichter, den Jay für viel zu nachsichtig hielt. Von Fielding stammte der Satz, daß Armut die Ursache des Verbrechens war, und das klang so, als wolle jemand behaupten, die Ehe sei die Ursache des Ehebruchs.

Die jungen Offiziere hofften immer auf einen heißen Einsatz. Jay ging es nicht anders, aber er hatte auch Angst. Bislang war er noch nie in einen ernsten Kampf geraten, in dem Schwert oder Gewehr erforderlich gewesen wäre.

Der Tag schleppte sich dahin. Die patrouillierenden Hauptleute genehmigten sich abwechselnd kleine Ruhepausen und tranken dabei ein Gläschen Wein. Der Nachmittag neigte sich bereits dem Ende zu, als Jay, just in dem Augenblick, da er seinem Pferd einen Apfel zu fressen gab, von Sidney Lennox angesprochen wurde.

Das Herz rutschte ihm in die Hose. Lennox wollte sein Geld. Zweifellos hatte er bereits bei seinem Besuch im Haus am Grosvenor Square beabsichtigt, seine Forderungen zu stellen, sich wegen der anstehenden Hochzeit dann aber eines anderen besonnen.

Jay konnte ihm nichts zahlen. Und er hatte furchtbare Angst, Lennox könne sich an seinen Vater wenden.

Er versuchte es auf die forsche Tour. »He, Lennox, was treiben Sie denn hier? Wußte gar nicht, daß Sie zur Wilkes-Bande gehören!«

»John Wilkes kann sich zum Teufel scheren«, erwiderte Lennox. »Ich komme wegen der hundertfünfzig Pfund, die Sie bei Lord Archers Pharao-Runde verloren haben.«

Jay erbleichte bei der Erwähnung der Summe. Sein Vater gab ihm dreißig Pfund im Monat, und schon die reichten hinten und vorne nicht. Er hatte keine Ahnung, woher er so schnell hundertfünfzig Pfund nehmen sollte. Allein bei der Vorstellung, Vater könnte von den neuen Spielschulden Wind bekommen, wurde ihm schwach in den Knien. Er würde alles tun, um das zu vermeiden.

»Ich muß Sie wohl bitten, sich noch ein wenig zu gedulden«,

sagte er; es war ein schwacher Versuch, eine Art überlegene Lässigkeit zu demonstrieren.

Lennox ging auf seine Bemerkung nicht direkt ein. »Ich glaube, Sie kennen einen Mann namens McAsh«, sagte er.

»Leider ja.«

»Er hat – mit Hilfe von Caspar Gordonson – seine eigene Kohlelöschergang aufgemacht. Die beiden stiften eine Menge Unfrieden.«

»Das überrascht mich ganz und gar nicht. Der hat schon im Bergwerk meines Vaters sein Unwesen getrieben.«

»McAsh ist nicht das einzige Problem«, fuhr Lennox fort. »Dermot Riley und Charlie Smith, seine beiden Kumpane, haben mittlerweile auch ihre eigenen Trupps. Das Beispiel macht Schule. Am Wochenende wollen weitere Gangs auf eigene Rechnung löschen.«

»Das wird euch Unternehmer ein Vermögen kosten.«

»Wenn wir diesem Treiben nicht Einhalt gebieten, wird es unser Gewerbe ruinieren.«

»Sei's drum – *mein* Problem ist das nicht.«

»Aber Sie könnten mir helfen.«

»Das bezweifle ich.« Jay hatte kein Interesse, sich auf die Geschäfte dieses Mannes einzulassen.

»Es wäre mir einiges Geld wert.«

»Wieviel?« fragte Jay vorsichtig.

»Einhundertfünfzig Pfund.«

Mit einem Schlag war Jay ganz Ohr. Die Aussicht auf eine Tilgung seiner Schulden kam ihm vor wie eine göttliche Fügung. Nur – verschenken tat Lennox solche Summen nicht. Die Gegenleistung, die er verlangen würde, mußte es in sich haben. »Was soll ich tun?« fragte er mißtrauisch.

»Ich möchte, daß die Schiffseigner McAsh und seine Trupps nicht mehr anheuern. Einige von ihnen sind selber als Unternehmer tätig und werden von daher sicher mitmachen. Die meisten sind jedoch unabhängig, und der größte und einflußreichste von ihnen ist Ihr Vater. Wenn er sich beteiligt, hat das Signalwirkung. Er zieht die anderen mit.«

»Und warum sollte er? Er interessiert sich nicht für Kohlelöscher und Unternehmer.«

»Er ist Ratsherr von Wapping, und die Unternehmer verfügen über eine Menge Stimmen. Er täte gut daran, unsere Interessen zu vertreten. Abgesehen davon, sind diese Kohlelöscher ein rebellisches Gesindel, das unter unserer Kontrolle noch am besten aufgehoben ist.«

Jay runzelte die Stirn. Es war ein schwieriger Auftrag. Er hatte nicht den geringsten Einfluß auf seinen Vater. Sir George ließ sich von kaum jemandem in seine Geschäfte hineinreden. Aber Jay blieb nichts anderes übrig: Er mußte es versuchen.

Die Menge war unruhig geworden, was darauf hindeutete, daß Wilkes das Gerichtsgebäude verließ. Hastig sprang Jay aufs Pferd. »Ich sehe, was ich tun kann!« rief er Lennox zu und trabte davon.

Er suchte Chip Marlborough, fand ihn und fragte: »Was ist los?«

»Das Gericht hat es abgelehnt, Wilkes gegen Kaution auf freien Fuß zu setzen, und ihn ins Gefängnis des Oberhofgerichts eingewiesen.«

Der Oberst musterte seine Offiziere und wandte sich an Jay: »Sagen Sie Ihren Leuten, daß ja niemand schießt – es sei denn, Sir John erteilt ausdrücklich den Befehl dazu.«

Jay verkniff sich einen besorgten Protest. Wie sollen meine Leute den Mob in Schach halten, wenn ihnen die Hände gebunden sind, dachte er. Dennoch ritt er von einem zum anderen und gab die Order weiter.

Eine Kutsche erschien in der Toreinfahrt. Das wütende Gebrüll der Demonstranten konnte einem das Blut in den Adern gefrieren lassen. Jay spürte die Angst wie einen Stich. Die Soldaten verschafften der Kutsche freie Bahn, indem sie mit ihren Musketen die Menge auseinandertrieben. Die Wilkiten rannten über die Westminster Bridge. Jay fiel ein, daß die Kutsche auf dem Weg zum Gefängnis, das in Surrey lag, ebenfalls den Fluß überqueren mußte. Er gab seinem Pferd die Sporen und hielt auf die Brücke zu, doch Oberst Cranbrough winkte ihn zurück. »Überqueren Sie nicht die Brücke!« befahl er. »Unser Befehl lautet, *hier* für Ruhe und Ordnung zu sorgen, vor dem Gericht!«

Jay brachte sein Pferd zum Stehen. Surrey war ein eigener Bezirk, und die dortige Obrigkeit hatte nicht um militärische Unterstützung gebeten. Es war lächerlich. Hilflos sah Jay der Kutsche nach. Noch ehe sie das andere Themseufer erreicht hatte, hielten Demonstranten sie an und spannten die Pferde aus.

In Begleitung von zwei Helfern, die ihn führten und ständig über die Geschehnisse auf dem laufenden hielten, war Sir John Fielding auf die Brücke gegangen. Jetzt befand er sich mitten in dem Getümmel. Jay sah, wie ein Dutzend kräftiger Kerle zwischen die Riemen des Pferdegeschirrs traten und die Kutsche umdrehten, so daß sie kurz darauf wieder gen Westminster rollte. Lautes Triumphgeschrei seitens der Demonstranten begleitete die Aktion. Jay schlug das Herz bis zum Hals. Was würde geschehen, wenn der Mob den Palastgarten erreichte? Mit warnend erhobener Hand gebot Oberst Cranbough seinen Untergebenen Zurückhaltung.

Jay wandte sich an Chip. »Meinst du, wir könnten es schaffen, die Kutsche aus den Händen des Mobs zu befreien?«

»Die Behörden wollen kein Blutvergießen«, sagte Chip.

Einer von Sir Johns Assistenten rannte durch die Menge und beriet sich mit Oberst Cranbrough.

Wieder am Ufer, zogen die Demonstranten die Kutsche auf die Straße, die nach Osten führte. An seine Leute gewandt, rief Cranbrough: »Folgt in sicherem Abstand! Keine Attacke!«

Die Wachabteilung setzte sich in Marsch und folgte den Wilkiten mit der Kutsche. Jay biß die Zähne zusammen. Was für eine Demütigung, dachte er. Ein paar Runden Musketenfeuer genügen, und die Bande zerstreut sich. Das dauert nicht länger als eine Minute… Zwar wird Wilkes sicher versuchen, aus einem Angriff auf sich und seine Leute politisches Kapital zu schlagen. Aber was macht das schon …

Über den Strand wurde die Kutsche in die Stadtmitte gezogen. Die Demonstranten tanzten und riefen immer wieder »Wilkes und die Freiheit!« und »Nummer fünfundvierzig!« Erst vor einer Kirche in Spitalfields hielten sie an. Wilkes stieg aus und verschwand im Gasthaus *Zu den drei Tonnen*, im Eilschritt gefolgt von Sir John Fielding.

Auch einige seiner Anhänger betraten die Schenke, doch es war nicht für jeden Platz. Sie liefen unruhig auf der Straße hin und her. Nach einer Weile zeigte sich Wilkes in einem Fenster im ersten Stock. Sofort brach ohrenbetäubender Jubel aus. Wilkes begann eine Rede zu halten. Jay war zu weit entfernt, um alles zu verstehen, bekam jedoch den allgemeinen Tenor der Ansprache mit: Der Redner bat die Menge, Ruhe und Ordnung zu bewahren.

Er war noch nicht am Ende, als Fieldings Assistent das Gasthaus verließ und neuerlich mit Oberst Cranbrough sprach. Der gab die Neuigkeiten flüsternd an seine Hauptleute weiter. Man hatte eine Vereinbarung getroffen: Wilkes würde durch einen Hinterausgang entkommen und sich noch am gleichen Abend freiwillig im Gefängnis des Oberhofgerichts einfinden.

Wilkes beendete seine Rede, verneigte sich und verschwand. Als klar war, daß er sich nicht mehr blicken lassen würde, begann sich die Menge zu langweilen und zerstreute sich allmählich. Sir John verließ die *Drei Tonnen* und schüttelte Cranbrough die Hand.

»Das haben Sie und Ihre Leute großartig gemacht, Oberst. Ich möchte mich bei Ihnen bedanken. Wir haben Blutvergießen vermieden, und dem Recht wird dennoch Genüge getan.«

Er macht gute Miene zu bösem Spiel, dachte Jay. In Wirklichkeit hat der Mob das Gesetz verhöhnt und verlacht.

Auf dem Rückmarsch seiner Abteilung zum Hyde Park war Jay

sehr bedrückt. Den ganzen Tag über war er auf einen heißen Kampf eingestellt gewesen – und nun dies! Die Enttäuschung war kaum zu ertragen. Aber die Regierung würde dem Mob nicht ewig nachgeben können. Früher oder später mußte sie versuchen, die Unruhen gewaltsam niederzuschlagen. Und dann war endlich was los ...

Nachdem er seine Leute nach Hause geschickt und sich vergewissert hatte, daß die Pferde gut versorgt waren, fiel Jay wieder Lennox' Vorschlag ein. Zwar sträubte sich in ihm alles dagegen, Sir George diesen Plan zu unterbreiten, doch wußte er auf der anderen Seite auch, daß es allemal leichter wäre, als seinen Vater um einhundertfünfzig Pfund zur Begleichung neuer Spielschulden zu bitten. Also beschloß er, auf dem Heimweg im Haus am Grosvenor Square vorbeizuschauen.

Es war schon spät. Die Familie habe das Abendessen bereits eingenommen, sagte der Diener. Sir George befinde sich in dem kleinen Studierzimmer im rückwärtigen Teil des Hauses. In der kalten marmorgefliesten Halle überkamen Jay erneut Bedenken. Er haßte es, seinen Vater um etwas zu bitten, egal um was. Entweder er schimpft mich aus, weil ich das Falsche erbitte, oder er wirft mir Unbescheidenheit vor, dachte er. Aber es gab keinen anderen Weg.

Er klopfte an die Tür und trat ein.

Sir George trank Wein und gähnte. Vor ihm lag eine Liste mit Melassepreisen. Jay setzte sich und sagte: »Das Gericht hat es abgelehnt, Wilkes gegen Kaution laufen zu lassen.«

»Ich hörte es.«

Vielleicht würde es Vater interessieren, wie Jays Regiment die Ordnung aufrechterhalten hatte. »Der Mob hat seine Kutsche bis nach Spitalfields geschleppt. Wir immer hinterher. Er hat zugesagt, sich heute abend zu stellen.«

»Gut. Was führt dich zu so später Stunde zu mir?«

Die Ablenkungsmanöver verfingen bei Vater nicht. »Wußtest

du schon, daß Malachi McAsh inzwischen in London aufgetaucht ist?« fragte er.

Sir George schüttelte den Kopf. »Na und?« erwiderte er.

»Er schürt Unruhe unter den Kohlelöschern.«

»Dazu gehört nicht viel. Das ist eine renitente Bande.«

»Man hat mich gebeten, im Namen der Unternehmer bei dir vorstellig zu werden.«

Sir George hob die Brauen. »Wieso ausgerechnet dich?« fragte er in einem Ton, dem man entnehmen konnte, daß seiner Ansicht nach kein Mensch, der seine fünf Sinne beisammen hatte, Jay als Botschafter einspannen konnte.

Jay zuckte mit den Schultern. »Ich kenne zufällig einen von ihnen. Er hat mich gebeten, mit dir zu reden.«

»Diese Gastwirte sind eine einflußreiche Wählergruppe«, sagte Sir George nachdenklich. »Worum geht es?«

»Dieser McAsh und seine Freunde haben unabhängige Löschergangs gegründet. Sie arbeiten auf eigene Rechnung. Die Unternehmer appellieren daher an die Loyalität der Schiffseigner. Ihr sollt diesen neuen Trupps keine Arbeit geben. Und sie meinen, wenn du mit gutem Beispiel vorangingest ...«

»Ich weiß nicht, ob ich mich da einmischen soll. Es geht uns eigentlich nichts an.«

Jay war enttäuscht. Er hatte den Vorschlag so gut eingefädelt. Jetzt spielte er den Unbeteiligten. »Mir ist das im Grunde auch egal«, sagte er. »Aber eines überrascht mich: Du sagst doch selbst immer, daß wir gegenüber aufwieglerischen Elementen unter den Arbeitern hart bleiben müssen.«

In diesem Augenblick hämmerte jemand vehement gegen die Eingangstür. Sir George runzelte die Stirn, und Jay trat in die Halle hinaus, um nach dem Rechten zu sehen. Ein Diener eilte an ihm vorbei und öffnete die Tür. Draußen stand ein stämmiger Arbeiter mit Holzpantinen an den Füßen und einer blauen Kokarde an seiner schmuddeligen Mütze. »Zünd Kerzen an!« befahl er dem Diener. »Kerzen für Wilkes!«

Nun erschien auch Sir George in der Halle, blieb neben seinem Sohn stehen und wollte wissen, was da vor sich ging.

»Ich hab' schon davon gehört«, sagte Jay. »Sie zwingen die Leute, in alle Fenster Kerzen zu stellen – zum Zeichen der Verbundenheit mit Wilkes.«

»Was ist das da an der Tür?« fragte Sir George.

Sie gingen hin. Mit Kreide war die Zahl 45 an die Haustür geschrieben worden. Draußen auf dem Platz war eine kleine Meute zu sehen, die von Haus zu Haus zog.

Sir George stellte den Mann auf der Schwelle zur Rede. »Ist Ihnen eigentlich klar, was Sie da angestellt haben?« fragte er ihn. »Diese Zahl ist ein Code und bedeutet: ›Der König ist ein Lügner.‹ Ihr hochgeschätzter Mr. Wilkes landete deswegen hinter Schloß und Riegel, und Ihnen könnte genau das gleiche passieren.«

Der Mann ging auf die Vorhaltungen Sir Georges nicht ein. »Zünden Sie jetzt Kerzen für Wilkes an oder nicht?« fragte er.

Sir Georges Gesicht lief rot an. Es brachte ihn in Rage, wenn ihm die niedrigen Stände die fällige Ehrerbietung verweigerten. »Scheren Sie sich zum Teufel!« brüllte er und schlug dem Mann die Tür vor der Nase zu.

Dann begab er sich wieder in sein Studierzimmer. Jay folgte ihm. Kaum hatten sie sich gesetzt, hörten sie das Geräusch von splitterndem Glas. Sie sprangen sofort wieder auf und rannten in das Speisezimmer im vorderen Teil des Hauses. Bei einem der beiden Fenster war eine Scheibe eingeschlagen. Auf dem gewienerten Parkettboden lag ein Stein. »Das ist *Crown Glass*, handgefertigte Butzenscheiben!« schrie Sir George erbost. Sie starrten noch immer fassungslos auf den Schaden, als ein zweiter Stein krachend durch die Scheibe des zweiten Fensters flog.

Sir George ging zurück in die Halle und sprach mit dem Diener: »Alle Bewohner sollen sich in den hinteren Teil des Hauses begeben, damit es keine Verletzten gibt! Geben Sie das weiter!«

Der Diener wirkte völlig verängstigt. »Wäre es nicht einfacher, diese Kerzen in die Fenster zu stellen, Sir?«

»Halten Sie Ihren dämlichen Mund, und tun Sie, was ich Ihnen befohlen habe«, gab Sir George barsch zurück.

Zum drittenmal krachte es, diesmal irgendwo im Oberstock, und Jay hörte seine Mutter entsetzt aufschreien. Mit klopfendem Herzen rannte er die Treppe hinauf. Sie kam aus dem Salon und stürzte ihm entgegen. »Bist du verletzt, Mama?«

Sie war blaß, aber ruhig. »Nein, nein, keine Sorge. Was ist denn passiert?«

Sir George kam die Treppe hoch und sagte mit mühsam unterdrücktem Zorn: »Kein Grund zur Besorgnis. Das waren die Wilkiten, dieser verdammte Mob. Wir ziehen uns ein wenig zurück, bis die Bande wieder verschwunden ist.«

Sie suchten in dem kleinen Wohnzimmer auf der Rückseite des Hauses Zuflucht, während vorne weitere Fensterscheiben zerklirrten. Jay sah, daß sein Vater vor Wut kochte. Sir George in die Defensive zu zwingen bedeutete mit absoluter Sicherheit, ihn zur Weißglut zu treiben. Der Zeitpunkt war gekommen, Lennox' Vorschlag noch einmal aufs Tapet zu bringen. Jay schlug alle Bedenken in den Wind und sagte: »Ich glaube, Vater, es ist jetzt wirklich an der Zeit, entschiedener gegen dieses Lumpenpack vorzugehen.«

»Wovon redest du, verdammt noch mal?«

»Ich dachte an McAsh und die Kohlelöscher. Wenn man diesen Kerlen einmal gestattet, gegen die Obrigkeit aufzubegehren, dann tun sie's immer wieder.« Es war normalerweise nicht Jays Art, solche Reden zu führen. Seine Mutter sah ihn kritisch an. Aber er ließ sich nicht beirren. »Am besten man erstickt so etwas gleich im Keim und zeigt den Leuten, wo sie hingehören.«

Sir George schien bereits wieder eine ärgerliche Replik auf den Lippen zu haben. Doch er sprach sie nicht aus. Er zögerte, verzog das Gesicht und sagte dann: »Du hast recht, absolut. Wir fangen gleich morgen damit an.«

Jay lächelte.

Zweiter Teil
Kapitel 8

Mack fühlte sich auf seinem Marsch über die verdreckte und verschlammte Straße, die als Wapping High Street bekannt war, wie ein König. Aus allen Wirtshaustüren, aus Fenstern, Höfen und von den Dächern herab winkten die Menschen ihm zu, riefen seinen Namen, machten Freunde und Bekannte auf ihn aufmerksam, und jeder wollte ihm die Hand schütteln. Doch die Wertschätzung der Männer war noch gar nichts im Vergleich mit der Dankbarkeit ihrer Frauen. Ihre Männer brachten seit neuestem nicht nur das Drei- bis Vierfache ihres bisherigen Verdienstes mit nach Hause, sondern waren auch viel nüchterner, wenn sie von der Arbeit kamen. Die Frauen fielen Mack mitten auf der Straße um den Hals, küßten ihm die Hände und riefen ihren Nachbarinnen zu: »Das ist Mack McAsh, der Mann, der die Unternehmer in die Knie gezwungen hat. Kommt schnell, und seht ihn euch an!«

Am Themseufer blieb er stehen und blickte über den breiten grauen Fluß. Es war Flut, und es hatten bereits mehrere neue Schiffe Anker geworfen. Er sah sich nach einem Bootsbesitzer um, der ihn hinausrudern konnte. Die Unternehmer warteten gewohnheitsgemäß in ihren Schenken, bis die Kapitäne bei ihnen auftauchten und nach einer Löschgang fragten. Mack und seine Leute begaben sich dagegen direkt zu den Kapitänen. Das sparte Zeit und sicherte ihnen die Aufträge.

Das Schiff, zu dem Mack sich bringen ließ, war die *Prince of Denmark.* Er kletterte an Bord. Die Mannschaft hatte Landgang. Auf dem Deck saß nur ein alter Matrose, der seine Pfeife rauchte. Er führte Mack zur Kapitänskajüte. Der Skipper saß am Tisch. Mit einem Federkiel machte er Eintragungen ins Logbuch, eine Arbeit, die ihm offensichtlich recht schwerfiel. »Einen guten Tag wünsche ich Ihnen, Kapitän«, sagte Mack und lächelte freundlich. »Ich bin Mack McAsh.«

»Was gibt's?« brummte der Mann mürrisch und bot Mack keinen Sitzplatz an.

Mack sah über den Affront hinweg. Schiffskapitäne waren nie besonders höflich. »Wollen Sie Ihr Schiff morgen schnell und zuverlässig entladen haben?« fragte er.

»Nein.«

Das war nun doch etwas überraschend. Mack überlegte, ob ihm vielleicht jemand zuvorgekommen war. »Wer entlädt es Ihnen denn?« fragte er.

»Das geht Sie einen feuchten Kehricht an, Mann!«

»Es geht mich sehr wohl etwas an. Aber wenn Sie's mir nicht sagen wollen, bitte. Ich werde es schon von jemand anders erfahren.«

»Auf Wiedersehen!« sagte der Kapitän.

Mack runzelte die Stirn. Es widerstrebte ihm, zu gehen, ohne zu wissen, was hier vorgefallen war. »Was, zum Teufel, ist denn mit Ihnen los, Kapitän? Habe ich Sie beleidigt?«

»Ich habe Ihnen nichts mehr zu sagen, junger Mann. Tun Sie mir einen Gefallen und verschwinden Sie jetzt.«

Ein unbehagliches Gefühl beschlich Mack. Er wußte auf die Worte des Kapitäns nichts mehr zu erwidern und ging. Schiffskapitäne waren ein notorisch übellauniges Völkchen – vielleicht, weil sie immer so lange von ihren Frauen getrennt waren.

Unweit der *Prince of Denmark* ankerte ein weiteres Kohleschiff, die *Whitehaven Jack*. Die Mannschaft war noch damit beschäftigt, die Segel festzumachen und das Tauwerk aufzuschießen. Mack entschied sich für einen zweiten Versuch und ließ sich hinüberrudern. Der Kapitän stand auf dem Achterdeck und befand sich in Begleitung eines jungen Gentlemans mit Schwert und Perücke. Mack grüßte mit gelassener Höflichkeit, von der er wußte, daß sie am ehesten dazu geeignet war, das Vertrauen anderer Leute zu gewinnen. »Kapitän – Sir. Einen guten Tag Ihnen beiden.«

Dieser Kapitän war höflich. »Guten Tag. Dies hier ist Mr. Tallow, der Sohn des Schiffseigners. Was führt Sie zu mir?«

»Möchten Sie, daß Ihr Schiff morgen von einer schnellen, nüchternen Löschgang entladen wird?«

Der Kapitän und der Gentleman antworteten gleichzeitig.

»Ja«, sagte der Kapitän.

»Nein«, sagte Tallow.

Der Widerspruch überraschte den Kapitän. Er sah Tallow fragend an. Der junge Mann wandte sich an Mack und fragte: »Sie sind McAsh, oder?«

»Ja. Ich glaube, die Schiffskapitäne begreifen meinen Namen allmählich als Garantie für gute Arbeit ...«

»Wir wollen Sie nicht«, sagte Tallow.

Die zweite Zurückweisung ärgerte Mack. »Warum nicht?« fragte er herausfordernd.

»Wir arbeiten schon seit Jahren mit Harry Nipper von der *Bratpfanne* zusammen und hatten bisher nie irgendwelche Schwierigkeiten.«

Der Kapitän unterbrach ihn: »Also, *nie* würde ich nicht unbedingt sagen.«

Tallow bedachte ihn mit einem finsteren Blick.

»Es ist unfair, die Männer dazu zu zwingen, ihren Lohn zu versaufen«, sagte Mack.

Tallow spielte den Beleidigten. »Ich streite mich nicht mit Leuten wie Ihnen herum. Wir haben keine Arbeit für Sie. Verschwinden Sie jetzt!«

Mack gab noch nicht auf. »Wieso wollen Sie Ihre Schiffe in drei Tagen von einem betrunkenen und randalierenden Trupp entladen lassen, wenn meine Männer es viel schneller und besser schaffen?«

»Das frage ich mich auch«, sagte der Kapitän, der keinen übertriebenen Respekt vor dem Sohn des Schiffseigners zeigte.

»Was unterstehen Sie sich? Ich lasse mich nicht verhören, von keinem von Ihnen!« Tallow versuchte seine Würde hervorzukehren, war aber ein bißchen zu jung dafür.

Ein böser Verdacht keimte in Mack auf. »Hat Ihnen jemand gesagt, daß Sie meinen Trupp nicht anheuern sollen?« Ein Blick in Tallows Gesicht genügte, um seine Vermutung zu bestätigen.

»Kein Mensch hier auf dem Fluß wird Ihren, Rileys oder Charlie Smith' Trupp anheuern«, sagte Tallow gehässig. »Sie sind ein Unruhestifter, und alle sind gewarnt.«

Mack war sofort klar, daß er vor einem ernsten Problem stand, und ihm wurde kalt ums Herz. Er hatte gewußt, daß Lennox und die anderen Unternehmer früher oder später gegen ihn vorgehen würden, aber er hatte nicht damit gerechnet, daß sie bei den Schiffseignern Unterstützung fanden.

Es war ein bißchen verwirrend. Das alte System war nicht sonderlich günstig für die Eigner. Allerdings arbeiteten sie schon seit Jahren mit den Unternehmern zusammen, und so stellten sie sich vielleicht aus reiner Gewohnheit auf deren Seite, obwohl es nicht gerecht war.

Es hatte keinen Sinn, jetzt den Zornigen zu spielen. »Ich bedauere Ihre Entscheidung«, sagte Mack in ruhigem Ton zu Tallow. »Sie ist schlecht für die Männer und schlecht für die Eigner. Ich hoffe, Sie werden es sich noch einmal überlegen, und wünsche Ihnen einen guten Tag.«

Tallow verzichtete auf eine Antwort, und Mack ließ sich ans Ufer zurückrudern. Niedergeschlagen stützte er seinen Kopf in die Hände und starrte ins schmutzigbraune Wasser der Themse. Wie konnte ich mir nur einbilden, eine so reiche und rücksichtslose Bande wie diese Unternehmer besiegen zu können? dachte er. Sie haben Verbindungen, man hilft ihnen ... Und wer bin *ich* dagegen? Mack McAsh aus Heugh ...

Ich hätte es voraussehen müssen.

Er sprang ans Ufer und begab sich in *St. Luke's Coffee House,* sein inoffizielles Hauptquartier. Mittlerweile gab es schon mindestens fünf Trupps, die nach dem neuen System arbeiteten. Am nächsten Samstagabend, wenn die verbliebenen alten Trupps von den raubgierigen Wirten ihre dezimierten Löhne ausgezahlt bekamen, würden auch die meisten anderen überwechseln. Doch die Weigerung der Schiffseigner, die freien Trupps anzuheuern, machte nun alle Hoffnungen zunichte.

Das Kaffeehaus stand neben der Lukaskirche, und man konnte dort nicht nur Kaffee, sondern auch Bier und Schnaps und sogar etwas zu essen bekommen. Doch während in den einfachen Schenken die Gäste meist standen, gab es in den Kaffeehäusern Sitzplätze für jedermann.

Cora saß an einem Tisch und aß ein Butterbrot. Es war ihr Frühstück, obwohl es schon Nachmittag war; sie blieb oft die halbe Nacht lang auf. Mack bestellte einen Teller gehacktes Hammelfleisch und einen Krug Bier und setzte sich zu ihr.

»Was ist los mit dir?« fragte sie ohne Umschweife.

Er erzählte es ihr, und während er sprach, beobachtete er ihr unschuldiges Gesicht. Cora trug dasselbe orangefarbene Kleid wie damals, als sie sich kennengelernt hatten, und duftete wieder nach dem aromatischen Parfüm. Sie sieht aus wie die Jungfrau Maria und umgibt sich mit einem wahren Haremsduft, dachte Mack. Kein Wunder, daß Betrunkene mit vielen Goldstücken in der Börse nur zu gern bereit sind, ihr in dunkle Gassen zu folgen.

Von den letzten sechs Nächten hatte er drei mit ihr verbracht. Sie wollte ihm einen neuen Mantel besorgen, und er wollte, daß sie das Leben, das sie führte, änderte. Sie war seine erste richtige Geliebte.

Er war gerade mit seiner Geschichte fertig, als Dermot und Charlie auftauchten. Mack hatte sich noch der schwachen Hoffnung hingegeben, daß es ihnen vielleicht besser ergangen wäre als ihm, doch ihre Mienen belehrten ihn eines anderen. Charlies schwarzes Gesicht bot ein Bild schierer Verzweiflung. Dermot sagte in seinem schweren irischen Tonfall: »Die Schiffseigner haben sich gegen uns verschworen. Kein einziger Kapitän draußen auf dem Fluß wird uns noch Arbeit geben.«

»Verfluchtes Pack!« sagte Mack. Die Verschwörung funktionierte – und er, Mack, saß in der Tinte.

Aufrichtige Empörung überkam ihn. Ich will doch nichts anderes als hart arbeiten und genug Geld verdienen, um meine Schwester freizukaufen! dachte er. Aber unentwegt werfen mir Leute, die in Geld schwimmen, Knüppel zwischen die Beine.

»Wir sind am Ende, Mack«, sagte Dermot.

Daß sein Freund bereit war, die Flinte ins Korn zu werfen, ärgerte Mack mehr als die Verschwörung. »Am Ende?« wiederholte er voller Verachtung. »Bist du ein Mann, Dermot oder eine Memme?«

»Was können wir denn noch tun?« fragte Dermot. »Wenn die Eigner unsere Trupps nicht anheuern, werden die Männer zum alten System zurückkehren. Sie müssen ja von irgendwas leben.«

Ohne lange nachzudenken, sagte Mack: »Wir könnten einen Streik organisieren.«

Die anderen Männer schwiegen.

Cora sagte: »Einen Streik?«

Mack hatte den Gedanken ausgesprochen, kaum daß er ihm gekommen war. Jetzt dachte er darüber nach und kam zu dem Schluß, daß es wahrscheinlich die einzige Möglichkeit war, die ihnen noch blieb. »Alle Kohlelöscher wollen zu unserem System überwechseln«, sagte er. »Wir könnten sie dazu überreden, nicht mehr für die alten Unternehmer zu arbeiten. Dann wird den Kapitänen und Eignern gar nichts anderes übriggbleiben, als die neuen Gangs anzuheuern.«

Dermot war skeptisch. »Angenommen, sie weigern sich nach wie vor?«

Sein Pessimismus ärgerte Mack. Warum mußte man immer gleich das Schlimmste annehmen? »Dann kommt eben keine Kohle mehr an Land«, sagte er.

»Und wovon leben die Männer dann?«

»Sie können es sich leisten, ein paar Tage freizunehmen. Es geschieht ja ohnehin dauernd: Wenn keine Kohleschiffe im Hafen liegen, gibt es keine Arbeit für uns.«

»Das stimmt schon. Aber ewig können wir nicht durchhalten.«

»Die Eigner auch nicht – London *braucht* seine Kohle!«

»Was willst du denn sonst tun?« fragte Cora den noch immer zweifelnden Dermot.

Der runzelte die Stirn und dachte angestrengt nach. Dann hellte sich seine Miene auf. »Auf die alte Tour will ich nicht mehr malochen, das steht fest. Also mache ich mit.«

»Gut!« sagte Mack erleichtert.

»Ich habe schon einmal gestreikt«, sagte Charlie betrübt. »Wer darunter leidet, sind die Ehefrauen.«

»Wann hast du gestreikt?« fragte Mack. Er besaß keine eigenen Erfahrungen: Alles, was er über Streiks wußte, hatte er in Zeitungen gelesen.

»Vor drei Jahren oben am Tyne. Ich war Kumpel im Kohlebergwerk.«

»Das habe ich nicht gewußt«, sagte Mack erstaunt. Auf die Idee, daß auch Bergleute streiken konnten, war er noch nie gekommen. »Was ist dabei herausgekommen?«

»Die Grubenbesitzer gaben nach.«

»Na also!« sagte Mack triumphierend.

»Sei vorsichtig, Mack«, sagte Cora. »Du hast es hier nicht mit nordenglischen Gutsherren zu tun, sondern mit Londoner Gastwirten, dem Abschaum dieser Erde. Die sind imstande und lassen dir im Schlaf die Gurgel durchschneiden.«

Mack blickte ihr in die Augen und erkannte, daß sie sich aufrichtige Sorgen um ihn machte. »Ich werde aufpassen.«

Cora sah ihn skeptisch an, sagte aber nichts mehr.

»Als allererstes müssen wir die Männer überzeugen«, meinte Dermot.

»Ja, das stimmt«, pflichtete ihm Mack bei. »Es hat keinen

Sinn, daß wir vier hier so tun, als läge die Entscheidung nur bei uns. Wir werden eine Versammlung einberufen. Wieviel Uhr ist es?«

Sie blickten alle hinaus. Es wurde langsam dunkel. »Ungefähr sechs«, sagte Cora.

»Die Trupps, die heute arbeiten, werden aufhören, sobald es dunkel wird. Ihr zwei geht los, klappert die Schenken in der High Street ab und sagt den Leuten Bescheid.«

Charlie und Dermot nickten. »Aber hier können wir die Versammlung nicht abhalten«, wandte Charlie ein. »Der Raum ist nicht groß genug. Es sind ja insgesamt an die fünfzig Trupps.«

»Der *Fröhliche Seemann* hat einen großen Innenhof«, sagte Dermot. »Und außerdem ist der Wirt kein Unternehmer.«

»Einverstanden«, sagte Mack. »Die Leute sollen eine Stunde nach Einbruch der Dunkelheit dort sein.«

»Alle kommen bestimmt nicht«, meinte Charlie.

»Aber die meisten.«

»Wir sehen zu, daß wir so viele wie möglich zusammenbringen«, sagte Dermot. Dann machten er und Charlie sich auf den Weg.

Mack sah Cora an. »Nimmst du heute abend frei?« fragte er erwartungsvoll.

Sie schüttelte den Kopf. »Ich warte nur noch auf meine Komplizin.«

Daß Peg eine Diebin war und Cora dafür die Verantwortung trug, machte Mack Kummer. »Es wäre schön, wenn es uns gelänge, dem Kind ein Auskommen zu verschaffen, ohne daß es dafür stehlen muß«, sagte er.

»Warum?«

Die Frage brachte ihn in Verlegenheit. »Nun ja, es liegt doch auf der Hand, daß ...«

»*Was* liegt auf der Hand?«

»Daß es besser wäre, wenn sie unbescholten aufwachsen würde.«

»*Warum* wäre das besser?«

Mack entging nicht der gereizte Unterton in Coras Fragen, aber er konnte jetzt nicht mehr zurück. »Sie lebt gefährlich. Wenn sie Pech hat, endet sie am Galgen in Tyburn.«

»Angenommen, sie würde bei einer reichen Herrschaft den Küchenboden schrubben, sich vom Koch verprügeln und vom Hausherrn vergewaltigen lassen ... Wäre sie da vielleicht besser dran?«

»Ich glaube nicht, daß jedes Küchenmädchen vergewaltigt wird.«

»Jedes hübsche schon. Und wovon soll *ich* leben, wenn sie aussteigt?«

»Du? Du bist gescheit, siehst großartig aus. Du könntest alles tun ...«

»Ich will aber nicht *alles* tun, Mack. Ich bin zufrieden mit meiner Arbeit.«

»Wieso?«

»Sie macht mir Spaß. Ich ziehe mich gerne hübsch an, ich trinke gerne Gin, ich flirte gerne. Ich bestehle dumme Männer, die mehr Geld haben, als ihnen zusteht. Es ist eine spannende, ziemlich leichte Arbeit, bei der ich zehnmal soviel verdiene wie als Schneiderin, kleine Ladenbesitzerin oder Serviererin im Kaffeehaus.«

Mack war schockiert. Er hatte fest damit gerechnet, daß Cora sagen würde, sie stehle, weil ihr nichts anderes übrigbleibe. Daß sie ihre Arbeit mochte, stellte seine Erwartungen auf den Kopf. »Ich kenne dich echt noch nicht«, sagte er.

»Du bist ein cleverer Bursche, Mack, aber du hast wirklich keine Ahnung.«

Unvermittelt tauchte Peg auf, blaß, mager und übermüdet wie immer. »Hast du schon gefrühstückt, Peg?« fragte Mack.

»Nein«, sagte sie und setzte sich. »Ich hätte gerne einen Gin.«

Mack winkte dem Kellner. »Eine Schüssel Porridge mit Sahne, bitte.«

Peg zog ein Gesicht, als das Essen kam, machte sich aber mit Heißhunger darüber her.

Ihre Schüssel war noch nicht leer, als plötzlich Caspar Gordonson das Kaffeehaus betrat. Mack freute sich über sein Erscheinen; er hatte schon erwogen, in der Fleet Street vorbeizuschauen, um mit ihm über die Verschwörung der Schiffseigner und den möglichen Streik zu sprechen. Jetzt berichtet er ihm in groben Zügen über die Ereignisse des Tages. Der etwas schmuddelig gekleidete Anwalt hörte ihm zu und nippte ab und zu an einem Glas Brandy.

Je länger Mack sprach, desto besorgter wurde Gordonsons Miene. Als Mack fertig war, ergriff er das Wort und sagte mit seiner hohen Fistelstimme: »Eines muß Ihnen klar sein, McAsh: Unsere Herrschenden haben Angst. Und zwar nicht nur der königliche Hof und die Regierung, sondern die gesamte Oberschicht: die Herzöge und Grafen, die Ratsherren, Richter, Kaufleute und Grundbesitzer. Dieses Gerede über die ›Freiheit‹ geht ihnen auf die Nerven. Die Hungerunruhen im letzten und vorletzten Jahr haben ihnen gezeigt, wozu das Volk fähig ist, wenn es in Rage gerät.«

»Ausgezeichnet!« sagte Mack. »Dann müßten sie ja unsere Forderungen erfüllen!«

»Nicht unbedingt. Sie fürchten, daß ihr dann immer höhere Ansprüche stellen werdet. In Wirklichkeit suchen sie nach einem Vorwand, Truppen auf die Straße zu schicken und auf das Volk zu schießen.«

Mack erkannte, daß hinter Gordonsons Erklärungen die nackte Angst saß. »Brauchen sie denn überhaupt einen Vorwand?« fragte er.

»O ja, und zwar wegen John Wilkes. Er ist ein echter Stachel in ihrem Fleisch. Er wirft der Regierung despotisches Verhalten vor. Sobald man mit Truppen gegen das Volk vorgeht, werden Tausende von Bürgern aus dem Mittelstand sagen: ›Also hat Wilkes doch recht gehabt! Diese Regierung ist eine Tyrannei.‹ Und all diese Ladenbesitzer, Silberschmiede und Bäcker sind auch Wählerstimmen.«

»Und was für einen Vorwand braucht die Regierung?«

»Sie wollen, daß Sie und Ihresgleichen die Mittelschichten mit Gewalt und Aufruhr verschrecken. In diesem Fall wird ihnen jede Redefreiheit egal, und sie haben nur noch die Aufrechterhaltung von Ruhe und Ordnung im Kopf. Und wenn in einer solchen Lage die Armee eingreift, seufzt der Mittelstand bloß erleichtert auf, anstatt sich zu empören.«

Gordonsons Ausführungen faszinierten Mack, beunruhigten ihn aber auch. Diese Seite der Politik kannte er noch nicht. Er hatte schon öfter über hochgestochene Theorien diskutiert, die er aus Büchern kannte, und war selbst hilfloses Opfer ungerechter Gesetze gewesen. Was Gordonson jetzt erzählte, lag irgendwo dazwischen. Es war der Bereich, in dem gegensätzliche Kräfte in ständigem Wechselspiel miteinander rivalisierten und taktische Finessen den Ausschlag geben konnten. Das ist die wahre Politik, dachte Mack, und sie ist gefährlich.

Gordonson war eine solche Faszination nicht anzumerken: Er war nur besorgt. »Ich habe Sie da hineingezogen, Mack«, sagte er. »Wenn Sie dabei umkommen, belastet Ihr Tod mein Gewissen.«

Seine Sorge steckte Mack an. Vor vier Monaten war ich noch ein einfacher Kumpel im Kohlebergwerk, dachte er. Jetzt bin ich ein Feind der Regierung und stehe auf ihrer Abschußliste. Habe ich das etwa provoziert?

Aber Malachi McAsh wußte auch, daß er eine große Verpflichtung hatte. So wie Gordonson sich für ihn verantwortlich fühlte, fühlte er sich für die Kohlelöscher verantwortlich. Jetzt einfach davonzulaufen und sich zu verkriechen wäre schäbig und feige gewesen. Er hatte die Männer in Schwierigkeiten gebracht, also mußte er sie jetzt auch wieder herausbringen.

»Was sollen wir Ihrer Meinung nach tun?« fragte er Gordonson.

»Wenn sich Ihre Leute für den Streik entscheiden, wird Ihre Aufgabe darin bestehen, für die erforderliche Disziplin zu sorgen. Es dürfen keine Schiffe angezündet, keine Streikbrecher ermordet und keine Unternehmerschenken belagert werden. Daß Kohlelöscher keine Betbrüder sind, wissen Sie selber. Sie sind jung, stark und wütend. Wenn sie außer Rand und Band geraten, geht London in Flammen auf.«

»Ich glaube, ich schaffe das«, sagte Mack. »Sie hören auf mich. Sie scheinen mich zu respektieren.«

»Sie verehren Sie«, sagte Gordonson, »und das vergrößert Ihr persönliches Risiko. Sie sind ein Rädelsführer. Die Regierung könnte Sie aufhängen und damit den Streik brechen. Sobald Ihre Leute ja zum Streik sagen, sind Sie, McAsh, in Lebensgefahr.«

Mack wünschte allmählich, er hätte das Wort ›Streik‹ nie in den Mund genommen. »Was soll ich tun?« fragte er.

»Kehren Sie nicht mehr in Ihre gegenwärtige Wohnung zurück, und teilen Sie Ihre neue Adresse nur einigen wenigen Vertrauenspersonen mit.«

»Du kannst zu mir ziehen«, sagte Cora.

Mack rang sich ein Lächeln ab. Dieses Problem war also gelöst.

»Lassen Sie sich tagsüber nicht in der Öffentlichkeit blicken«, fuhr Gordonson fort. »Erscheinen Sie nur auf Versammlungen, und verschwinden Sie danach gleich wieder. Sie müssen zum Phantom werden.«

Das klingt ziemlich lächerlich, dachte Mack, aber seine Furcht ließ ihn zustimmen. »Einverstanden«, sagte er.

Cora erhob sich. Zu Macks Überraschung kam Peg auf ihn zu und schlang die Arme um ihn. »Paß auf, Schotte!« sagte sie. »Laß dich ja nicht abstechen!«

Die allgemeine Sorge um seine Person rührte Mack. Noch vor drei Monaten hatte er Peg, Cora und Gordonson nicht einmal gekannt!

Cora küßte ihn auf den Mund und schlenderte hinaus, bereits verführerisch die Hüften schwingend. Peg folgte ihr.

Kurz darauf verließen auch Mack und Gordonson das Kaffeehaus und begaben sich zum *Fröhlichen Seemann.* Es war schon dunkel, aber in der Wapping High Street herrschte noch geschäftiges Treiben. In Schenkeneingängen, Fenstern und Laternen, die die Menschen mit sich führten, glomm Kerzenlicht. Die Flut hatte sich zurückgezogen, und vom Ufer waberte ein starker Modergeruch herüber.

Zu Macks Verblüffung war der Schenkenhof brechend voll. Es gab ungefähr achthundert Kohlelöscher in London, und mindestens die Hälfte von ihnen war gekommen. Irgend jemand hatte hastig eine einfache Rednertribüne aufgebaut und mit vier flackernden Fackeln erleuchtet. Mack schob sich durch die Menge. Alle Anwesenden erkannten ihn sofort, sprachen auf ihn ein oder schlugen ihm auf die Schulter. Die Nachricht von seiner Ankunft verbreitete sich rasch, und die Männer begannen ihm zuzujubeln. Als er die Rednertribüne erreichte, tobten sie vor Begeisterung. Er stieg hinauf und blickte in die Menge. Im Fackellicht sah er Hunderte von kohlestaubverschmierten Gesichtern, die erwartungsvoll zu ihm aufschauten. Er mußte sich der Tränen erwehren, Tränen der Dankbarkeit für das Vertrauen, das sie ihm schenkten. Er wollte zu ihnen sprechen, kam aber nicht gegen den Jubel und das Geschrei an. Er hob die Hände und bat um Ruhe, aber es half nicht. Irgend jemand schrie seinen Namen, andere brüllten »Wilkes und die Freiheit!« und andere Parolen. Und dann setzte sich allmählich ein Sprechchor durch und übertönte alles andere:

»Streik! Streik! Streik!«

Mack stand da, starrte in die Menge und dachte bei sich: Was habe ich da nur angerichtet?

Zweiter Teil
Kapitel 9

ur Frühstückszeit erhielt Jay Jamisson eine Botschaft von seinem Vater. Sie war charakteristisch kurz:

Grosvenor Square
8 Uhr morgens
Komm Punkt 12 in mein Büro.
G. J.

Jay schlug sofort das Gewissen. Vater hat von meiner Vereinbarung mit Lennox Wind bekommen, dachte er.

Am Anfang war alles genau nach Plan verlaufen. Die Schiffseigner weigerten sich, die neuen Kohlelöschtrupps zu beschäftigen, genau wie Lennox es verlangt hatte. Im Gegenzug hatte der Schankwirt vereinbarungsgemäß Jays Schuldscheine zurückgegeben. Doch inzwischen streikten die Kohlelöscher, weshalb bereits seit einer Woche keine Kohle mehr in London angelandet worden war. Ob Vater mittlerweile weiß, daß es ohne meine Spielschulden vielleicht gar nicht so weit gekommen wäre, fragte sich Jay. Allein die Vorstellung war entsetzlich.

Er ging wie üblich zum Lager seiner Soldaten im Hyde Park und holte sich von Oberst Cranbrough die Erlaubnis, sich über Mittag von der Truppe zu entfernen. Den Rest des Vormittags zerbrach er sich den Kopf über Vaters Nachricht. Seine schlechte Laune übertrug sich auf seine Leute und machte sogar die Pferde nervös.

Die Kirchenglocken schlugen zwölf, als er das Lagerhaus der Jamissons am Themseufer betrat. Die staubige Luft war schwer von aromatischen Gerüchen – nach Zimt und Kaffee, Rum und

Portwein, Pfeffer und Orangen. Jay fühlte sich immer in seine Kindheit zurückversetzt, wenn ihm dieser Duft in die Nase stieg. Die Fässer und Teekisten waren ihm damals soviel größer vorgekommen. Aber auch aus einem anderen Grund kam er sich wie ein kleiner Junge vor: Er hatte etwas ausgefressen und wurde nun zum Rapport bestellt. Im Flur erwiderte er die ehrerbietigen Grüße der Angestellten; dann stieg er über die baufällige Holztreppe hinauf ins Kontor. Er durchquerte einen großen Vorraum, in dem die Schreiber und Buchhalter arbeiteten, und betrat das Büro seines Vaters, ein Eckzimmer voller Karten, Werbeplakate und Schiffsbilder.

»Guten Tag, Vater«, sagte er. »Wo ist Robert?« Sein Bruder wich nur selten von seines Vaters Seite.

»Er mußte nach Rochester fahren. Aber die Angelegenheit, um die es hier geht, betrifft mehr dich als ihn. Sir Philip Armstrong möchte mit mir sprechen.«

Armstrong war die rechte Hand des Ministers Viscount Weymouth. Jays Beklommenheit wuchs. Gab es nicht nur Probleme mit seinem Vater, sondern auch mit der Regierung?

»Was will er von dir?«

»Er möchte, daß dieser Kohlestreik aufhört, und weiß, daß wir ihn ausgelöst haben.«

Das hat wenigstens nichts mit Spielschulden zu tun, dachte Jay. Aber seine Besorgnis hielt an.

»Er muß jeden Augenblick hier sein«, fügte Vater hinzu.

»Wieso kommt er her?« Normalerweise bestellten so hochgestellte Persönlichkeiten die Leute, mit denen sie reden wollten, in ihr Büro nach Whitehall.

»Aus Gründen der Geheimhaltung, nehme ich an.«

Ehe Jay weitere Fragen stellen konnte, ging die Tür auf, und Armstrong trat ein. Jay und Sir George erhoben sich. Armstrong war mittelgroß und trug seine Amtstracht mit Perücke und Schwert. Er hielt die Nase ein wenig höher, als wolle er damit zum Ausdruck bringen, daß er gemeinhin nicht in den Sumpf des gewöhnlichen Geschäftslebens hinabstieg. Jay erkannte an der Art, wie Sir George das Gesicht verzog, als er Armstrong die Hand schüttelte und ihn Platz zu nehmen bat, daß sein Vater den hohen Gast nicht leiden konnte.

Armstrong schlug das angebotene Glas Wein aus. »Der Streik muß aufhören«, sagte er. »Die Kohlelöscher haben schon die Hälfte aller Industriebetriebe in London lahmgelegt.«

»Wir haben versucht, die Schiffe von Matrosen entladen zu lassen«, sagte Sir George. »Ein, zwei Tage ging das auch gut.«

»Und warum nicht länger?«

»Weil die Gegenseite sie für sich gewonnen hat, sei es durch Überzeugung, sei es durch Einschüchterung. Jetzt streiken sie auch.«

»Die Bootsführer und Fährleute ebenfalls«, sagte Armstrong gereizt. »Und vor dem Kohlestreik gab es bereits Probleme mit den Schneidern, den Seidenwebern, den Hutmachern und den Sägewerksarbeitern ... So geht das nicht weiter.«

»Aber warum sind Sie zu mir gekommen, Sir Philip?«

»Weil Sie meines Wissens einer der ersten Schiffseigner waren, die mit den Kohlelöschern auf Konfrontationskurs gingen und damit den Streik provozierten.«

»Das ist richtig.«

»Darf ich fragen, warum Sie das getan haben?«

Sir George sah Jay an. Der schluckte nervös und sagte: »Ich wurde von den Unternehmern angesprochen, die die Kohlelöschergangs organisieren. Mein Vater und ich wollten die herkömmliche Ordnung an den Docks nicht zerstören lassen.«

»Das sehe ich ein«, sagte Armstrong, und Jay dachte: Nun komm doch endlich zur Sache! »Kennen Sie die Rädelsführer?« fragte Sir Philip.

»Das will ich meinen!« erwiderte Jay. »Der wichtigste Mann heißt Malachi McAsh und wird Mack genannt. Wie es der Zufall will, war er früher Hauer im Kohlebergwerk meines Vaters.«

»Ich möchte, daß dieser McAsh verhaftet und nach dem Aufruhrgesetz von 1714 eines Kapitalverbrechens angeklagt wird. Die Anklage muß allerdings gut begründet sein: Keine falschen Vorwürfe oder bestochene Zeugen! Wir brauchen einen echten Aufruhr, der für jedermann sichtbar von streikenden Arbeitern angeführt wird. Sie müssen mit Feuerwaffen gegen die Offiziere der Krone vorgehen. Wir brauchen Tote und Verwundete.«

Jay verstand das nicht. Soll das heißen, daß *ich* so einen Aufruhr organisieren soll? dachte er.

Sein Vater hatte keine Verständnisprobleme. »Sie haben sich sehr deutlich ausgedrückt, Sir Philip.« Er wandte sich an seinen Sohn: »Kennst du McAshs Aufenthaltsort?«

»Nein«, erwiderte Jay. Doch als er sah, daß Sir George verächtlich die Stirn runzelte, fügte er hastig hinzu: »Aber ich kann ihn bestimmt herausfinden.«

Im Morgengrauen weckte Mack Cora und liebte sie. Sie war irgendwann in den Stunden nach Mitternacht ins Bett gekommen und hatte stark nach Tabak gerochen. Mack hatte sie geküßt und war gleich darauf wieder eingeschlafen.

Jetzt war er hellwach und Cora schlaftrunken. Ihr Körper war warm und entspannt, ihre Haut weich, ihr rotes Haar verstrubbelt. Sie hatte die Arme locker um ihn geschlungen und stöhnte leise. Zum Schluß stieß sie einen kleinen Lustschrei aus – und schlief wieder ein.

Mack betrachtete sie. Ihr Gesicht war von vollendeter Schönheit – zierlich, rosa und regelmäßig. Aber ihr Lebenswandel bekümmerte ihn immer mehr. Daß sie sich eines Kindes als Komplizin bediente, empfand er als Herzlosigkeit, doch wenn er mit ihr darüber sprechen wollte, wurde sie böse und sagte, er mache sich ebenfalls schuldig, denn schließlich lebe er bei ihr mietfrei und ernähre sich von Lebensmitteln, die sie mit ihrem auf unehrenhafte Weise erworbenen Geld bezahlt habe.

Er seufzte und stand auf.

Coras Wohnung lag im Oberstock eines baufälligen Hauses

auf dem Gelände einer Kohlehandlung. Einst hatte der Händler selbst dort gewohnt, doch dann war er zu Wohlstand gekommen und umgezogen. Inzwischen hatte er im Erdgeschoß ein Büro eingerichtet und das Obergeschoß an Cora vermietet.

Die Wohnung hatte zwei Zimmer. In einem stand ein großes Bett, im anderen ein Tisch mit mehreren Stühlen. Ansonsten enthielt das Schlafzimmer Coras Garderobe, für die sie alles Geld ausgab, das sie erübrigen konnte. Esther und Annie hatten je zwei Kleider besessen, eines für die Arbeit und eines für sonntags. Cora dagegen verfügte über acht oder zehn verschiedene Kombinationen, alle in lebhaften, auffälligen Farben: gelb, rot, knallgrün und sattbraun. Zu jedem Kleid hatte sie die passenden Schuhe, und ihr Vorrat an Strümpfen, Handschuhen und Taschentüchern entsprach dem einer feinen Dame.

Mack wusch sich das Gesicht, zog sich rasch an und ging. Ein paar Minuten später war er bei Dermot, dessen Familie gerade am Frühstückstisch saß und ihren Porridge löffelte. Mack begrüßte die Kinder mit einem Lächeln. Jedesmal wenn er Coras ›Kondom‹ benutzte, fragte er sich, ob er eines Tages auch Kinder haben würde. Manchmal wünschte er sich ein Kind von Cora, doch wenn er dann an ihren Lebenswandel dachte, änderte er jedesmal wieder seine Meinung.

Mack schlug die ihm angebotene Portion Porridge aus, weil er wußte, daß Dermots Familie im Grunde nichts erübrigen konnte. Genauso wie Mack lebte Dermot von einer Frau: Bridget arbeitete abends als Spülerin in einem Kaffeehaus; Dermot kümmerte sich unterdessen um die Kinder.

»Du hast Post«, sagte Dermot und reichte ihm einen verschlossenen Brief.

Mack erkannte die Handschrift. Sie war fast identisch mit der seinen. Der Brief stammte von Esther. Mack schlug sofort das Gewissen. Eigentlich sollte er Geld für Esther zurücklegen; Tatsache war jedoch, daß er streikte und keinen Penny für sie übrig hatte.

»Wo sehen wir uns heute?« fragte Dermot. Mack und seine engsten Mitarbeiter trafen sich jeden Tag an einem anderen Ort.

»Im Hinterzimmer der Schenke *Zur Königin*«, antwortete Mack.

»Ich sag's den anderen.« Dermot setzte seinen Hut auf und ging.

Mack öffnete den Brief und las. Annie war schwanger. Wenn es ein Junge wäre, wollten sie ihn Mack nennen. Ohne daß er hätte sagen können warum, stiegen Mack sofort die Tränen in die Augen. Die Jamissons waren dabei, auf dem Gelände von High Glen eine neue Kohlegrube zu eröffnen. Die Arbeiten gingen zügig voran, und schon in ein paar Tagen sollte Esther dort als Trägerin anfangen. Für Mack war dies eine unerwartete Nachricht, schließlich hatte er selbst gehört, wie Lizzie Hallim gesagt hatte, daß sie einer Kohleförderung auf High Glen niemals zustimmen würde. Weniger überraschend war, daß die Frau von Pfarrer York an einem Fieber gestorben war; sie hatte schon seit längerer Zeit gekränkelt. Esther selbst war nach wie vor fest entschlossen, Heugh zu verlassen, sobald Macks Ersparnisse es zuließen.

Er faltete den Brief zusammen und steckte ihn in die Tasche. Ich darf mich durch nichts von meiner Entschlossenheit abbringen lassen, dachte er. Wir werden diesen Streik gewinnen, und dann kann ich sparen.

Er gab Dermots Kindern zum Abschied einen Kuß und machte sich auf den Weg zur *Königin.*

Seine Leute warteten bereits auf ihn. Sie kamen sofort zur Sache.

One-Eye Wilson, ein Kohlelöscher, der den Auftrag hatte, den Fluß nach neuen Schiffen abzusuchen, berichtete, daß mit der Morgenflut zwei Kohleschiffe eingetroffen wären. »Beide aus Sunderland«, sagte er. »Ich sprach mit einem Matrosen, der an Land gekommen war, um Brot einzukaufen.«

Mack wandte sich an Charlie Smith. »Geh an Bord, und rede mit den Kapitänen, Charlie. Sag ihnen, daß wir streiken und daß sie sich noch etwas gedulden sollen. Wir hoffen, daß die Schiffseigner bald ihren Widerstand gegen die neuen Löschgangs aufgeben.«

»Wieso schickst du ihnen einen Nigger?« warf One-Eye ein. »Ein Engländer findet sicher eher Gehör.«

»Ich bin Engländer!« sagte Charlie empört.

»Die meisten Kapitäne stammen aus den Kohlegebieten im Nordosten. Charlie spricht ihren Dialekt. Davon abgesehen, hat er solche Jobs schon früher übernommen und bewiesen, daß er ein guter Botschafter unserer Sache ist.«

»Nichts für ungut, Charlie«, sagte One-Eye.

Charlie zuckte mit den Schultern und empfahl sich, um seinen Auftrag zu erledigen. An der Tür kam ihm eine Frau entgegen, die es offenbar sehr eilig hatte. Atemlos und in höchstem Grade erregt, stürzte sie auf den Tisch zu, an dem Mack saß. Mack kannte sie; es war Sairey, die Ehefrau eines kämpferischen Kohlelöschers namens Buster McBride. »Mack, sie haben einen Matrosen dabei ertappt, wie er einen Sack Kohle ans Ufer geschmuggelt hat! Ich habe Angst, daß Buster ihn umbringt.«

»Wo sind sie?«

»Sie haben ihn im Abtritt des *Schwan* eingesperrt. Buster trinkt und hat gesagt, daß er ihn mit dem Kopf nach unten vom Glockenturm baumeln lassen will, und ein paar andere stacheln ihn noch an.«

Immer wieder kam es zu derartigen Zwischenfällen. Die Kohlelöscher neigten zu Gewalttätigkeiten, doch bisher war es Mack noch immer gelungen, sie zurückzuhalten.

Er wandte sich an Pigskin Pollard, einen großen, freundlichen Burschen, und sagte zu ihm: »Geh zu den Jungs, und beruhige sie, Pigskin. Mord und Totschlag ist das letzte, was wir jetzt brauchen können.«

»Bin schon unterwegs«, sagte Pollard.

Caspar Gordonson erschien. Auf seinem Hemd klebten Reste von Eigelb, und in der Hand hielt er einen Zettel. »Ein Lastkahnverband mit Kohle für London ist auf dem Lea-Fluß gesichtet worden. Er wird noch am Nachmittag die Schleuse von Enfield erreichen.«

»Enfield?« fragte Mack. »Wie weit ist das von hier?«

»Zwölf Meilen«, antwortete Gordonson. »Wir können bis Mittag dort sein, selbst wenn wir zu Fuß gehen müssen.«

»Gut. Wir müssen die Schleuse besetzen und verhindern, daß die Kähne durchkommen. Ich gehe selber hin. Ein Dutzend zuverlässige Männer kommen mit.«

Ein weiterer Kohlelöscher erschien. »Fat Sam Barrows, der Wirt vom *Grünen Mann*, versucht einen Trupp aufzustellen, der die *Spirit of Jarrow* entladen soll.«

»Na, dann viel Spaß«, bemerkte Mack. »Fat Sam ist äußerst unbeliebt. Er hat in seinem ganzen Leben noch keine anständigen Löhne gezahlt. Doch wie dem auch sei, wir müssen die Sache im Auge behalten. Will Trimble, geh hin und tu dich mal ein bißchen um. Und wenn die Gefahr besteht, daß Sam tatsächlich sechzehn Mann zusammenbringt, gibst du mir bitte Bescheid.«

»Er ist abgetaucht«, sagte Sidney Lennox. »Er hat seine Unterkunft verlassen, und kein Mensch weiß, wohin er sich verdrückt hat.«

Jay war verzweifelt. In Gegenwart von Sir Philip Armstrong hatte er seinem Vater gesagt, er könne McAshs Aufenthaltsort herausfinden. Inzwischen bereute er seine Worte bitter. Sir George würde ihn mit beißendem Hohn und Spott überschütten, wenn er sein Versprechen nicht einhielt.

Er hatte fest damit gerechnet, daß Lennox ihm weiterhelfen würde. »Wie kann er einen Streik führen, wenn er untergetaucht ist?« fragte er.

»Er läßt sich jeden Morgen in einem anderen Kaffeehaus

blicken, und irgendwie erfahren es seine Kumpane rechtzeitig. Er erteilt seine Befehle und löst sich wieder in Luft auf. Bis zum nächsten Morgen.«

»Irgend jemand muß doch wissen, wo er pennt«, jammerte Jay. »Wenn wir ihn erwischen, ist der Streik vorbei.«

Lennox nickte. Niemandem war so sehr an einer Niederlage der Kohlelöscher gelegen wie ihm. »Caspar Gordonson wird es schon wissen«, sagte er.

Jay schüttelte den Kopf. »Das nützt uns nichts. Hat McAsh eine Frau?«

»Ja – Cora. Aber die ist zäh wie Rindsleder. Die schweigt wie ein Grab.«

»Es muß doch noch andere geben.«

»Da wäre noch dieses Kind«, sagte Lennox nachdenklich.

»Welches Kind?«

»Quick Peg. Sie und Cora klauen zusammen. Ich frage mich, ob ...«

Gegen Mitternacht wimmelte es in *Lord Archers Kaffeehaus* von Offizieren, Gentlemen und Huren. Die Luft war voller Tabakrauch, und es stank nach verschüttetem Wein. In einer Ecke stand ein Fiedler und spielte, aber seine Musik wurde von Hunderten lauter Gespräche weitgehend übertönt.

An einigen Tischen flogen die Karten. Jay beteiligte sich allerdings nicht am Spiel. Er trank. Anfangs hatte er den Betrunkenen bloß spielen wollen und sich den Inhalt seiner Brandygläser größtenteils über die Weste gekippt. Später war dann aber doch immer mehr Brandy in seine Kehle geflossen, so daß ihm der wackelige Stand eines Betrunkenen inzwischen kaum noch schauspielerisches Geschick abverlangte. Chip Marlborough hatte von Beginn an richtig getrunken, doch ihm schien der Alkohol ohnehin nie etwas anzuhaben.

Jay hatte zu viele Sorgen, um sich zu amüsieren. Er mußte seinem Vater McAshs Adresse präsentieren. Jay hatte sogar schon mit dem Gedanken gespielt, sich eine auszudenken und dann zu behaupten, daß der Gesuchte im letzten Moment doch wieder entkommen war. Doch er wußte genau, daß sich sein Vater nur schwer hinters Licht führen ließ.

Und so hockte er nun im *Lord Archer* und hoffte darauf, Cora zu begegnen. Mehrere Mädchen hatten ihn im Laufe des Abends bereits angesprochen, aber keines von ihnen paßte zu Coras Beschreibung: ungefähr neunzehn oder zwanzig Jahre alt, bildhübsch, flammendrotes Haar. Mit allen Mädchen hatten er und Chip geflirtet, bis die Betroffenen merkten, daß die beiden es nicht ernst meinten, und sich wieder trollten. Am anderen Ende der Schankstube saß Sidney Lennox. Er rauchte eine Pfeife, beteiligte sich mit geringem Einsatz an einem Pharao-Spiel und behielt dabei das Geschehen in der Kneipe stets im Auge.

Jay hatte die Hoffnung schon fast aufgegeben. In Covent Garden gab es Hunderte von Mädchen. Wahrscheinlich würden sie es morgen oder sogar übermorgen noch einmal versuchen müssen, ehe Cora ihnen über den Weg lief. Und zu Hause saß seine Frau und begriff nicht, warum er seine Abende an einem Ort verbringen mußte, um den anständige Damen einen weiten Bogen machten.

Er malte sich gerade aus, wie schön es wäre, zu einer erwartungsvoll seiner harrenden Lizzie ins warme Bett zu steigen, als Cora die Schankstube betrat.

Jay hatte keine Zweifel, daß sie die richtige war. Sie war mit Abstand das hübscheste Mädchen im Raum, und die Farbe ihrer Haare war tatsächlich die gleiche wie die der Flammen im Kamin. Ihre Aufmachung entsprach der einer Hure: Sie trug ein tief ausgeschnittenes Seidenkleid und rote Schnallenschuhe, und die Art, wie sie sich in der Schankstube umsah, verriet professionelle Erfahrung.

Jay schaute zu Lennox hinüber. Der Wirt nickte langsam, einmal, zweimal.

Gott sei Dank, dachte Jay, wandte sich wieder Cora zu und lächelte sie an. Als sie ihn bemerkte und zurücklächelte, war ihm, als grüße sie einen Bekannten. Weiß sie etwa, wer ich bin, dachte er. Er war nervös und sagte sich, daß er nichts weiter zu tun hatte, als freundlich zu ihr zu sein. Er hatte schon hundert Frauen becirct und wußte, wie er es anzustellen hatte.

Schon war sie bei ihnen. Jay küßte ihr die Hand. Sie roch nach einem betörenden Parfüm mit Sandelholzduft. »Ich war eigentlich der Meinung, daß ich schon alle schönen Frauen Londons kenne, doch ich habe mich geirrt«, sagte er galant. »Meine Name ist Hauptmann Jonathan. Dies hier ist Hauptmann Chip.« Er hatte beschlossen, einen Decknamen zu benutzen. Es bestand immerhin die Möglichkeit, daß Mack ihr von Jay Jamisson erzählt hatte. Wenn sie wußte, wer er war, würde sie sofort mißtrauisch werden.

»Ich bin Cora«, sagte sie und musterte die beiden jungen Männer von oben bis unten. »Welch attraktives Paar! Ich kann wirklich nicht sagen, welcher der beiden Hauptleute mir besser gefällt.«

»Meine Familie ist edlerer Abstammung als Jonathans«, sagte Chip.

»Dafür ist meine Familie wohlhabender«, konterte Jay, und aus irgendeinem Grund mußten sie beide kichern.

»Wenn Sie schon so wohlhabend sind, könnten Sie mich eigentlich zu einem Brandy einladen.«

Jay winkte dem Kellner und bot Cora einen Platz an.

Sie quetschte sich zwischen ihn und Chip auf die Bank. Ihr Atem roch nach Gin. Jays Blick glitt über ihre Schultern und verlor sich in ihrem Ausschnitt. Er konnte nicht umhin, ihre Brüste mit denen seiner Frau zu vergleichen. Lizzie war klein von Gestalt, hatte breite Hüften und einen üppigen Busen. Cora war größer und schlanker, und ihre Brüste erinnerten ihn an zwei Äpfel in einer Schale.

Cora sah ihn fragend an: »Kennen wir uns?«

Jay erschrak. Er konnte sich nicht entsinnen, sie je gesehen zu haben. »Ich glaube nicht«, sagte er. Wenn sie ihn erkannte, war das Spiel aus.

»Sie kommen mir irgendwie bekannt vor. Ich weiß, daß ich noch nie mit Ihnen gesprochen habe, aber ich habe Sie irgendwo gesehen.«

Er zwang sich zu einem Lächeln. »Wie dem auch sei, jetzt haben wir die Gelegenheit, uns *richtig* kennenzulernen.« Er legte den Arm über die Lehne der Bank und streichelte ihren Hals. Cora schloß die Augen, als genösse sie die Berührung, und Jays Befürchtungen begannen sich zu zerstreuen.

Cora spielte ihre Rolle so überzeugend, daß er fast vergaß, daß sie nur so tat als ob. Sie legte die Hand auf seinen Oberschenkel. Jay mahnte sich insgeheim, den Spaß nicht zu weit zu treiben. Denk daran, es ist alles nur Theater ... Ich hätte nicht soviel trinken sollen. Ich brauche jetzt einen klaren Kopf ...

Der Brandy kam, und Cora leerte das Glas in einem Zug. »Komm, mein Junge«, sagte sie zu Jay. »Bevor dir endgültig die Hose platzt, gehen wir lieber ein paar Schritte an die frische Luft.«

Jay merkte, daß er eine deutliche Erektion hatte, und errötete verlegen.

Cora stand auf und ging zur Tür. Jay folgte ihr.

Draußen legte sie ihm den Arm um die Taille und führte ihn in die Kolonnaden von Covent Garden. Jay legte ihr den Arm über die Schulter, ließ die Hand in ihren Ausschnitt schlüpfen und fummelte an der Brustwarze herum. Cora kicherte und lotste ihn in eine dunkle Seitengasse.

Dort fielen sie einander in die Arme und küßten sich. Jay umfaßte ihre Brüste und drückte sie. Lennox und ihr gemeinsamer Plan waren mit einem Schlag vergessen: Cora war willig und warm, und er wollte sie. Ihre Hände waren überall. Sie knöpften seine Weste auf, strichen über seine Brust, schlüpften in seine Hose. Jay schob Cora die Zunge zwischen die Lippen und versuchte gleichzeitig, ihre Röcke hochzuschieben. Auf seinem Bauch spürte er die Kälte der Nacht.

Da ertönte hinter ihnen ein Schrei wie aus einem Kindermund. Cora erschrak, stieß Jay von sich und versuchte fortzulaufen, doch noch ehe sie den ersten Schritt tun konnte, war Chip Marlborough bei ihr und packte sie.

Jay drehte sich um und sah, daß Lennox sich bemühte, ein Kind festzuhalten, das sich schreiend und kratzend zur Wehr setzte, sich mit verzweifelten Verrenkungen aus seinem Griff zu befreien suchte und dabei einige Gegenstände fallen ließ. Im Sternenlicht erkannte Jay seine Geldkatze, seine Taschenuhr, sein Seidentaschentuch und sein silbernes Petschaft. Während er Cora küßte, hatte das Kind ihm die Taschen ausgeräumt, und er hatte, obwohl er gewarnt war, nichts davon gemerkt. Allerdings hatte er sich auch sehr stark in die Rolle, die er spielte, hineinversetzt.

Das Kind gab seinen Widerstand auf, und Lennox sagte: »Ihr zwei kommt vor Gericht. Taschendiebe werden gehängt.«

Jay sah sich vorsichtig um. Irgendwie rechnete er damit, daß Coras Freunde ihr zur Hilfe kommen würden. Aber niemand hatte die Rangelei in der Gasse gesehen.

Chip warf einen kritischen Blick auf Jays Hose. »Sie können Ihre Waffe einstecken, Hauptmann Jamisson. Die Schlacht ist geschlagen.«

Die meisten reichen und mächtigen Männer waren auch als Richter tätig, und Sir George bildete da keine Ausnahme. Er hatte zwar nie eine öffentliche Gerichtsverhandlung geleitet, besaß jedoch das Recht, in seinem eigenen Haus zu verhandeln. Er konnte Gesetzesbrecher auspeitschen, brandmarken oder ins Gefängnis werfen lassen und hatte die Befugnis, schwerere Fälle zur Verhandlung nach Old Bailey zu überstellen.

Da er noch auf Jay wartete, war er noch nicht zu Bett gegangen. Dennoch ärgerte es ihn, daß er so lange hatte aufbleiben müssen. »Ich habe gegen zehn mit euch gerechnet«, sagte er verdrießlich, als sie endlich alle zusammen in den Salon des Hauses am Grosvenor Square marschierten.

Cora wurde von Chip Marlborough hereingeschleppt. Ihre Hände waren gefesselt. »Dann haben Sie uns also erwartet!« rief sie wütend. »Dann war das alles ein abgekartetes Spiel, ihr widerlichen Schweine!«

»Halten Sie Ihren Mund, oder ich lasse Sie erst einmal rund um den Platz peitschen«, erwiderte Sir George, und Cora schien ihm das zu glauben, denn sie sagte nichts mehr.

Sir George nahm einen Bogen Papier zur Hand und tauchte einen Gänsekiel in ein bereitstehendes Tintenfaß. »Jay Jamisson, Esquire, ist der Ankläger. Er gibt an, daß er bestohlen wurde. Die Beklagte heißt ...«

»Quick Peg, Sir«, sagte Lennox eilfertig. »So nennt sie sich.«

»Das kann ich nicht aufschreiben«, fauchte Sir George. »Wie lautet dein richtiger Name, Kind?«

»Peggy Knapp, Sir.«

»Wie heißt die Frau?«

»Cora Higgins«, sagte Cora.

»Die Taschendiebin heißt Peggy Knapp, ihre Komplizin Cora Higgins. Zeugen des Verbrechens sind ...«

»Sidney Lennox, Schankwirt der *Sonne* in Wapping.«

»Und Hauptmann Marlborough?«

Chip hob abwehrend die Hände. »Wenn Mr. Lennox' Aussage genügt, wäre ich sehr dankbar, in diese Sache nicht hineingezogen zu werden.«

»Ja, sie genügt bestimmt, Hauptmann«, erwiderte Sir George höflich. Da er Chips Vater Geld schuldete, behandelte er den jungen Marlborough stets sehr zuvorkommend. »Es ist sehr erfreulich, daß Sie sich an der Festnahme dieser beiden Diebinnen beteiligt haben. – Angeklagte, haben Sie etwas zu sagen?«

»Ich bin nicht ihre Komplizin«, sagte Cora. »Ich habe dieses Kind mein Lebtag noch nicht gesehen.« Peg starrte Cora ungläubig an, doch diese fuhr unbeirrt fort: »Ich ging mit einem hübschen jungen Mann spazieren, das ist alles. Ich hatte keine Ahnung, daß sie ihn bestehlen wollte.«

»Die beiden sind ein Team, Sir George«, sagte Lennox. »Ich habe sie oft miteinander beobachtet.«

»Das genügt mir«, sagte Sir George. »Ihr beide werdet wegen Taschendiebstahls ins Gefängnis von Newgate eingeliefert.«

Peg fing an zu weinen, und Cora war leichenblaß vor Angst. »Warum tun Sie das?« fragte sie Jay und deutete mit dem Finger auf ihn. »Sie haben im *Lord Archer* auf mich gewartet. Und du« – sie deutete auf Lennox –, »du bist uns gefolgt, als wir hinausgingen. Und Sie, Sir George Jamisson, sind extra aufgeblieben, obwohl Sie eigentlich längst im Bett sein wollten. Was steckt dahinter? Was haben Peg und ich euch eigentlich getan?«

Sir George ging auf ihre Fragen nicht ein. »Hauptmann Marlborough, seien Sie so gut und führen Sie diese Frau hinaus, nur für ein paar Minuten. Aber passen Sie gut auf sie auf.«

Chip tat, wie ihm geheißen, und machte die Tür hinter sich zu. Dann wandte sich Sir George an Peg. »Nun, mein Kind, weißt du eigentlich, welche Strafe auf Taschendiebstahl steht?«

Peg war bleich im Gesicht und schlotterte am ganzen Leibe. »Die Halskrause des Sheriffs«, flüsterte sie.

»Wenn das heißt, der Galgen, so hast du recht. Aber weißt du auch, daß manche Menschen nicht gehängt, sondern statt dessen nach Amerika geschickt werden?«

Das Kind nickte.

»Dabei handelt es sich allerdings um Menschen mit einflußreichen Freunden, die sich für sie einsetzen und den Richter um Gnade bitten. Hast du einflußreiche Freunde?«

Peg schüttelte den Kopf.

»Was würdest du sagen, wenn *ich* als dein einflußreicher Freund aufträte und mich für dich verwenden würde?«

Sie sah zu ihm auf. Ein Hoffnungsschimmer lag auf ihrem kleinen Gesicht.

»Du mußt mir allerdings einen Gefallen tun.«

»Welchen?«

»Wenn du uns verrätst, wo Mack McAsh wohnt, bleibt dir der Galgen erspart.«

Eine Zeitlang herrschte absolute Stille im Salon.

»In der Dachstube über dem Kohlelager in der Wapping High Street«, sagte Peg schließlich und brach in Tränen aus.

Zweiter Teil
Kapitel 10

Als Mack aufwachte, war er zu seiner Überraschung allein. Bisher war Cora noch nie die ganze Nacht über ausgeblieben. Obwohl er erst zwei Wochen mit ihr zusammenlebte und noch nicht all ihre Gewohnheiten kannte, machte er sich große Sorgen um sie.

Er stand auf und begab sich an seine tägliche Arbeit. Den Vormittag verbrachte er in *St. Luke's Coffee House,* wo er Nachrichten empfing und Anweisungen erteilte. Überall fragte er nach Cora, doch niemand hatte etwas von ihr gesehen oder gehört. Er schickte einen Vertrauten zur *Sonne,* der mit Quick Peg reden sollte, aber auch sie war die ganze Nacht fortgeblieben und hatte sich seither nicht mehr blicken lassen.

Am Nachmittag ging er zum Covent Garden und befragte in den Schenken und Kaffeehäusern Kellner und Huren. Einige von ihnen hatten Cora am vergangenen Abend gesehen. Ein Kellner im *Lord Archer* hatte beobachtet, wie sie mit einem jungen Betrunkenen, der offenbar recht betucht war, das Lokal verließ. Von jenem Zeitpunkt an fehlte jede Spur von ihr.

In der Hoffnung, bei Dermot Neuigkeiten zu erfahren, ging er nach Spitalfields. Dermot hatte gerade Abendessen für seine Kinder zubereitet, eine Brühe aus ausgekochten Knochen. Auch er hatte sich den ganzen Tag lang nach Coras Verbleib erkundigt und nichts herausgebracht.

Es war schon dunkel, als Mack sich wieder auf den Heimweg machte. Insgeheim hoffte er, sie bei seiner Rückkehr in ihrer Wohnung vorzufinden, sah sie in Gedanken schon in Unterwäsche auf dem Bett liegen und auf ihn warten, doch als er ankam, waren die Zimmer dunkel, kalt und leer.

Er zündete eine Kerze an und setzte sich gedankenverloren auf einen Stuhl. Draußen auf der Wapping High Street begannen sich die Schenken allmählich zu füllen. Trotz des Streiks hatten die Kohlelöscher noch immer Geld fürs abendliche Bier. Mack hätte sich gerne zu ihnen gesellt, ließ sich jedoch aus Sicherheitsgründen abends und nachts nicht in den Schenken blicken.

Er aß ein wenig Brot und Käse und las ein Buch, das Gordonson ihm geliehen hatte, einen Roman mit dem Titel *Tristram Shandy*. Aber er konnte sich nicht konzentrieren. Später am Abend, als er sich zu fragen begann, ob Cora überhaupt noch am Leben war, kam draußen vor dem Haus plötzlich Unruhe auf.

Er hörte laute Männerstimmen, Schritte von hin und her laufenden Menschen und die Geräusche von mehreren Pferdewagen. Sein erster Gedanke war, daß die Kohlelöscher sich zusammenrotteten und einen Aufruhr planten. Das Schlimmste befürchtend, ging er zum Fenster und sah hinaus.

Der Himmel war klar, und ein Halbmond schien, so daß Mack die Straße gut überblicken konnte. Zehn oder zwölf Pferdekarren holperten über die schlecht befestigte Straße auf das Kohlelager zu, gefolgt von einer johlenden und schreienden Menschenmenge, die an jeder Straßenecke und jeder Schenkentür neuen Zulauf gewann.

Die Szenerie hatte alle Anzeichen eines geplanten Aufruhrs.

Mack fluchte. Nur das nicht, dachte er, das fehlt uns gerade noch ... Er rannte die Treppe hinunter. Wenn ich mit den Kutschern rede und sie dazu bringe, die Karren nicht zu entladen, kann ich Gewalt vielleicht noch verhindern ...

Als er unten war, bog gerade der erste Kohlekarren auf das Gelände des Lagerplatzes ein. Mehrere Männer sprangen vom Bock und fingen ohne Vorwarnung an, die Menge mit dicken Brocken Kohle zu bewerfen. Einige Kohlelöscher wurden getroffen, andere hoben die Brocken auf und schleuderten sie zurück. Mack hörte eine Frau schreien und sah, daß ein paar Kinder eiligst in die Häuser getrieben wurden.

»Aufhören!« brüllte er und sprang mit erhobenen Händen zwischen die Kohlelöscher und die Lastkarren. »Sofort aufhören!« Die Männer erkannten ihn und hielten inne. Zu seiner Erleichterung befand sich auch Charlie Smith unter den Demonstranten. »Sorg um Gottes willen für Ordnung hier, Charlie!« rief er. »Ich rede mit diesen Leuten!«

»Ruhe bewahren!« rief Charlie. »Überlaßt Mack erst einmal die Sache!«

Mack drehte den Kohlelöschern den Rücken zu. Auf der anderen Seite der schmalen Straße standen die Menschen auf den Schwellen der Häuser und verfolgten neugierig, aber auch jederzeit zur Flucht in die eigenen vier Wände bereit, den Gang der Dinge. Auf jedem Karren saßen mindestens fünf Mann. In der unheimlichen Stille, die plötzlich eingetreten war, ging Mack auf den ersten Karren zu und fragte: »Wer ist hier verantwortlich?«

Im Schein des Mondes trat eine Gestalt vor und sagte: »Ich.«

Mack erkannte Sidney Lennox.

Er erschrak und wußte sich keinen Reim darauf zu machen. Was ging hier vor? Wieso versuchte Lennox, eine Kohlehandlung mit Nachschub zu beliefern? Die kalte Vorahnung einer unmittelbar bevorstehenden Katastrophe überkam ihn.

Er entdeckte den Eigentümer der Kohlehandlung, Jack Cooper. Sein Spitzname lautete Black Jack, da er stets mit Kohlestaub überzogen war wie ein Bergmann. »Jack, schließ um Gottes willen die Tore von deinem Hof«, bat Mack. »Sonst gibt es noch Mord und Totschlag.«

Cooper sah ihn trotzig an: »Ich muß meinen Lebensunterhalt verdienen.«

»Das wirst du auch, sobald dieser Streik vorbei ist. Du willst doch nicht, daß es auf der Wapping High Street zu Blutvergießen kommt, oder?«

»Wer den Pflug in die Hand genommen hat, schaut nicht mehr zurück.«

Mack sah ihn kritisch an: »Wer hat dich darum gebeten, Jack? Wer steckt hinter dieser Geschichte?«

»Ich bin mein eigener Herr. Mir hat keiner was zu sagen.«

Mack ahnte, woher der Wind wehte. Aufgebracht wandte er sich an Lennox: »Sie haben ihn gekauft. Warum?«

Das laute Klingeln einer Handglocke unterbrach sie. Mack drehte sich um und sah drei Gestalten an einem Fenster im Obergeschoß der *Bratpfanne* stehen. Die eine läutete die Glocke, die zweite hielt eine Laterne. Der Mann in der Mitte trug Perücke und Schwert und war von daher als Autoritätsperson zu erkennen.

Als die Glocke zu klingeln aufhörte, stellte sich der Mann in der Mitte vor: »Ich, Roland MacPherson, Friedensrichter in Wapping, erkläre hiermit den Ausnahmezustand.« Er verlas den zuständigen Absatz des Aufruhrgesetzes von 1714.

Nach Erklärung des Ausnahmezustands mußte jeder innerhalb von einer Stunde den betreffenden Schauplatz räumen. Zuwiderhandlungen wurden mit dem Tode bestraft.

Wo kommt der Richter so schnell her, fragte sich Mack und beantwortete die Frage gleich selbst: Er wußte schon vorher Bescheid und hat in der Schenke auf seinen Auftritt gewartet. Das Ganze ist ein abgekartetes Spiel. Wahrscheinlich wollen sie einen Aufruhr provozieren, um die Kohlelöscher in ein schlechtes Licht zu rücken. Sie suchen nach einem Vorwand, die Rädelsführer zu hängen – und das bedeutet vor allem mich.

Seine erste Reaktion war schiere Angriffslust. *Wenn ihr den Aufruhr wollt, so sollt ihr ihn haben!* wollte er schreien. *Ihr werdet ihn euer Lebtag nicht vergessen. Bevor ihr uns fertigmacht, geht London in Flammen auf ...*

Am liebsten wäre er Lennox an die Gurgel gesprungen. Doch dann zwang er sich zur Ruhe und dachte nach. Welche Möglichkeit gab es, Lennox' Plan zu durchkreuzen?

Die einzige Hoffnung bestand darin, nachzugeben und die Karren entladen zu lassen.

Er wandte sich an die wütenden Kohlelöscher, die inzwischen die offenen Tore des Lagerplatzes umringt hatten. »Hört mir zu, Leute!« begann er. »Es ist ein Komplott! Wir sollen zu einem Aufruhr provoziert werden. Wenn wir jetzt alle friedlich nach Hause gehen, schlagen wir unseren Feinden ein Schnippchen. Bleiben wir hier und kämpfen, sind wir verloren.«

Ein unzufriedenes Murren war die Antwort.

Mein Gott, sind diese Männer dumm, dachte Mack. »Kapiert ihr das denn nicht?« rief er. »Sie suchen einen Vorwand, um ein paar von uns aufzuknüpfen. Warum sollen wir ihnen diesen Gefallen tun? Gehen wir doch nach Hause und kämpfen morgen weiter!«

»Er hat recht!« schrie Charlie Smith. »Seht doch, wer hier steht – Sidney Lennox! Daß der nichts Gutes im Schilde führt, weiß doch wohl ein jeder!«

Einige Kohlelöscher nickten zustimmend, und Mack dachte, vielleicht gelingt es uns ja doch noch, sie zu überzeugen. Doch dann hörte er Lennox' rufen: »Packt ihn euch!«

Mehrere Männer gingen auf Mack los. Er drehte sich um und wollte davonlaufen, doch einer erwischte ihn und warf ihn zu Boden. Mack wehrte sich, hörte im gleichen Augenblick wütendes Gebrüll aus Richtung der Kohlelöscher und wußte sofort, daß nun genau das losbrach, was er befürchtet hatte: eine Straßenschlacht.

Er versuchte sich aufzurappeln. Tritte und Boxhiebe prasselten auf ihn ein, aber er spürte sie kaum. Die Männer, die ihn angegriffen hatten, wurden von den Kohlelöschern beiseite gerissen.

Als er wieder auf seinen zwei Beinen stand, sah er sich um. Lennox war verschwunden. Die Kohlelöscher und die Streikbrecher, die auf den Karren gesessen hatten, lieferten sich überall auf der schmalen Straße erbitterte Kämpfe, Mann gegen Mann.

Die Pferde stiegen, zerrten an ihren Zügeln und wieherten vor Angst und Entsetzen. Mack hätte sich am liebsten ebenfalls ins Kampfgetümmel gestürzt und die Angreifer niedergeschlagen, hielt sich aber zurück. Wir müssen so schnell wie möglich aufhören, dachte er. Bloß wie? Er überlegte fieberhaft. Die Kohlelöscher würden nicht zurückweichen, das widersprach ihrer Natur. Am besten ließen sie sich vielleicht zurückhalten, wenn man sie in eine Verteidigungsstellung manövrierte.

Er packte Charlie am Ärmel. »Wir versuchen, das Kohlelager zu besetzen und die anderen auszusperren«, raunte er ihm zu. »Sag es den Männern!«

Charlie rannte von einem zum anderen und gab den Befehl weiter. Um sich im Schlachtgetümmel verständlich zu machen, schrie er, so laut er konnte. »In den Hof! Schließt die Tore, und laßt die Kerle nicht rein!« In diesem Moment hörte Mack zu seinem Entsetzen einen Musketenschuß krachen. »Was, zum Teufel, ist denn da los?« fragte er, obwohl ihm niemand zuhörte. Seit wann trugen die Kutscher von Kohlekarren Feuerwaffen? Was waren das für Leute?

Dann sah er eine Hakenbüchse auf sich gerichtet, eine Muskete mit einem abgeschnittenen Lauf. Noch ehe er reagieren konnte, schnappte sich Charlie die Waffe, richtete sie auf den Mann, der sie gehalten hatte, und gab aus nächster Nähe einen Schuß auf ihn ab. Der Mann fiel um und war sofort tot.

Mack fluchte. Das konnte Charlie an den Galgen bringen.

Irgend jemand stürzte sich auf ihn. Mack trat rasch zur Seite und versetzte ihm einen Kinnhaken. Der Angreifer brach zusammen und fiel auf den Boden.

Mack wich ein paar Schritte zurück und versuchte nachzudenken. Daß diese Schlägerei direkt unterhalb meiner Wohnung stattfindet, kann kein Zufall sein, dachte er. Da steckt eine Absicht dahinter. Irgendwie müssen sie meine Adresse herausgefunden haben. Wer hat mich verraten?

Den ersten Schüssen folgte ein abgehacktes Stakkato weiterer

Feuerstöße. Mündungsfeuer blitzte auf und erhellte die Nacht, und der Geruch von Schießpulver vermischte sich mit dem Kohlestaub in der Luft. Mack schrie auf vor Empörung, als er mehrere Kohlelöscher tot oder verwundet zu Boden sinken sah. Ihre Frauen und Witwen werden mir zu Recht die Verantwortung zuschieben, dachte er. Ich habe einen Sturm ausgelöst, den ich nicht mehr beherrschen kann.

Die meisten Kohlelöscher waren jetzt auf dem Lagerplatz, wo genug Kohlen herumlagen, die sich als Wurfgeschosse nutzen ließen. Mit dem Mut der Verzweiflung versuchten sie, die Kutscher und ihre Komplizen am Betreten des Geländes zu hindern. Die Begrenzungsmauer bot ihnen Schutz vor dem unentwegt knatternden Musketenfeuer. Die Kämpfe Mann gegen Mann waren besonders hart am Eingang zum Kohlelager, doch Mack sah noch eine Chance zur Abkühlung der Gemüter, sofern es nur gelang, die hohen Holztore zu schließen. Er kämpfte sich durch das Getümmel zu einem der Tore durch und begann es zuzuschieben. Einige Kohlelöscher, die erkannten, was er vorhatte, kamen ihm zu Hilfe. Das schwere Tor drängte mehrere Kämpfende aus dem Weg. Mack glaubte schon, am Ziel zu sein, als sich ein Kohlekarren in den verbleibenden Zwischenraum schob und das Tor blockierte.

Keuchend rief Mack: »Weg mit dem Karren! Schiebt ihn fort!«

Sein Plan zeigte bereits Wirkung. Das schiefstehende, halb geschlossene Tor bildete eine erste Barriere zwischen den beiden Seiten. Außerdem war die anfängliche Erregung über die Prügelei verschwunden. Schrammen und andere Verletzungen sowie der Anblick toter und schwer verwundeter Kameraden trugen dazu bei, daß die Kampfeslust spürbar nachließ. Der Selbsterhaltungstrieb gewann allmählich wieder die Oberhand über das Draufgängertum, und man begann, sich nach einem ehrenvollen Ausweg umzusehen.

Auch Mack hielt ein baldiges Ende der Auseinandersetzungen für möglich. Wenn es gelang, die Konfrontation zu beenden, bevor jemand auf die Idee kam, die Soldaten zu rufen, ließ sich die Angelegenheit vielleicht noch als kleineres Scharmützel einstufen, und der vorwiegend friedliche Charakter des Streiks bliebe bewahrt.

Ungefähr ein Dutzend Kohlelöscher zog den Karren wieder aus dem Hof der Kohlehandlung heraus, während andere die Tore zuschoben. Irgendwer zerschnitt die Zugriemen, worauf das zu Tode erschrockene Pferd scheute. Es schlug nach allen Seiten aus, wieherte und rannte in Panik im Kreis herum.

»Schiebt, schiebt! Nicht lockerlassen!« rief Mack seinen Kollegen zu. Große Kohlebrocken prasselten auf sie herab. Zentimeter um Zentimeter rollte der Karren zurück, und mit haarsträubender Langsamkeit begann sich der noch offene Spalt zwischen den beiden Torflügeln zu schließen.

Doch da vernahm Mack ein Geräusch, das mit einem Schlag all seine Hoffnungen zunichte machte: die Schritte einer Soldatenkolonne im Anmarsch.

Die Wachsoldaten marschierten die Wapping High Street hinauf. Ihre rotweißen Uniformen schimmerten im Mondlicht. An der Spitze der Kolonne ritt Jay Jamisson. Er hielt sein Pferd am kurzen Zügel in einem forschen Schritt. Der so lange herbeigesehnte erster Kampfeinsatz stand ihm nun endlich unmittelbar bevor.

Seine Miene war ausdruckslos, doch sein Herz klopfte heftig. Der Lärm der von Lennox provozierten Schlacht war bereits zu hören: Männergeschrei, Pferdegewieher, Musketenschüsse. Jay hatte noch nie Schwert oder Schußwaffe gegen andere Menschen eingesetzt. An diesem Abend aber war es soweit. Obwohl Jay sich einredete, daß seine disziplinierten und gut durchtrainierten Soldaten diese krakeelenden Haufen von Kohlelöschern das Fürchten lehren würden, fehlte es ihm an Zuversicht.

Oberst Cranbrough hatte ihm den Einsatzbefehl erteilt und

ihn ohne einen höherrangigen Offizier zum Orte des Geschehens geschickt. Normalerweise hätte Cranbrough die Abteilung selbst befehligt. Aber der Oberst war sich der besonderen Situation und der starken politischen Einflußnahme bewußt und zog es vor, sich aus dem Konflikt herauszuhalten. Anfangs war Jay stolz auf das ihm erwiesene Vertrauen gewesen, doch inzwischen hätte er lieber einen erfahrenen Vorgesetzten dabeigehabt.

In der Theorie hatte Lennox' Plan idiotensicher geklungen. Jetzt, auf dem Weg zum Einsatzort, sah Jay ein, daß er voller Unwägbarkeiten war. Was machen wir, wenn sich McAsh heute abend woanders aufhält, dachte er. Was, wenn ihm die Flucht gelingt, bevor ich ihn verhaften kann?

Je näher sie dem Kohlelager kamen, desto langsamer wurden sie. Zum Schluß kam seine Kolonne nur noch im Schneckentempo voran. Viele der Demonstranten waren angesichts der heranrückenden Soldaten geflohen oder in Deckung gegangen. Einige jedoch warfen Kohlebrocken nach ihnen, und bald ging ein wahrer Hagel von Wurfgeschossen auf Jay und seine Männer nieder. Sie ließen sich davon jedoch nicht beirren, marschierten, wie vorgesehen, bis zu den Toren des Lagerplatzes und gingen dort in Schußposition.

Es war nur möglich, eine einzige Salve abzufeuern. Für das Nachladen fehlte so dicht am Feind die Zeit.

Jay hob sein Schwert. Die Kohlelöscher saßen auf dem Hof in der Falle.

Sie hatten versucht, die Tore zu schließen, aber es war ihnen nicht ganz gelungen. Jetzt gaben sie ihre Bemühungen auf, was zur Folge hatte, daß die beiden Torflügel wieder sperrangelweit auseinanderklafften. Einige kletterten über die Mauer, andere unternahmen den kläglichen Versuch, hinter Kohlehaufen oder den Rädern eines Karrens Deckung zu finden. Sie boten ein Ziel wie Hühner in einem Stall.

Plötzlich erschien auf der Mauer eine breitschultrige Gestalt.

Der Mondschein erhellte ihr Gesicht. Es war McAsh. »Halt!« schrie er. »Nicht schießen!«

Fahr zur Hölle! dachte Jay.

Er senkte das Schwert und rief: »Feuer!«

Die Musketen krachten ohrenbetäubend. Rauchschwaden stiegen auf und hüllten die Soldaten vorübergehend ein. Zehn oder zwölf Kohlelöscher stürzten zu Boden. Einige schrien vor Schmerzen, andere waren totenstill. McAsh sprang von der Mauer und kniete neben dem reglosen, blutüberströmten Körper eines Negers nieder. Als er aufsah, traf Jay sein Blick, und seine wutverzerrte Miene ließ dem Befehlshaber der Soldaten das Blut in den Adern gefrieren.

»Attacke!« schrie Jay.

Die Angriffslust, mit der sich die Kohlelöscher den auf sie losstürmenden Soldaten entgegenwarfen, überraschte ihn. Er hatte fest damit gerechnet, daß sie fliehen würden. Statt dessen wichen sie Schwert- und Musketenhieben aus und suchten den Nahkampf. Sie wehrten sich mit Knüppeln, Kohleklumpen, Fäusten und Füßen, und Jay mußte entsetzt mit ansehen, wie einige Uniformierte zu Boden gingen.

Er drehte sich um und suchte McAsh, doch der war nicht mehr zu sehen.

Jay fluchte. Ziel und Zweck des Einsatzes war die Verhaftung von Mack McAsh. Darum hatte Sir Philip nachgesucht, und er, Jay, hatte versprochen, ihm diese Bitte zu erfüllen. War der Gesuchte jetzt entkommen?

Plötzlich tauchte McAsh unmittelbar vor ihm auf.

Anstatt davonzulaufen, griff der Mann den Befehlshaber seiner Gegner an!

McAsh packte Jays Zügel. Jay hob sein Schwert. McAsh duckte sich und schnellte um das Pferd herum, so daß er sich unvermittelt links von Jay befand. Das Schwert fuhr herunter, verfehlte aber sein Ziel. McAsh sprang auf, griff Jay am Ärmel und zerrte daran. Jay versuchte, sich loszureißen, was ihm jedoch mißlang. Mit grausamer Konsequenz begann er seitwärts aus dem Sattel zu gleiten. Mit einem letzten kräftigen Ruck zog McAsh ihn endgültig von seinem Pferd herunter.

Jetzt fürchtete Jay Jamisson um sein Leben.

Es gelang ihm, auf beiden Füßen zu landen. Im gleichen Augenblick spürte er McAshs Hände an seiner Gurgel. Er holte mit dem Schwert aus, doch noch ehe er zustoßen konnte, senkte McAsh den Kopf und rammte seinem Widersacher mit brutaler Wucht den Schädel ins Gesicht. Sekundenlang konnte Jay nichts mehr sehen. Dann spürte er heißes Blut auf seinem Gesicht. Wild fuchtelte er mit dem Schwert in der Luft herum, traf auch auf irgendeinen Widerstand und dachte schon, er habe seinen Gegner getroffen. Aber der eisenharte Griff um seinen Hals wurde nicht schwächer. Als seine Sehkraft zurückkehrte und er imstande war, McAsh in die Augen zu blicken, erkannte er dort die reine Mordlust. Sein Entsetzen war grenzenlos, und hätte er reden können, so hätte er um Gnade gefleht.

Erst jetzt wurde einer seiner Leute auf die Notlage seines Befehlshabers aufmerksam. Er schwang seine Muskete, und der Kolbenhieb traf McAsh am Ohr. Vorübergehend lockerte sich der Würgegriff um Jays Hals, dann zog er sich enger zusammen denn je. Der Soldat holte zum zweiten Schlag aus. McAsh versuchte, ihm auszuweichen, war jedoch nicht schnell genug. Der schwere Holzkolben traf Macks Kopf so hart, daß man den Schlag über den Kampfeslärm hinaus hören konnte. Für Sekundenbruchteile verstärkte sich der Würgegriff, und Jay schlug um sich wie ein Ertrinkender. Doch dann verdrehte Mack die Augen, seine Hände glitten von Jays Hals, und er brach bewußtlos zusammen.

Jay stützte sich auf sein Schwert und rang nach Luft. Langsam überwand er den Schock. Sein Gesicht brannte wie Feuer; er war fest überzeugt, daß seine Nase gebrochen war. Doch als sein Blick auf den Mann fiel, der zusammengekrümmt vor ihm auf dem Boden lang, empfand er nichts als tiefe Befriedigung.

Zweiter Teil
Kapitel 11

Lizzie tat in dieser Nacht kein Auge zu. Jay hatte ihr gesagt, daß es zu Unruhen kommen könne, und so saß sie in ihrem Schlafzimmer und wartete auf ihn. Auf ihren Knien lag ein aufgeschlagener, aber ungelesener Roman. In den frühen Morgenstunden kam Jay endlich nach Hause. Er war über und über mit Blut und Dreck verschmiert und trug einen Verband über der Nase. Sie war so froh über sein Erscheinen, daß sie ihn sofort umarmte und an sich drückte, obwohl sie damit ihr weißes Seidenkleid ruinierte.

Sie weckte das Personal und bestellte heißes Wasser. Während Jay ihr stockend berichtete, was in Wapping vorgefallen war, half sie ihm aus seiner verschmutzten Uniform, wusch seine Wunden und sorgte für ein sauberes Nachthemd.

Später – sie lagen Seite an Seite in ihrem großen Ehebett – fragte Lizzie. »Glaubst du, daß man McAsh hängen wird?«

»Ich hoffe es jedenfalls«, sagte Jay und tastete mit dem Finger über seinen Nasenverband. »Wir haben Zeugen, die gesehen haben, daß er die Menge zur Gewalt aufrief und persönlich unsere Offiziere angriff. Ich kann mir nicht vorstellen, daß er in dem gegenwärtig herrschenden Klima einen milden Richter findet. Wenn er einflußreiche Freunde hätte, die sich für ihn einsetzen würden, sähe die Sache anders aus.«

Lizzie runzelte die Stirn. »Mir kam er nie sonderlich gewalttätig vor. Widerborstig, ungehorsam, frech, arrogant – ja, aber kein brutaler Schläger.«

Ein selbstzufriedenes Grinsen lag auf Jays Miene. »Da kannst du sogar recht haben. Aber so, wie wir das eingefädelt haben, hatte er keine andere Wahl.«

»Was willst du damit sagen?«

»Sir Philip Armstrong hat mich und meinen Vater heimlich im Kontor besucht. Er wollte McAsh wegen Aufruhrs verhaften lassen und erteilte uns praktisch den Auftrag dazu. Also haben Lennox und ich einen Aufruhr arrangiert.«

Lizzie war entsetzt. Daß Mack mit voller Absicht provoziert worden war, verstärkte ihr Unbehagen gewaltig. »Ist Sir Philip mit eurer Arbeit zufrieden?«

»Und ob! Auch Oberst Cranbrough war von meiner Vorgehensweise beeindruckt. Ich kann jetzt mit tadellosem Ruf aus der Armee ausscheiden.«

Jay liebte sie dann, doch Lizzie war zu beunruhigt, um seine Zärtlichkeiten genießen zu können. Normalerweise tollte sie ausgelassen auf dem Bett herum, war mal über, mal unter ihm, probierte immer wieder neue Stellungen aus, lachte, schwatzte und tauschte Küsse mit ihm. Daß sie sich diesmal ganz anders verhielt, konnte Jay natürlich nicht entgehen. Als es vorüber war, sagte er: »Du bist sehr still.«

Sie suchte nach einer Ausflucht. »Ich wollte dir nicht weh tun.«

Jay akzeptierte das und war wenige Minuten später tief eingeschlafen. Lizzie fand auch jetzt keine Ruhe. Zum zweitenmal war sie von der Einstellung ihres Mannes zu Recht und Gerechtigkeit tief erschüttert, und in beiden Fällen war Lennox mit im Spiel. Jay war nicht böse, dessen war sie sich sicher, aber er ließ sich von anderen zu unlauterem Tun verleiten, vor allem von starken Persönlichkeiten wie diesem Lennox. Sie war froh, daß sie in einem Monat London verlassen würden. Waren die Segel erst einmal gesetzt, würden sie Lennox niemals wiedersehen.

Lizzie konnte nicht schlafen, es ging einfach nicht. Sie hatte ein kaltes, bleiernes Gefühl in der Magengrube. Auf McAsh wartete der Galgen. An jenem Vormittag an der Straßenkreuzung in Tyburn hatte sie bereits die Hinrichtung von ihr völlig unbekannten Menschen empört. Den Gedanken, daß nun einem

Spielkameraden aus Kindertagen das gleiche Schicksal bevorstand, konnte sie nicht ertragen.

Mack ist nicht mein Problem, sagte sie sich. Er ist fortgelaufen, hat gegen das Gesetz verstoßen und war an gewalttätigen Ausschreitungen beteiligt. Er hat alles getan, was er überhaupt nur tun konnte, um in Schwierigkeiten zu geraten. Nein, ich bin nicht für ihn verantwortlich. Ich brauche ihn nicht zu retten. Ich habe Verpflichtungen gegenüber meinem Ehemann.

Das mochte zwar alles seine Richtigkeit haben – doch Lizzie konnte trotzdem nicht einschlafen.

Als sich das erste Morgenlicht an den Rändern der Vorhänge abzeichnete, stand sie auf. Sie wollte mit dem Packen für die bevorstehende Reise anfangen. Als die Dienstboten erschienen, trug sie ihnen auf, die großen, wasserdichten Seetruhen herbeizuschaffen, und begann ihre Hochzeitsgeschenke einzupacken: Tischtücher, Besteck, Porzellan- und Glasgeschirr, Kochtöpfe und Küchenmesser.

Jay tat alles weh, als er aufwachte, und entsprechend schlecht war seine Laune. Zum Frühstück genehmigte er sich einen Brandy, dann ging er zu seinem Regiment. Kurz nachdem er das Haus verlassen hatte, kam Lizzies Mutter zu Besuch, die noch immer bei den Jamissons lebte. Sie begleitete ihre Tochter ins Schlafzimmer, und gemeinsam begannen sie, Lizzies Strümpfe, Petticoats und Taschentücher zusammenzufalten.

»Mit welchem Schiff werdet ihr reisen?« fragte Mutter.

»Mit der *Rosebud.* Sie gehört den Jamissons.«

»Und wie kommt ihr zu der Plantage, wenn ihr erst einmal in Virginia seid?«

»Seeschiffe können den Rappahannock River bis hinauf nach Fredericksburg fahren, und von dort sind es nur noch zehn Meilen bis Mockjack Hall.« Lizzie spürte, daß sich ihre Mutter wegen der langen Seereise Sorgen machte. »Keine Angst, Mutter«, sagte sie, »es gibt keine Piraten mehr.«

»Nehmt euch ein eigenes Trinkwasserfaß mit, und behaltet es

in eurer Kabine nur für euch allein, nicht für die Mannschaft. Ich werde euch auch eine kleine Truhe mit Arznei zusammenstellen, damit ihr euch kurieren könnt, wenn ihr krank werden solltet.«

»Danke, Mutter!« Verseuchte Nahrungsmittel, schlechtes Trinkwasser und die überfüllten Quartiere an Bord ließen das Risiko einer lebensbedrohlichen Erkrankung in der Tat viel größer erscheinen als das eines Piratenüberfalls.

»Wie lange dauert die Überfahrt?«

»Sechs oder sieben Wochen.« Das war, wie Lizzie wußte, das Minimum. Wurde das Schiff durch widrige Winde vom Kurs abgetrieben, konnten drei Monate vergehen, bis sie ihr Ziel erreichten, und die Gefahr einer Erkrankung würde entsprechend wachsen. Doch wozu sich jetzt schon darüber Gedanken machen? Sie und Jay waren jung, kräftig und kerngesund. Sie würden die Fahrt schon überleben. Lizzie freute sich ungemein auf das bevorstehende Abenteuer.

Sie konnte es kaum erwarten, Amerika kennenzulernen – einen neuen Erdteil, wo alles anders war: die Vögel, die Bäume, das Essen, die Luft, die Menschen. Jedesmal, wenn sie daran dachte, spürte sie ein erwartungsvolles Prickeln.

Sie lebten seit vier Monaten in London, und von Tag zu Tag gefiel es ihr weniger hier. Die feine höfliche Gesellschaft langweilte sie bis auf die Knochen. Oft speisten sie mit anderen Offizieren und deren Ehefrauen zu Abend, doch die Offiziere redeten nur übers Kartenspiel und inkompetente Generäle, und die Frauen interessierten sich nur für neue Hüte und das Hauspersonal. Das übliche Herumgerede war Lizzies Sache nicht, und wenn sie offen ihre Meinung sagte, klang es in den Ohren der anderen immer gleich skandalös.

Ein- oder zweimal die Woche nahmen sie das Abendessen im Haus am Grosvenor Square ein. Die Gespräche dort hatten wenigstens einen handfesten Kern: Es ging ums Geschäft und um die Politik. Auch über die Streikwelle, von der London in diesem Frühjahr heimgesucht wurde, unterhielt man sich immer wieder. Allerdings war die Jamissonsche Sicht der Dinge völlig einseitig. Sir George zog über die Arbeiter her, Robert prophezeite die Katastrophe, und Jay schlug regelmäßig vor, die Unruhen durch das Militär niederschlagen zu lassen. Keiner der Anwesenden, nicht einmal Alicia, verfügte über die Vorstellungskraft, sich in die Lage der Gegenseite hineinzuversetzen. Lizzie selbst war natürlich auch nicht der Meinung, die Arbeiter seien zum Streiken berechtigt, aber sie nahm an, daß sie aus ihrer Sicht plausible Gründe hatten – und dies war eine Einstellung, die an der blitzblanken Dinnertafel im Haus am Grosvenor Square nicht wohlgelitten war.

»Ich glaube, du bist heilfroh, wenn du wieder in Hallim House bist«, sagte Lizzie zu ihrer Mutter.

Mutter nickte. »Die Jamissons sind sehr freundlich, aber ich vermisse mein Zuhause, obwohl es so viel einfacher ist.«

Lizzie legte gerade ihre Lieblingsbücher in eine der Seekisten: *Robinson Crusoe, Tom Jones, Roderick Random* – lauter Abenteuergeschichten –, als ein Diener anklopfte und sagte, ein Caspar Gordonson warte unten auf sie.

Sie bat den Diener, den Namen des Gastes zu wiederholen, denn sie hielt es kaum für möglich, daß Gordonson es wagen würde, ein Mitglied der Familie Jamisson persönlich aufzusuchen. Sie wußte, daß sie ihn nicht empfangen sollte: Daß er die Streikenden ermuntert und unterstützt hatte, schadete den geschäftlichen Interessen ihres Schwiegervaters. Doch wie immer obsiegte ihre Neugier, und so trug sie dem Diener auf, den Gast in den Salon zu führen.

Wohlfühlen sollte er sich in ihrem Haus allerdings nicht. »Sie haben uns großen Verdruß bereitet«, sagte sie ihm ins Gesicht, als sie den Salon betrat.

Zu ihrer Überraschung erwies sich der Anwalt nicht als der aggressive Besserwisser, mit dem sie gerechnet hatte. Vor ihr stand vielmehr ein schmuddeliger, kurzsichtiger Mann mit einer Fistelstimme und dem Auftreten eines schusseligen Schullehrers. »Das war gewiß nicht meine Absicht«, sagte er. »Oder doch, ja, aber es war nicht gegen Sie persönlich gerichtet …«

»Was führt Sie zu mir? Wäre mein Mann zu Hause, würde er Sie sofort rauswerfen.«

»Mack McAsh wurde nach dem Aufruhrgesetz angeklagt und ins Gefängnis von Newgate eingeliefert. In drei Wochen findet im Old Bailey der Prozeß gegen ihn statt. Auf sein Vergehen steht die Todesstrafe.«

Die Erinnerung traf Lizzie wie ein Schlag, aber sie ließ sich nichts anmerken. »Das weiß ich«, sagte sie kühl. »Es ist eine Tragödie – so ein starker junger Mann, der sein ganzes Leben noch vor sich hat.«

»Sie müssen ein schlechtes Gewissen haben«, sagte Gordonson.

»Sie unverschämter Lümmel!« fuhr Lizzie ihn an. »Von wem hat denn McAsh diese fixe Idee, er sei ein freier Mann? Wer hat ihm denn gesagt, daß er Rechte hat? Das waren doch Sie! Wenn hier jemandem das Gewissen schlagen sollte, dann Ihnen!«

»Das tut es auch«, gab der Anwalt leise zurück.

Lizzie hätte eher mit der gegenteiligen Antwort gerechnet. Seine Bescheidenheit besänftigte sie. Tränen stiegen ihr in die Augen, aber sie unterdrückte sie. »Er hätte in Schottland bleiben sollen«, sagte sie.

»Sie wissen, daß vielen zum Tode Verurteilten der Strang am Ende erspart bleibt?«

»Ja.« Es gab natürlich noch Hoffnung. Ihre Stimmung besserte sich ein wenig. »Glauben Sie, daß Mack vom König begnadigt wird?«

»Das hängt davon ab, wer sich für ihn einsetzt. Einflußreiche Freunde sind das A und O in unserem Rechtssystem. Ich werde mich natürlich dafür einsetzen, daß man ihn am Leben läßt, aber meine Worte gelten nicht viel. Die meisten Richter hassen mich. Wenn aber *Sie* sich für ihn einsetzen würden …«

»Das kann ich doch nicht!« protestierte Lizzie. »Mein Ehemann ist schließlich der Ankläger. Ich würde ihm ja geradezu in den Rücken fallen!«

»Aber Sie könnten McAsh das Leben retten.«

»Und Jay wie einen Idioten aussehen lassen!«

»Glauben Sie nicht, er hätte Verständnis dafür?«

»Nein, bestimmt nicht! Kein Ehemann hätte für so eine Handlungsweise Verständnis.«

»Denken Sie noch einmal darüber nach ...«

»Nein! Aber ich werde etwas anderes tun, warten Sie ...« Lizzie suchte verzweifelt nach einem rettenden Gedanken. »Ich schreibe an Mr. York, den Pastor von Heugh. Ich werde ihn bitten, nach London zu kommen und sich bei der Gerichtsverhandlung für Mack zu verwenden.«

»Ein schottischer Landpfarrer?« fragte Gordonson. »Ich glaube nicht, daß sich das Gericht von seiner Aussage sonderlich beeindrucken lassen wird. Es gibt nur einen sicheren Weg: Sie selbst müssen sich für ihn verwenden.«

»Das kommt nicht in Frage.«

»Ich werde mich nicht mit Ihnen streiten, das würde Sie nur noch in Ihrer Entschlossenheit bestärken«, sagte Gordonson einsichtig und wandte sich zur Tür. »Sie können Ihre Meinung jederzeit ändern. Sollte Sie sich dazu durchringen, so kommen Sie bitte zur Verhandlung. Sie findet morgen in drei Wochen im Old Bailey statt. Denken Sie daran, daß es um Kopf und Kragen geht.«

Er ging, und Lizzie ließ ihren Tränen freien Lauf.

Mack war im Gefängnis von Newgate in einer Gemeinschaftszelle untergebracht.

An das, was ihm in der vergangenen Nacht widerfahren war, konnte er sich nur noch ungenau entsinnen. Eine nebelhafte Erinnerung sagte ihm, daß man ihn gefesselt auf einen Pferderücken gelegt und quer durch London geschleppt hatte, bis zu einem hohen Gebäude mit vergitterten Fenstern, einem mit Kopfsteinflaster befestigten Hof, einem Treppenhaus und einer beschlagenen Tür. Dann war er in die Zelle geführt worden, in der er jetzt nach wie vor einsaß. Zerschlagen und todmüde, wie er war, war er rasch eingeschlafen.

Beim Aufwachen stellte er fest, daß die Zelle ungefähr so groß war wie Coras Wohnung. Es war kalt: In den Fensterhöhlen gab es keine Scheiben, und im Kamin brannte kein Feuer. Es stank. Mindestens dreißig andere Personen waren auf engstem Raum mit ihm zusammengepfercht – Männer, Frauen und Kinder, dazu ein Hund und ein Schwein. Alle schliefen auf dem Boden und teilten sich einen einzigen großen Nachttopf.

Es herrschte ein ständiges Kommen und Gehen. Im Morgengrauen hatten einige die Zelle verlassen. Wie Mack bald erfuhr, handelte es sich nicht um weibliche Gefangene, sondern um Häftlingsfrauen, die die Wärter bestochen hatten und dafür die Nächte bei ihren Männern verbringen durften. Für alle, die in der Lage waren, die entsprechenden Wucherpreise zu bezahlen, schafften die Wärter Lebensmittel, Bier, Gin und Zeitungen in die Zellen. Manche Häftlinge gingen in andere Zellen, um Freunde zu empfangen. Ein Gefangener erhielt Besuch von einem Pfarrer, ein anderer von einem Barbier. Es war offenbar alles erlaubt – nur kostete eben auch alles seinen Preis.

Die Häftlinge lachten über ihre mißliche Lage und machten sich über ihre Vergehen lustig. Das ständige Herumalbern ging Mack schon bald auf die Nerven. Er war kaum aufgewacht, da wurde ihm schon ein Schluck Gin offeriert. Ein anderer kam und bot ihm einen Zug aus der Tabakspfeife an. Es ging zu wie auf einer Hochzeitsfeier.

Mack tat der ganze Körper weh, doch am schlimmsten waren die Kopfschmerzen. Am Hinterkopf hatte er eine blutverkrustete Beule, und seine Gemütsverfassung war schlichtweg elend. Ich habe in jeder Hinsicht versagt, dachte er. Ich bin aus Heugh davongelaufen, um frei zu sein – und hocke jetzt im Gefängnis.

Ich habe für die Rechte der Kohlelöscher gestritten – und damit nur erreicht, daß einige von ihnen zu Tode gekommen sind. Und ich habe Cora verloren. Man wird mich des Hochverrats, des Aufruhrs oder sogar des Mordes beschuldigen und wahrscheinlich zum Tod am Galgen verurteilen.

Viele seiner Mithäftlinge hatten ähnliche Sorgen wie er, waren aber, wie es schien, zu dumm, um den Ernst ihrer Lage zu begreifen.

Für Esther gab es nun keine Chance mehr, jemals ihr Heimatdorf zu verlassen. Mack machte sich Vorwürfe, daß er sie nicht gleich mitgenommen hatte. Sie hätte sich wie Lizzie Hallim als Mann verkleiden können. Da sie schneller und gewandter war als er, wäre ihr die Arbeit auf dem Schiff wahrscheinlich leichter gefallen. Und mit ihrem gesunden Menschenverstand hätte sie Mack sogar mancherlei Scherereien ersparen können.

Hoffentlich bekommt Annie einen Jungen, dachte er. Dann lebt wenigstens ein Mack weiter. Es kann ja sein, daß Mack Lee ein glücklicheres und längeres Leben beschieden sein wird als Mack McAsh ...

Seine Stimmung befand sich auf einem Tiefpunkt, als ein Aufseher die Tür aufsperrte und Cora hereinkam.

Obwohl ihr Gesicht schmutzig und ihr rotes Kleid zerrissen war, sah sie großartig aus, und alle Häftlinge starrten sie mit großen Augen an.

Mack sprang auf und schloß sie in die Arme. Die anderen Gefangenen jubelten.

»Was ist passiert?« fragte er.

»Sie haben mich wegen Taschendiebstahls eingelocht«, sagte Cora, »doch in Wirklichkeit ging es nur um dich.«

»Wieso?«

»Es war eine Falle. Der Kerl war betrunken und sah aus wie ein x-beliebiger junger Reicher, entpuppte sich am Ende jedoch als Jay Jamisson. Sie haben uns geschnappt und seinem Vater vorgeführt. Taschendiebe werden normalerweise aufgehängt.

Sie haben Peg jedoch die Begnadigung zugesagt – gegen die Preisgabe deines Verstecks.«

»So sind sie also dahintergekommen!« Macks spontaner Ärger über den Verrat legte sich rasch. Peg war nur ein Kind; er konnte ihr keine Vorwürfe machen.

»Und wie ist es dir ergangen?« fragte Cora.

Mack erzählte ihr von der Straßenschlacht.

Als er fertig war, sagte sie: »Herr im Himmel, McAsh, dich zu kennen ist ganz schön riskant.«

Sie hat recht, dachte er. Wer mich kennt, fällt über kurz oder lang auf die Nase. »Charlie Smith ist tot«, sagte er.

»Du mußt mit Peg reden«, sagte Cora. »Sie denkt, daß du eine furchtbare Wut auf sie hast.«

»Ich habe eine furchtbare Wut auf mich selbst, weil ich sie da reingeritten habe.«

Cora zuckte mit den Schultern. »Du hast sie schließlich nicht zum Klauen geschickt. Aber jetzt komm!«

Sie klopfte an die Tür. Ein Aufseher kam und öffnete. Cora drückte ihm eine Münze in die Hand, wies mit dem Daumen auf Mack und sagte: »Er gehört zu mir.« Der Gefängniswärter nickte und ließ die beiden hinaus.

Cora führte Mack durch einen langen Flur zu einer anderen Tür. Sie betraten einen Raum, der Macks Zelle sehr ähnelte. Peg saß in einer Ecke auf dem Fußboden.

Als sie Mack erblickte, stand sie verängstigt auf. »Es tut mir so leid«, sagte sie. »Sie haben mich dazu gezwungen. Es tut mir wirklich leid …«

»Es war nicht deine Schuld«, sagte Mack.

Ihr Augen füllten sich mit Tränen. »Ich habe dich verraten«, flüsterte Peg.

»Sei doch kein Dummchen!« sagte Mack und nahm sie in die Arme. Der kleine, magere Körper zuckte. Das Mädchen schluchzte und schluchzte.

Als Caspar Gordonson in Begleitung eines Dieners erschien, brachte er ein Festessen mit: eine große Terrine mit Fischsuppe, eine Rindskeule, frisches Brot, mehrere Krüge Bier und eine Eierrahmspeise. Gegen die entsprechende Bezahlung stellte ihnen der Kerkermeister einen freien Raum mit Stühlen und einem Tisch zur Verfügung. Mack, Cora und Peg wurden aus ihren Zellen geholt und setzten sich zum Essen an den Tisch.

Obwohl Mack hungrig war, nahmen ihm seine Sorgen fast den Appetit. Er wollte Gordonson sofort nach seinen Chancen beim bevorstehenden Prozeß fragen, zwang sich jedoch zur Geduld und trank ein paar Schluck Bier.

Nach dem Essen deckte Gordonsons Diener den Tisch ab und reichte Pfeifen und Tabak. Außer dem Anwalt selbst machte aber nur Peg von dem Angebot Gebrauch; sie war dem Erwachsenenlaster bereits verfallen.

Gordonson ging zuerst auf das Verfahren gegen Cora und Peg ein. »Ich habe mit dem Anwalt der Jamissons gesprochen. Sir George wird zu seinem Versprechen stehen und für Peg um Gnade bitten.«

»Das wundert mich«, warf Mack ein. »Die Einhaltung eines Versprechens paßt eigentlich gar nicht zu den Jamissons.«

»Na ja, sie tun's auch nicht ohne Gegenleistung«, erwiderte Gordonson. »Es wäre peinlich für sie, wenn Jay vor Gericht aussagen müßte, er habe Cora für eine Prostituierte gehalten und sei deshalb mit ihr losgezogen. Es soll so aussehen, als habe sie ihn zufällig auf der Straße getroffen und in ein Gespräch verwickelt. Und dabei hat Peg ihm dann die Taschen ausgeräumt ...«

»Und wir sollen dieses Märchen bestätigen, was?« fragte Peg voller Abscheu. »Bloß damit der gute Ruf des feinen Herrn Jamisson gewahrt bleibt?«

»Wenn du willst, daß Sir George sich für dich einsetzt, ja.«

»Natürlich spielen wir mit«, sagte Cora. »Wir haben keine andere Wahl.«

»Gut«, sagte Gordonson und wandte sich an Mack. »Ich wünschte, Ihr Fall wäre genauso einfach.«

»Ich habe nicht randaliert«, protestierte Mack.

»Sie haben sich nach der Verlesung des Aufruhrgesetzes nicht entfernt.«

»Ich hab's doch versucht, um Gottes willen! Ich habe versucht, die anderen zum Gehen zu bewegen – doch dann wurden wir von Lennox' Schlägern angegriffen!«

»Wir gehen das jetzt einmal Schritt für Schritt durch.«

Mack holte tief Luft und schluckte seinen Ärger hinunter. »Meinetwegen«, sagte er.

»Der Ankläger wird ganz einfach sagen: ›Das Aufruhrgesetz wurde verlesen. Der Angeklagte hat sich daraufhin nicht entfernt, also ist er schuldig und muß gehängt werden.‹«

»Ja, aber jeder weiß, daß das nur die halbe Wahrheit ist!«

»Genau! Das ist Ihre Verteidigung. Sie sagen dem Gericht, daß der Ankläger die Hälfte der Geschichte unterschlägt. Haben Sie Zeugen, die bestätigen können, daß Sie sich bei Ihren Leuten dafür eingesetzt haben, sich zu zerstreuen?«

»Natürlich. Dermot Riley kann sicher einen ganzen Haufen Kohlelöscher zusammentrommeln, die das bestätigen werden. Aber wir sollten die Jamissons auch fragen, warum ausgerechnet um diese Zeit, mitten in der Nacht, Kohle angeliefert wurde. Und ausgerechnet an diesem Depot!«

»Nun ...«

Erregt schlug Mack mit der Faust auf den Tisch. »Der ganze Aufruhr war von vornherein geplant! Das müssen wir sagen!«

»Nur dürfte sich das schwerlich beweisen lassen.«

Gordonsons ablehnende Haltung erboste Mack. »Hinter dem Aufruhr steckt eine Verschwörung! Das werden Sie doch nicht einfach übergehen, oder? Wenn die Tatsachen vor Gericht nicht aufgedeckt werden – wo dann?«

»Kommen Sie auch zu der Gerichtsverhandlung, Mr. Gordonson?« fragte Peg.

»Ja, aber es kann gut sein, daß der Richter mir nicht das Wort erteilt.«

»Warum denn nicht, um Gottes willen?« fragte Mack empört.

»Man geht davon aus, daß sich die Unschuld eines Beklagten auch ohne Rechtsbeistand beweisen läßt. Aber manchmal weichen die Richter von dieser Regel ab.«

»Ich hoffe, wir bekommen einen Richter, der uns gewogen ist«, sagte Mack bedrückt.

»Der Richter sollte dem Angeklagten eigentlich helfen. Es ist seine Pflicht, dafür zu sorgen, daß den Geschworenen die entlastenden Argumente klar vor Augen stehen. Nur darf man sich leider nicht darauf verlassen. Vertrauen Sie nur der reinen Wahrheit. Nur sie kann Sie jetzt noch vor dem Henker retten.«

Zweiter Teil
Kapitel 12

m Tag der Gerichtsverhandlung wurden die Gefangenen um fünf Uhr morgens geweckt.

Ein paar Minuten später traf Dermot Riley ein und stellte Mack leihweise seinen Hochzeitsanzug zur Verfügung. Mack war tief gerührt. Außerdem hatte Dermot ein Rasiermesser und ein Stück Seife mitgebracht. Eine halbe Stunde später sah Mack durchaus manierlich aus und war bereit, dem Richter gegenüberzutreten.

Er, Cora, Peg und fünfzehn oder zwanzig andere Angeklagte wurden gefesselt aus dem Gefängnis geführt. Ihr Marsch führte durch die Newgate Street bis zu einer Nebenstraße namens Old Bailey und von dort durch eine kleine Gasse zum Sitzungsgebäude, wo Caspar Gordonson schon auf ihn wartete.

Der Anwalt erklärte ihm die Funktionen der anwesenden Persönlichkeiten. Auf dem Hof vor dem Gebäude drängten sich bereits die Menschen: Ankläger, Zeugen, Geschworene, Advokaten, Freunde und Verwandte, Gaffer und vermutlich auch Huren und Diebe, die auf einen guten Fang hofften.

Die Gefangenen wurden über den Hof geführt und gelangten durch ein Tor in den Anklageraum. Er war bereits zur Hälfte mit Angeklagten aus anderen Gefängnissen gefüllt. Mack konnte jetzt das eindrucksvolle Sitzungsgebäude überblicken: Eine Steintreppe führte ins Erdgeschoß, das auf einer Seite offenstand und von einer Säulenreihe gesäumt war. Innen befand sich, deutlich erhöht, die Richterbank, rechts und links davon sah man die mit Geländern begrenzten Geschworenenplätze sowie kleine Logen für Gerichtsbeamte und privilegierte Zuschauer.

Die Szenerie erinnerte Mack an ein Theater – und er selbst war der Schurke im Stück.

Mit bitterer Faszination beobachtete er den Beginn des langen Prozeßtags. Erste Angeklagte war eine Frau, die laut Anklage dreizehneinhalb Meter billigen Tuchs gestohlen hatte. Ankläger war der betroffene Ladenbesitzer. Er bezifferte den Wert des Diebesguts auf fünfzehn Shilling.

Der Zeuge, ein Angestellter, sagte unter Eid aus, daß die Beklagte die Stoffrolle an sich genommen habe und zur Tür gegangen sei. Als sie merkte, daß sie beobachtet wurde, habe sie das Material fallen lassen und sei geflohen. Die Frau behauptete, sie habe den Stoff nur angesehen und nie im Sinn gehabt, ihn zu stehlen.

Die Geschworenen steckten die Köpfe zusammen. Sie entstammten alle der Mittelklasse, waren kleine Kaufleute, wohlhabende Handwerker und Ladenbesitzer. Auf der einen Seite haßten sie Diebstahl und jede Störung der öffentlichen Ordnung, auf der anderen mißtrauten sie der Regierung und verteidigten eifersüchtig die Freiheit – zumindest ihre eigene.

Sie befanden die Angeklagte für schuldig, bezifferten den Stoffwert jedoch lediglich auf vier Shilling, was erheblich unter dem tatsächlichen Wert lag. Gordonson erklärte die Gründe: Die Geschworenen wollten mit ihrem Verdikt verhindern, daß der Richter die Frau zum Tode verurteilte, denn für einen Ladendiebstahl mit einer Schadenssumme von über fünf Shilling konnte man bereits gehängt werden.

Die Angeklagte wurde nicht sofort verurteilt. Die Verkündung der Urteile war jedoch noch für den gleichen Abend vorgesehen.

Das gesamte Verfahren hatte nicht länger als eine Viertelstunde gedauert. Auch die nächsten Fälle wurden schnell abgehandelt, und es gab nur wenige Verfahren, die länger als dreißig Minuten in Anspruch nahmen.

Am Nachmittag kamen Cora und Peg an die Reihe. Obwohl

Mack wußte, daß der Ausgang des Prozesses längst feststand, drückte er den beiden die Daumen und hoffte, daß alles nach Plan verlief.

Jay Jamisson sagte aus, Cora habe ihn auf der Straße in ein Gespräch verwickelt und Peg ihm dabei die Taschen geleert. Als Zeugen benannte er Sidney Lennox, der den Vorfall beobachtet und ihn gewarnt habe.

Da weder Cora noch Peg seiner Darstellung der Ereignisse widersprachen, trat Sir George in den Zeugenstand, erklärte dem Gericht, daß die beiden bei der Festnahme eines anderen Kriminellen behilflich gewesen seien, und bat den Richter, sie nicht zum Tod durch den Strang, sondern zur Deportation zu verurteilen.

Der Richter nickte verständnisvoll, doch auch in diesem Fall sollte das Urteil erst am Abend verkündet werden.

Ein paar Minuten später wurde Macks Verfahren eröffnet.

Lizzie konnte an nichts anderes mehr denken als an den Prozeß.

Um drei Uhr aß sie zu Mittag, und da Jay den ganzen Tag im Gericht war, leistete ihre Mutter ihr Gesellschaft.

»Du hast zugenommen, mein Kind«, sagte Lady Hallim. »Hast du in letzter Zeit zu gut gegessen?«

»Ganz im Gegenteil«, erwiderte Lizzie. »Mir wird manchmal sogar schlecht beim Essen. Ich glaube, ich habe Reisefieber. Und dann auch noch dieser furchtbare Prozeß.«

»Der geht dich gar nichts an«, sagte Lady Hallim schroff. »Dutzende von Menschen werden jedes Jahr wegen weit weniger schlimmer Verbrechen gehängt. McAsh kann nicht begnadigt werden, nur weil er in deiner Jugend ein Spielgefährte von dir war.«

»Woher willst denn du wissen, daß er sich überhaupt eines Verbrechens schuldig gemacht hat?«

»Hat er's nicht, so wird er freigesprochen. Er wird gewiß

genauso behandelt wie alle anderen, die so dumm waren, sich in einen Aufruhr verwickeln zu lassen.«

»Aber so war das doch gar nicht!« protestierte Lizzie. »Jay und Sir George haben diesen Aufruhr doch ganz bewußt provoziert! Sie brauchten einen Vorwand, um Mack verhaften und den Streik der Kohlelöscher beenden zu können. Jay hat es doch selbst zugegeben.«

»Dafür hatten sie dann gewiß einen guten Grund.«

Tränen schossen Lizzie in die Augen. »Findest du nicht auch, Mutter, daß das *unrecht* ist?«

»Ich weiß nur, daß es uns beide nichts angeht, weder dich noch mich, Lizzie«, entgegnete Lady Hallim streng.

Lizzie, die ihrer Mutter das wahre Ausmaß ihres Kummers verbergen wollte, nahm einen Löffel Nachtisch; es gab gezuckertes Apfelmus. Als ihr Magen revoltierte, legte sie den Löffel wieder hin. »Caspar Gordonson meint, ich könnte Macks Leben retten. Ich müßte nur vor Gericht ein gutes Wort für ihn einlegen.«

»Gott bewahre!« rief ihre Mutter erschrocken. »Du sollst in einem öffentlichen Gerichtssaal gegen deinen eigenen Mann aussagen! Allein der Gedanke ist unerhört!«

»Aber es geht doch um ein Menschenleben! Denk doch mal an seine arme Schwester! Wie furchtbar es sie betrüben wird, wenn sie erfährt, daß man ihn aufgehängt hat.«

»Das sind doch alles nur Bergarbeiter, Liebes! Sie sind anders als wir. Ihr Leben ist billig – sie trauern nicht so wie wir. Seine Schwester wird sich mit Gin betrinken und gleich wieder in die Grube hinabsteigen.«

»Das ist doch wohl nicht dein Ernst, Mutter ...«

»Ja, vielleicht übertreibe ich ein wenig. Aber ich bin sicher, daß es überhaupt keinen Sinn hat, sich über solche Dinge Gedanken zu machen.«

»Ich kann aber nicht anders! Mack ist ein tapferer junger Mann, der nur seine Freiheit im Kopf hatte. Ich kann die Vorstellung nicht ertragen, ihn am Galgen baumeln zu sehen.«

»Du könntest für ihn beten.«

»Das tue ich auch«, sagte Lizzie. »Darauf kannst du dich verlassen.«

Ankläger war Augustus Pym, ein Rechtsanwalt.

»Er hat viele Regierungsaufräge«, flüsterte Gordonson Mack zu. »Sie müssen ihm eine Menge Geld zahlen, daß er sie in diesem Fall vertritt.«

Also will die Regierung mich hängen sehen, dachte Mack beklommen.

Gordonson erhob sich, ging zur Richterbank und wandte sich an den Vorsitzenden. »Wie ich sehe, wird die Anklage von einem berufsmäßigen Anwalt vertreten. Werden Euer Ehren mir daher gestatten, für Mr. McAsh zu sprechen?«

»Nein, gewiß nicht«, antwortete der Richter. »Wenn McAsh Hilfe von außen braucht, um das Gericht zu überzeugen, kann es mit seinen Argumenten nicht weit her sein.«

Macks Hals war trocken, und er konnte sein Herz schlagen hören. Ich muß allein um mein Leben kämpfen, dachte er. Aber sei's drum. Freiwillig weiche ich nicht einen Schritt zurück.

Pym begann mit seinem Vortrag. »Am fraglichen Tag wurde die Kohlehandlung von Mr. John Cooper – besser bekannt als ›Black Jack‹ – in der Wapping High Street mit Kohle beliefert ...«

»Das war nicht am Tag, das war in der Nacht«, unterbrach ihn Mack.

»Unterlassen Sie diese törichten Einwände!« wies ihn der Richter zurecht.

»Das ist kein törichter Einwand. Wo hat es denn jemals nachts um elf eine Kohlelieferung gegeben?«

»Halten Sie den Mund! Bitte, Mr. Pym, fahren Sie fort.«

»Die Lieferanten wurden von einer Gruppe streikender Kohlelöscher angegriffen. Daraufhin wurde der für Wapping zuständige Richter alarmiert.«

»Von wem?« fragte Mack.

»Vom Wirt der *Bratpfanne*, Mr. Harold Nipper.«

»Einem Unternehmer«, sagte Mack.

»… und angesehenem Kaufmann«, ergänzte der Richter.

»Mr. Roland MacPherson, Friedensrichter, erschien am Ort des Geschehens und erklärte den Ausnahmezustand. Die Kohlelöscher weigerten sich jedoch, sich zu zerstreuen.«

»Wir wurden angegriffen!« warf Mack ein.

Sein Einwand wurde nicht beachtet. »Mr. MacPherson rief dann, wie es sein Recht und seine Pflicht war, die Truppen zu Hilfe. Eine Abteilung der Dritten Fußgarde unter dem Kommando von Hauptmann Jamisson sorgte für Ordnung. Der Angeklagte befand sich unter den Verhafteten. Erster Zeuge der Krone ist Mr. John Cooper.«

Black Jack sagte aus, daß er Kohle eingekauft hatte, die weiter flußabwärts, in Rochester, gelöscht und dann in Karren nach London gebracht worden war.«

»Wem gehörte das Kohleschiff?« fragte Mack.

»Das weiß ich nicht. Ich habe nur mit dem Kapitän verhandelt.«

»Woher kam das Schiff?«

»Aus Edinburgh.«

»Gehörte es möglicherweise Sir George Jamisson?«

»Weiß ich nicht.«

»Wer hatte Ihnen den Tip gegeben, daß in Rochester Kohle zu kaufen war?«

»Sidney Lennox.«

»Ein Freund der Jamissons.«

»Davon weiß ich nichts.«

Pyms nächster Zeuge war Roland MacPherson. Der Friedensrichter bestätigte unter Eid, daß er um Viertel nach elf Uhr abends die entsprechende Bestimmung des Aufruhrgesetzes verlesen hatte. Die Menge habe aber seiner Aufforderung zur Auflösung der Demonstration nicht Folge geleistet.

»Sie sind sehr schnell zur Stelle gewesen«, sagte Mack.

»Ja.«

»Wer hat Sie holen lassen?«

»Harold Nipper.«

»Der Wirt der *Bratpfanne*?«

»Jawohl.«

»Hatte er weit zu gehen?«

»Ich verstehe Sie nicht.«

»Wo hielten Sie sich auf, als er Sie holen ließ?«

»Im Hinterzimmer seiner Schenke.«

»Das war natürlich sehr praktisch! War es geplant?«

»Ich wußte, daß ein Kohletransport unterwegs war und befürchtete, daß es zu Ausschreitungen kommen könne.«

»Wer hat Sie vorgewarnt?«

»Sidney Lennox.«

»Oho!« entfuhr es einem der Geschworenen.

Mack sah sich nach ihm um. Es war ein jugendlich wirkender Mann, der der Verhandlung mit skeptischer Miene folgte. Mack merkte sich das Gesicht. War er ein potentieller Verbündeter?

Zuletzt rief Pym Jay Jamisson in den Zeugenstand. Jay machte seine Aussage in lockerem Plauderton, und der Richter schien ihm gar nicht richtig zuzuhören. Es klang wie ein belangloses Gespräch unter Freunden.

Spart euch dieses saloppe Geschwätz! hätte Mack die beiden am liebsten angebrüllt. *Es geht um mein Leben!*

Jay sagte, er habe an jenem Abend eine Abteilung der Fußgarde im Londoner Tower befehligt.

Der kritische Geschworene unterbrach ihn: »Was hatten Sie denn da zu suchen?«

Jay blickte überrascht auf, sagte jedoch nichts.

»Beantworten Sie meine Frage«, insistierte der Geschworene.

Jay sah den Richter an. Der war sichtlich verärgert über den Geschworenen und sagte mit unverkennbarem Widerwillen: »Sie müssen die Fragen des Gerichts beantworten, Hauptmann.«

»Wir waren in Bereitschaft«, sagte Jay.

»Wieso?« fragte der Geschworene.

»Für den Fall, daß zur Aufrechterhaltung von Recht und Ordnung im Osten der Stadt unsere Unterstützung erforderlich werden sollte.«

»Ist der Tower Ihr übliches Quartier?« fragte der Geschworene.

»Nein.«

»Wo sind Sie normalerweise stationiert?«

»Zur Zeit im Hyde Park.«

»Auf der anderen Seite der Stadt?«

»Jawohl.«

»Wie viele Nächte waren Sie im Tower einquartiert?«

»Nur diese eine.«

»Und warum gerade diese?«

»Ich nehme an, daß meine vorgesetzten Offiziere Ausschreitungen befürchteten.«

»Sidney Lennox wird sie wohl vorgewarnt haben«, bemerkte der Geschworene und erntete damit Gelächter.

Pym setzte die Befragung fort. Wahrheitsgemäß sagte Jay aus, daß beim Eintreffen seiner Abteilung die Straßenschlacht bereits in vollem Gang war. Er berichtete, wie Mack ihn angegriffen hatte und dann von einem anderen Soldaten niedergeschlagen worden war. Auch diese Aussage war korrekt.

»Was halten Sie von den demonstrierenden Kohlelöschern?« fragte Mack.

»Sie verstoßen gegen das Gesetz und sollen entsprechend bestraft werden.«

»Sind Sie der Meinung, daß die Bevölkerung Ihnen in diesem Punkt mehr oder weniger zustimmt?«

»Ja.«

»Glauben Sie, daß Ausschreitungen dieser Art die Bevölkerung gegen die Kohlelöscher aufbringen werden?«

»Ja, davon bin ich überzeugt.«

»Also kann man davon ausgehen, daß die Behörden nach einem Aufruhr drastische Maßnahmen zur Beendigung des Streiks ergreifen werden?«

»Ich hoffe es.«

»Famos, ganz famos«, flüsterte Caspar Gordonson neben Mack. »Er ist Ihnen in die Falle gegangen!«

»Und wenn der Streik vorüber ist, können die Kohleschiffe der Familie Jamisson wieder entladen werden, nicht wahr? Sie können dann wieder Ihre Kohle verkaufen?«

Jetzt erst erkannte Jay, worauf Mack hinauswollte, aber es war zu spät. »Ja.«

»Das Ende des Streiks bringt Ihnen eine Menge Geld ein?«

»Ja.«

»Sie verdienen also an den Ausschreitungen der Kohlelöscher?«

»Die finanziellen Verluste meiner Familie könnten beendet werden.«

»Haben Sie deshalb mit Sidney Lennox gemeinsam den Aufruhr provoziert?« Mack wandte sich ab.

»Nein, das habe ich nicht!« erwiderte Jay, doch er sah nur noch Macks Hinterkopf.

»Sie sollten Anwalt sein, Mack«, sagte Gordonson. »Wo haben Sie nur gelernt, so zu argumentieren?«

»In Mrs. Wheighels Salon«, antwortete Mack.

Gordonson konnte damit gar nichts anfangen.

Pym hatte keine weiteren Zeugen. Der kritische Geschworene meldete sich zu Wort: »Hören wir nicht auch noch diesen Lennox?«

»Die Krone hat keine weiteren Zeugen«, wiederholte Pym.

»Ich hielte dies aber für sehr wichtig. Er ist offenbar eine Schlüsselfigur.«

»Geschworene können keine Zeugen vorladen«, sagte der Richter.

Der erste eigene Zeuge, den Mack aufrief, war ein irischer

Kohlelöscher, der wegen seiner roten Haare »Red Michael« genannt wurde. Red berichtete, daß Mack seine Leute fast schon dazu überredet hatte, friedlich nach Hause zu gehen, als die Gegenseite zum Angriff übergegangen war.

Als er fertig war, fragte ihn der Richter: »Was sind Sie von Beruf, junger Mann?«

»Ich arbeite als Kohlelöscher«, sagte Red.

»Das Gericht wird dies bei der Beurteilung Ihrer Glaubwürdigkeit berücksichtigen.«

Mack spürte, daß ihm die Felle davonschwammen. Der Richter ließ keine Gelegenheit ungenutzt, ihn bei den Geschworenen in schlechtes Licht zu setzen. Er rief seinen nächsten Zeugen auf, doch auch der war Kohlelöscher und erlitt dasselbe Schicksal. Dem dritten und letzten erging es nicht anders. Er hatte die drei ausgewählt, weil sie die Auseinandersetzung an Ort und Stelle miterlebt hatten und genau wußten, wie es gewesen war.

Seine Zeugen waren ausgeschaltet. Jetzt konnte er sich nur noch auf sich selbst, seinen Charakter und seine Beredsamkeit verlassen.

»Das Kohlelöschen ist harte, brutal harte Arbeit«, sagte er. »Nur starke junge Männer sind dafür geeignet. Aber die Arbeit wird gut bezahlt. Ich verdiente in meiner ersten Woche sechs Pfund. Ja, ich *verdiente* soviel, aber ich bekam mein Geld nicht ausgehändigt. Der größte Teil meines Verdienstes wurde mir von einem Unternehmer gestohlen.«

Der Richter unterbrach ihn: »Das gehört nicht zur Sache«, sagte er. »Sie sind wegen Aufruhrs angeklagt.«

»Ich habe keinen Aufruhr angezettelt«, sagte Mack, holte tief Luft, konzentrierte sich und fuhr fort: »Ich habe mich lediglich geweigert, mir von den Unternehmern meinen Lohn stehlen zu lassen. Das ist mein Verbrechen. Die Unternehmer werden reich, indem sie die Kohlelöscher bestehlen. Doch was geschieht, wenn die Kohlelöscher beschließen, sich selbst um Aufträge zu bemühen? Die Schiffseigner zeigen ihnen die kalte Schulter. Doch wer sind die Schiffseigner, meine Herren? Niemand anders als die Familie Jamisson, deren Angehörige in diesem Verfahren eine so große Rolle spielen!«

»Können Sie beweisen, daß Sie nicht zum Aufruhr aufgerufen haben?« fragte der Richter gereizt.

»Es geht um Ihren Vorwurf, daß die Ausschreitungen von anderer Seite angezettelt wurden«, warf der kritische Geschworene ein.

Mack ließ sich durch die Unterbrechung nicht aus dem Konzept bringen, sondern setzte seine Verteidigungsrede wie geplant fort. »Meine Herren Geschworenen, stellen Sie ruhig selbst ein paar Fragen!« Er wandte sich wieder an Jay: »Von wem stammte denn der Auftrag, daß diese Kohle ausgerechnet zu einem Zeitpunkt, wenn es in den Schenken der High Street von Kohlelöschern nur so wimmelt, nach Wapping geliefert werden mußte? Wer hat die Leute bezahlt, die die Karren begleiteten?« Der Richter versuchte, Mack erneut zu unterbrechen, doch der Angeklagte hob die Stimme und sprach weiter. »Wer gab Ihnen Musketen und Munition? Wer sorgte dafür, daß in unmittelbarer Nachbarschaft Truppen bereitstanden? Wer hat denn den ganzen Aufruhr inszeniert?« Er drehte sich wieder um und sprach die Geschworenen direkt an: »Sie kennen inzwischen die Antwort, nicht wahr?«

Ihm war ein wenig schwindlig. Er hatte sein Bestes getan. Jetzt lag sein Leben in Händen anderer.

Gordonson erhob sich. »Wir erwarten noch einen Leumundszeugen für Mr. McAsh, den Reverend York. Er ist Pastor in der Heimatgemeinde des Angeklagten. Leider ist er bisher noch nicht eingetroffen.«

Yorks Ausbleiben enttäuschte Mack nicht sonderlich, denn er versprach sich nicht viel von der Aussage des Pfarrers. Auch Gordonson machte sich keine Illusionen.

»Wenn er vor der Urteilsverkündung noch kommt, darf er

reden«, sagte der Richter. Gordonson hob die Brauen. »Es sei denn, das Gericht hält den Angeklagten für unschuldig«, ergänzte der Richter. »In diesem Falle erübrigen sich natürlich die Aussagen weiterer Entlastungszeugen. Die Geschworenen mögen nun entscheiden.«

Angstvoll beobachtete Mack die Geschworenen, die nun über sein Schicksal berieten. Sie schienen ihm nicht besonders gewogen zu sein. Vielleicht, dachte er, bin ich zu selbstbewußt aufgetreten. »Was glauben Sie – wie sieht's aus?« fragte er Gordonson.

Der Anwalt schüttelte den Kopf. »Es wird ihnen nicht leichtfallen zu glauben, daß sich die Familie Jamisson auf eine schäbige Verschwörung mit Sidney Lennox eingelassen hat. Es wäre vielleicht besser gewesen, wenn Sie die Kohlelöscher als gutwillige, aber fehlgeleitete Menschen dargestellt hätten.«

»Ich habe nur die Wahrheit gesagt«, entgegnete Mack. »Ich kann nicht anders.«

Gordonson lächelte traurig. »Ja, das weiß ich. Sie wären sonst auch nicht so tief in die Bredouille geraten.«

Die Geschworenen stritten sich. »Worüber reden sie, zum Teufel?« fragte Mack. »Ich wäre allzugern Mäuschen.« Der kritische Geschworene brachte ein Argument vor und bekräftigte es, indem er wild mit dem Zeigefinger fuchtelte. Hörten ihm die anderen aufmerksam zu – oder bildeten sie eine Front gegen ihn?

»Seien Sie froh«, sagte Gordonson. »Je länger sie reden, desto besser für Sie, Mack.«

»Warum?«

»Wenn sie streiten, gibt es Zweifel. Und wenn es Zweifel gibt, können sie Sie nicht schuldig sprechen.«

Mack verfolgte die Diskussion mit zunehmender Beklemmung. Der kritische Geschworene zuckte mit den Schultern und beteiligte sich kaum noch an der Debatte. Der Sprecher der Geschworenen sagte etwas zu ihm, und er nickte. Er hat sich nicht durchsetzen können, dachte Mack ängstlich.

Der Geschworenensprecher ging zur Richterbank.

»Sind Sie zu einer Entscheidung gekommen?« fragte der Richter.

»Jawohl.«

Mack hielt den Atem an.

»Und wie lautet sie?«

»Schuldig im Sinne der Anklage.«

»Dein Mitgefühl für diesen Bergmann ist ziemlich stark, mein Kind«, sagte Lady Hallim. »Ein Ehemann mag daran Anstoß nehmen.«

»Ach Mutter, mach dich doch nicht lächerlich.«

Es klopfte an der Eßzimmertür, und ein Diener trat ein. »Reverend York gibt sich die Ehre, Madam«, sagte er.

»Welch erfreuliche Überraschung!« sagte Mutter, die von jeher ein Faible für den Pastor hatte. An ihre Tochter gewandt, fügte sie mit leiser Stimme hinzu: »Habe ich dir schon erzählt, daß seine Frau gestorben ist? Jetzt ist er mit seinen drei Kindern allein.«

»Aber warum kommt er zu uns?« fragte Lizzie nervös. Sie sah den Diener an. »Er soll doch im Old Bailey aussagen. Führen Sie ihn herein, schnell!«

Der Pastor betrat das Zimmer. Er sah aus, als habe er sich in großer Eile angekleidet. Ehe Lizzie ihn fragen konnte, warum er nicht bei der Gerichtsverhandlung war, machte er eine Bemerkung, die Lizzies Gedanken vorübergehend von Mack ablenkten.

»Lady Hallim – Mrs. Jamisson. Ich bin erst vor ein paar Stunden in London eingetroffen und wollte Ihnen beiden zum schnellstmöglichen Zeitpunkt mein Mitgefühl ausdrücken. Was für ein furchtbarer ...«

»Nein!« sagte Lizzies Mutter und preßte die Lippen zusammen.

»... Schicksalsschlag für Sie!«

Lizzie warf ihrer Mutter einen fragenden Blick zu und sagte: »Wovon sprechen Sie, Mr. York?«

»Von dem Grubenunglück natürlich.«

»Davon weiß ich ja gar nichts ... im Gegensatz zu meiner Mutter, wie ich sehe ...«

»Du meine Güte! Es tut mir furchtbar leid, wenn ich Sie erschreckt haben sollte. In Ihrer Grube ist eine Stollendecke eingestürzt und hat zwanzig Menschen unter sich begraben.«

»Das ist ja furchtbar!« Lizzie rang nach Luft. In ihrer Vorstellung sah sie zwanzig neue Gräber auf dem kleinen Friedhof neben der Brücke, und sie dachte an das große Leid der Betroffenen: Überall in Heugh und Umgebung trauerte man jetzt um Angehörige und Freunde. Aber da war noch etwas, das sie beunruhigte. »Was meinen Sie mit ›Ihrer Grube‹?« fragte sie den Pastor.

»Nun, die Grube auf High Glen ...«

Lizzie erstarrte. *»Es gab nie eine Grube auf High Glen!«*

»Nein, nein, nur die neue natürlich. Ich meine diejenige, die nach Ihrer Hochzeit mit Mr. Jamisson eröffnet wurde.«

Die kalte Wut überkam Lizzie, und sie fuhr ihre Mutter an: »Du hast das gewußt, was?«

Lady Hallim hatte wenigstens noch den Anstand, die Beschämte hervorzukehren. »Wir hatten keine andere Wahl, mein Schatz. Nur deshalb hat Sir George euch die Pflanzung in Virginia gegeben ...«

»Ihr habt mich verraten und verkauft, ihr alle!« schrie Lizzie. »Sogar mein eigener Ehemann! Was habt ihr euch eigentlich dabei gedacht? Wie konntet ihr mich nur so belügen?«

Ihre Mutter fing an zu weinen. »Wir dachten, du würdest es nie erfahren. Du reist ja jetzt bald nach Amerika ...«

Ihre Tränen waren nicht dazu angetan, Lizzies Zorn zu dämpfen. »Ich würde es nie erfahren, habt ihr geglaubt. Ich traue meinen Ohren nicht mehr ...«

»Bitte, überstürze nichts, mein Kind, ich bitte dich!«

Eine schlimme Ahnung überfiel Lizzie, und sie wandte sich an den Pastor: »Macks Zwillingsschwester …«

»Ja, sie ist unter den Todesopfern. Es tut mir so leid …«

»O nein!« Mack und Esther waren die ersten Zwillinge, die Lizzie je gesehen hatte, und die beiden hatten sie immer fasziniert. Als Kinder konnte sie nur unterscheiden, wer sie sehr gut kannte. Später sah Esther aus wie eine weibliche Version von Mack. Sie hatte die gleichen leuchtend grünen Augen und einen ähnlichen Körperbau wie ihr Bruder, kräftig und untersetzt. Lizzie erinnerte sich an die Szene vor der Kirche, die erst wenige Monate zurücklag. Esther hatte zu ihrem Bruder gesagt, er solle den Mund halten … Sie, Lizzie, hatte darüber lachen müssen. Jetzt war Esther tot – und Mack kurz davor, zum Tode verurteilt zu werden.

Der Gedanke an Mack holte sie in die Gegenwart zurück. »Heute findet der Prozeß gegen Mack statt«, sagte sie.

Pastor York erschrak. »O je, ich wußte es nicht genau. Bin ich zu spät gekommen?«

»Vielleicht noch nicht. Aber Sie müssen sofort zum Gericht!«

»Ich mache mich sofort auf den Weg. Wie weit ist es?«

»Fünfzehn Minuten zu Fuß, fünf Minuten mit der Sänfte. Ich begleite Sie.«

»Nein, bitte nicht«, sagte Mutter.

Lizzies antwortete in bewußt strengem Ton: »Versuche nicht, mich zurückzuhalten, Mutter! Ich werde persönlich um Macks Leben bitten. Wir haben die Schwester umgebracht – vielleicht können wir den Bruder retten.«

»Ich komme auch mit«, sagte Lady Hallim.

Der Gerichtssaal war voller Menschen. Lizzie kam sich verloren vor. Sie hatte keine Ahnung, wohin sie sich wenden sollte, und weder ihre Mutter noch Pastor York konnten ihr helfen. Sie zwängte sich durch das Gedränge und hielt Ausschau nach Gordonson und Mack. An einer niedrigen Mauer, die einen Innenraum umschloß, konnte sie die beiden endlich entdecken. Sie rief ihnen etwas zu, worauf Gordonson aufstand und ihr durch eine Tür entgegenkam.

Zur gleichen Zeit tauchten auch Sir George und Jay auf.

»Lizzie, was treibst du denn hier?« sagte Jay in vorwurfsvollem Ton.

Sie beachtete ihn nicht und wandte sich an Gordonson: »Dies hier ist Pastor York aus unserem Heimatdorf in Schottland. Er ist gekommen, weil er das Gericht um Gnade für Mack bitten will.«

Sir George drohte York mit dem Finger. »Wenn Sie auch nur einen Funken Verstand im Kopf haben, dann machen Sie auf der Stelle kehrt und scheren sich schleunigst nach Schottland zurück.«

»Außerdem werde ich persönlich das Gericht um Gnade bitten«, sagte Lizzie.

»Ich danke Ihnen!« erwiderte Gordonson, und man spürte, daß ihm ein Stein vom Herzen fiel. »Etwas Besseres können Sie gar nicht tun!«

»Ich habe versucht, sie zurückzuhalten, Sir George«, sagte Lady Hallim.

Jay lief rot an vor Wut. Er packte Lizzie am Arm und drückte fest zu. »Was unterstehst du dich?« fauchte er. »Mich in dieser Form zu demütigen! Ich verbiete dir ausdrücklich, hier das Wort zu ergreifen!«

»Wollen Sie die Zeugin einschüchtern?« fragte Gordonson.

Jay sah aus, als habe man ihn auf frischer Tat ertappt, und ließ Lizzie los. Ein Rechtsanwalt mit einem Aktenbündel unter dem Arm drängte sich zwischen ihnen hindurch. »Müssen wir das hier diskutieren, wo alle Welt uns sieht?« fragte Jay.

»Ja«, sagte Gordonson. »Wir dürfen das Gericht nicht verlassen.«

»Was, zum Teufel, hast du vor, Mädchen?« fragte Sir George Lizzie.

Der anmaßende Ton trieb Lizzie zur Weißglut. »Du weißt verdammt gut, was ich vorhabe!« fuhr sie ihren Schwiegervater an. Die Männer waren bestürzt über ihre anstößige Wortwahl. Auch zwei, drei Unbeteiligte in der Nähe merkten auf und drehten sich nach ihr um. Lizzie ließ sich dadurch nicht im mindesten beeindrucken. »Ihr habt diesen Aufruhr inszeniert, um McAsh in eine Falle zu locken. Ich werde nicht friedlich danebenstehen und zusehen, wie ihr ihn an den Galgen bringt!«

Sir George war puterrot im Gesicht. »Denk daran, daß du meine Schwiegertochter bist, und ...«

»Halt's Maul, George!« unterbrach sie ihn. »Ich lasse mich von dir nicht einschüchtern!«

Sir George stand da wie vom Donner gerührt. Das hat ihm noch keiner gesagt, dachte Lizzie.

Jay sprang seinem Vater bei. »Du darfst nichts tun, was deinem Ehemann schadet!« tobte er. »Das ist treulos!«

»Treulos?« Voller Verachtung nahm Lizzie das Wort auf. »Wer bist denn du, daß du es wagst, an meine Treue zu appellieren? Du hast mir geschworen, daß auf meinem Grund und Boden nicht nach Kohle geschürft wird – und hast dann das genaue Gegenteil getan. Du hast mich schon an unserem Hochzeitstag verraten!«

Einen Augenblick lang sagte niemand von ihnen ein Wort, und Lizzie konnte jenseits der Mauer einen Zeugen hören, der mit lauter Stimme seine Aussage machte.

»Du weißt also auch über das Unglück Bescheid?« fragte Jay.

Lizzie holte tief Luft. »Ich darf euch darüber in Kenntnis setzen, daß Jay und ich vom heutigen Tag an getrennt leben werden. Unsere Ehe wird nur noch auf dem Papier existieren. Ich werde nach Schottland zurückkehren und dort in meinem Haus leben. Jeglicher Besuch von Mitgliedern der Familie Jamisson ist unerwünscht. Und was meinen Einsatz für McAsh betrifft: Ich werde euch nicht dabei helfen, meinen Freund an den Galgen zu bringen, und ihr könnt mich – beide! – am Arsch lecken!«

Sir George war so außer sich, daß er kein Wort hervorbrachte. Seit Jahren hatte niemand mehr in diesem Ton mit ihm gesprochen. Sein Gesicht hatte die Farbe Roter Bete, seine Augen traten aus den Höhlen. Das einzige, was über seine Lippen kam, war ein blubberndes Geräusch.

Caspar Gordonson wandte sich an Jay: »Darf ich einen Vorschlag machen?«

Jay sah ihn böse an und sagte kurz angebunden: »Ja, ja, meinetwegen.«

»Vielleicht wird sich Mrs. Jamisson dazu bewegen lassen, auf ihre Aussage zu verzichten – unter einer Bedingung.«

»Und die wäre?«

»Sie selbst müssen das Gericht um Gnade für Mack bitten.«

»Kommt überhaupt nicht in Frage«, sagte Jay.

»Es wäre genauso wirksam, würde Ihrer Familie aber die peinliche Szene ersparen, daß eine Ehefrau in aller Öffentlichkeit Stellung gegen ihren Mann bezieht.« Plötzlich wirkte der Anwalt regelrecht verschlagen. »Statt dessen würden Sie, Mr. Jamisson, sehr großmütig erscheinen. Sie könnten sagen, weil Mack als Bergmann in den Jamissonschen Gruben gearbeitet habe, wolle die Familie um seine Begnadigung bitten.«

In Lizzies Herz keimte Hoffnung auf. Einen Gnadenappell von Jay, dem Offizier, der den Aufruhr niedergeschlagen hatte, würde das Gericht höher bewerten als alles, was sie selber sagen konnte.

Jays Gesicht zuckte, und Lizzie spürte, wie er, hin- und hergerissen, die möglichen Konsequenzen überdachte. Dann sagte er verdrießlich: »Ich glaube, mir bleibt nichts anderes übrig.«

Ehe Lizzie sich darüber freuen konnte, meldete sich Sir George wieder zu Wort. »Es gibt da eine Bedingung, auf deren Erfüllung Jay, wie ich weiß, nicht verzichten wird.«

Lizzie hatte ein unangenehmes Gefühl; ihr war, als wisse sie bereits, was jetzt kommen würde.

Sir George sah sie an. »Du mußt diesen Unfug mit dem getrennten Leben und dergleichen vergessen. Du mußt in jeder Form Jays Ehefrau bleiben und dich entsprechend verhalten.«

»Nein!« rief sie. »Er hat mich belogen! Wie kann ich ihm da noch vertrauen? Nein, das kommt nicht in Frage!«

»Dann wird Jay das Gericht auch nicht um Gnade für McAsh bitten«, gab Sir George zurück.

»Ich muß Ihnen sagen, Lizzie, daß Jays Appell aussichtsreicher wäre als Ihr eigener«, gab Gordonson zu bedenken. »Schließlich ist er der Ankläger.«

Lizzie war bestürzt. Das ist nicht fair, dachte sie. Sie zwingen mich zu einer Wahl zwischen Macks Leben und meinem eigenen. Wie kann ich mich auf so etwas einlassen?

Alle starrten sie an: Jay, Sir George, Gordonson, ihre Mutter und Pastor York. Sie wußte, daß sie nachgeben sollte, aber irgend etwas in ihr sträubte sich dagegen. »Nein«, sagte sie trotzig. »Ich werde nicht mein Leben gegen Macks verschachern.«

»Denken Sie noch einmal darüber nach«, bat Gordonson.

»Du hast keine andere Wahl«, sagte ihre Mutter.

Lizzie sah sie an. Es wunderte sie nicht, daß ihre Mutter ihr den Weg des geringsten Widerstands anempfahl. Aber Mutter stand kurz davor, in Tränen auszubrechen. »Was ist denn los?« fragte Lizzie.

Lady Hallim fing an zu weinen. »Du *mußt* Jay eine gute Ehefrau sein.«

»Und warum?«

»Weil du ein Baby bekommst.«

Lizzie starrte ihre Mutter an. »Was? Wovon redest du da?«

»Du bist schwanger.«

»Und woher willst du das wissen?«

»Dein ...« Lady Hallim schluchzte so heftig, daß sie nur noch stockend sprechen konnte. »Dein Busen ist ... ist größer geworden, und vom ... vom Essen wird dir schlecht. Du bist seit zwei Monaten ... verheiratet. So ganz unerwartet ist das ja nun auch wieder nicht.«

»O Gott!« Lizzie war sprachlos. Alles schien auf dem Kopf zu stehen. Ein Baby! War das möglich? Sie dachte nach, und ihr fiel ein, daß seit der Hochzeit ihre Periode ausgeblieben war. Dann stimmte es also. Ihr eigener Körper stellte ihr eine Falle. Jay war der Vater ihres Kindes. Und ihre Mutter hatte gemerkt, daß nur noch diese Eröffnung Lizzies Meinung zu ändern imstande war.

Sie sah ihren Ehemann an. Er war noch immer wütend auf sie, aber es lag auch etwas Flehendes in seinem Blick. »Warum hast du mich belogen?« fragte sie.

»Ich wollte es nicht, aber ich konnte nicht anders.«

Bitterkeit überkam sie. Ihre Liebe zu ihm würde nie wieder sein, wie sie einmal war. Aber er war immer noch ihr Mann.

»Einverstanden«, sagte sie.

»Dann sind wir uns also einig«, bemerkte Gordonson.

In Lizzies Ohren klang es wie die Verurteilung zu lebenslanger Haft.

»Oh yes! Oh yes! Oh yes!« rief der Ausrufer des Gerichts. »Meine Herren, die königlichen Richter, befehlen allen Anwesenden absolute Ruhe bei der Verkündung von Todesurteilen gegen die Gefangenen. Zuwiderhandlungen werden mit Gefängnisstrafe geahndet!«

Der Richter setzte seine schwarze Mütze auf und erhob sich.

Mack schauderte vor Ekel. Neunzehn Fälle waren verhandelt und zwölf Angeklagte schuldig gesprochen worden. Die nackte Angst ergriff ihn. Lizzie hatte Jay gezwungen, das Gericht um Gnade für ihn zu bitten. Das bedeutete, daß die Todesstrafe aufgehoben werden sollte – doch was wäre, wenn der Richter beschloß, Jays Appell nicht zu berücksichtigen, oder ganz einfach einen Fehler machte?

Lizzie saß hinten im Gerichtssaal. Mack gelang es, Blickkontakt mit ihr aufzunehmen. Sie war blaß und wirkte zutiefst erschüttert. Er hatte kein Wort mit ihr wechseln können. Sie versuchte, ihm aufmunternd zuzulächeln, aber es wurde nur eine angstverzerrte Grimasse daraus.

Der Richter musterte die zwölf Gefangenen, die in einer Reihe vor ihm standen. Dann begann er zu sprechen.

»Das Gesetz sagt, daß ihr dorthin zurückkehren sollt, woher ihr kamt, und von dort zum Richtplatz gebracht werden, wo ihr am Halse aufgehängt werden sollt, bis ihr tot, tot, tot seid, und der Herr sei eurer armen Seele gnädig.«

Eine furchtbare Pause folgte. Cora ergriff Macks Arm, und er spürte, wie sich ihre Finger in sein Fleisch gruben, und wußte, daß sie von der gleichen Todesangst heimgesucht wurde wie er selbst. Die anderen Gefangenen hatten kaum Hoffnung auf Begnadigung. Bei der Verkündigung ihrer Todesurteile fingen einige von ihnen an, unflätig zu schimpfen, andere weinten, und einer betete laut.

»Peg Knapp wird begnadigt und zur Deportation empfohlen«, verkündete der Richter. »Cora Higgins wird begnadigt und zur Deportation empfohlen. Malachi McAsh wird begnadigt und zur Deportation empfohlen. Der Rest wird gehängt.«

Mack legte die Arme um Cora und Peg, und sie verharrten eine Weile in dieser Stellung. Sie würden weiterleben.

Caspar Gordonson kam zu ihnen und schloß sich der Umarmung an. Dann nahm er Mack am Arm und sagte mit ernster Stimme: »Ich muß Ihnen eine traurige Mitteilung machen.«

Die Angst kehrte zurück. Würde die Begnadigung aus irgendeinem Grund zurückgenommen werden?

»In einem Bergwerk der Jamissons ist ein Stollen eingebrochen«, fuhr Gordonson fort. Macks Herzschlag stockte. Eine furchtbare Vorahnung bemächtigte sich seiner. »Dabei sind zwanzig Menschen ums Leben gekommen.«

»Esther ...?«

»Es tut mir leid, Mack. Ja, Ihre Schwester war unter den Toten.«

»Esther ist tot?« Es war kaum faßbar. Leben und Tod wurden

an diesem Tag verteilt wie Spielkarten. Esther tot? Ist das überhaupt möglich, dachte Mack – ich ohne meinen Zwilling? Sie war immer bei ihm gewesen, seit seiner Geburt.

»Ich hätte sie gleich mitnehmen sollen«, sagte er, und seine Augen füllten sich mit Tränen. »Warum habe ich sie bloß dortgelassen?«

Peg starrte ihn mit weit aufgerissenen Augen an. Cora hielt seine Hand.

»Ein Leben gerettet, ein anderes verloren«, sagte sie.

Mack barg sein Gesicht in den Händen und weinte.

Zweiter Teil
Kapitel 13

Der Tag der Abreise rückte rasch näher. Ohne Vorwarnung wurde eines Morgens allen zur Deportation verurteilten Häftlingen befohlen, ihre Sachen zu packen. Dann trieb man sie im Gefängnishof zusammen.

Mack besaß nur wenige persönliche Habseligkeiten. Abgesehen von seiner Kleidung waren es lediglich sein *Robinson Crusoe,* der zerbrochene Halsring, den er aus Heugh mitgenommen hatte, und der Pelzumhang, Lizzies Geschenk.

Im Hof wurden sie mit schweren Fußeisen paarweise aneinandergeschmiedet. Mack empfand die Fesseln als schwere Demütigung. Das kalte Eisen an seinen Knöcheln brachte seine Stimmung auf einen Tiefpunkt. Er hatte um seine Freiheit gekämpft und die Schlacht verloren. Einmal mehr war er angekettet wie ein Stück Vieh. Hoffentlich sinkt dieses Schiff und zieht mich mit in die Tiefe, dachte er.

Es war nicht gestattet, einen Mann mit einer Frau zusammenzuketten. Macks unmittelbarer Nachbar war ein schmutziger alter Säufer namens Mad Barney. Cora machte dem Schmied schöne Augen und durfte daher mit Peg ein Paar bilden.

»Caspar wird wahrscheinlich gar nicht wissen, daß wir heute schon fahren«, sagte Mack besorgt. »Kann sein, daß sie die Abreise geheimhalten.«

Er musterte die lange Reihe der Sträflinge im Hof und schätzte ihre Zahl auf über hundert. Ungefähr ein Viertel von ihnen waren Frauen. Außerdem gehörten ein paar Kinder ab neun Jahren dazu. Und unter den Männern befand sich auch Sidney Lennox.

Sein tiefer Fall hatte für große Befriedigung gesorgt. Daß er

Peg angeschwärzt und gegen sie ausgesagt hatte, kostete ihn den letzten Rest an Glaubwürdigkeit. Die Diebe, die ihre Beute vormals in der *Sonne* verscherbelt hatten, suchten sich nun andere Umschlagplätze. Und obwohl der Streik niedergeschlagen worden war und die meisten Kohlelöscher wieder arbeiteten, fand sich nicht ein einziger unter ihnen, der bereit gewesen wäre, für Lennox zu arbeiten.

Er hatte dann versucht, eine Frau namens Gwen Sixpence zum Stehlen zu zwingen, war aber von ihr und zwei Freundinnen der Hehlerei bezichtigt und nachfolgend vor Gericht gestellt und verurteilt worden. Die Jamissons hatten interveniert und ihn vor dem Galgen gerettet, seine Deportation aber nicht verhindern können.

Die großen Holztore des Gefängnisses öffneten sich weit. Draußen wartete bereits eine achtköpfige bewaffnete Eskorte. Ein Aufseher gab dem ersten Paar an der Kette einen brutalen Stoß. Langsam setzte sich der Zug in Bewegung und gelangte auf die belebte Straße hinaus.

»Wir sind nicht weit von der Fleet Street entfernt«, sagte Mack. »Vielleicht erfährt Caspar ja doch noch von diesem Marsch hier.«

»Und was hätten wir davon?« fragte Cora.

»Er könnte den Kapitän bestechen und uns eine Vorzugsbehandlung verschaffen.«

Mack hatte sich in Newgate bei Gefangenen, Aufsehern und Besuchern nach den näheren Umständen der Atlantiküberquerung erkundigt und dabei einiges in Erfahrung gebracht. Das einzige, was zweifelsfrei feststand, war die Tatsache, daß viele die Reise nicht überlebten. Ob es sich bei den Passagieren um Sklaven, Sträflinge oder Vertragsarbeiter handelte, spielte keine Rolle: Für alle waren die Lebensbedingungen unter Deck ungesund bis zur Lebensgefahr. Die Schiffseigner motivierte das Geld – sie pferchten so viele Menschen wie möglich in ihre Stauräume. Doch die Kapitäne standen ihnen mit ihrer Gewinnsucht in nichts nach: Gegen Schmiergeld bar auf die Hand konnte ein Gefangener auch eine Kabine bekommen.

Ihr letzter Gang durch die Innenstadt war ein reines Spießrutenlaufen. Die Londoner blieben auf der Straße stehen und sahen den Sträflingen nach. Einige wenige riefen ihnen trostreiche Worte zu, andere johlten und machten sich über sie lustig, wieder andere bewarfen sie mit Steinen oder Abfall.

Mack bat eine freundlich aussehende Frau, Caspar Gordonson zu benachrichtigen, aber sie schlug ihm seine Bitte ab. Er versuchte es noch zweimal, doch das Ergebnis war immer das gleiche.

Wegen der Fußeisen kamen sie nur langsam voran. Erst nach über einer Stunde erreichten sie schlurfend den Hafen. Auf der Themse herrschte ein geschäftiges Treiben. Schiffe, Lastkähne, Fähren, Flöße fuhren hin und her, denn die Streiks waren von den Truppen erfolgreich niedergeschlagen worden. Es war ein warmer Frühlingsmorgen, und das Sonnenlicht brach sich auf der Oberfläche des trüben Flusses. Ein Boot lag bereit, sie zu ihrem Schiff zu bringen, das in der Flußmitte ankerte. Mack merkte sich den Namen – es war die *Rosebud.*

»Gehört das Schiff den Jamissons?« fragte Cora.

»Die meisten Sträflingsschiffe gehören ihnen, glaube ich.«

Als Mack vom schlammigen Ufer aus ins Zubringerboot stieg, war ihm klar, daß er auf Jahre hinaus britischen Boden nicht mehr betreten würde. Vielleicht war es sogar ein Abschied für immer. Seine Gefühle waren zwiespältig: Bange Erwartung mischte sich mit einer unbekümmerten Neugier auf ein neues Land und ein neues Leben.

An Bord zu kommen war gar nicht einfach: Paarweise und mit den Eisen an den Füßen mußte man die Leiter hinaufklettern. Peg und Cora schafften es ziemlich problemlos, denn sie waren beide noch jung und gelenkig. Mack mußte Barney tragen. Zwei aneinandergekettete Männer fielen in den Fluß. Weder die Wachen noch die Seeleute kümmerten sich um die beiden, und hätten nicht andere Gefangene sie wieder ins Boot gezogen, wären sie mit Sicherheit ertrunken.

Das Schiff war nicht einmal dreißig Meter lang und gut sieben Meter breit. »Mein Gott«, bemerkte Peg, »ich bin schon in Salons eingebrochen, die größer waren als dieser Kahn.« An Deck befanden sich ein Hühnerverschlag, ein kleiner Schweinestall und eine angepflockte Ziege. Auf der anderen Seite des Schiffs wurde gerade mit Hilfe der als Kran zweckentfremdeten Raanock ein herrlicher Schimmel aus einem Boot an Bord gehievt. Eine magere Katze bleckte ihre Zähne, als Mack ihr zu nahe kam. Er sah noch aufgeschossene Taue und eingerollte Segel, der Geruch frischer Farbe drang ihm in die Nase, und er spürte eine leichte schaukelnde Bewegung unter seinen Füßen. Dann wurden er und Barney durch eine Luke gestoßen und mußten über eine Leiter in den Laderaum hinabsteigen.

Es gab insgesamt zwei Unterdecks und einen Stauraum. Im ersten Deck saßen vier Seeleute mit gekreuzten Beinen auf dem Boden und aßen ihr Mittagsmahl. Um sie herum standen Säcke und Truhen, die vermutlich Reisevorräte enthielten. Ganz unten, am Fuß der Leiter, stapelten zwei Männer Fässer und blockierten sie mit Keilen, damit sie sich unterwegs nicht selbständig machen konnten. Auf Höhe des zweiten Unterdecks, das offensichtlich für die Sträflinge vorgesehen war, wurden Mack und Barney von einem Matrosen ruppig von der Leiter gezogen und durch eine Tür geschubst.

Es roch nach Teer und Essig. Mack versuchte, in der Düsternis etwas zu erkennen. Die Decke des Quartiers befand sich nur zwei oder drei Zentimeter über seinem Kopf, so daß ein großer Mann hier nicht aufrecht stehen konnte. Sie war an zwei Stellen von Gittern durchbrochen, durch die ein wenig Luft und Licht in das Verlies drangen – wenn auch nicht von draußen, sondern nur aus dem darüberliegenden Deck, das seinerseits durch mehrere offene Luken erhellt wurde. An den Längswänden waren durchgehende breite Holzpritschen angebracht, eine

Reihe auf Taillenhöhe und die andere ein paar Zentimeter über den Bodenplanken.

Mit Entsetzen erkannte Mack, daß es sich bei den Pritschen um die Lager der Sträflinge handelte. Auf diesen nackten Brettern würden sie die Reise verbringen.

Sie schleppten sich mühsam den schmalen Gang zwischen den Pritschen entlang. Die ersten Kojen waren bereits belegt. Die Sträflinge, noch immer paarweise aneinandergekettet, lagen still da und versuchten zu begreifen, was mit ihnen geschah. Ein Matrose dirigierte Peg und Cora auf die Pritsche neben Mack und Barney. Sie kamen sich vor wie Messer in einer Schublade. Derb schob der Matrose sie enger zusammen, so daß ihre Körper einander berührten. Peg konnte aufrecht sitzen, die Erwachsenen konnten es nicht. Mack konnte sich günstigstenfalls auf einen Ellbogen stützen.

Am Ende einer Pritschenreihe entdeckte Mack ein großes, gut einen halben Meter hohes zylindrisches Tongefäß mit breitem, flachem Sockel und einem zwanzig bis fünfundzwanzig Zentimeter breiten, abwärts gewölbten Rand. Drei andere solcher Gefäße befanden sich im Raum und stellten die einzig erkennbare Möblierung dar. Mack kam sehr bald dahinter, daß es die Toiletten waren.

»Wie lange dauert es nach Virginia?« fragte Peg.

»Sieben Wochen«, erwiderte Mack. »Wenn wir Glück haben.«

Lizzie sah zu, wie ihre Seetruhe in die große Kabine im Heck der Rosebud getragen wurde. Für sie und Jay war das Eignerquartier reserviert, ein Schlaf- und ein Aufenthaltszimmer, die insgesamt mehr Platz boten, als Lizzie erwartet hatte. Alle Welt schwadronierte von den grauenhaften Begleitumständen der Atlantiküberquerung, doch Lizzie war fest entschlossen, das Beste daraus zu machen.

Das war überhaupt ihre neue Lebenseinstellung: Finde dich mit dem Unvermeidlichen ab, und mache das Beste daraus. Sie konnte Jays Verrat nicht vergessen. Jedesmal, wenn sie an das hohle Versprechen am Hochzeitstag dachte, ballte sie unwillkürlich die Fäuste und biß sich auf die Lippen. Andererseits bemühte sie sich ständig, die Erinnerung daran zu verdrängen.

Noch vor wenigen Wochen hatte sie die Vorfreude auf die Reise schier verrückt gemacht. Amerika – das war ihr großes Ziel, ihr großer Ehrgeiz gewesen, einer der Gründe dafür, daß sie Jay geheiratet hatte. Sie hatte von einem neuen Leben in den Kolonien geträumt, von einer freieren, unbeschwerteren Existenz, einem Leben in der Wildnis, ohne Petticoats und Besuchskärtchen, von einem Land, in dem es nichts machte, wenn Frauen Trauerränder unter den Fingernägeln hatten und offen ihre Meinung sagten wie ein Mann. Doch als sie dann von dem Kuhhandel erfuhr, auf den Jay sich eingelassen hatte, verlor der Traum einiges von seinem verheißungsvollen Glanz. Wir sollten die Plantage eigentlich *Twenty Graves* nennen, dachte sie trübsinnig – »Zwanzig Gräber«.

Sie tat so, als sei ihr Jay so lieb wie eh und je, doch ihr Körper sagte ihr die Wahrheit. Wenn er in der Nacht zu ihr kam und sie berührte, reagierte sie anders als früher. Sie küßte und streichelte ihn, gewiß, aber seine Finger brannten nicht mehr auf ihrer Haut, und seine Zunge schien nicht mehr wie früher ihre Seele zu erreichen. Es hatte eine Zeit gegeben, da war ihr schon bei seinem bloßen Anblick feucht zwischen den Beinen geworden. Jetzt schmierte sie sich vor dem Zubettgehen heimlich mit kühlender Salbe ein, weil sie beim Geschlechtsverkehr sonst Schmerzen hatte. Jay stöhnte und schnaufte vor Lust wie eh und je, wenn er seinen Samen in ihr vergoß, doch sie selbst empfand nur noch ein schales, unbefriedigendes Gefühl ohne Höhepunkt. Wenn Jay dann neben ihr schnarchte, tröstete sie sich mit den Fingern, begleitet von seltsamen Phantasievorstellungen von ringenden Männern und Huren mit entblößten Brüsten.

Beherrscht wurde ihr Leben jedoch von Gedanken an ihr

Kind. Angesichts ihrer Schwangerschaft waren alle Enttäuschungen zweitrangig und leichter zu ertragen. Ich werde das Kind vorbehaltlos lieben, dachte sie. Es wird meine Lebensaufgabe – und es wird in Virginia aufwachsen.

Sie setzte gerade ihren Hut ab, als jemand an die Kabinentür klopfte. Ein drahtiger Mann im blauen Mantel und mit einem Dreispitz auf dem Kopf trat ein und verneigte sich. »Silas Bone, Erster Maat, zu Ihren Diensten, Mrs. Jamisson, Mr. Jamisson«, sagte er.

»Ich wünsche Ihnen einen guten Tag, Bone«, erwiderte Jay steif und um die Würde bemüht, die dem Sohn des Schiffseigners anstand.

»Der Kapitän läßt Ihnen seine Empfehlungen übermitteln«, sagte Bone. Sie hatten Kapitän Parridge, einen strengen, distanzierten Mann aus Rochester in Kent, bereits kennengelernt. »Wir laufen mit der Flut aus«, fuhr Bone fort und sah Lizzie gönnerhaft an. »Die ersten ein, zwei Tage bleiben wir aber noch im Mündungsgebiet der Themse. Madam brauchen sich daher fürs erste noch keine Sorgen wegen der rauhen See zu machen.«

»Sind meine Pferde an Bord?« fragte Jay.

»Jawohl, Sir.«

»Dann zeigen Sie mir mal, wie sie untergebracht sind.«

»Sehr wohl. Mrs. J. wollen vielleicht hier bleiben und noch dies und das auspacken.«

»Ich komme mit. Ich möchte mich ohnehin ein wenig umsehen.«

»Ich würde Madam empfehlen, sich während der Reise soviel wie möglich in der Kabine aufzuhalten. Die Seeleute sind ein rauhes Volk – und das Wetter ist noch rauher.«

Lizzie fuhr auf. »Ich habe nicht die geringste Absicht, die nächsten sieben Wochen nur in dieser kleinen Kabine zu hocken!« sagte sie mit Nachdruck. »Und nun, Mr. Bone, gehen Sie bitte voran.«

»*Aye-aye,* Mrs. J.«

Sie verließen die Kabine und gingen über das Deck bis zu einer offenen Luke. Flink wie ein Affe hangelte sich der Maat die steile Leiter hinunter. Jay und Lizzie folgten ihm ins zweite Unterdeck. Das Licht, das durch eine offene Luke drang, wurde durch eine an einem Haken hängende Laterne noch verstärkt.

Jays Lieblingspferde, die beiden Grauen und Blizzard, sein Geburtstagsgeschenk, standen in schmalen Boxen. Alle drei hatten sie breite Gurte unter dem Bauch, die an einem Deckenbalken befestigt waren. Auf diese Weise wurde verhindert, daß sie bei schwerem Seegang das Gleichgewicht verloren und umfielen. Eine Raufe vor ihren Köpfen war mit Heu gefüllt, und zum Schutz der Hufe hatte man die Bodenplanken in den Boxen mit Sand bestreut. Es waren wertvolle Tiere, für die es in Amerika wohl kaum gleichwertigen Ersatz gab. Sie waren nervös. Jay täschelte sie eine Weile und sprach dabei beruhigend auf sie ein.

Lizzie wurde ungeduldig und schlenderte auf eine schwere offenstehende Tür zu. Bone folgte ihr. »Ich würde an Ihrer Stelle hier nicht umherwandern, Mrs. J.«, sagte er. »Sie könnten Dinge sehen, die Sie vielleicht beunruhigen würden.«

Lizzie ging auf seinen Einwand nicht ein. So leicht bin ich nicht zu erschüttern, dachte sie.

»Dort vorne ist das Sträflingsquartier«, sagte Bone. »Das ist kein Platz für eine Lady.«

Er hatte die magischen Worte gesprochen, die mit absoluter Sicherheit zur Folge hatten, daß Lizzie nicht locker lassen würde. »Mr. Bone, dieses Schiff gehört meinem Schwiegervater, und ich werde überallhin gehen, wo es mir gefällt. Ist das klar?«

»*Aye-aye*, Mrs. J.«

»Und Sie können mich ruhig Mrs. Jamisson nennen.«

»*Aye-aye*, Mrs. Jamisson.«

Lizzie brannte darauf, das Sträflingsquartier zu sehen, denn es war nicht unmöglich, daß McAsh an Bord war; schließlich handelte es sich um den ersten Sträflingstransport nach seinem

Prozeß. Sie duckte sich unter einem Deckenbalken, schob die Tür noch ein Stückchen weiter auf und betrat den Hauptstauraum des Schiffes.

Es war warm, und in der Luft hing der aufdringliche Gestank auf engstem Raum zusammengepferchter Menschen. Sie starrte in das Halbdunkel und konnte zuerst niemanden erkennen, obgleich ihr ein vielfältiges Stimmengemurmel entgegenschlug. Nachdem sich ihre Augen an das Zwielicht gewöhnt hatten, erkannte sie an den Wänden Bretterverschläge, die wie Halterungen für Fässer aussahen. Auf dem Verschlag neben ihr bewegte sich etwas, und es klirrte wie von einer Kette. Erschrocken fuhr sie auf und erkannte zu ihrem Entsetzen, daß die Bewegung zu einem Fuß mit einem Fußeisen gehörte. Nun sah sie, daß auf dem Brett jemand lag – nein, es waren zwei Menschen, die dort lagen, und sie waren an den Knöcheln aneinandergekettet. Und dann sah sie das nächste Paar, Schulter an Schulter mit dem ersten, und gleich daneben das dritte ... Sie lagen in diesen Regalen aufgereiht wie Heringe in der Auslage eines Fischhändlers.

Das ist bestimmt nur eine vorübergehende Unterbringung, dachte sie. Sicher bekommen sie bald ordentliche Kojen, spätestens wenn wir unterwegs sind ... Doch Lizzie sah schon sehr bald ein, wie töricht diese Vorstellung war. Wo sollten diese Kojen denn sein? Sie befand sich im Hauptstauraum des Schiffes, der einen Großteil des unter Deck verfügbaren Platzes einnahm. Wo hätten die Armseligen sonst noch untergebracht werden können? Nein, es gab keinen Zweifel: Sie würden mindestens sieben Wochen hier in der luftlosen Düsternis verbringen müssen.

»Lizzie Jamisson!« raunte eine Stimme.

Lizzie zuckte zusammen. Sie erkannte den schottischen Tonfall: Es war Mack. Sie starrte ins Dunkel. »Mack, wo sind Sie?«

»Hier.«

Sie ging ein paar Schritte in den schmalen Gang zwischen den Pritschen hinein. Ein Arm reckte sich ihr entgegen, gespenstisch grau im trüben Licht. Sie drückte Macks harte Hand. »Das ist ja furchtbar«, sagte sie. »Was kann ich tun?«

»Zur Zeit überhaupt nichts«, sagte Mack.

Sie erkannte Cora neben ihm und Peg neben Cora. Wenigstens waren sie beisammen. Irgend etwas in Coras Gesichtsausdruck veranlaßte Lizzie, Macks Hand loszulassen. »Vielleicht kann ich dafür sorgen, daß ihr genug zu essen und zu trinken bekommt«, sagte sie.

»Ja, das wäre nett.«

Lizzie wußte nichts mehr zu sagen und stand eine Zeitlang schweigend da. »Wenn ich es einrichten kann, schaue ich jeden Tag bei euch vorbei«, sagte sie schließlich.

»Danke.«

Lizzie drehte sich um und hastete hinaus.

Ein empörter Protest lag ihr auf den Lippen, als sie zu den beiden Männern zurückkehrte. Doch als sie Silas Bone und seinen verächtlichen Blick sah, verbiß sie sich ihre Bemerkung. Die Sträflinge waren an Bord, und das Schiff würde in Kürze Segel setzen. Was immer sie sagen würde – es würde nichts mehr ändern. Ein Protest würde lediglich Bones Warnung bestätigen, daß Frauen unter Deck nichts zu suchen hätten.

»Die Pferde sind sehr gut untergebracht«, sagte Jay zufrieden.

»Besser als die Menschen, ja!« Diese Bemerkung konnte sich Lizzie nun doch nicht verkneifen.

»Ach ja, das erinnert mich an etwas!« sagte Jay. »Bone, da unten im Stauraum befindet sich ein Häftling namens Sidney Lennox. Lassen Sie ihm die Eisen abnehmen, und geben Sie ihm eine Kabine, bitte.«

»*Aye-aye, Sir.*«

»Wieso ist denn dieser Lennox dabei?« fragte Lizzie bestürzt.

»Er wurde der Hehlerei überführt. Doch unsere Familie hat sich seiner in der Vergangenheit gelegentlich bedient. Wir können ihn daher jetzt nicht einfach fallenlassen. Er könnte da unten sterben.«

»Oh, Jay!« schrie Lizzie verzweifelt. »Das ist doch ein hundsgemeiner Kerl!«

»Ganz im Gegenteil. Er ist recht nützlich.«

Lizzie wandte sich ab. Sie war so froh darüber gewesen, daß Lennox in England zurückblieb. Was für ein Pech, daß er nun auch deportiert wurde. Würde Jay denn nie seinem bösen Einfluß entkommen?

»Die Flut setzt ein, Mr. Jamisson. Der Kapitän wird in Kürze den Anker lichten wollen.«

»Meine Empfehlungen an den Käpt'n. Nur zu!«

Sie kletterten alle die Leiter hinauf.

Ein paar Minuten später standen Lizzie und Jay am Bug und sahen, wie sich das Schiff mit der einsetzenden Ebbe flußabwärts bewegte. Eine frische Abendbrise pfiff Lizzie um die Wangen. Als die St.-Pauls-Kathedrale hinter den Silhouetten der Speicherhäuser verschwand, fragte sie: »Ob wir London je wiedersehen werden?«

1996

Virginia + A Place called Freedom

Dritter Teil
VIRGINIA
Kapitel 1

Mack lag im Laderaum der *Rosebud* und wurde von Fieberkrämpfen geschüttelt. Er kam sich vor wie ein Tier: verdreckt, fast nackt, angekettet, hilflos. Er konnte kaum stehen, doch sein Geist war noch immer klar. Nie wieder, schwor er sich, wird man mich mit Eisenketten fesseln. Eher kämpfe ich und versuche zu fliehen, ja eher lasse ich mich töten, als daß ich noch einmal eine solche Demütigung ertrage.

Ein aufgeregter Schrei oben an Deck war auch in ihrem Verlies zu hören. »Peilung fünfunddreißig Faden, Captain – Sand und Ried!«

Die Mannschaft applaudierte lauthals. »Was ist ein Faden?« fragte Peg.

»Sechs Fuß Wassertiefe«, erklärte Mack müde, aber erleichtert. »Es bedeutet, daß wir uns dem Land nähern.«

Er hatte kaum noch damit gerechnet, daß er es schaffen würde. Fünfundzwanzig Gefangene waren während der Überfahrt gestorben, obwohl sie nicht hatten hungern müssen: Lizzie war zwar nicht wieder im Gefangenendeck erschienen, hatte aber offenbar ihr Versprechen eingehalten und dafür gesorgt, daß es genug zu essen und zu trinken gab. Das Trinkwasser war freilich dreckig und abgestanden und die nur aus Pökelfleisch und Brot bestehende Verpflegung so eintönig gewesen, daß man auf die Dauer unweigerlich krank davon wurde. Alle Sträflinge waren von jener Krankheit heimgesucht worden, die mal als Hospital- und mal als Gefängnisseuche bezeichnet wurde. Mad Barney war das erste Opfer gewesen: Die Alten starben am schnellsten.

Einzige Todesursache war die Krankheit allerdings nicht.

Fünf Menschen waren während eines furchtbaren Sturms ums Leben gekommen. Die Gefangenen waren hilflos hin- und hergeworfen worden, und einige von ihnen hatten sich und anderen mit den Eisenketten schwere Verletzungen zugefügt, die für manche tödliche Folgen hatte.

Peg, schon immer mager, war nur noch Haut und Knochen. Cora war sichtlich gealtert. Selbst im Halbdunkel des Laderaums konnte Mack sehen, daß ihr die Haare ausfielen. Ihr Gesicht war verhärmt und der einst so üppige Körper hager und von Geschwüren entstellt. Mack war heilfroh, daß die beiden überhaupt noch am Leben waren.

Etwas später hörte er eine weitere Peilung: »Achtzehn Faden und weißer Sand.« Beim nächstenmal waren es nur noch »dreizehn Faden und Muscheln« – und dann endlich ertönte der Ruf: »Land ahoi!«

Trotz seiner Schwäche wäre Mack am liebsten an Deck gegangen. Das ist Amerika, dachte er. Ich habe das andere Ende der Welt erreicht und bin noch am Leben. Wie gerne würde ich jetzt Amerika sehen!

In dieser Nacht ankerte die *Rosebud* in ruhigem Wasser. Der Matrose, der den Gefangenen ihre Rationen an Pökelfleisch und abgestandenem Wasser brachte, war eines der freundlicheren Crewmitglieder. Er hieß Ezekiel Bell und sah arg verunstaltet aus: Ein Ohr fehlte ihm, sein Schädel war absolut kahl, und er hatte einen hühnereigroßen Kropf. Sein Spitzname »Beau Bell« war nackter Hohn. Er verriet den Gefangenen, daß sie vor Kap Henry, unweit von Hampton in Virginia, lagen.

Am nächsten Tag verließ das Schiff seinen Ankerplatz nicht. Verärgert fragte sich Mack, was hinter der Verzögerung stecken mochte. Irgendjemand mußte an Land gegangen sein und Proviant eingekauft haben, denn am Abend drang der Geruch von frischem Röstfleisch aus der Kombüse in den Laderaum und ließ den Gefangenen das Wasser im Munde zusammenlaufen. Es war eine Folter, die bei Mack Magenkrämpfe hervorrief.

»Was passiert in Virginia eigentlich mit uns, Mack?« fragte Peg.

»Man wird uns verkaufen, und wir werden für den Käufer arbeiten müssen.«

»Werden wir zusammen verkauft werden?«

Mack wußte, daß die Chancen dafür gering waren, behielt es aber für sich. »Möglich«, sagte er. »Hoffen wir aufs Beste.«

Peg brauchte eine Weile, bis sie das akzeptiert hatte. Als sie weitersprach, lag Furcht in ihrer Stimme: »Und wer wird uns kaufen?«

»Farmer, Plantagenbesitzer, Hausfrauen – irgend jemand, der Arbeitskräfte braucht und nicht viel dafür bezahlen will.«

»Vielleicht gibt es ja jemanden, der uns alle drei will.«

Wer würde schon einen Bergarbeiter und zwei Diebinnen haben wollen? »Vielleicht werden wir ja auch von Leuten gekauft, die nahe beieinander wohnen«, sagte Mack.

»Und was für Arbeit wird das sein?«

»Alles, was man uns anschafft, denke ich: Arbeit auf der Farm, Saubermachen, Bauarbeiten ...«

»Dann sind wir also praktisch Sklaven?«

»Aber nur sieben Jahre lang.«

»Sieben Jahre!« wiederholte Peg enttäuscht. »Dann bin ich ja längst erwachsen.«

»Und ich bin fast dreißig«, sagte Mack. Das kam ihm schon ziemlich alt vor.

»Werden sie uns schlagen?«

»Nicht, wenn wir hart arbeiten und den Mund halten«, sagte Mack, obwohl er genau wußte, daß ein einfaches Ja die richtige Antwort gewesen wäre.

»Und wer bekommt das Geld, das für uns bezahlt wird?«

»Sir George Jamisson.« Müde vom Fieber setzte er ungeduldig hinzu: »Die Hälfte dieser verdammten Fragen hast du mir doch schon ein paarmal gestellt.«

Verletzt wandte Peg sich von ihm ab, und Cora sagte: »Sie

macht sich Sorgen, Mack – deshalb stellt sie dauernd dieselben Fragen.«

Ich mache mir auch Sorgen, dachte Mack unglücklich.

»Ich will nicht nach Virginia«, sagte Peg. »Ich will, daß diese Reise immer weitergeht.«

Cora lachte bitter. »Dir gefällt dieses Leben wohl, wie?«

»Es ist, als ob ich eine Mutter und einen Vater hätte«, erwiderte Peg.

Cora nahm die Kleine in den Arm und drückte sie an sich.

Am nächsten Morgen lichtete das Schiff den Anker, und Mack spürte, wie es vor einem kräftigen, günstigen Wind dahinrauschte. Am Abend erfuhr er, daß sie kurz vor der Mündung des Rappahannock River lagen. Dort verloren sie wegen widriger Winde zwei Tage, bevor sie ihre Fahrt flußaufwärts fortsetzen konnten.

Macks Fieber war zurückgegangen. Er war daher stark genug, um an einem der regelmäßigen Deckgänge teilzunehmen. So sah er zum erstenmal Amerika.

Die Ufer des Flusses waren von dichten Wäldern und bebauten Feldern gesäumt. Gelegentlich sah man einen Landungssteg in den Fluß ragen, und dort stand dann immer, jenseits der gerodeten Uferböschung und einer ansteigenden Rasenfläche, ein großes Haus. In der Nähe der Landungsstege sah Mack jene riesigen Fässer, die als »Schweinsköpfe« bekannt waren und zum Tabaktransport dienten. Im Londoner Hafen hatte er einmal die Entladung dieser Fässer beobachtet. Jetzt wunderte er sich, wie sie die gefährliche, rauhe Atlantikreise unbeschädigt überstehen konnten.

Ihm fiel auf, daß die meisten Menschen auf den Feldern Schwarze waren. Pferde und Hunde sahen so aus wie zu Hause, während er die Vögel, die sich hin und wieder auf der Reling niederließen, noch nie gesehen hatte. Auf dem Fluß herrschte reger Verkehr. Neben einigen Handelsschiffen von der Größe der *Rosebud* waren auch viele kleinere Boote unterwegs.

Der erste Eindruck sollte für die nächsten vier Tage auch der einzige bleiben. Wieder auf seiner Pritsche im Laderaum, behielt Mack das Bild in seinem Gedächtnis und hütete es wie einen Schatz: Er sah den Sonnenschein vor sich, die Menschen, die draußen in der frischen Luft hin und her liefen, die Wälder, die grünen Wiesen und Rasenflächen ... Die Sehnsucht, endlich die *Rosebud* verlassen, an Land gehen und frische Luft atmen zu können, war wie ein Schmerz.

Als das Schiff endlich wieder Anker warf, erfuhren die Sträflinge, daß man Fredericksburg erreicht habe, das Ziel der Reise. Sie waren acht Wochen lang unterwegs gewesen.

Am Abend bekamen sie erstmals wieder gekochtes Essen: einen Eintopf mit Schweinefleisch, Mais und Kartoffeln, dazu eine Scheibe frisches Brot und einen Krug Ale. Die ungewohnt reiche Kost und das starke Bier bekamen Mack nicht. Die ganze Nacht über war ihm übel, und er hatte einen schweren Kopf.

Am nächsten Morgen wurden sie in Zehnergruppen an Deck gebracht und sahen Fredericksburg.

Die *Rosebud* ankerte in einem schlammigen Fluß, in dessen Mitte mehrere Inseln lagen. Hinter dem schmalen Sandstrand und einem bewaldeten Uferstreifen führte eine kurzer, steiler Anstieg zur Stadt hinauf, die um einen großen Felsvorsprung herum errichtet war. Ein paar hundert Menschen mochten hier leben. Der Ort war demnach nicht viel größer als Macks Heimatdorf Heugh, machte jedoch den Eindruck einer freundlichen, wohlhabenden Gemeinde. Die Häuser waren aus Holz und weiß und grün gestrichen. Ein Stück weiter flußaufwärts lag auf dem anderen Ufer ein weiteres Städtchen, das, wie Mack erfuhr, Falmouth hieß.

Auch bei Fredericksburg war der Fluß vielbefahren. Zwei Schiffe in der Größenordnung der *Rosebud* waren zu sehen, dazu mehrere Küstenschiffe und Flachboote sowie eine zwischen den beiden Städten hin und her pendelnde Fähre. Überall am Ufer sah man Menschen bei der Arbeit. Sie rollten Fässer und trugen Kisten in die Speicherhäuser hinein oder aus ihnen heraus.

Die Sträflinge bekamen Seife und wurden aufgefordert, sich zu waschen. Ein Barbier kam an Bord, schnitt ihnen die Haare und rasierte sie. Diejenigen, deren Kleidung so zerschlissen war, daß sie gegen die guten Sitten verstieß, erhielten Ersatzkleider. Ihre Dankbarkeit hielt sich jedoch in Grenzen, als sie erkannten, daß es sich dabei um die Kleider der während der Reise Verstorbenen handelte. Mack bekam Mad Barneys verlausten Mantel. Er hängte ihn über ein Geländer und klopfte ihn mit einem Stock so lange aus, bis keine Läuse mehr herausfielen.

Der Kapitän erstellte eine Liste der Überlebenden und fragte jeden einzelnen, welchen Beruf er in der Heimat ausgeübt habe. Einige waren ungelernte Gelegenheitsarbeiter, andere – wie Cora und Peg – hatten überhaupt noch nie auf anständige Weise ihren Lebensunterhalt verdient. Ihnen wurde nahegelegt, zu übertreiben oder sich etwas auszudenken. Peg wurde auf diese Weise zur Schneidergehilfin und Cora zur Bardame. Mack merkte bald, daß hinter den Bemühungen des Kapitäns die verspätete Absicht steckte, die Sträflinge für die Käufer attraktiver zu machen.

Man schickte sie in den Laderaum zurück. Am gleichen Nachmittag kamen zwei fremde Männer zu ihnen und unterzogen sie einer kritischen Musterung. Die beiden bildeten ein seltsames Paar: Der eine trug über einer grobgewebten Hose den roten Rock eines britischen Soldaten, der andere eine gelbe Weste, wie sie früher einmal in Mode gewesen war, und eine mit groben Stichen zusammengenähte Wildlederhose. Trotz ihrer merkwürdigen Kleidung wirkten sie wohlgenährt und hatten die roten Nasen von Männern, die sich so viele geistige Getränke leisten können, wie sie wollen. Beau Bell flüsterte Mack zu, sie seien »Seelentreiber«, und erklärte ihm, was das bedeutete: Diese Männer kauften Sklaven, Vertragssklaven und Sträflinge gleich gruppenweise ein und trieben sie wie

Schafherden landeinwärts, um sie auf entlegenen Farmen und oben in den Bergen zu verkaufen. Mack gefielen die beiden nicht. Als sie sich wieder entfernten, hatten sie keinen Kauf abgeschlossen. Bell erklärte, daß am nächsten Tag Pferderennen stattfinden und die wohlhabenden Farmer aus der Umgebung deshalb in die Stadt kommen würden. Am Ende des Tages wären dann die meisten Sträflinge verkauft. Für den Rest würden dann die Seelentreiber einen Spottpreis anbieten. Mack hoffte, daß Cora und Peg diesen Burschen nicht in die Hand fielen.

Am Abend gab es erneut ein gutes Mahl. Mack aß langsam und schlief danach sehr gut. Am Morgen sahen die Sträflinge ein bißchen besser aus: Ihre Augen wirkten klarer, und alle schienen wieder lächeln zu können. Während der Fahrt hatte es immer nur einmal täglich, am Abend, zu essen gegeben. Diesmal bekamen sie ein Frühstück mit Porridge, Sirup und einen Schuß Rum mit Wasser.

Trotz der ungewissen Zukunft, die ihnen bevorstand, waren die Sträfling also bester Laune, als sie, noch immer angekettet, die Leiter hinaufkletterten und an Deck humpelten. Auf dem Wasser und an der Anlegestelle herrschte noch größere Betriebsamkeit als am Tag zuvor. Mehrere kleine Boote legten an, zahlreiche Fuhrwerke rollten durch die Hauptstraße, und überall standen in kleinen Gruppen Menschen im Sonntagsstaat herum und gönnten sich offensichtlich einen arbeitsfreien Tag.

In Begleitung eines hochgewachsenen, grauhaarigen Negers kam ein dickbäuchiger Mann mit einem Strohhut auf dem Kopf an Bord. Die beiden sahen sich die Sträflinge kritisch an, suchten sich diesen oder jenen aus und wiesen andere zurück. Mack merkte sehr bald, daß sie die jüngsten und stärksten Männer aussuchten. Daß er sich schließlich unter den vierzehn oder fünfzehn Auserwählten befand, war unvermeidbar. Frauen und Kinder waren nicht darunter.

Als die Männer ihre Auswahl getroffen hatten, sagte der Kapitän: »So, ihr geht gleich mit diesen Herren mit.«

»Wohin?« fragte Mack, doch sein Einwurf wurde überhört.

Peg fing an zu weinen.

Mack schloß sie in die Arme. Er hatte gewußt, daß es so kommen würde, und es brach ihm schier das Herz. Alle Erwachsenen, denen Peg in ihrem Leben vertraut hatte, waren ihr wieder genommen worden: Die Mutter war einer Krankheit erlegen, den Vater hatte man gehängt. Und jetzt wurde Mack einfach weggekauft. Er drückte sie an sich, und Peg klammerte sich an ihm fest. »Nimm mich doch mit!« jammerte sie.

Er löste sich von ihr. »Versuch, wenn irgend möglich, bei Cora zu bleiben!« sagte er.

Cora küßte ihn mit verzweifelter Leidenschaft auf die Lippen. Es war kaum faßbar, daß er sie vielleicht nie wiedersehen, nie wieder mit ihr das Lager teilen, nie wieder ihren Körper berühren und sie nie wieder vor Lust stöhnen hören würde. Heiße Tränen rannen ihr die Wangen hinunter und flossen beim Küssen in seinen Mund. »Versuch uns zu finden, Mack, um Gottes willen«, bat sie ihn flehentlich.

»Ich werde mein Bestes tun.«

»Versprich es mir!« forderte sie.

»Ich verspreche es euch. Ich werde euch finden.«

Der dicke Mann sagte: »Komm jetzt, junger Hengst!« und riß ihn von Cora fort.

Sie stießen ihn über die Gangway auf den Kai, und Mack drehte sich noch einmal nach Peg und Cora um. Die beiden standen eng umschlungen an Bord, weinten und sahen ihm nach. Mack dachte an seinen Abschied von Esther. Ich werde Cora und Peg nicht im Stich lassen wie Esther, gelobte er sich. Dann verlor er sie aus den Augen.

Nach acht Wochen auf den unablässig hin und her schaukelnden Schiffsplanken war es ein eigenartiges Gefühl, wieder festen Boden unter den Füßen zu haben. Mack schlurfte in seinen Ketten die Hauptstraße entlang und nahm gierig die Eindrücke auf, die von allen Seiten auf ihn einstürmten: Das war also Amerika! In der Stadtmitte befanden sich eine Kirche, ein Markthaus, ein Pranger und ein Galgen. Auf beiden Seiten der Straße standen in großzügigen Abständen voneinander Häuser. Auf und neben der unbefestigten Straße suchten Schafe und Hühner nach Nahrung. Einige Gebäude sahen alt und gediegen aus, während viele andere offenbar neu und zum Teil sogar noch unfertig waren.

Es herrschte ein ungeheures Gedränge. Fußgänger, Pferde, Fuhrwerke und Kutschen, von denen die meisten aus den umliegenden Landgemeinden zu kommen schienen, verstopften die Straßen. Die Frauen trugen neue Hauben und Bänder, die Männer blitzblank gewienerte Stiefel und saubere Handschuhe. Die Kleidung vieler Menschen sah nach Heimarbeit aus, obwohl der Stoff gut und teuer war. Mack bekam mit, daß mehrere Leute über die bevorstehenden Pferderennen und ihre Wettchancen sprachen. Die Virginier schienen leidenschaftliche Spieler zu sein.

Mit gedämpfter Neugier betrachteten die Stadtbewohner den Sträflingszug – so, wie sie vielleicht auch einem Pferd nachgeblickt hätten, das durch die Hauptstraße galoppiert. Trotz des vertrauten Anblicks war ihr Interesse noch nicht erlahmt.

Nach einer halben Wegmeile erreichten sie die letzten Häuser der Stadt. An einer Furt durchwateten sie den Fluß und setzten ihren Weg auf dem anderen Ufer fort. Auf einem holprigen Pfad ging es durch den Wald. Mack arbeitete sich zu dem Neger vor und sagte: »Mein Name ist Malachi McAsh, aber man nennt mich Mack.«

Der Mann hielt seine Augen streng geradeaus gerichtet, antwortete aber in freundlichem Ton. »Ich bin Kobe«, sagte er, und es klang wie ein Reim auf ›Toby‹, »Kobe Tambala«.

»Der Dicke mit dem Strohhut – gehören wir jetzt ihm?«

»Nein. Bill Sowerby ist nur der Verwalter. Wir hatten den Auftrag, unter den Sträflingen an Bord der *Rosebud* die besten Farmarbeiter auszusuchen.«

»Wer hat uns gekauft?«

»*Gekauft* hat euch strenggenommen niemand.«

»Was dann?«

»Mr. Jay Jamisson hat beschlossen, euch zu behalten. Ihr sollt auf Mockjack Hall arbeiten, seiner eigenen Pflanzung.«

»Jamisson!«

»So ist es.«

Also gehöre ich schon wieder dieser Familie, dachte Mack wütend. Zur Hölle mit ihnen! Ich werde wieder abhauen, darauf können sie Gift nehmen. Ich will mein eigener Herr sein.

»Was hast du früher gearbeitet?« fragte Kobe.

»Ich war Hauer in einem Kohlebergwerk.«

»Kohle? Davon hab' ich schon gehört. Das ist doch ein Stein, der so brennt wie Holz, nur noch heißer, oder?«

»*Aye.* Das Problem liegt darin, daß man Kohle nur tief unter der Erde findet. Was ist dein Job?«

»Meine Leute waren Bauern in Afrika. Mein Vater besaß mehr Land als Mr. Jamisson.«

Mack staunte. Daß Sklaven auch aus reichen Familien stammen konnten, hatte er noch nicht gewußt. »Was haben sie angebaut?«

»Verschiedenes. Weizen zum Beispiel. Und eine Wurzel, die ich hier nie gesehen habe. Sie hieß Yams. Rinder gab es auch. Aber keinen Tabak.«

»Du sprichst gut Englisch.«

»Ich bin ja auch schon seit fast vierzig Jahren hier.« Seine Miene war voller Bitterkeit. »Ich war noch ein Junge, als ich geraubt wurde.«

Mack mußte an Peg und Cora denken. »Auf der *Rosebud* waren eine Frau und ein Mädchen, mit denen ich befreundet bin«, sagte er. »Meinst du, daß ich herausfinden kann, wer sie gekauft hat?«

Kobe lachte traurig. »Jeder hier sucht irgend jemanden, von dem er durch den Verkauf getrennt wurde. Dauernd wird man von irgendwem gefragt. Wenn sich die Sklaven auf der Straße oder im Wald treffen, geht es nur um dieses eine Thema.«

Mack ließ nicht locker. »Das Mädchen heißt Peg«, sagte er. »Sie ist erst dreizehn. Sie hat keine Eltern mehr.«

»Wenn du verkauft bist, hast du keine Eltern mehr. Das ist immer so.«

Mack spürte, daß Kobe aufgegeben hatte. Er hat sich an sein Sklavendasein gewöhnt und gelernt, damit zu leben, dachte er. Er ist verbittert und hat jede Hoffnung auf Freiheit aufgegeben. So weit wird es bei mir nie kommen, das schwöre ich …

Sie marschierten ungefähr zehn Meilen. Es ging nur langsam voran, da sie alle noch Fußfesseln trugen. Denjenigen, deren Partner während der Überfahrt gestorben waren, hatte man die Kette um beide Knöchel gelegt, so daß sie zwar gehen, aber nicht rennen konnten. Nicht einmal ein schnelles Gehen war möglich, und wer es versucht hätte, wäre wahrscheinlich, geschwächt wie sie nach dem achtwöchigen Liegen an Bord alle waren, zusammengebrochen. Sowerby, der Verwalter, ritt auf einem Pferd, hatte es aber ganz offensichtlich nicht eilig und nahm immer wieder einen tiefen Zug aus einer Flasche.

Die Landschaft erinnerte mehr an England als an Schottland und war gar nicht so fremd und ungewohnt, wie Mack sie sich vorgestellt hatte. Der Weg führte an dem steinigen Fluß entlang, der sich durch einen dichten Wald schlängelte. Mack hätte sich gerne eine Weile im Schatten der großen Bäume ausgeruht.

Er grübelte darüber nach, wann er Lizzie wiedersehen würde, die junge Frau, die ihn immer wieder verblüffte. Daß er erneut den Jamissons gehörte, war schlimm genug, doch Lizzies Gegenwart würde ihm ein kleiner Trost sein. Anders als ihr Schwiegervater war sie nicht grausam, wenn auch bisweilen etwas gedankenlos. Ihr unkonventionelles Auftreten und ihre lebendige Persönlichkeit gefielen ihm. Außerdem verfügte sie über einen gewissen Gerechtigkeitssinn, der ihm in der Vergangenheit schon einmal das Leben gerettet hatte, und würde ihm vielleicht auch in Zukunft beistehen.

Gegen Mittag erreichten sie die Plantage der Jamissons. Über eine mit Bäumen bestandene Wiese, auf der Kühe grasten, führte ein Fußweg zu einem Flecken mit aufgewühlter Erde, auf dem ungefähr zwölf Hütten standen. Zwei schon etwas ältere schwarze Frauen kochten über offenen Feuerstellen, und vier oder fünf nackte Kinder spielten im Dreck. Die Hütten waren aus einfachen Brettern zusammengezimmert. In den mit Läden versehenen Fensteröffnungen waren keine Scheiben.

Sowerby wechselte ein paar Worte mit Kobe und verschwand.

Kobe wandte sich an die Sträflinge: »Das sind eure Quartiere.«

»Sollen wir etwa bei den Niggern leben?« fragte jemand.

Mack lachte. Wie konnte sich nach acht Wochen in dem Höllenloch auf der *Rosebud* noch jemand über die Unterbringung beschweren?

»Weiße und Schwarze wohnen in getrennten Hütten. Das ist nicht gesetzlich vorgeschrieben, aber irgendwie läuft es immer darauf hinaus. In jeder Hütte wohnen sechs Mann. Bevor wir uns ausruhen können, haben wir noch eine Aufgabe zu erledigen. Kommt mit!«

Kobe führte sie auf einen Pfad, der sich zwischen grünen Weizenfeldern, hohen Maispflanzen und aromatisch duftenden Tabakstauden hindurchzog. Auf allen Feldern waren Männer und Frauen an der Arbeit. Sie jäteten Unkraut zwischen den Reihen und entfernten Raupen von den Tabakblättern.

Schließlich erreichten sie eine große Rasenfläche. Der Weg führte, leicht ansteigend, zu einem großzügig angelegten, aber baufälligen Schindelhaus, dessen schmutzig-graue Farbe an vielen Stellen abblätterte. Die Läden waren verschlossen. Dies ist wahrscheinlich Mockjack Hall, dachte Mack. Kobe führte sie um das Haus herum. Auf der Rückseite waren mehrere Nebengebäude, darunter auch eine Schmiede untergebracht. Der

Schmied, ein Neger, den Kobe mit »Cass« anredete, machte sich sofort daran, die Sträflinge von ihren Fußfesseln zu befreien.

Stumm beobachtete Mack, wie die Fesseln fielen. Er empfand ein Gefühl der Befreiung, obwohl er genau wußte, daß es völlig unangebracht war. Die Ketten waren ihm im Gefängnis von Newgate angelegt worden, am anderen Ende der Welt, und er hatte sie in den acht demütigenden Wochen danach in jeder einzelnen Minute gehaßt.

Das Haus stand auf einem Hügel, von wo aus man den in ungefähr einer halben Meile vorbeifließenden Rappahannock River schimmern sehen konnte. Wenn ich endlich diese Ketten los bin, könnte ich weglaufen, dachte Mack. Ich könnte zum Fluß hinablaufen, hineinspringen und ans andere Ufer schwimmen. Ich könnte versuchen, als freier Mann zu leben.

Er sah jedoch bald ein, daß Zurückhaltung geboten war. Noch war er körperlich so schwach, daß er kaum eine halbe Meile rennen konnte. Außerdem hatte er versprochen, Peg und Cora zu suchen – und das mußte *vor* einer möglichen Flucht geschehen, weil es danach kaum noch eine Gelegenheit dazu geben würde. Jeder Schritt mußte sorgfältig geplant werden. Er hatte keine Ahnung von der geographischen Beschaffenheit des Landes. Er mußte wissen, wohin er fliehen wollte und auf welchem Weg er sein Ziel erreichen konnte.

Und trotzdem – als endlich die Fesseln von seinen Füßen fielen, kostete es ihn Überwindung, sich nicht sofort auf und davon zu machen.

Er kämpfte noch gegen seinen inneren Drang zur Flucht, als Kobe sich wieder an die Sträflinge wandte: »Nun, da ihr von euren Fesseln befreit seid, überlegen einige von euch schon, wie weit sie's bis Sonnenuntergang schaffen. Doch bevor ihr davonlauft, muß ich euch noch was Wichtiges sagen. Also hört mir jetzt gut zu.«

Er machte eine Pause, um seinen Worten Gewicht zu verschaffen, und fuhr dann fort: »Wer abhaut, wird in den meisten

Fällen wieder eingefangen und streng bestraft. Zuerst gibt's die Peitsche, aber das ist noch der harmlosere Teil. Ihr bekommt einen Eisenkragen um den Hals, den manche als Schande empfinden. Das schlimmste ist aber, daß eure Strafzeit verlängert wird. Wer eine Woche lang untertaucht, muß zwei Wochen länger dienen. Wir haben hier Leute, die so oft ausgebüchst sind, daß sie erst mit Hundert freikommen.« Er blickte in die Runde, sah Mack an und sagte abschließend: »Wenn ihr das Risiko auf euch nehmen wollt, dann kann ich nur sagen: Viel Glück!«

Zum Frühstück kochten die alten Frauen ein Maisgericht, das *Hominy* genannt und in Holzschüsseln abgefüllt wurde. Sträflinge und Sklaven aßen den Brei mit den Händen.

Insgesamt gab es ungefähr vierzig Plantagenarbeiter auf Mockjack Hall. Von den neu hinzugekommenen Sträflingen abgesehen, handelte es sich überwiegend um schwarze Sklaven. Des weiteren gab es vier sogenannte Vertragssklaven, die sich auf vier Jahre verpflichtet und dafür die Überfahrt bezahlt bekommen hatten. Sie wahrten Distanz gegenüber den anderen und hielten sich offenbar für etwas Besseres. Zwei freie Schwarze und eine weiße Frau waren die einzigen Angestellten mit dem Status normaler Lohnempfänger. Einige Schwarze sprachen gut Englisch; die Mehrzahl von ihnen unterhielt sich jedoch in der jeweiligen afrikanischen Heimatsprache. Mit den Weißen verständigten sie sich in einer Art Kinder-Pidgin. Mack wollte sie anfangs auch wie Kinder behandeln, doch dann fiel ihm ein, daß sie ihm im Grunde überlegen waren, denn sie sprachen anderthalb Sprachen und er nur eine.

Man führte sie ein oder zwei Meilen weit auf die Felder hinaus, bis sie eine erntereife Tabakplantage erreichten. Die Tabakpflanzen standen in geraden Reihen, die etwas mehr als einen halben Meter voneinander getrennt und jede ungefähr eine Viertelmeile lang waren. Sie waren annähernd mannshoch und besaßen jeweils etwa ein Dutzend breite grüne Blätter.

Bill Sowerby und Kobe erteilten den Arbeitern ihre Anweisungen. Zunächst wurden sie in drei Gruppen aufgeteilt. Die erste Gruppe erhielt scharfe Messer und den Auftrag, die reifen Pflanzen abzuschneiden. Die zweite Gruppe ging auf ein Feld, auf dem die Pflanzen am Tag vorher bereits abgeschnitten worden waren und nun in der Sonne trockneten. Den Neuankömmlingen wurde gezeigt, wie man die Stengel der auf dem Boden liegenden Stauden spaltete und auf langen Holzspießen aufreihte. Mack kam in die dritte Gruppe, deren Aufgabe es war, die vollen Spieße über die Felder in den Tabakschuppen zu tragen. Dort wurden sie unter der hohen Decke aufgehängt und an der Luft getrocknet.

Es war ein langer, heißer Sommertag. Die Männer von der *Rosebud* konnten noch nicht so hart arbeiten wie die anderen Feldarbeiter. Mack mußte immer wieder feststellen, daß Frauen und Kinder schneller waren als er. Krankheit, Unterernährung und der Mangel an körperlicher Tätigkeit hatten ihn geschwächt. Bill Sowerby trug eine Peitsche, machte aber nach Macks Beobachtungen keinen Gebrauch davon.

Zur Mittagszeit bekamen sie grobes Maisbrot zu essen, das die Sklaven *Pone* nannten. Obwohl es ihn nicht sonderlich überraschte, war Mack bestürzt, als er während des Essens plötzlich die vertraute Gestalt von Sidney Lennox entdeckte. Er trug neue Kleider und ließ sich von Sowerby die Plantage zeigen. Jay Jamisson spekulierte offenbar darauf, daß Lennox ihm, wie schon in der Vergangenheit, auch in Zukunft wieder nützliche Dienste leisten könne.

Bei Sonnenuntergang waren sie ziemlich erschöpft. Sie durften aber noch nicht in ihre Hütten zurückkehren, sondern wurden zum Tabakschuppen geführt, der unterdessen vom Schein Dutzender von Kerzen erleuchtet war. Nach einem hastigen Abendessen ging die Arbeit weiter. Sie streiften die Blätter von den angetrockneten Pflanzen, entfernten die dicke zentrale Blattrippe und preßten die Blätter zu Bündeln zusammen. Mit fortschreitender Nacht schliefen ein paar Kinder sowie ein paar ältere Arbeiterinnen und Arbeiter ein, worauf ein ausgeklügeltes Warnsystem in Kraft trat: Die Stärkeren arbeiteten für die Schwachen mit und weckten sie auf, wenn Sowerby kam.

Nach Macks Einschätzung war Mitternacht bereits vorüber, als die Kerzen gelöscht wurden. Jetzt endlich durften sie in ihre Hütten gehen und sich auf ihren Holzpritschen zur Ruhe legen. Mack schlief sofort ein.

Er hatte des Gefühl, nur wenige Sekunden geschlafen zu haben, als man ihn auch schon wieder wachschüttelte. Müde rappelte er sich auf, torkelte hinaus und verleibte sich, an die Hüttenwand gelehnt, seine Portion Maisbrei ein. Kaum hatte er die letzte Handvoll in den Mund gestopft, da mußten sie bereits wieder zur Arbeit aufbrechen.

Im frühen Morgenlicht erreichten sie das Feld – und Mack erblickte auf einmal Lizzie.

Er hatte sie seit jenem Tag, an dem die Sträflinge auf die *Rosebud* verfrachtet worden waren, nicht mehr gesehen. Lizzie saß auf einem Schimmel und ritt im Schritt über das Feld. Sie trug ein lockeres Leinenkleid und einen großen Hut. Das helle, wasserklare Licht kündete vom bevorstehenden Sonnenaufgang. Lizzie sah gut aus, erholt und zufrieden, schon ganz die Gutsherrin auf einem Ausritt über ihren Besitz. Mack entging nicht, daß sie zugenommen hatte, während er und die anderen vor Hunger fast vor die Hunde gegangen waren. Aber er konnte ihr das nicht übelnehmen, denn sie setzte sich ein für das, was sie für richtig hielt, und hatte ihm auf diese Weise schon mehrmals geholfen.

Er mußte daran denken, wie sie ihm um den Hals gefallen war, nachdem er sie in der dunklen Seitengasse der Tyburn Street aus der Gewalt der beiden Grobiane befreit hatte. Er hatte ihren weichen Körper an sich gedrückt und ihren Duft, den Geruch nach Seife und Weiblichkeit, in sich aufgenommen. Ein verrückter Gedanke war ihm damals durch den Kopf geschossen: War vielleicht sie – und nicht Cora – die richtige Frau für ihn? Aber er war dann sehr schnell wieder zur Vernunft gekommen.

Jetzt erkannte er, daß Lizzie nicht einfach dick wurde, sondern schwanger war. Sie wird einen Sohn bekommen, dachte er, einen jungen Jamisson, und der wird ebenso grausam, geizig und herzlos sein wie die ganze Sippe. Er wird eines Tages diese Pflanzung erben, wird Menschen kaufen und wie Vieh behandeln und wird steinreich sein …

Lizzie sah ihn an. Mack schlug das Gewissen, weil er ihrem ungeborenen Kind so böse Eigenschaften zugeschrieben hatte. Anfangs erkannte sie ihn nicht richtig, doch dann zuckte sie zusammen und hatte keine Zweifel mehr. Die Veränderungen, welche die Reise in seiner äußeren Erscheinung bewirkt hatte, mochten sie erschreckt haben.

Mack hielt ihrem Blick lange stand und hoffte, sie würde zu ihm kommen und ihn begrüßen. Doch Lizzie wandte sich wortlos ab und ließ ihr Pferd antraben. Einen Augenblick später verschwand sie im Wald.

Dritter Teil
Kapitel 2

Eine Woche nach seiner Ankunft auf Mockjack Hall beobachtete Jay Jamisson zwei Sklavinnen, die einen Schrankkoffer mit Glaswaren auspackten. Belle war eine schwere Frau mittleren Alters mit gewaltigen Brüsten und einem ausladenden Hinterteil. Mildred dagegen zählte ungefähr achtzehn Jahre, hatte wunderschöne tabakbraune Haut und große, schläfrige Augen. Wenn sie sich nach den höheren Brettern im Schrank streckte, konnte Jay sehen, wie sich ihre Brüste unter dem Hemdkleid aus einfachem grauem Stoff bewegten. Sein stierer Blick beunruhigte die Frauen. Mit zitternden Händen wickelten sie die feinen Kristallgläser aus. Wenn sie etwas zerbrechen, muß ich sie bestrafen, dachte Jay und überlegte schon, ob er sie schlagen sollte.

Die Vorstellung machte ihn nervös. Er stand auf und ging hinaus. Mockjack Hall war ein großes Haus mit breiter Vorderfront. Von der mit Säulen eingefaßten Veranda bot sich ein weiter Blick über die Rasenfläche, die zum trüben Rappahannock River hin abfiel. In England wäre ein Haus dieser Größenordnung aus Ziegelsteinen errichtet worden. Mockjack Hall dagegen war in Holzrahmenbauweise entstanden. Vor vielen Jahren waren die Wände einmal weiß und die Fensterläden grün gestrichen worden. Inzwischen blätterte der Anstrich ab, und die Farben waren zu einem eintönigen Grau verblichen. Zu beiden Seiten und hinter dem Herrenhaus standen verschiedene Nebengebäude, in denen die Küche, die Wäscherei und die Ställe untergebracht waren. Im Haupthaus befanden sich große Empfangsräume – ein Salon, ein Eßzimmer und sogar ein Ballsaal – und im Oberstock geräumige Schlafzimmer, doch war das gesamte Interieur renovierungsbedürftig. Die Zimmer waren mit einstmals modernen Importmöbeln,verblaßten seidenen Wandbehängen und ausgetretenen Teppichen ausgestattet. Und über allem hing wie schaler Abwassergeruch der Hauch vergangener Größe.

Jay fühlte sich trotz alledem gut, als er von der Veranda aus sein Gut überblickte. Sein Land umfaßte eintausend Morgen bebauter Ackerfläche, bewaldete Hügel, muntere Bäche und große Teiche, dazu vierzig Sklaven und drei Hausangestellte. Und es gehörte *ihm* – nicht seinem Vater, nicht seiner Familie, sondern ihm allein. Endlich war er Gutsbesitzer aus eigenem Recht.

Und das war ja erst der Anfang. Jay hoffte auf eine glanzvolle gesellschaftliche Karriere in Virginia. Bis jetzt wußte er noch nicht genau, wie die Kolonialverwaltung funktionierte. Immerhin hatte er schon gehört, daß die örtlichen Räte *Vestrymen* hießen und daß in Williamsburg eine Abgeordnetenversammlung tagte, die annähernd dem britischen Parlament entsprach. Bei meiner gesellschaftlichen Stellung, dachte er, sollte ich eigentlich die lokale Ebene überspringen und gleich für das Abgeordnetenhaus kandidieren können ... Jeder sollte wissen, daß Jay Jamisson ein bedeutender Mann war.

Lizzie kam über den Rasen auf ihn zu. Sie ritt Blizzard, der die Reise ohne Schaden überstanden hatte. Sie reitet ihn nicht schlecht, dachte Jay, fast wie ein Mann ... Erst jetzt erkannte er zu seiner Empörung, daß sie im Herrensitz auf dem Pferd saß. Wie vulgär das bei einer Frau aussieht, dachte er, dieses Auf und Ab mit gespreizten Beinen!

Als sie bei ihm ankam und das Pferd zügelte, sagte er: »Du sollst doch nicht so reiten!«

Sie legte die Hand auf ihren gewölbten Leib. »Ich bin nur ganz langsam geritten, nur im Schritt und im Trab.«

»Ich dachte nicht an das Baby. Du reitest schon wieder im Herrensitz. Ich hoffe nur, daß dich niemand gesehen hat.«

Lizzie machte ein erstauntes Gesicht, doch ihre Antwort war trotzig wie immer: »Ich habe nicht die Absicht, hier draußen im Damensattel zu reiten.«

»Hier draußen?« wiederholte Jay. »Was spielt das für eine Rolle?«

»Hier sieht mich doch keiner.«

»Doch. Ich zum Beispiel. Und die Dienerschaft sieht dich auch. Außerdem könnten wir auch Besuch bekommen. Du läufst ›hier draußen‹ ja auch nicht nackt durch die Gegend, oder?«

»Ich reite im Damensattel zur Kirche und wenn wir in Gesellschaft sind, aber nicht allein.«

Wenn sie in dieser Stimmung war, hatte es keinen Sinn, sich mit ihr herumzustreiten. »Wie dem auch sei«, sagte er mürrisch, »in Kürze wirst du des Kindes wegen das Reiten ohnehin aufgeben müssen.«

»Aber jetzt noch nicht«, gab Lizzie strahlend zurück. Sie war im fünften Monat und wollte erst vom sechsten an nicht mehr reiten. Sie wechselte das Thema. »Ich habe mich ein bißchen umgesehen. Das Land ist in besserem Zustand als das Haus. Sowerby ist ein Säufer, aber er hat den Betrieb aufrechterhalten. Wahrscheinlich müssen wir ihm sogar dankbar sein dafür, denn er hat schon seit fast einem Jahr keinen Lohn mehr bekommen.«

»Er wird wohl noch ein bißchen warten müssen. Bargeld fehlt an allen Ecken und Enden.«

»Dein Vater sagte etwas von fünfzig Farmarbeitern. In Wirklichkeit sind es gerade mal fünfundzwanzig. Ein Glück, daß wir die fünfzehn Sträflinge von der *Rosebud* bekommen haben.« Sie runzelte die Stirn. »Ist McAsh dabei?«

»Ja.«

»Mir war so, als hätte ich ihn draußen auf den Feldern gesehen.«

»Sowerby hat auf meine Anweisung hin die jüngsten und

stärksten ausgesucht.« Jay hatte überhaupt nicht gewußt, daß McAsh an Bord war; andernfalls hätte er Sowerby auf diesen Störenfried aufmerksam gemacht und ihn gar nicht erst genommen. Aber nun, da McAsh schon einmal da war, widerstrebte es ihm, ihn wieder fortzuschicken. Es sollte nicht so aussehen, als fürchte er sich vor einem Sträfling.

»Bezahlt haben wir für die neuen Männer bestimmt nicht, oder?« fragte Lizzie.

»Nein. Warum soll ich für etwas bezahlen, das ohnehin der Familie gehört?«

»Dein Vater kommt vielleicht dahinter.«

»Daran zweifele ich nicht. Kapitän Parridge hat von mir eine Quittung über den Erhalt von fünfzehn Sträflingen verlangt, und ich habe sie ihm natürlich nicht verweigert. Er wird sie Vater geben.«

»Und dann?«

Jay grinste. »Vater wird mir wahrscheinlich eine Rechnung schicken. Ich werde sie auch begleichen – sobald ich kann.« Er freute sich über seinen geschäftlichen Winkelzug, der ihm auf sieben Jahre hinaus kostenfrei fünfzehn kräftige Arbeiter beschert hatte.

»Und wird dein Vater sich damit abfinden?«

Jay grinste. »Er wird toben! Aber was kann er bei dieser Entfernung schon unternehmen?«

»Du wirst schon wissen, was du tust«, sagte Lizzie zweifelnd.

Er mochte es nicht, daß sie seine Entscheidungen in Frage stellte. »Solche Dinge überläßt man am besten Männern.«

Das ärgerte wiederum sie, wie immer, und so ging sie sofort zum Gegenangriff über. »Ich bedauere es sehr, diesen Lennox hier zu sehen. Ich verstehe nicht, was du für einen Narren an dem Mann gefressen hast.«

Jays Gefühle gegenüber Lennox waren gemischt. Durchaus möglich, daß er sich hier in Virginia als ebenso hilfreich erweisen würde wie daheim – nur fühlte auch Jay sich in seiner

Gegenwart nicht wohl. Lennox war indessen, seit Jay ihn aus dem Laderaum der *Rosebud* befreit hatte, stillschweigend davon ausgegangen, daß er auf Mockjack Hall ein Auskommen finden würde, und Jay hatte es nie fertiggebracht, mit ihm darüber zu sprechen. »Ich halte es für ganz gut, einen Weißen hier zu haben, der meine Befehle ausführt«, sagte er hochnäsig.

»Aber was wird er tun?«

»Sowerby braucht eine rechte Hand.«

»Lennox hat doch vom Tabakanbau keine Ahnung – außer daß er das Zeug raucht.«

»Das kann er ja noch lernen. Davon abgesehen geht es hauptsächlich darum, daß er die Neger zum Arbeiten antreibt.«

»Das kann er bestimmt«, sagte Lizzie in ätzendem Ton.

Jay hatte keine Lust, mit ihr über Lennox zu diskutieren. »Ich gehe wahrscheinlich in die Politik«, sagte er. »Ich würde mich gerne ins Abgeordnetenhaus wählen lassen und frage mich, wie schnell sich das bewerkstelligen läßt.«

»Setz dich am besten mit unseren Nachbarn in Verbindung, die können's dir sicher sagen.«

Er nickte. »In einem Monat oder so – sobald das Haus fertig ist – geben wir ein großes Fest, zu dem wir alles einladen, was in und um Fredericksburg Rang und Namen hat. Da kann ich mir ein Bild von den Pflanzern in dieser Gegend machen.«

»Ein Fest?« Lizzies Skepsis war unüberhörbar. »Können wir uns das denn leisten?«

Schon wieder stellte sie eine seiner Entscheidungen in Frage. »Die Finanzen überläßt du mir!« fuhr er sie an. »Selbstverständlich können wir Vorräte und dergleichen auf Kredit einkaufen. Meine Familie ist in dieser Gegend seit mindestens zehn Jahren ein eingeführter Handelspartner. Mein Name gilt hier was!«

Lizzie hörte noch immer nicht mit ihrer Fragerei auf. »Wäre es nicht besser, wir konzentrierten uns wenigstens die ersten ein, zwei Jahre auf die Pflanzung? Dann steht deine politische Karriere auf einer soliden wirtschaftlichen Grundlage.«

»Sei doch nicht blöde«, erwiderte Jay. »Ich bin doch nicht hierhergekommen, um Bauer zu werden.«

Der Ballsaal war nicht groß, verfügte aber über einen guten Fußboden und ein kleines Podest für die Musiker. Zwanzig oder dreißig Paare, alle in glänzenden Satin gekleidet, tanzten. Die Männer trugen Perücken, die Frauen spitzenverbrämte Hüte. Zwei Fiedler, ein Trommler und ein Waldhornbläser spielten ein Menuett. Dutzende von Kerzen erleuchteten die frisch gestrichenen Wände und den Blumenschmuck. Die Gäste spielten Karten, rauchten, tranken und flirteten.

Jay und Lizzie begaben sich vom Ballsaal in die Küche. Sie lächelten und nickten ihren Gästen freundlich zu. Jay trug einen neuen apfelgrünen Seidenanzug, den er sich kurz vor der Abreise in London gekauft hatte. Lizzie war ganz in Violett gekleidet, ihre Lieblingsfarbe. Jay hatte darauf spekuliert, daß ihre Garderobe die der Gäste ausstechen würde, mußte aber zu seiner Verwunderung feststellen, daß die Virginier sich genauso modisch zu kleiden wußten wie die Londoner.

Er hatte reichlich Wein getrunken und war bester Stimmung. Das Dinner war schon früher serviert worden, doch inzwischen standen verschiedene Erfrischungen und Leckereien auf dem Tisch: Wein, Marmelade, Käsekuchen, Früchte, eine Obstspeise mit Sahne. Das Fest hatte ein kleines Vermögen gekostet, war aber ein großer Erfolg: Alles, was Rang und Namen hatte, war erschienen.

Das einzige, was nicht in die festliche Stimmung paßte, war ein Auftritt Sowerbys gewesen, des Verwalters. Der hatte sich ausgerechnet diesen Tag ausgewählt, um von Jay die Zahlung seines ausstehenden Lohns zu verlangen. Als Jay erwiderte, er könne ihn erst bezahlen, wenn das Geld für die Tabakernte eingegangen sei, hatte Sowerby frech gefragt, wieso Jay sich dann ein Fest für fünfzig Gäste leisten könne! Tatsache war, daß Jay sich das Fest *nicht* leisten konnte: Alles war auf Kredit gekauft worden. Zu stolz, es seinem Verwalter zu sagen, hatte er ihn zurechtgewiesen. Er solle gefälligst den Mund halten. Sowerby hatte daraufhin so enttäuscht und bekümmert reagiert, daß Jay sich fragte, ob ihn vielleicht ein bestimmtes finanzielles Problem bedrücke. Er ging dieser Vermutung jedoch nicht weiter nach.

Im Speisezimmer standen die nächsten Nachbarn der Jamissons vor dem Kamin und aßen Kuchen. Es waren drei Paare: Colonel Thumson und seine Frau, Bill und Suzy Delahaye sowie die Brüder Armstead, zwei Junggesellen. Die Thumsons gehörten zur höchsten gesellschaftlichen Schicht: Der Colonel war Abgeordneter in der Generalversammlung, ein ernster, ein wenig pompös wirkender Mann. Nach einer glanzvollen Karriere in der britischen Armee und der Miliz von Virginia hatte er seinen Abschied genommen, um Tabakpflanzer zu werden und sich in der Kolonialverwaltung zu engagieren. Thumson ist ein Vorbild, an das ich mich halten könnte, dachte Jay.

Man sprach über Politik, und Thumson verriet Jay und Lizzie, worum es ging: »Der Gouverneur von Virginia ist vergangenen März gestorben. Wir warten derzeit auf seinen Nachfolger.«

Jay spielte den intimen Kenner des Hofgeschehens zu London: »Der König hat Norborne Berkeley, Baron von Botetourt, ernannt.«

John Armstead, der schon stark angetrunken war, lachte rauh: »Was für ein Name!«

Jay bedachte ihn mit einem frostigen Blick. »Ich glaube, der Baron hoffte, kurz nach mir abreisen zu können.«

»Bis zu seiner Ankunft vertritt ihn der Präsident des Rates«, sagte Thumson.

Jay, der unbedingt zeigen wollte, daß er sich schon sehr gut in der lokalen Politik auskannte, sagte: »Ich glaube, deshalb waren die Abgeordneten so unklug, den Brief aus Massachusetts zu unterstützen.« Der fragliche Brief, den die Legislative von Massachusetts an König George geschickt hatte, war ein Protest gegen die Zölle gewesen. Die Generalversammlung von Virginia hatte danach eine Resolution verabschiedet, in der sie diesen Brief ausdrücklich guthieß. Jay und die meisten Londoner Tories hielten sowohl den Brief als auch die Resolution für illoyal gegenüber der Krone.

Thumson schien mit dieser Bemerkung nicht einverstanden zu sein. »Ich glaube nicht, daß die Abgeordneten unklug gehandelt haben«, sagte er steif.

»Seine Majestät war gewiß dieser Meinung«, erwiderte Jay. Er erklärte nicht, woher er das wußte, stellte aber wortlos anheim, daß der König es ihm persönlich mitgeteilt hatte.

»Nun, das ist eine betrübliche Nachricht«, sagte Thumson in einem alles andere als betrübten Ton.

Jay spürte, daß er sich auf potentiell gefährliches Terrain begab, wollte sein Publikum aber mit seinem Scharfsinn beeindrucken und sagte daher: »Ich bin ziemlich sicher, daß der neue Gouverneur eine Rücknahme der Resolution verlangen wird.« Er hatte das noch am Tag seiner Abreise in London gehört.

Bill Delahaye, der jünger war als Thumson, sagte erregt: »Die Abgeordneten werden sich weigern.« Suzy, seine hübsche Ehefrau, legte ihm besänftigend die Hand auf den Arm, konnte ihn aber kaum bremsen. »Es ist ihre Pflicht,« fuhr er fort, »dem König die Wahrheit zu sagen, anstatt seinen Tory-Speichelleckern mit leeren Phrasen nach dem Mund zu reden!«

»Natürlich sind nicht alle Tories Speichellecker«, sagte Thumson taktvoll.

»Wenn die Abgeordneten sich weigern, diese Resolution zurückzunehmen, wird der Gouverneur die Versammlung auflösen müssen«, sagte Jay.

»Komisch, daß das heutzutage kaum etwas zu sagen hat«, warf Roderick Armstead ein, der weniger getrunken hatte als sein Bruder.

Jay konnte sich darauf keinen Reim machen. »Wie das?« fragte er.

»Die Parlamente der Kolonien werden unentwegt aus dem einen oder anderen Grund aufgelöst. Sie versammeln sich dann eben formlos woanders – in einer Wirtschaft vielleicht oder in einem Privathaus – und setzen ihre Arbeit fort.«

»Aber unter diesen Umständen fehlt ihnen doch die gesetzliche Grundlage!« protestierte Jay.

»Sie haben nach wie vor die Zustimmung der Regierten«, gab Thumson zu bedenken. »Und das reicht ihnen offenbar aus.«

Jay hatte dergleichen auch schon gehört – von Leuten, die zu viele philosophische Bücher lasen. Der Gedanke, daß Regierungsautorität aus der Zustimmung der Menschen erwuchs, war gefährlicher Unsinn, implizierte er doch, daß Könige keinen Machtanspruch hatten. John Wilkes daheim in London behauptete Ähnliches. Jay begann sich über Thumson zu ärgern.

»Wer so redet, würde in London eingesperrt«, sagte er.

»Ganz recht«, sagte Thumson sybillinisch.

Lizzie meldete sich zu Wort. »Haben Sie schon von unserer Obstspeise gekostet, Mrs. Thumson?«

Die Frau des Colonels reagierte mit übertriebener Begeisterung: »O ja, sie ist ausgezeichnet, wirklich delikat!«

Jay wußte genau, daß die Obstspeise Lizzie vollkommen gleichgültig war. Sie hatte lediglich versucht, das Gespräch von der Politik auf ein anderes Thema zu lenken. Aber Jay war noch nicht fertig. »Ich muß schon sagen, daß mich einige Ihrer Ansichten doch etwas erstaunen, Colonel.«

»Oh, da ist ja Dr. Finch!« sagte Thumson. »Ich muß ein paar Worte mit ihm wechseln.« Er ließ Jay stehen und schloß sich mit seiner Frau einer anderen Gruppe an.

»Sie sind erst kurze Zeit im Lande, Jamisson«, sagte Bill Delahaye. »Wenn Sie eine Weile hier leben, werden Sie die Dinge vielleicht etwas anders sehen.« Sein Ton war nicht unfreundlich, obwohl er deutlich gemacht hatte, daß Jay sich seiner Ansicht nach noch nicht gut genug auskannte, um eine eigene Meinung zu äußern.

Jay war beleidigt. »Ich versichere Ihnen, Sir, daß ich in unverbrüchlicher Treue zu meinem Souverän stehe – einerlei, wo zu leben ich mich entschlossen habe.«

Delahayes Miene verdüsterte sich. »Ich verstehe«, sagte er und entfernte sich ebenfalls. Seine Frau begleitete ihn.

»Ich muß jetzt doch einmal diese Obstspeise probieren«, sagte Roderick Armstead, ging zum Tisch und ließ Jay und Lizzie mit seinem betrunkenen Bruder allein.

»Politik und Religion!« lallte John Armstead. »Reden Sie auf einem Fest nie über Politik und Religion!« Und damit kippte er nach hinten, schloß die Augen und fiel der Länge nach auf den Boden.

Gegen Mittag kam Jay zum Frühstück herunter. Ihm brummte der Schädel.

Lizzie hatte er noch nicht gesehen. Sie besaßen zwei nebeneinander liegende Schlafzimmer, ein Luxus, den sie sich in London nicht hatten leisten können. Sie saß unten und aß gegrillten Schinken. Die Haussklaven räumten unterdessen auf und machten sauber.

Ein Brief an ihn war eingetroffen. Jay setzte sich und öffnete den Umschlag, doch ehe er das Schreiben lesen konnte, warf Lizzie ihm einen bösen Blick zu und sagte: »Warum nur, um alles in der Welt, hast du gestern abend diesen Streit vom Zaun gebrochen?«

»Was für einen Streit?«

»Den mit Thumson und Delahaye natürlich!«

»Das war kein Streit, das war eine Diskussion.«

»Du hast unsere nächsten Nachbarn beleidigt.«

»Dann sind sie aber leicht zu beleidigen.«

»Du hast Colonel Thumson praktisch einen Verräter genannt!«

»Wie's den Anschein hat, ist er offenbar auch einer.«

»Er ist ein bedeutender Landbesitzer, Abgeordneter in der

Generalversammlung und Offizier a.D.! Wie, um Himmels willen, kann er ein Verräter sein?«

»Du hast ja gehört, was er von sich gab.«

»Das ist anscheinend ganz normal hier.«

»In meinem Hause ist es nicht normal und wird es auch nie sein.«

Sarah, die Köchin, kam herein und unterbrach die Auseinandersetzung. Jay bestellte Tee und Toast.

Lizzie behielt, wie immer, das letzte Wort: »Da gibst du ein Heidengeld aus, um unsere Nachbarn kennenzulernen, und schaffst es glänzend, dich bei allen unbeliebt zu machen.« Sie wandte sich wieder ihrem Schinken zu.

Jay betrachte den Brief. Er stammte von einem Rechtsanwalt in Williamsburg.

Duke of Gloucester Street
Williamsburg
29. August 1768

Sehr geehrter Herr Jamisson,

Ihr Vater, Sir George Jamisson, hat mich beauftragt, Ihnen zu schreiben.

Ich heiße Sie in Virginia willkommen und hoffe, daß wir schon bald das Vergnügen haben werden, Sie hier in der Hauptstadt der Kolonie begrüßen zu können.

Jay war überrascht. Das klang ungewöhnlich rücksichtsvoll für seinen Vater. Wird er jetzt, wo ich so weit weg bin, auf einmal zugänglich? fragte er sich.

Bis dahin lassen Sie mich bitte wissen, ob ich Ihnen in irgendeiner Weise behilflich sein kann. Ich weiß, daß Sie eine Pflanzung übernommen haben, die in Schwierigkeiten steckt, und deshalb möglicherweise finanzielle Unterstützung suchen werden. Erlauben Sie mir,

Ihnen für den Fall, daß Sie sich um eine Hypothek bemühen wollen, meine Dienste anzubieten. Ich bin sicher, daß sich problemlos ein Geldgeber finden ließe.

Ich verbleibe, Sir, Ihr demütiger und ergebener Diener

Matthew Murchman

Jay lächelte. Der kommt mir gerade recht, dachte er. Die Reparatur und Neuausstattung des Hauses sowie das luxuriöse Fest hatten bereits dazu geführt, daß er bei den Kaufleuten der Umgebung bis zum Hals verschuldet war. Und Sowerby fragte unentwegt nach Saatgut, neuen Werkzeugen, Kleidung für die Sklaven, nach Seilen, Farbe und so weiter ... Die Liste war endlos. »Also über das Geld brauchst du dir keine Sorgen mehr zu machen«, sagte er zu Lizzie und legte den Brief auf den Tisch.

Sie sah ihn skeptisch an.

»Ich fahre nach Williamsburg«, sagte er.

Dritter Teil
Kapitel 3

Jay war in Williamsburg, als Lizzie einen Brief von ihrer Mutter erhielt. Das erste, was ihr auffiel, war der Absender.

The Manse
St. John's Church
Aberdeen
15. August 1768

Was treibt Mutter denn in einem Pfarrhaus in Aberdeen? fragte sie sich.

Meine liebe Tochter!

So viel habe ich Dir zu erzählen! Aber ich muß mich zusammennehmen und alles schön der Reihe nach erzählen.

Bald nach meiner Rückkehr nach High Glen übernahm Dein Schwager Robert Jamisson die Leitung des Guts. Sir George zahlt jetzt meine Hypothekenzinsen, weshalb ich dagegen nichts einwenden kann. Robert ersuchte mich, das große Haus zu räumen und aus Ersparnisgründen in die alte Jagdhütte umzuziehen. Ich gestehe, daß ich mit dieser Regelung nicht sehr zufrieden war, aber Robert bestand darauf, und ich muß Dir sagen, daß er nicht so angenehm und zuvorkommend war, wie man es von einem Familienmitglied eigentlich erwarten dürfte.

Ohnmächtige Wut überfiel Lizzie. Wie kann Robert es wagen, Mutter aus ihrem eigenen Haus zu werfen? Was hat er damals gesagt, als ich ihn zurückwies und Jay den Vorzug gab? Sie erinnerte sich an seine Worte: »Ich sag' dir eines: High Glen bekomme ich auf jeden Fall, auch wenn ich dich nicht bekomme.« Es hatte damals völlig unrealistisch geklungen – doch jetzt war es wahr geworden.

Sie biß die Zähne zusammen und las weiter.

Als nächstes ließ uns Reverend York wissen, daß er uns verlassen wolle. Fünfzehn Jahre lang war er Pastor in Heugh, und er ist mein ältester Freund. Ich sah ein, daß er nach dem tragisch frühen Tod seiner Frau das Bedürfnis verspürte, sich zu verändern. Aber Du kannst Dir vorstellen, wie sehr es mich bekümmerte, daß er uns just zu dem Zeitpunkt verließ, da ich dringend Freunde benötigte.

Doch nun geschah etwas gänzlich Unerwartetes. Ich erröte, mein Kind, wenn ich Dir jetzt mitteile, daß er um meine Hand anhielt!! Und ich sagte ja!!

»Gütiger Himmel!« sagte Lizzie laut.

So sind wir also nun verehelicht und obendrein nach Aberdeen gezogen, von wo aus ich Dir heute schreibe.

Viele werden sagen, ich, die Witwe von Lord Hallim, hätte unter meinem Stand geheiratet. Aber ich weiß ja, wie wertlos Titel sind. John stört sich nicht daran, was die feinen Leute vielleicht denken. Wir führen ein ruhiges Leben, und ich bin als Mrs. York glücklicher denn je zuvor in meinem Leben …

Sie erzählte noch von ihren drei Stiefkindern, den Dienstboten im Pfarrhaus, Pastor Yorks erster Predigt und den Damen in der Gemeinde, doch Lizzie war so entsetzt, daß sie sich darauf nicht mehr konzentrieren konnte.

Daß ihre Mutter noch einmal heiraten könnte, war ihr nie in den Sinn gekommen. Dabei sprach im Grunde nichts dagegen; schließlich war Mutter erst vierzig. Sie konnte sogar noch Kinder bekommen.

Was Lizzie schwer zu schaffen machte, war ein plötzliches Gefühl der Verlorenheit. High Glen war immer ihre Heimat gewesen. Gewiß, sie lebte jetzt in Virginia, hatte einen Ehemann und trug sein Kind unter dem Herzen – und doch war in ihrer Vorstellung High Glen immer ein Ort gewesen, an den sie zurückkehren konnte, falls sie wirklich einmal einer Zufluchtsstätte bedurfte. Und nun erfuhr sie, daß das Gut Robert Jamisson in die Hände gefallen war.

Lizzie war stets der Mittelpunkt im Leben ihrer Mutter gewesen, und sie war nie auf den Gedanken gekommen, daß sich dies eines Tages vielleicht ändern könne. Doch nun war Mutter Pfarrersgattin in Aberdeen, hatte drei Stiefkinder, um die sie sich kümmern mußte, und würde vielleicht selber noch einmal schwanger werden.

Für Lizzie bedeutete dies, daß sie keine andere Heimat mehr hatte als die Plantage und keine andere Familie mehr als Jay.

Sie war fest entschlossen, aus diesen Umständen das Beste zu machen.

Sie genoß Privilegien, um die viele Frauen sie beneiden würden: ein großes Haus, ein Gut von tausend Morgen, einen gutaussehenden Ehemann sowie Sklaven, die tun mußten, was sie ihnen auftrug. Die Haussklaven hatten sie ins Herz geschlossen: Sarah war die Köchin, die dicke Belle putzte vor allem, und Mildred war Lizzies persönliche Zofe und kümmerte sich manchmal auch ums Servieren. Belle hatte einen zwölfjährigen Sohn, Jimmy, der als Stallbursche arbeitete. Sein Vater war vor Jahren irgendwohin verkauft worden. Von den Feldarbeitern hatte Lizzie bislang nur einige wenige kennengelernt. Abgesehen von Mack, kannte und schätzte sie Kobe, den Aufseher, sowie den Schmied Cass, der hinter dem Haus seine Werkstatt hatte.

Das Haus war groß und sehr geräumig, doch kam es ihr leer und verlassen vor. Es war einfach *zu* groß. Für eine Familie mit sechs heranwachsenden Kindern, Großeltern, ein paar Tanten und ganzen Heerscharen von Sklaven, die überall einheizten und bei den großen gemeinsamen Mahlzeiten bedienten, wäre es das richtige gewesen – für Lizzie und Jay war es ein Mausoleum. Das Land war dagegen wunderschön: dichte Wälder, breite, sanft gewellte Felder und an die hundert kleine Bäche.

Lizzie wußte längst, daß Jay nicht ganz der Mann war, den sie einst in ihm gesehen hatte. Der tollkühne Freigeist, für den sie ihn damals, als er sie in die Kohlegrube führte, gehalten hatte, war er jedenfalls nicht. Er hatte sie über den Kohleabbau auf High Glen belogen und mit seiner Unaufrichtigkeit tief erschüttert. Seither waren ihre Gefühle für ihn nicht mehr die gleichen wie am Anfang ihrer Beziehung. Das fröhliche Herumtollen im Bett an frühen Vormittagen war vorbei. Sie verbrachten den Großteil des Tages getrennt. Zwar nahmen sie Mittag- und Abendessen gemeinsam ein, saßen aber niemals, wie früher, händchenhaltend vor dem Kamin, ohne über ein bestimmtes Thema zu sprechen. Aber vielleicht war auch Jay enttäuscht. Vielleicht empfand er ihr gegenüber genauso: daß sie nicht so perfekt war, wie er einst geglaubt hatte. Es hatte keinen Sinn, sich darüber den Kopf zu zerbrechen. Sie mußten einander so nehmen, wie sie waren.

Trotz allem drängte es Lizzie oft, einfach davonzulaufen, doch jedesmal, wenn sie daran dachte, mußte sie gleich auch an das Kind denken, das in ihr heranwuchs. Die Zeiten, da sie nur an sich selbst zu denken hatte, waren unwiderruflich vorbei. Das Kind brauchte seinen Vater.

Jay sprach nicht oft über das Baby. Es schien ihn nicht sonderlich zu interessieren. Wenn es erst einmal da ist, wird sich das ändern, dachte Lizzie, vor allem, wenn es ein Junge ist.

Sie legte den Brief in eine Schublade, gab den Sklaven Anweisungen für den Tag, zog ihren Mantel über und ging hinaus.

Die Luft war kühl. Seit ihrer Ankunft auf Mockjack Hall waren inzwischen zwei Monate vergangen, und es war Mitte Oktober. Lizzie ging über den Rasen hinab zum Fluß. Sie war inzwischen im siebten Monat und spürte das Baby strampeln. Manchmal tat es richtig weh. Das Reiten hatte sie aus Furcht, sie könnte dem Kind dadurch schaden, inzwischen aufgegeben.

Denoch umrundete sie fast täglich die ganze Pflanzung. Sie benötigte dazu mehrere Stunden und wurde meist von Roy und Rex begleitet, zwei Jagdhunden, die Jay angeschafft hatte. Sie behielt den Fortgang der Arbeiten genau im Auge, denn Jay zeigte dafür nicht das geringste Interesse. Sie erfuhr, wie der Tabak geerntet und aufbereitet wurde, und zählte die Ballen. Sie sah, wie die Männer Bäume fällten und daraus Fässer herstellten. Sie betrachtete die Kühe und Pferde auf den Weiden und die Hühner und Gänse im Hof. Heute war Sonntag, der freie Tag der Landarbeiter. Da Sowerby und Lennox sich irgendwo anders herumtrieben, konnte sie sich ungestört umsehen. Roy folgte ihr, während Rex faul auf der Veranda liegen blieb.

Die Tabakernte war in der Scheuer, doch ihre Verarbeitung stand noch an. Die Pflanzen mußten getrocknet und entstielt und die Blätter gepreßt werden, bevor man sie zum Transport nach London oder Glasgow in den Schweinsköpfen verstauen konnte. Auf dem Feld, das die Bezeichnung *Stream Quarter* trug, wurde Winterweizen gesät und auf *Lower Oak* Gerste, Roggen und Klee. Die anstrengendste Zeit, in der die Plantagenarbeiter vom frühen Morgen bis zum späten Abend auf den Feldern schufteten und danach bei Kerzenlicht im Tabakschuppen weiterarbeiteten, war jedoch vorüber.

Die Leute verdienen eine Belohnung, dachte Lizzie. Sie haben wirklich hart gearbeitet. Selbst Sklaven und Sträflinge brauchen ab und zu eine Bestätigung …

Ihr kam der Gedanke, ein Fest für die Plantagenarbeiter zu veranstalten, und je mehr sie darüber nachdachte, desto besser fand sie die Idee. Sicher, Jay würde wahrscheinlich etwas dagegen haben, aber mit seiner Rückkehr war frühestens in zwei Wochen zu rechnen – Williamsburg lag drei Tagesreisen entfernt. Es konnte alles während seiner Abwesenheit über die Bühne gehen.

Sie ging am Ufer des Rappahannock entlang und bedachte ihren Plan von allen Seiten. Hier in seinem Oberlauf war der Fluß seicht und steinig; schiffbar war er erst ab Fredericksburg. Lizzie umrundete ein teilweise überspültes Ufergebüsch und blieb abrupt stehen. Im hüfttiefen Wasser stand, den breiten Rücken ihr zugewandt, ein Mann und wusch sich. Es war McAsh.

Roy merkte auf, sein Fell sträubte sich. Dann erkannte er Mack.

Lizzie sah ihn nicht zum erstenmal nackt in einem Fluß. Es war jetzt fast ein Jahr her, daß sie ihn mit ihrem Unterrock abgetrocknet hatte. Damals war ihr alles vollkommen natürlich erschienen, doch als sie jetzt daran zurückdachte, kam ihr die Szene seltsam traumhaft vor: das Mondlicht, das rauschende Wasser, der starke, aber so verletzlich wirkende Mann, den sie umarmt und mit ihrem Körper gewärmt hatte.

Sie hielt inne und beobachtete, wie er aus dem Wasser stieg. Er war nackt, so nackt wie damals in jener Nacht.

Eine andere Erinnerung stellte sich ein. Auf High Glen hatte sie eines Nachmittags einen jungen Hirsch überrascht, der in einem Bach stand und trank. Sie sah die Szene vor sich wie auf einem Gemälde. Als sie aus dem Gebüsch trat, stand der zwei- oder dreijährige Bock nur wenige Meter vor ihr. Er hob den Kopf und starrte sie an. Weil es über das Steilufer auf der anderen Seite des Baches kein Entrinnen gab, war der Hirsch gezwungen, an ihr vorbei das Weite zu suchen. Als er aus dem Bach stieg, glitzerte das Wasser auf seinen muskulösen Flanken. Lizzie hielt die geladene und schußbereite Flinte in der Hand, aber sie konnte nicht abdrücken – die Intimität zwischen ihr und dem Tier, die durch die ungewohnte Nähe hervorgerufen wurde, war einfach zu groß.

Jetzt sah sie die Wassertropfen über Macks Haut rinnen und erkannte, daß er trotz der Entbehrungen der letzten Zeit noch immer die kraftvolle Anmut eines jungen, wilden Tieres besaß. Als er sich die Hose anzog, sprang Roy auf ihn zu. Mack blickte auf, erkannte Lizzie und erstarrte. Nachdem er den ersten Schreck überwunden hatte, sagte er: »Sie könnten sich vielleicht umdrehen.«

»Sie sich vielleicht auch!« erwiderte Lizzie.

»Ich war zuerst hier.«

»Und mir gehört das Land!« Es war erstaunlich, wie schnell er sie reizen konnte. Offenbar hielt er sich für gleichwertig – er, der Sträfling und Landarbeiter. Daß sie eine Dame war, nötigte ihm keinerlei Respekt ab. Er schien die Standesunterschiede für eine Art willkürliche Vorsehung zu halten, die für sie kein Bonus und für ihn keine Schande war. Seine Kühnheit war ein Ärgernis, aber er war wenigstens ehrlich. McAsh fehlte jede Hinterhältigkeit. Jay war ihr dagegen oftmals einfach unbegreiflich. Sie wußte nicht, was in seinem Kopf vorging, und wenn sie ihn fragte, reagierte er gleich abwehrend, als habe sie ihm Vorwürfe gemacht.

McAsh schnürte sich das Band, das seine Hose festhielt. Er wirkte nun eher belustigt. »Ich gehöre Ihnen jetzt auch.«

Lizzies Blick ruhte auf seinem Oberkörper. Allmählich kehrten seine Muskeln zurück. »Außerdem habe ich Sie schon einmal nackt gesehen.«

Mit einem Schlag war die Spannung verflogen, und sie lachten, so wie sie damals, als Esther zu Mack gesagt hatte, er solle den Mund halten.

»Ich möchte ein Fest für die Arbeiter der Plantage geben«, sagte sie.

Er streifte sich sein Hemd über. »Was für ein Fest?«

Lizzie mußte sich eingestehen, daß es ihr recht gewesen wäre, wenn er mit dem Hemd noch ein Weilchen gewartet hätte. Es gefiel ihr, seinen Körper anzusehen. »Was würden Sie vorschlagen?«

Er überlegte. »Man könnte im Hof ein Lagerfeuer anzünden. Das schönste für die Arbeiter wäre ein gutes Essen mit viel Fleisch. Unsere Rationen sind immer sehr dürftig.«

»Was würde ihnen am besten schmecken?«

Mack leckte sich die Lippen. »Alle mögen diese Süßkartoffeln. Und Weizenbrot – es gibt ja sonst nie etwas anderes als dieses grobe Maisbrot.«

Lizzie freute sich, daß sie das Thema angesprochen hatte. Seine Antworten halfen ihr weiter. »Und was trinken sie am liebsten?«

»Rum. Aber es gibt da ein paar Männer, die rauflustig werden, wenn sie zuviel getrunken haben. Ich an Ihrer Stelle würde ihnen Apfelmost geben oder Bier.«

»Gute Idee.«

»Und wie wär's mit ein bißchen Musik? Die Schwarzen tanzen und singen so gerne.«

Es war richtig lustig, mit Mack ein Fest zu planen. »Gut – aber wer soll spielen?«

»Es gibt da einen freien Schwarzen namens Pepper Jones. Er musiziert in den Schankstuben von Fredericksburg. Sie könnten ihn anheuern. Er spielt Banjo.«

Von diesem Musikinstrument hatte Lizzie noch nie etwas gehört. »Was ist denn das?« fragte sie.

»Ich glaube, es stammt aus Afrika. Nicht so lieblich wie die Fiedel, aber rhythmischer.«

»Woher kennen Sie diesen Mann? Wann waren Sie denn in Fredericksburg?«

Ein Schatten huschte über sein Gesicht. »Ich war sonntags mal dort.«

»Warum?«

»Ich habe Cora gesucht.«

»Haben Sie sie gefunden?«

»Nein.«

»Das tut mir leid.«

Er zuckte mit den Schultern. »Jeder hat hier jemanden verloren.« Traurig wandte er sich ab.

Lizzie hätte ihn am liebsten in die Arme genommen und

getröstet, hielt sich aber zurück. Auch als Hochschwangere durfte sie keinen anderen Mann umarmen als ihren eigenen. Sie versuchte, ihn ein wenig aufzuheitern: »Glauben Sie, Pepper Jones wäre bereit, hier zu spielen?«

»Bestimmt. Ich habe ihn im Sklavenquartier auf der Plantage der Thumsons spielen sehen.«

»Wie kamen Sie denn dahin?« fragte Lizzie neugierig.

»Besuchsweise.«

»Ich hätte nie gedacht, daß Sklaven so etwas tun.«

»Unser Leben kann ja nun nicht ausschließlich aus Arbeit bestehen.«

»Und wie vertreiben sie sich die Zeit sonst?«

»Die jungen Männer mögen Hahnenkämpfe und marschieren zehn Meilen weit, um einen zu sehen. Die jungen Frauen lieben die jungen Männer. Die älteren wollen einander ihre Babies zeigen und über verlorene Geschwister reden. Und sie singen gerne. Die Afrikaner haben diese harmonischen, traurigen Lieder. Man versteht die Worte nicht, aber die Melodien gehen einem unter die Haut.«

»Die Bergleute haben auch gesungen.«

Er zögerte einen Augenblick. »Ja, das stimmt.«

Lizzie spürte, daß sie ihn traurig gemacht hatte. »Glauben Sie, daß Sie High Glen jemals wiedersehen werden?«

»Nein. Sie?«

Tränen traten ihr in die Augen.

»Nein«, sagte sie. »Ich glaube nicht, daß einer von uns beiden je zurückkehren wird.«

Das Baby strampelte. »Autsch!« sagte Lizzie.

»Wie bitte?«

Sie legte die Hand auf ihren gewölbten Leib. »Das Baby strampelt. Er will nicht, daß ich mich nach High Glen zurücksehne, dieser kleine Virginier. Au! Schon wieder!«

»Tut das richtig weh?«

»Ja, fühlen Sie!« Sie nahm seine Hand und legte sie auf ihren

Bauch. Seine Finger waren hart und rauh, aber die Berührung war sanft.

Das Baby hielt still. »Wann ist es soweit?« fragte Mack.

»In zehn Wochen.«

»Und wie soll es heißen?«

»Wenn es ein Junge wird, will mein Mann ihn Jonathan nennen. Ist es ein Mädchen, so heißt es Alicia.«

Jetzt strampelte das Baby wieder. »Der tritt ja richtig zu!« sagte Mack und lachte. »Kein Wunder, daß Sie jedesmal zusammenzucken.« Er nahm seine Hand fort.

Er hätte sie ruhig ein bißchen länger dort liegen lassen können, dachte Lizzie. Um ihre Gefühle zu verbergen, wechselte sie das Thema. »Ich werde mich wegen des Festes besser noch mit Bill Sowerby unterhalten.«

»Ja, wissen Sie denn nicht ...?«

»Was?«

»Daß Bill Sowerby uns verlassen hat.«

»Verlassen? Was wollen Sie damit sagen?«

»Er ist verschwunden.«

»Wann?«

»Vorletzte Nacht.«

Jetzt fiel ihr auf, daß sie Sowerby seit zwei Tagen nicht gesehen hatte. Es hatte sie nicht weiter beunruhigt, weil es immer wieder mal vorkam, daß sie sich eine Zeitlang nicht über den Weg liefen. »Hat er gesagt, wann er zurückkommt?«

»Ich weiß nicht, ob er überhaupt mit jemandem gesprochen hat. Aber ich würde sagen, daß er gar nicht mehr zurückkommt.«

»Warum?«

»Er schuldet Sidney Lennox Geld, eine ganze Menge. Und er kann es nicht zurückzahlen.«

Lizzie war empört. »Und Lennox spielt sich seither als Verwalter auf, wie?«

»Es war bisher nur ein Arbeitstag ... Aber es stimmt, ja.«

»Ich will nicht, daß er die Leitung der Plantage übernimmt!« sagte Lizzie erregt.

»Da sprechen Sie mir aus dem Herzen!« sagte Mack emphatisch. »Auch die anderen Arbeiter wollen ihn nicht.«

Lizzie runzelte mißtrauisch die Brauen. Jay schuldete Sowerby eine Stange Geld – den seit Monaten nicht ausgezahlten Lohn – und hatte ihn mit der Rückzahlung bis nach der Tabakernte vertröstet. Wieso hatte der Verwalter nicht einfach gewartet? Er hätte seine Schulden dann doch bezahlen können. Wahrscheinlich war er von Lennox bedroht worden und hatte Angst vor ihm. Je länger sie darüber nachdachte, desto wütender wurde sie.

»Ich denke, daß Lennox Sowerby einfach rausgeekelt hat«, sagte sie.

Mack nickte. »Ich weiß auch nicht viel darüber, aber ich teile Ihre Vermutung. Ich habe mich einmal mit Lennox angelegt – und Sie sehen ja selbst, wie es mir ergangen ist.«

Nicht Selbstmitleid, sondern bittere Einsicht in die realen Verhältnisse prägte seinen Ton. Lizzie fühlte sich ihm auf einmal sehr nahe. Sie berührte seinen Arm und sagte: »Sie sollten stolz auf sich sein. Sie sind ein tapferer, anständiger Mann.«

»Und Lennox ist ein korrupter Grobian – aber was geschieht? Er wird hier Verwalter. Auf die eine oder andere Weise wird er euch genügend Geld abluchsen, um in Fredericksburg eine Wirtschaft aufzumachen. Und bald führt er hier das gleiche Leben wie einst in London.«

»Wenn es nach mir geht, nicht«, erwiderte Lizzie entschlossen. »Ich werde sofort mit ihm reden.« Lennox lebte in einem kleinen Zweizimmerhäuschen unweit der Tabakschuppen, wo auch Sowerby wohnte. »Ich hoffe, er ist zu Hause.«

»Nein, zur Zeit ist er nicht da. Um diese Zeit am Sonntag geht er immer ins Fährhaus, eine Kaschemme drei oder vier Meilen flußaufwärts von hier. Er kommt erst in der Nacht wieder zurück.«

Lizzie hatte nicht die Geduld, bis zum nächsten Tag zu warten. Wenn sie sich etwas in den Kopf gesetzt hatte, wollte sie es auch durchführen. »Ich fahre zum Fährhaus«, sagte sie. »Reiten kann ich nicht mehr, aber mit der Ponykutsche wird es schon gehen.«

Mack zog die Brauen zusammen. »Wäre es nicht besser, mit ihm hier darüber zu sprechen, wo Sie die Hausherrin sind? Er ist ein harter Brocken.«

Ein Anflug von Furcht überkam Lizzie. Mack hatte recht. Lennox war gefährlich. Trotzdem war ihr der Gedanke, die unausweichliche Konfrontation auf die lange Bank zu schieben, ein Greuel. Mack konnte sie beschützen. »Wollen Sie mich begleiten?« fragte sie. »Ich würde mich sicherer fühlen, wenn Sie dabei wären.«

»Selbstverständlich.«

»Sie können die Kutsche lenken.«

»Sie müssen mir erst zeigen, wie es geht.«

»Da ist nichts dabei.«

Gemeinsam gingen sie zum Haus hinauf. James, der Stallbursche, tränkte gerade die Pferde. Er und Mack zogen die kleine Kutsche heraus und spannten ein Pony ein. Lizzie verschwand unterdessen im Haus, um sich einen Hut zu holen.

Über die Straße, die am Flußufer entlangführte, verließen sie die Plantage und erreichten nach einer Weile die Fähre. Das Fährhaus, eine Holzrahmenkonstruktion, war nicht viel größer als die Zweizimmerhäuschen, in denen Sowerby und Lennox wohnten. Lizzie ließ sich von Mack beim Aussteigen helfen und die Tür zur Schenke aufhalten.

Die Gaststube war düster und voller Rauch. Auf Bänken und Holzstühlen saßen zehn oder zwölf Gestalten vor Krügen oder Tontassen. Manche spielten Karten, andere rauchten Pfeife. Aus dem Hinterzimmer ertönte das Klicken von Billardkugeln.

Unter den Anwesenden befanden sich weder Frauen noch Schwarze. Mack folgte Lizzie hinein, blieb aber, das Gesicht im Schatten, an der Tür stehen. Aus dem Hinterzimmer kommend, betrat ein Mann die Schankstube, wischte seine Hände an einem Handtuch ab und fragte: »Was darf ich Ihnen bringen, Sir – oh! Eine Lady!«

»Nichts, vielen Dank«, sagte Lizzie mit klarer Stimme. Im Raum wurde es schlagartig still.

Sie blickte in die Runde. Die meisten Gesichter hatten sich ihr zugewandt. Lennox saß in der Ecke und beugte sich über einen Würfelbecher mit zwei Würfeln. Auf dem Tischchen vor ihm häuften sich mehrere Stapel mit kleinen Münzen. Die Störung war ihm sichtlich unangenehm.

Sorgfältig strich er seine Münzen ein und ließ sich Zeit, bis er aufstand und seinen Hut abnahm. »Was führt Sie denn hierher, Mrs. Jamisson?«

»Das Würfelspiel sicherlich nicht«, erwiderte sie spitz. »Wo ist Mr. Sowerby?«

Ein oder zwei Männer murmelten zustimmend. Es hatte den Anschein, daß auch andere an Sowerbys Schicksal interessiert waren. Ein grauhaariger Mann drehte sich zu ihr um und starrte sie an.

»Er ist offenbar abgehauen«, antwortete Lennox.

»Warum haben Sie mich darüber nicht in Kenntnis gesetzt?«

Lennox zuckte mit den Schultern. »Weil ich auch nichts daran ändern kann.«

»Ich möchte künftig über solche Dinge informiert werden, ist das klar?«

Lennox antwortete nicht.

»Warum ist Sowerby gegangen?«

»Woher soll ich das wissen?«

»Er hatte Schulden«, warf der Grauhaarige ein.

Lizzie sah ihn an. »Bei wem?«

Der Mann wies mit dem Daumen auf Lennox. »Bei dem da!«

»Stimmt das?« fragte Lizzie Lennox.

»Ja.«

»Warum?«

»Ich verstehe nicht, was Sie meinen.«

»Warum hat er sich von Ihnen Geld geborgt?«

»Hat er strenggenommen gar nicht. Er hat es verloren.«

»Beim Spielen.«

»So ist es.«

»Haben Sie ihn daraufhin bedroht?«

Der Grauhaarige lachte sarkastisch auf. »Ach ja? Hat er das?«

»Ich habe mein Geld verlangt«, erwiderte Lennox kühl.

»Und ihn damit vertrieben?«

»Ich sagte Ihnen doch, daß ich keine Ahnung habe, warum er abgehauen ist.«

»Ich glaube, er hatte Angst vor Ihnen.«

Ein böses Lächeln huschte über Lennox' Gesicht. »Das haben viele«, sagte er, und der drohende Unterton war kaum zu überhören.

Lizzie fürchtete sich vor ihm, aber sie war auch wütend. »Lassen Sie mich eines klarstellen«, sagte sie und schluckte, um ein leichtes Zittern in ihrer Stimme unter Kontrolle zu bekommen. »Ich bin die Herrin dieser Pflanzung, und Sie werden tun, was ich Ihnen sage. Bis zur Rückkehr meines Gatten übernehme ich die Verwaltung der Plantage. Wenn Mr. Jamisson wieder da ist, wird er bestimmen, wer an Mr. Sowerbys Stelle tritt.«

Lennox schüttelte den Kopf.

»O nein«, sagte er. »Ich bin Sowerbys Stellvertreter. Mr. Jamisson hat mir ausdrücklich aufgetragen, im Falle einer Erkrankung Sowerbys oder falls er sonst irgendwie ausfällt, seine Stelle zu übernehmen. Und davon mal ganz abgesehen: Was verstehen Sie vom Tabakanbau?«

»Mindestens genausoviel wie ein Londoner Schankwirt.«

»Nun, Mr. Jamisson sieht das anders, und er ist es, von dem ich meine Befehle erhalte.«

Lizzie hätte vor Zorn und Enttäuschung schreien können. Nein, ich werde es nicht zulassen, daß dieser Kerl auf meiner Plantage Befehle erteilt, dachte sie und sagte: »Ich warne Sie,

Mr. Lennox. Sie täten gut daran, sich an meine Anweisungen zu halten.«

»Und wenn ich es nicht tue?« Er grinste und trat einen Schritt auf sie zu. Lizzie konnte seinen typischen üblen Körpergeruch wahrnehmen und sah sich gezwungen, einen Schritt zurückzugehen. Die anderen Gäste saßen wie angefroren auf ihren Stühlen. »Was werden Sie dann tun, Mrs. Jamisson?« fragte er und drängte sie weiter zurück. »Wollen Sie mich vielleicht niederschlagen?« Bei diesen Worten hob er die Hand über seinen Kopf. Die Geste mochte als nur Verstärkung dessen, was er gesagt hatte, gelten, ebensogut aber auch als Drohung gesehen werden.

Lizzie stieß einen Schreckensschrei aus und sprang rückwärts. Dabei stolperte sie über ein Stuhlbein und saß unvermittelt auf dem Boden.

Plötzlich stand Mack zwischen Lennox und ihr. »Sie haben die Hand gegen eine Frau erhoben, Lennox«, sagte er. »Wollen doch mal sehen, ob Sie sich das auch einem Mann gegenüber trauen.«

»Sie!« rief Lennox aus. »Ich habe Sie gar nicht erkannt. Steht da hinten in der Ecke wie ein Nigger ...«

»Jetzt wissen Sie, wer ich bin. Was gedenken Sie zu tun?«

»Sie sind ein Idiot, McAsh. Ständig auf der Verliererseite ...«

»Sie haben die Frau des Mannes beleidigt, dessen Eigentum Sie sind. Das ist auch nicht gerade klug.«

»Ich bin nicht hergekommen, um mich zu streiten«, sagte Lennox und ging wieder zu seinem Tisch. »Ich kam, um zu würfeln.«

Lizzie war genauso wütend und frustriert wie am Anfang. »Gehen wir!« sagte sie zu Mack.

Er hielt ihr die Tür auf, und sie ging hinaus.

Ich muß mehr über den Tabakanbau lernen, dachte Lizzie, nachdem sie sich wieder beruhigt hatte. Lennox war drauf und dran, die Leitung der Plantage an sich zu reißen, und es gab nur eine Möglichkeit, ihn in die Schranken zu weisen: Sie mußte besser sein als er und Jay davon auch überzeugen. Im Grunde kannte sie sich schon recht gut aus – nur von der Tabakpflanze als solcher wußte sie noch nicht allzuviel.

Am nächsten Tag ließ sie wieder das Pony einspannen und fuhr hinüber zur Plantage von Colonel Thumson. Auf dem Kutschbock saß diesmal Jimmy.

In den Wochen nach dem Fest hatten die Nachbarn Lizzie und Jay die kalte Schulter gezeigt. Man hatte sie zwar noch zu großen gesellschaftlichen Veranstaltungen eingeladen – unter anderem zu einem Ball und einer großen Hochzeit –, aber niemand bat sie mehr zu einer Feier oder einem Dinner im kleinen Kreise. Daß Jay nach Williamsburg gereist war, schien den Nachbarn allerdings nicht entgangen zu sein, denn inzwischen hatte Mrs. Thumson einmal vorbeigeschaut, und Suzy Delahaye hatte sie zum Tee eingeladen. Es betrübte Lizzie, daß man sie lieber unbegleitet sah, aber Jay hatte mit seinen politischen Tiraden alle Nachbarn vor den Kopf gestoßen.

Auf dem Weg durch die Pflanzung der Thumsons fiel ihr auf, in welch prächtigem Zustand sie war. Am Anleger standen mehrere Reihen Schweinsköpfe; die Sklaven wirkten fleißig und waren körperlich gut in Schuß; die Schuppen waren frisch gestrichen, die Felder vorbildlich gepflegt. Sie erkannte den Colonel schon von weitem. Er stand am anderen Ende einer Weide mit einigen Plantagenarbeitern zusammen und wies sie ein. Jay ließ sich nie auf seinen Feldern blicken und erklärte niemandem etwas.

Mrs. Thumson war eine dicke, freundliche Frau über Fünfzig. Die Kinder der Thumsons, zwei Söhne, waren beide schon erwachsen und lebten längst woanders. Mrs. Thumson schenkte Lizzie Tee ein und erkundigte sich nach dem Verlauf der Schwangerschaft. Lizzie bekannte, daß sie gelegentlich Rückenschmerzen und dauernd Sodbrennen hatte, und es beruhigte sie zu hören, daß Mrs. Thumson genau die gleichen Probleme gehabt hatte. Sie erzählte auch von ein oder zwei leichten Blutungen, worauf Mrs. Thumson die Stirn runzelte und sagte, sie habe damals keine gehabt, wisse aber, daß es gelegentlich vorkäme. Lizzie solle sich doch ein wenig mehr Ruhe gönnen, meinte sie.

Doch Lizzie war nicht zu ihr gekommen, um sich über die Schwangerschaft zu unterhalten, und war daher froh, daß sich kurz darauf auch der Colonel zu ihnen gesellte. Auch er war in den Fünfzigern, ein hochgewachsener Mann mit schlohweißem Haar und sehr vital für sein Alter. Er drückte ihr ein wenig steif die Hand, doch stimmte sie ihn mit ihrem Lächeln und einem Kompliment sogleich milder: »Woher kommt es, daß Ihre Pflanzung einen wesentlich besseren Eindruck macht als alle anderen hier in der Gegend?«

»Danke für das Kompliment«, erwiderte er. »Im wesentlichen liegt es wohl an mir selbst. Bill Delahaye ist immer unterwegs, wissen Sie. Er läßt kein Pferderennen und keinen Hahnenkampf aus. Und John Armstead trinkt lieber, als daß er arbeitet, während sein Bruder die Nachmittage beim Würfel- oder Billardspiel im Fährhaus verbringt.« Mockjack Hall erwähnte er mit keinem Wort.

»Warum sind Ihre Sklaven so eifrig bei der Sache?«

»Nun, das hängt ganz von der Ernährung ab.« Es machte ihm offenbar Spaß, sein Wissen mit dieser attraktiven jungen Frau zu teilen. »Man kann sie natürlich auch mit Maisbrei und Maisbrot einigermaßen bei Kräften halten, doch wenn Sie ihnen täglich gesalzenen Fisch und einmal in der Woche Fleisch geben, arbeiten sie viel besser.«

»Warum haben in letzter Zeit so viele Plantagen Bankrott gemacht?«

»Um das zu verstehen, müssen Sie das Wesen der Tabakpflanze begreifen. Sie laugt den Boden aus, und das hat nach vier, fünf Jahren einen Qualitätsverlust zur Folge. Sie müssen dann etwas anderes anbauen, Weizen oder Mais zum Beispiel, und für den Tabak neues Land finden.«

»Wie das? Da müßte man ja unentwegt roden.«

»So ist es. Jeden Winter fällen wir Bäume und gewinnen somit neues Land für den Tabakanbau.«

»Sie haben glücklicherweise genug Land.«

»Auch auf Mockjack Hall gibt es genug Wald. Und wenn das Land trotzdem knapp wird, sollten Sie etwas dazukaufen oder dazupachten. Der Tabakanbau lohnt sich nur, wenn man ständig in Bewegung bleibt.«

»Und daran halten sich alle Pflanzer?«

»Nein. Einige nehmen bei den Kaufleuten Kredite auf und hoffen auf eine Erhöhung der Tabakpreise, um über die Runden zu kommen. Dick Richards, der frühere Eigentümer von Mockjack Hall, verließ sich darauf – was letztlich dazu führte, daß Ihr Schwiegervater plötzlich Plantagenbesitzer wurde.«

Lizzie erwähnte nicht, daß Jay nach Williamsburg gereist war, um sich dort Geld zu leihen. »Wir könnten Stafford Park rechtzeitig vor dem kommenden Frühjahr roden«, sagte sie. Stafford Park war ein von der übrigen Plantage getrenntes Waldgelände zehn Meilen weiter flußaufwärts, das wegen der langen Wegstrecke vernachlässigt worden war. Jay hatte versucht, Stafford Park zu verkaufen oder zu verpachten, aber keinen Abnehmer gefunden.

»Warum probieren Sie es nicht erst einmal mit Pond Copse?« fragte der Colonel. »Der Flecken liegt nicht weit von Ihren Trockenschuppen und hat den richtigen Boden. Was mich daran erinnert ...« Er sah auf die Uhr, die auf dem Kaminsims stand. »Ich muß meine Schuppen noch inspizieren, bevor es dunkel wird.«

Lizzie erhob sich. »Ich muß zurück und mit meinem Verwalter reden«, sagte sie.

»Überarbeiten Sie sich nicht, Mrs. Jamisson. Denken Sie an Ihr Kind!«

Lizzie lächelte. »Ich werde große Verschnaufpausen einlegen, das verspreche ich Ihnen.«

Colonel Thumson gab seiner Frau einen Abschiedskuß und verließ mit Lizzie das Haus. Er half ihr in die Kutsche und begleitete sie bis zu seinen Tabakschuppen. »Sie sind eine bemerkenswerte junge Dame, Mrs. Jamisson, wenn ich mir diese private Anmerkung gestatten darf.«

»Warum nicht? Ich danke Ihnen.«

»Ich hoffe, wir werden Sie noch des öfteren bei uns sehen.« Colonel Thumson lächelte und zwinkerte sie mit seinen blauen Augen an. Als er ihre Hand ergriff, um ihr einen Kuß aufzudrücken, streifte sein Arm wie zufällig ihren Busen. »Bitte lassen Sie es mich wissen, wenn ich Ihnen *in irgendeiner Weise* zu Diensten sein kann.«

Sie fuhr davon. Das war wohl der erste Antrag zum Ehebruch, dachte sie. Und das im siebten Monat! Dieser alte Schwerenöter! Sie wußte, daß sie eigentlich hätte empört sein müssen – und war doch angenehm berührt. Natürlich würde sie das Angebot nie annehmen, ja, sie würde gut daran tun, dem Colonel fortan aus dem Weg zu gehen. Und doch schmeichelte es ihr, begehrt zu sein.

»Schneller, Jimmy!« rief sie. »Ich will zu Abend essen.«

Am nächsten Morgen schickte sie Jimmy zu Lennox und bestellte diesen auf ihr Empfangszimmer. Seit dem Vorfall im Fährhaus hatte sie mit ihm kein Wort mehr gewechselt. Sie fürchtete sich vor ihm und erwog, zu ihrem Schutz auch Mack kommen zu lassen, nahm letztlich aber doch davon Abstand. In meinem eigenen Hause werde ich wohl ohne Leibwächter auskommen, dachte sie.

Sie saß auf einem großen geschnitzten Stuhl, der schon vor hundert Jahren aus England importiert worden sein mußte. Lennox traf zwei Stunden später ein. Seine Stiefel waren dreckverkrustet. Lizzie wußte, was seine Trödelei zu bedeuten hatte:

Er war nicht bereit, nach ihrer Pfeife zu tanzen, und wollte sie das wissen lassen. Wenn sie ihn zu Rede stellte, würde er eine entsprechende Ausrede parat haben. Lizzie beschloß daher, so zu tun, als habe er ihrer Aufforderung umgehend Folge geleistet.

»Wir werden Pond Copse roden, damit wir im Frühjahr neue Tabakfelder anlegen können«, sagte sie, »und ich möchte, daß schon heute damit begonnen wird.«

Damit hatte Lennox nicht gerechnet. »Warum?« fragte er.

»Tabakfarmer müssen den Winter dazu nutzen, neue Anbauflächen zu erschließen. Es ist dies die einzige Möglichkeit, kontinuierlich hohe Erträge zu erwirtschaften. Ich habe mich auf dem Gelände umgesehen: Pond Copse erscheint mir von allen in Frage kommenden Flecken der vielversprechendste zu sein, und Colonel Thumson ist da ganz meiner Meinung.«

»Bill Sowerby hat so etwas nie getan.«

»Bill Sowerby hat auch nie profitabel gewirtschaftet.«

»Die vorhandenen Felder sind doch in bester Ordnung.«

»Der Tabakanbau laugt das Land aus.«

»Ach so!« erwiderte Lennox. »Aber deswegen düngen wir ja kräftig.«

Lizzie zog die Brauen zusammen. Über Düngung hatte Thumson kein Wort verloren. »Ich weiß nicht ...«

Ihr Zögern war fatal. »Solche Dinge sind ohnehin Männersache«, sagte er.

»Sparen Sie sich Ihre Moralpredigten!« fuhr Lizzie ihn an. »Und erklären Sie mir das mit dem Düngen!«

»Über Nacht treiben wir Vieh auf die Tabakfelder. So wird der Boden gedüngt und auf die nächste Saison vorbereitet.«

»So gut wie neues Land wird es kaum sein«, sagte sie, war sich ihrer Sache aber keineswegs sicher.

Lennox blieb bei seiner Behauptung. »Das eine ist so gut wie das andere. Und wenn Sie das System ändern wollen, dann müssen Sie sich an Mr. Jamisson wenden.«

Sie gönnte Lennox keinen Triumph, nicht einmal einen vorübergehenden. Aber es stimmte: Sie mußte warten, bis Jay wieder da war.

»Sie können jetzt gehen!« sagte sie gereizt.

Ohne ein weiteres Wort zu verlieren, aber mit einem selbstzufriedenen Lächeln im Gesicht verließ Lennox das Empfangszimmer.

Den Rest des Tages zwang Lizzie sich zur Ruhe, doch am nächsten Vormittag machte sie wieder ihren gewohnten Gang über die Pflanzung.

In den Tabakschuppen wurden die trocknenden Blattbüschel von den Haken genommen, so daß man die Blätter von den Stengeln trennen und die gröbsten Fasern entfernen konnte. Der nächste Schritt bestand darin, sie zu neuen Bündeln zusammenzufassen und mit Tüchern abzudecken, um sie zum »Schwitzen« zu bringen.

Einige Plantagenarbeiter schlugen im Wald Faßholz, andere säten auf dem Feld unten am Fluß Winterweizen. In einer Reihe überquerten sie das Feld und streuten die Samen aus, die sie in schweren Körben mit sich führten. Lizzie entdeckte Mack; er arbeitete neben einer jungen Schwarzen. Lennox folgte ihnen und trieb die langsameren unter ihnen mit Tritten oder leichten Peitschenschlägen zu schnellerer Arbeit an. Es war eine kurze Peitsche mit einem harten Knauf und einer knapp einen Meter langen Gerte aus biegsamem Holz. Als er Lizzie erblickte, machte er sofort freigebiger als zuvor von der Peitsche Gebrauch, als wolle er die Herrin von Mockjack Hall dazu provozieren, ihm Einhalt zu gebieten.

Lizzie wandte sich ab und wollte zum Haus zurückkehren. Sie war noch nicht außer Hörweite, als hinter ihr ein Schrei ertönte. Lizzie drehte sich um.

Die junge Arbeiterin neben Mack war zusammengebrochen. Es war Bess, ein Mädchen von vielleicht fünfzehn Jahren. Bess war hoch aufgeschossen und sehr dünn: Lizzies Mutter hätte gesagt, daß ihr Körper schneller gewachsen war als ihre Kräfte.

Lizzie lief auf die am Boden liegende Gestalt zu, aber Mack war schneller bei ihr. Er stellte seinen Korb ab, kniete neben Bess nieder, berührte ihre Stirn und die Hände. »Ein Ohnmachtsanfall, glaube ich«, sagte er.

Jetzt war auch Lennox bei Bess und trat ihr brutal in die Rippen. Er trug schwere Stiefel.

Der Körper des Mädchens bäumte sich auf, aber die Augen blieben geschlossen.

»Aufhören!« schrie Lizzie. »Hören Sie sofort auf, sie zu treten!«

»Faules schwarzes Luder!« brüllte Lennox. »Ich werd' dir eine Lehre erteilen!« Er holte aus.

»Unterstehen Sie sich!« fauchte Lizzie ihn an.

Die Peitsche sauste auf den Rücken des ohnmächtigen Mädchens nieder.

Mack sprang auf.

»Aufhören!« schrie Lizzie.

Lennox hob neuerlich die Peitsche.

Mack stellte sich zwischen Lennox und Bess.

»Ihre Herrin hat Ihnen befohlen aufzuhören«, sagte er.

Lennox veränderte den Griff und schlug Mack mit der Peitsche quer über das Gesicht.

Mack taumelte zur Seite, seine Hand fuhr hoch. Auf seiner Wange erschien ein purpurroter Striemen und zwischen seinen Lippen tropfte Blut.

Wieder holte Lennox aus, doch zum Schlag kam er diesmal nicht mehr.

Es geschah alles so schnell, daß Lizzie kaum mitbekam, *wie* es geschah. Auf jeden Fall lag Lennox im nächsten Augenblick stöhnend auf dem Boden. Mack hielt die Peitsche in den Händen, zerbrach sie über dem Knie und warf die beiden Stücke verächtlich auf Lennox.

Ein Triumphgefühl überkam Lizzie. Der Schurke war besiegt.

Alle, die den Vorfall miterlebt hatten, standen wie vom Donner gerührt da.

Dann sagte Lizzie: »Geht wieder an die Arbeit! Los!«

Die Feldarbeiter folgten ihrem Befehl sofort und fuhren mit der Aussaat fort. Lennox rappelte sich auf und starrte Mack mit finsterem Blick an.

»Können Sie Bess ins Haus tragen?« fragte Lizzie Mack.

»Ja, natürlich.« Er hob die Ohnmächtige auf.

Sie kehrten zum Herrenhaus zurück und brachten Bess in das separate Küchenhäuschen auf der Rückseite. Als Mack sie auf einen Stuhl setzte, kam Bess wieder zu Bewußtsein.

Die Köchin Sarah war eine Schwarze mittleren Alters, die ständig schwitzte. Lizzie trug ihr auf, eine Flasche Brandy aus Jays Beständen zu holen. Nachdem sie einen Schluck getrunken hatte, sagte Bess, es gehe ihr wieder gut, nur die Rippen täten ihr furchtbar weh. Warum sie ohnmächtig geworden war, könne sie sich nicht erklären. Lizzie sagte ihr, sie solle etwas zu sich nehmen und sich bis zum nächsten Morgen ausruhen.

Beim Verlassen der Küche fiel ihr Macks ernster Blick auf. »Was gibt's?« fragte sie.

»Ich muß verrückt gewesen sein«, sagte er.

»Wie können Sie so etwas sagen?« protestierte Lizzie. »Lennox hat mutwillig einen direkten Befehl von mir mißachtet!«

»Er ist rachsüchtig. Ich hätte ihn nicht so demütigen dürfen.«

»Wie kann er sich an Ihnen rächen?«

»Da gibt es genug Mittel und Wege. Er ist der Verwalter.«

»Ich werde es nicht zulassen«, sagte Lizzie entschlossen.

»Sie können nicht den ganzen Tag auf mich aufpassen.«

»Verdammt ...« Nein, sie wollte nicht, daß Mack für das, was er getan hatte, büßen mußte.

»Ich würde abhauen, wenn ich nur wüßte wohin. Haben Sie schon einmal eine Landkarte von Virginia gesehen?«

»Nein, laufen Sie nicht weg!« Lizzie runzelte die Stirn und

überlegte. Plötzlich hatte sie eine Idee. »Ich weiß etwas: Sie können hier im Haus arbeiten.«

Mack lächelte. »Mit Vergnügen«, sagte er. »Nur weiß ich beim besten Willen nicht, ob ich zum Butler tauge.«

»Nein, nein, nicht als Hausdiener! Sie können die Reparaturarbeiten hier im Herrenhaus übernehmen. Der Kinderflügel muß von Grund auf renoviert und frisch gestrichen werden.«

Skeptisch sah Mack sie an: »Ist das Ihr Ernst?«

»Selbstverständlich.«

»Es wäre ... es wäre einfach großartig, von Lennox wegzukommen.«

»Also sorgen wir dafür.«

»Sie ahnen ja gar nicht, was das für eine gute Nachricht ist.«

»Doch, doch. Und es gilt ja auch für mich. Ich fühle mich sicherer, wenn Sie da sind. Ich fürchte mich vor Lennox.«

»Mit gutem Grund.«

»Sie brauchen ein neues Hemd, eine Weste und Hausschuhe.« Lizzie freute sich darauf, Mack neu einzukleiden.

»Was für ein Luxus!« sagte der und strahlte über das ganze Gesicht.

»Wir sind uns also einig«, sagte Lizzie entschlossen. »Sie können sofort anfangen.«

Die Haussklaven waren zunächst ein wenig ungehalten, als sie von dem geplanten Fest erfuhren. Sie sahen auf die Feldarbeiter herab. Vor allem Sarah war alles andere als erbaut darüber, daß sie für »diese Maisbreifresser« kochen sollte. Lizzie machte sich jedoch über die Arroganz der Haussklaven lustig und munterte sie auf, so daß sie am Ende doch ganz eifrig bei der Sache waren.

Am Samstagabend bereitete die Küchenbelegschaft das Festessen vor. Pepper Jones, der Banjospieler, war gegen Mittag sturzbetrunken auf Mockjack Hall eingetroffen. McAsh hatte ihm literweise Tee eingeflößt und ihn dann in ein Gästehüttchen bugsiert, wo er seinen Rausch ausschlafen konnte. Inzwischen war er wieder nüchtern. Sein Instrument bestand aus einem mit vier Katzendarm-Saiten bespannten Flaschenkürbis. Als er es stimmte, klang es wie eine Mischung aus Klavier und Trommel.

Lizzie war ständig auf den Beinen, um nach dem Rechten zu sehen. Sie war aufgeregt und freute sich auf das Fest. Selbst konnte sie sich natürlich nicht daran beteiligen. Sie mußte ernst und erhaben die großzügige Herrin spielen. Dennoch ließ sie sich ihre Vorfreude nicht nehmen; die Sklaven sollten sich ruhig ein wenig gehen lassen.

Als es dunkel wurde, war alles fertig. Ein frisches Faß Most war angezapft; über dem offenen Feuer schmorten fette Schinken; in großen Wasserkesseln kochten Hunderte von Süßkartoffeln, und lange Vierpfünder-Weißbrotlaibe warteten darauf, in Scheiben geschnitten zu werden.

Ungeduldig lief Lizzie auf und ab und wartete auf die Heimkehr der Sklaven. Hoffentlich singen sie auch, dachte sie. Manchmal hatte sie aus der Ferne ihren traurigen Weisen und rhythmischen Arbeitsliedern zugehört, doch sobald sich einer ihrer Herren näherte, verstummten sie schlagartig.

Als der Mond aufging, kamen die alten Frauen mit Babys auf den Hüften und Kleinkindern hinterdrein aus ihren Quartieren. Sie wußten auch nicht, wo die Feldarbeiter blieben: Sie bereiteten ihnen morgens das Essen und sahen sie dann erst wieder, wenn der Tag zur Neige ging.

Die Arbeiter wußten, daß sie abends zum Herrenhaus kommen sollten. Lizzie hatte Kobe gebeten, es ihnen unmißverständlich mitzuteilen, und wußte, daß sie sich auf ihn verlassen konnte. Auf ihren täglichen Inspektionsgang hatte sie verzichtet; es gab einfach zuviel im Haus zu tun. Wahrscheinlich haben sie heute auf den entlegensten Feldern gearbeitet und brauchen deswegen so lange, dachte sie. Hoffentlich verkochen die Süßkartoffeln nicht …

Die Zeit verstrich, und niemand kam. Als es schon über eine Stunde finster war, rang sich Lizzie zu der Erkenntnis durch, daß etwas schiefgegangen sein mußte.

Verärgert ließ sie McAsh zu sich kommen und sagte: »Bringen Sie Lennox zu mir!«

Wieder verging fast eine geschlagene Stunde. Dann kehrte McAsh mit Lennox zurück. Der Verwalter hatte offensichtlich, wie jeden Abend, schon zu saufen begonnen. Lizzie war inzwischen furchtbar wütend. »Wo sind die Feldarbeiter?« fragte sie in forderndem Ton. »Sie müßten längst hier sein!«

»Ach ja?« sagte Lennox langsam und überlegt. »Das war heute leider nicht möglich.«

Seine Unverfrorenheit war verräterisch. Er hat irgendeinen narrensicheren Trick gefunden, meine Pläne zu hintertreiben, dachte sie. »Was, zum Teufel, soll das heißen – ›nicht möglich‹?«

»Sie haben heute in Stafford Park Faßholz geschnitten.« Stafford Park lag zehn Meilen weiter flußaufwärts. »Die Arbeit wird einige Tage in Anspruch nehmen. Wir haben deshalb an Ort und Stelle ein Lager eingerichtet. Die Arbeiter werden dort bleiben, bis wir fertig sind. Kobe ist bei ihnen.«

»Es bestand nicht die geringste Notwendigkeit, heute in Stafford Park Bäume zu fällen.«

»Es ist die günstigste Zeit.«

Die reine Sabotage, dachte Lizzie und hätte schreien können vor Wut. Doch solange Jay nicht im Hause war, konnte sie nichts ausrichten.

Lennox betrachtete die Speisen, die auf einfachen Tapeziertischen bereitstanden. »Wirklich schade drum«, sagte er mit kaum verhohlener Freude, langte zu und riß mit schmutziger Hand ein deftiges Stück Fleisch von einem Braten.

Ohne nachzudenken, packte Lizzie eine lange Tranchiergabel und stach sie Lennox in den Handrücken. »Loslassen!«

Er schrie auf vor Schmerz und ließ das Fleisch fallen.

Lizzie zog die Gabelzinken aus seiner Hand.

Wieder brüllte Lennox auf. »Bist du wahnsinnig geworden, du blöde Kuh?« kreischte er.

»Raus jetzt!« schrie Lizzie. »Und kommen Sie mir nicht mehr unter die Augen, bevor mein Mann wieder da ist.«

Mit wutverzerrter Miene starrte er sie an, und einen Augenblick lang sah es so aus, als wolle er auf sie losgehen. Dann aber klemmte er seine blutende Hand unter die Armbeuge und machte sich davon.

Lizzie spürte, wie sich ihre Augen mit Tränen füllten. Da sie vor dem Personal nicht weinen wollte, drehte sie sich um und lief ins Haus. Kaum hatte sie die Tür des kleinen Salons hinter sich geschlossen, begann sie vor Wut und Verzweiflung zu schluchzen. Sie fühlte sich elend und mutterseelenallein.

Nach einer Minute hörte sie, daß die Tür geöffnet wurde. »Es tut mir sehr leid«, sagte Mack.

Sein Mitgefühl öffnete alle Schleusen. Sekunden später spürte sie, wie er seine Arme um sie legte. Es war ungemein tröstreich. Sie legte den Kopf auf seine Schulter und weinte und weinte. Mack strich ihr über das Haar und küßte ihr die Tränen vom Gesicht. Allmählich beruhigte sie sich, und ihr Kummer wich. Ich wünschte, er würde mich die ganze Nacht in seinen Armen halten, dachte sie.

Dann kam ihr schlagartig zu Bewußtsein, was sie tat.

Entsetzt befreite sie sich aus seiner Umarmung. Ich bin eine verheiratete, im siebten Monat schwangere Frau und lasse mich von einem Dienstboten küssen! »Was denke ich da?« fragte sie ungläubig.

»Sie denken gar nichts«, sagte er.

»Doch, jetzt schon«, sagte sie. »Und nun gehen Sie!«

Mit trauriger Miene drehte er sich um und verließ das Zimmer.

Dritter Teil
Kapitel 4

m Tag nach dem geplatzten Fest bekam Mack Nachricht von Cora.

Es war Sonntag. Mack hatte seine neuen Kleider angezogen und war nach Fredricksburg gegangen. Er mußte auf andere Gedanken kommen, denn er bekam Lizzie Jamisson, ihr federndes schwarzes Haar, die weiche Haut ihrer Wangen und ihre salzigen Tränen einfach nicht mehr aus dem Kopf. Pepper Jones, der im Sklavenquartier übernachtet hatte, begleitete ihn und trug sein Banjo mit sich.

Pepper war ein dünner, energischer Mann von ungefähr fünfzig Jahren. Sein fließendes Englisch wies darauf hin, daß er schon seit vielen Jahren in Amerika lebte. »Wieso bist du frei?« fragte ihn Mack.

»Bin schon frei geboren«, erwiderte er. »Meine Mutter war eine Weiße, obwohl man mir's nicht ansieht. Mein Daddy war davongelaufen und wurde schon vor meiner Geburt wieder eingefangen. Ich habe ihn nie kennengelernt.«

Mack nutzte jede sich bietende Gelegenheit, potentielle Fluchtmöglichkeiten auszuloten. »Stimmt das eigentlich, was Kobe immer sagt – daß alle entsprungenen Sklaven wieder geschnappt werden?«

Pepper lachte. »I wo! Die meisten schon, da hat er recht, aber die stellen sich ja auch furchtbar dämlich an – und das ist der Grund dafür, daß sie so schnell wieder eingefangen werden.«

»Und wenn man sich nicht dämlich anstellt?«

Pepper zuckte mit den Achseln. »Leicht ist's nicht. Wenn du fortläufst, setzt dein Herr eine Anzeige mit deiner Beschreibung in die Zeitung. Da steht dann auch drin, was du anhast.«

Kleidung war so teuer, daß entsprungene Sklaven kaum die Chance hatten, die Garderobe zu wechseln. »Aber man kann sich doch verstecken, oder?« fragte Mack.

»Du mußt ja von irgend etwas leben. Brauchst also einen Job, wenn du die Kolonien nicht verläßt. Und der Mann, der dich einstellen will, hat wahrscheinlich die Zeitung gelesen.«

»Ausgekochte Bande, diese Plantagenbesitzer.«

»Kein Wunder. Alle Plantagenarbeit wird von Sklaven, Sträflingen und Vertragssklaven geleistet. Ohne ein ausgeklügeltes System zum Wiedereinfangen der Ausgebüchsten würden sie schon längst am Hungertuch nagen.«

Mack überlegte. »Du sagtest ›wenn du die Kolonien nicht verläßt‹. Was hast du damit gemeint?«

»Westlich von hier sind die Berge und jenseits der Berge die reine Wildnis. Da gibt es keine Zeitungen und Plantagen, keine Sheriffs, keine Richter und auch keine Henker.«

»Wie groß ist dieses Land?«

»Ich weiß es nicht. Manche meinen, die Wildnis erstreckt sich über Hunderte von Meilen bis zum nächsten Ozean. Aber ich kennen niemanden, der es nachgeprüft hat.«

Mack hatte sich schon mit vielen Leuten über die große Wildnis unterhalten, doch Pepper war der erste, dessen Auskunft ihm verläßlich erschien. Andere gerieten beim Erzählen leicht ins Schwadronieren und verschleierten die harten Tatsachen. Mack regten die Gespräche immer sehr an. »Also kann man jenseits der Berge spurlos verschwinden, oder?«

»Ja, das stimmt. Aber man kann dort auch von den Indianern skalpiert werden. Oder von einem Berglöwen gefressen. Am ehesten wird man dort aber wohl den Hungertod erleiden.«

»Woher weißt du das?«

»Ich kenne einige Pioniere, die wieder zurückgekehrt sind. Sie schuften sich jahrelang den Rücken krumm, verwandeln ein gutes Stück Land in eine nutzlose, verschlammte Einöde und hauen wieder ab.«

»Einige haben aber auch Erfolg, oder?«

»Ja, es muß wohl auch solche geben, sonst gäbe es so ein Land wie Amerika gar nicht.«

»Im Westen also«, sagte Mack nachdenklich. »Wie weit ist es denn bis zu den Bergen?«

»Na so ungefähr hundert Meilen, heißt es.«

»So nah?«

»Das ist weiter, als du denkst.«

Einer von Colonel Thumsons Sklaven, der mit einem Pferdekarren nach Fredericksburg unterwegs war, nahm sie mit – eine Aufmerksamkeit, die auf den Straßen Virginias unter Sklaven und Sträflingen durchaus üblich war.

In der Stadt herrschte großes Gedränge: Es war Sonntag, und die Plantagenarbeiter aus der Umgebung waren nach Fredericksburg gekommen. Man ging in die Kirche, betrank sich oder tat sowohl das eine wie das andere. Es gab Sträflinge, die mit Verachtung auf die Sklaven herabsahen, doch zu ihnen gehörte Mack McAsh nicht. Für ihn gab es keinerlei Grund, sich für etwas Besseres zu halten. Er hatte daher viele Freunde und Bekannte und wurde an jeder Straßenecke begrüßt.

Sie gingen in die Kneipe von Whitey Jones. Der Spitzname »Whitey« rührte daher, daß Jones ein Mischling war, halb schwarz und halb weiß. Obwohl es gegen das Gesetz verstieß, verkaufte er alkoholische Getränke auch an Schwarze. Er beherrschte das von den meisten Negersklaven gesprochene Pidgin-Englisch ebenso wie den Virginia-Dialekt der bereits im Lande Geborenen. Die Schankstube seiner Kneipe, ein verräucherter Raum mit niedriger Decke, war voller Gäste. Es waren Schwarze und arme Weiße, die hier einkehrten, tranken und sich beim Kartenspiel vergnügten. Mack hatte kein Geld, doch Pepper Jones, der von Lizzie bezahlt worden war, spendierte ihm einen Krug Ale.

Mack wußte das Bier zu schätzen, es war ein seltener Genuß.

»He, Whitey!« rief Pepper, während sie beieinander saßen. »Ist dir jemals einer über den Weg gelaufen, der weiß, wie's hinter den Bergen aussieht?«

»Aber sicher!« erwiderte der Wirt. »Hier war mal ein Fallensteller, der sich da auskennt. Hinter den Bergen, sagte er, liegen die besten Jagdgründe der Welt! Es scheint da eine ganze Bande von Trappern zu geben, die jedes Jahr rübermacht und randvoll mit Pelzen wieder zurückkommt.«

»Hat er erzählt, wie sie dahin kommen?« fragte Mack. »Auf welchem Weg, meine ich?«

»Ja, da muß so 'ne Art Paß sein. Cumberland Gap heißt er.«

»Cumberland Gap«, wiederholte Mack.

»Übrigens, Mack«, sagte Whitey, »du hast dich doch mal nach einem weißen Mädchen namens Cora erkundigt, oder?«

Macks Herz schlug schneller. »Ja, das stimmt. Hast du was von ihr gehört?«

»Nein, ich hab' sie gesehen! Jetzt weiß ich endlich, warum du so scharf auf sie bist!« Er verdrehte die Augen.

»Ist sie etwa hübsch, Mack?« fragte Pepper spöttisch.

»Hübscher als du auf jeden Fall, Pepper. Los, Whitey, nun sag schon! Wo hast du sie gesehen?«

»Drunten am Fluß. Sie trug einen grünen Mantel, hielt einen Korb in der Hand und nahm die Fähre nach Falmouth.«

Mack lächelte. Der Mantel und die Tatsache, daß Cora die Fähre nahm, anstatt die Furt zu durchwaten, sprachen dafür, daß sie wieder festen Boden unter den Füßen hatte. Sie mußte einen freundlichen Käufer gefunden haben. »Woran hast du sie erkannt?« fragte er.

»Der Fährmann nannte sie beim Namen.«

»Sie muß auf der anderen Seite des Flusses leben – deshalb konnte mir hier in Fredericksburg niemand Auskunft geben.«

»Nun, jetzt hast du deine Auskunft.«

Mack trank sein Bier aus. »Ich werde Cora finden«, sagte er. »Whitey, du bist ein netter Kerl. Pepper, danke fürs Bier!«

»Viel Glück!«

Mack verließ die Stadt. Fredericksburg war knapp unterhalb der Schiffbarkeitsgrenze des Rappahannock errichtet worden. Seetüchtige Schiffe kamen bis hierher – doch weniger als eine Meile weiter flußaufwärts verengten Felsen das Bett, so daß man nur noch mit flachen Booten vorankam. Mack ging zur Furt, wo der Fluß so flach war, daß man ihn durchwaten konnte.

Er war sehr aufgeregt. Wer Cora wohl gekauft hatte? Und wie lebte sie? Ob sie wußte, was aus Peg geworden war? Sobald er die beiden gefunden und damit sein Versprechen erfüllt hatte, konnte er ernsthafte Fluchtpläne schmieden. Die Suche nach Cora und Peg hatte seine Sehnsucht nach Freiheit vorübergehend in den Hintergrund gedrängt. Jetzt war sie durch Peppers und Whiteys Erzählungen über die Wildnis jenseits der Berge wieder neu entbrannt. Ja, er wollte fliehen! In seinen Tagträumen sah er sich schon beim Einbruch der Dunkelheit die Plantage verlassen, sah sich gen Westen wandern und alle Verwalter und Aufseher mit Peitschen in den Händen auf Nimmerwiedersehen hinter sich zurücklassen.

Er konnte es kaum abwarten, Cora wiederzusehen. Wahrscheinlich hat sie heute ihren arbeitsfreien Tag, dachte er. Vielleicht können wir gemeinsam einen Spaziergang machen – irgendwohin, an ein lauschiges Plätzchen, wo uns keiner stört ... Als er daran dachte, sie vielleicht heute noch küssen zu können, spürte er einen Anflug von schlechtem Gewissen. Hatte er nicht beim Aufwachen noch davon geträumt, Lizzie Jamisson zu küssen? Und nun dachte er an Cora ... Nein, es war unsinnig, Lizzies wegen ein schlechtes Gewissen zu haben: Sie war mit einem anderen Mann verheiratet. Für mich und Lizzie gibt es keine gemeinsame Zukunft, dachte er. Dennoch trübte der Gedanke an Lizzie seine Vorfreude auf Cora.

Falmouth war eine Miniaturausgabe von Fredericksburg. Die Docks, die Lagerhäuser, die Schenken und die Holzhäuser sahen genauso aus wie dort. Es würde nicht länger als vielleicht zwei Stunden dauern, um alle Wohnhäuser nach Cora abzuklappern. Aber es war natürlich gut möglich, daß sie außerhalb der Stadt lebte.

Er betrat die erstbeste Schenke und sprach den Wirt an: »Ich suche eine junge Frau namens Cora Higgins.«

»Cora? Sie wohnt in dem weißen Haus an der nächsten Straßenecke. Wahrscheinlich schlafen drei Katzen auf der Veranda.«

Ein echter Glückstag! »Danke«, sagte Mack.

Der Mann zog eine Uhr aus der Westentasche und sah nach der Zeit. »Sie wird jetzt wohl in der Kirche sein«, sagte er.

»Ich habe die Kirche schon gesehen. Ich gehe gleich hin.«

In London ist Cora nie in die Kirche gegangen, dachte Mack beim Hinausgehen. Wahrscheinlich zwingt sie ihr Besitzer dazu. Er überquerte die Straße und begab sich zu der kleinen Holzkirche.

Der Gottesdienst war gerade zu Ende, und die Gläubigen, alle im feinen Sonntagsstaat, kamen heraus. Man begrüßte einander mit Handschlag und plauderte.

Mack erkannte Cora sofort.

Er strahlte über das ganze Gesicht. Sie hatte offenbar großes Glück gehabt. Das war nicht mehr die ausgezehrte, verdreckte Frau, die er damals auf der *Rosebud* zurückgelassen hatte, sondern die alte Cora – mit reiner Haut, schimmerndem Haar und wohlgerundeter Figur. Und sie war genauso gut gekleidet wie eh und je: Sie trug einen dunkelbraunen Mantel, einen Wollrock und teure Stiefel. Mack war plötzlich froh über das frische Hemd und die neue Weste, die Lizzie ihm gegeben hatte.

Cora unterhielt sich angeregt mit einer alten Frau, die sich auf einen Stock stützte. Als er auf sie zukam, brach sie das Gespräch jäh ab. »Mack!« rief sie freudig aus. »Welch ein Wunder!«

Er breitete die Arme aus, um sie an sich zu drücken, doch Cora streckte ihm die Hand entgegen, was er dahingehend auslegte, daß sie hier vor der Kirche kein Aufsehen wünschte. Mit beiden Händen ergriff er ihre Hand und sagte: »Du siehst prächtig aus!« Und sie duftete. Es war nicht das aromatische, an frisches Holz erinnernde Parfüm, das sie in London so gern aufgelegt hatte, sondern etwas Leichteres, Blütenhaftes, das mehr zu einer feinen Dame paßte.

»Wie ist es dir ergangen?« fragte sie und entzog ihm ihre Hand. »Wer hat dich gekauft?«

»Ich bin auf der Plantage der Jamissons gelandet – und Lennox ist dort Verwalter.«

»Hat er dich ins Gesicht geschlagen?«

Mack tastete über die wunde Stelle. »Ja, hat er. Aber ich habe ihm die Peitsche weggenommen und sie zerbrochen.«

Cora lächelte. »Armer Mack! Immer in Schwierigkeiten.«

»So ist es. Hast du etwas von Peg gehört?«

»Bates und Makepiece, die beiden Seelentreiber, haben sie mitgenommen.«

Das war eine Enttäuschung. »Verdammt! Es wird nicht leicht sein, sie zu finden.«

»Ich frage immer wieder nach ihr, aber bisher war alles umsonst.«

»Und wer hat dich gekauft? So wie du aussiehst, muß es ein anständiger Kerl gewesen sein.«

In diesem Augenblick kam ein rundlicher, teuer gekleideter Mann in den Fünfzigern auf sie zu, und Cora sagte: »Das ist er. Alexander Rowley, der Tabakhändler.«

»Er behandelt dich offenbar sehr gut«, murmelte Mack.

Rowley gab der alten Frau die Hand und wechselte ein paar Worte mit ihr. Dann wandte er sich Mack zu.

»Darf ich vorstellen?« sagte Cora. »Das ist Malachi McAsh, ein alter Freund von mir aus London. – Mack, das ist Mr. Rowley, mein Mann.«

Sprachlos starrte Mack sie an.

Besitzergreifend legte Rowley Cora den Arm um die Schultern, während er mit der freien Hand Mack begrüßte. »Wie geht es Ihnen, McAsh?« sagte er, ehe er Cora, ohne ein weiteres Wort zu verlieren, mit sich fortzog.

Warum auch nicht? dachte Mack, als er nach Mockjack Hall zurücktrottete. Cora konnte nicht wissen, ob sie mich je wiedersehen würde ... Rowley hatte sie gekauft, und Cora hatte schon gewußt, wie sie ihn um den Finger wickelte. Daß ein Kaufmann eine Strafgefangene heiratete, mußte in einer Kleinstadt wie Falmouth für einigen Wirbel gesorgt haben – doch die sexuelle Anziehungskraft war am Ende stärker gewesen als die gesellschaftliche Etikette. Mack konnte sich leicht vorstellen, wie Rowley verführt worden war. Leute wie die alte Dame mit dem Krückstock mochten sich dagegen sträuben, Cora als ehrbare Kaufmannsgattin zu akzeptieren, doch was Cora betraf, so hatte sie schon ganz andere Widerstände überwunden, und offenbar war ihr diesmal der große Coup geglückt. Schön für sie, dachte Mack. Wahrscheinlich kommt schon bald das erste Baby.

Obwohl er Cora verstehen konnte, war er enttäuscht. In einem Anfall heilloser Panik hatte sie ihm das Versprechen abgerungen, sie zu suchen – doch kaum bot sich ihr die Chance auf ein angenehmes Leben, war Mack auch schon vergessen.

Seltsam, dachte Mack. Ich habe zwei Geliebte gehabt, Annie und Cora. Und beide haben sie einen anderen geheiratet. Cora schlief Nacht für Nacht mit einem fetten Tabakhändler, der doppelt so alt war wie sie, und Annie war schwanger von Jimmy Lee. Ob ich jemals ein normales Familienleben führen werde? fragte er sich. Ein Familienleben mit Frau und Kindern?

Er gab sich einen Ruck. Du hättest es längst haben können, wenn du Wert darauf gelegt hättest. Aber du warst eben bisher noch nicht zufrieden mit dem Leben und den Lebensumständen, die dir geboten wurden.

Du wolltest mehr, sagte er zu sich selbst.

Du wolltest frei sein.

Dritter Teil
Kapitel 5

Auf dem Weg nach Williamsburg war Jay voller Hoffnung. Die politischen Präferenzen seiner Nachbarn – ausnahmslos liberale Whigs – hatte er mit Mißfallen zur Kenntnis genommen, doch war er überzeugt, in der Hauptstadt der Kolonie auch königstreue Männer zu finden, konservative Tories also, die in ihm, Jay, einen wertvollen Verbündeten sehen und seine politische Karriere fördern würden.

Williamsburg war klein, aber grandios. Die Duke of Gloucester Street in der Stadtmitte war eine Meile lang und über zehn Meter breit. Am einen Ende stand das Parlamentsgebäude und am anderen das College of William and Mary – zwei stattliche Backsteinbauten, deren englische Architektur die Macht der Monarchie zu verkörpern schien und daher auf Jay sehr beruhigend wirkte. Es gab ein Theater und mehrere Werkstätten mit angeschlossenen Läden, in denen silberne Kerzenhalter und Eßtische aus Mahagoni hergestellt und verkauft wurden. In der Buchdruckerei Purdie & Dixon kaufte Jay die *Virginia Gazette*, eine Zeitung, in der Meldungen über entlaufene Sklaven einen großen Raum einnahmen.

Die reichen Pflanzer, die in der Kolonie die herrschende Elite bildeten, residierten natürlich auf ihren Plantagen. Zu Beginn der parlamentarischen Sitzungsperiode versammelten sie sich jedoch in der Hauptstadt, und deshalb gab es dort zahllose Gasthöfe mit Fremdenzimmern. Jay stieg in der *Raleigh Tavern* ab, einem niedrigen, weißgestrichenen Schindelbau mit Gästezimmern unter dem Dach.

Im Gouverneurspalast hinterließ er seine Karte und eine Notiz, mußte sich jedoch drei Tage gedulden, bis er bei Baron de

Botetourt einen Termin bekam. Und als die Einladung endlich eintraf, bezog sie sich nicht, wie Jay erwartet hatte, auf eine persönliche Audienz, sondern auf einen großen Empfang mit fünfzig weiteren Gästen. Dem neuen Gouverneur mußte offenbar noch klargemacht werden, daß Jay Jamisson in dieser feindseligen Umgebung ein wichtiger Verbündeter für ihn war.

Der Palast lag am Ende einer langen Zufahrt, die exakt in der Mitte der Duke of Gloucester Street gen Norden abzweigte. Auch er war aus Backsteinen errichtet und wirkte mit seinen hohen Kaminen und den Giebelfenstern im Dach wie ein großes englisches Landhaus. Die imposante Eingangshalle war mit zu raffinierten Mustern arrangierten Messern, Pistolen und Musketen dekoriert, als gelte es, damit die militärische Macht der Krone zu unterstreichen.

Unglücklicherweise entpuppte sich Botetourt als das genaue Gegenteil von dem, was Jay sich erhofft hatte. Virginia brauchte einen harten, strengen Gouverneur, der die aufrührerischen Pflanzer das Fürchten lehrte. Botetourt dagegen war ein dicker, freundlicher Mann mit dem Gehabe eines gutsituierten Winzers, der seine Kunden zur Weinprobe willkommen heißt.

Jay beobachtete ihn, als er in dem langen Ballsaal seine Gäste begrüßte. Der Mann hat ja keine Ahnung, was für subversive Pläne in diesen Pflanzerhirnen ausgeheckt werden, dachte er.

Auch Bill Delahaye war anwesend. Er begrüßte Jay mit Handschlag. »Was halten Sie von unserem neuen Gouverneur?«

»Ich bezweifle, daß ihm klar ist, was auf ihn zukommt«, sagte Jay.

»Vielleicht ist er klüger, als er aussieht«, erwiderte Delahaye.

»Hoffentlich.«

»Für morgen ist ein großer Kartenabend arrangiert worden, Jamisson. Möchten Sie, daß ich Sie einführe?«

»Sehr gerne«, sagte Jay. Seit seiner Abreise aus London hatte Jay noch keinen einzigen Abend am Spieltisch zugebracht.

Im Speisesaal auf der anderen Seite des Ballsaals wurde

Wein und Kuchen angeboten. Delahaye stellte Jay mehreren Herren vor. Ein untersetzer, wohlhabend aussehender Mann von etwa fünfzig Jahren fragte: »Jamisson? Etwa ein Jamisson aus Edinburgh?« Ein Hauch von Aggressivität schwang in der Frage mit.

Das Gesicht des Mannes kam Jay irgendwie vertraut vor, obwohl er sicher war, daß er ihm nie zuvor begegnet war. »Der Familiensitz ist Schloß Jamisson in Fife«, antwortete er.

»Das Schloß, das früher William McClyde gehörte?«

»Eben dieses.« Jetzt wußte Jay, an wen ihn der Mann erinnerte – an Robert. Er besaß die gleichen hellen Augen und den gleichen entschlossenen Zug um den Mund. »Entschuldigen Sie, ich habe Ihren Namen nicht richtig verstanden ...«

»Ich bin Hamish Drome. Das Schloß sollte eigentlich mir gehören.«

Jay erschrak. Drome war der Mädchenname von Roberts Mutter Olivia. »Dann sind Sie der Verwandte, der nach Virginia ausgewandert ist! Den alle für verschollen hielten!«

»Und Sie müssen der Sohn von George und Olivia sein.«

»Nein, das ist mein Halbbruder Robert. Mein Vater hat nach Olivias Tod ein zweites Mal geheiratet. Ich bin der jüngere Sohn.«

»Aha! Und Robert hat Sie aus dem Nest geworfen – so, wie seine Mutter einst mich.«

Trotz des unbotmäßigen Untertons war Jays Neugier geweckt. Ihm fiel wieder ein, was der betrunkene Peter McKay auf der Hochzeitsfeier von sich gegeben hatte. »Mir kam gerüchteweise zu Ohren, daß Olivia das Testament gefälscht haben soll.«

»Hat sie auch. Und außerdem hat sie Onkel William umgebracht.«

»Was?«

»Gar keine Frage. William war ja gar nicht krank. Er war ein Hypochonder, der sich gerne irgendwelche Krankheiten einbildete. Hätte eigentlich uralt werden können. Doch dann nistete sich Olivia bei ihm ein. Sechs Wochen später hatte er sein Testament geändert und war tot. Ein böses Weib.«

»Ha!« Eine merkwürdige Befriedigung überkam Jay. Die heilige Olivia, deren Porträt auf dem Ehrenplatz in der Halle von Schloß Jamisson hing, war eine Mörderin, die eigentlich an den Galgen gehört hätte! Der ehrfürchtige Tonfall, der jede Erwähnung von ihr begleitet hatte, war Jay seit jeher auf die Nerven gegangen. Daß sie in Wirklichkeit eine Verbrecherin gewesen war, erfüllte ihn nun mit diebischer Freude. »Haben Sie denn tatsächlich überhaupt nichts geerbt?« fragte er Drome.

»Nicht einen Morgen Land, gar nichts! Als ich hier eintraf, besaß ich gerade mal sechs Paar Strümpfe aus Shetlandwolle. Heute bin ich der größte Kurzwarenhändler in ganz Virginia. Ich habe allerdings nie wieder mit Zuhause Verbindung aufgenommen, denn ich fürchtete, Olivia würde Mittel und Wege finden, sich auch all das, was ich mir hier erarbeitet habe, noch unter den Nagel zu reißen.«

»Aber wie hätte sie das tun können?«

»Weiß ich nicht. Vielleicht war's nur Aberglaube. Freut mich zu hören, daß sie tot ist. Ihr Sohn scheint ihr allerdings nachzuschlagen.«

»Ich dachte immer, er käme meinem Vater nach. Doch egal, wem – seine Habgier ist jedenfalls unersättlich.«

»Ich an Ihrer Stelle würde ihm meine Adresse nicht verraten.«

»Er wird das gesamte Wirtschaftsimperium meines Vaters erben. Ich kann mir nicht vorstellen, daß er da auch noch meine kleine Plantage haben will.«

»Da wär' ich mir nicht so sicher«, gab Drome zurück. Aber Jay nahm die Warnung nicht ernst. Der Mann neigt dazu, die Dinge zu dramatisieren, dachte er.

Erst gegen Ende des Empfangs – die ersten Gäste verabschiedeten sich bereits und verließen den Palast durch die Tür, die in den Garten hinausführte – drang Jay zu Gouverneur Botetourt vor. Er nahm ihn beim Ärmel und sagte mit gesenkter Stimme: »Ich möchte Ihnen versichern, daß ich absolut loyal zu Ihnen und der Krone stehe.«

»Prachtvoll, prachtvoll«, sagte Botetourt mit lauter Stimme. »Das ist sehr nett von Ihnen.«

»Ich bin erst kürzlich hier eingetroffen. Ich muß schon sagen, daß ich die politische Einstellung der führenden Männer in dieser Kolonie empörend fand, und daran hat sich bis heute nichts geändert. Wann immer Sie bereit sind, den Verrätern den Garaus zu machen und die illoyale Opposition zu zerschlagen – ich stehe auf Ihrer Seite.«

Botetourt, der ihn nun endlich ernst nahm, bedachte Jay mit einem strengen Blick, und Jay erkannte, daß sich hinter dem jovialen Äußeren ein mit allen Wassern gewaschener Politiker verbarg. »Sehr freundlich«, sagte der Gouverneur, »aber hoffen wir, daß es solch rigoroser Methoden gar nicht erst bedarf. Ich halte mehr von Verhandlungen und Überzeugungsarbeit – die Ergebnisse sind dauerhafter, nicht wahr? – Major Wilkinson, auf Wiedersehen! Mrs. Wilkinson – wie nett von Ihnen, daß Sie gekommen sind.«

Überzeugen und Verhandeln, dachte Jay, während er in den Garten hinaus ging. Botetourt ist in ein Vipernnest geraten und will mit dem giftigen Gezücht verhandeln! Zu Delahaye sagte er: »Ich frage mich, wie lange er braucht, bis er begriffen hat, was hierzulande vorgeht.«

»Ich glaube, das hat er schon«, gab Delahaye zurück. »Er hält bloß nichts davon, die Zähne zu zeigen, bevor er zubeißt.«

Und richtig: Schon tags darauf löste der liebenswürdige neue Gouverneur die Generalversammlung auf.

Matthew Murchman wohnte in einem grüngestrichenen Schindelhaus neben der Buchhandlung an der Duke of Gloucester Street. Seine Geschäfte wickelte er im vorderen Empfangszimmer ab, umgeben von Gesetzesbüchern und Papieren. Klein, nervös, grau und rastlos wie ein Eichhörnchen huschte er durchs Zimmer und trug unentwegt irgendwelche Akten von einem Stapel zum anderen.

Jay unterschrieb die Hypothek auf die Plantage. Die Kreditsumme empfand er als Enttäuschung: Nur vierhundert Pfund Sterling! »Ich hatte Glück, daß ich überhaupt so viel bekam«, zwitscherte Murchman. »Bin mir nicht einmal sicher, ob ich die Plantage bei den derzeitigen Tabakpreisen für diese Summe verkaufen könnte.«

»Wer ist der Kreditgeber?« fragte Jay.

»Ein Syndikat, Hauptmann Jamisson. So laufen die Dinge eben heutzutage. Gibt es irgendwelche Verbindlichkeiten, die ich sofort begleichen soll?«

Jay hatte ein ganzes Bündel Rechnungen mitgebracht – sämtliche Schulden, die seit seiner Ankunft in Virginia vor beinahe drei Monaten aufgelaufen waren. Er reichte sie Murchman, der sie rasch durchsah und dann sagte: »An die hundert Pfund. Bevor Sie die Stadt verlassen, werde ich Ihnen Quittungen dafür geben. Und lassen Sie es mich wissen, wenn Sie irgend etwas zu kaufen wünschen, solange Sie noch hier sind.«

»Wahrscheinlich werde ich das«, sagte Jay. »Ein Mr. Smythe bietet eine Kutsche und ein schönes Paar Grauer zum Verkauf. Außerdem brauche ich zwei oder drei neue Sklavinnen.«

»Ich werde bekanntmachen, daß Ihre Rechnungen mir zugeleitet werden.«

Der Gedanke, soviel Geld geborgt zu haben und die Abwicklung seiner Geschäfte in den Händen des Anwalts zu lassen, behagte Jay nicht sonderlich. »Geben Sie mir hundert Pfund in Gold«, sagte er. »Heute findet im Raleigh ein Kartenabend statt.«

»Gewiß, Hauptmann Jamisson. Es ist Ihr Geld!«

Als Jay in seiner neuen Equipage wieder auf Mockjack Hall eintraf, war von den vierhundert Pfund nicht mehr viel übrig. Er hatte beim Kartenspiel verloren und vier Sklavenmädchen gekauft. Außerdem war es ihm nicht gelungen, bei Mr. Smythe den Kaufpreis für Kutsche und Pferde herunterzuhandeln.

Immerhin hatte er seine Schulden alle beglichen. Er würde bei den Händlern vor Ort einfach wieder auf Kredit einkaufen. Nach Weihnachten war der Erlös für seine erste Tabakernte fällig; damit ließen sich dann die ausstehenden Rechnungen bezahlen.

Er hatte einige Bedenken, daß Lizzie ihm den Kauf der Kutsche übelnehmen könne, doch zu seiner Erleichterung ging sie fast kommentarlos darüber hinweg. Ihr lag offenkundig etwas anderes auf dem Herzen, und sie brannte darauf, es ihm zu erzählen.

Wie stets, wenn sie erregt war, sah sie überaus attraktiv aus: Ihre dunklen Augen blitzten, und ein rosiger Glanz lag auf ihrer Haut. Allerdings überkam ihn bei ihrem Anblick nicht mehr die gleiche unstillbare Begierde wie früher. Seit Lizzie schwanger war, fühlte er sich gehemmt. Geschlechtsverkehr während der Schwangerschaft schadet dem Baby, redete er sich ein – aber entscheidend war das nicht. Lizzies Mutterschaft stieß ihn irgendwie ab. Die Vorstellung, auch Mütter könnten sexuelle Lust empfinden, war ihm zuwider. Abgesehen davon, sprachen inzwischen rein praktische Erwägungen gegen die körperliche Liebe: Der Kugelbauch, den Lizzie vor sich herschob, wurde einfach zu groß.

Er hatte sie kaum geküßt, als sie auch schon mit der Neuigkeit herausplatzte: »Bill Sowerby ist verschwunden.«

»Wirklich?« Jay war überrascht; der Mann war ohne seinen Lohn gegangen. »Gut, daß wir Lennox haben, der nach dem Rechten sehen kann.«

»Ich glaube, Lennox hat ihn fortgetrieben. Anscheinend hat Sowerby beim Kartenspiel verloren und schuldet ihm eine Menge Geld.«

Das klang plausibel. »Lennox ist ein guter Spieler.«

»Er will hier Verwalter werden.«

Sie standen noch auf der Veranda. Just in diesem Augenblick kam Lennox um die Ecke. Seiner ungehobelten Art entsprechend, sparte er sich eine Begrüßung und fiel sogleich mit der Tür ins Haus: »Eben ist eine Ladung eingelegter Salzfisch in Fässern eingetroffen.«

»Ja, die hatte ich bestellt«, sagte Lizzie. »Sie ist für die Feldarbeiter bestimmt.«

Jay ärgerte sich. »Wieso willst du die Leute mit Fisch füttern?«

»Colonel Thumson meint, sie arbeiten dann besser. Er gibt seinen Sklaven jeden Tag Fisch und einmal in der Woche Fleisch.«

»Colonel Thumson ist reicher als ich. Schicken Sie das Zeug zurück, Lennox!«

»Die Leute werden in diesem Winter hart arbeiten müssen, Jay«, protestierte Lizzie. »Wir müssen Pond Copse roden, damit wir im nächsten Frühjahr dort Tabak pflanzen können.«

»Das ist völlig überflüssig!« warf Lennox ein. »Solange wir ordentlich düngen, tragen die Felder gut genug.«

»Man kann nicht ewig düngen«, widersprach ihm Lizzie. »Colonel Thumson rodet jeden Winter neues Land.«

Jay erkannte, daß Lizzie und Lennox nicht zum erstenmal über dieses Thema diskutierten.

»Wir haben nicht genug Leute«, konterte Lennox. »Selbst mit den Männern von der *Rosebud* schaffen wir's nur mit Müh und Not, die *vorhandenen* Felder zu bepflanzen! Colonel Thumson hat mehr Sklaven als wir.«

»Ja, weil er dank besserer Anbaumethoden mehr Geld verdient«, trumpfte Lizzie auf.

»Davon haben Frauen doch keine Ahnung«, schnaubte Lennox verächtlich.

»Gehen Sie bitte, Mr. Lennox – und zwar sofort!« fauchte Lizzie.

Lennox war sichtlich erbost, aber er ging.

»Du mußt dafür sorgen, daß er verschwindet, Jay«, sagte sie.

»Ich sehe nicht ein, weshalb ...«

»Er ist ein brutaler Kerl, aber das ist nicht der einzige Grund. Die Leute einzuschüchtern ist das einzige, was er wirklich beherrscht. Von der Landwirtschaft versteht er nichts und vom Tabak noch weniger. Das schlimmste ist jedoch, daß er nichts dazulernen will.«

»Er weiß, wie man die Leute zur Arbeit antreibt.«

»Es ist idiotisch, die Leute zu *falscher* Arbeit anzutreiben!«

»Bist wohl auf einmal Spezialistin für Tabakanbau geworden, was?«

»Jay, ich bin auf einem großen Gutshof aufgewachsen und habe miterlebt, wie er bankrott ging – nicht weil die Bauern faul gewesen wären, sondern weil mein Vater starb und meine Mutter nicht zurechtkam. Jetzt sehe ich, daß du genau die gleichen Fehler wiederholst – du bleibst zu lange fort von deinem Besitz, verwechselst brutale Härte mit Disziplin und überläßt alle langfristigen Planungen einem anderen. Mit einem Regiment würdest du nicht so umgehen!«

»Was verstehst du schon von der Führung eines Regiments?«

»Und was verstehst du von der Leitung einer Tabakpflanzung?«

Jay wurde allmählich wütend, hielt sich aber noch zurück. »Was erwartest du von mir?«

»Daß du Lennox entläßt.«

»Und wer soll dann die Leitung der Pflanzung übernehmen?«

»Wir gemeinsam.«

»Ich will aber kein Bauer sein!«

»Dann überlaß die Verwaltung mir.«

Jay nickte. »Hab' ich's mir doch gedacht.«

»Was willst du damit sagen?«

»Du hast das alles inszeniert, um das Heft in die Hand zu kriegen, wie?«

Er befürchtete schon, Lizzie würde einen Tobsuchtsanfall bekommen. Aber sie reagierte ganz ruhig. »Das unterstellst du mir also?«

»Um die Wahrheit zu sagen, ja.«

»Ich versuche nur, dich zu retten. Du rennst kopfüber ins Verderben, und ich mühe mich ab, das zu verhindern. Aber du denkst, ich hätte nichts anderes im Kopf, als hier die Chefin zu spielen. Sag einmal, warum, zum Teufel, hast du mich eigentlich geheiratet?«

Er mochte diese deftige Ausdrucksweise an ihr nicht; sie war ihm zu maskulin. »Damals warst du noch hübsch«, sagte er.

Lizzies Augen sprühten Feuer, aber sie sagte kein Wort, sondern drehte sich einfach um und ging ins Haus.

Ein Seufzer der Erleichterung entfuhr Jay. Es kam selten genug vor, daß er das letzte Wort behielt.

Kurz darauf folgte er ihr ins Haus. Zu seiner Überraschung erblickte er McAsh in der Halle. In Weste und Hausschuhen war Mack damit beschäftigt, eine neue Glasscheibe in ein Fenster einzusetzen. Was, zum Teufel, hatte der denn hier zu suchen?

»Lizzie!« brüllte Jay. Er fand sie im Salon. »Lizzie, was treibt McAsh hier im Haus?«

»Ich habe ihn mit den Reparaturarbeiten beauftragt. Er hat schon das Kinderzimmer gestrichen.«

»Ich will diesen Kerl nicht in meinem Haus haben.«

Ihre Reaktion warf ihn fast um. »Du wirst ihn ertragen müssen!« blaffte sie.

»Also ...«

»Solange Lennox hier herumstreicht, weigere ich mich, allein im Haus zu bleiben, verstanden?«

»Schon gut, schon gut ...«

»Und wenn McAsh geht, gehe ich auch!« Sie stürmte aus dem Zimmer.

»Schon gut!« sagte Jay zu der mit Vehemenz ins Schloß fallenden Tür. Nein, wegen eines verdammten Sträflings wollte er sich mit ihr nicht streiten. Soll der Kerl doch das Kinderzimmer streichen, wenn sie's unbedingt will, dachte er.

Auf der Anrichte lag ein ungeöffneter Brief, der an ihn adressiert war. Er nahm ihn auf, erkannte die Handschrift seiner Mutter, setzte sich ans Fenster und öffnete den Umschlag.

7, Grosvenor Square
London
15. September 1768

Mein lieber Sohn,
die neue Grube auf High Glen ist nach dem Unfall wieder hergerichtet, und die Kohleförderung wurde wieder aufgenommen.

Jay mußte lächeln. Was geschäftliche Dinge betraf, kam seine Mutter immer direkt zur Sache.

Robert hat mehrere Wochen dort verbracht, die beiden Güter konsolidiert und alles so arrangiert, daß sie nun wie ein einziger Besitz geleitet werden können.

Ich habe Deinem Vater gesagt, Du solltest einen Anteil an der Kohle bekommen, zumal das Land Dir gehört. Seine Antwort lautete, er zahle schließlich die Hypothekenzinsen. Ausschlaggebend war aber, wie ich denke, die Art, wie Du Dir die besten Sträflinge von der Rosebud angeeignet hast. Dein Vater schäumte vor Wut – und Robert ebenfalls.

Jay ärgerte sich über seine eigene Dummheit. Er hatte sich eingebildet, die Männer ungestraft mitnehmen zu können. Ich hätte es besser wissen sollen, dachte er. Es war ein Fehler, Vater zu unterschätzen.

Ich werde Deinen Vater in dieser Angelegenheit weiter bearbeiten. Ich bin sicher, daß er mit der Zeit nachgeben wird.

»Gott segne dich, Mutter«, sagte Jay. Sie behielt seine Interessen fest im Auge, obwohl er so weit von ihr entfernt war, daß er sie womöglich nie wiedersehen würde.

Nachdem sie die wichtigsten Probleme abgehandelt hatte, berichtete Alicia von sich selbst, von Verwandten, Freunden und den jüngsten gesellschaftlichen Ereignissen in London. Erst am Ende ihres Briefes kam sie noch einmal auf Geschäftliches zu sprechen.

Robert ist übrigens nach Barbados abgereist. Warum, weiß ich nicht genau. Mein Instinkt sagt mir, daß er etwas gegen Dich im Schilde führt. Ich kann mir nicht vorstellen, welchen Schaden er Dir zufügen könnte, aber er ist einfallsreich und rücksichtslos. Bleibe stets wachsam, mein Sohn.

Deine Dich liebende Mutter
Alicia Jamisson

Nachdenklich legte Jay den Brief beiseite. Obwohl er großen Respekt vor der Intuition seiner Mutter hatte, hielt er ihre Befürchtungen für etwas übertrieben. Barbados war weit, weit weg. Und selbst dann, wenn Robert nach Virginia käme, so gab es doch nichts, was er ihm, Jay, jetzt noch antun konnte. Oder ...?

Dritter Teil
Kapitel 6

Im alten Kinderflügel des Hauses fand Mack eine Landkarte. Er hatte zwei der drei Räume bereits hergerichtet und war nun dabei, das Schulzimmer aufzuräumen. Es war am späten Nachmittag; mit der eigentlichen Renovierung wollte er erst am nächsten Tag beginnen. In einer alten Truhe lagen lauter angeschimmelte Bücher, leere Tintenfäßchen und allerhand anderer Kram. Er durchstöberte sie und fragte sich, was davon wohl aufbewahrenswert sein mochte. Dann fand er in einem Lederkästchen, sorgfältig zusammengefaltet, die Landkarte. Er breitete sie aus und betrachtete sie.

Es war eine Karte von Virginia.

Im ersten Moment hätte er vor Freude in die Luft springen können, doch dann erkannte er, daß er mit der Karte nichts anfangen konnte, und seine anfängliche Begeisterung schwand.

Die Ortsangaben verwirrten ihn, bis er herausfand, daß sie in einer fremden Sprache geschrieben sein mußten – in Französisch, nahm er an. Virginia war *Virginie* geschrieben, das Gebiet im Nordosten als *Partie de New Jersey* bezeichnet. Alles, was sich westlich der Berge befand, hieß *Louisiane.* Abgesehen davon war jener Teil der Karte unbeschrieben.

Ganz allmählich las er sich ein. Dünne Linien stellten Flüsse dar, etwas dickere bezeichneten die Grenzen zwischen einer Kolonie und einer anderen, und die dicksten standen für Gebirgszüge. Aufgeregt nahm er alle Informationen in sich auf und dachte voller Begeisterung: Diese Karte ist mein Schlüssel zur Freiheit.

Er entdeckte, daß der Rapahannock nur einer von mehreren Flüssen war, die Virginia von den Bergen im Westen bis zur

Chesapeake Bay im Osten durchflossen. Er fand Fredericksburg am Südufer des Rapahannock. Die Entfernungen waren nicht abzuschätzen, doch Pepper Jones hatte gesagt, bis zu den Bergen seien es hundert Meilen. Wenn die Karte stimmte, so waren es noch einmal so viele bis zur anderen Seite des Gebirges. Ein Weg durchs Gebirge war allerdings nirgends eingezeichnet.

Mack empfand eine Mischung aus Erheiterung und Enttäuschung: Zwar wußte er nun endlich, wo er sich befand, doch ein Entkommen war so gut wie unmöglich.

Gen Süden hin verschmälerte sich der Gebirgszug. Mack konzentrierte sich auf diesen Teil, verfolgte die Flüsse mit dem Finger bis zur Quelle und suchte nach einem Weg über ihre Ursprünge hinaus. Ganz tief im Süden, dort, wo der Cumberland River entsprang, fand er eine Stelle, die entfernt an einen Paß erinnerte.

Und da fiel ihm wieder ein, was Whitney von der Cumberland-Schlucht erzählt hatte.

Das war's: Das war der Weg hinaus!

Es war ein weiter Weg. Vierhundert Meilen lang, schätzte Mack, so weit wie von Edinburgh bis nach London. Für *diese* Strecke benötigte man zwei Wochen mit der Postkutsche. Besaß man nur ein Pferd, so dauerte es länger. Und auf den unebenen Wegen und Jägerpfaden Virginias würde eine solche Strecke noch mehr Zeit in Anspruch nehmen.

Doch jenseits dieses Gebirges konnte man ein freier Mann sein!

Mack faltete die Karte sorgfältig zusammen, verstaute sie wieder im Lederkästchen und fuhr mit seiner Arbeit fort. Beizeiten wollte er sich die Karte noch einmal ansehen.

Wenn ich doch nur Peg ausfindig machen könnte, dachte er, während er das Zimmer ausfegte. Bevor ich verschwinde, muß ich herausfinden, wo sie ist und wie es ihr geht. Ist sie glücklich, lasse ich sie in Ruhe, doch wenn sie einen grausamen Besitzer hat, muß ich sie mitnehmen.

Es wurde zu dunkel zum Arbeiten.

Mack verließ den Kinderflügel und ging die Treppe hinunter. Von einem Haken neben der Hintertür nahm er seinen alten Umhang und wickelte ihn um sich: Draußen war es kalt. Als er vor die Tür trat, kam eine Gruppe aufgeregter Sklaven auf ihn zu. Die Leute scharten sich um Kobe, der eine Frau auf den Armen trug. Mack erkannte sofort, daß es Bess war, das junge Mädchen, das einige Wochen zuvor auf dem Feld in Ohnmacht gefallen war. Ihre Augen waren geschlossen, und ihr Kittel war blutverschmiert. Das Mädchen war ein Pechvogel; es hatte immer wieder Unfälle.

Mack hielt die Tür auf und folgte Kobe dann ins Haus. Die Jamissons saßen sicher bei ihrem Nachmittagsmahl im Eßzimmer. »Leg sie in den kleinen Salon, das Empfangszimmer. Ich hole unterdessen Mrs. Jamisson«, sagte er.

»In den kleinen Salon?« fragte Kobe ungläubig.

Es war, außer dem Eßzimmer, der einzige Raum, in dem ein Feuer brannte. »Vertrau mir – Mrs. Jamisson würde es so wollen«, sagte Mack.

Kobe nickte.

Mack klopfte an der Eßzimmertür an und trat ein.

Lizzie und Jay saßen an einem kleinen runden Tisch, in dessen Mitte ein Kandelaber stand und ihre Gesichter erhellte. Lizzie sah rund und schön aus in ihrem tief ausgeschnittenen Kleid, das den Ansatz ihrer Brüste enthüllte und sich darunter wie ein Zelt über ihren umfangreichen Leib breitete. Sie aß Rosinen, während Jay Nüsse knackte. Mildred, ein hochgewachsenes Mädchen mit makelloser tabakbrauner Haut, schenkte Jay gerade Wein ein. Im Kamin loderte ein Feuer. Es war eine ruhige häusliche Szene, und Mack fühlte sich einen Moment lang wie vor den Kopf geschlagen, so schwer traf ihn die neuerliche Erinnerung daran, daß die beiden Mann und Frau waren.

Dann sah er genauer hin. Jay saß schräg am Tisch, von Lizzie abgewandt: Er blickte durchs Fenster auf den Fluß, über den sich allmählich die Nacht hinabsenkte. Lizzie drehte ihm den Rücken zu und sah Mildred beim Einschenken zu. Weder Jay noch Lizzie lächelten. Sie hätten Fremde in einem Gasthaus sein können, die umständehalber am gleichen Tisch saßen, ansonsten aber nichts miteinander anfangen konnten.

Jay erblickte Mack und sagte: »Was, zum Teufel, wollen Sie denn hier?«

Mack wandte sich an Lizzie. »Bess hatte einen Unfall – Kobe hat sie in den kleinen Salon gelegt.«

»Ich komme sofort«, sagte Lizzie und schob ihren Stuhl zurück.

»Paßt bloß auf, daß der gelbe Seidenbezug keine Blutflecke kriegt!« schimpfte Jay.

Mack hielt die Tür auf und folgte Lizzie hinaus.

Kobe zündete gerade die Kerzen an. Lizzie beugte sich über das verletzte Mädchen. Die dunkle Haut war blaß, ihre Lippen blutleer. Bess hatte die Augen geschlossen, und ihr Atem ging flach. »Was ist passiert?« fragte Lizzie.

»Sie hat sich geschnitten«, antwortete Kobe. Er atmete noch immer schwer; das Tragen hatte ihn angestrengt. »Sie hat mit einer Machete auf ein Seil eingehackt. Die Klinge ist abgeglitten und hat ihr den Bauch aufgeschnitten.«

Mack zuckte zusammen. Er sah, wie Lizzie den Riß im Kittel der Verletzten vergrößerte und die darunter liegende Wunde inspizierte. Es sah schlimm aus. Bess blutete stark, und der Schnitt war offenbar ziemlich tief.

»Einer von euch geht in die Küche und bringt mir saubere Tücher und eine Schüssel warmes Wasser.«

Mack bewunderte ihre Entschlossenheit. »Ich gehe«, sagte er.

Über den Hof eilte er in die Küche. Sarah und Mildred spülten gerade das Geschirr. Sarah, verschwitzt wie immer, fragte: »Wie geht's ihr?«

»Ich weiß es nicht. Mrs. Jamisson schickt mich nach sauberen Tüchern und warmem Wasser.«

Sarah reichte ihm eine Schüssel. »Hier, nimm dir Wasser aus dem Kessel überm Feuer. Ich hole Tücher.«

Kurz darauf war er wieder im kleinen Salon. Lizzie hatte den Kittel um die Verletzung herum weggeschnitten. Nun tauchte sie ein Tuch ins Wasser und wusch das Blut von der Haut. Je deutlicher die Wunde erkennbar wurde, desto schlimmer sah sie aus. Mack hielt es für möglich, daß auch innere Organe verletzt waren.

Lizzie dachte offenbar das gleiche. »Das kann ich nicht allein behandeln«, sagte sie. »Sie braucht einen Arzt.«

Jay kam ins Zimmer, warf einen Blick auf die Verletzte und wurde blaß.

»Ich werde nach Doktor Finch senden müssen«, sagte Lizzie zu ihm.

»Wie du willst«, gab er zurück. »Ich gehe zum Fährhaus – da findet ein Hahnenkampf statt.« Er verschwand.

Fort mit Schaden, dachte Mack voller Verachtung.

Lizzies Blick ging von Kobe zu Mack. »Einer von euch muß sofort nach Fredericksburg reiten.«

»Das mache ich«, sagte Kobe. »Mack ist kein guter Reiter, und es ist schon dunkel.«

»Das stimmt«, gab Mack zu. »Ich könnte die kleine Kutsche nehmen, aber das würde länger dauern.«

»Dann ist der Fall klar«, sagte Lizzie. »Übereil nichts, Kobe, aber reite, so schnell du kannst. Das Mädchen könnte sterben.«

Fredericksburg lag zehn Meilen entfernt, doch Kobe kannte den Weg, und so war er nach zwei Stunden schon wieder zurück.

Als er den kleinen Salon betrat, wirkte er wie vom Donner gerührt. Mack hatte ihn noch nie so wütend gesehen.

»Wo ist der Arzt?« fragte Lizzie.

»Doktor Finch ist so spät am Abend nicht bereit, wegen eines Negermädchens das Haus zu verlassen«, sagte Kobe mit bebender Stimme.

»Der Teufel hole diesen Idioten!« entfuhr es Lizzie. Sie kochte vor Wut.

Alle wandten sich Bess zu. Ihre Haut war mit Schweißperlen bedeckt, ihr Atem nur mehr ein Röcheln. Hin und wieder stöhnte sie, doch ihre Augen blieben geschlossen. Der gelbe Seidenbezug des Sofas war dunkelrot von ihrem Blut. Sie lag offenkundig im Sterben.

»Wir können doch nicht tatenlos hier herumstehen«, meinte Lizzie. »Vielleicht kann sie noch gerettet werden!«

»Ich fürchte, es geht zu Ende mit ihr«, sagte Kobe.

»Wenn der Arzt nicht kommen will, müssen wir sie eben zu ihm bringen«, sagte Lizzie. »Wir legen sie in den Ponywagen.«

»Wir sollten sie nicht bewegen«, meinte Mack. »Das ist nicht gut für sie.«

»Tun wir gar nichts, stirbt sie so oder so!« rief Lizzie aus.

»Schon gut, schon gut. Ich hole den Buggy.«

»Kobe, hol die Matratze aus meinem Bett und leg sie hinten in den Wagen! Wir werden Bess darauf betten. Und bring auch Decken mit!«

Mack rannte in den Stall. Die Stalljungen hatten sich bereits in ihre Quartiere zurückgezogen, doch Mack schaffte es auch alleine ohne große Mühe, das Pony Stripe einzuspannen. In der Küche holte er sich ein Kienholz und zündete damit die Laternen der Kutsche an. Als er vor der Veranda vorfuhr, wartete Kobe bereits auf ihn.

Während Kobe die Matratze in den Einspänner bugsierte, ging Mack ins Haus. Lizzie zog sich gerade ihren Mantel an. »Kommen Sie etwa mit?« fragte Mack.

»Ja.«

»Glauben Sie, daß Ihnen das in Ihrem Zustand bekommt?«

»Ich fürchte, dieser verdammte Arzt wird sich weigern, Bess zu behandeln, wenn ich nicht dabei bin.«

Mack wußte, daß es müßig war, mit ihr in dieser Stimmung zu diskutieren. Vorsichtig nahm er Bess auf, trug sie hinaus und legte sie behutsam auf die Matratze. Kobe deckte sie mit den Wolldecken zu. Lizzie stieg auf und ließ sich neben Bess nieder, um den Kopf des Mädchens in den Armen zu halten.

Mack stieg auf den Kutschbock und griff nach den Zügeln. Drei Menschen zu ziehen war fast zuviel für das Pony, daher schob Kobe den Buggy an. Mack fuhr zur Straße hinunter und wandte sich gen Fredericksburg.

Es schien kein Mond, doch war der Weg auch im Sternenlicht noch zu erkennen. Er war steinig und voller Furchen, so daß das Gefährt auf und ab hüpfte und oft ins Schwanken geriet. Mack fürchtete, die Rüttelei könne Bess schaden, doch Lizzie trieb ihn immer wieder an: »Schneller! Fahren Sie schneller!« Die Straße wand sich am Flußufer entlang, durch dichten Wald und über bebaute Felder wie auf Mockjack Hall. Keine Menschenseele begegnete ihnen: Nach Einbruch der Dunkelheit war niemand mehr unterwegs, wenn es sich vermeiden ließ.

Lizzies ständige Ermahnungen im Ohr, kam Mack gut voran. Zur Zeit des Nachtessens erreichten sie Fredericksburg. Auf den Straßen waren Leute, und in den Häusern brannte Licht. Mack hielt vor Dr. Finchs Wohnhaus. Lizzie ging zur Tür, während Mack Bess in ihre Decken wickelte und vorsichtig aufhob. Sie war bewußtlos, aber sie lebte noch.

Die Tür wurde von Mrs. Finch geöffnet, einer mausgrauen Frau in den Vierzigern. Sie führte Lizzie ins Sprechzimmer, und Mack folgte ihr mit Bess. Der Doktor, ein beleibter Mann mit sehr bestimmtem Auftreten, konnte sein schlechtes Gewissen kaum verbergen, als ihm klar wurde, daß er durch seine Weigerung, eine Patientin zu besuchen, eine hochschwangere Frau zu einer langen Nachtfahrt genötigt hatte. Durch hektische Geschäftigkeit und die wiederholte Zurechtweisung seiner Frau versuchte er, seine Verlegenheit zu überspielen.

Nachdem er sich die Wunde angesehen hatte, bat er Lizzie, es sich im Eßzimmer gemütlich zu machen. Mack begleitete sie hinaus, während Mrs. Finch ihrem Mann zur Hand ging.

Auf dem Tisch standen die Reste eines Abendessens. Mit großer Vorsicht ließ Lizzie sich auf einen Stuhl gleiten. »Was ist?« fragte Mack.

»Die Fahrt ist mir nicht gut bekommen. Ich habe gräßliche Rückenschmerzen. Was glauben Sie, Mack, wird Bess wieder gesund?«

»Ich weiß es nicht. Sie ist nicht sehr robust.«

Ein Dienstmädchen kam herein und bot Lizzie Tee und Gebäck an. Lizzie akzeptierte dankend. Das Mädchen musterte Mack von oben bis unten, erkannte den Diener und sagte: »Wenn Sie Tee wollen, können Sie in die Küche kommen.«

»Ich muß mich erst um das Pferd kümmern«, gab er zurück.

Er ging hinaus und führte das Pony in Dr. Finchs Stall, wo er es mit Wasser und Getreide versorgte. Dann wartete er in der Küche.

Das Haus war so klein, daß er hören konnte, wie sich der Arzt und seine Frau bei der Arbeit unterhielten. Das Dienstmädchen, eine Schwarze mittleren Alters, räumte das Eßzimmer auf und brachte Lizzies Teetasse mit heraus. Mack hielt es für albern, in der Küche zu hocken, während Lizzie allein im Eßzimmer saß. Kurz entschlossen gesellte er sich zu ihr, obwohl die Haushälterin mißbilligend die Stirn runzelte. Lizzie war sehr blaß, und Mack nahm sich vor, sie so bald wie möglich nach Hause zu bringen.

Schließlich kam Dr. Finch herein. Er trocknete sich die Hände ab und sagte: »Es ist eine böse Wunde, aber ich glaube, ich habe alles Menschenmögliche getan. Ich habe die Blutung zum Stillstand gebracht, den Schnitt vernäht und ihr zu trinken gegeben. Sie ist noch jung und wird es überstehen.«

»Gott sei Dank«, sagte Lizzie.

Der Doktor nickte. »Sie ist gewiß eine wertvolle Sklavin. Aber heute nacht darf sie nicht mehr reisen. Sie kann hierbleiben und bei unserer Haushälterin schlafen. Morgen oder übermorgen können Sie sie holen lassen. Wenn sich die Wunde geschlossen hat, ziehe ich die Fäden. Bis dahin sollte sie aber keine schwere Arbeit tun.«

»Natürlich.«

»Haben Sie schon zu Abend gegessen, Mrs. Jamisson? Kann ich Ihnen etwas anbieten?«

»Nein, danke. Ich möchte nur noch nach Hause und ins Bett.«

»Ich fahre den Buggy vor«, sagte Mack.

Kurze Zeit später waren sie wieder unterwegs. Solange sie noch durch die Stadt fuhren, saß Lizzie neben ihm auf dem Kutschbock. Kaum hatten sie jedoch die letzten Häuser hinter sich gelassen hatten, legte sie sich auf die Matratze.

Mack fuhr langsam, und diesmal blieben die ungeduldigen Rufe von hinten aus. Nach ungefähr einer halben Stunde Fahrt fragte er: »Sind Sie eingeschlafen?«

Er erhielt keine Antwort und nahm es als Bestätigung seiner Vermutung.

Von Zeit zu Zeit warf er einen Blick über die Schulter. Lizzie war ruhelos, wälzte sich von einer Seite zur anderen und murmelte im Schlaf.

Sie fuhren gerade durch ein Stück Ödland – bis Mockjack Hall waren es noch zwei oder drei Meilen –, als die Stille der Nacht von einem Schrei zerrissen wurde.

Es war Lizzie.

»Was? Was ist los?« rief Mack erschrocken und zerrte an den Zügeln. Noch bevor das Pony stand, war er bei Lizzie.

»Oh, Mack, es tut so weh!« weinte sie.

Er legte einen Arm um ihre Schultern und hob sie ein wenig an. »Was ist es? Wo tut's denn weh?«

»O Gott, ich glaube, das Baby kommt.«

»Aber es ist doch noch gar nicht soweit ...«

»Noch zwei Monate.«

Mack kannte sich in diesen Dingen nur wenig aus, aber er nahm an, daß die Geburt entweder durch die Aufregung über den Unfall oder durch die Erschütterungen auf der Fahrt nach Fredericksburg ausgelöst worden war – oder durch beides.

»Wieviel Zeit bleibt uns?«

Sie stöhnte laut und anhaltend, dann sagte sie: »Nicht mehr viel.«

»Ich dachte, das dauert Stunden.«

»Ich weiß es nicht. Ich glaube, die Rückenschmerzen, die ich vorhin hatte, waren Wehen. Vermutlich ist das Baby schon die ganze Zeit unterwegs.«

»Soll ich weiterfahren? Wir brauchen nur noch eine Viertelstunde.«

»Zu lange. Bleib, wo du bist, und halt mich fest.«

Mack sah, daß die Matratze naß und klebrig war. »Warum ist die Matratze so naß?«

»Das Fruchtwasser, glaube ich. Ich wünschte, meine Mutter wäre hier.«

Mack hielt den großen Fleck auf der Matratze für Blut, behielt es aber für sich.

Wieder stöhnte Lizzie laut auf. Als der Schmerz vorüber war, zitterte sie. Mack bedeckte sie mit seinem Pelz. »Du kannst deinen Umhang zurückhaben«, sagte er, und sie lächelte schwach, bevor die nächste Wehe begann.

Als sie wieder sprechen konnte, sagte sie: »Du mußt das Baby in Empfang nehmen, wenn es herauskommt.«

»Mach' ich«, sagte er, ohne genau zu wissen, was sie damit meinte.

»Knie dich zwischen meine Beine«, sagte sie.

Er kniete zu ihren Füßen nieder und schlug ihre Röcke hoch. Ihre Unterhosen waren klitschnaß. Mack hatte in seinem ganzen Leben erst zwei Frauen ausgezogen, Annie und Cora, und keine von beiden hatte Unterhosen getragen. Er wußte nicht einmal, wie sie befestigt wurden, doch irgendwie gelang es ihm, sie aufzufummeln. Lizzie hob die Beine und drückte die Füße haltsuchend gegen seine Schultern.

Er starrte auf das dichte dunkle Haar zwischen ihren Beinen, und Panik drohte ihn zu überwältigen. Wie konnte dort ein Baby herauskommen? Er hatte keine Ahnung, wie das vor sich gehen sollte! Dann ermahnte er sich zur Ruhe: Derlei geschieht jeden Tag tausendmal, überall auf der ganzen Welt. Du brauchst es nicht zu verstehen. Das Baby kommt auch ohne deine Hilfe …

»Ich habe Angst«, sagte Lizzie in einer kurzen Wehenpause.

»Ich kümmere mich schon um dich«, sagte Mack und streichelte ihre Beine, denn ihr Gesicht war zu weit von ihm entfernt.

Das Kind kam sehr schnell.

Im spärlichen Licht der Sterne konnte Mack kaum etwas erkennen, doch plötzlich stöhnte Lizzie laut auf und zwischen ihren Beinen regte sich etwas. Mack schob seine zitternden Hände darunter und spürte etwas Warmes, Schlüpfriges auf dem Weg in die Außenwelt. Schon einen Augenblick später hielt er den Kopf des Babys in den Händen. Lizzie schien sich eine Minute lang auszuruhen, dann begann sie erneut zu pressen. Mack legte die andere Hand unter die winzigen Schultern, die sich ihren Weg in die Welt bahnten. Kurz darauf erschien auch der Rest des kleinen Körpers.

Mack hielt ihn in den Händen und starrte ihn an: die geschlossenen Augen, das dunkle Haar auf dem Köpfchen, die zierlichen Glieder. »Es ist ein Mädchen«, sagte er.

»Sie muß schreien!« sagte Lizzie drängend.

Mack hatte gehört, daß man Neugeborenen einen Klaps versetzte, damit sie atmeten. Es fiel ihm schwer, doch er wußte, daß ihm nichts anderes übrigblieb. Er drehte die Kleine um und versetzte ihr einen heftigen Klaps auf den Po.

Nichts.

Die winzige Brust lag in seiner Handfläche. Da stimmt etwas nicht, dachte er: Es war kein Herzschlag zu spüren.

Lizzie richtete sich mühsam auf. »Gib sie mir!« befahl sie.

Mack reichte ihr das kleine Wesen.

Lizzie nahm das Mädchen und starrte ihm ins Gesicht. Dann legte sie ihre Lippen auf die des Kindes, als wolle sie es küssen, und blies ihren Atem in seinen Mund.

Hol endlich Luft, und schrei! dachte Mack, als könne er das Neugeborene mit seiner Willenskraft zum Leben zwingen. Aber nichts geschah.

»Sie ist tot«, sagte Lizzie. Sie drückte das Baby an ihre Brust und zog den Pelzumhang um den nackten kleinen Körper. »Mein Kind ist tot!« Tränen liefen über ihr Gesicht.

Mack legte seine Arme um die beiden und hielt sie fest, während Lizzie sich das Herz aus dem Leib weinte.

Dritter Teil
Kapitel 7

Nach der Totgeburt ihres kleinen Mädchens lebte Lizzie in einer Welt, die nur noch aus Grautönen, schweigenden Menschen, Regen und Nebel bestand. Sie überließ das Personal sich selbst und nahm erst einige Zeit später wahr, daß Mack inzwischen die Führung des Haushalts übernommen hatte. Sie schritt nicht mehr jeden Tag über die Plantage und überließ die Tabakfelder Lennox. Hin und wieder besuchte sie Mrs. Thumson oder Suzy Delahaye, die beide bereit waren, mit ihr über das Baby zu sprechen, so oft sie wollte, doch sie nahm weder an Festen noch an Tanzveranstaltungen teil. Jeden Sonntag ging sie in Fredericksburg zur Kirche und verbrachte nach dem Gottesdienst ein oder zwei Stunden auf dem Friedhof. Dort stand sie einfach nur da, starrte auf den kleinen Grabstein und grübelte darüber nach, was alles hätte sein können.

Sie war fest davon überzeugt, daß die Schuld allein bei ihr lag. Sie hatte zu spät das Reiten aufgegeben; sie hatte nicht so oft geruht, wie man ihr empfohlen hatte; sie war am Abend der Totgeburt zehn Meilen weit im Einspänner gefahren und hatte Mack obendrein auch noch ständig zu größerer Eile gedrängt.

Sie war wütend auf Jay, weil er an diesem Abend nicht zu Hause geblieben war, auf Dr. Finch, weil er sich geweigert hatte, wegen eines Sklavenmädchens nach Mockjack Hall zu kommen, und auf Mack, weil er sich ihrem Willen gefügt hatte und immer schneller gefahren war. Vor allem aber haßte und verachtete sie sich selbst, weil sie als werdende Mutter versagt und in ihrer Ungeduld alle gutgemeinten Ratschläge in den Wind geschlagen hatte. Wäre ich anders, dachte sie, wäre ich eine normale Frau, vernünftig, gelassen und vorsichtig, dann hätte ich jetzt ein kleines Töchterchen.

Mit Jay konnte sie nicht über ihren Kummer sprechen. Er hatte zunächst wütend reagiert. Er hatte Lizzie angeschrien, geschworen, Dr. Finch zu erschießen, und gedroht, Mack auspeitschen zu lassen. Doch kaum erfuhr er, daß das Kind ein Mädchen gewesen war, da verpuffte seine Wut, und er tat so, als wäre Lizzie niemals schwanger gewesen.

Eine Zeitlang konnte sie mit Mack darüber sprechen. Die Geburt hatte sie einander nahegebracht. Er hatte sie in seinen Umhang gehüllt, ihre Knie gehalten und das arme Baby sanft und zärtlich behandelt. So war er Lizzie in den ersten Wochen ein großer Trost, doch dann spürte sie, daß er allmählich ungeduldig wurde. Es war nicht sein Baby, dachte Lizzie. Er kann mein Leid nicht richtig mit mir teilen. Niemand kann das.

Mehr und mehr zog sie sich in sich selbst zurück.

Eines Tages, drei Monate nach der Geburt, ging sie in den frisch gestrichenen Kinderflügel, setzte sich dort einsam auf einen Stuhl und stellte sich vor, wie hier ein kleines Mädchen in einer Wiege lag, fröhlich vor sich hin brabbelte oder schreiend kundtat, daß es Hunger hatte. Es trug hübsche weiße Röckchen und winzige Strickschühchen. Lizzie stellte sich vor, das Kind zu stillen und es in einer Schüssel zu baden. Die Einbildung war so realistisch, daß ihr Tränen in die Augen traten und übers Gesicht rollten, obgleich ihr kein Laut über die Lippen kam.

In diesem Moment kam Mack herein. Während eines Sturms war Unrat durch den Kamin heruntergefallen. Er kniete sich davor und begann ihn zu säubern. Zu Lizzies Tränen äußerte er sich nicht.

»Ich bin so unglücklich«, sagte sie.

Er unterbrach seine Arbeit nicht. »Das hilft dir auch nicht weiter«, erwiderte er schließlich mit harter Stimme.

»Von dir hätte ich mehr Mitgefühl erwartet«, gab sie traurig zurück.

»Du kannst nicht dein ganzes Leben damit verbringen, im Kinderzimmer herumzusitzen und zu weinen. Jeder Mensch muß früher oder später sterben. Für die anderen geht das Leben weiter.«

»Für mich nicht. Wofür soll ich denn noch leben?«

»Tu nicht so verdammt rührselig, Lizzie – das paßt doch gar nicht zu dir.«

Sie war schockiert. Kein Mensch hatte seit der Totgeburt auch nur ein unfreundliches Wort an sie gerichtet. Mit welchem Recht machte Mack sie noch unglücklicher, als sie ohnehin schon war? »In welchem Ton redest du mit mir?« fragte sie empört.

Zu ihrer Überraschung drehte er sich zu ihr um. Er ließ die Bürste fallen, packte Lizzie an beiden Armen und zerrte sie aus ihrem Sessel. »Sag du mir nicht, was ich darf und was ich nicht darf!« fuhr er sie an.

So wütend war er, daß sie fürchtete, er könnte ihr Gewalt antun. »Laß mich in Ruhe!«

»Zu viele Leute lassen dich in Ruhe!« gab er zurück, ließ sie jedoch wieder in ihren Sessel sinken.

»Was soll ich denn bloß tun?« fragte sie.

»Was immer du willst! Fahr mit dem nächsten Schiff nach Hause, und zieh zu deiner Mutter nach Aberdeen. Riskier einen Seitensprung mit Colonel Thumson. Schnapp dir irgendeinen Tunichtgut, und brenn mit ihm durch, nach Westen, über die Berge ...« Er machte eine Pause und sah ihr unnachgiebig ins Gesicht. »Oder entschließ dich, Jay eine gute Ehefrau zu sein, und werd so bald wie möglich wieder schwanger.«

Dieser Vorschlag überraschte sie. »Ich dachte ...«

»Was dachtest du?«

»Nichts.« Sie wußte nun schon seit einiger Zeit, daß Mack zumindest ein bißchen verliebt in sie war. Nach dem Fiasko mit dem Fest für die Plantagenarbeiter hatte er sie so zärtlich berührt und gestreichelt, wie es ohne Liebe kaum denkbar war. Er hatte ihr die heißen Tränen von den Wangen geküßt. Er hatte sie umarmt – und dies nicht bloß aus Mitleid.

Und ihre Reaktion war mehr gewesen als bloßes Trostbedürfnis. Sie hatte sich an seinen harten Körper geklammert und die Berührung seiner Lippen genossen – und dies keineswegs nur aus Selbstmitleid.

Seit sie ihr Baby verloren hatte, waren all diese Gefühle verflogen. Lizzies Herz war wie leergefegt. Sie empfand keine Leidenschaft mehr, nur noch Reue und Bedauern.

Scham und Verlegenheit überkamen sie beim Gedanken an ihr einstiges Verlangen. Die lüsterne Ehefrau, die versuchte, den hübschen jungen Diener zu verführen, war eine Klischeefigur in komischen Romanen.

Natürlich war Mack nicht nur ein hübscher Diener. Ganz allmählich war in ihr die Erkenntnis gereift, daß er der charakterstärkste Mann war, den sie je gekannt hatte. Sicher, er war auch arrogant und halsstarrig. Sein überzogenes Selbstwertgefühl brachte ihn immer wieder in die größten Schwierigkeiten. Doch die Art, wie er tyrannischen Autoritäten die Stirn bot – in den schottischen Kohlegruben ebenso wie auf den Tabakfeldern Virginias –, konnte sie nur bewundern. Und wenn er in Schwierigkeiten geriet, dann nicht selten deswegen, weil er für andere Menschen Partei ergriff.

Aber Jay war ihr Ehemann. Er war ein Schwächling und ein Narr, und er hatte sie belogen ... Aber sie hatte ihn geheiratet und war ihm Treue schuldig.

Mack starrte ihr unverwandt ins Gesicht. Was geht in seinem Kopf vor? fragte sie sich. Und mit dem »Tunichtgut«, mit dem ich durchbrennen soll, meint er sich wohl selbst ...

Zögernd streckte Mack die Hand aus und strich ihr über die Wange. Lizzie schloß die Augen. Sie wußte genau, was ihre Mutter jetzt sagen würde: *Du bist mit Jay verheiratet und hast ihm Treue gelobt. Bist du eine erwachsene Frau oder noch ein Kind? Eine erwachsene Frau erkennt man daran, daß sie sich auch dann, wenn es ihr schwerfällt, an ihre Versprechen hält. Das ist schließlich der Kern aller Versprechungen.*

Und hier saß sie und gestattete es einem anderen als ihrem Ehemann, ihr die Wange zu streicheln. Lizzie machte die Augen wieder auf und sah Mack aufmerksam ins Gesicht. Blanke Sehnsucht sprach aus seinen grünen Augen. Sie verschloß ihr Herz davor. Einem plötzlichen Impuls folgend, schlug sie ihm mit aller Kraft ins Gesicht.

Es war, als hätte sie einen Stein getroffen. Er rührte sich nicht von der Stelle, doch der Ausdruck seiner Augen veränderte sich. Sein Gesicht war unverletzt, sein Herz nicht. So entsetzt und bestürzt sah er aus, daß sie den überwältigenden Drang verspürte, sich zu entschuldigen und ihn in die Arme zu nehmen. Unter Auferbietung all ihrer Kraft widerstand sie der Versuchung und sagte mit zitternder Stimme: »Wage es nicht noch einmal, mich anzufassen!«

Er sagte kein Wort, doch er starrte sie voll schmerzlichem Entsetzen an. Sie konnte den Anblick seiner verletzten Miene nicht mehr ertragen; daher stand sie auf und verließ wortlos das Zimmer.

Entschließ dich, Jay eine gute Ehefrau zu sein, und werd so bald wie möglich wieder schwanger, hatte er gesagt. Einen ganzen Tag lang dachte Lizzie über diesen Satz nach. Der Gedanke, mit Jay ins Bett zu gehen, war ihr inzwischen unangenehm, aber es war ihre Pflicht als Ehefrau. Entzog sie sich ihr, so verdiente sie auch keinen Ehemann.

Am Nachmittag nahm sie ein Bad. Es war eine komplizierte Angelegenheit: Ein Zuber aus Zinn wurde in ihrem Schlafzimmer aufgestellt, und fünf oder sechs kräftige Mädchen mußten in der Küche viele Eimer mit heißem Wasser füllen und sie erst über den Hof und dann die Treppe hinauf schleppen. Nach dem Bad zog Lizzie frische Kleidung an und ging zum Abendessen hinunter.

Es war ein kalter Januarabend, und im Kamin prasselte ein Feuer. Lizzie trank etwas Wein und versuchte, eine fröhliche Plauderei mit Jay in Gang zu bringen – so, wie sie es vor ihrer Hochzeit immer getan hatte. Doch Jay ging nicht darauf ein. Kein Wunder, dachte Lizzie und hatte sogar Verständnis für ihn: Sie selber war ihm schließlich wochenlang alles andere als eine gesprächige und unterhaltsame Partnerin gewesen.

Nach dem Essen sagte sie: »Es ist jetzt drei Monate her mit dem Baby. Ich bin wieder gesund.«

»Was willst du damit sagen?«

»Mein Körper hat sich wieder erholt.« Sie hatte nicht die Absicht, ihm die Einzelheiten mitzuteilen. Schon wenige Tage nach der Totgeburt war die Milch, die aus ihren Brüsten tropfte, versiegt. Viel länger hatten die kleinen täglichen Blutungen angehalten, aber inzwischen war auch das vorbei. »Ich meine, mein Bauch wird nie wieder so flach sein wie früher, aber ... alles andere ist verheilt.«

Er verstand sie noch immer nicht. »Warum erzählst du mir das?«

Sie gab sich Mühe, ihre Gereiztheit nicht durchklingen zu lassen, und sagte ruhig: »Ich will damit sagen, daß wir uns wieder lieben können.«

Er räusperte sich vernehmlich und steckte sich eine Pfeife an; es war nicht unbedingt die Reaktion, die eine Frau sich erhoffen mochte.

Lizzie ließ nicht locker.

»Besuchst du mich heute nacht in meinem Zimmer?« fragte sie.

Er sah sie tadelnd an und antwortete gereizt: »Solche Vorschläge bleiben gemeinhin dem Mann vorbehalten.«

Lizzie stand auf. »Ich wollte dich nur wissen lassen, daß ich dazu bereit bin«, erwiderte sie. Sie fühlte sich verletzt und ging in ihr Zimmer hinauf.

Später kam Mildred und half ihr beim Entkleiden. Während

sie aus ihren Unterröcken stieg, fragte Lizzie so beiläufig wie irgend möglich: »Ist Mr. Jamisson schon zu Bett gegangen?«

»Nein, ich glaube nicht.«

»Ist er noch unten?«

»Ich glaube, er ist ausgegangen.«

Lizzie sah dem hübschen Mädchen ins Gesicht. Irgend etwas an ihrem Ausdruck verwirrte sie. »Mildred, verheimlichst du mir etwas?«

Mildred war noch jung – ungefähr achtzehn – und hatte keinerlei Talent zum Schwindeln. Sie wandte den Blick ab. »Nein, Mrs. Jamisson.«

Sie lügt, dachte Lizzie. Aber warum?

Während Mildred damit begann, ihr Haar zu bürsten, dachte Lizzie darüber nach, wohin Jay gegangen sein mochte. Er ging häufig nach dem Abendessen aus. Manchmal sagte er, er wolle zum Kartenspielen oder zu einem Hahnenkampf, manchmal gab er aber auch überhaupt keine Erklärung. Lizzie war davon ausgegangen, daß er sich in irgendwelchen Schenken mit anderen Männern traf und Rum trank. Doch wenn es weiter nichts war, hätte Mildred ihr sicher die Wahrheit gesagt. Es mußte einen anderen Grund geben.

Hat mein Mann eine Geliebte, fragte sie sich.

Eine Woche später war Jay noch immer nicht in ihrem Schlafzimmer gewesen.

Allmählich wurde Lizzie besessen von dem Gedanken, er könne ein Verhältnis mit einer anderen haben. Die einzige Frau, die ihr in diesem Zusammenhang einfiel, war Suzy Delahaye. Sie war jung und hübsch – und ihr Gatte ständig unterwegs. Wie viele andere Virginier hatte er ein Faible für Pferderennen und mußte angesichts der weiten Entfernungen des öfteren am Orte des Geschehens übernachten. Schlich sich Jay an solchen Tagen aus dem Haus, ritt zu den Delahayes hinüber und stieg mit Suzy ins Bett?

Das ist doch alles reine Einbildung, warf Lizzie sich vor, doch der Gedanke ließ sich nicht mehr vertreiben.

Am siebenten Abend blickte sie aus ihrem Schlafzimmerfenster und sah das flackernde Licht einer Laterne über den dunklen Rasen schwanken.

Sie beschloß, dem Licht zu folgen.

Es war kalt und dunkel, doch sie nahm sich nicht die Zeit, etwas überzuziehen. Sie griff sich lediglich eine Stola und zog sie, während sie schon die Treppe hinuntereilte, um ihre Schultern.

Sie schlüpfte aus dem Haus. Die beiden Jagdhunde, die im Eingang schliefen, sahen neugierig zu ihr auf. »Roy! Rex! Kommt mit, ihr zwei!« sagte sie. Die Hunde auf den Fersen, lief sie über den Rasen. Schon bald verschwand der Lichtschein im Wald, doch inzwischen konnte Lizzie sich denken, daß Jay – wenn er's denn war – jenen Pfad eingeschlagen hatte, der zu den Tabakscheunen und zur Hütte des Verwalters führte.

Vielleicht hält Lennox ihm ein Pferd bereit, damit er zu den Delahayes reiten kann ... Lizzie hatte das Gefühl, daß Lennox in dieser Geschichte seine Hand im Spiel hatte. Das war immer so, wenn Jay Dummheiten machte.

Die Laterne war nicht mehr zu entdecken, doch die Hütten fand sie auch so. Es gab deren zwei: Die eine bewohnte Lennox. In der anderen hatte Sowerby gehaust; seit seinem Verschwinden stand sie leer.

Aber jetzt hielt sich jemand in Sowerbys Hütte auf.

Die Fenster waren gegen die Kälte vernagelt worden, doch durch die Ritzen schien Licht.

In der Hoffnung, ihr Herzschlag möge sich beruhigen, hielt Lizzie inne, doch war es Furcht und nicht Erschöpfung, die ihn beschleunigte. Sie hatte Angst vor dem Anblick, der sich ihr in der Hütte bieten mochte. Die Vorstellung, Jay könne Suzy Delahaye in die Arme nehmen so wie einst sie selbst und Suzy mit denselben Lippen küssen, mit denen er sie geküßt hatte, machte sie geradezu krank vor Zorn. Sie erwog sogar, auf dem

Absatz kehrtzumachen und zurückzugehen. Doch die Ungewißheit war das ärgste von allem.

Die Tür war unverschlossen. Lizzie öffnete sie und trat ein.

Die Hütte bestand aus zwei Zimmern. Die Küche, die gleich hinter dem Eingang lag, war leer, doch aus dem Schlafzimmer dahinter drang eine leise Stimme. Lagen die beiden schon miteinander im Bett? Auf Zehenspitzen schlich Lizzie vor, packte die Klinke, holte tief Luft und riß die Tür auf.

Suzy Delahaye befand sich nicht im Zimmer.

Jay hingegen sehr wohl. Er lag in Hemd und Hose auf dem Bett, barfuß und ohne Jackett.

Am Fußende des Bettes stand eine Sklavin.

Lizzie wußte nicht, wie sie hieß. Sie war eines der vier Mädchen, die Jay in Williamsburg gekauft hatte – ungefähr in Lizzies Alter, schlank und bildhübsch, mit sanften braunen Augen. Sie war splitterfasernackt, und Lizzie konnte ihre stolzen, spitzen Brüste mit den braunen Warzen und das schwarzgelockte Haar ihres Schoßes sehen.

Doch was Lizzie nie wieder in ihrem Leben vergessen würde, war der Blick des Mädchens: Es war ein hochmütiger, verächtlicher, triumphierender Blick. Du magst zwar die Herrin des Hauses sein, besagte er, aber der Herr kommt jede Nacht in *mein* Bett, nicht in deines ...

Wie aus weiter Entfernung drang Jays Stimme an ihr Ohr. »Lizzie, o Gott!«

Sie sah ihn unter ihrem Blick zusammenzucken, doch seine Furcht verschaffte ihr keine Genugtuung: Sie wußte schon seit langem, daß er ein Schwächling war.

Endlich fand sie ihre Stimme wieder. »Fahr zur Hölle, Jay«, sagte sie leise, drehte sich um und ging.

Wieder in ihrem Zimmer, nahm Lizzie ihr Schlüsselbund aus der Schublade und ging hinunter in die Waffenkammer.

Ihre Griffin-Gewehre befanden sich in der gleichen Halterung wie Jays Flinten, doch Lizzie rührte sie nicht an und griff statt dessen nach einem Paar Taschenpistolen in einer Lederbox. Bei der Überprüfung des Inhalts fand sie ein gefülltes Pulverhorn, viele Leinenstreifen, mehrere Ersatzfeuersteine, aber keine Kugeln. Sie durchsuchte das ganze Zimmer, doch war nirgendwo auch nur eine einzige Kugel zu entdecken. Was sie fand, war ein kleiner Stapel Bleibarren. Sie nahm einen Barren und eine Kugelgußform – ein kleines, kneifzangenähnliches Gerät – an sich, verließ die Waffenkammer und schloß sorgfältig die Tür hinter sich ab.

Sarah und Mildred starrten ihre Herrin mit großen, angstvollen Augen an, als diese mit dem Pistolenkasten unter dem Arm in die Küche kam. Wortlos ging Lizzie zum Schrank und nahm ein kurzes Messer sowie eine kleine, schwere Kasserole aus Gußeisen heraus, die mit einer Gießtülle versehen war. Dann kehrte sie in ihr Zimmer zurück und schloß sich ein.

Sie schürte das Feuer, bis es so heiß loderte, daß sie jeweils nur ein paar Sekunden davor stehenbleiben konnte. Dann gab sie den Bleibarren in die Kasserole und setzte sie aufs Feuer.

Sie erinnerte sich, wie Jay mit den vier jungen Sklavenmädchen von Williamsburg zurückgekehrt war. Sie hatte ihn gefragt, warum er denn keine Männer gekauft habe, und seine Antwort hatte gelautet, Mädchen seien billiger und gehorchten besser. Sie hatte nicht weiter darüber nachgedacht: Der extravagante Kauf der Kutsche war ihr viel näher gegangen. Jetzt begriff sie, und es kam sie bitter an.

Es klopfte an der Tür, und sie hörte Jay fragen: »Lizzie?« Der Türgriff wurde heruntergedrückt. Als er die Tür verschlossen fand, fragte Jay: »Lizzie, läßt du mich bitte ein?«

Sie beachtete ihn nicht. Im Augenblik war er ängstlich und hatte ein schlechtes Gewissen. Später würde er Ausreden für sein Verhalten finden und sich einreden, daß er nichts Schlimmes getan hätte. Danach würde seine Betroffenheit in Wut umschlagen – doch momentan war er völlig harmlos.

Er klopfte und rief noch eine Weile, dann gab er auf und ging fort.

Als das Blei geschmolzen war, nahm Lizzie den Topf vom Feuer und goß rasch ein wenig Blei in die Gußform. Im vorderen Teil des Werkzeugs befand sich eine runde Höhlung, die sich jetzt mit dem geschmolzenen Blei füllte. Lizzie tauchte die Form in die Wasserschüssel auf ihrem Waschtisch, so daß das Blei abkühlte und hart wurde. Dann drückte sie die beiden Griffe der Gußform zusammen, worauf sich der vordere Teil öffnete. Eine gleichmäßig geformte Kugel fiel heraus. Lediglich ein kleines Schwänzchen, von dem in der Gußröhre verbliebenen Blei, haftete ihr noch an; Lizzie schnitt es mit dem Messer ab.

Lizzie goß so viele Kugeln, wie das geschmolzene Blei hergab. Als sie fertig war, lud sie die beiden Pistolen und legte sie griffbereit neben ihr Bett. Noch einmal überprüfte sie die abgeschlossene Tür.

Dann legte sie sich schlafen.

Dritter Teil
Kapitel 8

Mack nahm Lizzie die Ohrfeige sehr übel, ja, er haßte sie deswegen. Jedesmal, wenn er daran dachte, kochte die Wut in ihm hoch. Sie hat mir falsche Signale gegeben – und mich dann dafür bestraft, daß ich sie nicht durchschaut habe. Sie ist ein Luder, dachte er, eine herzlose Kokotte aus der Oberschicht, die mit meinen Gefühlen spielt.

Aber es stimmte nicht, und er wußte es. Er brauchte eine Weile, um es einzusehen. Nach längerem Nachdenken kam er zu dem Schluß, daß Lizzie von widerstreitenden Empfindungen hin und her gerissen wurde. Sie fühlte sich zu ihm hingezogen, war aber mit einem anderen verheiratet. Sie hatte ein stark ausgeprägtes Pflichtgefühl und spürte voller Angst, wie es zusehends untergraben wurde. In ihrer Verzweiflung hatte sie versucht, das Problem dadurch zu lösen, daß sie mit ihm, Mack, einen Streit vom Zaun brach.

Schon lange hätte er ihr gerne gesagt, daß ihre Loyalität gegenüber Jay längst fehl am Platze war. Sämtliche Sklaven wußten seit Monaten, daß ihr Mann seine Nächte mit Felia verbrachte, einem ebenso schönen wie willigen Mädchen aus dem Senegal. Mack hatte sich jedoch zurückgehalten, weil er überzeugt war, daß Lizzie früher oder später von ganz alleine dahinterkommen würde, und vorgestern nacht war es dann auch geschehen. Ihre Reaktion war ebenso hart wie typisch für sie: Sie hatte sich mit Pistolen bewaffnet und in ihrem Schlafzimmer eingeschlossen.

Wie lange wird sie das durchstehen? fragte er sich. Und wie wird das alles enden? *Schnapp dir irgendeinen Tunichtgut, und brenn mit ihm durch, nach Westen, über die Berge ...*, hatte er zu ihr gesagt und dabei an sich selbst gedacht. Aber sie war auf diesen

Vorschlag nicht eingegangen. Nein, ein Leben an seiner Seite überstieg gewiß ihre Vorstellungskraft. Sie mochte ihn, soviel stand fest; er bedeutete ihr mehr als ein einfacher Hausdiener. Er hatte ihr in ihrer schwersten Stunde beigestanden, und sie hatte es gemocht, daß er sie in die Arme nahm. Aber bis zu dem Entschluß, den Ehemann zu verlassen und mit dem Jugendfreund davonzulaufen, war es noch ein weiter Weg.

Die vielen Ungewißheiten raubten ihm den Schlaf. Unruhig warf er sich von einer Seite auf die andere, als er plötzlich draußen vor der Hütte das leise Wiehern eines Pferdes vernahm.

Wer konnte das sein zu dieser nachtschlafenen Stunde? Er runzelte die Stirn, glitt von seinem Lager und ging in Hemd und Hose zur Hüttentür.

Die Luft war kalt, und er schauderte. Es war neblig, und ein feiner Regen fiel vom Himmel, doch die Morgendämmerung hatte bereits eingesetzt, so daß er im silbrigen Licht erkennen konnte, wie zwei Frauen das Gelände betraten. Die eine von ihnen führte ein Pony am Zügel.

Sekunden später erkannte er die größere der beiden: Es war Cora. Was veranlaßt sie, mitten in der Nacht hierher zu kommen, fragte er sich und rechnete mit schlechten Nachrichten.

Dann erkannte er die zweite Frau.

»Peg!« rief er voller Freude.

Das Mädchen erkannte ihn und lief auf ihn zu. Peg war einige Zentimeter gewachsen, und auch ihre Figur hatte sich verändert. Das Gesicht aber war das gleiche geblieben.

Sie flog ihm in die Arme. »Mack, o Mack! Ich habe solche Angst!«

»Und ich dachte, ich würde dich nie wiedersehen«, sagte er. »Was ist denn geschehen?«

Es war Cora, die seine Frage beantwortete: »Sie steckt tief im Schlamassel. Ein Farmer drüben am Fuß der Berge hat sie gekauft, Burgo Marler. Als er versuchte, sie zu vergewaltigen, hat sie sich mit einem Küchenmesser gewehrt …«

»Armes Mädchen!« sagte Mack und drückte Peg an sich. »Ist der Mann tot?«

Peg nickte.

»Die *Virginia Gazette* hat ausführlich über den Fall berichtet«, fuhr Cora fort. »Peg wird von allen Sheriffs in der Kolonie gesucht.«

Mack war entsetzt. Wenn Peg erwischt wurde, war ihr der Tod am Galgen sicher.

Durch die Stimmen waren inzwischen auch die anderen Feldarbeiter geweckt worden. Einige Sträflinge traten vor ihre Hütten, erkannten Peg und Cora und begrüßten sie herzlich.

»Wie bist du nach Fredericksburg gekommen?« fragte Mack das Mädchen.

»Zu Fuß«, erwiderte Peg lakonisch und mit einem Anklang an ihre alte Kratzbürstigkeit. »Ich wußte, daß ich nach Osten gehen mußte, um den Rappahannock zu erreichen. Ich war immer nur in der Dunkelheit unterwegs und fragte andere Nachtschwärmer nach dem Weg – entflohene Sklaven, Deserteure, Indianer und so weiter.«

»Ich habe sie ein paar Tage in unserem Haus versteckt«, fiel Cora ein. »Mein Mann ist gerade geschäftlich in Williamsburg. Doch dann kam mir zu Ohren, daß unser Sheriff die Quartiere aller Häftlinge der *Rosebud* durchsuchen lassen will.«

»Dann wird er ja auch zu uns kommen!« sagte Mack.

»So ist es. Wir haben nur einen kleinen Vorsprung.«

»Was?!«

»Ja, ich bin sicher, daß er schon unterwegs ist. Als ich die Stadt verließ, stellte er bereits einen Suchtrupp zusammen.«

»Wieso hast du Peg dann hergebracht?«

Coras Züge verhärteten sich. »Weil sie dein Problem ist. Ich habe einen wohlhabenden Ehemann, ein hübsches Zuhause und meinen eigenen Platz in der Kirche. Ich habe, verdammt noch mal, nicht die geringste Lust, den Sheriff bei mir auf dem Heuboden eine Mörderin finden zu lassen!«

Unter den Sträflingen erhob sich empörtes Gemurmel, und Mack starrte Cora bestürzt an. Und ich habe einmal daran gedacht, mit dieser Frau mein Leben zu verbringen, dachte er. »Mein Gott, bist du hartherzig«, sagte er aufgebracht.

»Wieso?« erwiderte Cora beleidigt. »Ich habe ihr schließlich Unterschlupf gewährt! Aber jetzt muß ich auch an mich selbst denken.«

»Danke für alles, Cora«, sagte Peg. »Du hast mich gerettet.«

Kobe hatte schweigend zugesehen. Es war für Mack selbstverständlich, das Problem als nächstes mit ihm zu erörtern. »Wir könnten sie drüben bei den Thumsons verbergen«, sagte er.

»Das geht so lange in Ordnung, bis der Sheriff sie auch dort sucht«, meinte Kobe.

»Ja, verflucht, da hast du recht.« Wo konnte man das Mädchen nur verstecken? »Der Sheriff und seine Schnüffler werden unsere Quartiere auf den Kopf stellen. Sie werden die Ställe durchstöbern, die Tabakschuppen, alles ...«

Cora unterbrach ihn. »Hast du Lizzie Jamisson schon gevögelt?« fragte sie.

Die Frage ging Mack unter die Haut. »Was soll das heißen – ›schon‹? Natürlich nicht!«

»Spiel doch nicht den Naiven! Ich wette, sie giert danach.«

Coras vulgäre Ausdrucksweise mißfiel ihm, aber es war sinnlos, den Unschuldigen zu spielen. »Und wenn sie's tut?«

»Würde *sie* vielleicht Peg verstecken – dir zuliebe?«

Mack wußte keine eindeutige Antwort darauf. Wie könnte ich das von ihr verlangen? fragte er sich. Ich könnte keine Frau lieben, die einem Kind in so fataler Lage ihre Unterstützung verweigert ... Und doch war er sich nicht sicher, wie Lizzie im Ernstfall reagieren würde, und das ärgerte ihn irgendwie. »Ja, aus reiner Herzensgüte würde sie ihr vielleicht helfen«, sagte er betont.

»Vielleicht. Aber ich kann mir gut vorstellen, daß auf ihre Geilheit mehr Verlaß wäre ...«

In der Ferne war Hundegebell zu vernehmen. Es klang nach

den Jagdhunden auf der Veranda des Herrenhauses. Wer oder was beunruhigte sie? Dann wurde das Gebell unten am Fluß erwidert.

»Fremde Hunde!« sagte Kobe. »Sie haben Roy und Rex aufgestört.«

»Könnte das schon der Suchtrupp sein?« fragte Mack mit wachsender Angst.

»Ich denke, ja«, sagte Kobe.

»Ich hoffte, uns bliebe noch Zeit, einen Plan zu schmieden.«

Cora drehte sich um und bestieg ihr Pony. »Ich verschwinde jetzt, damit sie mich hier nicht sehen.« Im Schritt verließ sie das Gelände. »Viel Glück!« rief sie zum Abschied leise und verschwand wie ein Botschafterin aus der Welt der Gespenster im nebligen Wald.

»Die Zeit wird knapp«, sagte Mack zu Peg. »Komm mit mir ins Herrenhaus, es ist unsere beste Chance.«

Sie schlotterte vor Angst. »Ich tue alles, was du sagst.«

»Ich kümmere mich mal um diese Besucher«, sagte Kobe. »Wenn es die Fahnder sind, werde ich versuchen, sie aufzuhalten.«

Peg klammerte sich an Macks Hand. Gemeinsam huschten sie im grauen Licht über die morgenkalten Felder und den feuchten Rasen. Von der Veranda her kamen ihnen die Hunde entgegengesprungen. Roy leckte Mack die Hand, während Rex neugierig Peg beschnüffelte, doch keiner der beiden gab Laut.

Da es auf Mockjack Hall unüblich war, über Nacht die Türen abzuschließen, konnte Mack Peg problemlos durch den Hintereingang ins Haus bringen. Auf Zehenspitzen stiegen sie die Treppe hinauf. Durch ein Fenster auf halber Höhe sah Mack hinaus und erspähte fünf oder sechs Gestalten mit mehreren Hunden, die vom Fluß her auf das Herrenhaus zukamen. Kurz darauf teilte sich die Gruppe: Während zwei Männer die Richtung beibehielten, schlugen die übrigen den Weg zu den Sklavenquartieren ein und nahmen die Hunde mit.

Mack schlich zu Lizzies Schlafzimmer. Laß mich jetzt bloß nicht im Stich, dachte er und versuchte, die Tür zu öffnen.

Sie war verschlossen.

Er klopfte sachte an. Jay, der im Zimmer nebenan schlief, durfte unter keinen Umständen geweckt werden.

Nichts rührte sich.

Er klopfte noch einmal, fester diesmal.

Jetzt näherten sich leise Schritte. Dann war jenseits der Tür deutlich Lizzies Stimme zu vernehmen. »Wer ist da?«

»Psst! Ich bin's, Mack!«

»Was, zur Hölle, hast du hier zu suchen?«

»Nicht, was du denkst. Mach auf!«

Er hörte, wie sich der Schlüssel im Schloß drehte. Die Tür öffnete sich. Es war so düster, daß er Lizzie kaum sehen konnte. Sie trat zurück und ließ ihn ein. Peg, an seiner Hand, folgte ihm in die Dunkelheit.

Lizzies Schritte bewegten sich zum Fenster. Eine Jalousie wurde hochgezogen. Im blassen Licht konnte Mack Lizzie erkennen. Sie trug eine Art Morgenmantel. Sie wirkte verschlafen und ein wenig verstrubbelt, was sie besonders reizvoll erscheinen ließ.

»Was soll das?« fragte sie. »Ich hoffe, du hast eine gute Ausrede.« Erst jetzt erblickte sie Peg. »Du bist nicht allein?« fragte sie erstaunt und in weniger schroffem Ton.

»Peg Knapp«, sagte Mack.

»Ich erinnere mich. Wie geht es dir, Peggy?«

»Schlecht«, flüsterte Peg. »Ich ... ich habe Angst.«

»Sie wurde an einen Farmer auf der anderen Seite des Flusses verkauft«, erklärte Mack. »Er hat versucht, sie zu vergewaltigen.«

»O Gott!«

»Sie hat den Mann umgebracht.«

»Armes Kind!« sagte Lizzie und nahm Peg in die Arme. »Du armes, kleines Ding!«

»Der Sheriff ist hinter ihr her. Er wird gleich hier sein. Seine

Leute durchsuchen gerade die Sklavenhütten.« Mack blickte in Pegs schmales Gesicht. Vor seinem geistigen Auge sah er den Fredericksburger Galgen aufragen. »Wir müssen sie verstecken!« sagte er.

»Den Sheriff könnt ihr mir überlassen«, sagte Lizzie.

»Was meinst du damit?« fragte Mack. Wenn Lizzie die Initiative ergriff, wurde er nervös.

»Ich werde ihm klarmachen, daß Peg in Notwehr gehandelt hat.«

Wenn Lizzie sich einer Sache sicher war, bildete sie sich oft ein, daß jedermann ihre Meinung teilen mußte. Es war ein vertrackter Zug an ihr. Mack schüttelte ungeduldig den Kopf. »Das bringt nichts, Lizzie«, sagte er. »Der Sheriff wird dir nur sagen, daß es Sache des Gerichts ist, über Pegs Schuld oder Unschuld zu befinden.«

»Dann kann sie bis zur Verhandlung hierbleiben.«

Es war zum Verrücktwerden. Lizzies Vorstellungen waren dermaßen weltfremd, daß es Mack Überwindung kostete, seine Ruhe und Besonnenheit zu bewahren. »Du kannst keinen Sheriff daran hindern, eine Person festzunehmen, die wegen Mordverdachts gesucht wird«, sagte er. »Was *du* von dem Fall hältst, spielt dabei nicht die geringste Rolle.«

»Vielleicht sollte sie sich der Verhandlung stellen. Wenn sie unschuldig ist, kann sie nicht bestraft werden ...«

»Lizzie, so sei doch endlich realistisch!« sagte Mack in schierer Verzweiflung. »Welches Gericht in Virginia wird eine Sklavin oder einen Sträfling freisprechen, der seinen Eigner umgebracht hat? Die haben doch alle furchtbare Angst vor Sklavenaufständen. Sie werden Peg selbst dann aufhängen, wenn sie ihr ihre Geschichte abnehmen – allein aus Gründen der Abschreckung!«

Ärgerlich sah Lizzie ihn an. Sie wollte ihm widersprechen, doch in diesem Augenblick fing Peg zu weinen an, und das machte Lizzie unsicher. Sie biß sich auf die Lippen. Dann sagte sie: »Was sollen wir tun? Was meinst du?«

Einer der Hunde draußen auf der Veranda knurrte. Mack hörte eine Männerstimme, die beruhigend auf das Tier einsprach. »Ich möchte, daß du Peg hier versteckst, bis der Sheriff wieder fort ist. Tust du das?«

»Selbstverständlich. Für wen hältst du mich eigentlich?«

Mack fiel ein Stein vom Herzen. Er lächelte überglücklich. Mein Gott, wie ich diese Frau liebe, dachte er und spürte, wie ihm die Tränen in die Augen schossen. Er schluckte heftig. »Du bist wunderbar!« sagte er mit rauher Stimme.

Sie hatten sich die ganze Zeit im Flüsterton unterhalten. Jetzt hörte Mack auf einmal ein Geräusch in Jays Zimmer auf der anderen Seite der Wand. Bis Peg wirklich in Sicherheit war, blieb noch viel zu tun. »Ich muß jetzt verschwinden«, sagte er. »Viel Glück!« Er ging.

Er schlich zur Treppe und lief leichtfüßig die Stufen hinab. Kaum hatte er die Halle erreicht, hörte er, wie sich oben die Tür von Jays Schlafzimmer öffnete. Aber er sah sich nicht um, sondern blieb nur kurz stehen, um Luft zu holen. Ich bin ein Hausdiener und habe keine Ahnung, was der Sheriff vorhat, sagte er sich. Er setzte ein höfliches Lächeln auf und öffnete die Eingangstür.

Auf der Veranda standen zwei Männer. Ihre Kleidung wies sie als wohlhabende Virginier aus: Reitstiefel, lange Westen, Dreispitze. Beide trugen sie Pistolen in Lederholstern mit Schulterband, und beide rochen sie nach dem Rum, mit dem sie sich gegen die kalte Nachtluft gewappnet hatten.

Mack stand breitbeinig in der Tür, um zu verhindern, daß die Besucher sofort eintraten. »Guten Morgen, meine Herren«, sagte er. Sein Herz raste. Seine Stimme entspannt und ruhig klingen zu lassen kostete ihn Überwindung. »Das sieht ja aus wie ein Fahndungskommando.«

Der größere der beiden Männer antwortete: »Ich bin der Bezirkssheriff von Spotsylvania und suche ein Mädchen namens Peggy Knapp.«

»Ich habe Ihre Hunde gesehen. Haben Sie sie zu den Sklavenquartieren geschickt?«

»Ja.«

»Gute Idee, Sheriff. Auf diese Weise überraschen Sie die Nigger im Schlaf. Da bleibt ihnen gar keine Zeit, einen Flüchtling zu verstecken.«

»Freut mich, daß Sie nichts dagegen haben«, sagte der Sheriff mit einer Spur Sarkasmus in der Stimme. »Wir kommen kurz rein.«

Da er ein Sträfling war, blieb Mack gar keine andere Wahl, als den Befehl eines freien Mannes zu befolgen. Er trat zur Seite und ließ die beiden ein. Noch immer hoffte er, daß sie auf eine Hausdurchsuchung verzichten würden.

»Wieso sind Sie schon so früh auf den Beinen?« fragte der Sheriff nicht ohne Argwohn.

»Ich bin Frühaufsteher.«

Der Mann brummte unverbindlich. »Ist Ihr Herr zu Hause?«

»Ja.«

»Bringen Sie uns zu ihm.«

Mack wollte nicht, daß die beiden die Treppe hinaufgingen – so nahe der Gesuchten konnte es brenzlig werden. »Ich glaube, ich habe Mr. Jamisson schon gehört«, sagte er. »Soll ich ihn herunterbitten?«

»Nein, nein – er soll sich unsretwegen nicht erst ankleiden müssen.«

Mack unterdrückte einen Fluch. Der Sheriff wollte offenbar alle Leute mit seinem Besuch überraschen. Doch ihm, Mack, waren die Hände gebunden. »Bitte sehr, hier entlang«, sagte er und führte die beiden die Treppe hinauf.

Er klopfte an. Sekunden später öffnete Jay die Tür. Er trug eine Umhängedecke über seinem Nachthemd. »Was, zum Teufel, geht denn hier vor?« fragte er gereizt.

»Ich bin Sherif Abraham Barton, Mr. Jamisson. Entschuldigen Sie die Störung, aber wir sind auf der Suche nach der Mörderin des Farmers Burgo Marler. Sagt Ihnen der Name Peggy Knapp etwas?«

Jay musterte Mack mit kritischem Blick. »Und ob! Das Mädchen war schon immer eine Diebin. Es wundert mich gar nicht, daß sie mittlerweile sogar einen Mord auf dem Gewissen hat. Haben Sie schon McAsh hier nach ihrem Verbleib gefragt?«

Barton sah Mack überrascht an. »*Sie* sind McAsh? Das haben Sie gar nicht erwähnt.«

»Sie haben mich nicht nach meinem Namen gefragt«, erwiderte Mack.

Barton gab sich mit dieser Antwort nicht zufrieden. »Haben Sie vorab von meinem Kommen gewußt?«

»Nein.«

»Und warum sind Sie dann schon so früh auf?« fragte Jay mißtrauisch.

»In Ihres Vaters Kohlebergwerk begann die Arbeit um zwei Uhr morgens. Seither wache ich immer schon sehr früh auf.«

»Ist mir bisher nicht aufgefallen.«

»Sie sind ja um diese Zeit auch nie wach.«

»Sparen Sie sich Ihre unverfrorenen Bemerkungen!«

»Wann haben Sie Peggy Knapp zum letztenmal gesehen?« fragte Barton.

»Vor einem halben Jahr, als ich die *Rosebud* verließ.«

Der Sheriff wandte sich wieder an Jay. »Vielleicht wird sie von den Niggern versteckt. Wir haben Hunde dabei.«

Jay machte eine einladende Handbewegung. »Bitte sehr! Tun Sie Ihre Pflicht!«

»Wir müssen auch das Herrenhaus durchsuchen.«

Mack hielt den Atem an. Er hatte nicht gedacht, daß sie so weit gehen würden.

Jay runzelte die Stirn. »Ich halte es für nicht sehr wahrscheinlich, daß sich das Kind in meinem Hause aufhält.«

»Wie dem auch sei – wir dürfen keine Möglichkeit außer acht lassen.«

Jay zögerte, und Mack hoffte schon, er würde sich wieder einmal aufs hohe Roß schwingen und die beiden Besucher zum Teufel jagen. Doch Jay enttäuschte ihn. Nach kurzer Pause zuckte er mit den Schultern und sagte: »Selbstverständlich.«

Macks Zuversicht schwand.

»Hier wohnen nur meine Frau und ich«, fuhr Jay fort. »Ansonsten steht das Haus leer. Aber sehen Sie sich ruhig überall um. Ich gebe Ihnen völlig freie Hand.« Er schloß die Tür.

Barton wandte sich an Mack: »Wo ist das Zimmer von Mrs. - Jamisson?«

Mack schluckte. »Nebenan.« Er klopfte vorsichtig an die Tür und fragte mit belegter Stimme. »Mrs. Jamisson? Sind Sie wach?«

Nach einer Pause öffnete Lizzie die Tür. Sie spielte die Verschlafene und fragte: »Was, um alles in der Welt, wollen Sie denn hier? Um diese Stunde?«

»Der Sheriff sucht nach einer Verdächtigen.«

Lizzie machte die Tür weit auf. »Also bei mir im Zimmer ist kein Mensch!«

Mack sah sich um und hätte gerne gewußt, wo Peg sich verborgen hielt.

»Dürfen wir einen Augenblick hereinkommen?« fragte der Sherriff.

Ein kaum wahrnehmbarer Anflug von Furcht blitzte in Lizzies Augen auf, und Mack fragte sich, ob Barton ihn bemerkt hatte. Lizzie hob leidenschaftslos die Schultern und sagte: »Bitte, legen Sie sich keinen Zwang an.«

Die beiden Männer betraten das Zimmer. Es war ihnen offensichtlich nicht ganz wohl in ihrer Haut. Lizzie ließ ihren Morgenmantel wie zufällig ein wenig aufklaffen, so daß Macks Blick unwillkürlich auf die Rundungen ihrer vom Nachthemd drapierten Brüste fiel. Die beiden anderen Männer reagierten mit dem gleichen Reflex. Lizzie sah dem Sheriff in die Augen, worauf Barton sich ertappt fühlte und seinen Blick abwandte. Sie legte es bewußt darauf an, die beiden zu verunsichern, damit sie ihre Suche möglichst schnell beendeten.

Der Sheriff legte sich auf den Boden und spähte unter das Bett. Sein Kollege öffnete den Kleiderschrank. Lizzie setzte sich unterdessen aufs Bett, zog hastig eine Ecke des Lakens glatt und stopfte sie unter die Matratze – doch Mack hatte einen Sekundenbruchteil, bevor er wieder verhüllt wurde, einen kleinen, dreckigen Fuß erkannt.

Peg lag in Lizzies Bett.

Sie war so dünn, daß sich ihr Körper unter den zurückgeschlagenen Decken kaum abzeichnete.

Der Sheriff öffnete eine Truhe mit Bettzeug, der andere Mann sah sich hinter einem Wandschirm um. Es gab nicht allzu viele Verstecke in dem Zimmer. Würden die beiden tatsächlich das Bett abziehen?

Die gleiche Frage mußte auch Lizzie durch den Kopf gegangen sein. »Wenn Sie jetzt fertig sind, kann ich ja wohl weiterschlafen«, sagte sie und legte sich hin.

Barton starrte Lizzie und das Bett an. Hatte er wirklich die Nerven, von ihr zu verlangen, daß sie noch einmal aufstand? Aber der Sheriff hielt es ohnehin für abwegig, daß der Hausherr von Mockjack Hall und seine Gemahlin eine Mörderin versteckten; es ging ihm lediglich darum, keine Möglichkeit außer acht zu lassen. Nach kurzem Zögern sagte er: »Ich danke Ihnen, Mrs. Jamisson. Bitte entschuldigen Sie, daß wir Sie aus dem Schlaf gerissen haben. Wir werden jetzt die Sklavenquartiere durchsuchen.«

Mack war ganz schwach vor Erleichterung. Er hielt den beiden Männern die Tür auf und hoffte, daß sie ihm seine Hochstimmung nicht anmerkten.

»Viel Glück!« sagte Lizzie. »Und, Sheriff ... Wenn Sie fertig sind, kommen Sie doch bitte wieder her und bringen Ihre Männer mit. Ich lasse Ihnen ein Frühstück richten.«

Dritter Teil
Kapitel 9

Während die Fahnder mit ihren Hunden die Pflanzung durchkämmten, blieb Lizzie auf ihrem Zimmer. Flüsternd unterhielt sie sich mit Peg. Das Mädchen erzählte ihr seine Lebensgeschichte, und Lizzie war erschüttert und entsetzt über das, was sie zu hören bekam. Peg war ein junges Mädchen, schlank, hübsch, frech – und Lizzies totgeborenes Kind war auch ein Mädchen gewesen.

Sie vertrauten einander ihre Wunschträume an. Lizzie gestand ein, daß sie am liebsten im Freien lebe, gern Männerkleidung und ein Gewehr trage und den ganzen Tag über auf dem Pferd zubringen könnte. Peg zog ein abgegriffenes Stück Papier aus dem Hemd und entfaltete es. Es war ein handgemaltes Bild, auf dem ein Vater, eine Mutter und ein Kind vor einem hübschen Häuschen auf dem Lande zu sehen war. »Ich wollte immer das Kind auf diesem Bild sein«, sagte sie. »Aber inzwischen will ich manchmal auch die Mutter sein.«

Zur üblichen Zeit klopfte die Köchin Sarah an die Tür. Sie brachte Lizzie ihr Frühstück. Peg versteckte sich sofort wieder im Bett. Doch die Köchin sagte, als sie hereinkam, unverblümt zu Lizzie: »Ich weiß alles über Peg. Machen Sie sich keine Sorgen.«

Peg kam wieder aus ihrem Versteck, und Lizzie fragte nachdenklich: »Wer weiß denn noch *nicht* über sie Bescheid, Sarah?«

»Nur Mr. Jamisson und Mr. Lennox.«

Lizzie teilte ihr Frühstück mit Peg. Das Kind schaufelte gerösteten Schinken und Rührei in sich hinein, als ob es seit Monaten nichts mehr zu essen bekommen hätte.

Als sie fertig waren, verließ der Fahndungstrupp gerade die

Plantage. Lizzie und Peg beobachteten vom Fenster aus, wie die Männer über den Rasen zum Fluß hinabgingen. Sie waren sehr ruhig und offensichtlich enttäuscht; man konnte es an ihren hängenden Schultern sehen. Ihre gedrückte Stimmung hatte auch auf die Hunde abgefärbt, die gehorsam hinter ihnen hertrotteten.

Peg und Lizzie sahen den Männern nach, bis sie außer Sicht waren. Dann seufzte Lizzie erleichtert auf und sagte: »Jetzt bist du in Sicherheit.«

Glücklich fielen sie einander in die Arme. Lizzie erschrak, als sie spürte, wie knochendürr das Mädchen war. Eine Welle mütterlicher Zuneigung zu dem armen Kind überkam sie.

»Bei Mack bin ich immer sicher«, sagte Peg.

»Du darfst das Zimmer hier erst verlassen, wenn wir die Gewähr haben, daß Jay und Lennox nicht da sind.«

»Besteht nicht die Gefahr, daß Mr. Jamisson reinkommt?« fragte Peg.

»Nein, er kommt nie hier rein.«

Verdutzt sah Peg sie an. Sie stellte jedoch keine weitere Frage, sondern sagte: »Wenn ich alt genug bin, werde ich Mack heiraten.«

Lizzie hatte das höchst merkwürdige Gefühl, daß ihr soeben eine strenge Warnung erteilt worden war.

Mack saß im alten Kinderflügel, wo er sich ungestört wußte, und überprüfte noch einmal seine Ausrüstung. Er hatte ein Knäuel Bindfaden gestohlen und besaß sechs Haken, die Cass, der Schmied, eigens für ihn gefertigt hatte. Damit konnte er sich Fische fangen. Er hatte einen Becher und einen Teller aus Zinn dabei – typisches Sklavengeschirr –, eine Dose mit Zunder zum Feuermachen und eine Eisenpfanne zum Kochen und Braten. Eine Axt und ein schweres Messer hatte er beim Roden und Fässermachen mitgehen lassen.

Ganz unten auf dem Boden des Sacks lag, eingewickelt in ein

Stück Leinen, ein Schlüssel für die Waffenkammer. Ehe er endgültig die Pflanzung verließ, wollte er dort noch ein Gewehr und Munition stehlen.

Ebenfalls im Segeltuchsack verstaut waren sein *Robinson Crusoe* und der eiserne Halsring, den er aus Schottland mitgebracht hatte. Er nahm ihn in die Hand und erinnerte sich daran, wie er in der Nacht seiner Flucht aus Heugh in die Schmiede eingebrochen war. Er mußte an seinen nächtlichen Freudentanz im Mondschein denken. Inzwischen war über ein Jahr vergangen, und er war noch immer nicht frei. Aber er hatte nie aufgegeben.

Mit Pegs Rückkehr war das letzte Hindernis beseitigt, das seiner Flucht entgegenstand. Sie war inzwischen ins Sklavenquartier übergesiedelt und schlief in einer Hütte mit anderen unverheirateten Mädchen. Es geschah nicht zum erstenmal, daß dort ein Flüchtling versteckt wurde. Eine Schüssel Maisbrei und ein hartes Nachtlager fanden sich für entlaufene Sklaven auf jeder Plantage in Virginia.

Tagsüber stromerte Peg durch die Wälder und hielt sich von anderen Menschen fern. Erst nach Einbruch der Dunkelheit kehrte sie zurück und nahm das Abendessen gemeinsam mit den Plantagenarbeitern ein. Mack wußte, daß es nicht ewig so weitergehen konnte. Die Langeweile würde sie über kurz oder lang sorglos werden lassen, und dann würde man sie verhaften. Aber ihr Tagesablauf würde sich in Kürze ändern.

Macks Haut prickelte in Erwartung der bevorstehenden Ereignisse. Cora war verheiratet. Peg war vorläufig in Sicherheit, und dank der Karte kannte er seinen Fluchtweg. Alles, was sein Herz begehrte, war Freiheit. Er mußte nur noch einen genauen Termin festlegen – dann würden er und Peg sich am Ende eines Arbeitstages auf Nimmerwiedersehen davonschleichen. Im Morgengrauen des nächsten Tages konnten sie bereits dreißig Meilen zurückgelegt haben. Sie würden nur nachts marschieren und sich während des Tages einen Unterschlupf suchen.

Wie alle entlaufenen Häftlinge würden sie sich morgens und abends im Sklavenquartier der jeweils nächsten Pflanzung etwas zu essen erbetteln.

Im Gegensatz zu anderen Entflohenen hatte Mack nicht vor, sich hundert Meilen weiter um einen Job zu bemühen, wußte er doch, daß die meisten Flüchtlinge ihren Häschern auf diese Weise ins Netz gerieten. Sein Ziel war die Wildnis jenseits der Berge. Dort würde er wirklich frei sein.

Inzwischen war eine Woche seit Pegs Eintreffen auf Mockjack verstrichen, und Mack arbeitete noch immer auf der Plantage.

Er starrte auf seine Karte, die Angelhaken und die Zunderdose. Es fehlte nur noch ein Schritt zur Freiheit, doch er konnte sich nicht dazu durchringen.

Er hatte sich in Lizzie Jamisson verliebt und brachte es nicht über sich, sie zu verlassen.

Lizzie stand nackt vor dem großen Drehspiegel in ihrem Schlafzimmer und betrachtete ihren Körper.

Zu Jay hatte sie gesagt, sie habe sich von der Schwangerschaft erholt und alles sei wieder in Ordnung, doch das stimmte nicht ganz: Zwar hatten ihre Brüste wieder die ursprüngliche Größe, doch waren sie nicht mehr so fest und hingen ein wenig tiefer herunter als zuvor. Auch mußte sie sich eingestehen, daß ihr Bauch nie mehr so flach sein würde wie früher: die leichte Wölbung, die etwas schlaffere Haut würden bleiben. Dort, wo die Haut sich gedehnt hatte, hatten sich feine silbrige Linien gebildet, die inzwischen größtenteils, aber eben doch nicht ganz, verschwunden waren, und Lizzie hatte das Gefühl, daß sich daran auch nichts mehr ändern würde. Auch weiter unten, da, wo das Baby herausgekommen war, war eine Veränderung festzustellen. Früher war die Öffnung so eng gewesen, daß sie mit ihrem Finger kaum hineinkam. Inzwischen hatte auch sie sich gedehnt.

Lizzie fragte sich, warum Jay sie nicht mehr begehrte. Er

hatte sie seit der Fehlgeburt nicht mehr nackt gesehen. Wahrscheinlich ahnte er, was mit ihrem Körper vorgegangen war – oder er konnte es sich vorstellen und empfand es als abstoßend. Felia, sein Sklavenmädchen, hatte offensichtlich noch kein Kind geboren. Ihr Körper war nach wie vor perfekt. Früher oder später wird Jay sie schwängern, dachte Lizzie, sie danach fallenlassen, so wie er mich fallengelassen hat, und sich wieder eine Neue suchen. Ob er ganz bewußt ein solches Leben führen will? Ob alle Männer so sind? Lizzie hätte gerne ihre Mutter um Rat gefragt.

Sie fühlte sich behandelt wie ein gebrauchter Gegenstand, der zu nichts mehr nutze ist, wie ein aufgetragenes Paar Schuhe oder ein Teller mit einem Sprung. Der Vergleich machte sie zornig. Das Baby, das in ihr herangewachsen war, ihren Bauch gerundet und ihre Vagina gedehnt hatte, war Jays Kind gewesen. Er hatte nicht das Recht, sie danach einfach abzulehnen. Aber es war sinnlos, ihm deswegen Vorhaltungen zu machen. Ich habe ihn mir zum Ehemann gewählt, dachte sie. Es war meine eigene Dummheit.

Ob es jemals einen anderen geben wird, der mich begehrenswert findet? Der seine Hände über meinen Körper gleiten läßt, als ob er nie genug davon bekommen könnte? Oh, wie sehr ich dieses Gefühl vermisse ... Sie wollte zärtlich geküßt werden, wollte ihre Brüste von einer Männerhand umfaßt und geknetet wissen, wollte die Finger eines Liebhabers auf ihrer Haut spüren.

Der Gedanke, all dies könne ein für allemal vorbei und vergessen sein, war ihr unerträglich.

Sie holte tief Luft, zog ihren Bauch ein und drückte ihren Oberkörper vor. Ja – so ungefähr sah ich vor der Schwangerschaft aus! Sie wog ihre Brüste. Sie berührte das Haar zwischen ihren Beinen. Sie fand und streichelte die Knospe ihrer Lust.

Da öffnete sich die Tür.

Am Kamin in Lizzies Zimmer war eine Kachel gebrochen, die Mack ersetzen sollte. »Ist Mrs. Jamisson schon auf?« hatte er Mildred gefragt.

»Ist gerade rüber zu den Ställen«, hatte Mildred geantwortet.

Sie muß *Mr.* Jamisson verstanden haben ...

Das war der Gedanke, der ihm in dieser Sekunde durch den Kopf schoß. Dann dachte er an nichts anderes mehr als an Lizzie.

Ihre Schönheit tat ihm fast weh. Da sie vor dem Spiegel stand, konnte er ihren Körper von beiden Seiten sehen. Ihr Rücken war vor ihm, und seine Hände brannten darauf, über die Rundung ihrer Hüften zu streichen. Im Spiegel sah er ihre runden Brüste mit den weichen rosa Spitzen. Das Haar zwischen ihren Beinen paßte zu den wilden dunklen Locken auf ihrem Kopf.

Er stand da und brachte kein Wort hervor. Er wußte, daß er jetzt eine Entschuldigung stammeln und schleunigst wieder verschwinden mußte, aber seine Füße waren wie festgenagelt.

Sie drehte sich um und sah ihn an. Sie wirkte besorgt, und Mack fragte sich, was sie bedrücken mochte. Unbekleidet kam sie ihm verletzlich vor, ja fast ängstlich.

Endlich fand er seine Stimme wieder. »Oh ... aber du bist wunderschön«, flüsterte er.

»Mach die Tür zu«, sagte sie.

Er tat, wie ihm geheißen, und war mit drei großen Schritten bei ihr. Sie fiel ihm um den Hals. Er drückte ihren nackten Körper an sich und spürte ihre weichen Brüste auf seinem Oberkörper. Er küßte ihre Lippen, und ihr Mund öffnete sich sofort. Seine Zunge fand die ihre und weidete sich an der Feuchte und Gier ihres Kusses. Als sie spürte, wie sein Glied sich versteifte, zog Lizzie seine Hüften an sich heran und rieb sich an ihm.

Keuchend machte er sich frei, weil er fürchtete, viel zu früh zu kommen. Lizzie zerrte an seiner Weste und an seinem Hemd, um an seine nackte Haut zu gelangen. Er schlüpfte aus der Weste, zog das Hemd über seinen Kopf. Sie beugte sich vor, umschloß eine seiner Brustwarzen mit ihren Lippen, leckte sie mit der Zungenspitze und biß dann sanft mit ihren Schneidezähnen zu. Ein köstlicher Schmerz durchzuckte Mack. Er stöhnte auf vor Begierde.

»Und jetzt das gleiche bei mir!« sagte Lizzie, lehnte sich weit zurück und bot seinem Mund ihre Brüste dar. Er hob sich eine Brust entgegen und küßte deren Spitze. Sie war hart vor lustvoller Erregung. Er kostete den Augenblick aus.

»Nicht so sanft!« flüsterte Lizzie.

Er saugte an ihrer Brust, dann biß er sie, wie sie ihn gebissen hatte, und hörte, wie Lizzie nach Luft schnappte. Er fürchtete, ihren weichen Körper zu verletzen, doch sie war anderer Meinung: »Fester!« keuchte sie. »Tu mir weh!« Er biß zu. »Jaa!« stöhnte sie und zog seinen Kopf so heftig an sich, daß sein Gesicht sich tief in ihre Brust drückte.

Dann hielt er inne, denn er hatte Angst, ihr eine blutende Wunde zuzufügen. Als er sich aufrichtete, beugte Lizzie sich zu seiner Taille nieder, löste die Schnur, die seine Hose hielt und zog die Hose herunter. Sein Glied war frei und ragte ihr entgegen. Sie nahm es in die Hände, rieb es sanft an der weichen Haut ihrer Wangen und küßte es. Das Lustgefühl war so groß, daß Mack sich von ihr zurückzug, neuerlich fürchtend, es könne alles zu schnell vorüber sein.

Er warf einen Blick auf ihr Bett.

»Nein, nicht dort«, sagte Lizzie. »Hier.« Sie legte sich rücklings auf den Teppich vor dem Spiegel.

Mack kniete sich zwischen ihre Beine und schwelgte in dem, was sich seinen Augen bot.

»Komm zu mir, schnell!«

Er legte sich auf sie und stützte sich mit den Ellbogen ab. Lizzie zeigte ihm den Weg. Er betrachtete ihr schönes Gesicht. Ihre Wangen waren gerötet. Der Mund stand leicht offen, zwischen den feuchten Lippen waren kleine Zähne zu sehen. Aus weit aufgerissenen Augen starrte sie ihn an, während er sich über ihr und in ihr bewegte. »Mack!« stöhnte sie. »Oh, Mack!« Ihre Körper bewegten sich im Einklang, und Lizzies Finger gruben sich in die Muskeln auf seinem Rücken.

Er küßte sie und war sanft und rücksichtsvoll zu ihr, doch auch diesmal wollte sie mehr. Sie nahm seine Unterlippe zwischen die Zähne und biß zu. Er schmeckte Blut. »Schneller!« sagte sie leidenschaftlich, und ihre verzweifelte Gier sprang auf ihn über. Er bewegte sich schneller, stieß tiefer und heftiger, ja, beinahe brutal in sie hinein. »Ja! So ... so ist es gut!« stöhnte Lizzie, schloß die Augen und gab sich völlig ihren Empfindungen hin. Dann schrie sie plötzlich auf. Mack legte ihr die Hand auf den Mund, denn niemand außer ihm durfte ihre Schreie hören. Seine Geliebte biß ihn in den Finger, umklammerte seine Hinterbacken, preßte sie an sich, so fest sie konnte, und wand sich unter seinem bebenden Körper hin und her. Ihre Hüften hoben und senkten sich in immer schnellerem Rhythmus, um schließlich willenlos auf und nieder zu zucken. Dann, während Mack noch immer mit der Hand ihre Schreie dämpfte, bäumte sie sich ein letztesmal auf und sank erschöpft zurück.

Er küßte ihre Lider, ihre Nase, ihr Kinn, hörte aber nicht auf, sich zu bewegen. Als ihr Atem sich ein wenig beruhigt hatte, öffnete Lizzie die Augen und sagte: »Schau in den Spiegel!«

Er blickte auf und sah im Spiegelglas einen zweiten Mack über einer zweiten Lizzie, und beider Körper waren in Hüfthöhe vereint. Er sah, wie sein Glied in sie eindrang, sah, wie es herausglitt und wieder eindrang, wieder und immer wieder. »Es sieht schön aus, nicht wahr?« flüsterte Lizzie.

Er sah sie an. Wie dunkel ihre Augen waren, fast schwarz! »Liebst du mich?« fragte er.

»O Mack, wie kannst du das fragen?« Tränen traten ihr in die Augen. »Natürlich liebe ich dich. Ich liebe dich. Ich liebe dich. Ich ...«

Und jetzt, endlich, kam auch er.

Als die erste Tabakernte endlich verkaufsfertig war, ließ Lennox vier Schweinsköpfe auf ein Flachboot verladen und brachte sie nach Fredericksburg. Ungeduldig wartete Jay auf seine Rückkehr. Er hatte keine Ahnung, welchen Preis er für seine Ware erzielen würde, und brannte darauf, es zu erfahren.

Bargeld würde er nicht bekommen, soviel stand fest. Der Markt war anders organisiert: Zunächst mußte Lennox den Tabak in ein öffentliches Speicherhaus bringen. Ein amtlicher Inspektor würde ihm dort per Zertifikat seine »Verkaufsbefähigung« bescheinigen. Die als »Tabakscheine« bekannten Zertifikate wurden in ganz Virginia als Zahlungsmittel benutzt. Der jeweils letzte Besitzer löste seine Scheine dann bei einem Schiffskapitän ein und erhielt im Austausch dafür entweder Geld oder – eher noch – Importwaren aus England.

Jay hatte vor, mit seinem Schein zunächst einmal die drängendsten Schulden zu begleichen. In der Schmiede wurde schon seit einem Monat nicht mehr gearbeitet, weil es kein Eisen mehr für Werkzeuge und Hufeisen gab.

Jay war heilfroh, daß Lizzie von seiner Zahlungsunfähigkeit noch nichts gemerkt hatte. Nach der Totgeburt hatte sie drei Monate lang wie in Trance gelebt. Nachdem sie ihn dann mit Felia in flagranti erwischt hatte, war sie in zorniges Schweigen verfallen.

Heute war sie wieder ganz anders gestimmt. Sie wirkte zufriedener und beinahe freundlich. »Was gibt's Neues?« fragte sie ihn beim Abendessen.

»Unruhen in Massachusetts«, erwiderte er. »Es gibt dort eine Gruppe von Hitzköpfen, die sich *Söhne der Freiheit* nennen. Sie waren unverschämt genug, diesem verfluchten John Wilkes in London Geld zu schicken.«

»Seltsam, daß sie überhaupt wissen, wer er ist.«

»Sie halten ihn für einen Freiheitshelden. Inzwischen trauen sich die Zollinspektoren gar nicht mehr nach Boston. Sie haben sich an Bord der *HMS Romney* geflüchtet.«

»Das klingt ja fast nach einem Aufstand der Kolonisten.«

Jay schüttelte den Kopf. »Das einzige, was sie brauchen, ist eine Prise von jener Medizin, die wir den Kohlelöschern verabreicht haben: ein paar ordentliche Gewehrsalven und ein paar Rädelsführer am Galgen.«

Lizzie schauderte und stellte keine weiteren Fragen mehr.

Schweigend beendeten sie die Mahlzeit. Jay steckte sich gerade seine Pfeife an, als Lennox hereinkam.

Jay erkannte sofort, daß sein Verwalter in Fredericksburg nicht nur Geschäfte gemacht, sondern auch tief ins Glas geschaut hatte. »Alles in Ordnung, Lennox?« fragte er.

»Nein, nicht ganz«, erwiderte Lennox in dem ihm eigenen anmaßenden Ton.

»Was ist denn passiert?« fragte Lizzie ungeduldig.

Lennox antwortete, ohne sie eines Blickes zu würdigen: »Unser Tabak wurde verbrannt, das ist passiert.«

»Verbrannt?« rief Jay aus.

»Wie das?« fragte Lizzie.

»Auf Anordnung des Inspektors. Als unverkäufliche Ausschußware.«

Jay spürte ein unangenehmes Gefühl in der Magengrube. Er schluckte und sagte: »Ich wußte nicht, daß so etwas möglich ist.«

»Was hat mit dem Tabak denn nicht gestimmt?« fragte Lizzie.

Lennox zögerte mit der Antwort. Das war ungewöhnlich.

»Na los, raus mit der Sprache!« drängte Lizzie verärgert.

»Sie haben gesagt, unser Tabak sei Kuhdreck«, sagte Lennox schließlich kleinlaut.

»Das hab' ich mir doch gedacht!« entfuhr es Lizzie.

Jay hatte keine Ahnung, wovon die beiden überhaupt redeten. »›Kuhdreck‹ – was soll das heißen?«

»Wenn man Rinder auf die Felder läßt, kann es zu einer Überdüngung des Bodens kommen, wodurch der Tabak ein starkes, unangenehmes Aroma annimmt«, erklärte Lizzie kalt.

»Was sind das eigentlich für Inspektoren?« fragte Jay erbost.

»Wer gibt diesen verdammten Kerlen das Recht, meine Ernte zu verbrennen?«

»Sie werden von der Abgeordnetenversammlung ernannt«, sagte Lizzie.

»Das ist doch eine Unverschämtheit!«

»Es ist ihre Aufgabe, die Qualität des Virginia-Tabaks zu überwachen.«

»Ich werde vor Gericht gehen!«

»Was soll denn ein Rechtsstreit, Jay? Warum sorgst du nicht für eine ordnungsgemäße Bewirtschaftung deiner Plantage? Wenn du dich ernsthaft darum kümmerst, kannst du hier ganz hervorragenden Tabak produzieren.«

»Ich brauche mir nicht von einer Frau sagen zu lassen, wie ich zu wirtschaften habe!« brüllte Jay.

Lizzie sah Lennox an.

»Von einem Idioten auch nicht«, sagte sie.

Ein furchtbarer Gedanke schoß Jay durch den Kopf. »Wieviel von unserem Tabak wurde auf diese Weise produziert?«

Lennox schwieg.

»Nun?« fragte Jay nach.

»Alles«, sagte Lizzie.

Jetzt begriff Jay Jamisson, daß er ruiniert war.

Die Pflanzung war mit Hypotheken belastet, und er selbst war bis über die Ohren verschuldet. Und seine gesamte Tabakernte war nicht einen roten Heller wert.

Er bekam auf einmal kaum noch Luft. Seine Gurgel war wie zugeschnürt. Er öffnete den Mund wie ein Fisch auf dem Trockenen, aber es half nichts.

Als er endlich wieder atmen konnte, sog er die Luft ein wie ein Ertrinkender, der zum letztenmal an die Wasseroberfläche kommt.

»Gott helfe mir«, sagte er und vergrub sein Gesicht in den Händen.

In jener Nacht klopfte er an Lizzies Tür.

Sie saß im Nachtgewand vor dem Kamin und dachte an Mack. Ein überschäumendes Glücksgefühl hatte sich ihrer bemächtigt. Sie liebte ihn, und er liebte sie. Doch was sollten sie tun? Lizzie starrte ins Feuer und suchte nach einem praktikablen Ausweg, doch immer wieder schweiften ihre Gedanken ab. Die Erinnerung an den Liebesakt auf dem Teppich vor dem großen Spiegel war stärker. Sie sehnte sich nach dem nächsten Mal.

Das Klopfen schreckte sie aus ihren Träumereien. Sie sprang auf und starrte auf die verschlossene Tür.

Die Klinke rasselte vergeblich. Seit jenem Abend, an dem sie Jay und Felia in ihrer Liebeslaube ertappt hatte, blieb ihre Tür des Nachts verschlossen.

Sie hörte Jays Stimme: »Lizzie! Mach auf!«

Sie schwieg.

»Ich reise morgen früh nach Williamsburg und versuche, einen neuen Kredit aufzutreiben«, sagte er. »Ich möchte dich vorher noch sehen.«

Auch diesmal antwortete Lizzie nicht.

»Ich weiß, daß du im Zimmer bist! Nun mach schon auf!« Er klang leicht angetrunken.

Einen Augenblick später erschütterte ein heftiger Schlag die Tür, als habe Jay sich mit der Schulter dagegen geworfen. Lizzie wußte, daß es sinnlos war: Die Scharniere waren aus Messing, und der Riegel war sehr schwer und stark.

Seine Schritte entfernten sich. Lizzie vermutete jedoch, daß Jay noch nicht aufgeben würde, und ihre Befürchtungen sollten sich bestätigen. Drei oder vier Minuten später war er wieder da und sagte: »Wenn du nicht sofort aufmachst, schlage ich die Tür ein!«

Lizzie bekam es mit der Angst zu tun. Wenn Mack nur hier wäre, dachte sie, doch der lag auf seinem harten Lager im Sklavenquartier und schlief. Sie mußte selber sehen, wie sie zurechtkam.

Mit unsicheren Schritten ging sie zu ihrem Nachttischchen und nahm die beiden Pistolen auf.

Jay hatte inzwischen damit begonnen, mit einer Axt auf die Holztür einzuschlagen. Ein ohrenbetäubender Hieb folgte dem anderen. Das Türholz splitterte, und die Holzwände des Hauses erbebten. Lizzie prüfte, ob die Pistolen richtig geladen waren. Dann schüttete sie mit zittriger Hand etwas Schießpulver auf die beiden Zündpfannen, entsicherte die Waffen und spannte sie.

Mir ist jetzt alles egal, dachte sie schicksalsergeben. Geschehe, was geschehen muß.

Die Tür flog auf. Rot im Gesicht und vor Anstrengung keuchend stürmte Jay ins Zimmer. Mit der Axt in der Hand kam er auf Lizzie zu.

Sie streckte den linken Arm aus und feuerte über seinen Kopf hinweg.

Der Knall war in dem geschlossenen Raum laut wie ein Kanonenschuß. Jay blieb abrupt stehen und hielt abwehrend die Hände hoch. Er hatte offensichtlich Angst.

»Du weißt, wie gut ich schießen kann«, sagte Lizzie. »Aber ich habe jetzt nur noch einen Schuß, und der landet in deinem Herzen.« Sie begriff es selber kaum, daß sie zu solch brutalen Worten fähig war. Am liebsten hätte sie geweint, aber sie biß die Zähne zusammen und sah Jay, ohne mit der Wimper zu zucken, ins Gesicht.

»Du eiskaltes Luder!« sagte er.

Die Kränkung traf Lizzie tief, denn Gefühlskälte warf sie sich selbst gelegentlich vor. Langsam senkte sie die Pistole. Nein, erschießen würde sie ihn natürlich nicht.

»Was willst du?« fragte sie.

Er ließ die Axt fallen. »Dich noch einmal aufs Kreuz legen, bevor ich abreise.«

Ihr wurde übel. Sie mußte an Mack denken; er, nur er, konnte sie jetzt noch lieben. Die Vorstellung, es mit Jay zu treiben, war ihr ein Graus.

Jay packte die beiden Pistolen am Lauf, und Lizzie wehrte sich nicht, als er sie ihr aus der Hand nahm. Er entspannte den Hahn der noch geladenen Pistole und warf dann beide Waffen auf den Boden.

Sie starrte ihn entsetzt an und wußte nicht mehr, wie ihr geschah.

Jay schlug sie in den Magen.

Vor Schreck und Schmerz schrie Lizzie auf und krümmte sich.

»Daß du es ja nie wagst, jemals wieder eine Waffe auf mich zu richten!« schrie er.

Der nächste Schlag traf sie voll im Gesicht. Lizzie stürzte zu Boden.

Er versetzte ihr einen Fußtritt gegen den Kopf, und sie verlor das Bewußtsein.

Dritter Teil
Kapitel 10

Lizzie verbrachte den nächsten Vormittag im Bett. Sie hatte so rasende Kopfschmerzen, daß sie kaum sprechen konnte.

Sarah erschrak, als sie ihr das Frühstück brachte. Lizzie schlürfte ein paar Schluck Tee und schloß wieder die Augen.

Als die Köchin erneut hereinkam, um das Tablett abzuholen. fragte Lizzie: »Ist Mr. Jamisson schon abgereist?«

»Ja, Madam. Er hat im ersten Morgenlicht die Pflanzung verlassen und ist nach Williamsburg unterwegs. Mr. Lennox begleitet ihn.«

Lizzie fühlte sich ein wenig besser.

Ein paar Minuten später platzte Mack in ihr Zimmer. Zitternd vor Wut blieb er neben ihrem Bett stehen und starrte sie an. Dann tastete er mit bebenden Fingern über ihr Gesicht. Die Stellen, an denen Jay sie getroffen hatte, waren sehr empfindlich, doch Macks Berührungen waren äußerst behutsam und taten ihr nicht weh; sie empfand sie sogar als tröstlich und beruhigend. Sie nahm seine Hand und küßte deren Innenseite. So saßen sie lange, ohne zu reden, beieinander, und ganz allmählich ließen die Schmerzen nach. Nach einer Weile schlief Lizzie ein, und als sie wieder aufwachte, war Mack verschwunden.

Am Nachmittag kam Mildred zu ihr und öffnete die Jalousien. Lizzie setzte sich auf, und Mildred kämmte ihr die Haare. Dann erschien Mack in Begleitung von Dr. Finch.

»Ich habe Sie nicht rufen lassen«, sagte Lizzie, an den Arzt gewandt.

»Ich habe ihn geholt«, erwiderte Mack.

Aus irgendeinem Grund schämte sich Lizzie dessen, was ihr

zugestoßen war, und es wäre ihr lieber gewesen, wenn Mack den Doktor in Fredericksburg gelasssen hätte.

»Wie kommst du darauf, daß ich krank sein könnte?« fragte sie ihn.

»Du hast den ganzen Vormittag im Bett verbracht.«

»Ich bin vielleicht nur faul.«

»Und ich bin vielleicht der Gouverneur von Virginia.«

Lächelnd gab sie nach. Er kümmerte sich um sie, und das machte sie glücklich. »Danke«, sagte sie.

»Sie haben Kopfschmerzen, hörte ich«, sagte Dr. Finch.

»Ich bin aber nicht krank«, gab Lizzie zur Antwort und dachte bei sich: Warum in aller Welt soll ich die Wahrheit verschweigen? »Mein Kopf tut mir weh, weil mein Ehemann ihm einen Fußtritt versetzt hat.«

»Hmmm ...« Dr. Finch war diese Mitteilung sichtlich peinlich. »Ist Ihre Sehkraft beeinträchtigt?« fragte er.

»Nein.«

Er legte ihr die Hände auf die Schläfen und tastete sie vorsichtig mit den Fingern. »Fühlen Sie sich verwirrt?«

»Ja – aber nicht, weil mir der Schädel brummt. Die Liebe und die Ehe machen mich konfus. Aua!«

»Ist das die Stelle, an der Sie getroffen wurden?«

»Ja, verdammt noch mal!«

»Seien Sie froh, daß Sie so dichte Locken haben! Die haben den Schlag ein wenig abgefedert. Ist Ihnen übel?«

»Nur wenn ich an meinen Ehemann denke.« Lizzie merkte, daß ihre Stimme brüchig klang. »Aber das soll nicht Ihre Sorge sein, Doktor.«

»Ich gebe Ihnen ein schmerzstillendes Mittel. Aber gehen Sie vorsichtig damit um, man kann sich leicht daran gewöhnen. Und wenn Sie Sehstörungen bekommen, lassen Sie mich bitte sofort rufen.«

Als der Doktor fort war, setzte sich Mack zu Lizzie auf die Bettkante, hielt ihre Hand und sagte nach einer Weile: »Wenn du nicht mehr getreten werden willst, mußt du deinen Mann verlassen.«

Lizzie überlegte, ob es irgendeinen Grund gab, der gegen diesen Vorschlag sprach. Mein Ehemann liebt mich nicht mehr. Wir haben keine Kinder, und so wie es aussieht, werden wir auch niemals welche haben. Das Haus, in dem wir leben, ist so gut wie verloren. Nein, es gibt keinerlei Grund dafür, hierzubleiben ...

»Ich wüßte nicht, wohin ich gehen sollte.«

»Ich schon.« Seine Miene verriet, daß er ihr etwas zu sagen hatte, an dem ihm sehr gelegen war. »Ich werde fliehen.«

Sie glaubte, ihr Herz setze aus. Sie konnte den Gedanken, ihn zu verlieren, nicht ertragen.

»Peg wird mich begleiten«, fügte er hinzu.

Lizzie starrte ihn an. Sie sagte kein Wort.

»Komm mit uns mit!« sagte Mack.

Jetzt war es heraus. Er hatte es ja schon einmal angedeutet *Schnapp dir irgendeinen Tunichtgut, und brenn mit ihm durch,* hatte er gesagt ... Aber dies hier war keine Andeutung mehr. »Ja, ja, ja!« wollte sie sagen. »Heute noch!« Aber sie hielt sich zurück. Sie hatte auf einmal Angst. »Wo wollt ihr denn hin?« fragte sie.

Er zog eine Lederschatulle aus der Tasche, entnahm ihr eine Karte und entfaltete sie. »Ungefähr hundert Meilen westlich von hier erhebt sich ein langgestreckter Gebirgszug. Er beginnt oben in Pennsylvania und endet irgendwo tief im Süden – niemand kennt seinen genauen Verlauf. Er ist auch ziemlich hoch, doch gibt es angeblich einen Paß – hier, die sogenannte Cumberland-Schlucht oberhalb der Quelle des Cumberland-Flusses. Jenseits des Gebirges ist Wildnis. Es heißt, daß nicht einmal Indianer dort leben: Das Gebiet ist seit Generationen zwischen den Sioux und den Cherokee umkämpft, ohne daß es der einen oder der anderen Seite gelingen würde, die Oberhand zu gewinnen und sich dort niederzulassen.«

Lizzies Begeisterung wuchs. »Und wie wollt ihr da hingelangen?«

»Peg und ich würden zu Fuß gehen. Ich würde mich zunächst nach Westen wenden. Wie Pepper Jones mir sagte, gibt es in Höhe der ersten Vorberge einen Pfad, der annähernd parallel zum Gebirge nach Südwesten führt. Über diesen Pfad erreichen wir den Holston River, der auch hier auf der Karte eingezeichnet ist. Und von dort aus würden wir direkt ins Gebirge einsteigen.«

»Und wenn ... wenn ihr nicht allein wärt?«

»Wenn du mitkämst, könnten wir einen Planwagen mitnehmen und wesentlich mehr Vorräte: Werkzeug, Saatgut, Lebensmittel. Ich wäre dann ja kein Flüchtling, sondern ein Diener, der mit seiner Herrin und deren Mädchen unterwegs ist. In diesem Fall würde ich zunächst nach Süden fahren, bis Richmond, und von dort aus westwärts nach Staunton. Das ist zwar länger, aber Pepper meint, die Straßen seien wesentlich besser. Er kann sich natürlich irren, aber genauere Informationen konnte ich bisher nicht bekommen.«

Lizzie war hin- und hergerissen zwischen Angst und Aufgeregtheit. »Und was macht ihr, wenn ihr in den Bergen seid?«

Mack lächelte. »Wir suchen uns ein Tal mit einem fischreichen Fluß und wildreichen Wäldern. Vielleicht nistet oben in den höchsten Bäumen ein Adlerpaar. Dort bauen wir uns dann ein Haus.«

Lizzie packte Decken, Wollstrümpfe, Scheren, Nadeln und Garnrollen ein. Ihre Gefühle schwankten zwischen Hochstimmung und blankem Entsetzen hin und her. Die Vorstellung, mit Mack davonzulaufen, stimmte sie überglücklich: Wir reiten zusammen durch die Wälder und schlupfen nachts in freier Natur unter eine Decke ... Doch dann fielen ihr wieder die Risiken ein: Wir müssen Tag für Tag auf die Jagd gehen, damit wir genug zu essen haben. Wir müssen ein Haus bauen, Getreide pflanzen und unsere Pferde selbst kurieren. Vielleicht gibt es feindliche Indianer oder Banditen in der Gegend. Und was passiert, wenn wir im Winter einschneien? Wir würden glatt verhungern!

Als sie aus dem Schlafzimmerfenster blickte, gewahrte sie den Einspänner von MacLaines Schankstube in Fredericksburg. Eine einzelne Gestalt saß auf dem Reisesitz, und hinten auf der Ablage befand sich eine Menge Gepäck. Der Kutscher, ein alter Trunkenbold namens Simmins, hatte sich offenbar in der Pflanzung geirrt. Lizzie ging hinunter, um ihm den rechten Weg zu weisen.

Doch als sie auf die Veranda trat, erkannte sie den Gast.

Es war Alicia, Jays Mutter.

Sie trug Schwarz.

»Lady Jamisson!« rief Lizzie entsetzt aus. »Sie sollten doch in London sein!«

»Hallo, Lizzie!« sagte ihre Schwiegermutter. »Sir George ist tot.«

»Herzversagen«, sagte sie ein paar Minuten später, als sie bei einer Tasse Tee im kleinen Salon saßen. »Er brach in seinem Büro zusammen. Man brachte ihn zum Grosvernor Square, doch er starb auf dem Weg dorthin.«

Sie schilderte den Tod ihres Mannes ohne jeden Seufzer, und ihre Augen blieben trocken.

Lizzie erinnerte sich noch an die junge Alicia: eine Frau, die eher hübsch denn schön gewesen war. Von ihrer jugendlichen Anmut war nicht viel übriggeblieben. Sie war in die Jahre gekommen und hatte eine enttäuschende Ehe hinter sich. Lizzie empfand Mitleid für sie, aber insgeheim gelobte sie sich: So wie sie will ich nie werden.

»Vermißt du ihn?« fragte sie zögernd.

Alicia sah sie kritisch an. »Ich habe einen reichen Mann in angesehener Stellung geheiratet. Und Geld und gesellschaftliche

Anerkennung habe ich bekommen. Geliebt hat Sir George in seinem Leben nur eine einzige Frau, und das war Olivia. Er hat mich das stets spüren lassen. Nein, ich will kein Mitleid! Ich habe mir das selber eingebrockt und vierundzwanzig Jahre lang durchgehalten. Nur soll man jetzt von mir nicht verlangen, die trauernde Witwe zu spielen. Das einzige, was ich verspüre, ist ein Gefühl der Befreiung.«

»Das ist ja furchtbar«, flüsterte Lizzie, und ein Schauer überlief sie: Mir stand das gleiche Schicksal bevor, dachte sie bei sich. Aber ich bin nicht bereit, mich darein zu fügen. Ich werde fliehen ... Ihr war allerdings klar, daß sie sich von nun an vor Alicia hüten mußte.

»Wo ist Jay?« fragte Alicia.

»Er ist nach Williamsburg gereist, um neue Kredite aufzutreiben.«

»Die Pflanzung läuft also nicht besonders, wie?«

»Unsere Tabakernte wurde nicht abgenommen.«

Ein Anflug von Traurigkeit huschte über Alicias Gesicht. Lizzie erkannte, daß Jay nicht nur für seine Frau, sondern auch für seine Mutter eine Enttäuschung war – nur würde Alicia dies niemals zugeben.

»Du wirst sicher wissen wollen, was in Sir Georges Testament stand«, sagte Alicia.

Lizzie hatte darauf noch keinen Gedanken verschwendet. »Hatte er denn überhaupt noch so viel zu vererben? Soviel ich weiß, steckte er in geschäftlichen Schwierigkeiten.«

»Die Kohle aus High Glen hat seine Geschäfte saniert. Als er starb, war er steinreich.«

Ob er Alicia etwas hinterlassen hat, dachte Lizzie. Wenn nicht, dann spekuliert sie womöglich noch darauf, fortan bei ihrem Sohn und ihrer Schwiegertochter zu wohnen ... »Hat Sir George für dich gesorgt?« fragte sie.

»O ja! Über meinen Anteil einigten wir uns glücklicherweise bereits vor der Eheschließung.«

»Und den Rest bekam Robert, nicht wahr?«

»Damit hatten wir alle gerechnet, ja. Aber mein Gatte bestimmte, daß ein Viertel seines Vermögens zu gleichen Teilen allen legitimen Enkelkindern zufallen solle, die binnen eines Jahres nach seinem Ableben das Licht der Welt erblicken. Dein Baby ist also sehr wohlhabend. Wann zeigst du mir denn den Kleinen – oder ist es eine Sie?«

Alicia hatte London verlassen, ehe Jays Brief dort eingetroffen war. »Ein kleines Mädchen«, sagte Lizzie.

»Wie süß! Sie wird einst eine reiche Frau sein.«

»Sie kam tot auf die Welt.«

Alicia fand kein Wort des Mitleids für Lizzie. »Teufel auch!« fluchte sie. »Sieh nur zu, daß möglichst bald das nächste kommt!«

Mack hatte den Planwagen mit Saatgut, Werkzeug, Seilen, Nägeln, Maismehl und Salz beladen. Mit Lizzies Schlüssel war er in die Waffenkammer eingedrungen und hatte sämtliche Gewehre und alle verfügbare Munition eingepackt. Auch eine Pflugschar hatte er geladen. An ihrem Zielort wollte er den Planwagen in einen Pflug umbauen.

Er hatte sich entschlossen, den Wagen mit vier Stuten zu bestücken und obendrein zwei Hengste mitzunehmen, so daß sie in absehbarer Zeit mit Fohlen rechnen konnten. Jay Jamisson wird toben, wenn er erfährt, daß seine wertvollen Pferde verschwunden sind, dachte er. Es wird ihn schwerer treffen als der Verlust seiner Frau …

Er war gerade dabei, die Vorräte auf dem Wagen festzuzurren, als Lizzie vor das Haus trat.

»Du hast Besuch?« fragte Mack.

»Alicia ist gekommen, Jays Mutter.«

»Gütiger Gott! Ich wußte gar nicht, daß sie unterwegs war.«

»Ich auch nicht.«

Mack runzelte die Stirn. Alicia bedrohte sein Vorhaben nicht, wohl aber ihr Mann. »Kommt Sir George auch?«

»Er ist tot.«

Ihm fiel ein Stein vom Herzen. »Dem Himmel sei Dank. Die Welt ist um einen Schurken ärmer.«

»Können wir trotzdem fahren?«

»Ich wüßte nicht, was dagegen spräche. Alicia kann uns nicht festhalten.«

»Und wenn sie zum Sheriff geht und angibt, daß wir all diese Dinge hier gestohlen haben?« Sie deutete auf die Vorräte, die sich auf der Ladefläche türmten.

»Denk doch an unsere Legende! Du besuchst einen Vetter, der sich gerade in North Carolina als Farmer niedergelassen hat. Du bringst ihm Geschenke.«

»Und das, obwohl wir bankrott sind?«

»Die Virginier sind dafür berühmt, daß sie selbst dann noch sehr freigebig sind, wenn sie es sich nicht mehr leisten können.«

Lizzie nickte. »Ich werde dafür sorgen, daß Colonel Thumson und Suzy Delahaye diese Geschichte zu hören bekommen.«

»Laß sie wissen, daß deine Schwiegermutter von deinen Plänen nichts hält und dir möglicherweise einen Strich durch die Rechnung machen will.«

»Ja, das ist eine gute Idee. Der Sheriff wird sich nicht in einen Familienstreit einmischen wollen.« Sie machte eine Pause. Sein Herzschlag beschleunigte sich, als er ihre Miene sah. Zögernd sagte Lizzie: »Wann … wann fahren wir ab?«

Er lächelte. »Noch vor dem Morgengrauen. Ich lasse den Wagen heute abend in unser Quartier bringen, damit wir bei der Abreise nicht zuviel Lärm machen. Wenn deine Schwiegermutter aufwacht, sind wir längst fort.«

Sie drückte schnell seinen Arm und verschwand wieder im Haus.

In der Nacht kam Mack zu Lizzie ins Bett.

Sie lag noch wach und dachte voller Aufregung und Beklommenheit über das Abenteuer nach, das am nächsten Morgen beginnen sollte, als Mack lautlos ihr Zimmer betrat. Er küßte sie auf die Lippen, streifte seine Kleider ab und schlüpfte zu ihr ins Bett.

Nachdem sie sich geliebt hatten, sprachen sie leise über den kommenden Morgen. Dann liebten sie sich noch einmal. In den frühen Stunden des neuen Tags verfiel Mack in einen leichten Dämmerschlaf, Lizzie jedoch blieb wach, betrachtete im flackernden Schein des Kaminfeuers seine Züge und dachte an die lange Reise durch Raum und Zeit, die in High Glen begonnen und sie in diesem Bett zusammengeführt hatte.

Es dauerte nicht lange, und Mack bewegte sich wieder. Sie küßten sich lange, dann standen sie auf.

Mack ging zu den Ställen, während Lizzie sich reisefertig machte. Ihr Herz schlug ihr bis zum Hals, als sie sich anzog. Sie steckte ihr Haar hoch, schlüpfte in Hosen und Reitstiefel, streifte sich Hemd und Weste über, dachte aber auch daran, für den Fall, daß sie sich rasch wieder in eine wohlhabende Dame verwandeln mußte, ein Kleid einzupacken. Sie fürchtete sich vor der Reise, hatte aber keinerlei Bedenken, was Mack betraf. Sie fühlte sich ihm so nahe, daß sie ihm ihr Leben anvertraut hätte.

Als er kam, um sie abzuholen, saß sie im Mantel am Fenster. Ihren Kopf bedeckte ein Dreispitz. Mack lächelte, als er sie in ihrer Lieblingskleidung erblickte. Hand in Hand schlichen sie auf Zehenspitzen die Treppe hinunter und gingen hinaus.

Der Planwagen war vom Herrenhaus aus nicht zu sehen, sondern stand ein Stückchen weiter unterhalb am Straßenrand bereit. Peg saß schon auf ihrem Platz; sie hatte eine Decke um sich geschlungen. Jimmy, der Stalljunge, hatte vier Pferde eingeschirrt und zwei weitere hinten an den Wagen gebunden. Alle Sklaven hatten sich eingefunden, um ihnen Lebewohl zu sagen. Lizzie küßte Mildred und Sarah, Mack verabschiedete sich mit Handschlag von Kobe und Cass. Bess, die junge Arbeiterin, die sich in der Nacht der Totgeburt so übel verletzt hatte, schlang die Arme um Lizzie und schluchzte. Als Mack und Lizzie auf den Planwagen kletterten, standen sie alle schweigend unter dem Sternenlicht und sahen zu.

Mack ließ die Zügel knallen und sagte: »Hüa! Los mit euch!«

Die Pferde zogen an, und mit einem Ruck setzte sich das Fuhrwerk in Bewegung.

Auf der Straße schlug Mack den Weg nach Fredericksburg ein. Lizzie warf einen Blick zurück. Die Feldarbeiter standen noch immer lautlos da und winkten ihnen nach.

Im nächsten Augenblick waren sie nicht mehr zu sehen.

Lizzie drehte sich wieder um. Weit vor ihnen deutete ein feiner heller Streifen den heraufdämmernden Morgen an.

Dritter Teil
Kapitel 11

Als Jay Jamisson und Sidney Lennox in Williamsburg eintrafen, weilte Matthew Murchman nicht in der Stadt, und sein Diener sagte, mit seiner Rückkehr sei frühestens am folgenden Tag zu rechnen. Jay kritzelte eine kurze Nachricht auf einen Zettel, in der er Murchman mitteilte, daß er einen neuen Kredit aufnehmen müsse und um den schnellstmöglichen Termin nachsuche. In übler Laune verließ er die Kanzlei. Seine Finanzen waren heillos zerrüttet, und er brannte darauf, endlich etwas dagegen zu unternehmen.

Gezwungen, die Zeit totzuschlagen, begab er sich am nächsten Tag zum Parlament, einem Gebäude aus roten und grauen Backsteinen. Nach der Auflösung durch den Gouverneur im vergangenen Jahr und den nachfolgenden Wahlen hatte sich die Versammlung neu konstituiert. Der Saal – die *Hall of Burgesses* – war ein bescheidener, düsterer, beidseitig von Bankreihen gesäumter Raum mit einer Art Schilderhäuschen für den Speaker in der Mitte. Jay und eine Handvoll anderer Zuschauer standen am Ende des Saals hinter einer Absperrung.

Er brauchte nicht lange, um zu erkennen, daß die politische Situation in der Kolonie hochbrisant war. Virginia, die älteste englische Niederlassung auf dem amerikanischen Kontinent, war allem Anschein nach drauf und dran, sich gegen ihren rechtmäßigen Monarchen aufzulehnen.

Die Abgeordneten diskutierten über die jüngste Drohung aus Westminster: Unter Berufung auf ein Statut aus der Zeit Heinrichs VIII. behauptete das britische Parlament, daß jeder, der des Verrats angeklagt sei, unter Zwangsanwendung nach London gebracht und dort vor Gericht gestellt werden könne.

Die Wogen der Empörung schlugen hoch. Angewidert beobachtete Jay, wie ein angesehener Grundbesitzer nach dem anderen aufstand und den König angriff. Am Ende wurde eine Resolution verabschiedet, in der es hieß, das Verratsstatut stehe im Widerspruch zum Recht eines jeden britischen Untertanen auf ein Verfahren vor einem Gericht, das sich aus Menschen seines Standes zusammensetze.

Im weiteren Verlauf der Sitzung ging es wieder einmal um das Problem, ob das Mutterland Steuern erheben dürfe, obwohl die Kolonisten im Parlament von Westminster nicht vertreten waren. *No taxation without representation* hieß der ständig wiederholte Slogan. Diesmal gingen die Abgeordneten jedoch noch einen Schritt weiter als sonst, indem sie betonten, daß es ihr Recht sei, in ihrer Opposition gegen die Forderungen der Krone mit den Abgeordnetenversammlungen anderer Kolonien zusammenzuarbeiten. Das kann der Gouverneur ihnen nicht durchgehen lassen, dachte Jay und behielt recht damit. Kurz vor dem Mittagessen – die Abgeordneten sprachen gerade über ein weniger brisantes, lokales Thema – erschien der *Sergeant-at-arms*, ein hoher Exekutivbeamter, im Saal, unterbrach die Debatte und verkündete: »Mr. Speaker, eine Botschaft des Gouverneurs.«

Er reichte dem Parlamentssekretär einen Zettel. Der las ihn durch und sagte: »Mr. Speaker, der Gouverneur befiehlt Ihre Versammlung unverzüglich in den Ratssaal.«

Jetzt geht es ihnen an den Kragen, dachte Jay schadenfroh.

Er folgte den Abgeordneten die Treppen hinauf. Die Zuschauer sammelten sich im Flur außerhalb des Ratssaals, konnten aber hineinsehen, da die Türen offen blieben.

Gouverneur Botetourt, die lebende Verkörperung der eisernen Faust im Samthandschuh, saß am Schmalende eines ovalen Tisches. Er sagte nur wenige Worte: »Ich habe von Ihren Resolutionen gehört. Sie machen es mir zur unabdingbaren Pflicht, Ihre Versammlung aufzulösen, und genau dies tue ich hiermit.«

Es herrschte verblüfftes Schweigen.

»Das ist alles«, sagte der Gouverneur ungeduldig.

Jay ließ sich seine Freude nicht anmerken, als die Abgeordneten, einer nach dem anderen, den Ratssaal verließen, die Treppe hinuntergingen, ihre Papiere einsammelten und schließlich im Hof des Gebäudes eintrudelten.

Jay suchte die *Raleigh Tavern* auf und ließ sich dort an der Bar nieder. Er bestellte sich ein Mittagessen und flirtete mit dem Barmädchen, das sich schon fast in ihn verliebt hatte. Zu seiner Überraschung betraten auch viele Abgeordnete die Schankstube, hielten sich jedoch dort nicht länger auf, sondern steuerten eines der größeren Hinterzimmer an. Ob sie dort neue verräterische Pläne aushecken wollen, fragte er sich.

Als er aufgegessen hatte, erhob er sich und sah nach.

Er hatte sich nicht getäuscht. Die Abgeordneten diskutierten eifrig und machten gar nicht erst den Versuch, ihre aufrührerische Gesinnung zu verbergen. Sie waren blind von der Rechtmäßigkeit ihres Standpunkts überzeugt und zogen daraus ein Selbstbewußtsein, das an schieren Wahnsinn grenzte. Begreifen die denn nicht, dachte Jay, daß sie sich mit ihrem Verhalten den Zorn einer der größten Monarchien der Welt zuziehen? Bilden sie sich etwa ein, daß man ihnen das alles durchgehen läßt? Erkennen sie denn nicht, daß die britische Armee sie über kurz oder lang ausradieren wird?

Nein, sie erkannten es offenbar nicht. So eingebildet waren sie, daß nicht einer protestierte, als Jay sich ganz hinten in ihrem Versammlungsraum auf einen Stuhl setzte – und dies, obwohl vielen Anwesenden seine königstreue Gesinnung durchaus nicht unbekannt war.

Einer der Hitzköpfe hielt gerade eine Rede. Jay kannte ihn. Es war George Washington, ein ehemaliger Armeeoffizier, der mit Landspekulationen viel Geld verdient hatte. Er war kein großer Redner, doch strahlte er eine stahlharte Entschlossenheit aus, die ihren Eindruck auf Jay nicht verfehlte.

Washington hatte einen Plan. In den nördlichen Kolonien, meinte er, hätten einflußreiche Männer Vereinigungen gegründet, deren Mitglieder übereingekommen wären, keine britischen Waren mehr zu importieren. Wenn die Virginier echten Druck auf die Regierung in London ausüben wollten, müßten sie genau das gleiche tun.

Wenn ich je eine verräterische Rede gehört habe, dann diese hier, dachte Jay wütend.

Falls Washington sich mit seinem Vorschlag durchsetzte, würden Sir George Jamissons Geschäfte weiter zurückgehen. Jays Vater transportierte ja nicht nur Sträflinge in die Kolonien, sondern auch Tee, Möbel, Taue und Maschinen sowie eine Fülle von Luxusgütern und Fertigwaren unterschiedlichster Art. Das Handelsvolumen mit dem Norden war bereits auf einen Bruchteil seines einstigen Umfangs geschrumpft, weshalb Sir Georges Unternehmen im vergangenen Jahr in eine kritische Lage geraten war.

Nicht alle Anwesenden stimmten Washington zu. Einige Abgeordnete wiesen darauf hin, daß die Kolonien im Norden stärker industrialisiert waren und viele lebenswichtige Güter selbst herstellen konnten, während der Süden nach wie vor auf Importe angewiesen war. Was sollen wir machen, wenn uns Nähgarn und Tuch ausgehen, fragten sie.

Washington erwiderte, man könne bestimmte Ausnahmen zulassen. Die Versammlung ging nun in die Einzelheiten: Irgend jemand schlug vor, das Schlachten von Lämmern zu verbieten, um die Wollproduktion in der Kolonie anzukurbeln. Kurz darauf regte Washington an, die Ausarbeitung der technischen Details einem kleineren Ausschuß zu überlassen. Sein Vorschlag fand Zustimmung, und man schritt zur Wahl der Ausschußmitglieder.

Jay verließ das Hinterzimmer der Schenke in heller Empörung. Im Flur kam Lennox auf ihn zu. Er hatte eine Nachricht von Murchman. Der Anwalt war zurückgekehrt und hatte Jays

Notiz gelesen; es sei ihm eine Ehre, schrieb er, Mr. Jamisson am nächsten Morgen um neun empfangen zu dürfen.

Die politische Krise hatte Jay nur vorübergehend von seinen persönlichen Sorgen abgelenkt. Er tat die ganze Nacht kein Auge zu. In Gedanken verfluchte er mal seinen Vater, weil der ihm eine unrentable Pflanzung überlassen hatte, und mal Lennox, weil er die Felder überdüngt hatte. Dann dachte er: Vielleicht war an meiner Ernte gar nichts auszusetzen, und die Inspektoren haben sie nur verbrennen lassen, weil sie mich für meine Loyalität zur Krone bestrafen wollten. Unruhig wälzte er sich hin und her und argwöhnte schließlich sogar, Lizzie habe ihr Kind absichtlich tot geboren, um ihm eins auszuwischen.

Schon vor der Zeit stand er vor Murchmans Haus. Er hatte nur noch eine Chance. Egal, was im einzelnen vorgefallen war – es war ihm nicht gelungen, aus der Pflanzung einen profitablen Betrieb zu machen. Wenn er es jetzt nicht schaffte, neue Kredite aufzutreiben, würden seine Gläubiger die Hypothek für verfallen erklären, und er wäre nicht nur völlig mittellos, sondern hätte nicht einmal mehr ein Dach über dem Kopf.

Murchman wirkte nervös. »Ich habe Ihren Gläubiger hergebeten, damit Sie persönlich mit ihm sprechen können«, sagte er.

»Gläubiger? Sie sagten doch etwas von einem Syndikat.«

»Ja, in der Tat – eine kleine Unwahrheit, wie ich gestehen muß. Es tut mir leid. Die Person wünschte anonym zu bleiben.«

»Und was veranlaßt die Person jetzt, ihr Inkognito zu lüften?«

»Das ... das vermag ich nicht zu sagen.«

»Wie dem auch sei – offenbar scheint sie bereit zu sein, mir die erforderliche Summe zu leihen. Warum sollte sie sonst auf eine persönliche Begegnung Wert legen?«

»Ich könnte mir denken, daß Ihre Vermutung korrekt ist – aber der Herr hat mir seine Beweggründe nicht anvertraut.«

Jay hörte ein Klopfen an der Eingangstür. Kurz darauf waren leise Stimmen zu vernehmen; ein Besucher wurde eingelassen.

»Um wen handelt es sich?«

»Ich denke, er sollte sich am besten selbst vorstellen.«

Die Tür ging auf, und Jays Bruder Robert betrat die Kanzlei.

Jay fuhr überrascht von seinem Sessel auf. »Du?« fragte er. »Seit wann bist *du* denn hier?«

»Seit ein paar Tagen«, sagte Robert.

Jay streckte ihm die Hand entgegen, und Robert drückte sie kurz. Ein knappes Jahr war vergangen, seit sie sich das letzte Mal gesehen hatten. Robert wurde ihrem gemeinsamen Vater immer ähnlicher: feist, übellaunig und kurz angebunden.

»Dann hast du mir also das Geld geliehen?« fragte Jay.

»Nein, es war Vater«, antwortete Robert.

»Gott sei Dank! Ich hatte schon die Befürchtung, irgendein Unbekannter würde sich weigern, mir noch einmal auszuhelfen.«

»Vater ist allerdings nicht mehr dein Gläubiger«, sagte Robert. »Er ist tot.«

»Tot?« Jay plumpste vor Schreck auf seinen Sessel zurück. Der Schock saß tief. Vater war doch noch keine Fünfzig! »Wie ...?«

»Herzversagen.«

Jay hatte das Gefühl, den Boden unter den Füßen zu verlieren. Sein Vater hatte ihn schlecht behandelt, aber er war eine feste Größe in seinem Leben gewesen, eine dauerhafte, gleichsam unverwüstliche Instanz. Mit einem Schlag war die Welt noch unsicherer geworden. Obwohl er saß, wollte Jay sich irgendwo festhalten.

Er sah seinen Bruder an. Ein unversöhnlicher, triumphierender Zug lag in Roberts Miene. Worüber freut der sich so, dachte Jay und fragte: »Da ist doch noch etwas anderes, Robert, oder? Warum grinst du so selbstgefällig?«

»*Ich* bin jetzt dein Gläubiger.«

Jetzt fiel es Jay wie Schuppen von den Augen. Ihm war, als habe er einen Fausthieb in die Magengrube erhalten. »Du Schwein«, flüsterte er.

»Ich erkläre deine Hypothek für verfallen. Die Tabakpflanzung gehört mir. Mit High Glen habe ich es genauso gemacht: Ich habe die Hypotheken aufgekauft und nicht verlängert. Inzwischen gehört es mir.«

Nur mit Mühe brachte Jay eine Antwort hervor: »Du hast das von langer Hand geplant.«

Robert nickte.

Jay kämpfte mit den Tränen. »*Ihr* wart es, du und Vater ...«

»Jawohl.«

»Meine eigene Familie hat mich ruiniert.«

»Du hast dich selber ruiniert – dumm, faul und schwach, wie du bist.«

Jay ignorierte die Beleidigung. Mein eigener Vater hat mich hinterrücks in den Bankrott getrieben, dachte er, und Murchmans Brief mit dem Hypothekenangebot fiel ihm ein. Das Schreiben war bereits wenige Tage nach seiner Ankunft in Virginia bei ihm eingegangen. Vater muß dem Anwalt vorab geschrieben und ihm aufgetragen haben, mir ein entsprechendes Angebot zu unterbreiten ... Sir George hatte vorausgesehen, daß die Plantage in finanzielle Schwierigkeiten geraten würde, und war von vornherein darauf aus gewesen, sie Jay wieder abzunehmen. Inzwischen war er tot, doch die Ablehnung und Verachtung, die er seinem zweiten Sohn entgegenbrachte, wirkten über seinen Tod hinaus.

Jay erhob sich langsam und mit großer Mühe, wie ein alter Mann. Robert stand daneben. Er sagte kein Wort, doch sein Blick war voller Hohn und Anmaßung. Murchman besaß immerhin soviel Anstand, den Schuldbewußten zu heucheln. Verlegen huschte er zur Tür und hielt sie für Jay auf. Langsam durchschritt Jay den Flur und betrat kurz darauf die staubige Straße.

Bereits zur Mittagessenszeit war er betrunken.

Er war so sternhagelvoll, daß selbst Mandy, die Bardame, die sich schon fast in ihn verliebt hatte, offensichtlich bereits wieder das Interesse verlor. Der Abend endete in der Bar der *Raleigh*-Schenke.

Als Jay am nächsten Morgen oben in seinem Zimmer aufwachte, konnte er beim besten Willen nicht mehr sagen, wie er dort hingekommen war. Vermutlich hat Lennox mich raufgebracht, dachte er.

Er überlegte, ob er sich umbringen sollte. Es gab nichts mehr, wofür zu leben sich lohnte: kein Zuhause, keine Zukunft. Kinder hatte er auch nicht. Als Bankrotteur hatte er nicht die geringste Chance, es in Virginia jemals zu Amt und Würden zu bringen, und auch die Rückkehr nach England war ihm versperrt. Seine Frau haßte ihn, und selbst Felia gehörte jetzt seinem Bruder. Die einzige Frage war die, ob er sich eine Kugel in den Kopf jagen oder sich totsaufen sollte.

Es war erst elf Uhr vormittags, und Jay saß schon wieder beim Brandy, als seine Mutter die Schankstube betrat.

Jetzt werde ich wirklich verrückt, dachte Jay, als er Alicia erblickte. Er erhob sich und starrte sie ängstlich an. Wie immer konnte sie seine Gedanken lesen. »Nein, Jay, ich bin kein Gespenst.« Sie küßte ihn und setzte sich.

»Wie hast du mich gefunden?« fragte er, nachdem er sich wieder einigermaßen gefangen hatte.

»Ich erkundigte mich in Williamsburg nach deinem Verbleib, und man sagte mir, wo ich dich finden kann. Du mußt jetzt sehr gefaßt sein, denn ich habe eine schlimme Nachricht für dich: Dein Vater ist tot.«

»Ich weiß.«

Nun war es an Alicia, überrascht zu sein. »Woher?«

»Robert ist da.«

»Warum?«

Jay berichtete ihr, was vorgefallen war und daß inzwischen sowohl die Pflanzung als auch High Glen Robert gehörten.

»Ich habe immer befürchtet, daß die beiden irgend so einen Plan aushecken«, bemerkte Alicia bitter.

»Ich bin ruiniert«, sagte Jay. »Ich war drauf und dran, mich umzubringen.«

Ihre Augen weiteten sich. »Dann hat dir Robert offenbar nicht mitgeteilt, was dein Vater im Testament festgelegt hat?«

Jay merkte auf. War das ein Hoffnungsschimmer? »Hat er mir was vererbt?«

»Nein, dir nicht. Aber deinem Kind.«

Die Hoffnung zerstob. »Mein Kind war eine Totgeburt.«

»Jedes Enkelkind deines Vaters, das innerhalb eines Jahres nach seinem Tod das Licht der Welt erblickt, erhält ein Viertel des Gesamtbesitzes. Wenn es nach Ablauf dieses Jahres noch keine Enkel gibt, fällt alles an Robert.«

»Ein Viertel? Das ist ein Vermögen!«

»Du mußt also lediglich Lizzie wieder schwängern.«

Jay grinste gequält. »Na ja, wie man das anstellt, weiß ich wenigstens.«

»Ich wäre mir da nicht zu sicher. Sie ist mit diesem Grubenarbeiter durchgebrannt.«

»Was?«

»Sie ist abgereist, ja. Mit McAsh.«

»Großer Gott! Sie hat mich verlassen? Ist mit einem Sträfling davongelaufen?« Es war eine furchtbare Demütigung. Jay wandte den Blick ab. »O Gott, das steh' ich nicht durch!«

»Außerdem ist dieses Kind bei ihnen, Peg Knapp. Sie haben auch einen Planwagen und sechs von deinen Pferden mitgehen lassen. Und so viele Vorräte, daß man gleich mehrere Farmen damit aufbauen kann.«

»Verfluchtes Diebespack!« Er war außer sich und völlig hilflos. »Konntest du das nicht verhindern?«

»Ich hab' dem Sheriff Bescheid gesagt – aber Lizzie ist clever. Sie hat das Märchen verbreitet, sie wolle einem Vetter in North Carolina Geschenke bringen. Die Nachbarn haben dem Sheriff erzählt, ich sei nichts als eine zänkische Schwiegermutter, die Unfrieden stiften will.«

»Sie hassen mich, weil ich königstreu bin.« Das Wechselbad zwischen Hoffnung und Verzweiflung überstieg Jays Kräfte, und er versank in Lethargie. »Das ist alles ganz entsetzlich«, sagte er. »Das Schicksal hat sich gegen mich verschworen.«

»Du darfst jetzt noch nicht die Flinte ins Korn werfen!«

Mandy, die Bardame, unterbrach sie mit der Frage, was Alicia zu trinken wünsche. Jays Mutter bestellte sich einen Tee. Mandy lächelte Jay kokett zu.

»Ich könnte mit einer anderen Frau ein Kind haben«, sagte er, als Mandy wieder ging.

Voller Abscheu musterte Alicia das wackelnde Hinterteil der Bardame und sagte. »Taugt nicht. Das Enkelkind muß ehelich sein.«

»Kann ich mich von Lizzie scheiden lassen?«

»Nein. Das kostet ein Vermögen und muß vom Parlament genehmigt werden, ganz abgesehen davon, daß uns die Zeit dazu fehlt. Solange Lizzie lebt, geht es nur mit ihr.«

»Ich habe keine Ahnung, wo sie hin ist.«

»Ich weiß es.«

Jay starrte seine Mutter an. Ihre Raffinesse überraschte ihn immer wieder von neuem. »Wie denn das?«

»Ich bin ihnen gefolgt.«

In ungläubiger Bewunderung schüttelte er den Kopf. »Und wie hast du das angestellt?«

»Es war gar nicht schwer. Ich habe die Leute gefragt, ob sie einen vierspännigen Planwagen mit einem Mann, einer Frau und einem Kind gesehen hätten. Bei dem geringen Verkehr hier fällt so etwas auf.«

»Wo sind sie hin?«

»Zuerst fuhren sie nach Richmond, also gen Süden. Dann bogen sie nach Westen ab, auf den sogenannten ›Dreipässeweg‹, der in die Berge führt. Ich wandte mich nach Osten und erreichte schließlich Williamsburg. Wenn du dich noch heute vormittag auf den Weg machst, sind sie dir nur drei Tage voraus.«

Jay dachte nach. Die Vorstellung, seiner durchgebrannten Gattin hinterherzulaufen, war ihm ein Graus. Gehörnte Ehemänner wirkten so lächerlich. Andererseits war es die letzte Chance, noch an einen Teil des väterlichen Erbes zu kommen. Ein Viertel des Vermögens von Sir George – das war eine gewaltige Summe.

Doch angenommen, es gelang ihm, die drei einzuholen – was dann? »Was soll ich machen, wenn Lizzie sich weigert, zu mir zurückzukehren?« fragte er.

Finstere Entschlossenheit prägte die Züge seiner Mutter. »Es gäbe da natürlich noch *eine* andere Möglichkeit«, sagte sie, warf einen Seitenblick auf Mandy und sah dann wieder ihren Sohn an. Ihr Blick war eiskalt. »Du könntest in der Tat eine andere Frau schwängern, sie heiraten und an dein Erbe gelangen – vorausgesetzt, Lizzie kommt unerwartet zu Tode.«

Jay starrte seine Mutter mit offenem Mund an.

»Sie wollen sich in die Wildnis absetzen, dorthin, wo sie der Arm des Gesetzes nicht erreichen kann. Da draußen kann alles mögliche passieren. Es gibt keine Sheriffs und keine Untersuchungsrichter. Da stirbt es sich leicht – und niemand stellt dumme Fragen.«

Jay schluckte. Seine Kehle war trocken, und er griff nach seinem Drink. Seine Mutter legte die flache Hand aufs Glas und sagte: »Schluß jetzt, es genügt. Du mußt dich auf den Weg machen.«

Widerstrebend zog er die Hand zurück.

»Nimm Lennox mit«, riet sie ihm. »Wenn es zum Schlimmsten kommt und es dir nicht gelingt, Lizzie zur Rückkehr zu bewegen, wird er schon wissen, was zu tun ist.«

Jay nickte. »Gute Idee«, sagte er. »Das mache ich.«

Dritter Teil
Kapitel 12

Der alte Büffeljägerpfad, der unter der Bezeichnung »Dreipässeweg« bekannt war, führte – parallel zum James River, wie Lizzie an Hand von Macks Karte feststellte – Meile um Meile durch die hügelige Landschaft Virginias nach Westen. Es galt eine endlose Folge von Erhebungen und Tälern zu überqueren, geformt von Hunderten von Wasserläufen, die in südlicher Richtung dem James zuströmten. Anfangs kamen sie an vielen großen Pflanzungen vorbei, die jenen in der Umgebung von Fredericksburg ähnelten, aber je weiter sie nach Westen vordrangen, desto kleiner wurden die Häuser und Ländereien. Und immer öfter führte der Weg über lange Strecken durch tiefe, unberührte Wälder.

Lizzie war glücklich. Obwohl sie sich fürchtete und ein schlechtes Gewissen hatte, mußte sie lächeln. Sie war draußen in der freien Natur, und neben ihr ritt der Mann, den sie liebte.

Das große Abenteuer hatte begonnen. Ihr Verstand meldete allerhand Vorbehalte und Bedenken an – aber ihr Herz jubilierte.

Da sie damit rechnen mußten, verfolgt zu werden, trieben sie die Pferde bis an ihre Leistungsgrenze. Alicia Jamisson war nicht die Frau, die im Herrenhaus bei Fredericksburg tatenlos auf Jays Rückkehr warten würde. Wenn sie ihm nicht sogar nachgereist war, hatte sie ihrem Sohn in Williamsburg inzwischen sicher längst eine Botschaft zukommen lassen und ihn über die Geschehnisse auf der Pflanzung aufgeklärt. Jay hätte vielleicht nur mit den Schultern gezuckt und die Entflohenen laufen lassen – wenn da nicht eben jener Passus in Sir Georges Testament gewesen wäre. Um an das Erbe zu kommen, brauchte er seine Frau, weil nur sie ihm das erforderliche Kind schenken konnte – und daraus folgerte fast zwangsläufig, daß er hinter ihnen her war und Lizzie zurückholen wollte.

Sie hatten einige Tage Vorsprung, aber ohne Planwagen und große Mengen an Vorräten kam er mit Sicherheit schneller voran. Er würde sich in Häusern und Schenken nach ihnen erkundigen und auf die Hilfe aufmerksamer Menschen angewiesen sein. Da nicht viele Reisende unterwegs waren, bestand durchaus die Möglichkeit, daß einige Anrainer sich an den Planwagen erinnerten.

Am dritten Tag wurde die Landschaft sichtlich bergiger. Statt Feldern überwog nun Weideland, und weit vor ihnen zeichnete sich im Dunst eine bläuliche Bergkette ab. Meile um Meile ging es so. Die Pferde wurden immer müder, stolperten auf dem unebenen Pfad ein ums andere Mal und wurden zusehends störrischer und langsamer. An Steigungen kletterten Lizzie und Peg vom Wagen, um die Tiere zu entlasten, doch das reichte nicht aus. Die Pferde ließen die Köpfe hängen und reagierten nicht einmal mehr auf Peitschenhiebe.

»Was ist nur los mit ihnen?« fragte Mack besorgt.

»Sie brauchen besseres Futter«, sagte Lizzie. »Bislang müssen sie mit dem auskommen, was sie abends am Rastplatz abweiden können. Wenn sie tagelang schwere Zugarbeit verrichten, brauchen sie Hafer.«

Mack machte sich Vorwürfe. »Ich hätte daran denken und Hafer mitnehmen müssen«, sagte er, »aber ich kenne mich immer noch viel zu wenig mit Pferden aus.«

Am Nachmittag erreichten sie Charlottesville, eine neue, aufstrebende Siedlung an der Kreuzung zwischen dem Dreipässepfad und dem in Nord-Süd-Richtung verlaufenden Seminolenpfad, einer uralten Indianerstraße. Die Siedlung bestand aus kaum mehr als einem Dutzend Häusern, doch konnte man vom Weg aus schon mehrere parallele Straßen sehen, die den Hang hinaufführten. Die Grundstücke dort waren aber größtenteils noch unbebaut. Lizzie sah ein Gerichtsgebäude mit einem Schandpfahl davor. Eine Schenke war an ihrem Schild zu erkennen, das mit der kunstlosen Darstellung eines Schwans versehen war.

»Hier können wir vielleicht Hafer bekommen«, sagte Lizzie.

»Nein, wir fahren besser weiter«, sagte Mack. »Ich möchte nicht, daß wir allzu vielen Leuten hier auffallen.«

Lizzie verstand seine Bedenken. Die Straßenkreuzung bedeutete für Jay ein Problem, weil er nicht ohne weiteres wissen konnte, ob die Flüchtlinge weiter nach Westen gezogen oder aber nach Süden abgebogen waren. Wenn sie an der Schenke hielten und Futter kauften, erregten sie Aufmerksamkeit und erleichterten Jay die Suche. Die Pferde würden also noch ein wenig leiden müssen – es ging nicht anders.

Einige Meilen hinter Charlottesville, an einer Stelle, an der ein kaum sichtbarer Pfad ihren Weg kreuzte, beschlossen sie zu rasten. Mack machte ein Lagerfeuer, und Peg kochte Maisbrei. In den Bächen gab es zweifellos Fische, und die Wälder waren reich an Wild, doch den Flüchtlingen fehlte die Zeit zum Fischen und Jagen. Lizzie fand den Maisbrei völlig geschmacklos, und seine klebrige, zähflüssige Konsistenz ekelte sie. Mit Überwindung aß sie ein paar Löffelvoll, dann wurde ihr übel, und sie schüttete den Rest ihrer Portion fort. Noch im nachhinein schämte sie sich, daß man ihren Feldarbeitern jeden Tag diesen Fraß vorgesetzt hatte.

Während Mack an einem Bach ihr Geschirr spülte, fesselte Lizzie den Pferden die Vorderbeine, so daß sie in der Nacht zwar grasen, aber nicht davonlaufen konnten. Dann wickelten sich alle drei in warme Decken und legten sich unter dem Planwagen nebeneinander zum Schlafen nieder. Lizzie zuckte zusammen, als sie den harten Boden unter sich spürte, und Mack sagte: »Was ist denn los?«

»Mein Rücken tut mir weh«, sagte sie.

»Du bist eben Federbetten gewöhnt.«

»Lieber liege ich bei dir auf dem kalten Boden als allein in einem Federbett.«

Weil Peg bei ihnen war, liebten sie sich nicht, doch als sie glaubten, das Mädchen wäre eingeschlafen, unterhielten sie sich flüsternd. Sie sprachen darüber, was sie alles schon gemeinsam durchgemacht hatten.

»Erinnerst du dich noch, wie ich dich damals aus dem Fluß gezogen und mit meinem Unterrock abgetrocknet habe?« fragte Lizzie.

»Natürlich. Wie könnte ich das je vergessen?«

»Erst habe ich deinen Rücken abgerieben. Doch als du dich dann umdrehtest ...« Sie zögerte und war plötzlich befangen. »Da warst du ... ganz erregt.«

»Und wie! Ich war arg erschöpft und konnte mich kaum auf den Beinen halten – aber schon damals hätte ich am liebsten sofort mit dir geschlafen.«

»Ich hatte noch nie einen Mann in diesem Zustand gesehen. Ich fand es furchtbar aufregend und habe später oft von dieser Szene geträumt. Es ist mir richtig peinlich, wenn ich daran denke, wie toll ich es fand.«

»Du hast dich sehr verändert, Lizzie. Du warst früher immer sehr anmaßend.«

Lizzie lachte leise. »So kamst du mir auch vor.«

»Anmaßend?«

»Und ob! Stellt sich da einfach in die Kirche und liest dem Grundherrn einen Brief vor!«

»Dann hast du wohl recht.«

»Vielleicht haben wir uns beide verändert.«

»Zu unserem Besten«, sagte Mack und berührte ihre Wange. »Ich glaube, damals vor der Kirche habe ich mich in dich verliebt – als du mich so abgekanzelt hast.«

»Ich habe mich in dich verliebt, lange bevor es mir überhaupt bewußt wurde. Ich erinnere mich noch an diesen Preiskampf. Jeder Schlag, der dich traf, tat mir weh. Oh, wie ich es haßte, deinen schönen Körper so mißhandelt zu sehen! Später, als du bewußtlos warst, habe ich dich gestreichelt. Ich habe deine Brust berührt. Ich glaube, ich wollte dich damals schon, vor meiner Ehe – aber ich habe es mir nicht eingestanden.«

»Ich sag' dir, wann es bei mir ernst wurde: Unten in der Kohlegrube, weißt du noch? Du fielst mir in die Arme. Ich bekam zufällig deine Brust zu spüren und erkannte, wer du warst.«

Lizzie kicherte. »Hast mich wohl ein bißchen länger festgehalten als unbedingt nötig, wie?«

Er wirkte verlegen im flackernden Schein des Lagerfeuers. »Nein! Aber später habe ich mir oft gewünscht, ich hätte es.«

»Jetzt kannst du mich halten, solange du willst.«

»Ja.« Er nahm sie in die Arme und zog sie an sich. Lange Zeit sprach keiner von ihnen ein Wort, und dann schliefen sie eng aneinandergeschmiegt ein.

Am nächsten Tag überquerten sie den Gebirgszug und stiegen in die dahinter liegende Ebene hinab. Lizzie und Peg lenkten den Planwagen, während Mack auf einem der freien Pferde vorausritt. Nach der Nacht auf dem harten Boden taten Lizzie alle Knochen weh, und allmählich machte sich auch der Mangel an guter Ernährung bemerkbar. Aber ich werde mich daran gewöhnen, dachte sie. Wir haben noch einen langen Weg vor uns. Sie biß die Zähne zusammen und dachte an das, was auf sie zukam.

Irgend etwas bedrückte Peg, sie wußte nur nicht was. Lizzie mochte Peg. Jedesmal, wenn sie sie ansah, mußte sie an ihre totgeborene Tochter denken. Auch Peg war einst ein kleines, von seiner Mutter geliebtes Baby gewesen, und um dieser Mutter willen, wollte sie, Lizzie, Peg lieben und für sie sorgen.

»Was hast du auf dem Herzen?« fragte sie das Mädchen.

»Diese Gehöfte hier draußen in den Bergen erinnern mich an Burgo Marlers Farm.«

Es muß schlimm sein, einen Menschen getötet zu haben,

dachte Lizzie, spürte aber, daß es etwas anderes war, das Peg zu schaffen machte.

Es dauerte nicht lange, und das Mädchen kam heraus mit der Sprache: »Warum bist du mit uns mitgekommen?«

Die Frage war nicht leicht zu beantworten, und Lizzie brauchte eine Weile, bis sie die richtigen Worte fand: »Vor allem, weil mein Mann mich nicht mehr liebt, glaube ich.« Irgend etwas in Pegs Miene veranlaßte sie hinzuzufügen: »Dir wäre es wohl lieber, ich wäre zu Hause geblieben.«

»Na ja – du magst unser Essen nicht und schläfst nicht gern auf dem Boden. Außerdem hätten wir ohne dich den Planwagen nicht und kämen schneller voran.«

»Ich werde mich schon noch an die Umstände gewöhnen. Und mit den Vorräten auf dem Wagen wird es uns viel leichter fallen, in der Wildnis ein neues Zuhause aufzubauen.«

Peg wirkte unvermittelt eingeschnappt, und Lizzie rechnete schon damit, daß noch nicht alles gesagt war, was sich nach kurzer Zeit auch bestätigte. »Du bist in Mack verliebt, oder?«

»Ja, natürlich!«

»Aber du bist doch gerade erst deinen Ehemann losgeworden – geht das nicht ein bißchen schnell?«

Lizzie fuhr zusammen. Das war genau das, was sie in Augenblicken des Zweifels selber dachte – nur war es äußerst ärgerlich, sich diesen Vorwurf aus dem Munde eines Kindes anhören zu müssen. »Mein Mann hat mich seit einem halben Jahr nicht mehr angerührt«, sagte sie. »Wie lange soll ich denn deiner Meinung nach noch warten?«

»Mack liebt mich.«

Die Sache wurde immer komplizierter. »Er liebt uns beide«, sagte Lizzie, »nur auf unterschiedliche Art.«

Peg schüttelte den Kopf. »Er liebt mich. Ich weiß es.«

»Er ist wie ein Vater zu dir. Und ich werde versuchen, wie eine Mutter zu dir zu sein, wenn du es mir erlaubst.«

»Nein!« rief Peg zornig. »So läuft das nicht!«

Lizzie war nun wirklich am Ende ihres Lateins. Sie warf einen Blick nach vorn. Ein seichter Fluß, an dessen Ufer ein niedriges Holzhaus stand, war in Sicht gekommen. Offenbar befand sich hier eine Furt, und das Haus war eine Schenke für die Reisenden. Mack band gerade sein Pferd an einen Baum vor dem Eingang.

Sie zügelte die Pferde und brachte das Fuhrwerk zum Stehen. Ein großer, einfach gekleideter Mann in Wildlederhosen trat vor die Tür. Er hatte kein Hemd an, doch auf seinem Kopf saß ein ramponierter Dreispitz. »Wir brauchen Hafer für unsere Pferde«, sagte Mack.

Der Mann antwortete mit einer Gegenfrage: »Wollt ihr eurem Gespann ein wenig Ruhe gönnen und auf einen Drink in meine Schenke kommen?«

Lizzie hatte plötzlich das Gefühl, ein Krug Bier wäre jetzt und hier das erstrebenswerteste Gut auf Erden. Sie hatte Geld mitgenommen – nicht viel, aber doch genug, um unterwegs einige wichtige Dinge einkaufen zu können. »Ja!« sagte sie entschlossen und sprang vom Wagen.

»Ich bin Barney Tobold«, sagte der Wirt. »Die Leute nennen mich Baz.« Er musterte Lizzie aufmerksam. Sie trug zwar Männerkleidung, hatte sich aber nicht gänzlich verkleidet und war an ihrem Gesicht unschwer als Frau zu erkennen. Der Wirt verkniff sich jedoch einen Kommentar und führte sie in die Gaststube.

Nachdem sich ihre Augen an die Düsternis gewöhnt hatten, erkannte Lizzie, daß die Schenke nur einen einzigen Raum besaß. Das Mobiliar setzte sich aus zwei Bänken und einem Tresen sowie einem Wandbrett zusammen, auf dem ein paar Holzkrüge standen. Der Boden bestand aus gestampfter Erde. Baz griff nach einem Rumfaß, doch Lizzie kam ihm zuvor, indem sie sagte: »Nein, keinen Rum bitte – nur Bier.«

»Ich nehm 'n Rum«, sagte Peg gierig.

»Nicht, solange ich bezahle«, widersprach Lizzie. »Bier auch für sie.«

Der Wirt schüttete Bier aus einem Faß in zwei Holzkrüge. Unterdessen betrat Mack die Schenke. Er hielt seine Karte in der Hand und fragte: »Welcher Fluß ist das hier?«

»Wir nennen ihn den South River.«

»Wohin führt der Weg auf der anderen Seite?«

»Nach zwanzig Meilen kommt man in eine Ortschaft namens Staunton. Danach gibt es nicht mehr viel – ein paar Pfade, ein paar Grenzforts, dann die richtigen Berge, die noch kein Mensch je überquert hat. Doch sei's drum – wo wollt ihr denn hin?«

Da Mack zögerte, antwortete Lizzie: »Ich möchte einen Vetter von mir besuchen.«

»In Staunton?«

Die Frage brachte Lizzie durcheinander. »Äh ... ja, in der Nähe ...«

»Tatsächlich? Wie heißt er denn?«

Sie nannte den erstbesten Namen, der ihr einfiel. »Angus ... Angus James.«

Baz zog die Brauen zusammen. »Komisch. Ich dachte, ich würde alle Leute in Staunton kennen, aber der Name sagt mir gar nichts.«

»Kann sein, daß seine Farm ein gutes Stück außerhalb der Stadt liegt«, improvisierte Lizzie. »Ich war noch nie dort.«

Von draußen drang Pferdegetrappel an ihre Ohren. Lizzie mußte an Jay denken. War es denkbar, daß er sie schon eingeholt hatte? Auch Mack machte das Geräusch nervös. »Wenn wir bis Einbruch der Dunkelheit in Staunton sein wollen, dürfen wir ...«

»... keine Zeit mehr verlieren«, ergänzte Lizzie und leerte ihren Krug.

»Ihr habt ja kaum noch eure Kehlen angefeuchtet«, sagte Baz. »Kommt, trinkt noch einen Schluck!«

»Nein«, sagte Lizzie entschlossen und zog ihre Brieftasche hervor. »Ich möchte zahlen.«

Zwei Männer betraten die Schankstube und blinzelten ins dämmrige Licht. Sie stammten offenbar aus der Gegend: Beide trugen sie Wildlederhosen und selbstgeschusterte Stiefel. Am Rande ihres Blickfelds nahm Lizzie wahr, daß Peg zusammenschrak und dann den beiden Neuankömmlingen ihren Rücken zuwandte, als wolle sie ihr Gesicht vor ihnen verbergen.

»Hallo, Fremde!« sagte der eine fröhlich. Es war ein häßlicher Mann mit einer gebrochenen Nase und einem geschlossenen Auge. »Ich bin Chris Dobbs, besser bekannt als der einäugige Dobbo. Freut mich, Ihre Bekanntschaft zu machen. Was gibt's denn Neues im Osten? Verschwenden unsere Herren Abgeordneten noch immer unsere Steuergelder für neue Paläste und edle Fressereien? Ich geb' Ihnen einen aus, wenn Sie gestatten. Eine Runde Rum für alle, Baz!«

»Wir sind gerade im Aufbruch«, sagte Lizzie. »Trotzdem vielen Dank!«

Dobbo sah sie genauer an und sagte: »Eine Frau in Wildlederhosen!«

Lizzie ging nicht auf seine Bemerkung ein. »Auf Wiedersehen, Baz – und danke für Ihre Auskünfte!«

Mack verließ die Schenke, und Lizzie und Peg gingen zur Tür. Jetzt bekam Dobbs Peg zu sehen und sagte verblüfft: »He, dich kenn' ich doch! Ich habe dich bei Burgo Marler gesehen, Gott hab' ihn selig!«

»Kenne keinen Burgo Marler«, erwiderte Peg tapfer und ging an ihm vorbei.

Im nächsten Augenblick fiel es Dobbo wie Schuppen von den Augen. »Jesus Christus! Du mußt dieses kleine Luder sein, das ihn umgebracht hat!«

»Moment!« sagte Lizzie, die insgeheim wünschte, Mack wäre nicht so schnell hinausgegangen. »Ich weiß nicht, was für eine verrückte Idee Ihnen da im Kopf herumspukt, Mr. Dobbs. Ich kann Ihnen nur sagen, daß Jenny seit ihrem zehnten Lebensjahr als Hausmädchen und Zofe in meiner Familie tätig ist.

Einen Mann namens Burgo Marler hat sie nie gesehen – geschweige denn umgebracht.«

Aber so leicht ließ sich der einäugige Dobbo nicht abschütteln. »Nein, sie heißt nicht Jenny ... aber so ähnlich: Betty, Milly – oder Peggy! Ja, Peggy, genau! Peggy Knapp!«

Lizzie wurde schlecht vor Angst.

Dobbs wandte sich hilfesuchend an seinen Begleiter: »Das ist sie doch, oder?«

Der andere zuckte unsicher mit den Schultern und sagte: »Ich hab' diese Peggy bei Burgo nur ein- oder zweimal gesehen – und diese kleinen Mädchen sehen doch alle mehr oder weniger gleich aus.«

»Sie paßt aber ganz gut zu dem Steckbrief in der *Virginia Gazette*«, sagte Baz, griff unter den Schanktisch und holte eine Muskete hervor.

Jetzt wich Lizzies Furcht blanker Wut. »Ich hoffe, Sie haben nicht vor, mich zu bedrohen, Barney Tobold«, sagte sie und überraschte ihn mit der Kraft in ihrer Stimme.

»Es wäre vielleicht besser, Sie blieben hier, bis wir den Sheriff in Staunton benachrichtigt haben. Der ärgert sich nämlich grün und blau, weil er Burgos Mörderin bisher nicht erwischt hat. Ich bin sicher, daß er sehr daran interessiert sein wird, Ihre Geschichte zu überprüfen.«

»Ich habe keine Lust, hier herumzusitzen, bis Sie Ihren Irrtum einsehen.«

Er richtete das Gewehr auf Lizzie. »Ich fürchte, es wird Ihnen nichts anderes übrigbleiben.«

»Jetzt hören Sie mir mal gut zu: Ich gehe jetzt, und zwar zusammen mit diesem Kind. Es gibt nur eines, was Ihnen vollkommen klar sein sollte: Wenn Sie die Ehefrau eines angesehenen virginischen Gentlemans erschießen, wird keine Ausrede der Welt Sie vor dem Galgen retten.« Sie legte Peg die Hände auf die Schultern, trat zwischen das Mädchen und die Muskete und schob Peg langsam dem Ausgang zu.

Baz spannte den Hahn. Es klickte ohrenbetäubend.

Peg zuckte unter Lizzies Händen zusammen, und Lizzie verstärkte ihren Griff, weil sie spürte, daß Peg Hals über Kopf davonlaufen wollte.

Bis zur Tür waren es keine drei Meter, doch als sie sie endlich erreicht hatten, schien eine Stunde vergangen zu sein.

Es fiel kein Schuß.

Lizzie spürte den Sonnenschein auf ihrem Gesicht.

Jetzt konnte auch sie sich nicht länger zurückhalten. Sie begann zu rennen und schubste Peg vor sich her.

Mack saß bereits im Sattel. Peg sprang auf den Kutschbock, und Lizzie folgte ihr.

»Was ist denn los?« fragte Mack. »Ihr seht ja aus, als hättet ihr ein Gespenst gesehen.«

»Laß uns verschwinden!« rief Lizzie und schnappte sich die Zügel. »Dieser Einäugige hat Peg erkannt!« Sie wendete das Gespann. Ihren bisherigen Weg konnten sie nicht fortsetzen: Der Weg nach Staunton erforderte zunächst einmal die Überquerung der Furt, und das konnte lange dauern. Und danach würden sie dem Sheriff direkt in die Arme laufen. Es gab keine andere Wahl: Sie mußten zurück – auf dem gleichen Weg, auf dem sie gekommen waren.

Sie warf einen Blick zurück. Im Eingang der Schenke standen die drei Männer. Baz hielt noch immer die Muskete in der Hand. Sie peitschte die Pferde in den Trab.

Baz schoß nicht.

Ein paar Sekunden später waren sie außer Reichweite.

»Mein Gott!« sagte Lizzie erleichtert. »Das hätte ins Auge gehen können.«

Der Weg bog in den Wald ab, und sie waren von der Schenke aus nicht mehr zu sehen. Nach einer Weile ließ Lizzie die Pferde langsamer gehen. Mack brachte sein Tier längsseits. »Wir haben vergessen, Hafer zu kaufen«, sagte er.

Mack war froh, daß ihnen die Flucht gelungen war, bedauerte jedoch Lizzies Entscheidung, die Fahrtrichtung zu ändern. Es wäre besser gewesen, wir hätten den Fluß überquert und unseren Weg wie gehabt fortgesetzt, dachte er. Gewiß, Burgo Marlers Farm lag offensichtlich in oder bei Staunton, aber der Ort hätte sich vielleicht umgehen oder in der Nacht unbemerkt durchfahren lassen. Er machte Lizzie aber keine Vorwürfe, denn sie hatte sehr schnell entscheiden müssen und kaum Zeit zum Nachdenken gehabt.

An der Stelle, an der sie am Abend zuvor ihr Nachtlager aufgeschlagen hatten – dort, wo der Dreipässeweg von einem Seitenpfad gekreuzt wurde –, fuhren sie ein gutes Stück von der Hauptstrecke ab und und versteckten den Planwagen im Wald: Sie waren jetzt Flüchtlinge vor der Justiz.

Mack studierte seine Karte. Wir müssen zurück nach Charlottesville und dort den Seminolenpfad nach Süden nehmen, beschloß er. In ein, zwei Tagen können wir dann wieder nach Westen abbiegen und kommen nie näher als bis auf fünfzig Meilen an Staunton heran.

Am frühen Morgen kam ihm jedoch der Gedanke, daß vielleicht auch Dobbs nach Charlottesville geritten war und sie in der Nacht möglicherweise schon überholt hatte. Er teilte Lizzie seine Bedenken mit und schlug vor, alleine nach Charlottesville vorauszureiten, um zu sehen, ob die Luft rein war. Lizzie war einverstanden.

Er ritt schnell und erreichte die Stadt noch vor Sonnenaufgang. Es war noch alles ganz still: Nichts rührte sich außer einem alten Hund, der mitten auf der Straße saß und sich kratzte. Die Tür zum *Swan* stand offen, der Schornstein rauchte. Mack stieg ab und band sein Pferd an einen Busch. Dann näherte er sich vorsichtig dem Eingang der Schenke.

Die Schankstube war leer.

Vielleicht waren Dobbs und sein Kumpan ja auch nach Staunton geritten, in die entgegengesetzte Richtung.

Von irgendwoher stieg ein Geruch auf, der ihm das Wasser im Munde zusammenlaufen ließ. Hinter dem Haus fand er eine alte Frau, die Speck briet. »Ich brauche Hafer«, sagte er.

Ohne von ihrer Arbeit aufzusehen, sagte die Frau: »Gegenüber dem Gerichtsgebäude ist ein Laden.«

»Danke. Haben Sie den einäugigen Dobbo gesehen?«

»Wer, zum Teufel, ist denn das?«

»Ach, egal«, sagte Mack.

»Wollen Sie frühstücken, bevor Sie gehen?«

»Nein, danke. Hab' leider keine Zeit.«

Er ließ sein Pferd, wo es war, und ging zu Fuß den Hügel zum Gericht hinauf. Gegenüber dem Holzbau stand ein kleineres Gebäude mit einem Schild, auf dem in ungelenker Schrift das Wort »Saatguthandlung« stand. Die Tür war verschlossen, doch in einer Außentoilette hinter dem Haus stand ein Mann mit freiem Oberkörper und rasierte sich. »Ich brauch' Hafer«, sagte Mack einmal mehr.

»Und ich eine gute Rasur.«

»Ich kann nicht warten. Verkaufen Sie mir sofort zwei Sack, oder ich hole ihn mir in der Schenke an der South-River-Furt.«

Brummelnd wischte sich der Mann das Gesicht ab und ließ Mack in den Laden.

»Irgendwelche Fremden in der Stadt?« fragte Mack.

»Ja – Sie!«

Allem Anschein nach war Dobbs also nicht hier aufgekreuzt.

Mack zahlte mit Lizzies Geld und wuchtete sich die beiden Säcke auf den Rücken. Beim Hinausgehen hörte er Pferdegetrappel, und als er aufsah, erblickte er drei Reiter, die sich vom Osten her der Stadt näherten. Sie ritten schnell.

Sein Herz klopfte ihm bis zum Hals.

»Freunde von Ihnen?« fragte der Saatguthändler.

»Nein.«

Eilig lief er den Hügel hinunter. Die Reiter hielten vor dem *Swan* an. Als Mack näher kam, verlangsamte er seinen Schritt und zog sich den Hut tief ins Gesicht. Als sie absaßen, musterte er sie genauer.

Einer von ihnen war Jay Jamisson.

Mack stieß einen verhaltenen Fluch aus. Jetzt hat er uns schon fast eingeholt, dachte er, und dies nur wegen dieses dummen Zwischenfalls gestern am South River.

Zu seinem Glück war Mack vorsichtig gewesen und folglich nicht unvorbereitet. Es kam jetzt nur darauf an, das Pferd zu erreichen und ungesehen zu verschwinden.

In diesem Augenblick fiel ihm ein, daß er »sein« Pferd ja von Jay gestohlen hatte. Es war an einen Busch gebunden, keine drei Meter von der Stelle entfernt, an der Jay jetzt stand.

Jay liebte seine Pferde. Schenkte er dem Tier auch nur einen Blick, so würde er es als sein eigenes erkennen – und sofort wissen, daß sich die Flüchtigen in unmittelbarer Nähe aufhalten mußten.

Mack kletterte über einen zerbrochenen Zaun in ein überwuchertes Nachbargrundstück, versteckte sich hinter dichtem Strauchwerk und beobachtete die Männer. Der eine Begleiter Jays war Lennox, den anderen kannte er nicht. Lennox band sein Pferd gleich neben Macks an. Er mochte Pferde nicht besonders und würde das Tier daher nicht erkennen. Jay war der nächste: Er band sein Pferd neben dem von Lennox an. *Jetzt geht endlich hinein!* rief Mack ihnen in Gedanken zu, doch Jay drehte sich um und sagte etwas zu Lennox. Der antwortete, worauf der dritte Mann in derbes Gelächter ausbrach. Eine Schweißperle rollte Mack über die Stirn ins Auge. Er blinzelte sie fort. Als sein Blick wieder klar war, betraten die drei Männer gerade das Wirtshaus.

Mack atmete erleichtert auf. Aber vorüber war die Gefahr noch nicht.

Er verließ seine Deckung. Das Gewicht der beiden Hafersäcke drückte ihn nieder. Rasch überquerte er die Straße und lud die Säcke auf den Rücken seines Pferdes.

Dann hörte er, daß hinter ihm jemand näher kam.

Er wagte es nicht, sich umzudrehen, und setzte einen Fuß in den Steigbügel.

Eine Stimme sprach ihn an: »He – Sie da!«

Langsam drehte Mack sich um. Es war der Fremde. Mack holte tief Luft und sagte: »Was gibt's?«

»Wir wollen frühstücken.«

»Sagt's der Wirtin. Sie ist hinter dem Haus.« Er saß auf.

»He …«

»Was denn noch?«

»Ist hier vielleicht ein vierspänniger Planwagen mit einer Frau, einem Mädchen und einem Mann vorbeigekommen?«

Mack tat so, als überlege er. »Nein, nicht daß ich wüßte. Kürzlich jedenfalls nicht.« Er trat seinem Pferd in die Flanken und ritt davon.

Er riskierte keinen Blick zurück.

Er wollte jetzt so rasch wie möglich zu Lizzie und Peg zurück, konnte aber mit den schweren Hafersäcken nicht so schnell reiten wie auf dem Hinweg. Als er die Wegkreuzung erreichte, schien die Sonne bereits warm vom Himmel. Er bog vom Hauptweg ab und erreichte nach kurzer Zeit den verborgenen Lagerplatz. »Jay ist in Charlottesville«, sagte er zu Lizzie, kaum daß er ihrer ansichtig wurde.

Sie erbleichte. »So nah schon?«

»Er wird wahrscheinlich im Laufe des Tages über die Hügel kommen. Spätestens an der Furt über den South River wird er erfahren, daß wir umgekehrt sind. Damit schrumpft unser Vorsprung auf anderthalb Tage. Wir werden den Planwagen aufgeben müssen.«

»Und all unsere Vorräte!«

»Die meisten zumindest. Wir haben drei Extrapferde. Denen packen wir so viel auf, wie sie tragen können.« Mack blickte nach Süden. Der Seitenpfad, an dem sich ihr Lager befand, führte in diese Richtung. »Anstatt nach Charlottesville zurückzukehren, sollten wir, glaube ich, lieber diesen Weg einschlagen. Wahrscheinlich kürzt er ein Stück ab und trifft ein paar Meilen außerhalb der Stadt wieder auf den Seminolenpfad. So wie's aussieht, ist er für die Pferde durchaus passierbar.«

Es war nicht Lizzies Art, in einer solchen Lage zu lamentieren. Ihr Mund verriet ihre Entschlossenheit. »Na gut«, sagte sie grimmig, »dann laden wir mal ab.«

Sie mußten die Pflugschar, Lizzies Koffer mit warmer Unterwäsche und einiges von ihrem Maismehlvorrat aufgeben, aber es gelang ihnen, die Waffen, die Werkzeuge und das Saatgut mitzunehmen. Sie banden die Packpferde zusammen und saßen wieder auf.

Am späten Vormittag waren sie wieder unterwegs.

Dritter Teil
Kapitel 13

Drei Tage lang folgten sie dem uralten Seminolenpfad nach Südwesten. Er führte sie durch majestätische Täler und über Pässe, die sich zwischen üppig bewaldeten Bergen hindurchwanden. Sie kamen an einsam gelegenen Gehöften vorbei, sahen aber nur wenige Menschen und keine einzige größere Ortschaft. Sie ritten zu dritt nebeneinander, und die aneinandergebundenen Packpferde folgten ihnen. Mack ritt sich wund, verlor aber seine Heiterkeit nicht. Die Berge waren phantastisch, die Sonne schien – und er war ein freier Mann.

Am Morgen des vierten Tages erklommen sie eine Anhöhe und erblickten im dahinter liegenden Tal einen weitläufigen braunen Fluß mit zahlreichen Inseln. Am anderen Ufer standen auf engem Raum mehrere Blockhäuser. Ein breites Fährboot mit flachem Kiel lag gut vertäut an seinem Landeplatz.

Mack zügelte sein Pferd. »Das müßte, wenn mich nicht alles täuscht, der James River sein. Die Siedlung wäre dann ein Ort namens Lynch's Ferry.«

Lizzie erriet seine Gedanken. »Du willst jetzt wieder nach Westen reiten.«

Er nickte. »Drei Tage lang sind wir fast niemandem begegnet. Es wird Jay daher nicht leichtfallen, unsere Fährte zu verfolgen. Wenn wir hier den Fluß überqueren, sieht uns zumindest der Fährmann. Außerdem werden sich Begegnungen mit dem Schankwirt, dem Kaufmann und allen anderen Wichtigtuern hier vor Ort kaum vermeiden lassen.«

»Gut gedacht«, meinte Lizzie. »Wenn wir hier den Pfad verlassen, wird Jay nicht herausfinden können, welche Richtung wir eingeschlagen haben.«

Mack studierte die Landkarte. »Im Nordwesten steigt das Tal an und führt zu einem Bergpaß. Hinter dem Paß müßten wir dann auf den Pfad stoßen, der von Staunton aus nach Südwesten führt.«

»Gut.«

Mack lächelte Peggy zu. Sie war sehr schweigsam; ihr schien alles gleichgültig zu sein. »Bist du auch einverstanden?« fragte er, um sie in die Entscheidung mit einzubeziehen.

»Macht doch, was ihr wollt«, sagte sie.

Sie war offensichtlich unglücklich. Wahrscheinlich hat sie immer noch Angst, sie könne verhaftet werden, dachte Mack. Abgesehen davon mußte sie ziemlich müde sein; er vergaß mitunter, wie jung sie noch war.

»Kopf hoch!« munterte er sie auf. »Wir lassen uns schon nicht erwischen.«

Peg wandte sich ab. Mack wechselte einen Blick mit Lizzie, die hilflos die Achseln zuckte.

Sie verließen den Pfad und ritten durch abschüssiges, bewaldetes Gelände zum Fluß hinunter, den sie ungefähr eine halbe Meile stromaufwärts von der Ansiedlung erreichten. Mack hielt es für unwahrscheinlich, daß man sie beobachtet hatte.

Ein schmaler, ebener Weg führte mehrere Meilen am Westufer des Flusses entlang, zweigte dann jedoch ab und umrundete eine Reihe von Anhöhen. Obwohl sie jetzt mehrmals absteigen und die Pferde über steile, steinige Hänge führen mußten, verließ Mack nie das berauschende Gefühl der Freiheit.

Am Abend machten sie an einem schnell fließenden Bergbach Rast. Lizzie schoß einen kleinen Hirsch, der zum Trinken an einen Felsenteich kam. Mack zerlegte das Tier und schnitzte einen Spieß, so daß sie sich eine Keule rösten konnten. Dann entfernte er sich, um sich die blutverschmierten Hände zu waschen, und ließ Peggy zur Bewachung des Feuers zurück.

Ein Stückchen weiter flußabwärts fand er einen kleinen Wasserfall, der sich in einen tiefen Teich ergoß. Auf einem Felsvorsprung kniete er nieder und spülte sich die Hände im herabstürzenden Wasser. Dann beschloß er spontan, ein Bad zu nehmen, und zog sich bis auf die Haut aus. Er hatte gerade seine Hosen abgelegt, als er aufblickte und Lizzie entdeckte.

»Jedesmal, wenn ich mich ausziehe und in einen Fluß springen will ...«

»... stehe ich da und beobachte dich!«

Sie mußten beide lachen.

»Komm auch ins Wasser«, schlug Mack vor.

Er sah ihr beim Ausziehen zu, und sein Herz schlug schneller. Liebevoll betrachtete er ihren Körper. Nackt stand sie vor ihm, und ihre Miene schien zu besagen: Was schert's mich? Sie umarmten und küßten sich.

Als sie eine Pause machten, um Atem zu holen, kam Mack plötzlich eine alberne Idee. Er sah auf den Teich hinunter, der vielleicht drei Meter unter ihnen lag, und sagte: »Springen wir doch rein.«

»Nein!« sagte Lizzie, und gleich darauf: »Na schön.«

Hand in Hand und hilflos lachend, sprangen sie von dem Felsvorsprung, und händchenhaltend fielen sie ins Wasser. Mack ging unter und ließ Lizzie los. Beim Auftauchen sah er, wie sie nur wenige Fuß von ihm entfernt schnaubte und prustete – und dabei immer noch lachte. Gemeinsam schwammen sie zum Ufer, bis sie das Flußbett unter ihren Füßen spürten, und ruhten sich aus.

Mack zog Lizzie an sich. Erregung durchfuhr ihn, als er ihre bloßen Schenkel an den seinen spürte. Nein, küssen wollte er sie jetzt nicht; er wollte nur ihr Gesicht betrachten. Er streichelte ihre Hüften. Ihre Hand schloß sich um sein steifes Glied. Glücklich sah Lizzie ihm in die Augen. Mack hatte das Gefühl, er müsse gleich explodieren.

Sie legte die Arme um seinen Hals und hob die Beine, bis ihre Schenkel sich gegen seine Taille preßten. Mack stemmte sich mit beiden Füßen fest ins Flußbett und hob sie ein wenig an. Lizzie wand sich ein wenig hin und her und ließ sich auf ihm nieder. Er glitt so leicht in sie hinein, als hätten sie diese Stellung schon jahrelang geübt.

Nach dem kalten Wasser war ihr Fleisch wie heißes Öl auf seiner Haut. Unvermittelt hatte er das Gefühl zu träumen. Irgendwo in den Weiten Virginias stand er in einem Wasserfall und liebte Lady Hallims Tochter: Wie konnte das Wirklichkeit sein?

Lizzies Zunge war in seinem Mund, und er saugte daran. Lizzie kicherte erst, wurde dann aber rasch wieder ernst, und ein konzentrierter Ausdruck erschien auf ihrem Gesicht. Sie hielt sich an seinem Hals fest, hob mehrmals ihren Körper an und ließ sich wieder auf ihn herabsinken. Ein tiefes Stöhnen stieg aus ihrer Kehle, und ihre Augen waren halb geschlossen. Hingerissen betrachtete Mack ihr Gesicht.

Aus dem Augenwinkel nahm er am Ufer eine Bewegung wahr. Er wandte den Kopf und sah noch etwas Farbiges aufblitzen, doch danach war nichts mehr zu sehen. Irgendwer hatte sie beobachtet. Hatte Peggy sie überrascht, oder war das ein Fremder gewesen? Mack wußte, daß er allen Grund zur Sorge hatte, doch Lizzies immer lauteres Stöhnen trieb ihm die Bedenken aus dem Kopf. Sie stieß nun kurze, spitze Schreie aus, und ihre Schenkel umschlossen ihn in immer wilderem Rhythmus. Dann ließ sie sich schwer gegen seinen Körper fallen und schrie laut auf. Er drückte sie fest an sich und zuckte und bebte vor Leidenschaft, bis er seinen letzten Tropfen in sie ergossen hatte.

Als sie zu ihrem Lager zurückkehrten, war Peggy fort.

Mack hatte ein ungutes Gefühl. »Unten am Teich, während wir uns liebten, da dachte ich, ich hätte jemanden gesehen. Es war nur ganz kurz, und ich hätte nicht einmal sagen können, ob es ein Mann, eine Frau oder ein Kind war.«

»Das war bestimmt Peg«, meinte Lizzie. »Ich glaube, sie ist weggelaufen.«

Mack kniff die Augen zusammen. »Woher willst du das wissen?«

»Sie ist eifersüchtig, weil du mich liebst.«

»Was?«

»Sie ist verliebt in dich, Mack. Sie hat mir erzählt, sie will dich heiraten. Das sind natürlich nur Kleinmädchenträume, aber das ist ihr nicht klar. Sie hat sich schon seit Tagen elend gefühlt. Ich nehme an, sie hat uns am Teich beobachtet und ist deshalb weggelaufen.«

Mack hatte die dumpfe Empfindung, es könnte stimmen. Er versuchte, sich Pegs Gefühle vorzustellen, und der Gedanke daran war niederschmetternd. Und jetzt wanderte dieses arme Kind mutterseelenallein durch die nachtdunklen Berge! »O mein Gott, was sollen wir jetzt bloß tun?«

»Wir müssen sie suchen.«

»Ausgerechnet hier ...« Mack schüttelte sich. »Wenigstens hat sie sich kein Pferd genommen. Weit kann sie also noch nicht sein. Am besten machen wir uns Fackeln, bevor wir mit der Suche beginnen. Wahrscheinlich ist sie einfach zurückgegangen. Ich wette, wir finden sie irgendwo friedlich schlafend unter einem Busch.«

Sie suchten die ganze Nacht hindurch.

Zuerst gingen sie den Weg zurück, stundenlang, und leuchteten immer wieder mit ihren Fackeln zu beiden Seiten des gewundenen Pfads ins Unterholz. Dann kehrten sie zum Lager zurück, machten sich neue Fackeln und folgten dem Fluß bergwärts. Es war eine anstrengende Kletterei über die Felsen, doch Peggy war nirgendwo zu finden.

Im Morgengrauen aßen sie von der Hirschkeule, beluden die Pferde mit ihren Vorräten und machten sich wieder auf den Weg.

Ob Peggy sich in westlicher Richtung davongemacht hatte? Mack hoffte es jedenfalls, bestand in diesem Fall doch die

Chance, sie auf ihrem Pfad einzuholen. Aber sie marschierten den ganzen Vormittag lang, ohne eine Spur von ihr zu finden.

Gegen Mittag stießen sie auf einen anderen Weg. Es war eine holprige, unbefestigte Straße, aber doch breiter als ein Planwagen. Auf dem Boden fanden sich Hufabdrücke. Die Straße verlief von Nordost nach Südwest, und am Horizont hoben sich majestätische Berge in den blauen Himmel.

Das war der Weg, den sie gesucht hatten, der Weg zur Cumberland-Schlucht.

Schweren Herzens wandten sie sich nach Südwesten und ritten weiter.

Dritter Teil
Kapitel 14

Am Morgen des folgenden Tages führte Jay Jamisson sein Pferd den Abhang hinunter zum James River. Am anderen Ufer sah er die Siedlung Lynch's Ferry liegen.

Er war erschöpft und niedergeschlagen, und alles tat ihm weh. Binns, dieser Halunke, den Lennox in Williamsburg noch schnell angeheuert hatte, mißfiel ihm ganz gewaltig. Auch war er des schlechten Essens, der verschmutzten Klamotten, der tagelangen Reiterei und der kurzen Nächte auf der harten Erde überdrüssig. Er hatte ein Wechselbad zwischen hochgespannten Hoffnungen und tiefer Enttäuschung hinter sich, ein ständiges Auf und Ab, das an die endlosen Bergpfade erinnerte, auf denen sie sich vorwärts bewegten.

Als er an der South-River-Furt erfahren hatte, daß Lizzie dort mit ihren Komplizen zur Umkehr gezwungen worden war, hatte ihn das Jagdfieber gepackt, obgleich es ihm ein Rätsel war, wie sie mit dem Planwagen ungesehen an ihm hatten vorbeikommen können.

»Sie haben den Pfad irgendwo verlassen«, hatte der einäugige Dobbo in der Schenke am Fluß zuversichtlich behauptet. Der Mann hatte die drei Flüchtigen am Tag vorher gesehen und in Peg Knapp die gesuchte Mörderin Burgo Marlers erkannt.

Jay nahm an, daß Dobbs recht hatte. »Aber in welche Richtung sind sie gezogen – nach Norden oder nach Süden?« fragte er bekümmert.

»Wenn du auf der Flucht vor dem Gesetz bist, *mußt* du nach Süden – dorthin, wo es keine Sheriffs, keine Gerichte und keine Richter gibt.«

Jay war da nicht so sicher. In den dreizehn Kolonien gab es

gewiß zahllose Orte, an denen sich eine nach außen hin respektable Familie – Mann, Frau und Dienstmädchen – in aller Ruhe niederlassen konnte, ohne je entdeckt zu werden. Allerdings schien Dobbs' Vermutung realistischer zu sein.

Er sagte Dobbs, was er jedem sagte: Wer die Flüchtlinge einfing, würde eine Belohnung von fünfzig englischen Pfund erhalten. Das Geld – genug, um hier draußen eine kleine Farm zu kaufen – hatte Jay von seiner Mutter bekommen. Nach ihrem Gespräch durchquerte Dobbs die Furt und ritt nach Staunton. Jay hoffte, daß er dort allen Leuten von der ausgesetzten Belohnung erzählen würde. Falls die Flüchtigen ihm selber und seinen beiden Begleitern doch irgendwie durch die Lappen gingen, bestand so immer noch die Möglichkeit, daß sie von anderen Leuten festgehalten wurden.

In der Hoffnung, Lizzie sei zunächst nach Charlottesville zurückgekehrt und von dort aus in südlicher Richtung weitergereist, war Jay in die Stadt zurückgeritten. Dort aber war der Planwagen nicht mehr gesehen worden. Jay konnte nur vermuten, daß die drei Charlottesville irgendwie umgangen und sich auf andere Weise zu dem gen Süden führenden Seminolenpfad durchgeschlagen hatten.

Er setzte alles auf diese Karte und führte seinen Häschertrupp auf diese Fährte. Doch die Gegend wurde immer einsamer, und bisher war ihnen kein Mensch begegnet, der unterwegs einen Mann, eine Frau und ein junges Mädchen getroffen hatte.

Nun machte sich Jay große Hoffnungen, in Lynch's Ferry etwas Neues in Erfahrung zu bringen.

Mit lauten Rufen von der Uferböschung aus machten sie den Fährmann auf sich aufmerksam. Der kam drüben aus einem Haus und stieg ins Boot. Die Fähre war so geschickt an ein von Ufer zu Ufer gespanntes Tau gebunden, daß sie vom Strömungsdruck über den reißenden Fluß getrieben wurde. Kaum hatte sie angelegt, führten Jay und seine Begleiter ihre Pferde an Bord. Der Fährmann justierte seine Leinen, und schon trat das Boot den Rückweg an.

Der Mann trug die dunkle Kleidung eines Quäkers und legte auch das entsprechend nüchterne Gebaren an den Tag. Noch während Jay die Überfahrt bezahlte, begann er den Fährmann auszufragen. »Wir suchen drei Leute, die gemeinsam unterwegs sind: eine junge Frau, ein Schotte ungefähr gleichen Alters und ein junges Mädchen von vierzehn Jahren. Sind sie hier durchgekommen?«

Der Mann schüttelte den Kopf.

Jays Hoffnung schwand. Wahrscheinlich sind wir total auf dem Holzweg, dachte er. »Ist es möglich, daß hier jemand über den Fluß kommt, ohne daß Sie es merken?«

Der Mann nahm sich Zeit mit seiner Antwort. Schließlich meinte er: »Das müßte schon ein sehr guter Schwimmer sein.«

»Angenommen, sie hätten den Fluß anderswo überquert?«

Wieder dauerte es eine Weile, bis der Fährmann antwortete: »In diesem Fall sind sie hier nicht durchgekommen.«

Binns kicherte, doch Lennox brachte ihn mit einem bösartigen Blick zum Schweigen.

Jay sah auf den Fluß hinaus und fluchte halblaut vor sich hin. Seit sechs Tagen war Lizzie nicht mehr gesehen worden. Irgendwie war sie ihm entwischt. Sie konnte überall sein – in Pennsylvania vielleicht oder auf einem Schiff nach London. Er hatte sie verloren. Sie hatte ihn ausgetrickst und um sein Erbe betrogen. Bei Gott, dachte er, ich jag' ihr eine Kugel durch den Kopf, wenn ich sie jemals wiedersehe ...

In Wirklichkeit wußte er gar nicht genau, wie er sich verhalten sollte, falls sie ihm doch noch in die Hände fiel. Die Frage war ihm auf dem langen Ritt über die unwegsamen Pfade unentwegt durch den Kopf gegangen. Daß sie nicht freiwillig zu ihm zurückkehren würde, war ihm klar. An Händen und Füßen gefesselt würde er sie nach Hause schleifen müssen. Und selbst dann würde sie ihm kaum zu Willen sein. Wahrscheinlich werde ich sie vergewaltigen müssen, dachte er und mußte zu seiner Verwunderung feststellen, daß ihn diese Vorstellung sexuell erregte. Lustvolle Erinnerungen suchten ihn heim: Wie sie sich auf dem Dachboden des leerstehenden Hauses in der Chapel Street liebkost hatten, während ihre Mütter draußen standen. Wie Lizzie nackt und schamlos auf dem Ehebett herumgetollt war und wie sie sich geliebt hatten, Lizzie über ihm, sich windend und laut stöhnend ... Angenommen, sie wird tatsächlich schwanger, dachte er – wie soll ich sie zum Bleiben zwingen? Soll ich sie vielleicht bis zur Geburt des Kindes einsperren?

Ihr Tod würde alles sehr viel einfacher machen, und es war gar nicht einmal so unwahrscheinlich, daß sie sterben würde: Sie und McAsh würden sich mit Sicherheit wehren. Jay glaubte nicht, daß er fähig wäre, seine Frau kaltblütig zu ermorden. Aber er konnte darauf spekulieren, daß sie sich gegen die Festnahme wehren und dabei getötet würde. In diesem Fall konnte er eine kräftige Barmaid heiraten, sie schwängern und mit dem nächsten Schiff nach London fahren, um sein Erbe einzufordern.

Aber das war nur ein Wunschtraum. Die Wirklichkeit sah so aus, daß er eine Entscheidung zu treffen hatte, wenn er Lizzie Aug in Aug gegenüberstand: Entweder er brachte sie lebendig nach Hause – wobei sie reichlich Gelegenheit finden würde, seine Pläne zu durchkreuzen –, oder er mußte sie töten.

Aber wie? Er hatte noch nie einen Menschen getötet und nur ein einziges Mal jemanden mit seinem Schwert verwundet – bei dem Aufstand am Kohlelager, als McAsh ihm ins Netz ging. Auch in Momenten, in denen sein Haß auf Lizzie besonders groß war, konnte er sich nicht vorstellen, ein Schwert in den Leib zu stoßen, den er geliebt hatte. Er hatte es einmal geschafft, sein Gewehr auf seinen Halbbruder zu richten und abzudrücken. Wenn es denn ganz und gar unumgänglich wurde, Lizzie zu töten, so mochte es noch am besten sein, sie aus der Ferne zu erschießen wie ein Stück Wild. Doch ob er es im Ernstfall wirklich über sich bringen würde, vermochte Jay nicht zu sagen.

Die Fähre legte an. Längsseits des Landeplatzes stand ein stattliches Holzhaus mit zwei Stockwerken und einem Dachboden. Mehrere solide gebaute Häuser schmiegten sich an den Hang, der vom Ufer aus steil nach oben strebte. Lynch's Ferry war allem Anschein nach ein blühender kleiner Marktflecken. Als sie an Land gingen, bemerkte der Fährmann beiläufig: »Sie werden in der Schenke erwartet.«

»Erwartet?« fragte Jay verblüfft. »Wer weiß denn, daß wir kommen?«

Der Fährmann beantwortete eine Frage, die ihm gar nicht gestellt worden war: »Armseliger Kerl. Hat nur ein Auge.«

»Dobbs! Wie konnte der vor uns hier ankommen?«

»Und warum?« fügte Lennox hinzu.

»Fragen Sie ihn selbst«, sagte der Fährmann.

Jays Hoffnungen lebten wieder auf, und er hatte es eilig, das Rätsel zu lösen.

»Ihr kümmert euch um die Pferde«, befahl er. »Ich gehe und rede mit Dobbs.«

Das stattliche Gebäude längs des Anlegeplatzes war die Schenke. Jay trat ein und sah Dobbs an einem Tisch sitzen und Eintopf aus einer Schüssel löffeln.

»Was, zum Teufel, treiben Sie denn hier, Dobbs?«

Dobbs hob sein gesundes Auge und sprach mit vollem Mund: »Ich komme, um mir diese Belohnung abzuholen, Hauptmann Jamisson.«

»Wie meinen Sie das?«

»Da drüben.« Er deutete mit dem Kopf in eine Ecke.

Dort saß, an einen Stuhl gefesselt, Peg Knapp.

Jay starrte sie an. Wenn das kein Riesenglück war! »Wo, zur Hölle, haben Sie die eingefangen?«

»Ich hab' sie auf dem Weg südlich von Staunton gefunden.«

Jay runzelte die Stirn. »Wo wollte sie hin?«

»Nach Norden, in die Stadt. Ich kam gerade raus und wollte nach Miller's Mill.«

»Wie ist sie dort hingekommen?«

»Ich hab' sie gefragt, aber sie macht den Mund nicht auf.«

Jay sah, daß das Mädchen blaue Flecken im Gesicht hatte. Dobbs war nicht sehr freundlich mit ihr umgegangen.

»Ich sag' Ihnen, was ich glaube«, fuhr Dobbs fort. »Sie haben's fast bis hierher geschafft, sind aber nicht über den Fluß rüber, sondern weiter nach Westen gezogen. Irgendwo müssen sie den Planwagen stehengelassen haben. Sie sind dann zu Pferde weiter: immer am Fluß entlang bis zur Straße nach Staunton.«

»Aber Peg war allein, als Sie sie fanden.«

»Ja.«

»Und da haben Sie sie einfach aufgelesen.«

»So einfach war's nun auch wieder nicht«, protestierte Dobbs. »Sie lief wie der Wind vor mir davon. Jedesmal, wenn ich sie packen wollte, schlüpfte sie mir wie ein Aal durch die Finger. Aber ich hatte ein Pferd und sie nicht, und mit der Zeit wurde sie dann müde.«

Eine Quäkerin erschien und fragte Jay, ob er etwas zu essen wünsche. Ungeduldig winkte er sie fort; er brannte darauf, Dobbs auszufragen. »Aber wie sind Sie vor uns hier angekommen, Dobbs?«

Der einäugige Dobbs grinste. »Mit dem Floß den Fluß runter.«

»Die drei müssen sich gestritten haben«, sagte Jay aufgeregt. »Diese mörderische kleine Hexe hat die anderen verlassen und sich nach Norden verdrückt. Die anderen müssen folglich nach Süden gegangen sein.« Er runzelte die Stirn. »Wo wollen die eigentlich hin?«

»Die Straße führt bis Fort Chiswell. Danach gibt's kaum noch besiedeltes Land. Weiter im Süden ist noch ein Ort namens Wolf Hills. Danach gibt's nur noch Cherokee-Indianer. Da sie wohl kaum Indianer werden wollen, nehm' ich an, daß sie von Wolf Hills aus in die Berge gehen werden, also nach Westen. Die Jäger erzählen, daß es da irgendwo einen Paß gibt, die Cumberland-Schlucht, aber dort bin ich noch nie gewesen.«

»Was liegt hinter den Bergen?«

»Die reine Wildnis, heißt es. Gutes Jagdgebiet. Eine Art Niemandsland zwischen Cherokee und Sioux, das sogenannte Blaugrasland.«

Mit einemmal war Jay alles klar. Lizzie will in einem unbesiedelten Gebiet ein neues Leben beginnen, dachte er. Aber das wird ihr nicht gelingen! Ich werde sie vorher einfangen und zurückbringen – tot oder lebendig.

»Dieses Kind allein ist nicht viel wert«, sagte er zu Dobbs. »Wenn Sie die fünfzig Pfund haben wollen, müssen Sie uns dabei helfen, auch die anderen zwei noch einzufangen.«

»Sie wollen mich als Führer haben?«

»Richtig.«

»Die beiden haben schon zwei Tage Vorsprung vor uns, und ohne den Wagen kommen sie schnell voran. Es wird mindestens noch eine Woche dauern, sie einzuholen.«

»Wenn wir Erfolg haben, kriegen Sie die gesamte Summe von fünfzig Pfund.«

»Ich hoffe nur, wir erwischen sie, bevor sie den Pfad verlassen und sich in die Wildnis schlagen.«

»Amen«, sagte Jay.

Dritter Teil
Kapitel 15

Zehn Tage, nachdem Peg davongelaufen war, ritten Mack und Lizzie durch eine weite, flache Ebene und erreichten den mächtigen Holston River.

Mack war in Hochstimmung. Sie hatten zahllose Flüsse und Bäche durchquert, doch dies war zweifellos der Strom, den sie gesucht hatten. Er war viel breiter als die anderen, und in seiner Mitte lag eine langgezogene Insel. »Hier ist es«, sagte er zu Lizzie. »Das ist das Ende der Zivilisation.«

Schon seit mehreren Tagen hatten sie das Gefühl, beinahe allein auf der Welt zu sein. Gestern hatten sie nur einen Weißen gesehen, einen Trapper, sowie drei Indianer auf einer entfernten Anhöhe. Heute waren ihnen nur mehrere Indianergruppen begegnet. Die Rothäute hatten sich weder freundlich noch feindselig verhalten, sondern einfach nur Distanz gewahrt.

Bebaute Felder hatten Mack und Lizzie schon lange nicht mehr gesehen. Je seltener die Gehöfte wurden, desto mehr Wild gab es – Bisons, Hirsche, Kaninchen und Millionen von eßbaren Vögeln: Truthähne, Enten, Waldschnepfen, Wachteln ... Lizzie schoß mehr, als sie beide verzehren konnten.

Das Wetter war ihnen freundlich gesinnt gewesen. Am einzigen Regentag hatten sie sich mühselig durch den Matsch geschleppt und die ganze Nacht lang vor Kälte und Nässe gezittert. Tags darauf hatte die Sonne sie wieder getrocknet. Sie waren wund vom Reiten und bis auf die Knochen erschöpft, doch die Pferde hielten durch, gestärkt vom üppigen Gras, das sich überall in Mengen fand, und von dem Hafer, den Mack in Charlottesville gekauft hatte.

Von Jay hatten sie nichts gesehen oder gehört, aber das wollte nicht viel besagen: Mack ging von der Annahme aus, daß er immer noch hinter ihnen her war.

Sie ließen die Pferde im Holston trinken und setzten sich zur Rast ans steinige Ufer. Auf der Ebene hatte sich der Pfad allmählich verlaufen, und jenseits des Stromes war nicht der geringste Hinweis auf einen Weg auszumachen. Gen Norden stieg das Gelände stetig an, und am Horizont, vielleicht zehn Meilen weit entfernt, ragte drohend eine hohe Bergkette in den Himmel. Das war ihr Ziel.

»Dort muß irgendwo der Paß sein«, sagte Mack.

»Ich sehe keinen«, sagte Lizzie.

»Ich auch nicht.«

»Und wenn er dort nicht ist ...«

»Dann suchen wir uns einen anderen«, gab Mack zurück.

Trotz seiner zuversichtlichen Worte war ihm angst und bange. Vor ihnen lag unerschlossenes Land. Berglöwen oder wilde Bären konnten sie überfallen. Die Indianer konnten feindselig werden. Für Besitzer eines Gewehrs gab es gegenwärtig noch Nahrung im Überfluß – doch was würde im Winter geschehen?

Mack zog seine Landkarte hervor, obwohl sich in den letzten Tagen gezeigt hatte, daß man sich hier draußen kaum noch auf sie verlassen konnte.

»Mir wär's lieber, wir hätten jemanden nach dem Weg fragen können«, meinte Lizzie besorgt.

»Haben wir doch«, erwiderte Mack. »Und nicht nur einen.«

»Aber jeder hat uns was anderes erzählt.«

»Das allgemeine Bild war das gleiche«, sagte Mack. »Die Flußtäler erstrecken sich alle schräg von Nordosten nach Südwesten, genau wie auf unserer Karte. Wir müssen nach Nordwesten gehen, im rechten Winkel zu den Flüssen und über eine ganze Reihe hoher Bergketten.«

»Das schwerste dabei wird sein, die Pässe zu finden, die hinüberführen.«

»Wir werden einen Zickzackkurs einschlagen müssen. Wir nutzen jeden Paß, der uns nach Norden führt. Wenn uns eine Bergkette unüberwindlich erscheint, wenden wir uns wieder nach Westen und halten im Tal Ausschau nach dem nächsten Durchbruch nach Norden. Die Pässe befinden sich vielleicht nicht genau an den Stellen, wo sie auf der Karte verzeichnet sind, aber vorhanden sind sie ganz gewiß.«

»Na schön, es bleibt uns sowieso nichts anderes übrig, als einen Versuch zu wagen.«

»Wenn wir irgendwo nicht weiterkommen, müssen wir nur auf dem gleichen Weg zurückkehren und uns eine andere Route suchen.«

Lizzie lächelte. »Lieber das als Pflichtbesuche am Berkeley Square.«

Er grinste. Sie war zu allem bereit, und das liebte er an ihr. »Und besser, als nach Kohle zu buddeln, ist es allemal.«

Lizzies Miene verdüsterte sich. »Ich wünschte nur, Peggy wäre noch bei uns.«

Mack erging es nicht anders. Sie hatten keine Spur mehr von Peg entdeckt. Die Hoffnung, sie vielleicht einzuholen, hatte sich ebenfalls nicht erfüllt.

Lizzie hatte die ganze Nacht lang geweint. Ihr war, als hätte sie zwei Kinder verloren: zuerst ihr Baby und dann Peg. Es gab nicht den geringsten Anhaltspunkt dafür, wo sie sich aufhalten mochte, ja, sie wußten nicht einmal, ob das Mädchen überhaupt noch am Leben war. Daß sie ihr Möglichstes getan und sich gut um sie gekümmert hatten, war nur ein schwacher Trost. Mack und Peg hatten soviel gemeinsam durchgestanden – und einander am Ende doch verloren. Jedesmal, wenn er an die Kleine dachte, kamen ihm die Tränen.

Allerdings konnte er Lizzie nun Nacht für Nacht unter dem Sternenzelt lieben. Es war Frühling und das Wetter mild. Bald würden sie ihr Haus bauen und sich in den eigenen vier Wänden lieben können. Und sie würden damit beginnen müssen,

Vorräte für den Winter anzulegen – Pökelfleisch und Räucherfisch –, und Mack wollte so bald wie möglich einen Acker anlegen und das Saatgut ausbringen …

Er stand auf.

»Eine kurze Rast«, sagte Lizzie und erhob sich ebenfalls.

»Ich möchte so schnell wie möglich fort von diesem Fluß«, gab Mack zurück. »Bis hierher kann Jay uns vielleicht noch gefolgt sein – aber jetzt schütteln wir ihn endgültig ab.«

Unwillkürlich blickten sie zurück in die Richtung, aus der sie gekommen waren. Weit und breit war kein Mensch zu sehen – und doch war Mack sicher, daß Jay ihnen auf den Fersen war.

Dann erkannte er, daß sie beobachtet wurden.

Am Rande seines Blickfelds war ihm eine Bewegung aufgefallen, und nun sah er sie erneut. Angespannt drehte er den Kopf.

Nur wenige Meter von ihnen entfernt standen zwei Indianer.

Er hatte gewußt, daß sie sich an der Nordgrenze des Cherokee-Landes befanden, doch noch nie war ihnen ein Eingeborener so nahe gekommen.

Es waren zwei Jungen, beide um die siebzehn Jahre alt. Sie hatten das typisch glatte schwarze Haar und die rötliche Haut der amerikanischen Urweinwohner, und sie trugen Tuniken und Hirschlederhosen, wie sie von den eingewanderten Weißen inzwischen nachgemacht wurden.

Der größere der beiden hielt ihnen einen lachsgroßen Fisch hin. »Ich will ein Messer«, sagte er.

Mack nahm an, daß die beiden im Fluß gefischt hatten. »Du willst handeln?« fragte er.

Der Junge lächelte. »Ich will ein Messer.«

Lizzie mischte sich ein. »Wir brauchen keinen Fisch, aber wir könnten einen Führer brauchen. Ich wette, der Junge weiß, wo der Paß ist.«

Das war eine gute Idee. Ein ortskundiger Führer wäre eine enorme Erleichterung. Mack griff den Gedanken bereitwillig auf: »Willst du uns den Weg zeigen?«

Der Junge lächelte, doch es war klar, daß er kein Wort verstand. Sein Begleiter verhielt sich still und ruhig.

Mack versuchte es noch einmal: »Willst du uns den Weg zeigen?«

Die Miene des Jungen verriet Unsicherheit. »Heute kein Verkauf?« sagte er fragend.

Mack seufzte enttäuscht und sagte zu Lizzie: »Das ist ein unternehmungslustiger Bursche, der sich ein paar Sätze Englisch angeeignet hat, aber die Sprache ansonsten nicht beherrscht.« Es ist zum Verrücktwerden, dachte er: Man kann sich hier verirren, nur weil man unfähig ist, sich mit den Ortsansässigen zu verständigen!

»Laß mich mal versuchen«, sagte Lizzie.

Sie ging zu einem der Packpferde, öffnete einen Lederbeutel und zog ein Messer mit langer Klinge heraus. Es war in der Schmiede von Mockjack Hall hergestellt worden. Das große, in den Holzgriff eingebrannte »J« stand für »Jamisson«. Verglichen mit Londoner Ware mochte es unschön sein, doch war es gewiß besser als alles, was die Cherokee selbst herstellen konnten. Lizzie zeigte es dem Jungen.

Er lächelte breit. »Ich kaufe es«, sagte er und wollte danach greifen.

Lizzie zog es zurück.

Wieder bot der Junge seinen Fisch an, aber Lizzie schob ihn beiseite. Die Unsicherheit kehrte in seine Miene zurück.

»Schau her«, sagte Lizzie, beugte sich über einen langen, flachen Stein und begann, mit der Messerspitze ein Bild hineinzuritzen. Sie zog eine Zickzacklinie und deutete abwechselnd auf das Gebirge in der Ferne und auf die Linie. »Das sind die Berge«, sagte sie.

Mack hätte nicht sagen können, ob der Junge sie verstand oder nicht.

Unterhalb der Berge zeichnete Lizzie zwei Strichmännchen, deutete auf sich selbst und Mack und erklärte: »Das sind wir.

Und jetzt aufgepaßt!« Sie zeichnete ein zweites Gebirge, dann ein tiefes »V«, das die beiden miteinander verband. »Das ist der Paß«, sagte sie mit fester Stimme. Zum Schluß malte sie ein Strichmännchen in das »V«. »Wir müssen diesen Paß finden«, sagte sie und sah den Jungen erwartungsvoll an.

Mack hielt den Atem an.

»Ich kaufe es«, sagte der Junge und hielt ihr seinen Fisch hin.

Mack stöhnte.

»Gib doch nicht gleich auf«, zischte Lizzie ihn an und wandte sich wieder dem Indianer zu. »Das ist das Gebirge. Das sind wir. Hier ist der Paß. Wir müssen den Paß finden.« Sie deutete auf ihn. »Du bringst uns zu diesem Paß – dann bekommst du das Messer.«

Der Junge sah zu den Bergen, dann auf die Zeichnung und schließlich zu Lizzie. »Paß«, sagte er.

Lizzie deutete auf das Gebirgsmassiv.

Der Indianer malte ein »V« in die Luft und stach mit dem Finger hindurch. »Paß«, wiederholte er.

»Ich kaufe es«, sagte Lizzie.

Der Junge grinste breit und nickte heftig.

»Glaubst du, er hat es kapiert?« fragte Mack.

»Ich weiß es nicht.« Lizzie zögerte, dann nahm sie ihr Pferd am Zügel und marschierte los. »Wollen wir gehen?« fragte sie den Jungen und machte eine einladende Geste.

Er gesellte sich neben sie und ging mit ihr mit.

»Halleluja!« Mack atmete auf.

Der zweite Indianer schloß sich ihnen an.

Sie schritten an einem breiten Bach entlang. Die Pferde verfielen in jenen steten Schritt, der sie in zweiundzwanzig Tagen fünfhundert Meilen weit gebracht hatte. Das Gebirge rückte allmählich näher und wirkte immer größer und bedrohlicher. Von einem Paß war bisher nichts zu sehen.

Das Gelände stieg jetzt unbarmherzig an, doch der Boden war weniger uneben als zuvor, so daß die Pferde sogar ein wenig schneller gehen konnten. Mack begriff, daß die Jungen einem Pfad folgten, den nur sie sehen konnten. Unter der Führung der beiden Indianer hielten sie direkt auf die Berge zu.

Endlich hatten sie den Fuß des Gebirges erreicht. Nach einer abrupten Biegung nach Osten erkannte Mack zu seiner gewaltigen Erleichterung den Paß. »Gut gemacht, Fischjunge!« sagte er fröhlich.

Sie fanden eine Furt durch den Fluß und umrundeten die vor ihnen liegende Bergkuppe, bis sie auf der anderen Seite des Massivs herauskamen. Bei Sonnenuntergang befanden sie sich in einem schmalen Tal mit einem schnellfließenden, etwa acht Meter breiten Bach, der nach Nordosten floß. Vor ihnen lag ein weiterer Gebirgszug. »Schlagen wir hier unser Lager auf«, meinte Mack. »Morgen früh durchqueren wir das Tal und suchen uns den nächsten Paß.«

Er hatte ein gutes Gefühl. Sie waren keinem sichtbaren Weg gefolgt, und vom Fluß aus war der Paß nicht einsehbar. Bis hierher konnte sie Jay kaum verfolgen. Allmählich war er bereit zu glauben, daß ihre Flucht geglückt war.

Lizzie reichte dem größeren Jungen das Messer. »Danke, Fischjunge«, sagte sie.

Mack hoffte, die Indianer würden bei ihnen bleiben. Wenn sie ihn und Lizzie durch die Berge führten, konnten sie so viele Messer haben, wie sie wollten. Doch die beiden machten kehrt und gingen zurück. Der größere trug noch immer seinen Fisch.

Wenige Augenblicke später waren sie im Zwielicht verschwunden.

Dritter Teil
Kapitel 16

Jay war fest davon überzeugt, daß sie Lizzie an diesem Tag erwischen würden. Er trieb die Pferde hart an, weshalb sie recht schnell vorankamen. »Sie können nicht mehr weit sein«, sagte er immer wieder.

In der Abenddämmerung erreichten sie den Holston River, hatten aber immer noch keine Spur von den Flüchtlingen entdeckt. Jay war wütend. »Im Dunkeln können wir nicht weiter«, sagte er, während seine Männer die Pferde trinken ließen. »Eigentlich müßten wir sie längst eingeholt haben.«

»Beruhigen Sie sich, wir sind ihnen dicht auf den Fersen«, gab Lennox gereizt zurück. Je weiter sie sich von der Zivilisation entfernten, desto frecher wurde er.

»Woher sollen wir denn wissen, wie sie von hier aus weitergegangen sind?« warf Dobbs ein. »Über die Berge führt kein Weg – jeder Idiot, der da hinüber will, muß sich erst einen suchen.«

Sie fesselten den Pferden die Vorderbeine und banden Peg an einen Baum, während Lennox Maisbrei fürs Abendessen kochte. Seit vier Tagen hatten sie keine Schenke mehr gesehen, und Jay hatte es bis obenhin satt, das schlabbrige Zeug essen zu müssen, mit dem er seine Sklaven ernährte. Doch zum Jagen war es bereits zu dunkel.

Sie alle hatten Blasen und waren erschöpft. Binns hatte in Fort Chiswell aufgegeben, und nun verließ auch Dobbs der Mut. »Mir reicht's, ich geh' wieder zurück«, sagte er. »Hier in den Bergen in die Irre zu laufen und zu verrecken ist keine fünfzig Pfund wert.«

Jay wollte ihn nicht verlieren: Dobbs war der einzige, der sich wenigstens einigermaßen in diesem Gelände zurechtfand.

»Aber wir haben meine Frau noch nicht eingeholt«, sagte er.

»Ihre Frau ist mir egal.«

»Hängen Sie noch einen Tag dran! Alle meinen, der Weg in die Berge sei nördlich von hier. Dann müßten wir doch auch den Paß finden. Vielleicht holen wir sie schon morgen ein.«

»Und vielleicht ist das Ganze nichts weiter als verdammte Zeitverschwendung.«

Lennox löffelte den pampigen Maisbrei in Schüsseln. Dobbs band Peg die Hände los, damit sie essen konnte. Als sie fertig war, fesselte er sie wieder und warf eine Decke über sie. Keiner der Männer kümmerte sich sonderlich um sie, aber Dobbs hatte vor, sie dem Sheriff von Staunton zu bringen; er spekulierte offenbar darauf, daß man ihm die Festnahme der Mörderin von Burgo Marler hoch anrechnen würde.

Lennox zog eine Flasche Rum hervor. Sie wickelten sich in ihre Decken, ließen die Flasche kreisen und wechselten noch ein paar belanglose Worte. Stunde um Stunde verstrich, und der Mond ging auf. Jay schlummerte immer wieder ein. Als er irgendwann wieder einmal die Augen aufschlug, sah er ein fremdes Gesicht am Rande des Lichtkreises, den das Feuer warf.

Er war so verängstigt, daß er keinen Ton herausbrachte. Das Gesicht war eigenartig – jung, aber exotisch, und er brauchte eine Zeitlang, bis er darauf kam, daß es einem Indianer gehören mußte.

Das Gesicht lächelte, doch das Lächeln galt nicht Jay, sondern Peg. Das Mädchen schnitt Grimassen. Nach einer Minute begriff Jay, daß Peg den Indianer dazu bringen wollte, sie loszubinden.

Reglos blieb Jay liegen und behielt die beiden im Auge.

Dann erkannte er den zweiten Indianer, auch er noch ein Knabe.

Der eine trat nun lautlos in den Lichtkreis. In der Hand hielt er einen großen Fisch, den er nun vorsichtig auf den Boden legte. Dann zog er ein Messer und beugte sich über Peg.

Lennox war schnell wie eine Schlange. Jay konnte den Ereignissen kaum folgen. Eine kurzes Handgemenge, dann hatte Lennox den Jungen überwältigt und drehte ihm den Arm auf den Rücken. Das Messer fiel auf die Erde, und Peg schrie vor Enttäuschung laut auf.

Der zweite Indianer verschwand.

Jay stand auf. »Ja, was haben wir denn da?«

Dobbs rieb sich die Augen und glotzte mit dem einen, das noch funktionstüchtig war. »Bloß ein Indianerjunge, der versucht, uns auszurauben. Hängen wir ihn auf, den anderen zur Warnung!«

»Nicht sofort«, sagte Lennox. »Vielleicht hat er das Pärchen gesehen, hinter dem wir her sind.«

Neue Hoffnungen keimten auf. Jay baute sich vor dem Jungen auf und sagte: »Raus mit der Sprache, Wilder!«

Lennox verstärkte seinen Griff. Der Junge schrie auf und protestierte in seiner Muttersprache. »Sprich Englisch!« brüllte Lennox.

»Hör mir gut zu«, sagte Jay mit erhobener Stimme. »Hast du hier irgendwo auf dem Weg zwei Menschen gesehen, einen Mann und eine Frau?«

»Kein Verkauf heute«, sagte der Junge.

»Er kann Englisch!« rief Dobbs.

»Aber ich glaube nicht, daß er uns was zu erzählen hat«, meinte Jay niedergeschlagen.

»O doch, das hat er«, sagte Lennox. »Halt du ihn jetzt fest, Dobbs.« Dobbs übernahm den Jungen, und Lennox hob das Messer auf, das der Indianer hatte fallen lassen. »Sehen Sie sich das an: eines von unseren – in den Griff ist der Buchstabe ›J‹ eingebrannt.«

Jay sah sich das Messer an. Ja, es war auf seiner Plantage hergestellt worden! »Er muß Lizzie getroffen haben!«

»Genau«, sagte Lennox.

Jays Hoffnung wuchs.

Lennox fuchtelte mit dem Messer vor den Augen des Indianers herum und fragte: »Wohin sind sie von hier aus gegangen, Kerlchen?«

Der Junge wand sich, doch Dobbs hielt ihn eisern fest. »Kein Verkauf heute«, sagte er voller Entsetzen.

Lennox packte die linke Hand des Jungen und setzte die Messerspitze unter dem Zeigefingernagel an. »Wohin?« fragte er noch einmal – und riß den Fingernagel heraus.

Der Junge und Peg schrien gleichzeitig auf.

»Hör auf!« schrie Peg gellend. »Laß ihn in Ruhe!«

Lennox griff nach dem Ringfinger und riß auch dessen Fingernagel aus. Der Junge fing an zu schluchzen.

»Wo ist der Paß?« fragte Lennox.

»Paß«, sagte der Junge und deutete mit blutender Hand gen Norden.

Jay seufzte befriedigt. »Du wirst uns hinbringen«, sagte er.

Dritter Teil

Kapitel 17

Im Traum watete Mack durch einen Fluss zu einem Ort namens Freiheit. Das Wasser war kalt, der Flußgrund uneben, und es gab eine starke Strömung. Er watete stetig voran, doch das Ufer wollte einfach nicht näher kommen, und der Fluß wurde mit jedem Schritt tiefer. Aber Mack wußte genau, daß er am Ende doch noch das andere Ufer erreichen würde; er mußte nur weitergehen. Aber das Wasser wurde immer tiefer, und schließlich schlugen die Wellen über seinem Kopf zusammen.

Nach Atem ringend, schreckte er aus dem Schlaf.

Eines der Pferde wieherte.

»Irgendwas hat sie aufgestört«, sagte er, erhielt aber keine Antwort. Er drehte sich um und sah, daß Lizzie nicht mehr neben ihm lag.

Vielleicht folgte sie nur dem Ruf der Natur und war hinter einen Busch gegangen. Dennoch war Mack beunruhigt. Schnell rollte er sich aus seiner Decke und stand auf.

Der Himmel färbte sich grau, und Mack konnte die vier Stuten und die beiden Hengste erkennen. Sie standen alle still und merkten auf, als hätten sie in der Ferne andere Pferde gehört. Irgend jemand näherte sich.

»Lizzie?« rief er.

Da trat Jay hinter einem Baum hervor, den Lauf seiner Flinte auf Macks Herz gerichtet.

Mack erstarrte.

Gleich darauf erschien Sidney Lennox, in jeder Hand eine Pistole.

Mack war hilflos. Verzweiflung schlug über ihm zusammen

wie die Wogen des Flusses in seinem Traum. Nun war er doch nicht entkommen: Sie hatten ihn erwischt.

Doch wo war Lizzie?

Der einäugige Dobbs ritt heran. Auch er trug ein Gewehr, und neben ihm, auf einem zweiten Pferd, saß Peg.

Man hatte ihr die Füße unter dem Pferdebauch zusammengebunden, so daß sie nicht herunterkam. Sie schien unverletzt zu sein, sah aber so selbstmörderisch elend aus, daß Mack sofort Bescheid wußte: Das Mädchen gab sich selbst die Schuld an allem.

Neben Dobbs' Pferd ging der Fischjunge. Er war mit einem langen Seil an Dobbs' Sattel festgebunden und hatte offenbar die Kerle hergeführt. Daß seine Hände blutverschmiert waren, konnte Mack sich zunächst nicht erklären – schließlich war er unverletzt gewesen, als sie sich getrennt hatten. Dann ging ihm auf, daß die Männer ihn gefoltert haben mußten, und er empfand tiefe Abscheu vor Lennox und Jay.

Jay starrte auf die Decken am Boden. Sie verrieten, daß Mack und Lizzie zusammen übernachtet hatten. »Du widerliches Schwein!« fuhr er Mack an, und sein Gesicht war eine wutverzerrte Fratze. »Wo ist meine Frau?« Er drehte sein Gewehr um und schlug mit dem Kolben auf Mack ein. Der Hieb traf Mack mit knochenbrechender Gewalt seitlich im Gesicht. Mack taumelte und stürzte zu Boden. »Wo ist sie, du viehischer Kohleklauber? Wo ist meine Frau?!«

Mack schmeckte Blut in seinem Mund. »Ich weiß es nicht.«

»Wenn du's wirklich nicht weißt, dann halte ich mich eben an dir schadlos und jage dir eine Kugel durch den Kopf!«

Mack spürte, daß Jay es bitterernst meinte. Angstschweiß brach ihm aus und bedeckte binnen kurzem seinen ganzen Körper. Eine innere Stimme befahl ihm, um sein Leben zu flehen, aber er biß die Zähne zusammen.

Da schrie Peg: »Nein! Nicht schießen – bitte!«

Jay richtete den Gewehrlauf auf Macks Kopf. Seine Stimme

war nur mehr ein hysterisches Kreischen: »Jetzt büßt du mir für all die Male, die du dich mir widersetzt hast!«

Mack sah ihm ins Gesicht. In Jays Augen stand die pure Mordlust.

Das Gewehr schußbereit in den Händen, lag Lizzie bäuchlings auf einem Graspolster hinter einem Felsen und wartete.

Sie hatte sich diesen Fleck schon am Abend zuvor ausgesucht, nachdem sie am Flußufer die Spuren und den Dung von Hirschen gefunden hatte. Allmählich wurde es heller, und sie lag reglos da und wartete auf die Tiere, die zur Tränke kommen würden.

Sie war überzeugt, daß ihr Geschick im Umgang mit dem Gewehr es war, was sie ernähren würde. Mack konnte ein Haus bauen, Wälder roden und Äcker bestellen, doch es würde mindestens ein Jahr dauern, bevor sie genug ernteten, um im Winter davon leben zu können. Immerhin befanden sich unter ihren Vorräten drei große Säcke Salz. Oft hatte Lizzie in der Küche von High Glen gesessen und zugesehen, wie die Köchin Jeannie Schinken und Wildlenden in großen Fässern einpökelte. Sie wußte auch, wie man Fisch räucherte – und daß sie viele Vorräte brauchen würden: So, wie Mack und sie es trieben, würden sie schon vor Ablauf des ersten Jahres zu dritt sein. Ein glückliches Lächeln glitt über ihre Züge.

Zwischen den Bäumen bewegte sich etwas. Gleich darauf trat ein junger Hirsch hervor und schritt elegant auf das Ufer zu. Er beugte den Kopf, streckte die Zunge heraus und begann zu trinken.

Lizzie spannte leise ihr Gewehr.

Noch ehe sie zielen konnte, folgte dem ersten Hirsch ein zweiter, und innerhalb weniger Augenblicke waren es deren zwölf oder gar fünfzehn. Wir werden noch Fett ansetzen, wenn diese Einöde überall so wildreich ist, dachte sie.

Sie wollte kein großes Tier schießen. Die Pferde waren voll

beladen und konnten keine zusätzlichen Fleischvorräte mehr tragen. Abgesehen davon, war das Fleisch jüngerer Tiere zarter. Sie suchte sich eines der Tiere aus und richtete den Lauf ihrer Waffe direkt über das Herz auf die Schulter. Dann kontrollierte sie ihre Atmung und lag ganz still, so wie sie es in Schottland gelernt hatte.

Und wie immer empfand sie einen Moment lang tiefes Mitleid mit dem Tier, das sie gleich umbringen würde.

Dann drückte sie ab.

Der Schuß war weiter talaufwärts gefallen, vielleicht zwei- oder dreihundert Meter entfernt.

Jay, der sein Gewehr noch immer auf Mack gerichtet hielt, erstarrte.

Die Pferde fuhren zusammen und spitzten die Ohren, erschraken jedoch nicht ernsthaft; dafür war die Entfernung zu groß. Dobbs beruhigte sein Pferd und sagte langsam und mit Betonung: »Wenn Sie jetzt schießen, Jamisson, ist sie gewarnt.«

Nach kurzem Zögern senkte Jay sein Gewehr.

Mack brach vor Erleichterung fast zusammen.

»Ich geh' und such' sie«, sagte Jay. »Ihr bleibt alle hier.«

Mack erkannte, daß Lizzie entkommen konnte, wenn es ihm gelang, sie zu warnen. Fast wünschte er sich, Jay hätte ihn erschossen – das hätte Lizzie das Leben gerettet.

Das Gewehr im Anschlag, verließ Jay die Lichtung und wandte sich flußaufwärts.

Ich muß die Kerle dazu bringen, mindestens einen Schuß abzugeben, sagte sich Mack.

Ich muß davonlaufen, dann schießen sie bestimmt.

Und wenn sie mich treffen?

Egal. Lieber sterbe ich, als daß ich mich noch einmal einfangen lasse!

Ehe ihm neuerlich Bedenken kommen konnten, rannte er los.

Eine Sekunde lang herrschte verblüffte Stille. Dann begriffen die anderen, was vor sich ging.

Und Peg fing an zu schreien.

Mack rannte auf die Bäume zu und rechnete jeden Moment damit, von einer Kugel in den Rücken getroffen zu werden.

Ein Knall. Gleich danach ein zweiter!

Er spürte nichts. Die Schüsse hatten ihn verfehlt.

Er blieb unvermittelt stehen, bevor weitere Schüsse abgefeuert werden konnten, und hob die Hände über den Kopf.

Er hatte es geschafft. Lizzie war gewarnt.

Mit erhobenen Händen drehte er sich langsam um. Jetzt bist du dran, Lizzie, dachte er. Viel Glück, meine Liebste.

Jay blieb sofort stehen, als er die Schüsse hörte. Sie kamen von hinten. Also war es nicht Lizzie, die geschossen hatte, sondern irgend jemand auf der Lichtung. Er wartete eine Weile, aber es fielen keine weiteren Schüsse.

Was hatte das zu bedeuten? McAsh konnte kaum an eine Waffe gekommen sein und sie geladen haben. Außerdem war der Kerl ein Bergarbeiter und hatte keine Ahnung von Schußwaffen. Lennox oder Dobbs mußten ihn also niedergeschossen haben.

Doch wie immer dem sein mochte: Es kam jetzt vorrangig darauf an, Lizzie zu erwischen.

Unglücklicherweise mußte die Knallerei sie gewarnt haben.

Er kannte seine Frau. Was würde sie nun tun?

Geduld und Vorsicht waren nicht ihre Sache. Sie zögerte nur selten. Sie reagierte rasch und entschieden. Wahrscheinlich kam sie inzwischen schon zurückgerannt. Erst kurz vor der Lichtung würde sie innehalten und sich einen Plan zurechtlegen.

Jay fand einen Fleck, von dem aus er dreißig oder vierzig Meter Uferstrecke überblicken konnte, und versteckte sich im Unterholz. Dann spannte er sein Gewehr.

Die Unentschlossenheit überfiel ihn wie ein plötzlicher

Schmerz. Was sollte er tun, wenn Lizzie in Sicht kam? Wenn er sie erschoß, war er alle Sorgen los. Er versuchte sich einzureden, daß er nur Wild jagte. Er mußte unterhalb der Schulter direkt aufs Herz zielen, wenn er einen sauberen Fangschuß anbringen wollte.

Lizzie kam in Sichtweite.

Mal gehend, mal laufend stolperte sie das unebene Flußufer entlang. Wieder einmal trug sie Männerkleidung, doch Jay konnte deutlich sehen, wie sich ihre Brüste hoben und senkten. Unter dem Arm trug sie zwei Flinten.

Er zielte auf ihr Herz. Doch dann sah er sie auf einmal nackt vor sich, nackt über ihm, im Bett im Haus in der Chapel Street, sah ihre Brüste beben, während sie sich liebten. Nein, er konnte nicht auf sie schießen.

Lizzie war nur noch etwa zehn Meter von ihm entfernt, als er aus dem Unterholz trat.

Sie blieb abrupt stehen und schrie entsetzt auf.

»Hallo, Liebling«, sagte er.

Haßerfüllt sah sie ihn an. »Wieso kannst du mich nicht einfach gehen lassen? Du liebst mich doch überhaupt nicht.«

»Nein, aber ich brauche ein Kind.«

Tiefe Verachtung sprach aus ihrem Blick. »Lieber sterbe ich.«

»Ja, das ist die einzige Alternative«, gab er zurück.

Nachdem Lennox seine Pistolen auf Mack abgefeuert hatte, herrschte zunächst einmal totales Chaos.

Die Schüsse aus nächster Nähe hatten die Pferde erschreckt. Pegs Reittier stob davon. Festgebunden, wie sie war, konnte das Tier sie nicht abwerfen. Mit ihren gefesselten Händen zog sie am Zügel, doch das Pferd reagierte nicht und verschwand mit ihr zwischen den Bäumen. Dobbs' Pferd bäumte sich auf, und es kostete ihn große Mühe, es wieder zu beruhigen. Hastig machte sich Lennox daran, seine Pistolen nachzuladen.

Da sah Fischjunge seine Chance gekommen.

Von hinten lief er auf Dobbs' Pferd zu, sprang auf und drängte den Reiter aus dem Sattel.

Und Mack erkannte voller Freude, daß noch nicht alles verloren war.

Lennox ließ die Pistolen fallen und lief auf das Pferd zu.

Mit dem ausgestreckten Fuß brachte Mack ihn zu Fall.

Dobbs war vom Pferd gerutscht, doch sein Fuß hatte sich in dem Seil verfangen, mit dem Fischjunge am Sattel angebunden war. In heilloser Panik rannte das Pferd davon. Fischjunge blieb nichts anderes übrig, als sich an seinem Hals festzuklammern, und Dobbs wurde auf dem Boden mitgeschleift. Kurz darauf waren das Tier und die beiden Menschen nicht mehr zu sehen.

Mit wilder Schadenfreude drehte sich Mack nun nach Lennox um. Sie waren jetzt die einzigen auf der Lichtung. Endlich kam es zum Faustkampf, Mann gegen Mann. Ich werde ihn töten, dachte Mack.

Lennox, der sich überschlagen hatte, stand auf. Er hielt ein Messer in der Hand.

Er stieß nach Mack, doch der wich der Klinge aus, trat Lennox gegen die Kniescheibe und tänzelte außer Reichweite.

Humpelnd setzte Lennox ihm nach. Diesmal täuschte er einen Messerstich nur vor. Mack wich nach der falschen Seite aus und spürte im nächsten Augenblick einen scharfen Schmerz in seiner linken Seite. Er ballte die Rechte, holte aus und traf Lennox mit aller Kraft am Kopf. Lennox zwinkerte und hob das Messer.

Mack wich zurück. Er war jünger und stärker als Lennox, doch der hatte wahrscheinlich mehr Erfahrung mit Messerkämpfen. Ein Anflug von Panik überfiel ihn, als er erkannte, daß ein Kerl mit einem Messer im Nahkampf kaum bezwingbar war. Er mußte seine Taktik ändern.

Mack drehte sich um, rannte einige Meter weit fort und hielt Ausschau nach einer Waffe. Sein Blick fiel auf einen faustgroßen Stein. Blitzschnell bückte er sich und hob ihn auf.

Lennox kam auf ihn zugestürzt.

Mack schleuderte ihm den Stein entgegen. Er traf Lennox mitten auf die Stirn, und Mack stieß einen Triumphschrei aus. Lennox taumelte, sichtlich benommen. Für Mack war dies die große Chance, Lennox zu entwaffnen. Er trat zu und traf Lennox mit dem Fuß am Ellbogen.

Der ließ das Messer fallen und stieß einen Schreckensschrei aus.

Hab' ich dich! dachte Mack.

Mit aller Kraft versetzte er Lennox einen Kinnhaken. Obwohl ihm seine Hand nach dem Hieb weh tat, empfand er tiefe Genugtuung, denn Lennox wich zurück, und in seinem Blick lag die nackte Angst. Mack war gleich wieder bei ihm. Der nächste Schlag traf Lennox in den Bauch, der übernächste am Kopf. Lennox tappte nur noch wie trunken herum. Er war am Ende, doch Mack konnte und wollte noch nicht aufhören. Er wollte diesem Kerl den Rest geben. An den Haaren riß er ihn zu sich heran, drückte seinen Kopf nach unten und stieß ihm das Knie ins Gesicht. Lennox brüllte vor Schmerz, und Blut strömte ihm aus der Nase. Er fiel auf die Knie, hustete und würgte. Mack holte schon zum nächsten Schlag aus, als er Jays Stimme hörte: »Hör sofort auf, oder ich bringe sie um.«

Lizzie betrat die Lichtung, Dicht hinter ihr folgte Jay und drückte ihr den Lauf seiner Flinte gegen den Hinterkopf.

Wie gelähmt starrte Mack sie an. Er sah, daß Jays Gewehr gespannt war. Er brauchte bloß zu stolpern, und es wäre um Lizzie geschehen. Mack ließ Lennox, wo er war, und ging auf Jay zu. Noch immer beherrschte ihn blinde, rasende Wut. »Du hast nur einen Schuß«, fauchte er ihn an. »Wenn du Lizzie erschießt, bring' ich dich um.«

»Dann erschieße ich wohl besser dich«, gab Jay zurück.

»Jawohl«, erwiderte Mack und ging weiter auf ihn zu. »Erschieß mich!«

Jay richtete sein Gewehr auf ihn.

Ein Triumphgefühl überkam Mack: Die Flinte richtete sich nicht mehr auf Lizzie. Stetig ging er auf Jay zu.

Ein merkwürdiges Pfeifen ertönte, und plötzlich ragte ein schmales, rundes Stück Holz aus Jays Wange.

Jay brüllte auf vor Schmerz und ließ das Gewehr fallen. Es ging los. Die Kugel jagte knapp an Macks Kopf vorbei.

Ein Pfeil hatte Jay ins Gesicht getroffen.

Mack spürte, wie die Knie unter ihm nachzugeben drohten.

Wieder dieses Pfeifen. Ein zweiter Pfeil bohrte sich in Jays Hals.

Er stürzte zu Boden.

Fischjunge, sein Freund und Peg betraten die Lichtung, gefolgt von mehreren erwachsenen Indianern, die alle mit Pfeil und Bogen bewaffnet waren.

Mack zitterte vor Erleichterung. Wahrscheinlich hat der zweite Junge Hilfe geholt, nachdem Fischjunge gefangengenommen worden war, dachte er. Die Indianer mußten dann auf die duchgegangenen Pferde gestoßen sein. Was mit Dobbs geschehen war, wußte er nicht, doch er sah, daß einer der Indianer dessen Stiefel trug.

Lizzie beugte sich über Jay. Eine Hand vor dem Mund, starrte sie auf ihn hinab. Mack ging zu ihr und legte seine Arme um sie. Aus dem Mund des auf dem Boden Liegenden schoß ein Blutstrom. Der Pfeil mußte die Halsschlagader getroffen haben.

»Er stirbt«, sagte Lizzie erschüttert.

Mack nickte.

Fischjunge deutete auf Lennox, der noch immer am Boden kniete. Die Indianer packten ihn, warfen ihn flach auf die Erde und hielten ihn dort fest. Der Älteste unterhielt sich mit Fischjunge, der im Verlauf des Gesprächs mehrmals auf seine Finger verwies. Offenbar waren ihm die Nägel herausgezogen worden. Mack vermutete, daß Lennox den Jungen auf diese Weise zum Reden gebracht hatte.

Der alte Indianer zog einen Tomahawk aus seinem Gürtel.

Mit einem geschmeidigen, kraftvollen Hieb hackte er Lennox die rechte Hand ab.

»Mein Gott!« entfuhr es Mack.

Blut sprudelte aus dem Armstumpf, und Lennox verlor das Bewußtsein.

Der Indianer hob die abgehackte Hand auf und reichte sie mit einer formell anmutenden Geste Fischjunge.

Der nahm sie feierlich an, drehte sich um und schleuderte sie fort. Sie flog hoch in die Luft und über die Bäume, bevor sie irgendwo im Wald herunterfiel.

Zustimmendes Gemurmel ertönte unter den Indianern.

»Hand um Hand«, sagte Mack leise.

»Gott möge ihnen vergeben«, erwiderte Lizzie.

Aber das war noch nicht das Ende. Die Indianer hoben den blutenden Lennox auf und legten ihn unter einen Baum. Sie banden ein Seil um einen seiner Knöchel, warfen es über einen Ast und zogen Lennox hoch, bis er kopfüber in der Luft hing. Das Blut strömte stoßweise aus seinem Gelenk, und rasch entstand eine Pfütze unter ihm. Die Indianer standen um ihn herum und beobachteten die grausige Szene. Anscheinend wollten sie zusehen, wie Lennox starb. Mack erinnerte sich an die Scharen von Gaffern, die in London bei jeder Hinrichtung zusammenströmten.

Peg trat zu ihnen. »Wir sollten uns um die Finger des Indianerjungen kümmern«, sagte sie.

Lizzie wandte den Blick von ihrem sterbenden Ehemann ab.

»Habt ihr was, womit wir seine Hand verbinden können?« fragte Peggy.

Lizzie blinzelte und nickte dann. »Ich habe eine Salbe. Als Verband können wir ein Taschentuch nehmen. Ich kümmere mich gleich drum.«

»Nein«, sagte Peg bestimmt. »Das mache *ich.*«

»Wie du willst.« Lizzie suchte und fand das Salbentöpfchen sowie ein Seidentaschentuch und reichte beides Peg.

Peg holte Fischjunge aus der Indianergruppe, die den Baum umstand. Obwohl sie von seiner Sprache kein Wort verstand, schien sie sich mit ihm recht gut verständigen zu können. Sie ging mit ihm zum Flußufer und wusch seine Wunden.

»Mack«, sagte Lizzie.

Er drehte sich um. Sie weinte.

»Jay ist tot«, sagte sie.

Mack beugte sich nieder und fühlte nach dem Herzschlag. Er spürte keinen. Jays Gesicht war kalkweiß, und seine Wunden hatten aufgehört zu bluten.

»Ich habe ihn einmal geliebt«, sagte Lizzie.

»Ich weiß.«

»Ich möchte ihn begraben.«

Mack kramte einen Spaten unter ihren Werkzeugen hervor. Während die Indianer zuschauten, wie Lennox ausblutete, hob Mack eine flache Grube aus. Gemeinsam mit Lizzie nahm er Jays Leiche auf und bettete sie in das frische Grab. Lizzie beugte sich vor und zog die Pfeile aus den beiden Wunden. Mack bedeckte die Leiche mit Erde, und Lizzie deckte das Grab mit Steinen zu.

Plötzlich wollte Mack nur noch eines: Fort von hier, fort von diesem blutgetränkten Ort.

Er trieb die Pferde zusammen. Es waren nun insgesamt zehn: die sechs von der Plantage, dazu die vier Reitpferde von Jay und seinen Komplizen. Schlagartig wurde Mack klar, daß er jetzt ein reicher Mann war. Er besaß zehn Pferde! Er begann, die Vorräte wieder aufzuladen.

Jetzt rührten sich auch die Indianer wieder. Lennox schien tot zu sein. Die Eingeborenen kamen zu Mack, und der Älteste sprach auf ihn ein. Mack verstand kein Wort, doch der Tonfall klang formell. Er nahm an, der Mann habe soeben verkündet, daß der Gerechtigkeit Genüge getan worden sei.

Sie waren aufbruchbereit.

Fischjunge und Peggy kehrten gemeinsam vom Flußufer

zurück. Mack warf einen Blick auf die Hand des Jungen: Peggy hatte ihm die beiden verletzten Finger ordentlich verbunden.

Fischjunge sagte etwas und löste damit ein ziemlich erregtes indianisches Wortgefecht aus. Am Ende machten sich die Indianer auf den Weg – aber ohne Fischjunge.

»Bleibt er bei uns?« fragte Mack Peggy.

Sie zuckte nur die Achseln.

Die Indianer zogen im Flußtal davon, der aufgehenden Sonne entgegen. Schon bald waren sie in den Wäldern verschwunden.

Mack bestieg sein Pferd. Fischjunge band sich ein freies Tier los, saß auf und setzte sich an die Spitze ihres kleinen Zuges. Peg ritt neben ihm, Mack und Lizzie folgten.

»Glaubst du, Fischjunge will uns führen?« fragte Mack Lizzie.

»Sieht ganz so aus.«

»Aber er hat uns keinen Preis genannt.«

»Stimmt.«

»Ich frage mich, was er von uns will.«

Lizzies Blick ruhte auf den beiden jungen Menschen, die Seite an Seite vor ihnen her ritten. »Kannst du dir das nicht denken?« fragte sie.

»Oh!« machte Mack. »Du glaubst, er ist in sie verliebt?«

»Ich glaube, er will einfach noch eine Zeitlang bei ihr bleiben.«

»So, so.« Mack wurde nachdenklich.

Sie ritten nach Westen, immer am Fluß entlang. Hinter ihnen stieg die Sonne empor und warf ihre Schatten auf das Land, das vor ihnen lag.

Es war ein weites Hochtal, über das sie ihre Blicke schweifen ließen. Es lag jenseits der höchsten Gipfel des Gebirges. Ein breiter, fischreicher Bach mit klarem, kaltem Wasser schäumte auf dem Talgrund dahin. Die Hänge waren dicht bewaldet und barsten schier vor Wild. Oben auf dem höchsten Felsen schienen Goldadler zu nisten: Ein Pärchen flog ein und aus und brachte offenbar Futter zum Horst.

»Es erinnert mich an Zuhause«, sagte Lizzie.

»Dann nennen wir es doch High Glen«, erwiderte Mack.

An der flachsten Stelle im Tal entluden sie die Pferde. Hier wollten sie ein Haus bauen und einen Acker anlegen. Ihr Lager schlugen sie auf einer trockenen Wiese unter einem Baum mit weit ausladenden Ästen auf.

Peg und Fischjunge suchten eine Säge und durchwühlten dabei einen Sack, als Peg auf den eisernen Halsring stieß. Sie zerrte ihn heraus und starrte ihn an. Verständnislos betrachtete sie die Buchstaben: Niemand hatte ihr je das Lesen beigebracht. »Wieso hast du denn das Ding mitgeschleppt?« fragte sie.

Mack suchte Lizzies Blick, und unwillkürlich erinnerten sie sich beide an jene Szene damals in Schottland. Am Flußufer unterhalb von High Glen hatte Lizzie Mack dieselbe Frage gestellt.

Er gab Peg dieselbe Antwort, doch diesmal ohne Bitterkeit und voller Hoffnung.

»Um niemals zu vergessen«, sagte er lächelnd. »Niemals.«

DANKSAGUNG

Für unschätzbare Hilfe bei der Entstehung dieses Buches
bedanke ich mich bei:

meinen Lektorinnen
SUZANNE BABONEAU UND ANN PATTY;
den Rechercheuren
NICHOLAS COURTNEY *und* DANIEL STARER;
ANNE GOLDGAR *und* THAD TATE,
Historiker ihres Zeichens;
RAMSEY DOWN UND JOHN BROWN-WRIGHT
vom Bergwerk in Longannet;
LAWRENCE LAMBERT
vom Schottischen Bergbaumuseum;
GORDON UND DOROTHY GRANT
von Glen Lyon;
den schottischen Parlamentsmitgliedern
GORDON BROWN, MARTIN O'NEILL
sowie dem verstorbenen
JOHN SMITH;
ANN DUNCOMBE; COLIN TETT;
BARBARA FOLLETT, EMANUELE FOLLETT, KATYA FOLLETT
und KIM TURNER;
und – wie immer – bei AL ZUCKERMAN